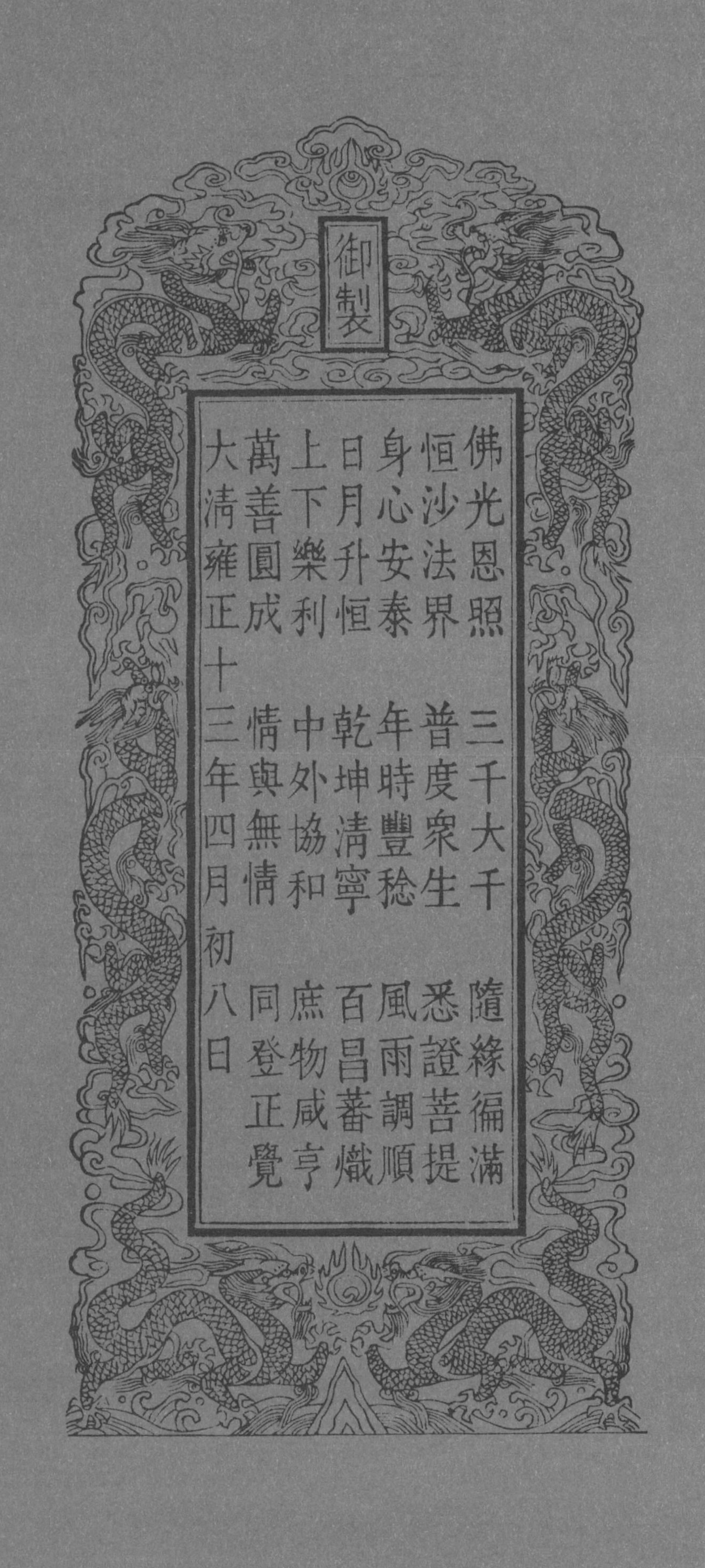

御製

佛光恩照　三千大千　隨緣徧滿
恒沙法界　普度衆生　悉證菩提
身心安泰　年時豐稔　風雨調順
日月升恒　乾坤清寧　百昌蕃熾
上下樂利　中外協和　庶物咸亨
萬善圓成　情與無情　同登正覺
大清雍正十三年四月初八日

第一〇八册　西土聖賢撰集（三）

禪法要解經

姚秦三藏鳩摩羅什譯

清刻龍藏佛說法變相圖

禪法要解經卷上

姚秦三藏鳩摩羅什譯

行者初來欲受法時師問五衆戒淨已若婬欲多者應教觀不淨不淨有二種一者惡猒不淨二者非惡猒不淨何以故衆生有六種欲一者著色二者著形容三者著威儀四者著言聲五者著細滑六者著人相著五種欲者令觀惡猒不淨著人相者令觀白骨人相又觀死屍若壞若不壞觀不壞斷二種欲威儀言聲觀已壞悉斷六種欲習不淨有二種一者觀死屍胮爛不淨我身不淨亦復如是如是觀已心生惡猒取是相已至閑靜處若樹下若空舍以所取相自觀不淨處處遍察繫心身中不令外出若心馳散還攝緣中二者雖眼不見從師受法憶想分別自觀身中

三十六物不淨充滿髮毛爪齒涕淚涎唾汗垢肪删皮膜肌肉筋脉髓腦心肝脾腎肺胃腸肚胞膽痰癊生臟熟臟膿血屎尿諸蟲如是等種種不淨聚假名爲身自觀如是所著外身亦如是觀若心惡猒婬欲心息則已若心不息當懃精進訶責其心作是念言老病死苦甚爲至近命如電逝人身難得善師難遇佛法欲滅如曉時燈有破定法衆患甚多内諸煩惱外有魔民國土飢荒内外老病死賊其力甚大壞習禪定我身可畏於諸煩惱賊中未有微損於禪定法中未有所得雖服法衣内實空虚俗人無異諸惡趣門一切皆開諸善法中未入正定於諸惡法未必不作我今云何著是屎囊而生懈怠不能精懃制伏其心如此弊身賢聖所訶不淨可惡九孔流出而貪著此身與畜生同死俱投黒闇其所不應如是硬心思惟自責還攝本處又時亦復應令心悦作是念言佛是一切智人直說道教易解易行是我大師如是不應憂畏如依大王無有怖畏諸羅漢所作已辦是我同伴已能伏心如奴畏主心已調伏具種種果六通自在我亦應自調伏其心求得此事唯有此道無復異路如是思惟已還觀不淨復自欣歡作是念言初習道時諸煩惱風吹破我心我若得道上妙五欲尚不能壞何況弊者如長老摩訶目揵連得阿羅漢道本婦將從妓樂盛自莊飾欲壞目連目連爾時即說偈言

汝身骨幹立　皮肉相纏裹　不淨内充滿
無一是好物　皮囊盛屎尿　九孔常流出

如鬼無所直　何足以自貴　汝身如行厠
薄皮以自覆　智者所棄遠　如人捨厠去
若人知汝身　如我所惡猒　一切皆遠離
如人避屎坑　汝身自嚴飾　華香以瓔珞
凡夫所貪愛　智者所不惑　汝是不淨聚
集諸穢惡物　如莊嚴厠舍　愚者以爲好
汝脅肋著脊　如椽依梁棟　五臟在腹内
不淨如屎篋　汝身如糞舍　愚夫所保愛
飾以珠瓔珞　外好如畫瓶　若人欲染空
終始不可著　汝欲來嬈我　如蛾自投火
一切諸欲毒　我今已滅盡　五欲已遠離
魔網已壞裂　我心如虛空　一切無所著
正使天欲來　不能染我心

淨觀者三品或初習行或已習行或久習行若初習行當教言破皮却不淨當觀白骨人繫意在觀不令外意外念諸緣攝之令還若已習行當教言心却皮肉具觀頭骨不令外念外念諸緣攝之令還若人習行却身中一寸皮肉繫意五處頂上額上眉間鼻端心處如是等處住意在骨不令外念外念諸緣攝之令還當復觀心若心疲極捨諸外想注念在緣譬如獼猴被繫在柱終日馳走鎖常攝還極乃休息所緣如柱念則如鎖心喻獼猴亦如乳母常觀小兒不令墮落行者觀心亦復如是漸漸制心令住緣處若心久住是應禪法若得禪定即有三相身悉和悅柔軟輕便白骨流光猶如白珂心得靜住是爲淨觀是時便得色界中心是名初學禪法門若定得勝心則不如制之令住是名一心若能一寸中住便得遍却不得但觀赤骨人得此觀

已棄赤骨人觀白骨人不令外念外念諸緣攝之令還心若清淨住於骨觀骨邊白光遍身中出如天清明日光極淨此光既出以心目觀了了見之因光力故見骨人中相似諸心心相應法生滅如毗瑠璃筩中水流是時心息得樂婬人欲樂不足喻也外身觀亦復如是如是一身觀次第轉多乃至閻浮提復從一閻浮提還至一寸心得自住是爲不淨中淨三昧門復次此身空骨以薄皮覆有何可樂甚可患也行者如是思惟決定堅固住心本緣不畏衆欲若利根者一心精懃遠至七日心得定住中根者乃至三七日鈍根者久久乃得如鑽酪成酥必可得也若不任習行是身雖復久習種種方喻空無所得譬如鑽水終不成酥問曰何事不中答曰若犯禁戒不可懺者若邪見不捨若斷善根及三覆鄣所謂厚利煩惱五無間罪三惡道報如是等罪不應習行又摩訶衍中菩薩利根有實智慧福德因緣不同其事若不任習行當誦經修福起塔供養說法教化行十善道問曰云何當知得一心相答曰心住相者身輭輕樂瞋恚愁憂諸惱心法皆以止息心得快樂未曾所得勝於五欲心淨不濁故身有光明如清淨鏡光現於外如明珠在清淨水中光明顯照行者見是根已心安喜悅譬如渴人掘地求水已見濕泥得水不久行者如是初習行時如掘乾土久而不止得見濕相自知不久當得禪定一心信樂精勤攝心轉入深定作是念已毀呰五欲見求欲者甚爲可惡如人見狗噉糞而生惡心如是種種因緣訶

欲爲過已心生憐愍受五欲者自心有樂而不知求反更外求不淨罪樂行者常應精進晝夜集諸善法助成禪定諸障禪法令心遠離集諸善法者觀欲界無常苦空無我如病如瘡如癰如箭入心三毒熾燃起諸鬪諍嫉妬之烟甚可惡猒如是觀者是名初習禪法若習法時中間或有五蓋覆心即應除滅如黑雲翳日風力破散若婬欲蓋起心念五欲即應思惟我今在道自捨五欲云何復念如人還食其吐此是世間罪法我今清淨學道除剃鬚髮披著法服盡其形壽五欲情願求離求斷云何還復生著甚非所宜即令除滅如賊毒蛇不令入室以其爲禍甚深重故復次五欲之法衆惡住處無有反復初時尚可久後欺誑受諸苦毒嫉妬恚怒無惡不作如囊盛衆刀以手抱觸左右傷壞復次設得五欲猶不猒足若無猒足則無有樂如渴飲漿未及除渴不得有樂猶如搔疥其患未差不可爲樂復次欲染其心不見好醜不畏今世後世罪報以是之故應除婬欲已却婬欲或生瞋惱瞋惱心生即應除却衆生可念處胎已來無時不苦衆苦備具云何更增其惱如人臨欲刑戮何有善人重增其苦又復行道之人應捨吾我愛慢等結雖不障生天而行道之人尚不應念何況瞋恚拔樂根本復次如水沸動不見面像瞋恚心盛不識尊卑父母師長乃至不受佛教瞋爲大病殘害無道猶如羅刹當以思惟慈心消滅瞋恚婬欲瞋恚既止若得禪定則爲快樂若未得禪樂情散愁憒心轉沉重瞢瞢不了即知睡眠害心

之賊尚破世利何況道事睡眠法者與死無異氣息爲別如水衣覆水不覩面像睡眠覆心不見好醜諸法之實亦復如是即時除却應作是念諸煩惱賊皆欲危害何可睡眠如對賊陣鋒刃之間不應睡眠未離老病死患未脫三惡道苦於道法中乃至煖法未有所得不應睡眠作是念已若睡眠不止者即應起行冷水洗面瞻視四方仰觀星宿念於三事除滅睡眠不令覆心一者怖畏當自思惟死王大力常欲爲害念死甚近如賊疾來無可恃怙又如拔刀臨項睡則斬首二者欣慰當作是念佛爲大師所有妙法未曾有也我已受學自幸欣慶睡心即滅三者愁憂當復念言後世展轉受身經歷苦痛毒害無邊無量如是種種因緣訶睡眠法如是思惟睡眠則止若掉悔蓋起應作是念世人欲除憂求歡喜故而生掉戲今我苦行坐禪求道云何自恣放心掉戲甚所不應佛法所重攝心爲本不應輕躁縱心自放如水波動不見面像掉戲動心不見好醜悔如禪度中說問曰貪欲瞋恚各別爲蓋何故睡眠掉悔二合爲蓋答曰睡雖煩惱勢力微薄眠不助成則不覆心掉戲無悔不能成蓋以是故二合爲蓋譬如以繩繫物單則無力合而能繫復次睡眠心法因睡心重以心重故身亦俱重因睡微覆眠覆轉增遮壞道法是故二合爲蓋眠既覺已心不專一馳念五欲行諸煩惱是名爲掉譬如獼猴得出羈閉自恣跳躑戲諸林木掉亦如是已念五欲行諸結使身口意失而生憂悔作是念言不應作而作應作而不作

是故掉悔相因二合爲蓋問曰作惡能悔不應爲蓋答曰如犯戒自悔從今以往不復更作如是非蓋若心作罪常念不息憂惱亂心故名爲蓋如是種種因緣訶掉悔蓋繫心緣中若心生疑即應令滅所以者何疑之爲法非如愛慢今世不生懽心後世令墮地獄又疑遮諸善法如岐路猶豫不知那進便自止息行者如是本所習法疑不復進即知疑患遮覆正道當疾除却復作是念佛爲一切智人分别諸法是世間法是出世間法是善是不善是利是害了了分明今但受行不應生疑當隨教法不應拒違復次佛法妙者修定智慧如實知法我無是智云何自心籌量諸法如人手執利器乃可與賊相禦若無所執而對强敵反以爲害我今未得修定智慧云何欲籌量諸法實相是不應爾復次外道非佛弟子故應生疑我是佛弟子云何於佛而復生疑佛常毁呰疑患是覆是蓋是遮是礙自誑之法如人既知刺害即應除避疑亦如是誑惑行者欲與疑慧而破實智譬如病疥搔之轉多身壞增劇良醫授藥疥痒自止行者如是種種諸法而生疑想隨事欲解疑心轉多是以佛教直令斷疑疑生即滅如是種種訶疑當疾除却行者如是思惟除捨五蓋集諸善法深入一心斷欲界煩惱得初禪定如佛經説行者離欲惡不善法有覺有觀離生喜樂入初禪問曰得初禪相云何答曰先以正念訶止五欲得未到地身心快樂柔和輕濡身有光明得初禪相轉復增勝色界四大遍滿身故柔和輕輭離欲惡不善及一心

定故能令快樂色界造色有光明相是故行者見妙光明照身内外行者如是心意轉異瞋處不瞋喜處不喜世間八法所不能動信敬慚愧轉復增倍於衣服飲食等心不貪著但以諸善功德爲貴餘者爲賤於天五欲尚不繫心何況世間不淨五欲得初禪人有如是等相復次得初禪時心大驚喜譬如貧者卒得寶藏心大歡喜作是念言初夜中夜後夜精勤苦行習初禪道令得果報如實不虛妙樂如是而諸衆生狂惑頑愚没於五欲不淨罪樂甚可憐愍初禪快樂内外遍身如水漬乾土中外沾洽欲界身分受樂不能普遍欲界婬恚諸火熱身入初禪池涼樂第一除諸熱惱如大熱極入清涼池既得初禪念本所習修行道門或有異緣所謂念佛三昧或念不淨慈心觀等所以者何是行思力令得禪定轉復深入本觀倍增清淨明了行者得初禪已進求二禪若有漏道於二禪邊地猒患覺觀如欲界五欲五蓋令心散亂初禪覺觀惱亂定心亦復如是若無漏道離初禪欲即用無漏初禪訶責覺觀問曰如初禪結使亦能亂心何故但說覺觀答曰初禪結使名爲覺觀所以者何因善覺觀而生愛著是故結使亦名覺觀始得初禪味有餘著故是以覺觀滅結使亦滅復次本未曾得覺觀大喜以大喜故壞破定心以破定故應當除捨復次欲入甚深二禪定故除却覺觀爲大利故而捨小利如捨欲界小樂而得大樂問曰但說覺觀應滅不說初禪煩惱耶答曰初禪覺觀有二種一者善法相應覺觀二者愛等結

使相應覺觀以惡覺觀障二禪道是故宜滅以善覺觀能留行者令心樂住是故皆應當滅尋復思惟知惡覺觀是爲眞賊善覺觀者雖似親善亦復是賊奪我大利故應當進求滅二覺觀覺觀惱亂如人疲極安眠衆音惱亂是故行者滅此覺觀以求二禪譬如風土能動濁清水不見面像欲界五欲濁心如土濁水覺觀亂心如風動水以覺觀滅故內得清淨無覺無觀定生喜樂入於二禪問曰云何是二禪相答曰經中說言滅諸覺觀若善若無記以無覺觀動故內心清淨如水澄靜無有風波星月諸山悉皆照見如是內心清淨故名賢聖默然三禪四禪雖皆默然以二禪初得爲名有覺觀語言因緣因緣初滅故得名默然定生喜樂妙勝初禪初禪喜樂從

離欲生此中喜樂從初禪定生問曰二禪亦離初禪結使何以不言離生答曰雖復離結使但住定力多故以定爲名復次言離欲者則離欲界言離初禪未離色界是故不名離生如是等是二禪相行者既得二禪更求深定二禪定有煩惱覆心所謂愛慢邪見疑等壞破定心是二禪賊遮三禪門是故當求斷滅此患以求三禪問曰若爾者佛何以故說離喜行捨得入三禪答曰得二禪大喜喜心過差心變著喜生諸結使以是故喜爲煩惱之本又復諸結使無有利益不應生著喜見悅樂甚爲利益滯著難捨以是故佛說捨喜得入三禪問曰五欲不淨罪喜則應當捨是喜淨妙衆生所樂云何言捨答曰先以答生著因緣則是罪門復次若不捨喜則不能得

上妙功德以是故捨小得大有何過也行者進求三禪觀喜知患憂苦因緣所可喜樂無常事變則生憂苦復次喜爲麤樂今欲捨麤而求細樂故言離喜更入深定求異定樂云何三禪相滅喜捨此妙喜心不悔念知喜爲害譬如人知婦是羅刹則能捨離心不悔念喜爲狂惑麤法非妙第三禪身受樂世間最樂無有過者聖所經由能受能捨無喜之樂以念巧慧身則遍入於三禪問曰此說一心念巧慧初禪二禪何故不說答曰第三禪者身遍受樂心行捨法不令心著分別好醜是故言一心念慧復次三禪中有三過一者心轉細没二者心大發動三者心生迷悶行者常應一心念此三過若心没時以精進智慧力還令心起若大發動則應攝止若心迷悶應念佛妙法還令心喜常當守護治此三心是名一念巧慧行樂入第三禪問曰如經說第三禪中二時說樂何等爲二樂答曰前說受樂後說快樂問曰有三種樂受樂快樂無惱樂以何樂故三禪名爲第一之樂答曰三禪樂上妙皆勝下地但以受樂第一說名樂地究竟盡故餘二樂者上地猶有此中不以爲名問曰喜樂無喜樂有何差別答曰樂受有二種一者喜根二者樂根喜根喜樂初禪二禪所攝樂根無喜樂三禪所攝復次欲界初禪樂受麤者名爲樂根細者名爲喜根二禪三禪樂受麤者爲喜根細者爲樂根譬如熱極得清冷水持洗手面是名爲喜入大涼池舉身沐浴是名受樂行者如是初禪覺觀動故樂不遍身二禪大喜驚故不能遍身三

禪無障礙故樂遍其身是名差別復次樂受有四種欲界六識相應樂名爲喜根亦名樂根初禪四識相應樂名爲樂根亦名喜根二禪意識相應樂名爲喜根三禪離喜故意識相應樂受名爲樂根行者既得三禪知上三樂一心守護常恐退失則爲是惱是故樂復爲患當求離樂譬如人求富貴之樂求時既苦得時無猒則復爲苦得已守護亦復爲苦有人以求樂爲苦故捨或有得樂無猒覺苦故捨或有既得守護爲苦故捨行者患樂亦復如是求初禪樂以覺觀惱亂故捨二禪大喜動故捨三禪知樂無常難守故捨以是故當捨此樂求於四禪安隱之地問曰行者依禪定樂捨於欲樂今依何等而捨禪樂若捨禪樂得何利益答曰行者依涅槃樂能捨禪樂而得三利所謂羅漢辟支佛佛道是故捨禪定樂行於四禪安隱快樂以三乘道隨意而入涅槃問曰云何知是第四禪相答曰如佛說四禪相若比丘斷樂斷苦先滅憂喜不苦不樂護念清淨入第四禪問曰斷三禪樂應爾離欲時以斷苦今何以復言斷苦答曰有人言斷有二種一別相斷二總相斷如須陀洹以道比智總斷一切見諦結使是事不然何以故佛說斷苦斷樂先滅憂喜若欲界苦應說先斷苦憂喜而不說者以是故知非欲界苦以三禪樂無常相故則能生苦是故說斷苦又如佛說樂受時當觀是苦於三禪樂生時住時爲樂滅時爲苦以是故言斷樂斷苦先滅憂喜者欲界中憂初二禪喜問曰欲界中有苦有憂離欲時滅何以但說斷憂

不說斷苦答曰離欲時雖斷二事憂根不復成就苦根成就以成就故不得言滅問曰若三禪中樂生住時樂滅時爲苦今說初禪二禪中喜何獨不爾答曰佛經所說離三禪時斷樂斷苦先滅憂喜初禪二禪不作是說問曰佛何因緣不作是說答曰三禪中樂於三界中受樂最妙心所著處以其著故無常生苦以喜麤故不能遍身雖復有失不大生憂以是故佛經不說也不苦不樂者第四禪中唯有不苦不樂受捨者捨三禪樂行不苦不樂受不憶不悔念清淨者以滅憂喜苦樂四事故念清淨問曰上三禪中不說清淨此中何以獨說答曰初禪覺觀亂故念不清淨譬如露地風中然燈雖有脂炷以風吹故明不得照二禪中雖一識攝以喜大發動故定心散亂是故不名念清淨三禪中著樂心多亂此禪定故不說念清淨四禪中都無此事故言念清淨復次下地雖有定心出入息故令心難攝是中無出入息故心則易攝易攝故念清淨復次第四禪名爲眞禪餘三禪者方便階梯是第四禪譬如山頂餘三禪定如上山道是故第四禪佛說爲不動處無有定所動處故又名安隱調順之處是第四禪相譬如善御調馬隨意所至行者得此第四禪欲行四無量心隨意易得欲修四念處修之則易欲得四諦疾得不難欲入四無色定易可得入欲得六通求之亦易何以故第四禪中不苦不樂捨念清淨調柔隨意如佛說喻金師調金融鍊如法隨意作器無不成就問曰行者云何得慈心無量答曰行者依第四禪

已念一城衆生願令得樂如是一國土一閻浮提四天下小千國土二千國土三千大千國土乃至十方恒河沙等無量無邊衆生慈心遍覆皆願得樂譬如水劫至時消水火珠滅不復現大海龍王心大發動從念生水出海溢漫及天注雨遍滿天下是時天地彌漫無不充溢行者亦爾以大慈水滅瞋恚消慈火珠慈水發溢漸漸廣大遍至無量無邊衆生悉蒙潤澤常出不斷或聽說法增益慈心譬如大雨無不周普行者慈念衆生令得世間清淨之樂亦以所得禪定快樂持與衆生亦以涅槃苦盡之樂乃至諸佛第一實樂願與衆生以慈力故悉見十方六道衆生無不受樂問曰如阿毗曇說何等是慈三昧觀一切衆生悉見受樂又經中說慈心三昧遍滿十方皆見受樂云何但言願令衆生得樂答曰初習慈心願令得樂深入慈心三昧已悉見衆生無不受樂如鑽燧出火初然細軟乾草火勢轉大濕木生林一時俱然慈亦如是初入觀時見人受樂願與苦者慈力轉成悉見得樂問曰衆生實無得者云何皆見得樂而不顛倒答曰定有二種一者觀諸法實相二者觀法利用譬如真珠師一者善知珠相貴賤好醜二者善能治用或有知相不能治用或有治用而不知相或有知相亦能治用行者如是賢聖未離欲者能觀法相四真諦等而不能用不行四無量故如凡夫離欲行諸功德能有利用生四無量心不能觀實相故如俱解脱阿羅漢等能觀實相具禪定故生四無量四無量者得解之法以利用故非

爲顛倒復次佛法之實無有衆生云何觀苦者爲實樂者爲倒所謂顛倒無衆生中而著我相若常若無常若邊若無邊等是爲顛倒行慈之人知衆生假名如輪等和合名之爲車是故行者慈心清淨則非顛倒復次若無衆生以爲實者衆生受樂應是顛倒而有衆生無衆生皆爲是邊不應但有衆生以爲顛倒復次慈三昧力故行者皆見衆生無不得樂如一切入觀禪定力故於緣境界轉青作赤何況衆生皆有樂相而不見也如貴賤貧富禽獸之屬各自有樂互相憐愍貴者之患貧者所無貧者之患貴者所無問曰餘道可爾地獄云何答曰地獄衆生亦有樂分遠見刀山灰河皆謂林水而生樂想見樹上女人亦生樂想又我心顛倒故愛樂其身若欲殺時逃避啼哭請求獄卒願見放捨若語赦汝得脫此苦者心亦可樂如是之等皆有樂分又復神通力故行慈之人種種教化令衆生得樂或隨所用而能與之及身口行助成利益如諸佛菩薩深心愛念壞諸惡趣實令衆生得種種樂以是故不但與願亦實令得樂問曰行慈者得何功德答曰行慈者諸惡不能加如好守備外賊不害若欲惱害反自受患如人以掌拍鉾掌自傷壞鉾無所害五種邪語不能壞心五種者一妄語說過二惡口說過三非時說過四惡心說過五不利益說過譬如大地不可破壞種種瞋惱譏謗等不能毀也譬如虛空不受加害心和柔輭猶若天衣復次行者入慈虎狼毒獸蛇蚖之屬皆不能害如入牢城無能傷害得如是等無量

功德問曰慈德如是何者名慈法答曰愛念衆生皆見受樂是心相應法行陰所攝名爲慈法或色界繫或不繫心繫法心共生隨心行非色法非是業業相應業共生隨業行非報生是應修得修行修應證身證慧證或思惟斷或不斷或有覺有觀或無覺有觀或無覺無觀或有喜或無喜或有出入息或無出入息或賢聖或凡夫或樂受相應或不苦不樂受相應非道品先緣相後緣法在四禪亦餘地緣無量衆生故名爲無量清淨故慈念故憐愍利益故名爲梵行梵乘能到梵世名爲梵道是過去諸佛常所行道問曰云何修習慈心答曰若出家行者作是念我除剃鬚髮不存飾好破憍慢相若稱此者宜應行慈今著染衣當應行慈令心不染食他之食不虛受施如經所說若有比丘漸修慈心則隨佛教如是不虛食人信施復次若出家在家行者作是念慈心力故於惡世中安隱無患於破法衆中獨隨法行於熱煩惱令心清冷如近聚落有清涼池

復次行慈力故怨家毒患不能傷害如著革屣刺不能傷行者處於欲界多瞋怒害鬬諍怨毒種種諸害慈心力故無能傷害譬如力士著金剛鎧執持利器雖入大陣不能傷壞復次是慈能利益三種人凡夫行慈除諸瞋恚得無量福德生於淨界世間福德無過是者求聲聞辟支佛者欲界多瞋慈力能破及餘煩惱則亦隨滅得離欲界漸出三界如佛所說慈心共俱近脩七覺大乘發心爲度衆生以慈爲本如是慈心於三種人無量利益

又習慈初門有十六行令速得慈又使牢固亦常修行一者持戒清淨二者心不悔三者善法中生喜四者快樂五者攝護五情六者念巧便慧七者身離心離八者同行共住九者若聽若説隨順慈法十者不惱亂他人十一者食知自節十二者少於睡卧十三者省於言説十四者身四威儀安隱適意十五者所須之物隨意無乏十六者不戲論諸法行是十六法助慈三昧悲者觀衆生苦如地獄餓鬼畜生世間刑罸飢寒病苦等取其苦相故悲心轉增乃至樂人皆見其苦問曰云何以樂爲苦答曰樂是無常樂無猒足從因緣生念念生滅無有住時以是故苦復次如欲天受樂如狂如醉無所别知死時乃覺色無色界衆生於深禪定受味心著命終隨業因緣還復受報如是衆生當有何樂於地獄三惡道是舊住處天上人中猶如客住暫得止息以是因緣故佛但説苦諦無有樂諦是故一切衆生無不是苦衆生可愍不知實苦於顛倒中而生樂想今世後世受種種憂惱而無猒心雖暫得離苦還復求樂作諸苦事如是思惟見諸衆生悉皆受苦是爲悲心餘悲心義如摩訶衍論四無量中説喜者行人知諸法實相觀苦衆生皆爲樂相觀樂衆生皆爲苦相如是諸法無有定相隨心力轉若諸法無有一定相者成阿耨多羅三藐三菩提尚無有難何況餘道以隨意可得故心生歡喜復次行者作是念我因少持戒精進等便得離欲遠諸禪定無量功德念諸善功德故心生歡喜譬如賈客賫持少物百千倍利心

大歡喜復作是念如此法利皆由佛恩佛自然得道與人演說隨教修行得如是利益是時心念十方諸佛身有金色相好莊嚴及十力等無量功德法身因是念佛心生歡喜復次佛法於九十六種道中最爲第一能滅諸苦能趣常樂心生歡喜又復分別三種佛法一者涅槃無量相常相是究竟不壞法二者涅槃方便八直聖道三者十一部經宣示八道如是念法心生歡喜復次能知如是實相行於正道離諸邪徑是爲正人所謂佛弟子衆於一切衆中最爲第一自思惟言我以在此衆中是我眞伴彼能益我以是因緣故心生歡喜願令衆生悉皆歡喜定力轉成故悉見衆生皆得是喜捨者行人如小懈極心暫止息但觀衆生一相不觀苦樂喜相猶如小兒若常愛念憍恣敗壞若常苦切怖畏羸瘦是故有時放捨不愛不憎行者如是若常行慈喜心則放逸以喜樂多故若常行悲心則生憂惱以念苦多故是以行捨莫令苦樂有過復次行者入道得禪定味分別衆生好醜是善是不善善者恭敬愛念不善者則生輕慢如人得大珍寶輕慢貧者見有實者恭敬愛念破是二相故而行捨心如經中說修行慈心除破瞋恚修行悲心除惱衆生心修行喜心除破憂愁修行捨心除破憎愛但觀衆生得解脫故隨心所作如人觀林不觀樹也又如世人寒時得溫熱時得涼資生隨意者是名爲樂若得安位寶藏歌舞戲笑者是名爲喜若失此衆事者是名憂苦若無此三事是名爲捨行者亦如是具有四心自身受樂

願及衆生心既柔輭見一切衆生悉得是樂又復見諸天上世間豪貴取其樂相願及衆生心既柔輭見一切衆生悉得是樂修行慈時心生大喜以此大喜願與衆生或從定起禮佛法衆讚嘆供養亦得心喜願與衆生及取外喜願與衆生或時自見其苦老病憂惱飢寒困苦欲令衆生離是苦惱我能分別籌量心忍猶尚苦惱何況衆生無有智慧忍受衆苦何得不惱則生悲心復見外人刑戮鞭撻又聞經說惡道苦痛取是苦相觀一切皆苦而生悲心捨自捨憎愛亦觀衆生無有憎愛及取外衆生受不苦不樂者從第四禪乃至非有想非無想處及欲界無苦無樂時取是相已觀一切衆生亦都如是無苦無樂復次如貴人唯有一子愛念甚重心常慈愍世間諸樂願令悉得自能得者亦皆與之其子或時遭諸惱患父甚悲念若子從困得免其父大喜心生喜已即便放捨任子自長父得休息行者如是於四無量心中觀諸衆生亦如子想隨已所有樂事及取世間種種諸樂願令得之慈定力故悉見一切皆是樂者行人從慈心起若見衆生受諸苦痛取是相已而生悲心悲心力故見諸衆生悉皆受苦見受苦已願令衆生皆離是苦從悲三昧起若見衆生受樂得道入涅槃者取是相已而生喜心欲令彼得而彼自得心識柔輭悉見衆生皆得歡喜從此定起見衆生不苦不樂者不憂不喜者取是相已而生捨心願令衆生不苦不樂不憂不喜以善修捨定力故悉見衆生不苦不樂不憂不喜得離煩惱熱復次

若衆生有諸過疊捨而不問若恭敬愛著不以爲喜是爲捨心如是等四無量義如摩訶衍中說

禪法要解經卷上

音釋

肋歷德切脇幹也　筩音筒　鑽祖官切　搔蘇曹切手爬也　䑋䑃䑋都鄧切䑃莫鄧切䑋䑃不明也　跳躑跳他弔切躑直隻切　漬資四切浸也　鉾莫侯切兵也

禪法要解經卷下

姚秦三藏鳩摩羅什譯

若行者欲求虛空當作是念色是種種衆苦具如鞭杖割截殺害飢寒老病苦等皆由色故思惟如是則捨離色得虛空處問曰行者今以色爲身云何便得捨離答曰諸煩惱是色因緣又復繫色是煩惱滅故則名離色復次習行破色虛空觀法則得離色復次如佛所說比丘觀第四禪五陰如病如癰如瘡如刺無常苦空無我如此等觀則離第四禪五陰以餘陰隨色故但言離色所以者何色究竟盡故復次行者觀色分分破裂則無有色如身有分頭足肩臂等各各異分則無有身如頭眼耳鼻舌鬚髮皮肉等分分令異則無有頭如眼者四大四塵身根眼根十事和合白黑等肉團名爲眼各各分別則無有眼地等諸分各亦如是問曰眼根四大所造不可見色云何分別答曰四大及四大造淨色和合故名爲眼若除是色則無有眼又此淨色雖不可見以有對故有分有分故無眼復次能見色者是名爲眼若除四大及四大造色則無有眼若無眼能見色者耳亦應爲眼若眼是色法一切色法有處有分故應可分別若可分別則爲多眼若言四大所造衆微塵爲眼者不應一眼若都非眼亦無一眼若言微塵爲眼者是亦不然何以故若微塵有色則有十方不名爲微塵若非色者則不名爲眼復次微塵體定有四分色香味觸是眼非四事何以故眼是內入攝四大爲外入攝以是故不得以諸微塵爲眼如佛說衆事和合

見色假名爲眼無有定實耳鼻舌皮肉骨等亦如是破是爲破内身相外色宫殿財物妻子等亦皆如是分别破如佛告羅陀從今日當破散色壞裂色令無有色能如是分别是名離色復次如佛説若比丘欲離色度一切色相滅一切對相不念一切異相入無量虚空處度一切色相者是可見色滅一切對相者是有對不可見色不念一切異相者不可見無對色復次度一切色相者青黄赤白紅紫等種種色相滅有對者聲香味觸等不念一切異相者大小長短方圓遠近等如是離一切色相得入虚空處復次行者繫心身内虚空所謂口鼻咽喉眼耳胷腹等旣知色爲衆惱空爲無患是故心樂虚空若心在色攝令在空心轉柔輭令身中虚空漸漸廣大自見色身如藕根孔習之轉利見身盡空無復有色外色亦爾内外虚空同爲一空是時心緣虚空無量無邊便離色想安隱快樂如鳥在瓶瓶破得出翱翔虚空無所觸礙是名初無色定行者知虚空中受想行識如病如癰如瘡如刺無常苦空無我更求妙定則離空緣所以者何知是心所想虚空欺誑虚妄先無今有已有還無旣知其患是虚空從識而有謂識爲眞但觀於識捨虚空緣習於識觀時漸見識相相續而生如流水燈焰未來現在過去識識相續無邊無量問曰何以故佛説識處無邊無量答曰識能遠緣故無邊無邊法緣故無邊復次先緣虚空無邊若破無邊虚空識應無邊行者心柔輭故能令識大乃至無邊是名無邊識處問曰是識處具有

四陰何以故但說識處答曰一切内法識爲其主諸心數法皆隨屬識若説識者則說餘事復次欲界中色陰爲主色界中受陰爲主虚空處識處識陰爲主無所有處想陰爲主非想非非想處行陰爲主復次三法身心心數法欲界色界以身爲主心隨身故若無身已心力獨用心有二分一分緣空一分自緣是故應有二處空處識處但初破色故虚空受名破虚空故獨識爲名心數法亦有二分一分想一分行是故亦應有二處想無所有處行非想非非想處復次緣識故得離虚空處以是故雖有餘陰但識受名

行者得識處已更求妙定觀識爲幻如上説復次觀識如幻虚誑屬諸因緣而不自在有緣則生無緣則滅識不住情亦不住緣亦不住中間非有住處非無住處識相如是世尊説言識如幻也行者如是思惟已得離識處復次行者作是念如五欲虚誑色亦如是如色虚誑虚空亦爾虚空虚誑識相亦爾是皆虚誑而衆生惑著即謂諸法空無所有是安隱處作是念已即入無所有處問曰虚空處無所有處有何差別答曰前者心想虚空爲緣此中心想無所有爲緣是爲差別行者入無所有處已利根者覺是中猶有受想行識猒患如先說鈍根者則不能覺復次離無所有處因緣有三見有見無見非有見非無見有見從欲界乃至識處無見即是無所有處非有非無見非想非非想處是無見應當捨離何以故非想非非想雖細尚應捨離何況無所有處作是念已離無所有處問曰如佛

法中亦有空無所有若是爲實云何言邪見應當捨離答曰佛法中爲用破著故說不以爲實無所有處謂爲是實亦見愛著故是中衆生爲定果報已隨業因緣復受諸報以是故應捨名雖相似其實各異

復次行者作是念一切想地皆麤可患如病如癰如瘡如箭無想地則是癡處今寂滅微妙第一處所謂非想非無想處如是觀已則離無所有處想地即入非有想非無想處問曰是中爲有想爲無想答曰是中有想問曰若有想者何以但下七地名爲想定耶答曰此地中想微細不利想用不了故不名爲想行者心謂是處非有想非無想是故佛隨其本名說是名非有想非無想處鈍根者不覺是中有四陰便謂涅槃安隱之處生增上慢壽八萬劫已還墮諸趣是中四陰雖微深妙利根者則能覺知覺知已患猒作是念此亦和合作法因緣生法虛誑不實如病如癰如瘡如箭無常苦空無我亦是後生因緣應當捨離以其患故當學四諦問曰捨餘地時何以不言學四諦答曰前以說如病如癰如瘡如箭無常苦空無我便爲略說四諦但未廣說復次餘地無遮無難凡夫有漏道亦能過故而此世間之頂唯有聖人學無漏道乃能得過譬如繩繫鳥脚初雖得去繩盡攝還若當繩斷鳥便求去凡夫人亦如是雖過餘地魔王不以爲驚若過有頂之地魔王大驚如繩斷鳥去以是故離餘地時不說四諦有頂地是三界之要門欲出要門當學四諦

問曰云何爲四諦答曰苦諦集諦滅諦道諦

苦有二種一者身苦二者心苦集亦二種一者使二者惱纏滅亦二種一者有餘涅槃二者無餘涅槃道亦二種一者定二者慧復次苦諦有二種一者苦諦二者苦聖諦苦諦者惱相故所謂五受陰名爲苦諦苦聖諦者以知見故修道是名苦聖諦集諦有二種一者集諦二者集聖諦集諦者出生相所謂愛等諸煩惱名爲集諦集聖諦者以斷故修道是爲集聖諦滅諦有二種一者滅諦二者滅聖諦滅諦者寂滅相所謂四沙門果是名滅諦滅聖諦者以證故行道是爲滅聖諦道諦有二種一者道諦二者道聖諦道諦者出到相所謂八正道是爲道諦道聖諦者以修故行道是爲道聖諦復次諦有二種總相別相總相苦者五受陰別相苦者廣分別色陰受想

行識陰總相集者能生後身愛別相集者廣分別愛等諸煩惱及有漏業五受陰因緣總相滅者能生後身愛盡別相滅者廣分別八十九種盡總相道者八聖道別相道者廣分別從苦法忍乃至無學道若不通達四諦者則輪轉五道往來生死無休息時以是因緣故行者應念老病死等一切苦惱皆由有身譬如一切草木皆從地出如經中說十方衆生所以有身皆爲受苦故生譬如毒食若好若醜皆爲殺人若無身心者老病死苦則無所寄如惡風摧折大樹若無樹者則無所壞如是略說身心受苦之本如虛空是風之本木是火之本地是水之本身是苦之本復次如地常是堅相水常爲濕相火常爲熱相風常爲動相身心常爲苦相所以者何以有身

故則老病死飢渴寒熱風雨等苦常隨逐之以有心故憂愁怖畏瞋惱嫉妬等苦常隨逐之若知現在身苦過去苦亦爾如現在過去身苦未來亦爾譬如見今穀種生糵比知過去未來亦皆如是又如現在火熱相比知過去未來火亦熱如是若無身心前則無苦今亦無苦後亦無苦當知三世苦痛皆從身心而有是故應觀苦諦如是心生猒患是苦因緣唯從愛等諸煩惱生非天非時非自然亦非無因緣若離煩惱則不有生當知世間皆從愛等煩惱生如人造事皆以欲爲先以是故諸煩惱是苦因緣復次由愛水故受身若無愛水則不受身如乾土不能著壁如水和之則有所著復次因諸煩惱異故受身種種不同如多欲者受多欲形多瞋恚者受多瞋恚形多癡者受多癡形煩惱薄者受薄煩惱形見今果報異故知昔因緣各别來世隨煩惱受身差别亦如是隨受身若不爲瞋恚則不受毒蛇形一切餘形亦如是以是故當知愛等諸煩惱一切苦因緣苦因緣盡故則苦盡得涅槃涅槃名離欲斷諸煩惱常不變異是中無生無老無病無死無愛别離苦怨憎會苦常樂不退行者得涅槃滅度時都無所去名爲寂滅譬如然燈膏盡則滅不至諸方是名滅諦得涅槃方便道定分有三種慧分有二種戒分有三種住是戒中修行定慧所謂於四諦中慧能決了是名正見隨正見覺法發起是爲正思惟是名慧分二種正定正念正精進是名定分三種正語正業正命是名戒分三種住淨戒故諸煩惱芽不令增長

勢力衰薄如非時種芽不增長諸煩惱力來定分能遮如大山堰水水不能壞譬如呪術能禁毒蛇雖復有毒不能害人定分亦如是慧能拔諸煩惱根本如夏水暴長岸上諸樹無不漑拔行此三分八道眞直正路能滅苦因畢竟安隱常樂無爲若方便初習其門則有十事一者心專正種種外事來壞不能移轉如四邊風起山不傾動二者質直聞師說法不見長短心無增減隨教無疑譬如入稠林採木直者易出曲者難出如是三界稠林直者易出曲者難出佛法中唯直是用曲者遺棄三者慚愧是第一上服最妙莊嚴慚愧爲鉤制諸惡心有慚有愧直爲是人若無慚愧畜生無異四者不放逸一切善法之根本如世間放逸失諸利事行者放逸失涅槃利當知放逸如怨如賊心常遠離當知不放逸如君父師長應遵承不捨五者遠離因此遠離成不放逸若近五欲諸情開發先當身離聚落次心遠離不念世事六者少欲資生之物心不多求多求故則墮衆惱七者知足有人雖復少欲樂著好物則敗道心是故智者趣足而已八者心不繫著若弟子檀越知識親里若問訊迎送多營多事如是等者毀敗道故不應繫著九者不樂世樂若歌舞妓樂良時好日選擇吉凶一切世事悉不喜樂十者忍辱行者求道時當忍十事一蚊虻侵害二蛇虺毒螫三毒獸四罵詈誹謗五打擲加害六者病痛七飢八渴九寒十熱如是等惱事行者忍之莫令有勝當勝此事復次如人識知病相知病因緣知除病藥得看病人隨

意所須不久當瘥行者如是知實苦相知苦因緣知苦盡道知得善師同學如是不久得安隱寂滅問曰已得非想非非想處入深禪定唯有上地結使微薄心已柔輭不應種種因緣種種譬喻觀是四諦似若不信答曰非但爲有頂者說總爲一切有頂之人但觀無色界四陰無常苦空無我如病如瘡如箭入心無常苦空無我皆是因緣虛誑作法觀涅槃上妙安隱快樂非爲作法眞實不虛滅三毒三衰身心苦滅常訶四陰及其因緣則名苦諦集諦常讚嘆涅槃及涅槃道是名滅諦道諦

行者得四禪四無色定心已柔輭若求五通依第四禪則易得若依初禪二禪三禪雖復可得求之甚難得亦不同所以者何初禪覺觀亂定故二禪喜多故三禪樂多故與定相違四如意分皆是定相唯第四禪無苦無樂無憂無喜無出入息諸聖所住快樂安隱是故行者當依第四禪修四如意分所謂欲定行法成就如意精進定心定思惟定行法成就如意依是住者無事不得問曰云何欲定行法成就如意答曰欲名欲於所求之事定名一心無有增減行法名信念巧慧喜樂等助成欲定因欲爲主得定故名爲欲定精進定心定思惟定亦如是行者觀欲莫令有增有減莫令內多攝外多散柔輭平等調和堪用猶如彈琴調其緩急隨作歌曲精進心思惟亦爾如行者學飛欲飛是名欲攝諸散心集助行法是名精進心能舉身離身麤重睡掉等心則輕便以心輕故能舉其身是名心

籌量欲精進心多少能舉身未能壞内外諸色未是名思惟依四如意分能具足一切功德何況五通問曰五神通何者先生答曰隨所樂者爲先問曰若爾者何以變化神通在初答曰五神通多爲衆生所以者何如慧解脱阿羅漢作是念言有衆生多鈍根者不信道事輕慢佛法我得難事漏盡神通如何不起神通教化衆生而令墮罪又佛大悲利益衆生我爲弟子應以神力助益衆生然諸衆生多以現事而得利益神變感動貴賤大衆無不傾伏餘通無有是者以是故變化神通在初問曰天身火大多故身有光明亦能昇虚疾去鬼神風大多故身則輕疾無所觸礙龍身水大多故心念生水亦能變動人身地大多故輕動相少云何能飛答曰以人身地種輕動相少故求學神通如天如神何用通爲如地雖重以水力故地則爲動如是心力故能舉其身譬如獼猴從高墮落而不傷身人墮則傷以獼猴心力輕疾强故無損當知身通如是心力强故又如人能浮雖在深水而不沉没心方便力故能持其身以是故當知人身雖重心力强故身飛虚空

問曰如是可信云何當學答曰若行者住於第四禪依四如意分一心攝念觀身處處虚空如藕根孔取身輕疾相習之不已身與心合如鐵與火合滅身麤重相但有輕疾身與欲精進思惟及助行法合欲等善行力故身則隨逐如火在鐵輕輭中用又復色界四大造色在此身中與身和合令身輕便隨意能去如人服藥令心了了身則輕便譬如色界

四大造色明淨在此身故眼則明淨如人學跳久習轉工絶於餘人如鳥子學飛漸漸轉遠身通如是初得之時或一丈二丈漸能遠飛是變化神通力四種一者身飛虛空如鳥飛行二者遠能令近三者此滅彼出四者猶如意疾彈指之頃有六十念一念中間能越無量阿僧祇恒河沙國土隨念即至用是神通身得自在一身能爲多身多身能爲一身大能爲小小能爲大重若須彌輕如鴻毛如是等所作如意復次若菩薩得是身通一念之頃度恒河沙國土然衆生見菩薩到彼而菩薩不動於本處於彼說法教化此亦不廢或有天人著常顛倒可以神通度者現燒三千大千國土而衆生見三千大千國土焚燒破壞而國土無損有衆生心生憍慢現作手執金剛杵從金剛中出火見者怖畏歸依禮敬有人樂著轉輪聖王身即現轉輪聖王而爲說法或現釋提桓因或現魔王或現聲聞辟支佛或現佛身隨所樂身而爲說法菩薩或復在虛空中結跏趺坐從身四邊悉放種種光明而爲說法或時衆生樂雜色莊嚴即爲現三千大千國土七寶莊嚴幢旛華蓋百種妓樂處中說法或令三千大千國土爲一海水青蓮紅華覆蓋水上於上說法或坐須彌山上以梵音聲說法普聞諸國或時衆生不見其形但聞說法之聲或作乾闥婆身妓樂音聲令其心悅然後說法或現龍王雷電霹靂而以說法如是種種因緣方便而現神變開引衆生問曰是神通變化諸物云何而不虛妄答曰行者先知諸法虛妄如幻如化

譬如調泥隨意所作如福德之人尚能夏有雪冬生華河不流又如仙人瞋怒令虎狼師子變爲石身何況神通定力而不變物復次一切物中各有氣分取其分相神力廣之餘者隱没如經說有比丘神力心得自在見有大木欲令爲地即皆是地所以者何木有地分故若水火風亦如是若作金銀種種寶物隨意悉作何以故木有淨分故問曰物變如是化無本末其事云何答曰有言虛空中四大所造微塵心力故令諸微塵合成化人譬如人死或生天上或生地獄罪福因緣故和合微塵爲身化亦如是如是等是初變化神通相

若行者欲求天耳亦以第四禪爲本修四如意分如上所說調柔其心屬念大衆音聲取種種聲相所聞之聲常當想念若心餘緣攝之令還常當一心修念即於耳中得色界四大所造清淨之色是名修習天耳以是天耳聞十方無量國土音聲所謂天聲人聲龍聲阿脩羅聲乾闥婆聲旃陀羅聲摩睺勒聲及畜生餓鬼之聲地獄苦痛麤細大小音聲等皆悉聽聞菩薩定心轉深乃聞十方諸佛音聲從佛聞法而不取相以法爲眞法爲最上而依深義不依於語云何深義所謂知諸法空無相無作不生邪見於義亦不得義不可得中亦無得相是依深義不依語言復次行者依了義經不依非了義經了義經者若能依義一切諸經皆是了義義畢竟空不可說相故是以諸經皆是了義若不依義是人於諸經皆不了義所以者何以無深智隨逐音

聲故是音聲實相亦入深義俱不可說是名分別了義經不非了義經復次行者依智而不依識何以故行者知者識相從因緣和合生無有自性無色無對不可見無知無識虛誑如幻如是知識相識即爲智是故依智而不依識行者雖復生識若識若智而不生著知識如相識即爲智相以是智相爲衆生說復次行者依法不依人何以故若佛法中實有人者無有清淨得解脫者而一切法無我無人但隨俗故說有人有我以是故行者依法不依人所謂法者諸法之性法性者無生性是無生性者畢竟空是畢竟空者不可說者是何以故以語說法法中無語語中無法語則是無語相一切語言非語言相以是故經說無示無說是名佛法行者以天耳聞諸佛法若人若法不生著見若分別二相非爲佛法若無二相則是佛法行者依止天耳力故聞甚深之法以教化衆生是名天耳神通若行者欲得他心智先自觀心取心生相住相滅相亦知心垢相淨相定相亂相等復觀心所緣垢淨近遠多少等自取內外心相已然後觀衆生色取欲相心瞋相心慢相心慳相心嫉相心憂相心畏相心語言音聲種種所作相心等作是念時如我心生時住時滅時彼亦如是自知心所緣他亦如是我心有如是色相語言所作相他亦如是常修學心相如是習已得他心通是時但緣他心心數法如明眼者觀淨水中魚有大小好醜悉皆見之雖有水覆以水淨故不以爲礙行者如是知他心通力故衆生雖身覆心而能見之

既得心通或時在大衆說法先知其心知是衆生以何深心行何法何因縁有何相喜何事知自心清淨故知衆生心亦可清淨如淨鏡中隨所有色若長若短方圓麤細等如本相現不增不減所以者何鏡清淨故鏡雖不分别而顯其相行者亦如是自心清淨故諸法無一定相常清淨故衆生心心數法皆悉知之若衆中多婬欲者即知其心爲說離婬欲法恚癡亦如是何以故心實相無染無瞋無癡若衆中求聲聞乘者亦知其心而爲說法雖爲說法知法性亦無有小求辟支佛道者亦知其心而爲說法雖爲說法知法性亦無有中若求大乘者亦知其心而爲說法雖爲說法知法性亦無有大行者如是等隨衆生心而爲說法亦不分别心相雖分别三乘說法而不壞法性不壞法性故悉知一切衆生心所行雖自用心知他心於彼此心無逆無順亦知一切衆生心心相續如水流如知心性法性亦如是以他心智知衆生心而爲說法則不虚也是名知他心智神通

若行者欲知宿命先自覺知今所經事向所經事轉至昨夜昨日前日如是一月從今歲乃至孩童譬如行道到所至處思惟憶念所經由處如是習已善修定力故憶念生時處胎時知其處死此胎生知是一世二世三世乃至百世千萬無量億世以宿命智自知已身及他恒河沙劫所經由事悉皆念知以宿命處教化衆生作如是言我某處如是姓字如是生如是壽命所經苦樂亦說彼所經之事行者以宿命力故知是衆生先世罪福因

緣所謂種聲聞因緣辟支佛因緣佛因緣隨其因緣而爲說法復次行者宿命智力故自知從諸佛種善根不迴向阿耨多羅三藐三菩提今當迴向阿耨多羅三藐三菩提行者亦知過去諸法滅時無所去知未來世諸法生時無所從來雖知過去世無始不生無始不見雖觀未來世衆生滅入涅槃亦不生邊見行者念宿命時增益諸善根及滅無量世罪因緣何以故知一切法無新相無故相得如是智慧已觀一切有爲法及所經生死苦樂如夢中所見以是故於生死中心不生猒於一切衆生而起悲心知一切法皆是作相作是念如我千萬億無量劫往來生死皆爲虛妄非實一切衆生來往生死皆亦如是若無四大四陰者是則爲實四大四陰亦畢竟不生復次行者以宿命智憶念曾爲轉輪聖王所受之樂無常磨滅釋提桓因樂亦無常磨滅有諸佛國土清淨莊嚴及諸菩薩諸佛上妙之色轉於法輪皆悉無常何況餘事念如是已心猒遠離行者依宿命智入無常空觀一切諸法皆空無常而衆生顛倒故著爲是衆生故而生悲心行是悲心漸漸得成大悲得大悲已十方諸佛念是菩薩讚嘆其德是名宿命神通

若行者欲求天眼者初取光明相所謂燈火明珠日月星宿等取是明相已若晝日則閉目夜則無在念上明相如眼所見常修習明念繫心在明不令他念若去攝還心得一處是時色界四大所造清淨之色在此眼中是名天眼以天四大造故名爲天眼又諸賢聖

清淨眼故名爲天眼行者得是天眼已諸山樹木鐵圍須彌及諸國土都無障蔽以無礙眼能見十方無量阿僧祇諸佛及莊嚴國土爾時行者能知一切佛爲一佛又見一佛爲一切佛以法性不壞故如見佛相自見身相亦如是自身相淨故一切法相亦如是如見佛清淨弟子亦爾無有二相及十方無量國土衆生若地獄畜生餓鬼人天除無色者生死好醜皆悉見之皆知十方六道衆生業因緣及果報是衆生以善業因緣故生天人中是衆生以不善業因緣故生三惡道中行者於天眼中得智慧力故雖見衆生不生衆生想一切法無衆生想故雖見業及果報相續亦入一切法無業無果報中雖天眼見一切色以智慧力故亦不取色相是色悉皆空故

復次若障若不障近遠上下有無不悉見行者見色界諸天清淨微形者而彼不見乃至大天亦復不見如是等種種神通義如摩訶衍神通義中廣說

禪法要解經卷下

音釋

榖 音穀 漂 疋昭切浮也 虺 虎委切蝮也 擲 直隻切投也

阿育王經

梁扶南三藏僧伽婆羅譯

清刻龍藏佛說法變相圖

阿育王經卷第一 第二同卷

梁扶南三藏僧伽婆羅譯

生因緣品第一

佛住王舍城竹林迦蘭陀精舍於彼早起著衣持鉢與比丘衆圍遶入王舍城乞食是時空中而說頌曰

佛身如金山　行步如象王　面貌甚端嚴
猶若於滿月　與比丘圍繞　俱行入於城

爾時世尊將欲入城足履門閫有種種不思議事盲者得視聾者能聽啞者能語跛者能行牢獄繫閉皆得解脱有怨憎者悉生慈悲犢子繫縛自然解脱往其母所一切諸獸象馬牛等心大歡喜悉皆鳴吼一切飛鳥鸚鵡舍利俱翅羅孔雀等鳥鳴聲相和諸莊嚴具鐶釧釵璫種種寶物在篋笥中自然出聲甚

可愛樂一切妓樂自然俱作是時此地自然清淨無諸穢惡沙礫瓦石荊棘毒草六種震動東涌西没西涌東没南涌北没北涌南没中央涌四邊没四邊涌中央没周迴旋轉現此種種奇特之事爾時空中復說偈言

一切大地　四海爲依　國城諸山　以爲莊嚴
世尊蹈地　六種震動　如海中船　爲風所吹

時佛入城以神力故令一切人悉生喜踊如大海水爲風所吹一切人民而說偈言

世間可愛樂　無過佛入國　大地六種動
沙礫無遺餘　諸根不具者　悉皆得具足
一切衆樂器　自然出妙聲　佛光照諸國
如千日照世　以香水灑地　及栴檀末香
是時此國城　莊嚴中第一

爾時世尊行至大路於大路中有二小兒一是何伽羅久履笴(翻審勝姓)兒一是久履笴(翻姓)兒此二小兒在沙中戲第一小兒名闍耶(翻勝)第二小兒名毗闍耶(翻勝)不此二小兒見世尊身三十二相第一小兒以沙爲糗捧內佛鉢第二小兒合掌隨喜即說偈言

自然大慈悲　圓光莊嚴身　已遠離生死
我今一心念　以心念佛故　捧沙以供養

是時闍耶供養已而發願言以此善根當令我爲一繖地王於佛法中廣作供養佛知其心見其正願未來之世有勝妙果由佛如來爲福田故以慈悲心而受此沙即便含笑身出諸光青黃赤白或從頂出或膝下出膝下出光照八地獄寒者得煖熱者清涼光照其身苦惱皆除彼諸衆生心生疑惑我已脫苦爲即住此爲餘處生爾時世尊爲起善念復

作化人令至其處彼衆生見而生心言我等今者非異處生但以此人力故令我脫苦復於化人更生心念地獄報業悉皆消滅從彼命終生人天中有見諦處從頂出光照四天王乃至阿迦尼吒於光明中說苦無常空無我法復說偈言

當精進出家　相應於佛法　滅除生死軍
如象破宅舍　若人於佛法　勤行不放逸
捨一切生死　得一切苦滅

佛之光明能照三千大千世界照已還入佛身若佛欲記過去業報光從背入若佛欲記未來業報光從前入若佛欲記地獄生者光從足入若佛欲記畜生生者光從踝入若佛欲記餓鬼生者光從脚趾入若佛欲記人生者光從膝入若佛欲記鐵輪王生光從左掌入若佛欲記金輪王生光從右掌入若佛欲記天生光從臍入若佛欲記聲聞菩提光從口入若佛欲記緣覺菩提光從白毫相處入若佛欲記菩薩菩提光從肉髻入光從三千世界還者先繞佛三帀然後各隨所入今佛含笑身出光明繞佛三帀從左掌入不無因緣是時阿難見已合掌而說偈言

佛除掉慢等　滅惡成勝因　不無因而笑
齒白如珂雪　以智慧能知　他所樂聞事
以最勝光明　能令彼疑滅　佛聲如雷震
眼猶如牛王　人天勝福田　當記施沙報

佛言阿難我於今者不無因笑有因緣故如來應正遍知現此含笑阿難汝見小兒以手捧沙置鉢中不阿難白佛唯然已見世尊又言此兒者我入涅槃百年後當生波吒利弗

多城名阿育爲四分轉輪王信樂正法當廣供養舍利起八萬四千塔饒益多人於是如來復說偈言

我入涅槃後　當生孔雀姓　名阿育人王
樂法廣名聞　以我舍利塔　莊嚴閻浮提
是其功德報　施沙奉於佛

佛時取沙授與阿難而語之言汝取牛糞用和此沙塗佛經行地阿難受教即用塗地乃至波吒利弗多城有王名旃那羅笈多（翻護）時王有子名頻頭娑羅（翻遍實）頻頭娑羅長子名修私摩（翻善結）是時有詹波城婆羅門生一女色貌端正國中第一相師記曰是女人當作王后應生二子第一子作四分轉輪王第二子出家得道婆羅門聞是語已生大歡喜欲樂富貴將其女往波吒利弗多國以一切莊嚴之具莊嚴其身而白頻頭娑羅王言我女端正國中第一與王作婦王即納之以置宮內一切內人皆作是念此女端正彼國最勝若王見者必當樂著不愛我等諸內人等思惟是已即便令其作剃毛師爲王剃毛又於一時王令剃毛當剃毛時王便得眠王眠既覺心生歡喜即語其言汝有所須隨意所說即白王言我願與王共相娛樂時王語言汝是剃毛師我是國王云何同汝復白王言我是婆羅門女非剃毛師彼婆羅門本欲以我爲王夫人王又問言誰令汝作剃毛師耶答言內人王又語言汝今勿復更爲此事即便取之以爲夫人少時有娠十月生子時王念言我今無憂即名此兒爲阿輸柯（即是阿育翻無憂）乃至生第二兒除心憂故即名此兒爲毗多

輸柯翻除憂其體麤澁父不愛念時頻頭娑羅王欲相諸子誰堪紹繼即命外道相師名賓伽羅跋娑翻蒼犢語言和尚我欲相諸王子若我滅後誰堪為王賓伽羅跋娑答言大王欲相王子當入金殿乃至頻頭娑羅王將至金殿時阿育母語阿育言大王今日欲相諸子汝可往彼阿育答言王不喜我云何得往其母語言汝今但去阿育答言今當如命願母遣人將食至彼乃至阿育從波吒利弗多城出時有大臣名曰成護遇見阿育問言今者欲何處去阿育答言今日大王於金殿上欲相諸子我今往彼成護即以最勝舊象與阿育乘阿育乘象至金殿所至已於諸王中而便坐地諸王皆有種種飲食金銀為器時阿育母即便遣人辦飯與酪盛以瓦器送與阿育是時頻頭娑羅王語相師言汝當次第相諸王子於我滅後誰堪為王相師思惟若言阿育堪為王者王不重之必當殺我思惟是已便白王言我今以因緣相不出其名王答言好相師即言若王子中有好乘者便堪為王大王復言汝可更相相師復言若勝坐處是堪為王大王復言汝可更相相師復言有好飲食及以好器則堪為王時諸王子聞其此言各各思惟若有好乘坐處飲食器者我當作王阿育思惟今此相師不出其名以相故說若好乘等堪為王者我乘最勝又坐大地飯酪第一我器地造以水為飲如我所見我當作王是時相師問訊其母其母問言大王滅後誰當作王答言阿育復語相師王或更問堪作王者汝可遠去不須住此若阿育

得王汝當更來是時相師遠至餘國時頻頭娑羅王所領國名德叉尸羅欲爲反逆不從王化頻頭娑羅王語阿育言汝可集四種兵往至彼國器仗資物悉不與之乃至阿育領四兵衆從波吒利弗多國出衆人白阿育言我等今者無有器仗及以資物云何當能征伐彼國阿育答言若有功德應爲王者器仗資物自然而出作此語已應時地開器仗資物一時而出是時阿育領四種兵伐德叉尸羅時德叉尸羅人民聞阿育來出半由旬莊嚴道路香水灑地奉迎阿育而說言我等迎王不爲鬬諍亦不與彼大王相嫌但王所遣大臣在我國者爲治無道願欲廢之是時人民以諸供具供養阿育迎至國中如是乃至廣說時阿育王遣使往佉師國佉師國中有二健兒白其王言我等二人力能平山彼阿育來不足臣事是時諸天而發聲言阿育當爲四分轉輪王領閻浮提不可逆也時頻頭娑羅王長子修私摩從苑中還入波吒利弗多城是時頻頭娑羅王第一大臣頂上無髮從城內出中路相逢修私摩戲以手拍其頭是時大臣思惟說言其今尚以手拍我若作王時汝當以刀害我宜作方便令其後時不得爲王是時大臣令五百臣離修私摩又言阿育當爲四分轉輪王我等應當悉共事之乃至令德叉羅人民反此大王不復臣屬頻頭娑羅王遣修私摩往征伐之時修私摩雖復到彼而不能伐是時阿育自還本國頻頭娑羅王身遇重病命將欲絕勅語使人可遣阿育更往德叉尸羅國速令修私摩還我今

欲以國事付之爾時諸臣以黃薑汁塗阿育身示作病相復煮落叉汁以鉢盛之置在一處唱阿育病是時頻頭娑羅王未終之頃諸大臣等莊嚴阿育至大王所白大王言此是王子大王應當授之王位若修私摩還我復當以王位與之是時大王聞是語已心大瞋忿時阿育言若我如法得爲王者天當即時與我天冠作是言已諸天即以天冠著其頭上大王見已倍生瞋恚遂有熱血從其口出即便命終阿育於是即登王位登王位已即拜成護爲第一臣是時修私摩聞大王終阿育就位生大瞋恚即與兵衆欲伐阿育時阿育王於其城中出多兵衆守城四門令二勇猛大力之將領諸兵衆守南西二門復令大臣成護領諸兵衆守城北門時阿育王自領兵衆守城東門大臣成護以諸方便於城東門作諸機關刻木以爲阿育王身及諸軍衆掘地作坑與無煙火以物覆之復以爆土用置其上時修私摩領諸兵衆欲攻北門成護語言汝莫攻我當攻東門汝若得殺阿育王者我自降伏時修私摩便從其語即迴軍衆往攻東門見機關人悉皆不動於是直前即墮火坑自燒而死修私摩死已彼有軍主名跋陀羅（翻賢）由他（翻伏）大力勇健領諸軍衆其數過千於佛法中出家修道即得阿羅漢果時阿育王領理國事有五百大臣於阿育王起輕慢心阿育王語諸大臣汝可折取華果樹以護棘刺樹諸臣答言大王不爾當折取棘刺樹以護華果樹阿育王復言不如是當折取華果樹護棘刺樹如是至三時諸大臣不

受其教阿育王瞋即自拔刀斬五百臣首乃至阿育王復於一時將五百婇女入於後園園中有樹名阿輸柯樹生華葉阿輸柯王見而悅言此樹與我同名是故歡喜時阿育王身體麤澁諸女人等不欲近之王園中眠諸女人等爲欲令王不歡喜故折樹華葉乃至令盡阿育王覺見無華葉而問諸女樹華脫盡誰之所作諸女答言我等所爲阿育王瞋即以竹箔裹諸女人以火燒之以其惡故時人謂爲旃陀阿輸柯王(翻可畏)大臣成護白旃陀阿輸柯王如是所作若打若殺當付餘人不應自作王即募覓能行殺者是時山中有村村中有人善織衣業而生一子其父字之名耆利柯(翻山)其人可畏能行不仁恒罵父母家中男女悉皆打拍乃至一切衆生無不殺害常以網捕爲業以其殺害多故人復謂之旃陀耆利柯(翻可畏山)王覓惡人而值遇之使者語言王令欲以殺害治人汝能爲不其人答言閻浮提中悉令殺盡我亦能爲使者以其所說還白大王王即語言將此人來使者受教往彼語之王令汝來其答使言且待少時須見父母即白父母阿育大王欲以一切殺害治人令我爲之我今欲去父母不許其人恚故便害父母還使人處使人語言汝來何遲其人答言父母不聽我來我已害之後至王處白大王言欲治人者當作牢獄莊嚴獄門極令華麗令見之者無不愛樂復白王言請王嚴教有入獄者悉不得出王言甚善是時旃陀耆利柯往至鷄寺寺中有一比丘誦修多羅修多羅中說地獄事謂鑊湯鑪炭刀

山劒樹等種種苦事若有人生地獄者隨罪治之乃至廣說如五天使修多羅中說地獄事是時旃陀耆利柯聞此語已一切隨之造地獄具時舍衛國有一商主共婦入海至海生兒仍名兒爲海乃至于十二年海中往返遇五百賊害此商主奪其財物唯兒得免後於佛法出家次第遊行至波吒利弗多國至已早起著衣持鉢入國乞食以不悉故見地獄門種種莊嚴便入其中爲欲乞食入已見諸苦具即便欲出旃陀耆利柯見而執之語言汝今受死不得出也是時比丘心懷怖懼啼泣流淚旃陀耆利柯語言汝今何事啼泣猶如小兒比丘答言我不惜此身但爲值遇解脫難故出家難得我今已得釋迦難值我已得值法中眞法我猶未得是故憂惱旃陀耆利柯語比丘言我已受大王命有入此獄者悉不得出是時比丘啼泣而言汝當伸我一月答言一月不可聽至七日比丘思惟死近勤修精進至滿七日時有王子共內人語阿育王見而生瞋忿即令將此二人付獄治罪旃陀耆利柯即以二人置鐵臼中以杵擣之比丘見已深生怖畏即說偈言

大師佛慈悲　第一仙正說　此色如泡聚
不實不常住　此身色端嚴　滅爲何所趣
是故應捨離　癡人不樂法　此緣我當知
解脫在此獄　依此當得度　三有之海岸

爾時比丘於一夜中精進思惟斷除煩惱即得阿羅漢果旃陀耆利柯語比丘言是夜已過明相已現受苦時至汝應知之比丘答言我今不知汝之所說是夜已過明相已現惟

能自知無明夜過智慧日現我以智慧日光見一切世間皆無有實是故我今欲以佛法攝諸世間語旃陀耆利柯言我今此身隨汝意作是時獄主無慈悲心不見世間即大瞋怒以此比丘置鐵鑊中盛以膿血屎尿雜穢多以薪火煑此比丘乃至薪盡身不爛壞是時獄主見其不異即生瞋忿打罵獄卒汝今何故不多與火獄主即便自與薪火而火不燃既見不燃便看鑊中見此比丘坐蓮華上結跏趺坐見是事已即往白王時王聞已與一切人民共往看之是時比丘即以神力於一念頃從鐵鑊出身升虛空譬如鵝王飛騰空中現十八變時阿育王見此比丘猶如破山林於空中心生歡喜而說偈言

汝身同人身　神力過人力　我不知此事　汝今爲是誰　是故當正說　應令我知之　若我知此事　當爲汝弟子

爾時比丘心自思惟此王今能堪受佛語當廣作塔供養舍利爲一切人受法饒益作是思惟已欲顯其功德而說偈言

佛滅一切漏　無比大慈悲　最勝論議師　我是彼弟子　無盡正法力　不著一切有　佛人中牛王　自調復調他　令我今得脫　三有之牢獄

復次大王如佛所記我入涅槃百年後於波吒利弗城當有王名阿輸柯作四分轉輪王於我舍利廣作供養起八萬四千塔復次大王王所起獄與地獄等於此獄中殺害無數王當除之於一切衆生施與無畏大王今應滿世尊意即說偈言

是故大人王　於一切衆生　當起慈悲心
施與無怖畏　當滿世尊意　廣起舍利塔
爾時阿育王生念佛心合掌懺悔而說偈言
我歸依佛法　及世尊弟子　汝今十力子
當起忍辱心　我所作衆惡　悉懺悔於汝
今當修精進　深生恭敬心　我莊嚴此地
以種種佛塔　其白如珂雪　如佛之所記
比丘答言善哉即以神力還其所住時阿育王欲從獄出旃陀耆利柯合掌說言大王當知我已受命入此獄者皆不得出時王語言汝今欲殺我耶答言如是王言我等誰最前入旃陀耆利柯答言我最前入時王語諸獄卒捉旃陀耆利柯置落可屋以火焚之又復令人破壞此獄於一切衆生施與無畏時王生心欲廣造佛塔莊嚴四兵往阿闍世王所起塔處名頭樓那(翻瓶)至已令人壞塔取佛舍利如是次第乃至七塔皆取舍利復往一村名曰羅摩(翻戲)於此村中復有一塔最初起者復欲破之以取舍利時有龍王即將阿育入於龍宮而白王言此塔是我供養王當留之王即聽許是龍王復將阿育至羅摩村時王思惟此塔第一是故龍王倍加守護我於是塔不得舍利思惟既竟還其本國時阿育王作八萬四千寶函分布舍利遍此函中復作八萬四千瓶及諸幡蓋付與夜叉令於一切大地乃至大海處處起塔又言國有三種小中大若國出千萬兩金者是處應起一王塔是時德叉尸羅國出三十六千萬兩金彼國人民白阿育王言王當與我三十六函王聞是語即便思惟我欲處處廣造佛塔云何此

國頓得多耶時王以善方便語彼人民今當除汝三十五千萬兩金又言若國有多塔若國有少塔從今已去悉聽不復輸金與我乃至阿育王往耶舍大德阿羅漢處說言我欲於一日一念中起八萬四千塔一時俱成而說偈言

於先七塔中　取世尊舍利　我孔雀姓王
一日中造作　八萬四千塔　光明如白雲

乃至阿育王起八萬四千塔已守護佛法時諸人民謂爲阿育法王一切世人而說偈言

大聖孔雀王　知法大饒益　以塔印世間
捨惡名於地　得善名法王　依法得安樂

阿育王經卷第一

阿育王經卷第二

梁扶南三藏僧伽婆羅譯

見優波笈多因緣品第二

爾時阿育王起八萬四千舍利塔已生大歡喜與諸大臣共往鷄寺到已於上座前合掌禮拜而作是言佛一切見者記我以沙施佛今得是報更復有人佛所記不彼時上座比丘名耶舍(翻聞)答阿育王言亦有世尊未涅槃時有龍王名阿波羅囉(翻無苗)復有陶師及旃陀羅(翻惡)龍王佛化是等竟至摩偷羅國於摩偷羅國告長老阿難言此摩偷羅國如來涅槃百年之後當有賣香商主名曰笈多其後生兒名優波笈多最勝教化爲無相佛我涅槃後當作佛事復告阿難汝今見彼遠青林不阿難答言已見佛言彼有山名優樓漫陀如來涅槃百年之後當於彼山起寺名那哆婆哆最勝坐禪處於時世尊而說偈言

教化弟子中　智慧最第一　世尊之所記
名優波笈多　大德於此世　當廣作佛事

爾時阿育王復問上座耶舍優波笈多爲生已未大德耶舍答言已生在優樓漫陀山除一切煩惱諸阿羅漢悉隨從之攝受世間故如一切智於天人阿脩羅及諸龍神等而爲說法是時長老優波笈多爲一萬八千阿羅漢之所圍遶在那哆婆哆寺時阿育王爲諸大臣而說偈言

汝當速莊嚴　象馬車步兵　我欲往彼國
優樓漫陀山　爲欲見大德　名優波笈多
勤精進盡漏　乃至阿羅漢

時諸大臣白阿育王言王應遣使報彼諸人

令優波笈多來至王門王答諸臣阿羅漢者不可輕屈我等今應自往禮拜而說偈言

處世同如來　名優波笈多　若不受其教
其心金剛造

乃至阿育王遣使往優波笈多所白優波笈多言我欲至大德處優波笈多聞使語已即便思惟若乃阿育王來必多人隨從當損此國思惟已即語使言我當至彼不須王來王即造船迎優波笈多處處道路無不修治至摩偷羅國是時優波笈多將一萬八千阿羅漢爲攝受阿育王故一切入船乃至往波吒利弗多國時阿育王民白大王言優波笈多爲攝受王故已至此國大王當知佛法如舟王令修善由之得正渡三有海至無爲岸優波笈多至明清旦當步至王所王聞歡喜即解瓔珞價直千萬以賞此人復令此人擊皷宣令使波吒利弗多國一切聞知優波笈多明當入國復令此人說此偈言

若人樂富樂　及天解脫因　一切應當見
彼優波笈多　若人不見佛　兩足中最尊
自然大慈悲　無漏大師等　彼見當供養
名優波笈多

乃至阿育王令一切人民聞此偈言又復令其嚴治道路時王出城至半由旬共諸臣民賫持香華種種妓樂迎優波笈多時阿育王遥見優波笈多已在岸上與一萬八千阿羅漢如半月形而自圍遶即便下象步至優波笈多處時阿育王一足在船一足在岸以兩手捧優波笈多以置船中五體投地敬禮其足猶如大樹摧折墮地又復以舌舐其兩足

長跪合掌瞻仰無猒而說偈言

大地海爲衣　山莊嚴一繖　除怨得此地
令我生歡喜　不如於今日　與大德相見
我今見大德　倍生於心念　是故我生喜
謂已見世尊　佛已入涅槃　大德作佛事
世間爲無明　汝如日月光　以智慧莊嚴
猶如大師等　第一教化人　衆生所歸依
應當見教化　我當如說行

爾時大德優波笈多以右手摩阿育王頂而說偈言

王今得自在　當修不放逸　三寶值遇難
王應常供養　世尊付法藏　於王及我等
當守護佛法　爲攝受衆生

阿育王答言如世尊記我今已作而說偈言

我今已供養　世尊舍利像　處處廣起塔
以珍寶莊嚴　唯不能出家　修行於梵行

優波笈多言大王善哉善哉如此之事是王應作何以故

王於身命財　應當修眞實　王若於異世
不受異世苦

時阿育王以大供養將優波笈多入城手捧大德以置高座優波笈多其身軟滑如兜羅綿阿育王既觸其身合掌而言

大德身軟滑　如綿迦尸等　令我體麤澁
而觸大德身

時優波笈多復說偈言

我以勝供養　供養佛世尊　不及王以沙
奉施於如來

時阿育王復以偈答

我先小兒意　以沙奉世尊　值遇功德田

是故令爲王

時優波笈多爲令阿育王生歡喜故而說偈言

王值功德田　而生布施種　是故得此報
不可思議樂

王聞是已心大歡喜復說偈言

昔以沙布施　世尊大福田　今得無比樂
四分轉輪王　誰聞如此事　不供養如來

是時阿育王禮優波笈多足白言大德我欲於佛行住坐卧處悉皆供養又欲作相令未來衆生知佛如來行住坐卧所在之處爲攝受故即說偈言

我欲於如來　行住坐卧處　悉皆修供養
爲離生死苦　又欲作如來　行住坐卧相
使未來衆生　起見佛因緣

優波笈多答言大王善哉善哉王今此心最爲難及今欲現王如來世尊四威儀處令王作相爲欲攝受諸衆生故是時阿育王即嚴四兵香華伎樂與優波笈多即往彼處時優波笈多將阿育王至佛生處入嵐毗尼林（翻解脫處）舉右手指言阿育王此是佛生處而說偈言

世尊第一處　生便行七步　淨眼觀四方
而作師子吼　是我最後生　處胎住亦然

時阿育王五體投地頂禮如來初生之處合掌說偈

有人見佛者　彼具大功德　若聞師子吼
功德亦如是

優波笈多爲阿育王生大信心而問王言有天見佛初生行七步及聞師子吼王欲見耶

王答言大德我今欲見優波笈多言如來初生摩耶夫人所攀樹枝天在其中即便以手指示其處而說偈言

若有諸天人　住在此林中　得見世尊生
復聞師子吼　當現其自身　爲阿育生信

是時天人便現其身於優波笈多前立合掌說言

大德令我　欲何所作

時優波笈多語阿育王此天見佛生時阿育王合掌向天而說偈言

汝見佛初生　百福莊嚴身　佛面如蓮華
世間所愛樂　復聞師子吼　依此大林中

是時天人復以偈答

我已見佛身　光明如金色　七步行虛空
二足中最勝　亦聞師子吼　爲天人中尊

時王問言如來生時有何瑞相天人答言我今不能廣說妙事略說少分即說偈言

放金色光明　照於盲世間　人天所愛樂
及山海地動

乃至阿育王以十萬兩金供養如來初生之處即便起塔復往餘處時優波笈多將阿育王入迦比羅婆修斗(仙人住處也翻蒼色)舉手示王此處人以菩薩與白飯王三十二相可愛之色莊嚴其身王見已立五體投地向彼作禮釋迦(人生)跋陀那(翻正當)是天神處菩薩至彼欲禮天神是時天神不受其禮而禮菩薩時白飯王見是事已即便說言我今此兒爲天之天即爲立名謂之天天又言此是相師婆羅門相菩薩處又言此是仙人記菩薩處云此兒生已當應作佛又言此是摩訶波闍波提養

菩薩處又言此是菩薩學書之處又言此是菩薩乘象車馬等種種技術之處又言此是菩薩究竟諸道滿足之處又言此是菩薩轉法輪處又言此是共六萬婇女娛樂之處又言此是菩薩見老病死生悲心處又言此是菩薩閻浮樹下修諸禪定離欲惡法有覺有觀離生喜樂入初禪處菩薩坐禪日已過中蔭菩薩樹其影不移其餘諸樹影隨日轉時白飯王見如此事五體投地禮菩薩足又此間有一萬天人隨侍菩薩從迦毗羅城中夜而出又言此是菩薩脫寶冠弁遣馬與車匿還處而說偈言

捨寶冠瓔珞　弁馬與車匿　令其還本國
一身無侍衛　爲修精進行　便入山學道

菩薩於此處以迦尸衣易獵師袈裟而便出家此是娑羅伽婆^{翻姓}請菩薩處此處頻毗娑羅^{翻實摸}王與菩薩半國是處問鬱頭藍弗復說偈言

此處有仙人　名鬱頭藍弗　聞其法捨去
人王無餘師

此處六年苦行復說偈言

六年中苦行　難行我已行　知苦行非道
捨仙人所行

此處是菩薩受難陀難陀波羅二女奉十六轉乳糜受已食之復說偈言

菩薩在此處　食難陀乳糜　大勇最勝語
往菩提樹間

此處迦梨龍王讚歎菩薩如偈所說

龍王名迦梨　讚歎而說言　以此道當往
於菩提樹間

是時阿育王禮優波笈多足合掌說言我欲見龍王其先見如來行如象王從於此路往菩提樹時優波笈多往迦梨住處以手指而說偈言

龍王中最勝　汝當起現身　汝見菩薩行
往詣菩提樹

是時迦梨龍王即現其身於優波笈多前合掌說言大德教我欲何所作優波笈多語阿育王言此迦梨龍王菩薩從此路往菩提樹時是其讚歎時阿育王合掌向迦梨龍王而說偈言

汝見佛世尊　光明如金色　於世間無等
面如秋滿月　十力大功德　汝當說一分
云何從此行　佛神力具足

迦梨龍王答言我今不能廣說當略說之王當諦聽而說偈言

菩薩履地時　六種大震動　及大海諸山
放光過日月

乃至阿育王於龍王處起塔已便去時優波笈多將阿育王往菩提樹舉手指言大王此處菩薩以慈悲爲伴勝魔王軍學得阿耨多羅三藐三菩提而說偈言

滿足王於此　勝種種魔軍　得無比醍醐
無上正遍知

時阿育王以十萬金供養菩提樹及起塔已便去優波笈多復白王言此是佛受四天王四鉢合爲一鉢處又此處受二商主提謂波利所奉之食佛從此處往波羅柰國時有外道名優波祇歎如來處優波笈多復將阿育王往仙面處舉手指言此是世尊三轉十二

行法輪處即說偈言

是此處三轉　十二行法輪　眞實法所造

爲度生死苦

此是一千外道出家之處又此是佛爲頻婆娑羅王說法得見諦處及八萬諸天摩伽陀國婆羅門長者無數人等說法得見諦處此是佛爲帝釋天王說法及八萬諸天得見諦處此是世尊爲母說法夏安居竟與無數諸天從彼來處乃至廣說優波笈多將阿育王至拘尸那城佛涅槃處舉手示言大王此是如來所作已辦入無餘涅槃處而說偈言

天人阿脩羅　夜叉龍神等　及一切世間

教化彼已竟　大慈悲精進　是故入涅槃

時阿育王聞是語已悶絶躃地乃至以冷水灑面尋得醒寤從地而起以十萬金供養如來涅槃之處及起塔已禮優波笈多足而說言我是世尊所記大弟子我欲供養舍利優波笈多答言善哉善哉王心極善是時優波笈多將阿育王入祇洹林舉右手指言大王此是舍利弗塔自當供養阿育王問優波笈多言舍利弗功德智慧其事云何答言是第二佛爲法之將能隨如來而轉法輪佛弟子中智慧第一一切世間所有智慧十六分中不及其一唯除如來而說偈言

無等正法輪　佛爲世間轉　舍利弗隨轉

以利益世間　誰能說其人　功德智慧海

時阿育王心大歡喜以十萬金供養舍利弗塔合掌說偈言

我禮舍利弗　以恭敬心念　大慧離煩惱

爲世間光明

優波笈多復示阿育王目揵連塔說言大王此是目揵連塔王當供養王問言其人功德神力云何長老答言佛說其神力弟子之中最爲第一能以足指動天帝釋最勝法堂亦能降伏難陀優波難陀龍王即說偈言

目揵連神力　佛說爲第一　能以足指動
帝釋最勝殿　降伏二龍王　難陀波難陀
神力功德海　無有能稱量

時阿育王以十萬金供養目揵連塔合掌說偈

最勝之神力　離生死苦惱　我今已頂禮
名聞目揵連

優波笈多復指示言此是摩訶迦葉塔應當供養阿育王問言其人功德云何長老答言於少欲知足乃至八種及頭陀苦行佛說其人最爲第一佛以半座與其令坐又以自身袈裟覆之攝受苦人受持法藏復說偈言

最勝大福田　行少欲知足　受持佛法藏
能攝苦衆生　佛與其半座　及以衣覆身
無有人能說　其大功德海

時阿育王復以十萬金供養大迦葉塔合掌說偈

常在山石窟　具少欲知足　除諸煩惱怨
獲得解脫果　無比功德力　是故今頂禮

時優波笈多復示阿育王薄拘羅塔說言大王此是薄拘羅塔應當供養阿育王問言其人功德云何答言佛弟子中精進無病最爲第一不嘗爲人說一二句法時王令人以二十貝子供養其塔時有大臣問阿育王等是羅漢何故餘塔皆以十萬金供養而薄拘羅

塔獨與二十貝子以爲供養阿育王言汝當聽說

以智慧爲燈　除於無明闇　住意爲舍宅
少利益世間　是故以貝子　供養於其塔

是時二十貝子從塔處來着阿育王足時大臣見深生驚怪而說言此阿羅漢少欲之力乃至已入涅槃而不受施時優波笈多復將阿育王至阿難塔說言大王此阿難塔應當供養其是如來給事弟子能持佛語佛說其人弟子之中多聞第一而說偈言

是長老阿難　諸天人所貴　常護持佛鉢
具足念慧心　多聞爲大海　口說微妙語
方便正覺意　明了一切法　爲諸功德藏
世尊所讚歎

時阿育王以十萬金供養阿難塔大臣問言何故於此最勝供養阿育王答言當聽我說

佛世尊法身　清淨無與等　其能攝受記
故我上供養　其燃佛法炬　除諸煩惱闇
其力故法住　故我上供養　如以牛跡水
不及於大海　阿難智慧水　不及佛智海
於修多羅中　佛與登王位　故我於今日
設最上供養

時阿育王供養已竟生大歡喜禮優波笈多足而說偈言

我今生人中　不失善業果　以先功德力
得作自在王　以不眞實法　獲得於眞實
世尊舍利塔　莊嚴於世間　云何修苦行
於我所未作

時阿育王禮優波笈多足還其本國

阿育王經卷第二

音釋

跛補火切足偏廢也 笴古旱切 糗丘救切乾糧也 踝戶瓦切腿兩旁曰內外踝

阿育王經卷第三

梁扶南三藏僧伽婆羅譯

供養菩提樹因緣品第三

爾時阿育王於佛生處得道轉法輪入般涅槃於一一處各以十萬金供養於菩提樹倍生信樂作是思惟此是世尊得阿耨多羅三藐三菩提處日日之中最勝珍寶供養此樹是時阿育王第一夫人名微沙落起多（翻護光）生瞋恚心大王既愛念我云何以好珍寶與菩提樹即喚旃陀利女（翻下姓）而語言菩提樹是我怨汝能殺不答言能汝當與我金夫人語言如是時旃陀利女即便呪樹以綖縛之是菩提樹漸漸枯死有人白王是菩提樹漸漸枯死而說偈言

佛坐菩提樹　知一切世間　得一切種智
此樹今日死

時王聞是語已悶絶躃地諸臣以水灑王良久乃醒即便啼泣而說偈言

我見此樹王　即是見如來　樹王若枯死
我命亦隨滅

時彼夫人見王憂惱便白王言若我不能令菩提樹生者我亦不能令王歡喜王答言汝若能令菩提樹生者汝非女人何以故佛住此處得阿耨多羅三藐三菩提是時夫人喚旃陀利女而語言汝能令樹更生如其先不答言若菩提樹其根不死能令更生乃至旃陀利女除所縛綖周帀掘坑日日以千甖乳灌之坑中少日之間樹漸還生遂得如本時人白王王於今者大生功德菩提之樹今得生故王聞此言心大歡喜即便往至菩提樹

閒瞻菩提樹目不能捨而說偈言

從於瓶沙王　及諸餘國王　無上二因緣
悉所不能作　當於菩提樹　灌以香色乳
復當修供養　聖眾五部僧

時阿育王以千金銀瑠璃甖盛以香水復持種種飲食及香華等千甖香水浴菩提樹以種種綵衣而以衣之王於是時復受八戒受八戒竟手執香爐而登殿上請四方僧說言世尊弟子在四方者為攝受我故悉應來此而說偈言

正行善逝子　根寂靜離欲　應供大福田
天人所歸依　最勝善逝子　行禪離愛著
阿修羅所依　當來攝受我　於罽賓國處
大林及暗林　有諸阿羅漢　當來攝受我
如來子樂禪　住阿耨達池　及江山石窟
當來作慈悲　善言如來子　住舍利沙殿
無憂慈悲心　當來攝受我　大勇之神力
住於香醉山　我請阿羅漢　當悉來此處

時阿育王說此言已有三十萬比丘和合阿羅漢十萬學人二十萬及精進凡夫無數於眾僧中上座一處無有人坐時阿育王白六通上座耶舍言第一坐處何故無人答言此是第一上座之處王又白言除大德外更有上座耶答言有佛說弟子中有能師子吼此為第一姓頗羅墮名賓頭盧第一坐處是其所坐時阿育王聞其此言身毛為豎如柯雲婆華又說言大德有比丘見佛未入涅槃今猶在者不長老答言有姓頗羅墮名賓頭盧其人見佛王又問言我於今者得見其人不長老答言王尋當見其今應來時王聞已大

生歡喜而說偈言

我今得大利　及無比攝受　以得見大德

名曰賓頭盧

時阿育王合掌仰看空中目不暫捨時賓頭盧與無數阿羅漢隨從圍繞如半月形猶若鴈王從空中下於第一處坐是時阿育王見頗羅墮賓頭盧來及見十萬比丘皆從座起又見賓頭盧頭鬢皓白額皮眉毛悉垂覆面如緣覺身見已五體投地禮賓頭盧足如大樹倒舌舐其足長跪合掌瞻仰啼泣而說偈言

大地海爲衣　山莊嚴一繖　除怨得此地

令我生歡喜　不如於今日　與大德相見

我今見大德　倍生於心念

復次大德見世尊不是時賓頭盧以兩手舉其眉毛視阿育王便說偈言

我數見如來　無等無譬類　有三十二相

面如秋滿月　梵音除煩惱　入無諍三昧

阿育王復問大德於何處云何見長老答言大王世尊與五百漏盡阿羅漢隨從最初於王舍城安居是時在此衆中得具足見佛便說偈言

無欲無欲從　摩訶牟尼尊　是時此安居

我具足見佛　如汝今見我　如是我見佛

復次大王世尊又於舍衛國爲勝外道故現種種神力作無數化佛相好莊嚴次第而上至阿迦膩吒天我於爾時亦在其中見佛種種神變而說偈言

時有諸外道　行種種邪道　世尊以神力

示現除伏之　是時我見佛　令世間歡喜

復次大王世尊於三十三天上安居爲母說法竟與諸天衆圍繞下僧柯奢(翻光明)國我於爾時在大衆中見諸天衆復見比丘尼名鬱波羅(翻青色華)槃尼柯(翻色)見其化作轉輪聖王具足七寶而說偈言

天上安居竟　佛便從彼下　我時在衆中
是故得見佛

復次大王修摩陀伽(不解翻)孤獨女兒請佛及五百阿羅漢佛以神力至分陀跋陀國(不解翻)我以神力舉山從虛空中亦至彼國是時如來戒勑於我汝不得入涅槃至我法住而說偈言

修摩伽陀請　佛神力至彼　我以力舉山
隨至分陀國　是時佛戒勑　令我至法住
以是因緣故　得具足見佛

復次大王汝先小時以小兒意佛入王舍城乞食我奉佛麨汝奉佛沙成護爾時起隨喜心如佛所記此小兒於我涅槃百年後當生波吒利弗多城名阿輸柯爲四分轉輪主領法王當廣供養舍利起八萬四千法王塔我於是時亦在其中而說偈言

王昔爲小兒　合掌以沙施　我亦於是時
具足見此事

阿育王復問賓頭盧大德何處住以偈答言

北方阿耨池　於香醉山中　我住於彼處
及諸同學衆

阿育王復問賓頭盧大德幾人隨從以偈答言

六萬阿羅漢　圍繞隨於我　我及諸大衆
悉盡煩惱毒

復次大王何事此疑當速施僧食衆僧食竟當更共語王答言爾如大德教以念佛教我當觀菩提樹觀菩提樹竟當與僧食以種種飲食當以供養時阿育王語比丘名一切友我當施僧十萬金及一千金銀瑠璃甖於大衆中當說我名供養五部僧時阿育王兒名鳩那羅鳥名不解翻住王右邊是時王子畏其父故不敢發言便舉二指示唱導比丘表其修福倍多其父時大衆見鳩那羅一倍作福悉皆大笑時王見大衆笑語大臣成護汝所作非是故人笑成護答言多人欲作功德若作功德必以一倍是爲正當阿育王答言我當以三十萬金供養衆僧以三千寶甖盛以香水灌菩提樹當以我名在大衆說供養五衆乃至鳩那羅復舉四指以示比丘時大王瞋語成護大臣我修功德誰令與我而欲諍作不識世法成護見大王瞋禮大王足誰敢與王諍作功德而說偈言

誰敢與王　諍修功德　是拘摩羅　與王諍作

是時阿育王轉身右邊見拘摩羅王子向賓頭盧說言大德我今唯除七寶庫藏一切大地宮人大臣并以我身及鳩那羅悉施衆僧當以我名在大衆說供養五衆復說偈言

一切宮內　唯除珍寶　宮人大臣　悉施衆僧
大衆之僧　爲福田處　我及王子　具足功德

是時阿育王於賓頭盧等大衆中布施竟於菩提樹周匝起墻時阿育王自登墻上以四千甖盛以香水灌菩提樹其菩提樹還生如本而說偈言

已灌菩提樹　菩提樹還生　枝葉極茂盛

功德亦增長

大王灌菩提樹竟還生如本枝葉青輭新芽更出王及大臣一切人民心大歡喜復以飲食供養衆僧於大衆中有一大德名耶舍語王言今此大衆實可愛重王今供養勿起異心時阿育王自手行食從上座爲始盡於一衆於衆僧末有二沙彌以麨相坌歡喜丸等共戲相擲阿育王見笑而思惟此二沙彌爲小兒戲乃至阿育王復往上座所次第行食至耶舍所時大德耶舍復語王言大王於衆僧中不得起不信心王答言爾復白上座耶舍言有二沙彌以麨等相戲耶舍答言此二沙彌其心解脫及慧解脫皆阿羅漢王聞是已心大歡喜復生心言我已供養衆僧復覔好衣施二沙彌時二沙彌即知王意便現功德之力一沙彌化作鐵器以置其前一沙彌化作揵陀水等王見問曰用此何爲答言大王我見王心供養僧竟別施我衣我欲染之時王聞已即便生意我本在心未發言說云何此人已知我心即以五體投地敬禮其足向二沙彌而說偈言

我孔雀大王　及大臣人民　功德我已作
一切得大利　精進處生信　可施我已施

乃至阿育王語二沙彌我以汝故於一切僧悉施三衣時阿育王於五衆中已作功德復於一一人悉施三衣又以四十萬金布施衆僧復以無數金銀贖此大地宮人大臣幷以我身及拘那羅

毗多輸柯因緣

是時阿育王於佛法生大信心起八萬四千

塔已作五衆大會以飲食供養有三十萬阿羅漢學人一倍精進凡夫無數阿育王倍生信心時阿育王弟毗多輸柯信外道法言釋迦牟尼弟子無有解脱何以故常樂樂行畏苦行故乃至阿育王語其弟言汝於非處莫起信心於佛法處當生信心時阿育王於異時中欲爲捕獵阿育王弟於彼山中見一仙人五熱炙身其於苦道而起實意往其所禮其足説言大德住此幾時仙人答言經十二年復更問言汝食何食答言常食樹木果根復問汝衣何衣答言結茅爲衣復問臥處云何答言以草鋪地又問汝因何事而起煩惱答言見鹿行欲起我欲心以欲心火燒於我心時阿育王弟心便生疑如此苦行尚起欲心佛之弟子常修樂行云何見欲而不起心既起欲心何得於欲而起猒離即説偈言

仙人住苦林　食樹華果根　服氣除穢食
不能滅欲愛　釋迦牟尼子　食酥酪乳味
於種種衣服　悉皆不能捨　若伏諸根者
頻陀山能浮

阿育王弟復更説言釋迦弟子誑阿育王令作功德時阿育王聞其此言即設方便語大臣言我弟於外道生信當以方便令其得入佛法時大臣答阿育王言大王云何教我所作王語大臣我今欲洗入彼浴室應脱天冠及衣服等汝當以我服飾莊嚴我弟令登王座臣答言爾及至阿育王將入浴室脱莊嚴具入浴室已是時大臣語阿育王弟若無阿育汝當作王是故今者試著天冠被天衣服及登王座大臣語已即便與著令登王座時

大臣即白阿育王言王所勑使臣已作竟阿育王出觀其弟著天冠及登王座而語言我今未滅汝已作王阿育王瞋即命行殺之人身著青衣被髮執鈴至巳禮王白言今者欲何所作王語言我捨此弟汝可殺之王語已竟便有多人執諸器仗而圍繞之是時大臣禮阿育王足而白王言此是王弟願王忍辱莫起瞋心時阿育王答大臣言我當忍辱至於七日爲我弟故於七日中暫與其國令其作王種種伎樂及諸婇女以供給之一切臣民皆往問訊行殺之人執刀門立日日白王今一日已過餘六日在如是乃至六日已過餘一日在至第七日王莊嚴具天冠衣服還阿育王大臣諸人將毗多輸柯共往問訊阿育大王時王問言汝七日爲王種種伎樂好聞見不弟以偈答

若人見色　及聞音聲　食種種味　此能答王

王復語言我與汝國七日爲王百種伎樂皆恣汝意無數衆人日日問訊呪願於汝云何而言不見不聞不得好味復以偈答

我於七日中　不見不聞聲　不嗅不嘗味
亦不覺諸觸　我身莊嚴具　及諸婇女等
思惟懼死故　不知如此事　伎女歌舞聲
宮殿及卧具　大地諸珍寶　初無懽喜心
以見行殺者　執刀在門立　又聞揺鈴聲
令我懷死畏　死橛釘我心　不知妙五欲
旣著畏死病　不得安隱眠　思惟死將至
不覺夜已過

是時阿育王語其弟言毗多輸柯汝於一日中思惟死苦雖得上妙五欲而不生愛出家

比丘於十二入思惟無量生死無常云何而得起煩惱耶又復思惟地獄之苦及諸畜生更相殘害餓鬼飢渴衆苦所逼思惟人中四方馳求初無安樂思惟天上壞敗之苦如是五道身心之苦無有樂處觀此五陰無常苦空無我不實譬如空村無有居民如是五陰皆空無我以無常火燒諸世間佛諸弟子常作此觀云何而得起煩惱耶復說偈言

汝於一日中　思量生死畏　而無有歡喜
不起貪愛心　佛諸弟子等　日日觀生死
云何生歡喜　而起煩惱心　於飲食衣服
及以卧具等　思惟解脫法　而不起著心
觀身如冢家　三有如火宅　思惟何方便
而得解脫之　深樂解脫法　不貪於五欲
其心如蓮華　處水而不著

時阿育王以善方便佛法教化毗多輸柯時毗多輸柯合掌向王而說言大王我於今者歸依如來及以法僧而說偈言

我今歸依佛　佛面如蓮華　天人所歸依
無漏法及僧

時阿育王以兩手抱其弟頸而語言我不捨汝爲欲令汝信佛法故是故爲汝現此方便時毗多輸柯以種種華香及諸伎樂供養佛塔以種種飲食供養衆僧復往鷄寺耶舍上座六通羅漢所至已對耶舍坐爲欲聞法時耶舍以神通力見其前世已造善業今於此生是最後身得阿羅漢爲其說法讚歎出家既得聞法便樂出家即起合掌白耶舍言善說法律我得出家受具足不於佛法中欲修梵行耶舍答言善男子汝可還白阿育王聽

出家不時毗多輸柯即還阿育王處至已合掌白言大王今當聽我出家我於佛法欲修梵行復説偈言

我心亂不住　猶如象無鉤　王意如鐵鉤　勿制我出家　王爲地中王　當聽我出家　佛作世間光　今欲修其行

阿育王聞其言手抱其頸悲泣落淚而語言毗多輸柯勿作此意何以故出家之人形服麤弊飲食假人眠卧樹下汝今制心勿欲出家毗多輸柯答言大王我於今者不爲瞋故而欲出家亦不爲貪欲不爲貧苦亦不爲脱怨家但見世間種種諸苦生死相隨無有脱處唯見佛法正路能脱生死終無所畏是故我今樂欲出家阿育王聞之更增悲泣時毗多輸柯復説偈言

生死爲懸繩　有人則恒動　在上必復墮　和合必分離

時阿育王復語之言汝當先習乞食然後乃得出家時王後園有一大樹以草布地令住其下與一瓦鉢令入宫乞食毗多輸柯即便持鉢行入宫内種種上食而便得之時阿育王瞋宫内人汝於今者云何乃與乞者上食從今已去當以麤食施之乃至以麥爲飯經宿臭壞乃可施與時毗多輸柯得而食之不以爲惡阿育王見而語之言汝今勿食此食聽汝出家出家之後恒來見我乃至毗多輸柯往至鷄寺至已思惟我若於此出家人物亂我不得修道當於遠處而出家也便往毗提國於彼出家思惟精進得阿羅漢果是時長老毗多輸柯得阿羅漢已受解脱樂復思

惟言昔與王約出家之後常來見王我於今者應滿本約乃至次第行至波吒利弗多國是時長老毗多輸柯早起著衣持鉢入國乞食次第行至阿育王城語門人言汝入白王云毗多輸柯今在門外欲見大王時守門人即入白王令毗多輸柯至欲見大王時阿育王而語之言汝可將入令至宮中毗多輸柯即便入宮阿育王見即從座起爲其作禮如大樹倒起而合掌視之無猒悲泣而言

一切諸衆生　當樂於和合　汝今除和合
而味寂靜心　我今知汝心　以慧無猒足

時阿育大臣名曰善護見毗多輸柯著糞掃衣執持瓦鉢次第乞食麤好俱受心無分别見已白阿育王言毗多輸柯少欲知足所作已辦王當生歡喜心何以故

常行乞食　著糞掃衣　住於樹下　心常在定
心廣無漏　其體無病　正命自活　常生歡喜

時阿育王聞是語已心大歡喜便說偈言

捨於孔雀姓　及摩伽陀國　種種諸珍寶
上妙之五欲　樂於四聖種　除憍慢煩惱
行於大精進　名聞顯我國　最勝十力法
而汝能受持

時阿育王以手捧之置好座上種種飲食自手與之食竟洗鉢置之一處阿育大王於其前坐聽其說法是時毗多輸柯爲王說法而說偈言

王今得自在　當修不放逸　三寶甚難值
王應勤供養

時阿育王與五百大臣及國人民以自圍遶合掌恭敬送毗多輸柯大臣人民而說偈言

大兄阿育王　今恭敬送弟　出家有勝果
於今爲現證
是時長老毗多輸柯欲顯其功德身昇虛空一切人民皆見其去時阿育王與諸大衆合掌觀之目不暫捨復説偈言
無復親友愛　如鳥飛虛空　我以貪愛鎖
不能自在去　禪定有勝果　於身得自在
隨意之所行　一切無罣礙　爲欲愛所盲
不能見此法　汝今以神力　輕我起欲愛
我本有慧慢　今汝爲最勝　我等著世法
見聖始知畏　今我等啼泣　由汝今捨我
時長老毗多輸柯往至邊地至已得病以病重故頭皆發瘡時王聞之即遣給事醫藥療治後得小瘥醫師給事悉遣令還其體所資惟食牛乳爲乞食故往多牛處復有一國名分那婆陀那（翻正增長）彼國一切信受外道復有一人受外道法事裸形神畫作如來禮其神足有一佛弟子見此事白阿育王王時聞已語駛將來阿育所領於虛空中半由旬上一切夜叉悉繫屬王地下一由旬一切諸龍悉繫屬王是時夜叉聞王語已於一念頃即將外道弟子并畫像來時阿育王見已生大瞋心於分那婆陀那國一切外道悉皆殺之於一日中殺十萬八千外道復有一外道弟子受外道法事裸形神畫作如來禮其神足時阿育王復聞是事即勑餘人令取此人及其親屬置一屋中以火焚之時王復勑若有人能得一尼揵首者我當與其金錢一枚是時長老毗多輸柯入養牛處一日停住毗多輸柯病來多日頭鬚髮爪悉皆長利衣服弊惡

無有光色時養牛女竊生是念今此尼揵來入我舍便語其夫汝當殺此尼揵取頭與阿育王必當得金其夫聞已即便拔刀往毗多輸柯所欲斬其頭時此長老即自思惟見其業報無得脫處即便受死而將頭至阿育王所欲求覓金王即觀之見其頭髮駮奪心中生疑即問其醫師及給事人時醫師給事人即白王言此是毗多輸柯頭王聞是已悶絕躃地以水灑之良久乃起時有大臣白王無漏之人不滅此苦大王當施衆生無畏乃至阿育即隨其言宣令一切不得復殺尼揵時諸比丘生疑問優波笈多毗多輸柯昔造何業今受此報爲人所殺優波笈多答言長老當聽過去世時有一獵師多殺羣鹿於大林中有一泉水時此獵師張施羅網以其繩罥置於水邊日日之中多殺諸鹿是時佛未出世有一緣覺於水邊食食竟澡洗還樹下坐時彼羣鹿聞緣覺香不往水邊時獵師至不見鹿來即尋其迹往辟支佛所見已作是念言坐是人故令鹿不來即便以刀殺辟支佛長老當知昔獵師者即是毗多輸柯以其日日多殺諸鹿是故今者多諸病苦復以昔殺辟支佛故以此業緣於無數年常在地獄受諸苦報於五百世在人道中生生之處常爲他殺今是最後果報雖得羅漢猶爲他害諸比丘復問優波笈多此人云何復生大姓又得阿羅漢果優波笈多答言先於迦葉佛法出家樂行布施常教檀越種種飲食供養衆僧有一佛髮爪塔以香華旛蓋種種伎樂而供養之以是業報生於大姓十萬年中常修

梵行復發正願以是業緣得阿羅漢

阿育王經卷第三

音釋

綖私箭切與線同　躃毗益切倒也　甖烏耕切罌也　繖蘇旱切蓋也　橛其月切杙也　駮北角切

阿育王經卷第四 第五同卷

梁扶南三藏僧伽婆羅譯

鳩那羅因緣品第四

是時阿育王於一日中起八萬四千塔於是日中王夫人名鉢摩婆底翻有芙蓉華生一男兒形色端正眼爲第一一切人見無不愛樂時有内人即白大王王有功德夫人生兒王聞歡喜而說偈言

我於今日　大生歡喜　我孔雀姓　名聞一切
宫人以法　由之增長

故名此兒名達磨翻法婆陀那翻增長即抱此兒示阿育王時王見已歡喜說偈

我兒自端嚴　爲功德所造　光明甚輝曜
如優波羅華　以此功德眼　莊嚴於一面
其面貌端正　譬如秋滿月

乃至阿育王命諸大臣而語之言汝等嘗見此兒眼不諸臣答言臣於人中實所未見於雪山有鳥名鳩那羅此鳥之眼與其相似即說偈言

於雪山頂　有寶華處　鳩那羅鳥　而住其上
此兒二眼　類彼鳥眼

王便發言將此鳥來虛空上半由旬夜叉神聞其語下一由旬神聞其語一念之頃夜叉之神即得鳥來時阿育王以鳥眼比兒眼見此二眼無有異相即以鳥名而以名兒復說偈言

大地人王　以可愛眼　鳩那羅名　以爲兒名
是故大地　其名遠聞

乃至鳩那羅長大爲其納妃妃名干遮那翻金摩羅翻鬘華時阿育王將鳩那羅往至鷄寺寺

有上座六通羅漢名耶舍是時耶舍見鳩那羅未經幾時應當失其眼即白王言何故不令鳩那羅作其自業時阿育王語鳩那羅大德令汝所作汝當隨之時鳩那羅禮耶舍足說言大德教我所作耶舍答言眼非是常汝當思惟即說偈言

汝鳩那羅　當思惟眼　無常病苦　衆患所集
凡夫顛倒　由之起過

時鳩那羅於宮中靜處獨坐思惟眼等諸入爲苦無常時阿育王第一夫人名微沙落起多往鳩那羅處見其獨坐觀其眼故而起欲心以手抱之而說偈言

以大力愛火　今來燒我心　譬如火燒藤
汝當遂我意

鳩那羅聞其言以手掩耳而說偈言

汝今於我所　不應說此言　汝今爲我母
我則爲汝子　今此非法愛　應當捨離之
何故爲此事　開諸惡道門

時微沙落起多不遂意故心生瞋忿即說偈言

愛心往汝處　而汝無愛心　汝心既有惡
不久須臾滅

鳩那羅答言

我今寧當死　以法而清淨　不願於生中
而起不淨心　若有惡心者　失人天善法
善法既不全　依何而得生

微沙落起多恒伺其過而欲殺之於北有國名德叉尸羅拒逆不從阿育王領時王聞之意欲自往大臣白王王今當令鳩那羅往不須自去時阿育王命鳩那羅而語之言汝往

彼國答王言唯爾時阿育王復說偈言

我於今者　聞其此言　雖為是兒　而是我心
以心念故　倍加莊嚴

是時阿育王即便令人嚴治道路老病死等悉令不現時阿育王與鳩那羅同載一車送之近路將欲分別手抱兒頸見鳩那羅眼啼泣而言

若有人見　鳩那羅眼　心歡喜故　有病皆除

是時有一相師婆羅門見鳩那羅不久失眼見阿育王唯觀兒眼不緣餘事見已說偈

王子眼清淨　王觀之歡喜　眼光明莊嚴
云何而當失　此國諸人民　見鳩那羅眼
一切皆歡喜　猶如天上樂　若見其失眼
一切當苦惱

乃至鳩那羅次第行至德叉尸羅國彼國人聞出半由旬嚴治諸道處處置水以待來衆時諸人民即便說偈

德叉尸羅人　執寶甖盛水　及諸供養具
迎鳩那羅王

時王至已人民合掌而作是言我等迎王不為鬭諍亦不與彼大王相嫌但王所遣大臣在我國者為治無道願欲廢之是時人民以諸供具供養鳩那羅王迎至國中時阿育王身遇重病糞從口出諸不淨汁從毛孔出一切良醫所不能治時阿育王即語諸臣召鳩那羅還我當灌頂授以王位我於今者不貪身命時微沙落起多即便思惟若鳩那羅得作王者我必當死思惟已白阿育王言我能令王病得除愈一切醫師不須令進時阿育王即受其語斷諸醫師時微沙落起多語諸

醫師外聞男女病如王者可將其入時阿毗羅國有一人病如王不異時病人婦爲覔醫師說其病狀醫師答言將此人來我欲見之當爲處藥乃至婦人將此病者送與醫師醫師復送與王夫人時王夫人將此病者置無人處令破其腹出生熟二藏於熟藏中有一大蟲蟲若上行糞從口出蟲若下行便從下出若左右行諸不淨汁從毛孔出時王夫人磨摩梨遮以置蟲邊而蟲不死復以蓽茇以置蟲邊蟲亦不死復以干薑以置蟲邊蟲亦不死乃至以大蒜置於蟲邊蟲即便死時王夫人以如此事具以白王王於今者應當食蒜病即除愈王答言我是刹利不得食蒜夫人復言爲身命故作藥意食之乃至阿育王遂便食之蟲死病除便利如本時阿育王清淨洗浴語夫人言汝於今者當何所求隨意與之夫人白王願王七日聽我爲王王語夫人若汝爲王必當殺我夫人又言過七日已我當還王時阿育王遂便許之夫人思惟我欲治鳩那羅今正是時是時夫人即便假作阿育王書與德叉尸羅人令取鳩那羅眼書中說偈

我今有大力　威名甚可畏　鳩那羅王子
於彼爲罪過　今勑彼人民　挑取其二眼
今爲此一事　汝等速爲之

時王夫人作書已竟須齒牙印之阿育王眠夫人欲印書故便近王邊王即驚覺夫人白王何故驚怖王答夫人我夢不祥見有鷲鳥欲取鳩那羅眼是故驚懼夫人答言王不須憂鳩那羅子今甚安隱第二更夢王復驚起

語夫人言我今更夢如本不祥夫人問言夢復云何王答言我見鳩那羅頭鬚髮爪悉皆長利而不能言夫人答言其今安隱願勿憂之乃至後時阿育王眠夫人即便以大王齒竊取印之遣使送之與德叉尸羅人時阿育王又夢自齒悉皆墮落至明清旦澡洗已畢爲身命故召相師來以夢所見具向其說語言汝當爲我解釋夢意相師答言若人有此夢者兒當失眼不異失兒而說偈言

若人夢齒落　必當失兒眼　兒眼既已失
不異失於兒

時阿育王聞其此言即便起立合掌向四方神而呪願言

今一心歸佛　清淨法及僧　世間諸仙人
於世爲最勝　一切諸聖衆　皆護鳩那羅

使者執書至德叉尸羅國是時彼國人民見此書至念鳩那羅故共隱此書而不與之不欲令其起於惡心彼諸人民復更思惟阿育大王其甚可畏心不敬信於其自兒尚欲取眼況於我等而不起惡復說偈言

今此鳩那羅　如大仙不異　於一切衆生
皆能作饒益　彼阿育大王　而不起慈念
況於餘衆生　而能不殘害

乃至彼人以書與鳩那羅鳩那羅得書已語諸人言若能取我眼者今隨汝意時諸人即喚旃陀羅汝當挑取鳩那羅眼旃陀羅合掌說言我今不能何以故

若人於滿月　能除其光明　是人當能除
汝面明月眼

是時鳩那羅即脫寶冠語旃陀羅言汝挑我

眼我當與汝復有一人形貌可憎十八種醜語鳩那羅言我能挑眼時鳩那羅尋憶大德耶舍所說便說偈言

合會有離　是眞實說　思惟此義　知眼無常
我善知識　能饒益者　是人說法　皆苦因緣
我常思念　一切無常　是師之教　深自憶持
我不畏苦　見法不住　當依王教　汝取我眼
我已攝受　無常眞實

是時鳩那羅語醜人言汝當取我一眼置我手中我欲觀之時此醜人欲取其眼無數諸人相與瞋罵而說偈言

眼清淨無垢　如月在空中　汝今挑此眼
如拔池蓮華

是無數人悲號啼哭是時醜人即出其眼置鳩那羅手中時鳩那羅以手受之向眼說偈

汝於本時　能見諸色　而於今者　何故不見
本今見者　生於愛心　今觀不實　但爲虛誑
譬如水沫　空無有實　汝無有力　無有自在
若人見此　則不受苦

是時鳩那羅思惟一切諸法悉皆無常得須陀洹果既得果已語醜人言所餘一眼隨汝取之時彼醜人復更挑之置鳩那羅手中既失肉眼而得慧眼而說偈言

我於今者　捨此肉眼　慧眼難得　我今已得
王今捨我　我非王子　我今得法　爲法王子
今從自在　苦宮殿墮　復登自在　法王宮殿

乃至鳩那羅知取其眼是微沙落起多而說偈言

願王夫人　長受富樂　壽命長存　無有盡滅
由其方便　我得所作

是時鳩那羅婦干遮那摩羅聞鳩那羅失眼以念夫故至其夫所入多人處見鳩那羅失眼流血悶絶躃地傍人以水灑之令得醒寤啼泣說偈

眼光明可愛　昔見生歡喜　今見其離身
心生大瞋惱

鳩那羅語其婦言汝勿啼泣我自起業自受此報復說偈言

一切世間　以業受身　衆苦爲身　汝應當知
一切和合　無不別離　當知此事　不應啼泣

是時鳩那羅共其婦從德叉尸羅國還阿育王所二人生來未曾履地其身軟弱不堪作業時鳩那羅善於鼓琴復能歌吹隨其本路乞食濟命漸漸遊行至於本國欲入宮門時守門人不聽其前既不得前而復還出住車馬廐於後夜中鼓琴而歌歌曰我眼已失四諦已見復說偈言

若人有智慧　見十二入等　以智慧爲燈
得解脫生死　三有中之苦　悉爲自心苦
三有中之過　今應當知之　若欲求勝樂
當思十二入

時阿育王聞其歌聲心大歡喜而說偈言

今此說偈　及聞鼓琴　似是我子　鳩那羅聲
若是其至　何不見我

時阿育王命一人來我所聞聲似鳩那羅而聲清妙復兼悲怨聞此聲故令我心亂如象失子而聞子聲其心迴遑不安其所汝可往看是鳩那羅不若是鳩那羅汝可將來乃至此人受敎至車馬廐至已見其無有二眼皮膚曝露不復可識還白大王王所令看是孤

獨盲人共其婦俱住車馬廐非鳩那羅時阿育王聞其此言懊惱思惟而說偈言

如昔所夢見　鳩那羅失眼　今此盲人者
鳩那羅不疑　汝可更至彼　但將此人來
以思惟子故　其心不安隱

乃至此人受教更至其所語鳩那羅言汝是誰兒何所名姓鳩那羅復以偈答

父名阿輸柯　增長姓孔雀　一切諸大地
悉爲其所領　我是彼王子　名爲鳩那羅
姓曰法王佛　今爲法王子

是時使人將鳩那羅及其婦至宮中時阿育王見鳩那羅風日曝露以草幣帛雜爲衣裳形容改易不復可識時阿育王生心疑惑而語之言汝是鳩那羅不答言我是阿育王聞悶絶墮地傍人見王而說偈言

王見鳩那羅　有面無有眼　以苦惱燒心
從牀墮於地

傍人以水灑王令其得醒還至坐處抱鳩那羅置其膝上復抱其頸啼哭落淚手拂頭面憶其昔容而說偈言

汝端嚴眼　今何所在　失眼因緣　汝今當說
汝今無眼　如空無月　形容改易　誰之所作
汝昔容貌　猶如仙人　誰無慈悲　壞汝眼目
汝於世間　誰爲怨讎　我苦惱根　由之而起
汝身妙色　誰之所壞　懊惱心火　今燒我身
譬如霹靂　摧折樹木　懊惱之雷　以破我心
如此因緣　汝今速說

時鳩那羅以偈答言

王不聞佛言　果報不可說　乃至辟支佛
亦所不能免　一切諸凡夫　悉由業所造

善惡之業緣　時至必應受　一切諸衆生
自作自受報　我知此緣故　不說壞眼人
此苦我自作　無有他作者　如此眼因緣
不由於人作　一切衆生苦　皆亦復如是
悉由業所生　王當知此事

時阿育王爲懊惱火以燒其心復說偈言

汝但說其人　我不生瞋心　汝若不說者
我心亂不安

時阿育王知是微沙落起多所作喚微沙落起多而說偈言

汝今爲大惡　如何不陷地　今汝不爲法
於我爲大過　汝今既爲惡　從今捨於汝
猶如行善人　捨不如法利

時阿育王瞋火燒心見微沙落起多復說偈言

我於今者　欲出其眼　欲以鐵鋸　以解其身
以斧破身　以刀割舌　以刀截頸　以火燒身
令飲毒藥　以除其命

阿育王說如此事欲治微沙落起多鳩那羅聞深生慈心復說偈言

微沙落起多　所爲諸惡業　大王於今者
不應便殺之　一切諸大力　無過於忍辱
世尊之所說　其最爲第一

時阿育王不受兒語以微沙落起多置落可屋以火焚之又復令殺德叉尸羅人是時比丘生疑問大德優波笈多鳩那羅先造何業今受此報大德答言長老當聽過去久遠於波羅㮈國有一獵師至雪山中多殺羣鹿又於一時復往雪山時雷電霹靂有五百鹿以怖畏故入石窟中時此獵師見諸羣鹿即便

捕之一切皆得得已復作是念若皆殺者肉當臭爛無如之何我當挑其兩眼使其不死而不知去後漸殺之作是念已一切挑眼長老於意云何先獵師者鳩那羅是以其挑鹿眼故無數年中常在地獄從地獄出生於人中五百世中常被挑眼今是最後餘殘果報比丘又問以何因緣生於大姓得端嚴眼復得羅漢答言諸長老聽過去久遠人壽四萬歲時有佛正覺名迦羅鳩村馱出現於世是時如來於一切世間所應作者皆已作訖入無餘涅槃時有一王名曰輸頗（翻莊嚴）爲佛世尊起四寶塔時王命過弟不信佛起塔珍寶悉皆客取唯土木在一切人民見塔毀壞懊惱發聲時有長者子問彼諸人汝等何事懊惱發聲諸人答言世尊之塔本有四寶不謂於今悉皆毀散是故我見懊惱發聲時長者子即以四寶如本莊嚴復令高廣有勝於初又起金像以置塔中所作已訖復發願言迦羅鳩村馱爲世間師願我後師亦如今日比丘當知昔長者子即鳩那羅是以其修治迦羅鳩村馱如來塔故今得生於大姓之中以其造作如來像故今所得身端嚴第一以其發願值善師故今得釋迦牟尼爲師及見四諦

阿育王經卷第四

阿育王經卷第五

梁扶南三藏僧伽婆羅譯

半菴摩勒施僧因緣品第五

爾時阿育王得堅固信問諸比丘誰已能於佛法之中最大布施諸比丘答言孤獨長者已大布施王復問言其能幾許佛法中施比丘答言用百千萬金阿育王聞即便思惟孤獨長者用百千萬金我於今者亦以百千萬金以用布施阿育大王已起八萬四千塔又於佛初生得道轉法輪入涅槃及諸羅漢涅槃之處各以十萬金施四部大會亦已作訖又三十萬衆僧一分阿羅漢二分學人及精進凡夫於一日中一時施食又阿育王唯留珍寶一切大地宮人大臣鳩那羅及以自身悉施衆僧復以四十萬金布施衆僧又以無數之金贖此大地乃至自身後以九十六千萬金布施衆僧時阿育王得病困篤生大憂惱大臣成護是其先世隨喜施沙知識聞大王病便往王所而禮王足即說偈言

昔面如蓮華　塵垢不能汙　大力諸究家
不得見大王　猶如日炎盛　人所不能視
何故於今日　悲泣而流淚

阿育王以偈答言

我今生憂惱　不爲身命財　別離聖衆故
是以我憂惱　世尊諸弟子　成就諸功德
以種種飲食　日日當供養　常思如此事
是故我流淚

復次成護我昔欲以百千萬金供養三寶而意未滿我今欲以四十千萬金布施滿我本心思惟已便欲遣四十千萬金送與鷄寺是

時鳩那羅兒名三波地(翻具足)爲太子大臣語太子言阿育大王須臾應終而今欲遣四十千萬金送與鷄寺一切國王以物爲力太子應當勅守物人勿令金出於是太子即便勅之阿育王勅不復施行唯有金器供王食用王食訖已便令送此金器與彼鷄寺復斷金器聽以銀器王食竟已復令送此銀器與彼鷄寺復斷銀器乃至以鐵器供王王食已復令送與鷄寺復斷鐵器聽用瓦器時阿育王無復有物唯半菴羅果在其手中時阿育王心大悲惱召諸大臣及以人民一切和合而語之言誰於今日爲此地主大臣起而作禮合掌說言唯天爲主更無異人時阿育王淚落如雨而說偈言

今我阿育王　無復自在力　唯半阿摩勒
於我得自在　何用是富貴　如恒河流水
先所領國土　豪貴最第一　今忽貧窮王
不復得自在　一切諸合會　皆悉當分離
如來正法言　無有能知者　我先所勅令
一切無障礙　猶如心意識　於緣得自在
我今所教勅　如水礙於石　一切諸怨賊
我悉先降伏　王領一切地　攝一切貧苦
今者無光明　如雲障於月　如阿輸迦樹
華葉悉枯落　是我阿輸迦　貧悴亦如是

是時阿育王即呼傍臣名曰跋陀羅目砢(翻賢面)而語之言我失自在汝今於我爲最後使唯此一事汝應當作此半阿摩勒果送與鷄寺宣我語曰阿育王禮衆僧足昔領一切閻浮提地今者唯有半阿摩勒果是我最後所行布施願僧受之此物雖小以施衆僧福德

廣大而說偈言

我本爲人王　於宮得自在　無常爲自相
不久而磨滅　能爲療治者　唯有聖福田
今我無醫藥　願令見濟度　此半阿摩勒
是我最後施　小施而福廣　是故應攝受

時此使人受王敕已將半阿摩勒果往至鷄寺於上座前以阿摩勒果供養衆僧合掌說偈

一切地一繖　王領無障礙　猶如日光明
遍照一切處　以自欺誑業　功德於今盡
譬如日入時　無復有光明　以恭敬頂禮
施半阿摩勒　顯其福德盡　今爲最後施

是時上座集諸比丘而語之言汝等今當起怖畏心如佛所說見他無常是處可畏誰能於此不生猒離何以故

勇猛能布施　孔雀阿育王　王領於大地
閻浮提自在　今日果報盡　唯有阿摩勒
大地諸珍寶　悉爲他所護　今此阿育王
捨半阿摩勒　諸有凡夫人　福德力生慢
當爲說無常　令其生猒離

時諸衆僧得阿育王半阿摩勒果碎以爲末以置羮中遍行衆僧時阿育王語成護言誰今爲王成護禮足合掌說言天爲地主更無有人時阿育王以人扶起遍觀四方向衆僧處合掌而言今留珍寶此外大地乃至大海一切施僧又說偈言

水爲大地衣　七寶嚴地面　持一切衆生
及以諸山等　我今以捨此　布施諸衆僧
於衆僧得果　是故我今施　以此布施福
不求帝釋處　亦不樂梵天　及諸大地主

唯欲以此福 願求心自在 得共聖人法
人所不能奪
乃至阿育王以多羅葉書此偈語以齒印之
執書合掌向彼僧處而作是言以此大地一
切施僧說已便終乃至大臣用五色綵以莊
嚴輿供養王身供養已便以海水欲以灌太
子頂以授王位成護語諸臣言一切大地阿
育大王已施衆僧諸臣答言我等今者當作
云何成護答言先阿育王作意我用百千萬
金施佛法僧已與九十六千萬金欲更滿之
而諸臣不聽王意不滿故以一切大地布施
衆僧諸臣即便取四十千萬金以贖大地即
以海水灌太子三波地頂令登王位三波地
兒名毗梨訶鉢底(翻太白星)太白有兒名毗梨沙
斯那(翻牛軍)牛軍有兒名弗沙䟦摩(翻星鎧星)尾鎧
有兒名弗沙蜜多羅(翻差友)乃至弗沙蜜多羅
得登王位集諸大臣以何方便能令我名恒
住不失諸臣答言大王之姓從阿育王來是
阿育王起八萬四千塔乃至佛法未滅阿育
大王名聞亦在王今應當起八萬四千塔時
王答言阿育大王有大神力人無及者更有
方便得流名不是時有婆羅門呪願第一而
是凡夫不信佛法白王言有二種因名得常
住一者作惡二者作善阿育大王起八萬四
千塔王今壞之名則常在乃至弗沙蜜多羅
王嚴駕四兵欲壞佛法往至鷄寺至已於寺
門聞有師子吼王大怖畏復還波吒利弗國
如是三返往至鷄寺亦復如是還於本國集
彼衆僧而作是言我於今者欲壞佛法諸衆
僧中於塔及寺各有所護宜各說之諸僧皆

言我等護塔王於是時即殺上座次及諸僧時有沙柯羅國是其所領語彼國人若有能得一比丘首與其金錢彼國有寺名曰法王時彼寺中有一羅漢人欲取頭而白王言彼有比丘今欲取頭送與大王時王聞已自欲取之是時比丘入滅盡定以定力故刀仗火毒不能侵害既不得殺復往餘處至拘瑟他歌（翻庫藏）國彼國有一夜叉神守護佛牙是夜叉思惟佛法當滅我既受戒不復殺生我有女兒已利履夜叉本欲求之以其先常作惡業故而我不許爲護佛法今應與之復有一大力夜叉常護弗沙密多羅王以其力故人無侵害是護佛牙神將護王夜叉至於南海是時已利履夜叉取太山壓弗沙密多羅王及其四兵一時皆死是故此山名修尼喜多弗沙密多羅王既被殺已孔雀大姓從此而滅

阿育王經卷第五

音釋

曝（蒲木切）　懊（於到切懊恨也）　陷（乎監切墜入地也）　鋸（居御切刀鋸也）

砢（力可切）　鎧（可亥切）　已利履（梵語夜叉名履力几切）

阿育王經卷第六 第七同卷

梁扶南三藏僧伽婆羅譯

佛記優波笈多因緣品第六

是時佛欲涅槃化阿波羅囉龍王及瞿波囉旃陀利龍王竟至摩偷羅國於彼國告阿難言於此摩偷羅國我入涅槃百年後當有賣香商主名笈多有兒名優波笈多無相佛當作佛事教化多人證阿羅漢果此處石窟長十八肘廣十二肘令其弟子人捉一四寸籌投石窟中使滿石窟阿難當知我後教化弟子優波笈多最爲第一阿難汝今見彼遠青林不阿難答言已見世尊佛言彼山名優樓漫陀如來入涅槃百年後當有舍那婆私比丘於彼山起寺又說法教化優波笈多令其出家於摩偷羅國有長者子兄弟二人名那哆婆哆其當於優樓漫陀山爲起寺檀越故名此寺爲那哆婆哆阿難當知此寺最爲第一禪處阿難驚惋優波笈多饒益多人佛語阿難汝今不應驚惋此事過去久遠其生惡道已益多人又過去世於此優樓漫陀山三邊一邊有五百緣覺一邊有五百仙人一邊有五百獼猴獼猴之中而有一主是獼猴主往緣覺處見諸緣覺生歡喜心取樹華果供養緣覺時諸緣覺結跏趺坐是時獼猴次第作禮作禮已畢於僧坐末而自端坐乃至日日亦復如是時諸緣覺皆入涅槃獼猴不知恒修供養如本不異見諸緣覺悉不受之是時獼猴執緣覺衣及以牽脚緣覺不動獼猴思惟是諸緣覺悉皆已死啼哭懊惱復至仙人處是五百仙人皆卧棘刺是時獼猴復學

仙人臥棘刺上又學仙人臥灰土上復學仙人五熱炙身炙身去後是時獼猴以水滅火取灰藏之所臥棘刺拔取擲去所臥之灰復取除之仙人以手攀樹自懸獼猴復撥其手令其墮地是獼猴四威儀中常教化諸仙既教化已於諸仙前端坐修定語仙人言汝等一切當如是坐時五百仙人隨其坐禪是諸仙人無師說法於三十七助菩提法思惟證得緣覺之道既得道已復作是念我得聖道由此獼猴即以香華飲食供養獼猴乃至獼猴命終時諸緣覺即以香木用燒其身佛語阿難是獼猴者即優波笈多是優波笈多於惡道中為多衆生作大饒益我入涅槃百年後復於優樓漫陀山作大饒益爾時世尊語阿難言汝當捉我衣角時世尊將阿難身升虛空往罽賓國至已語阿難言汝見此處多山林不阿難答言已見世尊復告阿難此罽賓國我入涅槃百年後當有末田地比丘於此土立罽賓國乃至佛次第行到拘尸那城涅槃時至告長老摩訶迦葉我今欲入涅槃汝當聚集法藏令住千年為攝受衆生故摩訶迦葉白佛言世尊如世尊教我當奉行乃至佛念天帝釋時天主帝釋知佛心已即至佛所爾時世尊告帝釋言憍尸迦汝當護持法藏帝釋白佛言世尊我當如是世尊復念四天王時四天王知佛心故即至佛所佛復告四天王我涅槃後汝等當護持法藏乃至未來三賊國王汝皆應共其護持法藏四天王白佛言如是世尊是時世尊以法藏付摩訶迦葉及天帝釋四天王等竟復往摩偷羅

國如是次第至拘尸那城娑羅雙樹間告阿難言涅槃時至是娑羅雙樹北面汝當安置眠處我於今日中夜當入無餘涅槃即說偈言

生死海無底　波浪洄復深　老病以爲岸
我今已得度　欲入無憂國　棄捨身之杙
更生以爲海　老可畏爲水　牟尼爲牛王
渡彼生死海　如人依於杙　安隱至彼岸

乃至廣說佛入涅槃起八舍利塔第九甖塔第十炭塔而說偈言

八塔高於山　舍利在其下　次第九甖塔
第十者炭塔

乃至天主帝釋及四天王一切香華種種伎樂供養舍利說言世尊付我等法藏入涅槃令我等依佛法守護是時帝釋語持梨哆呵囉哆（翻治國）言汝於東方當護佛法復語毗留多（翻增長）言汝於南方當護佛法復語毗留博叉（翻不好眼）言汝於西方當護佛法復語鳩鞞羅（翻不好身）言汝於北方當護佛法世尊言我滅後有三賊王當來與汝同處若壞佛法汝當擁護是時佛入涅槃無數羅漢亦入涅槃是時空中悲聲說偈

苦哉佛弟子　一切皆涅槃　今日此世間
一切皆虛空

無明爲闇覆正法燈　大德羅漢悉皆涅槃
無復守護　三藏法者三藏正法不得久住

是時帝釋及四天王無數諸天一切往至大迦葉所至已禮迦葉足而說言世尊付法藏與大德及我等大德今當與我共護佛法一切佛法當共聚集勿令分散令此佛法天人

攝受住世千年爲攝受一切衆生故乃至迦葉鳴磬以神通力從口出聲告閻浮提一切令知有五百阿羅漢住拘尸那伽是時迦葉語阿㝹樓馱長老見阿羅漢誰今未來阿㝹樓馱答言伽梵波提（翻牛主）今在天上尸利沙（翻樹名）殿其今未來大德迦葉問諸比丘今此衆中誰爲最小富那羅漢答言我爲最小摩訶迦葉語言長老衆僧法教汝能受不富那答言能受迦葉又言善男子汝今能受衆僧教法善哉善哉汝今當往天上尸利沙殿伽梵波提所而語之言大迦葉及諸衆僧喚汝來下今有衆事汝可速來而說偈言

善男子當往　尸利沙之林　捨此衆往彼
伽梵波提所

乃至富那往至尸利沙殿語伽梵波提言迦葉及諸衆僧於閻浮提一切和合今有僧事汝宜速下伽梵波提答言善男子汝當說佛及衆僧勿道迦葉及衆僧何以故佛已涅槃諸外道等當輕佛法復次有惡比丘起破僧事外道當言佛既涅槃法亦滅盡諸比丘等皆無所知佛昔在世以智慧光明令諸世間悉亦光明今既滅度世間皆闇我於今者何事至彼復說偈言

一切世間空　無復歡喜處　無如來說法
閻浮提無事　我今欲住此　而入於涅槃

汝今還彼以宣我心伽梵波提禮大迦葉及諸衆僧而說此言

一切世間空　無復歡喜處　無如來說法
閻浮提無事　我今欲住此　而入於涅槃

伽梵波提說此語已即入涅槃是時富那還

閻浮提而說偈言

大德勝衆　伽梵波提　禮敬而言　佛已涅槃
我於今日　亦入涅槃　如大象滅　子亦隨滅

是時大迦葉即便立制從今已去衆僧和合結集法藏其事未畢諸比丘等不得涅槃即說偈言

從今日已去　一切僧和合　未結集法藏
皆不得涅槃

乃至五百阿羅漢皆和合竟大迦葉白僧言此長老阿難恒隨如來其今已老一切衆僧當恭敬之復說偈言

此長老阿難　受持佛所說　利根有智慧
常隨如來行　淨心解佛法　應當恭敬之
饒益諸衆僧　十力所讚歎

是時大迦葉語諸比丘我等若於此地結集法藏大衆雲聚必當悲泣妨於法事我等欲於佛得道處摩伽陀國結集法藏乃至迦葉及五百羅漢至王舍城是時長老毗棃時弗多供給阿難行毗棃時弗至已彼國四衆聞佛涅槃心生悲惱是時阿難思惟四衆懊惱云何說法長老毗棃時弗思惟我觀和尚心爲是聖人爲是凡夫即見和尚猶是學心未猒欲界見已往阿難處至已說此偈言

汝當往樹下　於涅槃作心　瞿曇當坐禪
不久證涅槃

是時長老阿難以毗棃時弗教化故晝日行坐洗五蓋心如是一更乃至五更明星出時出外洗足洗竟還寺欲右脅卧頭未至枕離諸煩惱得羅漢果往王舍城乃至迦葉及五百羅漢亦來此城是時阿闍世鞞提希子聞

迦葉及五百羅漢至莊嚴道路種種供具迎大迦葉時阿闍世王以無根心成就故悉見佛來從高樓墮佛以神力而接取之今於象上見大迦葉復欲投下時大迦葉亦以神力而接取之是時迦葉語阿闍世王如來神力不假思惟聲聞神力必須作意若不作意而汝墮者命則不全從今以去不應復爾時王答言我當如是時阿闍世王禮迦葉足合掌說言大德世尊涅槃我遂不見若大德作意欲入涅槃當來看我迦葉答言如是復語大王我等欲於此城結集佛法時王答言我從今去未至終滅當以衣服飲食醫藥卧具供養衆僧願諸衆僧在竹林中是時迦葉思惟此寺廣大諸比丘等妨亂我事當作是言如是可說如是不可說有石窟處名畢波羅延樹名我等當於彼處結集法藏乃至迦葉共五百羅漢往畢波羅延石窟至已莊嚴住處語諸比丘於未來世諸比丘等當失正心我等禾中之前當共集優陀那伽陀中後集一切法乃至五百阿羅漢次第坐於其坐處鋪尼師壇一切衆僧心念於三藏中先集何藏大德迦葉言當先集修多羅藏諸衆僧復言誰能誦修多羅迦葉答言長老阿難多聞中第一一切修多羅皆是阿難受持我等當問阿難集修多羅是迦葉語阿難言汝今當說修多羅我等大衆當共結集而說偈言

汝長老阿難　當知此法藏　是如來所造
汝力故能任　汝持佛法藏　如牛負重擔
如來持十力　取勝大勇猛　能令三有滅
佛法如醍醐　一切持法藏　皆悉已涅槃

唯令汝一人　受持佛法藏
是時長老阿難答言如是即從座起於上座前立觀一切衆僧而說偈言
此大吉衆僧　離世尊一人　淨心不莊嚴　如虛空無月
乃至長老阿難從上座次第作禮禮已即登高座而便思惟有修多羅我親從佛聞有修多羅不親從佛聞我於今者悉說如是我聞乃至大德迦葉語阿難言長老應說修多羅在何處說而說偈言
大智皆勸請　佛子汝當說　佛初修多羅　在於何處說
時阿難答言波羅奈國爲五比丘初說修多羅如是我聞一時世尊住波羅奈國仙面鹿園佛語諸比丘此苦聖諦乃至廣說是時長老阿若憍陳如思惟我此衆中聞爲我等說修多羅如是至佛法不斷皆是初所聞法便生懊惱是時阿難見是事故亦生懊惱便下高座而在地坐復說偈言
三有無有力　猶如水中月　幻化芭蕉樹
復以智慧力　能知諸世間　是故捨生死
而入於涅槃　如大風倒樹
時五百阿羅漢皆除牀座露地而坐是時迦葉語諸比丘阿難所說是何修多羅乃至五百阿羅漢入三摩提從三摩提起而說言如是修多羅如是修多羅乃至廣說四種修多羅結集已竟衆僧復言我今欲集毗尼藏應當問誰大德迦葉答言長老優波離持一切律最爲第一我當問其欲結毗尼是時迦葉語優波離長老汝當說毗尼我欲結集答言

如是佛於何處說波羅夷優波離答言於毗時國爲何人說爲須提那迦蘭陀子如是廣說乃至第二法藏已竟摩訶迦葉復思惟我等自說智母是時迦葉語諸比丘云何說智母謂四念處四正勤四如意足五根五力七覺八正道四辯無諍智願智悉皆結集法身制說寂靜見等是說智母乃至大德迦葉已結集法藏而說偈言

已結經法竟　爲世間饒益　佛十力所說
是事不可量　世間無明闇　法燈能除之

是時長老阿難思惟佛世尊涅槃時有犯小罪教令除滅我今當白衆僧即於上座前合掌而言我親聞受佛說從今有犯小戒悉令放捨不復假持若衆僧同今便共捨既無細罪諸衆僧等則安樂住是時大德迦葉語阿難言汝問世尊何者是細戒應捨何者非細戒不應捨於五篇中爲是第五爲是第四阿難答言我實不問何以故于時佛邊諸大比丘悉皆不問我時最小心無慚愧是故不問復次爲佛涅槃我時懊惱是故不問時大迦葉語阿難言汝有罪過犯突吉羅如來臨欲涅槃從汝索水而汝以濁水上佛阿難答言我既最小心無慚愧是時柯摇他(翻不解)江有五百乘車而從江過車去未久我便取水是故水濁迦葉又言如來須水汝何故不以鉢向天天自降水何爲取此濁水上佛是故汝今得突吉羅復次世尊有新袈裟色黃如金汝何故以足蹋之阿難答言非我無慚愧是時我處更無異人是故足蹋迦葉又言汝何故不執衣向天天當來捉是故汝今犯突吉

羅復次佛時語汝若人能修四如意足能住壽一劫若減一劫令汝知之而佛如來常成就四如意足汝何故不請佛住世一劫若減一劫阿難答言大德迦葉不無慚愧時魔王迷惑我心是故不能請如來住迦葉語言此亦得突吉羅罪復次汝何故以如來陰藏相示諸女人阿難答言大德非我無慚愧以陰藏相示諸女人時諸女人多諸愛欲若見如來陰藏之相便厭女身願求男身是故示之迦葉語言汝得突吉羅罪汝應當懺悔是時迦葉語諸比丘我等今當說七滅諍法及諸細罪諸比丘中或言衆學法是小或言四法是小或言九十事是小或言三十事是小或言乃至二不定是小或言若留四重及十三僧殘餘一切捨外道當說沙門瞿曇其法斑駁若佛在世法則和合佛滅度後法亦散滅佛涅槃後諸弟子等各隨其意欲受便受欲捨便捨佛說此言若有比丘不一心受者當正心受戒若已受戒不得捨之依佛所說悉皆受持若比丘如說受持善法增長無復退轉是故依佛說一切諸戒悉皆受持

阿育王經卷第六

阿育王經卷第七

梁扶南三藏僧伽婆羅譯

佛弟子五人傳授法藏因緣品第七之一

世尊付法藏與摩訶迦葉(翻龜)入涅槃摩訶迦葉付阿難(翻歡喜)入涅槃阿難付末田地(翻中)入涅槃末田地付舍那婆私(翻衣紵)入涅槃舍那婆私付優波笈多(翻大護)入涅槃優波笈多付絺徵柯(翻女)優波笈多在摩偷羅國教化弟子有成阿羅漢者輒令投一四寸籌於石室中室廣十二肘長十八肘自作誓言籌若滿室當入涅槃籌既滿已乃入涅槃以法付囑弟子絺徵柯絺徵柯是滿室籌中最後弟子優波笈多語絺徵柯言昔佛以法藏付囑迦葉迦葉以付囑阿難阿難以付囑末田地末田地以付囑和尚我今以此法藏付囑於汝付囑既竟却後七日而入涅槃天人展轉相告滿閻浮提阿羅漢十萬人和合共來供養學人及優婆塞優婆夷不可勝數乃至涅槃時至身騰虛空行住坐卧身上出水身下出火現十八變諸天世人莫不歡喜然後以籌而自闍維爾時一千羅漢同入涅槃乃至絺徵柯受護法藏迦葉因緣長老摩訶迦葉涅槃因緣爾時梯毗梨迦葉修多羅毗尼阿毗曇一切皆誦以願智令知三藏受身證滅盡三昧得總持四辯與五百阿羅漢結集法藏佛所說法次第付囑與諸勝人處處流布常視讀誦勿令遺失於一切衆而爲饒益常自思惟我年已大老死無常作此思惟依佛所說依力已受善友受經法子已生以現佛恩少報佛恩誰能一切悉報佛恩一切同學於法

和合多時持身以攝世間多時擔身已大疲極以臭身疲極涅槃時至而說偈曰

已結修多羅　以修治道路　世尊之法語
處處廣宣說

復說偈曰

無慚愧已除　已攝有慚愧　已作自饒益
我涅槃時至

是時摩訶迦葉往至阿難處語長老阿難言世尊付我法藏付已而入涅槃我今欲涅槃以法藏付汝汝當受持爾時王舍城當有商主兒生以舍那衣覆是故名舍那婆私舍那婆私入大海後歸於世尊法當修供養汝當教化令其出家汝當以佛法藏以付與之爾時摩訶迦葉以佛法藏付長老阿難付法藏竟作是思惟是我世尊大慈悲難作已作教化周遍無邊功德以造此身世尊舍利處處供養我應入涅槃汝當自知是我可作無有別事復說偈言

是我世尊　摩訶慈悲　世尊舍利　我已供養
菩提三昧　之所出生　難作已作　最後供養

摩訶迦葉以神通力往四支徵(音知荷切生處成道處轉法輪處涅槃處)以第一恭敬禮拜供養八舍利塔亦復如是復入於龍宮以修供養譬如師子王入於池湖湖無有怖畏深大不動清淨無垢於彼佛牙供養已竟譬如龍王出於虛空一瞬眼頃至忉利天宮與帝釋及諸天歡喜供養供養既竟意欲從彼而入涅槃是時帝釋見此事相語迦葉言念於淨行常住山中以何意故而來至此此處孤獨無有歸依是時梯毗梨摩訶迦葉語帝釋言憍尸迦我樂看

佛牙及佛天冠摩尼寶珠鉢多羅等是我最後應爲供養復說偈言

爲說苦盡　是故我來　爲看佛相　是故我來

帝釋及諸天聞迦葉語一切懊惱恭敬彼故而以兩手捧持佛牙以授迦葉迦葉頂受目不暫瞬以漫陀羅華(翻圓華)薄拘羅華(翻曲華)牛頭旃檀周流那(翻末香)以此供養摩訶迦葉語帝釋及一千諸天汝當修不放逸是時迦葉於須彌山頂忽然不現還王舍城爾時長老迦葉以佛法藏付囑阿難是時阿難日日隨從迦葉後行阿難語迦葉言莫入涅槃是時迦葉告阿難言我今與汝各隨所入爾時阿難早起著衣持鉢入城乞食是阿難以三可愛和合一者名可愛二者聞可愛三者色可愛彼人見色不猒聞說法不猒迦葉亦早起著衣持鉢入城乞食迦葉思惟我本有約入涅槃時當往見阿闍世王是時迦葉入王宮内語看門人我今住此欲見大王汝可入宫白王令知門人答言王今正眠須王眠覺當爲啓聞迦葉語言汝可覺王門人答言王不可覺覺必大瞋瞋必治我長老迦葉語門人言王若覺時汝當白王迦葉今來欲入涅槃故須見王是時迦葉入城乞食乞食竟入鷄足山破山三分於山中鋪草布地即自思惟而語身言昔如來以糞掃之衣覆蔽於汝乃至於彌勒法藏應住復說偈言

我以神通力　當持於此身　以糞掃衣覆

至彌勒佛出　以此故彌勒　教化諸弟子

爾時迦葉起三三昧一者如入涅槃竟被糞掃衣以三山覆身如子入腹而不失壞乃至

彌勒法藏應住二者若阿闍世王來山應開迦葉思惟若阿闍世王不見我身當吐熱血死三者若阿難來山當開是時從三昧起捨命入涅槃入涅槃竟地六種動帝釋等無數天人以天諸華供養迦葉身三山還合以覆其身帝釋及諸天遠離故生懊惱即說偈言

我等今日　遠離迦葉　心生懊惱　不能自勝
畢鉢窟天　衆難法生　摩伽陀人　生貧孤獨
一切世間　無有歸依　今此迦葉　第二佛滅
正法山墮　正法船動　正法樹落　正法海涌
魔王歡喜　攝受法亂

作如是語已忽然不現是時阿難入王舍城未出迦葉入涅槃長老阿難王舍城乞食竟思惟無常乃至阿闍世王眠中夢見其母姓滅驚此夢故怖畏起覺門人白王迦葉向來欲見王當入涅槃王聞其言悶亂墮地傍人以水灑王王得少醒往竹林中禮阿難足禮已復起懊惱啼哭說言我今聞長老摩訶迦葉入涅槃阿難答言大精進已入涅槃爾時阿闍世王語阿難言看迦葉身我欲供養阿難將王至雞足山上是時阿難見諸羅刹護迦葉身阿闍世王亦如是見又見天華覆迦葉身見已舉手拍頭以一切身接足作禮如象觸樹倒禮已便欲覓薪以闍維之是時阿難語言大王今何所作王答言我欲燒迦葉身阿難答言莫燒莫燒此身神力所持乃至正覺彌勒佛九十六千萬弟子圍遶來至此處取迦葉身現諸弟子時彌勒說言此迦葉是釋迦牟尼弟子少欲知足最爲第一又結集釋迦牟尼法藏復說偈言

此仙比丘迦葉氏　釋迦牟尼大弟子
最勝善見益世間　是其受持彼法藏

是時彌勒弟子生念彼時人身小釋迦牟尼身爲如是爲當大是時彌勒佛見其弟子而語言摩訶迦葉身糞掃僧伽棃是釋迦牟尼世尊僧伽棃衣彼弟子聞已憂愁故九十六千萬弟子當得證阿羅漢果復得受持戒行功德復次於山頂當起塔阿闍世王還其城內是時三山還合更覆其身阿闍世王即於山上更復起塔以種種香華供養

阿難因緣

爾時長老迦葉入涅槃時阿闍世王禮阿難足說言長老佛入涅槃我不見長老摩訶迦葉入涅槃亦不見若長老欲入涅槃願來見我阿難答言如是乃至舍那婆私商主從海而還舍那婆私以其寶物安置室內往竹林中是時長老阿難於講堂門立爾時舍那婆私往阿難所到已禮足於一處坐舍那婆私語阿難言長老當知我從海中安隱得還今欲於佛寺一切衆僧作五年功德大會今佛何處阿難答言世尊已入涅槃舍那婆私聞已悶絕躃地傍人以水灑之少時得醒乃說言長老舍利弗何處入涅槃如是摩訶目揵連摩訶迦葉等何處入涅槃問已復言長老我欲作五年功德大會阿難言隨汝意作乃至廣說作大會已阿難語言汝已於世尊法藏作五年功德竟今日當作以法攝受舍那婆私答言長老云何教我是時阿難語舍那婆私汝當於佛法藏出家舍那婆私答言如是長老阿難爲其出家受具足戒乃至究竟

第四羯磨舍那婆私復受大受我當至死著舍那衣長老阿難受持八萬四千法門乃至佛所説諸羅漢所説舍那婆私悉能受持具足三明通達三藏爾時長老阿難住於竹林是時有一比丘誦斯伽陀（翻不等偈）

若人百年生　不見水白鷺　若人一日生
能見水白鷺　是人有智慧　名勝彼百年

是時阿難將其遊行聞彼所説而語言汝誦此偈非佛所説當言若百年生不見生滅若一日生能見生滅是人有智勝彼百年復次二人謗佛一者不信瞋恚故謗二者雖信不如法受持修多羅義亦名謗佛如人無足無口此人無用娑底（翻生）阿栗多（翻無患子）此二人不能善受修多羅義亦如是復説偈言

癡人不聰慧　其爲無可用　聰慧不受法
其慧則爲毒　正智聞可説　則得解脱果

是時彼誦偈比丘還其師所説阿難言世尊所説若百年生不見生滅若一日生能見生滅勝彼百年彼師語弟子言阿難已老其念無力復説偈言

若人老至　失其念力　智慧身力　一切皆老

復語弟子依汝所誦莫從彼語乃至阿難復往其所聞説本偈長老阿難語言我已語汝此非佛説彼答阿難我師説言阿難已老其念無力阿難思惟欲往其師所爲説此義復觀其心受我語不即見其心不受此義復更思惟有餘比丘能爲説不亦不見人能爲其説阿難念言若佛在世我當白佛及舍利弗目揵連迦葉等今佛等悉入涅槃我今亦欲隨入涅槃以佛力故法住千年復説偈言

如彼諸仙人　悉皆已過去　我今與彼等
無有差別相　今我自思惟　猶如鳥隨風
彼已入涅槃　能除諸垢結　於世間爲燈
爲除無明闇　除彼大精進　無量律儀者
今唯我一人　如林餘一樹
是時阿難付囑舍那婆私復說世尊付法藏摩訶迦葉竟入涅槃摩訶迦葉付囑我竟入涅槃今我欲入涅槃此佛法藏應當受持守護於摩偷羅國有山名優流漫陀(翻大醍醐)摩偷羅國有長者生二子一名那哆(翻無)二名婆哆(翻軍)是佛所說於彼山中應當起寺復有摩偷羅國賣香商主名笈多笈多當生兒名優波笈多汝當教化令其出家其是世尊所記無相佛我涅槃百年後當作佛事是時舍那婆私答言如是長老阿難已付法藏於舍那婆私竟早起著衣持鉢入王舍城乞食阿難思惟我有約入涅槃時當往見阿闍世王是時阿難即入王宮語看門人我今住此欲見大王汝可入宮白王令知門人答言王今正眠須王眠覺當爲啓聞阿難語言汝可覺王門人答言王不可覺覺必大瞋瞋必治我長老阿難語門人言王若覺時汝當白王阿難今者欲入涅槃故來見王是時阿難入城乞食乞食竟即自思惟若我於此入涅槃阿闍世王不以我身分與毗舍離人毗舍離人於阿闍世王必當相瞋若我於毗舍離國入涅槃毗舍離人必不以我身分與阿闍世王阿闍世王於毗舍離人必復相瞋是故於恒河中我入涅槃是時長老阿難往恒河處阿闍世王於眠中夢見繖柄折而繖不墮驚此夢故

怖畏起覺門人白王阿難向來欲見大王當入涅槃王聞其言悶亂墮地傍人以水起王是時王得少醒即自思惟長老阿難欲於何處當入涅槃是時有林中天語阿闍世王言長老阿難佛法王子守護法藏其以作心令三有滅以寂靜意往毗舍離國爲涅槃故是時阿闍世王集四種兵象馬車步往恒河岸毗舍離國復有天人說偈語毗舍離人言

此仙阿難陀　以除無明闇　於世間多人
等起慈悲心　入毗舍離國　爲欲入涅槃

是時毗舍離人離車毗(不解翻)復集四種兵象馬車步往恒河岸是時阿難上船往恒河中阿闍世王來揖阿難合掌說偈

佛子入涅槃　於三世間等　佛面如蓮華
今已入涅槃　汝是我等歸　不應捨離我

是時毗舍離人禮阿難足合掌說言汝於此處人天所念而今欲滅瞿曇於此世間最勝自在眼如蓮華爲饒益孤獨故應當攝世間長老阿難作是思惟若我入摩伽陀國離車毗人當懊惱若我入毗棃時國摩伽陀王復當懊惱我於今日當思所宜既已知時即說偈曰

以半功德法　與摩伽陀王　復以半功德
與離車毗衆　如是此二人　當正修供養

長老阿難於涅槃時大地六種震動爾時於雪山有一仙人五通具足共五百弟子彼仙思惟何故地動其見阿難欲入涅槃乃至共五百弟子往阿難所到已禮足合掌說言我於長老當得佛所說法及出家具足修清淨梵行長老阿難生念我一切弟子應當來生

此念時五百弟子阿羅漢一切來集長老阿難即以神力轉此大地乃至仙人及五百弟子出家受具足於第一羯磨仙人及五百弟子得須陀洹果於第二羯磨得斯陀含果於第三羯磨得阿那含果於第四羯磨除一切煩惱得阿羅漢果仙人及弟子於恒河中出家是故名末田地是時末田地作所作已禮阿難足說此言如世尊最後與須跋陀出家須跋陀前入涅槃我不樂見和尚涅槃和尚亦當聽我前入涅槃長老阿難語末田地言世尊付摩訶迦葉法藏入涅槃摩訶迦葉付我入涅槃我今欲涅槃此法藏汝應受持佛已說罽賓國第一坐禪寺我入涅槃百年後當有比丘名末田地是其應持法藏入罽賓國是故汝應將法藏入彼國末田地答言爾長老阿難付法藏與末田地竟現神通力作十八變於虛空中行住坐臥入火三昧入三昧竟從其身中出種種色青黃赤白或身上出火身下出水或身上出水身下出火是時阿難其身端正譬如名山出清流水及種種華阿難思惟欲分此身半與摩伽陀王半與離車毗衆是時以神通力遂檀越心以智慧金剛破其身山半與摩伽陀國半與毗舍離衆乃至阿難入涅槃阿闍世王與諸天人供養半身毗舍離人復供養半身有二塔一在王舍城一在毗舍離

末田地因緣

是時長老阿難入涅槃末田地思惟我和尚教我將佛法藏入罽賓國時末田地往罽賓國坐於繩床更復思惟此罽賓國龍王所領

若不伏之不來我界應入如是三昧以三昧力令罽賓國六種震動乃至龍王不能自安於是龍王至末田地所時末田地入慈三昧龍王興風吹袈裟角不能令動復起雷雨末田地神力變其雷雨皆成天華優鉢羅拘牟頭分陀利華等悉皆墮地乃至復以種種器仗欲害末田地復以神力變其器仗亦成天華復以大山壓末田地復變大山而成天華即時空中而說偈言

大風吹動　不移衣角　雷雨器仗　變爲天華
譬如雪山　日光所照　悉皆融消　無有遺餘
入慈三昧　火不能燒　器仗毒害　不近其身

於是龍王驚恐往末田地所說言聖人教我何作末田地言此處與我龍王答言不可得也末田地言此處佛所記當起最勝坐禪處名罽賓國龍王復言此是佛所記耶末田地答言如是龍王復言欲得大小地耶末田地言欲得如牀處龍王言如是我與是時末田地以神通力廣其坐處如究塗盧那茂砢(不解)(翻)覆此大地龍王復言幾人相隨末田地言有五百阿羅漢龍王復言若五百阿羅漢少一人者當奪住是時末田地自思惟乃至法藏當有五百阿羅漢不其見不減乃至過數答龍王言如是長老復言若有受施應有檀越我欲將白衣入罽賓國龍王答言如是是時末田地將衆多白衣入罽賓國立聚落城邑諸白衣語末田地言我今於此云何自活時末田地以神通力將諸白衣入揵陀摩陀那(翻香醉山)山至已諸白衣摇取宮叉摩(翻鬱金香)還罽賓種是時香醉山中諸龍王瞋末田地教

化降伏諸龍王問末田地世尊法藏住當幾時末田地答言經一千年諸龍王作約至佛法住聽住彼國末田地答言如是時末田地取鬱金香至罽賓國種乃至世尊法藏住是時末田地廣布法藏現種種神力與諸檀越共學佛法令其解悟然後涅槃如水滅火以牛頭栴檀種種香木闍維其身收其舍利爲之起塔

舍那婆私因緣

爾時長老阿難入涅槃時舍那婆私往摩偷羅國於中路有寺名貧陀婆那（翻叢林）舍那婆私住寺一宿寺有二老比丘論議說偈

無犯第一戒　擇法第一闡　是比丘謂是

舍那婆私說

時舍那婆私語二比丘汝所說義非我所說正法和合是我所說長老先過去世於波羅奈國有一商主與五百估客欲入大海於其中路見辟支佛病商主留諸估客看辟支佛以醫所說藥商主親自料理時辟支佛病得小瘥爾時商主取舍那衣衣本麤澁更浣染治令其軟滑浴辟支佛以衣施之白言世尊此衣麤澁世尊浴竟願納受之辟支佛答言善男子我老隨舍那婆私出家以此衣覆我身得聖法令著此衣至入涅槃商主白言莫入涅槃乃至我入海還當以衣服飲食卧具醫藥供養世尊至末入涅槃我今入海不得住此辟支佛言我今不得不入涅槃汝已大作功德當生歡喜時辟支佛即爲商主現十八變現神變已即入涅槃商主供養其身作此誓願我於此比丘修諸功德以此善根如

其所得我當得之時商主者我身是也是故我今值最勝師令我得道我著舍那婆私衣於世尊法藏出家以舍那婆私覆身得道以舍那婆私覆身入涅槃我當著舍那婆私於白衣處亦著此衣是故我名舍那婆私我受具足第四羯磨竟復受大受乃至未入涅槃恒著舍那婆私是故復名舍那婆私是時長老舍那婆私次第行至摩偷羅國往優流漫陀山坐於繩牀優流漫陀山有二龍王兄弟與五百諸龍相隨舍那婆私思惟我不伏之不得教化即以神力動山二龍王瞋往舍那婆私處起疾風雨及以出火舍那婆私入慈三昧能令風雨及火不近其身變其水火悉爲天華謂優鉢羅華拘牟頭分陀利華等悉皆墮地復起雷電亦以神力變其雷電皆成天華復以種種器仗欲擲舍那婆私亦以神力變爲天華復以大山欲壓舍那婆私亦變大山而爲天華即時空中而說偈言

暴風疾雨　不能爲害　雷電器仗　變爲天華
譬如雪山　日光所照　悉皆融消　無有遺餘
入慈三昧　火不能燒　器仗毒害　不近其身

於是二龍王往舍那婆私處白言聖人教我何作舍那婆私答言我欲於此山中起寺汝當聽我龍王答言不可得也長老言世尊已說我入涅槃百年後於大醍醐山寂靜最勝處當起寺名那哆婆哆龍王復言世尊已記耶長老答言如是龍王言若世尊已記我聽是時長老思惟觀察那哆婆哆寺檀越爲生已未見其已生時舍那婆私早起著衣持鉢入偷羅國乞食乞食已往那哆婆哆檀越處

至已語檀越言善男子汝當與我金錢我欲於醍醐山起寺那哆婆哆兄弟二人語舍那婆私我不能也長老語言佛已記汝二人於大醍醐山當起寺二人答言若佛所記我當起寺乃至二人於山起寺服飾等物悉皆具足故名此寺爲那哆婆哆

阿育王經卷第七

音釋

鞞頻眉切　㝹奴侯切　掘其月切　蹋達合切踐也　瞬輸閏切目動也

阿育王經卷第八（第九同卷）

梁扶南三藏僧伽婆羅譯

佛弟子五人傳授法藏因緣品第七之二

優波笈多因緣

爾時舍那婆私於大醍醐山起寺已即便思惟賣香商主名笈多生巳未生見其巳生其兒名優波笈多世尊所記無相佛我入涅槃百年後能作佛事生已未生見其未生舍那婆私以方便力教化賣香商主令其精進時舍那婆私一日多將弟子入其家别日與一弟子入其家復於一日獨入其家笈多當作佛事見舍那婆私獨來其家問言聖人何故獨無弟子隨從長者語言我是老人何得有人隨從於我若有人樂精進出家則有隨從笈多語言我樂在家受五欲樂不能出家若我生兒當隨長老長老言如是如是恒作此願勿令退失乃至笈多生兒名阿波笈多（不翻正護）至其長大舍那婆私往至笈多所語言汝先有願若我生兒當與長老今兒已生此兒有德汝當聽其隨我出家笈多言我今唯有一兒若第二兒生當與長老時舍那婆私思惟此兒是優波笈多不見其非是語笈多言如是乃至第二兒生名陀那笈多（翻實護）至其長大舍那婆私往笈多處語言汝先願第二兒生當與我今兒已生汝當聽其隨我出家笈多答言長老勿瞋我有二兒共治家業一令覓物一令守護若第三兒生當與長老舍那婆私復更思惟此是優波笈多不見其非是語笈多言如是乃至第三兒生端正好色甚可愛樂過人之色不及天色是故名爲優波

笈多是兒長大其父留之以法治生多獲其利時舍那婆私往笈多處語言善男子汝先願第三兒生當以與我今兒已生汝當聽其隨我出家笈多答言我當作誓令其治生若長若退不得出家不長不退乃聽出家是時魔王令摩偷羅國一切人衆悉買其物令其得利乃至舍那婆私往笈多所時優波笈多正在賣香長老語言汝心心法生云何爲善云何爲惡優波笈多答言我今不知心心法云何爲善云何爲惡長老語言若心心法與貪瞋癡相應是名爲惡與不貪不瞋不癡相應是名爲善乃至長老復於異時更往優波笈多所語言善男子汝云何心心法生爲善爲惡答言我今不知心心法云何爲善云何爲惡長老言汝今欲知心心法爲善惡者若能受道除心心法惡我當作事時長老以黑白土爲丸而語之言若汝黑心起取黑丸若白心起取白丸當作不淨觀如所說念佛應當思惟是時優波笈多欲作善心心法而取多黑丸乃至不得一白丸復更思惟取二分黑丸一分白丸復更思惟取半黑丸半白丸復更思惟取二分白丸一分黑丸復更思惟乃至一切白心起悉取白丸是時摩偷羅國有婬女名婆娑婆達多（翻天與主）其有一婢往優波笈多處買香多得香還其主問言汝於何處得此多香將不於估客偷此香來婢答言有賈客名優波笈多形色具足言語微妙以法賣物其主聞已於優波笈多起婬欲心復令其婢至優波笈多處汝當語彼云我欲與汝共相娛樂乃至其婢白優波笈多優波笈

多言汝可答彼我今相見未是其時婢還白其主其主云彼不能以五百銀錢與我是故不來復令婢往而語之言我不須錢但須汝來共相娛樂其婢復往優波笈多所說其此言優波笈多猶答言我今相見未是其時乃至別有長者子往婆娑婆達多所復有一商主從北天竺來將五百疋馬及種種物至摩偷羅國至已問摩偷羅國人此國何處有第一端正女人國人答言有婬女第一端正名婆娑婆達多商主又言我今欲以五百銀錢及種種寶物往至其處是時婬女貪其物故殺長者子取其身骸置不淨處與後商主共相娛樂是長者子親善知識於不淨處覓得身骸往白國王國王語言汝可取彼婆娑婆達多截其手脚及以耳鼻散置野外乃至如王教令截其手脚散置野外是時優波笈多聞婆娑婆達多手脚被截散在野外即便思惟我於本時不樂見之共受五欲今時欲見觀其手脚及其耳鼻復說偈曰

昔以最勝衣　及種種寶飾　如是等衆具
莊嚴於其身　若人樂解脫　欲猒離於世
是時不當見　寶飾莊嚴身　今時應往觀
無慢無歡喜　其色還本相　視之生猒離

爾時優波笈多將一小兒捉繖隨從行至野外是時其婢憶念其恩住其身邊驅逐烏鳥不令侵啄乃至其婢語之先數遣喚優波笈多其人今來起欲心耶其主聞之即便說言我好形容今已毀壞實爲大苦於此地上爲血所汙擧身皆赤我身如是云何見之而起欲心語其婢言我手脚耳鼻集之一處無令

得見乃至其婢集在一處以衣覆之是時優波笈多至已對婆娑婆達多立而觀之婆娑婆達多見優波笈多語言聖善至昔時我身堪受五欲于時遣使而言非時今手脚被截在血泥中何故而來復說偈言

前時之身　猶如蓮華　大價寶衣　以爲莊嚴
而無功德　故不見汝

我今如此汝何故來即身離莊嚴離歡喜血爲塗香見之驚惋優波笈多答言我今非是起欲心來爲見貪欲想及不淨想是故我來復說偈曰

以諸寶衣　及種種華　莊嚴汝身　見者心亂
一切衆人　有欲見者　以無物故　而不得見
今汝此身　散在諸處　一切衆人　無不見者
色還本相　離於莊嚴　臭處如是　屍骸共住
身薄皮覆　以血灌之　薄皮覆身　以肉泥之
千脉纏縛　處處周遍　此身如是　云何起愛

復說姊妹　外可愛色　世間人見　起於欲心
若知其內　即得解脫　貴賤尊卑　皆有臭屍
愚者見之　起於淨見　智者見之　起不淨見
此身臭穢　是不淨處　以種種香　用以熏身
此身可惡　垢膩膿血　種種衣服　以自莊嚴
身不淨篋　以水淨之　愚夫罪人　愛著此身
若有人聞　佛說善法　隨從受持　猒離五欲
樂解脫心　入寂靜林　依道爲筏　渡有彼岸

婆娑婆達多聞其言深畏生死聞佛功德轉變其意樂於涅槃即便說偈答優波笈多

如是如是　如汝所說　汝實智慧　有大慈悲
今當更說　如來妙法

乃至優波笈多次第說法所謂四諦優波笈

多更觀其身觀其身竟得猒欲界以自說法故通達四諦得阿那含果婆娑婆達多得須陀洹果是時婆娑婆達多語優波笈多言善哉善哉摩訶薩埵以汝力故覆三惡道大苦惱處開發天堂涅槃之道復次如來應等正覺及以法僧我今歸依復說偈曰

我往歸依佛　兩足第一尊　佛眼若青蓮
天人中可貴　清淨離欲法　無上應真僧

乃至優波笈多以說法故令其歡喜還歸本處去已未久婆娑婆達多即便命終生於天上是時諸天爲摩偷羅國人說其生天諸人聞已供養其身是時長老舍那婆私往笈多所語言汝當聽優波笈多隨我出家笈多答言我先有約令其治生不利不鋭乃聽出家乃至長老舍那婆私以神通力令其治生不利不鋭是時優波笈多即自思惟稱量筭計不利不鋭舍那婆私更至笈多所而語言汝此兒是佛所記我入涅槃百年後當作佛事汝當聽其隨我出家乃至笈多聽其出家是時長老舍那婆私將優波笈多往那哆婆哆寺與其出家受具足戒至第四羯磨除一切結得羅漢果是時舍那婆私語優波笈多言善男子汝佛所記我入涅槃百年後有比丘名優波笈多無相佛當作佛事如是再說佛弟子中教化第一善男子汝當作佛法饒益優波笈多答言如是舍那婆私教其說法摩偷羅國一切人民聞有比丘名優波笈多無相佛當說法無量千人皆欲往聽乃至長老優波笈多入三昧思惟見佛說法處四衆圍繞如半月形復更思惟世尊說法次第云何

即見次第謂欲味欲過欲出及四信等如是次第乃至涅槃優波笈多亦如是說法是時魔王於大衆中雨於眞珠以亂人心衆人亂故無有一人能見四諦優波笈多見衆心亂即自念言誰作此事以亂衆心即見知是魔王所作至第二日倍多人來優波笈多更次第說四諦眞法是時魔王復更雨金以亂衆心無有一人能見四諦優波笈多見衆心亂即自念言誰作此事以亂衆心即見知是魔王所作至第三日復倍多人來優波笈多復更說法是時魔王更雜雨珠金及作天妓樂是時衆人未得離欲見色聞聲其心變動不復聽法是時魔王即以華鬘繫優波笈多項乃至優波笈多思惟誰作此事即知是魔又所作優波笈多生意此魔王於世尊法藏常作亂事何故世尊不教化之即自思惟是我可化佛記於我爲無相佛教化人攝受故乃至思惟今欲化之是其時不即見魔王受化時至是時優波笈多取三死屍一者死蛇二者死狗三者死人以神通力變三死屍以作華鬘往魔王處魔王見優波笈多生大歡喜優波笈多已受我化即便以身欲受華鬘優波笈多自手縛之即以死蛇繫其頂上死狗死人繫其頸下優波笈多語魔王言如汝先以非法之華以辱於我如是我今還以死屍繫縛於汝汝今已與佛子和合若有神力可以現我譬如大風能動海水以爲波浪而不能動摩羅耶山(翻離垢山)是時魔王欲脫死屍用力極多而不能脫譬如蚊子不能移山魔王瞋忿上昇虛空而說偈曰

若我自不能　從頸脱死屍　有餘天能脱
其力則大我
長老優波笈多復以偈言
汝往歸依梵　及日月帝釋　入火及大海
不燋爛不脱　我以此死屍　繫著於汝頸
神力之所作　無有能脱者
爾時魔王往摩醯首羅及帝釋等三十三天
四天王爲脱死屍而不能得復往入梵天處
大梵語言善男子十力弟子神力所作誰能
脱之如大海岸水不能破復説偈曰
如蓮華絲　縛於雪山　有能稱舉　此不爲難
神通之力　死屍繫身　我今不能　爲汝脱之
若我諸天　所有之力　不及如來　弟子之力
譬如餘光　不及火光　如此火光　不及日光
魔王説言云何教我所作我於今者當歸依
誰大梵語言汝今速往歸依優波笈多如人
於此地墮即於是地得起汝今從其神力墮
還從其神力起是時魔王方知佛子神力爲
大即便思惟復説偈言
若梵王歸依　佛弟子法藏　誰復能思量
如來之神力　如來之神力　實能降伏我
但以慈悲故　是故不降伏
我今已知佛力不復廣説復説偈言
今我已知　世尊慈悲　心離煩惱　譬如金山
我無明故　處處亂佛　處處作惡　而不降伏
爾時欲界主魔王無逃避處離優波笈多而
思惟即捨慢心往優波笈多處禮其足説言
長老我從菩提樹間乃至今日於世尊所起
種種惡無量無數復於娑羅國婆羅門舍佛
往彼處令不得食是我所作我所作惡佛亦

不瞋我或時化作龍蛇惡鬼種種可畏以怖世尊亦不瞋我長老今日無有慈悲令一切世間天人阿修羅皆見恠笑令我羞愧優波笈多言汝無智慧不能思惟欲以如來慈悲功德比於比丘譬如芥子比須彌山無異螢火等彼日光取一掬水同於大海如是沙門慈悲不得比十力慈悲佛以是因緣汝所作罪佛忍受之魔王言佛斷一切惑除一切疑有大忍辱我以煩惱惡故常欲惱佛世尊以慈悲覆護於我以是故佛不伏我長老當說優波笈多答言善男子汝今當聽汝於佛所多作衆惡種不善法除於如來生敬信心無以除滅是故佛見當來久遠不伏於汝復說偈言

汝心少敬重　如來則發起　從小增長大
當得涅槃果　汝所作衆罪　今但略說之
當以念慧水　洗除煩惱垢

爾時魔王念佛舉身毛竪如歌曇婆華（翻不解）復說偈言

我多種種　苦惱世尊　世尊不瞋　我願相應
如兒罪過　父不責之

爾時魔王多時思惟佛恩以念佛故令其心冷禮長老足而說偈言

長老今日　已攝受我　能令於我　恭敬世尊
今以死屍　繫縛我頸　以爲莊嚴　唯願大仙
以慈悲力　爲我脫之

長老優波笈多言若能有約當爲汝脫之魔王問言云何爲約優波笈多言汝從今去莫惱比丘魔王答言如是如是復當云何教我所作長老答言世尊法藏當廣流布是我所

作是時魔王驚而復說教我所作長老答言汝今當知如來入涅槃百年後我時出家世尊法身我已得見世尊色身我所未見汝今爲我所攝受故如來色身汝當現我我於今者更無所樂唯樂見佛身魔王偈答

當共作約　若見我作　如來身色　不得見禮
此是一切　智恭敬故　長老禮我　我當自滅
令無有力　擔聖人禮　如伊蘭芽　不能勝持
象牙所擔　故先共約

長老優波笈多答言如是我不禮汝魔王復言小待須臾乃至我入林中猶如往昔有一長者名曰首羅我於爾時欲亂彼故化作佛身金色晃燿圓光一尋猶如日光如是色身不可思議我今故作令人見者悉生信樂是時長老優波笈多答言如是即爲除三種死屍爲欲見於如來色故是時魔王即入林中化作佛身作佛身竟從休而出譬如女人入屏帳裏種種莊嚴莊嚴既竟然後乃出如來色相無有譬喻令人見者無不歡喜譬如采畫有種種色爾時魔王以變化色莊嚴林竟又復化作舍利弗以置右邊作目揵連以置左邊復作阿難持鉢在後摩訶迦葉阿㝹樓馱須菩提等一千二百五十諸大聲聞圍遶化佛如半月形作是化已往至優波笈多所優波笈多見佛身色生歡喜心即從座起觀佛色身目不蹔捨即說偈言

無常無慈悲　破壞如來色　如來無常故
滅色入涅槃

優波笈多緣念佛故心不能捨我今見此化身見眞佛無異一心合掌略以偈讚

面勝於蓮華　眼勝優波羅　色勝衆華林
亦勝於真金　可愛過於月　光明過於日
智深過於海　不動過須彌　行勝師子王
眼瞬勝牛王

復次歡喜滿心大聲而說

以心清淨業　今得此妙果　以自業所造
不由他所作　無量無數劫　修淨身口業
具足行六度　莊嚴不障身　見者皆歡喜
究竟亦生愛　我今見如來　云何不歡喜

是時優波笈多思惟念佛故不覺是魔以一切身禮魔王足譬如大樹根折躃地爾時魔王驚而說言長老今者不應乖約長老答言云何爲約魔王言先共作約若我作佛不應作禮云何於今而見禮耶長老從地起小聲答言我非不知如來涅槃如水滅火但見如來其色微妙是故作禮不禮汝也魔王問言汝一切身分頂禮我足云何而言不禮我耶優波笈多言我不禮汝亦不乖約汝今當聽譬如以土爲佛若敬禮者但作佛想不作土想我今見汝但作佛想不作魔想爾時魔王即捨佛形供養優波笈多還歸本處尅後四日魔王即自打鐘令一切人悉皆聞知若欲生天及得涅槃皆應往優波笈多所諮受正法若有人未見佛者當往觀優波笈多於是魔王說偈言

若人欲富貴　不樂於貧窮　若樂天上樂
及大涅槃樂　悉當聽受法　思惟其義趣
若人未曾見　最勝兩足尊　大師有慈悲
自然得聖法　悉皆應當往　優波笈多所
此人爲世間　而作於燈明

爾時此聲遍滿摩偷羅國優波笈多降伏魔王已摩偷羅國諸婆羅門等一切人民皆往優波笈多所時優波笈多坐師子座爲衆說法心無所畏猶如師子即說偈言

若人無有智　不登師子座　山狗登高座
深生大怖畏　如師子無畏　摧伏外道論
若能如是者　堪登師子座

是時優波笈多初所說法已次第說所謂四諦是時無數人有得須陀洹果斯陀含果阿那舍果乃至一萬八千人出家思惟坐禪精進修道得阿羅漢果於大醍醐山有石窟長十八肘廣十二肘是時諸弟子已作所作竟長老優波笈多語諸弟子諸弟子中我已教化證阿羅漢果得阿羅漢者取四寸籌置石窟中乃至一日中有萬八千阿羅漢取籌置石窟中是時乃至海邊大地廣聞名聲知摩偷羅國有優波笈多教化第一佛之所記

舍那婆私得道因緣

爾時舍那婆私與優波笈多出家竟優波笈多教化降伏魔王已爲攝受衆生故舍那婆私思惟攝受正法已竟我今欲向罽賓國受三昧樂世尊所記罽賓國是第一坐禪處是時舍那婆私即往彼處入於石窟受三昧樂有清淨凉風以吹其身即得阿羅漢果受解脫樂而說偈言

著舍那婆衣　觸五種三昧　於最勝山中
端坐入禪定　令風中出聲　遍告罽賓國
是舍那婆私　今已得道樂　以清淨自誓
得無漏解脫　今舍那婆私　自說如是偈

阿育王經卷第八

阿育王經卷第九

梁扶南三藏僧伽婆羅譯

優波笈多弟子因緣品第八之一

虎子因緣

是時優波笈多住摩偷羅國大醍醐山那哆婆哆寺去寺不遠有一虎生子不能覓食飢餓困苦即便命終優波笈多以精進慈悲與虎子食優波笈多有五百弟子未得道果白其師言云何乃與難衆生食其師答言善男子爲解脫因故彼弟子聞心生疑恠難處衆生云何而得解脫因緣彼諸虎子壽命短促將欲近死優波笈多語虎子言一切行無常一切法無我涅槃寂靜爾於我所當生信心於畜生道應生猒離時彼虎子於長老所心生信敬生信敬已即便命終於摩偷羅國生於人中乃至七歲優波笈多教化令其出家於七年中得羅漢果以神通力採種種華供養優波笈多是時優波笈多與諸弟子而自圍遶羅漢弟子從空中來即住其前彼未得道五百弟子白其師言此我同學其年尚少云何已得神通功德時師答言此是先虎子汝先所問云何與此衆生食者爲見我聞法故令得此果時優波笈多即爲五百弟子說法於是五百弟子深生慙愧斷除煩惱得阿羅漢果

牛味因緣

南天竺國有一男子於佛法出家常畏生死而不得涅槃生心念言誰能說法教化於我若有人能說法教我當得涅槃其聞摩偷羅國世尊所記教化最勝弟子名優波笈多聞

已往摩偷羅國至優波笈多處到已禮足合掌白言長老佛已涅槃長老今者應作佛事爲我說法是時優波笈多見其後身畏生死苦復見其身從遠處來羸瘦疲極語言善男子消息汝身其本所食唯飡乳酪摩偷羅國有種種飲食而無乳酪優波笈多教其從别路行彼路中遇見衆多女人持乳酪漿酥等欲從他國入此國彼諸女人即問長老何故羸瘦答言姊妹我生南天竺恒食乳酪此摩偷羅國有種種飲食無有乳酪是故羸瘦時彼女人於數日中人人各與乳酪酥等令其肥壯時優波笈多爲其說法彼勤精進即得阿羅漢果優波笈多語言汝取一籌著石窟中即便受教

南天竺人因緣

南天竺國有一人婬他婦恒往他家其母不聽而語之言若人爲此惡行則無惡不作其人生瞋即害其母害已往至他國至彼國已不得具足五欲以不得故深生憂惱即於佛法出家通達三藏成就多聞與諸弟子圍繞共至摩偷羅國那哆婆哆寺優波笈多處是時優波笈多思惟觀之見其害母以罪重故不能見諦不得道果雖復遠來不相慰問時彼比丘心懷羞愧從此遠去優波笈多五百弟子未得道者見是事故於其師所不生歡喜作是思惟和尚少智見老比丘其心闇鈍而爲說法今此比丘聰明智慧善通三藏眷屬隨從而不爲說是時優波笈多見弟子意於其起瞋又見其心應爲和尚舍那婆私教化降伏是時舍那婆私往罽賓國觀優波笈

多其今教化作佛事不即見其五百弟子心生瞋惱不敬其師見已思惟優波笈多何故不教化之又復深觀見其非是優波笈多之所能化應是我化時舍那婆私以神通力往至彼寺優波笈多遊行出外舍那婆私即入其寺鬢髮皆長其衣麤弊優波笈多諸弟子等見已說言無知老人從何所來入我師寺前聰明比丘通達三藏和尚尚不爲其說法汝今老鈍豈當爲說是時舍那婆私入寺已於優波笈多眠處坐優波笈多弟子見已而瞋以手曳之而不能動猶如須彌即欲罵之而聲不出乃至白優波笈多言有一貧老比丘入和尚寺坐和尚牀優波笈多答弟子言除我和尚無有能坐我牀是時優波笈多還寺已以最勝恭敬供養和尚舍那婆私自取小牀於師邊坐乃至優波笈多弟子思惟若此比丘是和尚師然其智慧猶不及我和尚時舍那婆私見其意即便思惟云何方便爲彼除慢見已自舉右臂手出牛乳告優波笈多善男子此三昧云何優波笈多答和尚言我今不識此三昧名和尚語言名龍頻呻三昧第二時復更出乳復問言此三昧云何優波笈多答言我今不識此三昧名和尚語言此名青和合覺支三昧乃至廣說諸三昧優波笈多語和尚言是我智慧境界和尚則說非我境界則不說之乃至舍那婆私語優波笈多善男子是三昧佛智受持辟支佛不聞其名是三昧辟支佛智慧受持舍利弗不聞其名是三昧舍利弗智受持目揵連不聞其名是三昧目揵連智受持摩訶迦葉不聞其

名是三昧我和尚智受持我不聞名舍那婆私又言善男子我涅槃時此三昧法一切皆失又世尊本生有七萬七千名亦復皆失一萬阿毗曇法亦復皆失是時優波笈多諸弟子聞此懊惱即便思惟此比丘智慧勝我和尚即滅憍慢舍那婆私教化說法彼諸弟子悉得阿羅漢果爾時長老舍那婆私語優波笈多善男子世尊付法藏與摩訶迦葉入涅槃摩訶迦葉付和尚入涅槃和尚付我入涅槃我今付汝當入涅槃此法藏汝當守護於此摩偷羅國有人當生名絺徵柯其當出家此法藏當付之乃至長老舍那婆私付優波笈多法藏竟以神通力身昇虛空現四威儀入火三昧入三昧竟有種種華青黃赤白從其身出身上出水身下出火身上出火身下出水其身端嚴譬如有山一邊出水一邊出火舍那婆私以種種神力令諸比丘及諸檀越心得開解作是化已即入涅槃如水滅火是時優波笈多及一萬八千阿羅漢弟子供養其身爲作塔廟

北天竺人因緣

是時優波笈多住摩偷羅國那哆婆哆寺北天竺有一善男子於世尊法中出家多聞智慧通達三藏說法美妙在在至處一切諸人請其說法即爲諸人三種說法常自思惟誰能爲我說法令我得道其聞摩偷羅國有比丘名優波笈多無相佛教化第一佛之所記聞已往彼國至那哆婆哆寺到優波笈多所說言世尊已涅槃長老今作佛事爲我說法即說偈言

佛有大慈悲　已入於涅槃　汝今作佛事
世間癡盲冥　汝作智慧光　如日明照世
世間無餘師　唯汝以爲師　化弟子最勝
長老應化我

是時優波笈多思惟觀其心見其最後身深畏生死何故前身而不得聖法即見其緣未具足故優波笈多爲其作緣令得具足又見其心樂欲坐禪不欲説法優波笈多語言善男子若汝能受我教我當爲説彼答言我當如是優波笈多言汝今當説三種法彼又問云何修多羅我應當説優波笈多言於多聞五功德一者陰方便二者界方便三者入方便四者因緣方便五者説法化人不待他教我已教汝説三種法乃至次第説法説法竟得阿羅漢果乃至取籌投石窟中

提婆落起多翻天護因緣

是時天護商主住陸求那國常樂布施於佛生信欲往入海而作師子吼若我從海安隱得還我當於佛法中作五年大會乃至一切諸天聞其語而受持之其國一切無不聞知説言天護商主作師子吼我從海還當於佛法作五年大會是時有一阿羅漢比丘尼住彼國思惟觀察天護從海安隱還不即見其人安隱得還復見其還已於佛法作五年大會又見會時幾僧和合即見其數一萬八千皆阿羅漢學人倍多凡夫無數於彼衆中誰爲上座即見上座名阿娑陀星名復觀阿娑陀上座爲是阿羅漢爲是阿那含爲是斯陀含爲是須陀洹即見上座是凡夫人又觀其人爲精進爲懈怠見其精進即便思惟欲往問

之爲欲自益爲欲益他見其自作利益乃至羅漢比丘尼至彼僧伽藍至巳次第從上座禮而說言大德汝不端嚴上座心自思惟云何以我爲不端嚴即自觀身見鬚髮長即喚年少比丘剃除鬚髮乃至剃竟比丘尼復更思惟此大德解我語不即見大德不解語意復至僧伽藍次第禮拜說言大德汝不端嚴上座思惟我巳剃鬚髮竟云何猶不端嚴復更觀身見其衣服麤弊喚年少弟子更浣染之染治既竟著巳端坐比丘尼復更思惟大德解我語不即見大德不解其意乃至三過羅漢比丘尼復至僧伽藍次第禮拜說言大德不端嚴乃至大德生瞋我巳剃鬚髮及浣染衣竟云何謂我不端嚴耶比丘尼白大德言云何以此爲佛法莊嚴若得四果此爲佛法莊嚴復次大德聞商主天護作師子吼我從海中安隱得還當於佛法作五年大會不大德答言聞復問大德知彼會時衆僧數不答言不知比丘尼自說會時僧數有一萬八千阿羅漢學人復倍凡夫無數大德是凡夫爲第一上座在羅漢衆中先受供養是莊嚴不大德聞此語啼泣懊惱比丘尼言何故啼泣答言姊妹我今巳老無可堪任比丘尼而說偈言

如來法可見　無有於時節　欲得於解脫

一切時與果

復次大德當往那哆婆哆寺彼有比丘名優波笈多佛之所記我弟子中教化第一是時長老比丘次第往至摩偷羅國那哆婆哆寺優波笈多見長老來即出迎之語言大德洗

足消息比丘答言我未洗足欲見優波笈多時優波笈多弟子語言大德此即是優波笈多來迎大德比丘聞巳心生歡喜即便洗足優波笈多即教化之爲覔檀越洗浴飲食種種供養語維那言今有得二解脫比丘入坐禪處乃至一萬八千阿羅漢悉入禪處是時比丘入第一禪座處坐而便睡眠時維那取燈以置其前而復彈指比丘覺悟便欲捉燈時優波笈多入火三昧如是一萬八千阿羅漢悉入火三昧比丘見巳心生歡喜而說偈言

一切諸比丘　跏趺坐於地　譬若於盤龍

光明如燈樹

乃至優波笈多教化說法是時比丘精進思惟得阿羅漢果巳作所作還其本國阿羅漢比丘尼見比丘巳至彼僧伽藍禮拜說言今日大德莊嚴比丘答言姊妹以汝力故乃至商主天護安隱海還作五年大會是時會中一萬八千阿羅漢和合學人一倍精進凡夫無數大德上座爲天護呪願多跋多柯提跋多柯翳婆跋多柯鷄跋耽婆鼻婆底乃至五年功德究竟亦如是呪願商主天護問上座世尊種種說法上座所說多跋多柯提跋多柯翳婆跋多柯鷄跋耽婆鼻婆底而無有異上座答言善男子我思惟汝功德呪願於過去世九十一刧我等爲商主經營大舶入海取寶令滿此舶還閻浮提是時海中遇大風吹舶令墮沙海我等爲毗婆尸佛正覺聚沙爲塔以珍寶物供養此塔是時諸天及諸帝釋示我道路我等即復裝摙大舶天人語言

七日有大水來當將汝舶入閻浮提乃至七日有大水來將我大舶入閻浮提以我作此沙塔因緣經九十一劫不墮惡道以是因緣我今得阿羅漢果汝今能供養一萬八千阿羅漢學人一倍精進凡夫無數於三寶所已作供養是故我說呪願多跋多柯(翻從彼時)是跋多柯(翻是時)鷲婆跋多柯(翻從此時)鷄跋耽(翻是時)婆鼻娑底(生)復次善男子生死苦無窮汝當於佛法出家乃至天護出家得阿羅漢果

我見婆羅門因緣

優波笈多住摩偷羅國那哆婆哆寺摩偷羅國有一婆羅門常起我見問佛弟子言有人可造生死不佛弟子答言婆羅門當往那哆婆哆寺彼有比丘名優波笈多常說法無我時婆羅門往彼寺優波笈多爲四衆說法優波笈多見婆羅門說無我偈

世間無有我　亦復無我所　無人無壽命
唯有生死心

是時婆羅門聞說無我法我見即斷於優波笈多所出家優波笈多爲其說法婆羅門精進思惟即得阿羅漢果婆羅門已作所作乃至取籌置石室中

睡眠因緣

優波笈多住摩偷羅國那哆婆哆寺有一善男子依優波笈多出家常好睡眠優波笈多說法亦復睡眠時優波笈多教其往坐禪處至已樹下跏趺而坐猶故睡眠乃至優波笈多以神通力於其四邊化作深坑深一千肘以驚怖之是時比丘見此深坑即便驚覺時優波笈多復化作路令其得行是時比丘隨

路而出往優波笈多處優波笈多復令其往至彼住處比丘答言和尚彼有深坑深一千肘優波笈多答言此深坑小生死深坑最爲廣大所謂生老病死憂悲苦惱若人不知四諦則墮其中是時比丘復往彼樹下跏趺而坐其心思惟恐有深坑不復睡眠以怖畏故思惟精進除諸煩惱得阿羅漢果乃至取籌置石室中

給事人因緣

優波笈多住摩偷羅國那哆婆哆寺有一善男子東國人於佛法中出家能爲給事所至寺處諸比丘等令其作給事諸比丘言若有檀越至汝處者汝當教化令其作功德乃至給事教化疲極思惟言誰能爲我說法教化聞摩偷羅國有比丘名優波笈多佛所記教化弟子中最爲第一即往其處至已禮足合掌說言大德佛已涅槃大德今作佛事爲我說法時優波笈多思惟見其最後身能畏生死復思惟言何故不得聖道見其因緣未足云何方便令其滿足若使更爲給事因緣當足復見疲極不作給事優波笈多言善男子若隨我教當爲說法答言如是優波笈多言汝當於衆僧更作給事答言大德我於摩偷羅國人不知誰精進誰不精進大德語言汝能早起入國不答言能入比丘又問此寺衆僧其數有幾大德答言有一萬八千阿羅漢學人一倍精進凡夫無數是時彼比丘即爲一切衆僧而作給事令一切僧專修道業時給事比丘早起著衣持鉢入摩偷羅國是時有一長者從摩偷羅國出逢此比丘所未曾

見而令見之見已禮足禮已問言大德從遠近來比丘答言從東國來長者問言爲何事來比丘答言我來至優波笈多處爲欲聞法而優波笈多令我爲僧給事我今不知摩偷羅國人誰精進誰不精進長者語言汝今不須思惟是事我當代汝給事衆僧一切飲食衣服醫藥我悉給與乃至比丘與長者共取飲食等供養衆僧三月安居時比丘思惟所作功德得阿羅漢果乃至取籌置石室中

工巧因緣

爾時東國有一善男子於佛法中出家善能工巧在所至處一切衆僧令其造作寺舍屋宇日日不息生大疲極即自念言我欲坐禪思惟佛先已說一切比丘應坐禪修道不得放逸即自生心誰能爲我說法教化聞摩偷羅國有比丘名優波笈多佛之所記教化弟子中最爲第一即往其處禮拜合掌說言大德佛已涅槃大德今作佛事爲我說法時優波笈多見其最後身畏生死復思惟言何故不得聖道見因緣未足云何方便令其滿足見其更爲工巧因緣當足復見其疲極不能作工巧優波笈多言善男子若隨我教當爲說法答言如是優波笈多言若地未起寺者汝當於彼起寺佛已說此言若有地未起寺處若人於彼能起寺者當得梵功德答言大德我於摩偷羅國不知誰精進誰不精進大德語言善男子汝能早起著衣持鉢入國不答言如是乃至早起持鉢入國是時有一長者從摩偷羅國出逢此比丘所未曾見而今見之見已禮足問言大德從遠近來比丘答

言從東國來長者問言爲何事來比丘答言我來至優波笈多處爲欲聞法而優波笈多語我若有地未起寺處汝當起寺我今不知摩偷羅國誰精進誰不精進長者言大德今不須思惟是事我當爲比丘種種辦具是時比丘與長者有未起寺處欲爲起寺共長者捉繩量度繩未至地即於其中思惟所作功德除一切煩惱即得阿羅漢果乃至取籌投石室中

飲食因緣

爾時摩偷羅國有一善男子於優波笈多所出家爲貪食故不得聖道時優波笈多言我明日當與汝食至明日以一器盛滿糜一是空器屏置其前而語言汝當取食令此器空又語言使此糜冷稍稍食之此比丘以貪食故而欲多食又以口吹令冷如是一過二過白和尚言我已冷竟優波笈多復言汝雖能令乳糜冷而汝心有欲愛火熱汝復令冷汝貪欲熱以不淨觀爲水除此心熱若愛飲食當如服藥時此比丘食此糜竟即便吐出滿於空器優波笈多言汝當食之比丘白和尚此吐不淨云何可食優波笈多復語言汝今當觀一切法不淨猶如涕吐時優波笈多即爲說法聞法竟精進思惟得阿羅漢果乃至取籌置石室中

少欲知足因緣

時南天竺有一善男子於佛法中出家少欲知足不樂榮華不以酥油摩身不湯水浴不食酥油常畏生死爲四大無力故不得聖道即生心念誰能爲我説法聞摩偷羅國有比

丘名優波笈多佛之所記教化弟子中最爲第一即往其處合掌禮敬說言大德佛已涅槃大德今作佛事爲我說法時優波笈多見其最後身畏生死復思惟言何故不得聖道即便見其四大無力故常樂麤惡不願榮華時優波笈多語言善男子當隨我教我當爲說答言如是優波笈多爲其教化令諸檀越設種種飲食洗浴衆僧又語年少比丘汝當爲此比丘洗浴時年少比丘以酥油摩其身以湯水洗浴食時至以種種美食與之是比丘食竟數日之中身有氣力是時優波笈多爲其說法是比丘精進思惟即得阿羅漢果乃至取籌置石室中

羅剎因緣

摩偷羅國有一男子啓其父母求欲出家往優波笈多處至已禮足白言大德我得佛法中出家作比丘受具足不我欲於世尊法中修行梵行優波笈多見其於身爲愛所縛語言善來我當與汝出家其人聞已禮長老足欲還其家即於中路作是思惟我若至家或有留難不得出家於其路中有一神廟便在中宿優波笈多即以神力作二羅剎一持死屍入於廟中一則空往既入廟已共諍死屍一言我得此屍一人言我得此屍於是二羅剎互共相諍即不自決而問此人誰將此屍來入廟耶此人思惟若我實言彼空來者必當殺我若不實語將屍來者復應殺我乃可受死不得妄語即語鬼言是彼將來時空來鬼即牽其臂而欲食之將屍鬼者助其牽掣令得免脫又牽其脚而欲食之將屍鬼者復

助牽掣令得免脫如此良久遂至日出經二日後往優波笈多處至已爲其出家精進修道即得阿羅漢果乃至取籌置石室中

阿育王經卷第九

音釋

銳（俞芮切利也）⿰火參（乘列切與爇同）罽（居例切）鷖（烏亐切）舶（博陌切海中大船也）捒（所玉切裝也）糜（忙皮切粥也）掣（昌列切曳也）

阿育王經卷第十

梁扶南三藏僧伽婆羅譯

優波笈多弟子因緣品第八之二

樹因緣

南天竺國有一善男子於佛法中出家而於其身爲愛所縛以酥油摩身又用湯水以浴其身以種種飲食供養其身以其於身愛所縛故不得聖道即便思惟誰能爲我說法聞摩偷羅國有一比丘名優波笈多佛之所記教化弟子中最爲第一乃至往摩偷羅國優波笈多處至已禮足而說言大德佛已涅槃大德應作佛事爲我說法時優波笈多見其最後身爲愛所縛又語言善男子能受我教當爲汝說答言如是時優波笈多將其入山於山中以神通力化作大樹語言汝當上此大樹是時比丘即便上樹又於樹下化作大坑深廣一千肘又語比丘汝當次第放二脚比丘受教即便放脚又復語言今放一手亦便受教又語言復放一手比丘答言若復放手便墮坑死優波笈多言我先共約一切受教汝今云何不受我言是時比丘身愛即滅放手而墮不見樹坑是時優波笈多即爲說法精進思惟得阿羅漢果乃至取籌置石室中

慳因緣

摩偷羅國有善男子於優波笈多處出家而大慳以其慳故不得聖道優波笈多語言汝當布施汝今出家已得第一物不須復覓餘物又復以法得他供養乃至得飲食入鉢中者應當布施若不能廣施隨所得食當分施

比坐二人至一日二日以有慳故猶不肯與時比坐二人皆阿羅漢至滿三日多得飲食方分二人爾時優波笈多教化說法即便思惟得阿羅漢果乃至取籌置石室中

鬼因緣

爾時摩偷羅國有一善男子於優波笈多所出家多喜睡眠優波笈多爲其說法將至林中在一樹下坐禪而復睡眠時優波笈多爲令其畏化作一鬼而有七頭當其前手捉樹枝身懸空中比丘見已即便驚覺生大怖畏即從座起還其本處優波笈多令還坐禪處時彼比丘白言和尚彼林中有一鬼七頭當我前手捉樹枝懸在空中此甚可畏優波笈多言比丘此鬼不足畏睡眠之心是最可畏若比丘爲鬼所殺不入生死若爲睡眠所殺則生死無窮比丘即還坐禪之處復見此鬼畏此鬼故不敢睡眠是時比丘精進思惟得阿羅漢果乃至取籌置石室中

蟲食因緣

爾時摩偷羅國有一善男子於優波笈多所出家優波笈多爲其說法是時比丘精進思惟意但爲得須陀洹果不放逸故脫惡道怖七生天上七生人中受人天樂當入涅槃時優波笈多見其意共入摩偷羅國次第乞食至旃陀羅舍有旃陀羅子得須陀洹果身有惡病一切身體爲蟲所食口氣臭穢優波笈多語弟子言汝觀此小兒須陀洹受如此苦而說偈言

生旃陀羅姓　樂著於三有　惡蟲食其體
爲愛自在故　入於三有苦　汝當見佛子

此人已得道　能覆三惡道　以其放逸故
生旃陀羅姓　汝莫作此意　當觀三有苦
爲脱三有苦　我當爲汝説　汝當作精進
爲於解脱故　生死無有實　猶如芭蕉林
比丘問言此人以何業緣得須陀洹而受此
苦優波笈多答言是其先於釋迦牟尼法中
出家衆僧坐禪其爲維那是時僧中有一羅
漢有此惡病搔刮作聲維那語言蟲食汝體
耶而作此聲即牽臂出而語之言汝入旃陀
羅室是時阿羅漢語維那言善男子汝當精
進莫住生死受苦是維那即懺悔之懺悔竟
得須陀洹果便自念言我已得須陀洹果不
復精進昔維那者是今小兒以罵羅漢及牽
其出令入旃陀羅處今得此報是時比丘聞
此事深生怖畏勤修精進即得阿羅漢果時
優波笈多復化旃陀羅子旃陀羅子即厭欲
界得阿那含果即使命終生五淨居乃至取
籌置石室中

骨想因緣

摩偷羅國有一善男子於優波笈多所出家
優波笈多爲其説不淨觀等以不淨觀折伏
煩惱令不得起其意謂言已作所作不復精
進優波笈多言善男子汝當精進勿作放逸
答言我已作所作得阿羅漢優波笈多言善
男子汝見乾陀羅國翻持地治下名爲鑿石有
酤酒女人不此女人自言得道如汝不異煩
惱未斷而自言斷是增上慢汝今觀此女人
爲得道不比丘答言我未能見欲向彼國師
即聽之是時比丘至乾陀羅國治下有寺名
爲土石即入彼寺消息早起著衣持鉢入聚

落乞食是時酤酒女人取食欲與而比丘見此女故婬慾變心便自取鉢中麨酪與此女人女人見之亦婬慾變心而露齒笑是比丘未觸其身又未共語已變其心時比丘見其笑露齒即入不淨觀乃至觀其身一切皆作白骨作是觀已得阿羅漢果作所作竟而說偈言

癡人無知　見外好色　便生貪著　有智慧人
見内惡色　即得解脱　若無明者　爲色所縛
若明智者　於色解脱　從令此身　永捨不淨
又於此身　莫更莊嚴　以實觀身　即得解脱

爾時比丘還摩偷羅國優波笈多處優波笈多問言汝見此女人不答言依法見乃至取籌置石室中

貪因縁

爾時摩偷羅國有一長者初甚巨富後漸漸貧惟有五百銀錢生心念言欲於佛法出家修道若我出家之後須湯藥衣服當用買之乃至往優波笈多所出家日日令給使人守護銀錢時優波笈多言善男子出家之法應少欲知足汝何用是五百銀錢爲當以此物供養衆僧比丘答言此是我湯藥三衣直優波笈多令其入房化作一千銀錢而語言此是湯藥三衣直當以與汝是比丘聞已即捨其五百銀錢施與衆僧優波笈多爲其說法是時比丘精進思惟得阿羅漢果乃至取籌置石室中

箭刷因縁

爾時摩偷羅國有一善男子於優波笈多所出家修道時優波笈多爲其説法是比丘精

進思惟得須陀洹果即生心念我惡道已覆應作已作優波笈多言善男子汝當精進莫作放逸比丘答言我已得須陀洹果惡道已覆不復放逸我當七生天上七生人中受人天樂然後涅槃時優波笈多爲欲令其生怖畏故早起著衣持鉢共入摩偷羅國次第乞食到旃陀羅舍有旃陀羅子得須陀洹身有惡瘡醫師語言汝當取箭刷刷瘡令其血出我當傅藥其人聞已日日常以箭刷刷身優波笈多見已示其弟子語言善男子汝見須陀洹受此苦不比丘答言和尚何業所造優波笈多言此人於釋迦牟尼正覺法中出家有一比丘作維那監視坐禪於衆僧中有一阿羅漢入禪處坐禪身有瘡疥即便搔刮是維那語言大德汝何不取箭刷刷身而令作聲又牽其手出坐禪處語言汝當往旃陀羅舍莫亂衆僧時阿羅漢答言善男子汝當精進莫作放逸受生死苦是時維那聞是語已便向大德懺悔懺悔竟即得須陀洹果是比丘即生心念我惡道已覆不復精進優波笈多語弟子言先坐禪維那即此旃陀羅子以其先世語阿羅漢汝何不取箭刷刷身是故今日得此果報用箭刷刷身先世又語大德汝往旃陀羅家是故今生旃陀羅姓時優波笈多弟子聞此語已心生怖畏精進思惟即得阿羅漢果優波笈多復爲旃陀羅子說法旃陀羅子猒離欲界得阿那含果即便命終生五淨居乃至取籌置石室中

小兒因緣

爾時摩偷羅國有一長者生一兒一歲便死

復生一長者家二歲便死更生一長者家三歲便死如是四處五處六處七處於第七處生至年七歲時有劫抄將是小兒入於山中時優波笈多思惟見此衆生最後爲攝受故往至山中結跏趺坐化作四種兵象馬車步彼劫畏故往優波笈多所優波笈多即攝神通爲其說法彼劫聞法見四眞諦於佛法中出家修道即以小兒與優波笈多時優波笈多令其出家說法教化小兒精進思惟得阿羅漢果既得果已即自思惟見其父母生大苦惱還父母處說言父母莫生苦惱是時父母見其兒還生大歡喜羅漢小兒即爲父母說法乃至令得須陀洹果復往第六父母處白言父母莫生憂惱我是汝子汝先所生汝所長養至六歲而死父母聞之心大歡喜即爲父母說法得須陀洹果如是第五第四第三第二乃至第一父母悉爲說法教化得須陀洹果乃至取籌置石室中

江因緣

爾時摩偷羅國有一善男子於優波笈多所出家優波笈多爲其說法精進修行即得世間四禪得初禪定生須陀洹想得第二禪生斯陀含想得第三禪生阿那含想得第四禪生阿羅漢想不復精進優波笈多言善男子汝當精進莫作放逸弟子答言我所作已辦得阿羅漢果時優波笈多方便教化言善男子汝可往中天竺國比丘便往優波笈多於其中路化作五百賈客共遊山中復化作五百劫來殺賈客比丘見劫欲來殺之生大怖畏即自思惟我非羅漢若是羅漢不應怖畏

我當是阿那含於賈客中有一長者女失伴無侣女人見比丘即禮其足便語比丘聖人今者願將我去比丘語言世尊有制不得獨與一女人同路行汝今去我如師子見遠以隨我行優波笈多復化作大江是比丘入水欲渡江而在水下女人亦渡江而在水上比丘見此女人在江中將欲没即便思惟世尊已聽若見女人水中欲死牽出無罪思惟竟即便牽出牽出之後便起欲心而復思惟我非是阿那含阿那含者無有欲心我應是斯陀含須陀洹乃至將女人上岸便作思惟我於今者欲捨一切戒與此女人爲居時優波笈多即攝神通在其前立語言善男子汝是阿羅漢耶是時比丘即向優波笈多懺悔優波笈多爲其說法比丘精進思惟即得阿羅漢果乃至取籌置石室中

覺因緣

爾時摩偷羅國有一長者見典領家業未經幾時而白父母聽我出家乃至優波笈多與其出家即爲說法令入山坐禪比丘受教即入山中在一樹下結跏趺坐是比丘未出家時有婦端正及其坐禪思惟其婦時優波笈多化作其婦以住其前比丘見已而語之言汝何故來女人答言汝喚我來比丘語言我在此坐未曾出言云何喚汝女人答言汝以覺觀喚我非是發言時彼女人即說偈言

慙愧有二種　謂口及與心　於此二種中

心慙愧爲最　若無有心覺　則無口言說

乃至優波笈多還攝神力復其本身在其前住而說偈言

若汝不樂　觀彼女人　若不欲見　則不思惟
若汝捨欲　不應當樂　譬如人吐　不復欲食

優波笈多更爲説法精進思惟得阿羅漢果便説偈言

和尚見實　已教化我　我敬彼故　即得聖道

乃至取籌置石室中

放牛因緣

爾時優波笈多欲往中天竺國於其中路有五百放牛人時五百放牛人見優波笈多便到其所優波笈多即爲説法既聞法已得見四諦便以牛施優波笈多即於其所出家修道優波笈多爲其説法即得阿羅漢果乃至取籌置石室中

化人因緣

爾時摩偷羅國有一善男子於優波笈多所出家修道優波笈多爲其説法既聞法已得世間四禪於初禪定生須陀洹果想於二禪定生斯陀含果想於三禪定生阿那含果想於四禪定生阿羅漢果想言我已作所作便生懈怠不復精進優波笈多言汝當精進莫作放逸比丘答言我已作所作乃至得阿羅漢果優波笈多教其入山坐禪復化作比丘共其坐禪令其諮受時化比丘教其禪法又問言誰爲汝出家和尚是誰比丘答言優波笈多是我和尚爲我出家化比丘言汝大功德得優波笈多無相佛爲汝作師復問汝讀誦何經爲修多羅毗尼摩得勒伽翻律本於佛法有所得不比丘答言我得須陀洹果乃至阿羅漢果化人又問汝以何道得比丘答言以世道得化人言汝所得者是世諦道汝未

得聖法比丘聞已深生憂惱便往優波笈多所白和尚言我故是凡夫和尚當爲我說法優波笈多即爲說法彼比丘精進思惟即得阿羅漢果乃至取籌置石室中

不樂住處因緣

爾時摩偷羅國有一長者子典領家事未經幾時心念欲出家白其父母聽我出家修道父母答言我無有兒唯有汝耳我今未死云何捨我出家是兒聞父母言心生憂惱乃至六日不食是時父母聽其出家而語言汝出家已當數看我答言如是即便往至優波笈多所出家出家竟念言昔與父母有約出家之後當數看父母白和尚言往父母處是其先妻爲其懊惱不復嚴飾比丘見之語言我當捨戒還家又往優波笈多處至已禮足說言和尚一心我欲捨戒還我本處優波笈多言善男子汝莫作此思惟且待少時我欲知汝意令汝意滿後可捨戒復令其往摩偷羅國化其婦死四人擔之從彼國出是時比丘還看父母而於中路見死屍出問擔屍者此是何人彼人答言有一長者兒其甲新出家是其婦爲其懊惱而死我今移之置尸陁林比丘聞之便隨其去欲見其身優波笈多化此死屍多出蟲血比丘見已入不淨觀思惟精進得阿羅漢果已作所作往優波笈多處頂禮其足優波笈多言汝見婦不答言依法而見乃至取籌置石室中

錫杖因緣

是時摩偷羅國有一善男子於優波笈多所出家時優波笈多爲其說法聞法已得世間

四禪比丘念言我所作已作不復精進優波笈多言善男子汝當精進莫作放逸答言和尚我已作所作得阿羅漢果時和尚令其執錫杖早起著衣持鉢往衆僧前然後入國是時有五百優婆塞皆持飲食隨其後行比丘見已知他重之謂言已是勝功德人便起我慢復更思惟我非羅漢阿羅漢者無有我我所慢乃至往和尚處白和尚言我未得聖道當爲說法優波笈多即爲說法比丘思惟即得阿羅漢果乃至取籌置石室中

善見因緣

爾時罽賓國有一比丘名善見得世間四禪龍王所貴時罽賓國炎旱無雨一切大衆請此比丘欲令降雨優波笈多思惟欲化善見令正是時優波笈多方便教化令十二年無雨外道見相語大衆言過十二年乃當有雨大衆聞此言而生憂惱往優波笈多處請令降雨優波笈多言我不當請雨罽賓國有一比丘名善見汝可求之時摩偷羅國大衆遣使至善見所請其求雨善見得四禪神通以神通力往摩偷羅國乃至大衆請其求雨是時善見即爲降雨滿閻浮提地閻浮提人患此大水大衆心謂善見比丘降此大雨勝優波笈多是時善見多人隨從出摩偷羅國優波笈多少人隨從入摩偷羅國時善見比丘見其自身隨從者多見優波笈多隨從者少便生慢心復思惟言我非羅漢阿羅漢者無有慢心即往優波笈多所至已禮足而白言佛已涅槃大德今作佛事爲我說法優波笈多言佛所說戒汝不正守護自謂勝我而生

憍慢佛何處說聽比丘請雨乃至優波笈多爲其說法比丘聞法思惟精進得阿羅漢果乃至取籌置石室中

寺封因緣

爾時優波笈多於摩偷羅國起寺非一乃至百數時摩偷羅國王名真多柯無有信心惱亂衆僧及給事檀越時無量衆僧及給事檀越往至優波笈多所說如是事優波笈多思惟若我遣使白阿育王恐阿育王瞋必當害之我當自往時優波笈多以神通力如瞬眼頃於那哆婆哆寺忽然不現即到波多利弗多（翻重華子樹）城鷄寺時阿育王聞優波笈多來修治國界香華伎樂種種莊嚴與諸大臣及國人民悉皆往迎優波笈多至已禮足恭敬合掌說言大德何故來此答言故來王處王復問言有何事故大德答言大王已弘廣佛法於摩偷羅國起寺非一乃至百數彼國王真多柯王領彼國無有信心惱亂佛法王當令其守護佛法時阿育王即勑大臣名曰成護汝可使人急殺彼王優波笈多即白王言莫殺彼王王當教勑從令以去莫復惱亂佛法時阿育王自手作書以牙印之授羅刹手羅刹奉書一念之頃即至彼國時真多柯王頂受讀誦既讀誦竟擊鼓宣令一切國人從今以往不得惱亂佛法時阿育王問優波笈多彼何等寺爲偷劫所亂優波笈多答言那哆婆哆寺時阿育王自手作書以牙印之與優波笈多以一國封供給此寺時阿育王設種種供養優波笈多受供養竟即於鷄寺忽然不見還那哆婆哆寺

郗徵柯因緣

爾時優波笈多思惟郗徵柯爲生已未見其未生從此日日往其父母處一日與多比丘往其家一日與二比丘往其家復別日獨往是時長者見優波笈多獨來其舍問言聖人今日何故無有弟子隨從長老答言我無弟子長者白言我樂在家不樂出家若我生兒當與大德爲弟子是時長者生兒未久而便命終第二兒生又復命終乃至第三兒生名郗徵柯即與優波笈多令其出家優波笈多爲其出家與受具足於第一羯磨得須陀洹果乃至第四羯磨得阿羅漢果時優波笈多思惟我應化者悉已化竟此石室長十八肘廣十二肘四寸籌已滿我今當入涅槃是時優波笈多作是念已便以法藏付郗徵柯說言善男子世尊法藏付摩訶迦葉入般涅槃摩訶迦葉法藏付阿難入涅槃阿難以法藏付末田地入涅槃末田地以法藏付和尚入涅槃和尚以法藏付我我今欲入涅槃此法藏汝當守護乃至劫後七日優波笈多當入涅槃時諸天人遍告一切閻浮提人令知有十萬阿羅漢和合學人及精進凡夫比丘白衣等無量無數優波笈多涅槃時至以神通力身昇虛空現種種神變行住坐卧入火三昧入三昧有種種色青黃赤白從其身出身上出水身下出火身下出水身上出火乃至以種種神力令諸同學及諸人天生大歡喜心得開解即入涅槃如水滅火即以此籌闍維其身乃至起塔種種供養優波笈多入涅槃時復有一千羅漢捨命入涅槃乃至郗徵

柯守護法藏竟復入涅槃優波笈多因緣竟
正法常住　多時不滅　塔持舍利　亦如是住
是人持法　愛樂無窮　常住不滅　亦復如是
從阿育王因緣乃至優波笈多入涅槃外國
凡二千一百偈三十二字
弟子二十八人

阿育王經卷第十

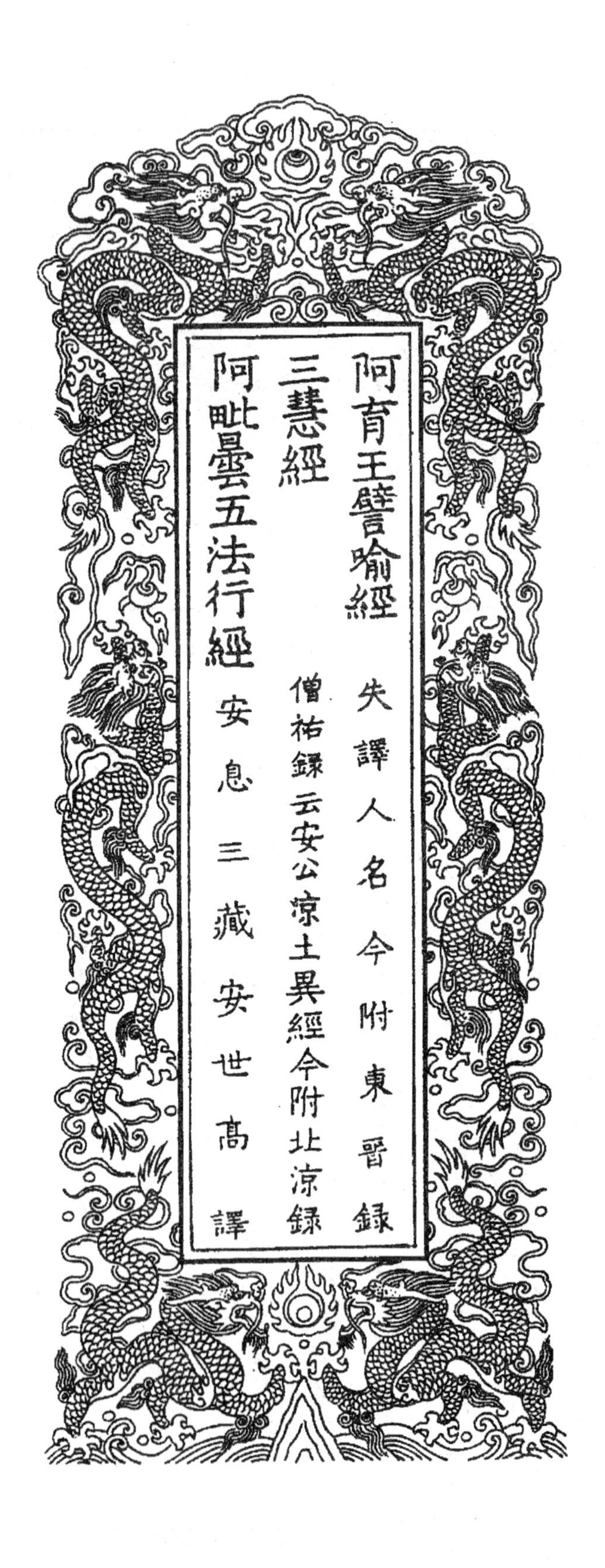
阿育王譬喻經
失譯人名今附東晉錄
三慧經
僧祐錄云安公凉土異經今附北涼錄
阿毗曇五法行經
安息三藏安世高譯

清刻龍藏佛說法變相圖

三經同卷
阿育王譬喻經
三慧經
阿毗曇五法行經

阿育王譬喻經

失譯人名今附東晉録

昔有大國王字名阿育統領諸國莫不臣屬大王聰明智慧無量教問諸臣天下頗有不屬我者不諸臣對曰天下盡屬大王無不縻伏中有一智臣對曰王界內不屬王者海中有龍王不屬大王初不遣信亦無貢獻是以知不屬大王王可試之千乘萬騎椎鐘鳴鼓旌旗擁護前後到海邊龍王靜然不出王便呼言汝在我界內所由不出亦寂然不對王

王便問智臣何由使龍王得出智臣對曰可使出耳龍王福德甚大以是不肯歸伏大王若不信臣語者等秤二斤金鑄作二像一作王像一作龍王像復取秤之龍王像重大王像輕是以知龍王福德多大王福德少王心甚解歡喜無量普告天下侍養孤老周窮濟乏所在郡縣興立天尊祠及置天尊舍利供養衆僧三年之中復取龍像王像秤之龍像便輕王像便重智臣白王龍可伏矣便設鹵簿如前後復到海邊龍王化作年少婆羅門於王前長跪問訊起居貢獻海中所有珍奇好寶自稱臣妾率土之民無不歡喜別在經文以示後世人天下多力無過福德人護經法如母護子豈可不思之

昔天尊在世時將諸弟子教化羣生見地有一帋弟子阿難輙便取之天尊告阿難放地阿難即便放地手便大香小復前行見飄風吹草在地阿難復取天尊語阿難放地手便臭阿難未解須臾前到精舍當問此意阿難白天尊何緣捉帋而手香捉草令手臭天尊語阿難帋本從香地來香著帋是以使汝手香草從臭地來故是以使汝手臭與賢相近如香著帋與惡人相近如臭著草是以經言近賢成智近愚益惑損我者三益我者三此之謂也不可不慎

昔天尊將諸弟子至江邊天尊語弟子取如拳許石擲著水中爲浮爲沒弟子對曰石沒在水底天尊言無有緣故復次有一石辟方三尺著於水上經便度河石亦不濕云何得爾諸弟子未解僉然怪之諸弟子長跪白佛

言何緣如此天尊言有善緣故耳何者爲緣船是天尊借爲喻與善師相值者得免衆苦與惡師相值者則習惡事不離衆禍示語後世之人不可不愼

昔有窮寒孤獨老公無以自業遇市得一斧是衆寶之英而不識之持行斫杖賣之以供微命用斧欲盡見外國治生大賈客名曰薩薄見斧識之便問老公賣此斧不老公言我仰此斧斫杖生活不賣也薩薄復言與公絹百匹何以不賣公謂調已亦不應和薩薄復言何以不見應和與公二百匹公便悵然不樂薩薄復言嫌少當益公何以不樂與公五百匹公便大啼哭言我不恨絹少我愚癡此斧長尺半斫地已盡餘有五寸猶得五百匹是以爲恨耳薩薄復言勿復遺恨今與公千匹即便破劵持去此斧衆寶之英耳地博不問多少以斧著上薪火燒之盡成貴寶天尊借以爲喻以受人身六情完具聰智辯達當就明師以求度世之道神通可及而俗著不別眞僞者耕犂因放時世取驅至於老死復當受罪喻如老公用寶斧盡豈不悟哉昔隴上一鳥字爲鸚䳇展轉及得在東太山諸禽獸飛鳥莫不敬愛以其在遠來故比作親友甚相愛樂春月野火所燒便行入水飛在火上抖擻毛羽之水救親友難往返非一悲鳴大呼鸚䳇之水豈能滅火至誠感天爲之降雨火即時得滅天尊經借以爲喻賢者以道士遠到研精行道減割身口侵妻子分供養衆僧雖無神通感動亦以至誠燒香求啓使諸檀越獲福無量喻如天雨衆火悉滅昔有

大長者財富無量窖穀千斛後出之不見穀見一小兒可年三歲亦不知語長者亦不知字名何物舉門前大道邊陌上行人儻有識者舍東有一車來乘駕黃牛人著黃衣從人皆黃過見小兒便言穀賊何以坐此是兒五穀之神語長者持鍬斧來我語君一甕金處適始行過者是金神順陌面去得道南迴行二百步道西當有朽故樹其下有甕有十斛金君往掘取可以還君穀直長者即隨小兒教得此治家足成大富佛經借以爲喻供養衆僧廣設檀會交有所費喻以失穀道士講經說義教人遠惡就善後獲福無量乃可至道喻如得金甕示語後世人福德不可不作後悔無及

昔有國豐盛安樂無所渴乏便語大臣遣一可使之臣至於他國市吾所無者市來即遣一人往至他國益將珍寶遍市肆觀看無有餘物盡是我國中所有耳最後見一賢者空坐肆上便問之言不見君有所賣何以空坐答言在此賣智慧耳問曰君智慧何像賣索幾許答言吾智慧直五百兩金前稱爾金吾當與汝說之耳遠人便自念我國中無賣智慧與人便秤五百兩金與其人即與說智慧之言二十一字言長慮諦思惟不當卒行怒今日雖不用會當有用時於是受誦令利各自還家臣買得智慧之言即便還國道徑其家夜入月明見婦牀前有兩色履疑有異人便生惡念其婦卒得疾病母往宿視長者故說智慧之言未休其母驚覺兒爾來歸耶兒便走出戶呼賤賤母問其言云何汝行爲得

何物何以呼賤兒言我母以婦萬兩金猶不與人正顧五百兩金豈非賤耶天尊經借以爲喻諺語一言之助勝千金之益此之謂也

昔天尊在恒水邊廣説經法時天龍鬼神帝王之民飛鳥走獸皆來聽法時有放牛老公拄杖而聽不覺杖下有蝦蟆蝦蟆聽經意美亦不覺背上有杖遂久蝦蟆命終其神即生天上用天眼觀其本從何道中來乃見故身在蝦蟆中來天華散其故身上示語後世人蝦蟆中聽經意美得生天上況於賢者至心聽經豈不巍巍乎

昔有兄弟二人弟行追明師作沙門遂得羅漢道數數來語兄可勤作福德兄言我今心念怱務且須後耳數數非一兄後命終弟以道眼觀兄神生何道看天道人道其中不見其神復觀地獄餓鬼道中復不見乃在畜生道中見兄神作大牛時賈客駕牛治生道惡跌泥中不能自起賈客以杖打之猶復舒咽不起弟見兄如此逕來在牛前語兄言今日怱務何如本時牛便著慙感絶而死道人即去衆賈人等便共議言道人何故來呪殺我牛便追逐道人將還問其意狀道人如事爲説牛是我兄不隨我語以致此罪道人便擲鉢虚空飛隨其後衆賈人知是聖人乃更自責爲牛燒香作福其福得生天上

昔有賢者居舍衛國東南三十里家門奉法供養道人家公好喜殺猪賣肉道人漸漸知之未及呵誡老公遂便命終在恒水中受鬼神形有白鐵輪鋒刃如霜雪隨流刺之苦痛不可言後日道人度恒水在正與鬼神相值

其鬼便出半身在水上捉船顧言捉道人著水中不者盡殺船上人時有一賢者便問鬼神何以故索是道人鬼神言我在世間時供養道人道人心知我殺猪賣肉而不呵誡我是以殺道人耳賢者便言君坐殺猪乃致此罪今復欲殺道人罪豈不多乎鬼神思惟實如賢者之言便放令去道人得去還語其家子孫爲作追福神即得免苦示語後世人道人受供養不可不教誡

昔有人在道上行見道有一死人鬼神以杖鞭之行人問言此人已死何故鞭之鬼神言是我故身在生之日不孝父母事君不忠不敬三尊不隨師父之教令我墮罪苦痛難言悉我故身故來鞭耳稍稍前行復見一死人天神來下散華於死人屍上以手摩抄之行人問言觀君似是天何故摩抄是死屍答曰是我故身生時之日孝順父母忠信事君奉敬三尊承受師父之教令我神得生天皆是故身之恩是以來報之耳行人一日見此二變便還家奉持五戒修行十善孝順父母忠信事君示語後世人罪福追人久而不置不可不慎

昔有道人在山中學道道人遣沙彌出舍分衛日日責一升米兼課一偈市中有一坐肆賢者見沙彌並語而行問沙彌言周行走索何以並語而行沙彌答言我師在山中學道日責我米一升兼課一偈是以並行誦一偈耳賢者復問若不輸米日可諳幾偈言可諳十偈賢者便言勿復分衛吾自代沙彌輸米沙彌歡喜即得靜坐學問賢者爲沙彌輸米

九斛然後試沙彌經皆自通利賢者後生世間爲天尊作弟子字名阿難天尊有十二部經典聰明之福報悉能誦持智不可量問一知十示語後世人福德隨身如影隨形隨人所種各獲其福不可不爲

昔有屠兒有千頭牛養令肥好日殺一牛賣肉已殺五百牛餘有五百頭方共跳騰諠戲共相觝觸天尊時入國見牛如此愍而捨去語諸弟子此牛愚癡伴侶欲盡方共戲諠人亦如是一日過去人命轉減不可不思惟勤求度世之道

阿育王譬喻經

三慧經

僧祐録云安公凉土異經今附北涼録

佛常欲得三人一者信二者問三者行或有人但信不喜已作爲信不欲行爲喜有三亡一者不布施二者不行戒三者不定意當滅思想乃得道要在不念已滅思想色亦滅識亦滅心有所念是爲四所有對是爲想當有想當無想不離想當離不生想還就不出想當有想者謂道想當無想者謂無色想不離想者謂不離經行想當離想者當離生死想不出想謂無道想不出十二門還就者謂人生死便不得脱

身譬如地善意如禾惡意如草不去草穢禾實不成人不去惡意亦不得道人有瞋恚是爲地生蒺藜善意如雷來即明去便復冥邪念如雲覆日時不見已惡意起不見道

學者有苦不學者無有苦學者有苦譬如人田種當先犂去草穢便多得收是爲先苦不學者無有苦者譬如地不犂續自生蒺藜惡物是爲不學無有苦

行道第一可禁苦第二可禁樂三者不可禁苦四者不可禁樂能樂得樂便行道能苦得苦便行道有人行道得苦便畏生死能行道如是不可與樂有人得樂能行道意不苦如是不可與苦有人得樂能行道得苦亦能行道如是可與樂不可與苦有人得苦不能行道得樂亦不能行道如是當與苦不可與樂

都有四求一者用身故求二者用願故求三者用癡故求四者用行故求人欲保身長壽是爲身求欲得豪貴妻子珍寶是爲願求祠

祀鎮厭欲從得福是爲癡求所行非法欲家安隱得道是爲行求

人有三不可保一者喜意二者財寶三者人命身亦可念亦不可念計身諸惡露是爲可念意墮五樂是不可念善亦可念亦不可念謂得道意是可念不可念者謂以得道意當轉增上惡亦可念亦不可念有過自悔是可念意起墮惡是不可捨念正念邪是爲惑不別是非是爲癡惡有二事一爲本二爲利所作行是爲本受行福是爲利除是便得道

貪護謂已得復貪念色爲貪止爲非一意滅故護貪爲得道貪護爲墮生死已得復護故爲貪護

樂食者謂歡喜飽念食者謂念三十七品經便飽識食者謂樂法已隨痛痒爲栽求後復念爲識求

一切世俗事皆屬身一切名字皆屬意一切不犯皆屬戒除是無所有爲道一法復壞道行謂不精進一法壞人謂慳貪

外惡因緣來向人不受爲忍自身作惡不出爲辱已過去莫復念未來亦莫待今見在當斷非人所有莫得憂一切有意皆爲結

有善意亦忘有惡意亦忘復用三因緣故一者不習念二者不數念三者不著意倒是三事不復忘

從有可得無有不可得有是謂三十七品經意生死意生死無有數所以覺者種忘故本意欲坐行道十日不能竟十日前世福薄故多福者欲十日坐行便得身不欲行用劣瘦

極故意不欲行不念死敗苦空故智慧有四相一者聞善語便不轉二者已聽便受著意三者已失常思惟念四者意已思惟念復重問欲知其意倒是少慧

有五百人行道得定意恐復失之因取人令殺人報言殺道人令我得重罪道人言如人有怨家欲殺之不是身爲是我怨家汝爲我殺佛言當殺意勿殺身

有道人得定意時野火燒之衣不然人見之謂是鬼便斫之刀斫不入用心一故不燒柔輭故不入有道人得定意弟子呼之飯不覺因前牽臂臂伸丈餘弟子大恐因取結之意結不可復取解之師禪覺苦臂痛問弟子白如是師言汝不解者誤折我臂人得定意柔輭如綿在母腹中亦爾

有三因緣覺人無所知一者問不如對二者不能問三者不能語

取要經要譬喻說人逢大水但當取珍寶去人在世間但當取善意去

人所念不得道何以故不念道因緣有道因緣能得道謂六波羅蜜安般守意三十七品經是爲道因緣

有五因緣可信一者信佛二者信法三者信戒四者信經五者信善知識信是五事得道

語有四法一者直語二者分別語三者問語四者止語直語者有黠人隨道德因緣直說分別語者爲所以所受不諦當分別本末重語說問語者人自意爲是隨因緣問之即自知止語者佛所不說亦不說

有四因緣問一者一切問二者分別問三者

問問四者止問一切世間非常苦空行道得安隱已説是爲應語是爲一切問若人來問眼事莫持耳往報是爲分別問若人持白物來言是黑物因持黑物問之見爲何等是爲問問若人來問道何類因報寒何等類若問意何等類因報風何等類若問無爲何等類因報空何等類是止問

有四顛倒一者非常人意已爲常二者已苦人謂樂三者萬物皆空人謂爲實四者非身貪已爲有身人墮顛倒如是非常計常以苦爲樂以空爲實非身已作身人如是意便得道人意墮四顛倒故計是爲我身諦校計身中無所有已無所有便墮空已墮空便爲無身已無身便墮無爲人有四癡常著四顛倒一者萬物非常自以爲常二者天下皆苦人恃作樂三者天下空人以爲有四者身非身不可保人已爲身五者月始生時拜六者十五日盛明時反踞視之七者女小時從人抱八者女大不可得見有四貴亦有四賤一者道貴人賤二者珍寶貴人賤三者官位貴人賤四者黠貴癡賤

阿難言人得善知識爲得佛半佛言人得善知識爲得佛道善知識難得何謂爲道德信爲道制身口意爲德人當有三知識一者富家二者事貴三者事大尊者以布施是爲富家以持戒爲事貴者守意念道爲是事大尊者有内治生外治生索錢財諸珍寶是爲外治生守意念道是爲内治生人不能自伏意反欲伏他人意能自伏意他人意悉可伏有内力有外力有内色有外色有内識有外

識能制惡意是爲内力力能有所作舉重瞋恚是爲外力痛痒思想生死識是爲内色地水火風空是爲外色意念爲内識眼見爲外識有四事大難一者與得道人共會大難謂十二賢者二者聞經入心難謂在八難處三者如本觀難謂墮四顛四者如法行難謂不能持戒

有五事求道大難一者年老二者疾病三者縣官四者盜賊五者飢渴是爲五事求道大難

有五事難一者值佛世難二者聞經難三者得善師難四者得善人難五者得作人難

有五難一者貧能布施難二者豪貴能忍辱者難三者有事對吏不欺者難四者與端正女人同牀意不亂者難五者制人命不得傷害者難

有七難一者受經能問難二者聞經解意難三者與多智人對語能自解難四者自教復能教人者難五者自安隱亦令人安隱難六者已自定意亦令人定意難七者常不離法至得佛道難

有十八事人於世間甚大難一者值佛世難二者正使值佛成就得爲人難三者正使成得爲人在中國生難四者正使在中國種姓家難五者正使在種姓家四肢六情完具難六者正使四肢六情完具有財產難七者正使得財產得善知識難八者正使得善知識智慧難九者正使智慧謹慎心難十者正使謹慎心能布施難十一者正使能布施欲得賢善有德人難十二者正使得賢善有德人

徃至其所難十三者正使徃至其所得宜適難十四者正使得宜適聽問難十五者正使受聽問說忠正難十六者正使忠正解智慧難十七者正使得解智慧能受深經難十八者正使能解深經復重難是爲十八事人於世間大難

有八處人佛無那何一者瘂人二者聾人三者地獄中人四者餓鬼中人五者畜生中人六者邊地不知法義七者長生二十八天上八者受不精進行是爲八處人佛無那何況

有五百人自說言我善佛言汝審善當隨我後人言諾佛便行入火中五百人皆止住無敢隨者言善人至難得

有人問佛佛教人作善何等益佛言天下人惱我故教之耳人復言人有心當恣之佛言坐天下人恣心故我止住百劫乃得佛道道

有七事一者意喜布施不欲餘二者但欲聞三者但信四者但持戒五者但欲行六者欲學慧七者但欲脫去佛在世時得脫轉後世但學慧復轉後世但欲行復轉後世但持戒復轉後世但信復轉後世但欲聞復轉後世但欲布施不但布施當復聞不但聞當復信不但信當復持戒不但持戒當復行不但行當復慧不但慧當復脫去是七事當并行

有五叢殘世一者上世人長壽今世人短壽二者上世人端正桃華色今世人醜惡三者上世人多得道今世人不能得四者上世人愽達通知經要今世人不能通知五者上世人安隱今世人多疾瘦是爲五叢殘世

有長壽者道人大富財產無數好作布施有

人言卿作布施大多道人報言我從佛聞人在世間往來生死其日不可數今我所有布施尚不能日用一錢何以爲多佛說人得一切天下珍寶不如聞佛一言何以故徒多財產不能離世間故山中揭鳥尾有長毛毛有所著便不敢復去愛之恐拔覆爲獵者所得身爲分散而爲一毛故人散意念財產財產不得脫苦用貪婬故人治生譬如蜂作蜜採取衆華勤苦積日已成人便竊取持去亦不得自食適自疲極人東走西走求是作是合聚財寶勤苦不可言已命盡他人得其財身反得重罪受苦不可量人在世間譬乘泥船渡河當浮渡船且壞人身如泥船不可久當疾行道

金有四試一者燒二者磨石三者鍛四者鍊譬喻人亦有四試一者嬈二者共從事三者色四爲制不止

欲得人相有四因緣一者與共居二者共居當久三者當共語言四者共可以知之

有四因緣知爲道人一者聞惡亂意即時轉念二者不說人惡三者自不墮論議四者能自護如是知爲道人自護

今世四因緣乃受福一者有處二者有時三者業四者師人有所止得安隱如意是爲處如人年三十當富十五時求不可得至三十乃得是爲時若人宜賈白珠亦餘物從得利是爲業遭得明人分別說經心即開解是爲師有兄弟三人各自謂高健無輩共更持夜二兄居前臥小弟便獨坐有一蟲名爲不吉來嚙其髀弟便以手指之蟲便長大復搥益

大其人嗔恚取蟲蹴蹋自致疲極蟲益大不止其人便止休一夜已竟便呼仲兄起蟲復嚙之兄復如小弟與共鬬蟲更長大至屋如是疲極復止休二夜竟便呼大兄起坐蟲復嚙之大兄便持手指摩娑蟲復起兄生意以甕覆之須臾極蟲便出甕去至明日二弟極不能復起兄知二弟與蟲共鬬便問何以不起二弟慚不敢語兄言與蟲共鬬劇耶弟言然兄語弟言後儻有不吉蟲來但以甕覆之不當指也譬喻如癡人得對便瞋恚從得罪如弟與蟲鬬自致疲劇黠人見對來便避之是得福譬如甕覆不吉蟲去

昔有道人爲國王說經王言佛在世多人得道今同說佛經人不得道佛爲持道法去耶道人言譬天下極美不過蒲桃酒飲一升便可醉持一升水澆一升酒中飲之不能復醉佛在世時說經知人意態譬如人飲一升酒便得醉今我輩不知是佛說經知人意態應病與藥故人多得道

有國王飯諸比丘天來指示王言是人得阿羅漢是人得菩薩是人得道迹是人不持戒王悉覺知持心正等無有異意諸天代其歡喜

有國王與人共爭高價浴佛王輙舉高價不止人言今我悉持所有財物妻子自身爲奴婢以浴佛王便不得

阿育王作八萬塔臨死欲絶時菩薩阿羅漢有五百人共守護更爲說經不使諸夫人得近與相見欲令王上天故

有小國王常起征伐大國王思惟言亡身得惡皆從貪愛故我不如以國與之大國王捨

國去作白衣在他國久後歸故國有人白言王便勑左右往捕取殺之臨當死時呼其子囑一言慎勿忘也汝勿念怨家惡當慈心有國王治行不平侵枉人民受取非法天為雨不時節有女人言天雨不時節王治行不十正故王已聞知便呼女人令請雨以三器著地女人願令雨墮中央器中復令從一頭起則如其願王問何因緣得是女人白言我至誠故佛言有地乃有萬物人有至誠乃有道有國王出行見一女人端正無比王意欲殺其夫取是女人傍臣言不當殺當享之國王享其夫以金指鐶與之語言忘鐶者殺汝王私呼婦令盜取鐶已後王呼問其夫鐶所在夫求不知處便勑臣殺之令美飲食夫恐不敢食人言卿當死何不食夫適欲噉魚因於魚腹中得鐶是至誠所致

有道人貧窮舉十萬錢用治生便先持三萬布施持餘錢行賈途中為賊所抄王便以珍寶物匃與之有大囊小囊餘人各取大囊去道人自念言我錢少不宜取大囊便取小囊去其中悉有白珠賣得六千萬用至誠不貪故得是珍寶

昔有國王徵國中諸盲人令於象廐中觀象中有持象足者中有持象鼻者中有持象耳者中有持象尾者去後共相問象何等類持象足者言象大如柱持象鼻者言象如繩索持象耳者言象如簸箕持象尾者言象如大篲皆共諍之盲人各自信其意譬如人各見少所經不達其法自謂大解亦如是

有國王於城外大作伎樂戲舉國中人民皆

出行觀城中有一家其父有疾不能行步家室共扶將令行言出城便止樹下不能自致語家中言汝自行觀來還乃持我歸時天帝釋化作一道人過其邊便呼病人汝隨我去我能令汝病愈人聞之大喜便起隨行釋將上天至宫見金銀好物甚衆多欲從求之人言勿得可求匃瓶病人因前到釋所言我欲去願持此瓶匃我釋即與之語病人言中有物在汝所願病人持歸室家相對探之轉得心中所願金銀珍寶恣意皆得大會宗親諸家内外共相娛樂醉飽已後因取瓶跳之我受汝恩令我富饒跳踼不止便墮地破之所求不復得

世間有黠人多無數未有如彌勒者彌勒尚復行學不猒何況餘乎佛已得道坐行安般守意佛言我從無數世以來學不猒乃得佛後世人學當那得佛道

以持戒不復作惡有不信意故復犯戒便墮地獄閻王問之便對言我不作惡閻王復問汝不作惡何爲是中

有尊者爲賊人所折辱有人言何以不殺之尊者言我人客未具故人復言我爲卿屈人客尊者言不也我兵今自具如是二十餘歲殺賊人彼病死人復言卿不殺之今反自死尊者言我兵馬已具何故癡人當入地獄是爲兵馬具

問曰何等爲能知一萬事畢報曰一者謂無意無念萬事自畢意有百念萬事皆失

有道人夜行前未得道人隨其後後人有疑悔前人舉手五指頭出火復以鑰開戶後人

乃覺悟知爲道人

說經有六衰有人言七衰屋舍衰獨非衰耶佛謂人言我復饒汝一衰癡爲大衰何以故人說身事反說屋舍是爲癡

有人墮海中有人教食水盡可得步出人言我已飲後水復來世俗如是前後相趣不可極

人欲相見有四緣一者其人端正故二者宿命相愛三者名聞四者欲聞深經安爲知是隱爲自藏自藏者不見惡態

世間凡有千八道佛一切已知前世皆已學從是不得道故索知

問人語時聲先生耶意先生乎報意先生何以意覺聲聲不能覺意故

有人持珠度海失亡其珠人便持木斗舀水棄岸上海神言汝當何時盡是水人言生死棄之不置海神知其意出珠還之

三慧經

阿毗曇五法行經

安息三藏安世高譯

苦法黠可苦法黠習法黠可習法黠盡法黠可盡法黠道法黠可道法黠苦法者謂形體萬物皆當衰老死亡是爲苦癡人謂可常保持是爲樂黠可知是爲苦便不復向生死是爲苦法黠可習法者謂習欲習得習婬習怒習癡習好習美黠可者如是爲習從習得盡便不欲是爲習法黠可盡法者謂人物會當消散滅盡便得亦不喜失亦不憂是爲盡法黠可道法者行道得道作善上天作惡入惡道黠可者知去惡就善是爲道法黠可黠者覺可者知本不知是爲苦苦爲一意知爲苦是爲二意習爲一意知爲習是爲二意盡爲一意知爲盡是爲二意道爲一意知爲道是爲二意此八意在外

非常苦空非身本習生因緣盡止如意惡道處受觀盡苦空非身何緣得盡盡從苦來從苦得盡因盡便得空得空便知非我身是四意爲隨苦諦何等爲苦一切在生死皆爲苦會欲亦不欲會欲謂人諸所欲得亦不欲謂人意諸所不欲是皆爲苦貪從習出隨非常意求滅苦從習得何等爲法謂因緣作是得是是爲法當爲識已識爲却意當爲斷從四諦中苦諦集諦爲證有道見苦知從集起見集知苦見盡諦知非常

何等爲可謂喜道不忘道常求道以道爲可何等爲黠常問道爲黠已問能受能行是爲黠集亦如是盡滅亦如是道亦如是

苦爲罪法爲行結黠爲三十七品經可爲行

行者爲行道如是爲集如是爲盡如是爲道皆爲增上

第一爲苦何等爲苦一切惡不可意爲苦已識苦不欲者便行道不離爲可苦生有本苦爲何等本從萬物萬物無有亦不盡已不盡人亦不憂已不憂人亦無有苦

第二爲集何等爲集意隨愛爲集斷愛無有集持何等行爲斷愛萬物皆從因緣生斷因緣不復生當那得斷因緣持意念道已持意念道意不得兩念便在道是爲集

第三爲盡苦法爲萬物以敗便得憂已得憂便老已老便得病瘦死是名爲外盡苦法何以故爲外盡苦法爲自罪未除何以故爲自罪未除爲生死未滅何以故生死未滅爲非一意何以故非一意爲不墮禪棄故何以故不墮禪棄不受行如佛語是名爲外盡内盡爲何等意墮守已墮守餘意不得生已餘意不得生便滅結已滅結便罪盡已罪盡便盡無有名爲内盡

第四爲道何等爲道苦可意道名爲八種何等爲八種如是安般守意說八行意不墮生死但有墮道已墮道便斷上頭三事何等三事苦集盡已斷苦集盡便定已定所向便得道何等爲得道已苦滅不復生是爲得有五法行何等五一者色二者意三者所念四者别離意行五者無爲

色爲何等所色一切在四行亦從四行所四行行爲何等地種水種火種風種亦從四行因所色爲何等眼根耳根鼻根舌根身根色聲香味細滑亦一處不更

意爲何等所意心識是爲何等六識身六識爲何等眼識耳識鼻識舌識身識心識所念法爲何等若所念法意共俱是爲何等痛想行痒念欲是意定黠信進計念貪不貪善本惡本不分別本一切結縛傳勞從起所黠所見所要亦所有如是法意共俱是名爲意所念法

別離意行爲何等所別離意不共是爲何等得不思想正盡正不思想念想下輩若得處得種得入生老死非常名字絶具如應亦餘如是法分別意行是名分別意行

無爲何等空滅未離滅不須受

地種爲何等堅者水種何等濕者火種何等熱者風種何等起者眼根何等眼識相著可色耳根何等耳識相著可色鼻根何等鼻識相著可色舌根何等舌識相著可色身根何等身識相著可色色爲何等若色端正不端正等色俱中央色想像上頭一識更眼識色更爲心識更是色兩識更知何等兩眼識心識聲爲何等從受行出聲亦不從受行出聲從受行本聲亦不從受行本受聲若上頭一識更知耳識已更心識便知是聲兩識更知耳識心識香爲何等若根香若莖香若華香若實香若香香若臭香等香所香是名爲香若上頭一識一識更知鼻識已更心識便知是香兩識更知鼻識心識味爲何等若酢味甜味鹽味苦味醎味辛味澀味亦所�覺味若上頭一識知舌識舌識已更心識便知是味兩識更知舌識心識細滑更爲何等若滑若麤若輕若重若寒若熱若飢若渴爲上頭

一識知身識已更心識便知是一處樂爲兩識更知身識心識心識一處不更色爲何等若色法識想著是爲何等若身善者不善者不更若常一識知心識

眼識爲何等眼根相依色因知耳識爲何等故耳根相依聲因知鼻爲何等鼻根相依香因知舌識爲何等舌根相依味因知身識爲何等身根相依樂著因知心識爲何等心根相依法因知痛爲何等爲樂是亦爲三輩少多無有量想爲何等所對行爲何等所作是亦爲三輩善惡不分別福殃度願樂爲何等三會是亦爲三輩善樂惡樂亦不善亦不惡樂意念何等爲意念是亦爲三輩善惡不分別欲爲何等欲作是何等意可意爲何等念思惟何等爲一意黠爲何等爲觀法信爲何等可意進爲何等觀念計爲何等所念使求增望念願願是名爲計分別念爲何等所觀觀隨不絶相隨是名爲念計念爲何等異意大爲計意微爲念計念是爲異貪爲何等不隨善法不信至誠不行不應行是名爲貪不貪爲何等隨善法信至誠行應行是名爲不貪善本何等有三善本無有貪善本無有瞋恚善本無有愚癡善本是名爲善本不善本爲何等不善本有三貪爲不善本瞋恚爲不善本愚癡爲不善本是名爲不善本不分別本爲何等有五不分別愛不分別憍慢不分別癡不分別疑不分別行是名爲不分別本結爲何等有九結一爲持念結二爲增結三爲憍慢結四爲癡結五爲邪結六爲失願結七爲疑結八爲嫉結九爲慳結

持念結爲何等三界中貪憎結爲何等爲人聞不可息憍慢結爲何等憍慢結名爲七輩何等七一爲憍慢二爲憍三爲自慢四爲自計慢五爲欺慢六爲不如慢七爲邪慢憍慢爲何等不如我者我爲勝如者等從是憍慢自計意起意識合意是名爲憍慢憍慢慢爲何等輩中勝勝中等從是所慢亦自計自計勝者勝是名爲自慢亦說者憍慢慢當爲一切合會是名爲自慢自計慢爲何等爲五陰自身是我身計自念從是慢慢自知意生意起合意是名爲自計慢欺慢爲何等未得計得未知計知未盡計盡從是憍慢自計意觀意起合意是名欺慢不如慢爲何等遠不如自計少不如若豪若業若業若何若罪若病不及十倍百倍自計如是爲不如從自憍慢自計自見意生意起合念自爲是名爲不如慢邪慢爲何等不賢者自計賢者從是有憍慢自念自計意生意起合念是名爲邪慢是爲七慢慢名爲憍慢結癡結爲何等三界中所有疑是名爲癡結邪結爲何等邪結有三輩名爲邪結一爲身邪二爲邊邪三爲邪邪身邪爲何等是身是我身是名爲身邪邊邪爲何等一者斷滅二者常在是名爲邊邪邪邪爲何等邪邪爲諍本壞福是爲三邪失願結爲何等失本不受功校恩是名失願結是兩失名爲失願結盜結爲何等兩盜名盜結一爲受盜二爲戒盜受盜爲何等爲五陰念尊大最無有極從是所欲所意所可所用是名爲盜結盜戒爲何等從是淨從是離從是解從是要出用是故所人所意所可所願是

名爲戒盜是兩盜名爲盜結疑結爲何等爲疑四諦是名爲疑結嫉結爲何等亂意爲嫉結慳結爲何等不能制意是名爲慳結故一切結縛結爲何等所結者名爲縛故説縛使者爲何等使者爲七何等爲七一爲欲使二爲不可使三爲欲世間使四爲憍慢使五爲癡使六爲邪使七爲疑使

欲使爲何等欲使名爲五使何等爲五著欲從苦見斷欲著欲從習見斷欲著欲從盡見斷欲著欲從道見斷欲著欲從思惟見斷欲是名爲五使名爲欲使不可使名爲何等五使名爲不可使何等爲五從苦見不可斷從習見不可斷從盡見不可斷從道見不可斷從思惟見不可斷是五使名爲不可使世間欲可使爲何等十使名爲世間可欲使何等爲十著色見苦斷欲著色見習斷欲著色見盡斷欲著色見行道斷欲從色因著思惟斷欲從無有色因著見苦斷欲從無有色因著見習斷欲從無有色因著見盡斷欲從無有色因著見道斷欲從無有色因著思惟斷欲是十使名欲世間使憍慢使爲何等憍慢使有十五何等爲十五著欲見苦憍慢斷著欲見習憍慢斷著欲見盡憍慢斷著欲見道憍慢斷著欲思惟見憍慢斷著色見苦憍慢斷著色見習憍慢斷著色見盡憍慢斷著色見道憍慢斷著色思惟憍慢斷著無有色見苦憍慢斷著無有色見習憍慢斷著無有色見盡憍慢斷著無有色見道憍慢斷著無有色思惟憍慢斷是十五使名爲憍慢使癡使爲何等十五使名爲癡使何等爲十五著欲見

苦癡斷著欲見習癡斷著欲見盡癡斷著欲見道癡斷著欲思惟癡斷著色見苦癡斷著色見習癡斷著色見盡癡斷著色見道癡斷著色思惟癡斷著無有色見苦癡斷著無有色見習癡斷著無有色見盡癡斷著無有色見道癡斷著無有色思惟癡斷是十五使名爲癡使邪使爲何等三十六使爲邪使何等爲三十六十二使著欲十二使著色十二使著無有色是名爲三十六使十二使著欲爲何等著欲見苦斷身邪著欲見苦斷要邪著欲見苦斷邪邪著欲見習斷邪邪著欲見盡斷邪邪著欲見道斷邪邪著欲見苦斷見盜著欲見習斷見盜著欲見盡斷見盜著欲見道斷見盜著欲見苦斷戒盜著欲見道斷戒盜是名爲十二使著欲使十二使著色爲何等著色見苦斷身邪著色見苦斷要邪著色見苦斷邪邪著色見習斷邪邪著色見盡斷邪邪著色見道斷邪邪著色見苦斷見盜著色見習斷見盜著色見盡斷見盜著色見道斷見盜著色見苦斷戒盜著色見道斷戒盜是名爲十二使著色使十二使著無有色爲何等著無有色見苦斷身邪著無有色見苦斷要邪著無有色見苦斷邪邪著無有色見習斷邪邪著無有色見盡斷邪邪著無有色見道斷邪邪著無有色見苦斷見盜著無有色見習斷見盜著無有色見盡斷見盜著無有色見盜斷見盜著無有色見苦斷戒盜著無有色見道斷戒盜是名爲十二使著無有色使是爲三十六使名爲三十六邪使疑使爲何等十二使名爲疑使何等十二著欲見

苦斷疑著欲見習斷疑著欲見盡斷疑著欲見道斷疑著色見苦斷疑著色見習斷疑著色見盡斷疑著色見道斷疑著無有色見苦斷疑著無有色見習斷疑著無有色見盡斷疑著無有色見道斷疑是名爲十二疑使是爲塵是爲塵惱有時塵無有惱者除塵所餘亂意念法是爲惱非塵從起爲八一爲睡二爲瞋三爲樂四爲疑五爲猗六爲盜態七爲不愧八爲不慙是故説從起八

所黠爲何等十黠何等爲十一爲法黠二爲比黠三爲知人心黠四爲巧黠五爲苦黠六爲習黠七爲滅黠八爲道黠九爲盡黠十爲無爲黠

法黠爲何等在生死欲所無有結黠在生死欲本所無有結黠在生死欲滅無有結黠在生死欲壞道行無有結黠亦在法黠亦在法地所無有結黠是名爲法黠比黠爲何等在色無有色行無有結黠在色無有色本無有結黠在色無有色行滅無有結黠在色無有色行斷爲道無有結黠亦在比黠亦在比地無有結黠是名爲比黠知人心黠爲何等所黠行所黠福所黠合已得不捨常在前常念不妄爲人故爲他衆故思行是故意念如是名爲知人心黠巧黠爲何等世間所行黠名爲巧黠苦黠爲何等受五陰非常苦空非身念所無有結黠是名爲苦黠集黠爲何等世間本亦本集生因縁思念無有結黠是名爲集黠滅黠爲何等滅滅爲黠最要念不結黠是名爲滅黠道黠爲何等道爲道如應受觀者欲出念無有結黠是名爲道黠盡黠爲何

等已識苦已捨習盡以有證道已行從是黠見知意得應是名爲盡黠無爲黠爲何等苦已更不復更習已畢不復畢盡已有證不復用證道已行不復行從是所黠所見所知所意得是名爲無爲黠故說所黠

所有見爲何等所有黠見爲見有時見非黠爲何等八更者可八更者可爲何等苦法黠可苦譬黠可習法黠可習譬黠可盡法黠可盡譬黠可道法黠可道譬黠可故說所見若得是爲黠不有時得非黠八更可如上說故說所更

德爲何等得法爲得無有思想思惟爲何等天上一處名爲一切淨在有無有欲前有思想出所意念法滅不隨是名爲不思想思惟滅思惟爲何等二十八天上名爲不欲中得道者上頭行要出所意念法滅到是名爲滅思惟

不思想爲何等無有思想人化生天上上頭意亦隨天上時意除是中間乃從是若意念法滅倒是名爲不思想

念根爲何等三界中命會爲何等人同居得處爲何等同郡縣種得爲何等爲五陰入得爲何等所內外得入是名爲入得生爲何等得陰老爲何等陰熟止何等宿命行來望非常爲何等已生復亡名字爲何等知分別絕爲何等字爲具政用爲何等字會空爲何等虛空無所有無所著無所色是名爲空盡尚未離爲何等已盡不復更不復著盡爲何等度世無爲是名爲五法五行行說具

阿毗曇五法行經

音釋

縻忙皮切羈縻也　抖擻抖當口切擻蘇后切抖擻振舉之貌　鍬此遙切臿也　跌徒結切蹶也　觝典禮切觸也　蹴子六切躡也　甕於浪切盆也　匄居大切乞與也　跳踼跳他弔切踼徒浪切

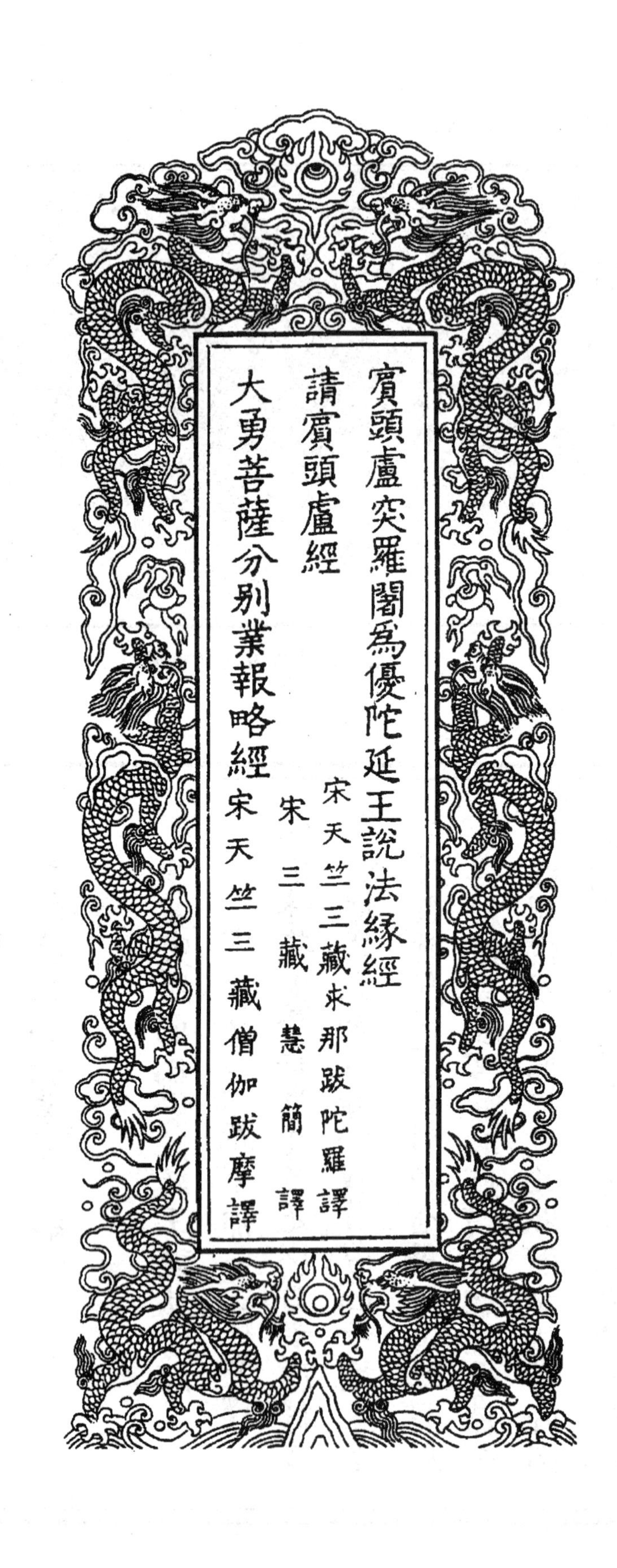
賓頭盧突羅闍爲優陀延王説法緣經
宋天竺三藏求那跋陀羅譯
請賓頭盧經
宋三藏慧簡譯
大勇菩薩分別業報略經
宋天竺三藏僧伽跋摩譯

清刻龍藏佛說法變相圖

三經同卷
賔頭盧突羅闍爲優陁延王說法緣經
請賔頭盧經
大勇菩薩分別業報略經

賔頭盧突羅闍爲優陁延王說法緣經

宋天竺三藏求那跋陀羅譯

欲樂味甚少憂苦患甚多是以智者應修方便速離衆欲勤行淨行我昔曾聞千福王子名優陀延紹父王位住拘舍彌城其城殊妙寬博嚴淨晃爛宮觀映飾綺麗牕牖通踈交絡珠網樓觀千萬莊校此城街巷相當阡陌齊整市肆充盈多諸珍寶其城周帀有好林苑樹木翠蔚華果茂盛泉流清潔生衆蓮華青黄赤白文色相映鴻鴈鴛鴦孔雀鸚鵡迦

陵頻伽命命之鳥其聲相和猶如樂音莊嚴之盛如寄羅婆山王崇巖峻嶽而自莊嚴又像帝釋所居喜見之城優陀延王形貌端正威相具足聰明黠慧武勇絕倫才技兼修靡所不知善能呪象令諸山象咸來赴集又能控御皆令調順又善彈琴和雅中節宮商相應鳥獸率舞合衆香丸用降怨敵香氣所及盡來歸順善能刻畫曲得相貌其所圖像眞形無異六十二藝悉皆備具衣服飲食不尚豐奢矜窮敬老存恤民庶正法治國日夕忘倦禮儀法律一依古典如昔哲王什奢之等國富民殷庫藏盈溢福德之人集生其國受王風化咸皆修善博通經學明解諸論世間典籍無不綜練勇健雄武如羅摩延阿純之等由王先身辟支佛所種諸善根獲報如是王之威德隣國畏伏道化光被聲聞天下時輔相子名賓頭盧突羅闍姿容豐美世所希有聰明智慧博聞廣識仁慈汎愛志存濟苦勸化國民盡修十善信樂三寶出家學道得具足果遊行教化還拘舍彌城欲度親黨徧行乞食乞食已訖於林樹下結跏趺坐思惟入定時有一人識賓頭盧來白王言昔輔相子賓頭盧者今近在此林中樹下王聞歡喜心懷敬仰便勑嚴駕將諸宮人眷屬僕從詣尊者所問訊既竟命王就坐王即思惟所有疑事今當問之而作是言賓頭盧今我與爾少小知舊汝之祖先世爲輔相聰明智達常爲國師今既相造欲問疑事非相惱觸爲我說不尊者答言恣今所問我當爲王分別解說王以偈問曰

一切世人貪著五欲縱情放逸以自娛樂如汝今者獨處空閑捨離恩愛有何榮樂尊者答言我觀因緣皆悉無常是故出家以割情愛樂於林藪猶如野鹿專心勤修永斷煩惱以智慧斧破愛樹枝心無戀著毒果消滅諸結駛流生死暴河我已得渡更無憂患譬如飛鳥得免羅網凌虛遠逝名曰解脫王聞斯語語賓頭盧今我勢力能伏諸國威德暉赫有如盛日首戴天冠瓔珞盛服婇女侍衛如天帝釋汝今獨處頗羨我不尊者答言我無羨心王復問言何故於我而不願羨尊者答言我於今日欲泥已乾諸有結縛今已解脫乃至帝釋諸妙天女不生羨尚況汝人間鄙穢者乎誰有智者得離魔縛渡生死岸得淨慧眼壞無明闇而羨王耶何有明眼羨於盲者何有强健而羨病患何有無罪而羨獄囚何有巨富羨於貧窮何有高貴而羨奴僕何有智者羨於愚癡何有勇健羨於儜弱王聞是已心懷懊惱而作是言汝作方喻一何苦劇我寧困劣乃如是乎尊者答言王無慧眼煩惱所病四取駛流之所漂沒失於勇健不能精勤如斯嬰愚不識眞諦沉淪苦海是王之分於五欲中生希有想如此之想實違淨行王復問言有何等過而言違失尊者答言此五欲者衆苦之本害於衆生所有善根如雹害苗螫惱衆生甚於毒蛇亦如熾火能燒功德亦如野馬誑惑凡夫亦如幻化迷亂惑者欲詐親善過於怨家欲如老牛沒溺淤泥欲如大網纏裹三界欲如劍道難可履蹈欲能繫閉殺害衆生一切過患皆從欲起

如往古時有婆須天由欲因緣爲婆利阿脩羅之所繫縛擲沸湯中婆勒天壞阿修羅城郭殄滅其民惱觸苦婆羅王種八純提王及彼百子悉皆誅滅鼻多羅阿脩羅害於千眼羅摩害十頭羅刹及數千億羅刹之衆羅漫害因陀羅具翼叉王摩羅支王滅多摩羅質種族迦帝毗爲閻摩尼婆羅門所殺毗那悉那害提頭賴吒眷屬班紬五子殺十八億人弭匿安毒多羅蹭伽王種俱羅王種彌絳羅檀特伽王種是等人王皆爲欲故更相殘滅

即說偈言

王位雖尊嚴　代謝不暫停　輕疾如電光
須臾歸磨滅　王位極富逸　愚者情愛樂
衰滅死時至　苦劇過下賤　王者居高位
名聞滿四方　端正甚可愛　種種自嚴身
譬如臨死者　著華鬘瓔珞　餘命未幾時
王位亦如是　王者譬如鳥　常懷諸恐怖
行住及坐卧　乃至一切時　於其親踈中
恒有疑懼心　臣民宮妃后　象馬及珍寶
國土諸所有　一切是王物　諸王捨命時
皆棄無隨者　人王及天王　阿脩羅王等
威力逼人民　斧鉞相殘害　不識無常苦
横增貪疾惱　譬如妙華林　金蛇睡在中
愚人謂珍寶　盛裹賫歸家　蛇覺縱毒火
焚燒其屋宅　王位如華林　災患如金蛇
愚人以爲貴　智者所不樂　譬如以摶肉
置四衢道頭　狐狼鵰鷲等　競來諍食之
王位亦如是　衆共諍取之　鳥獸以觜爪
爪齚共鬭諍　王者以刀矛　相害諍榮位
亦如彼鳥獸　愚癡等無異　我寧食灰土

果菜以自存　此身如癰瘡　會歸當潰爛
云何爲此故　造作衆惡業　如食菴婆果
香味悉具足　及其果消時　身體盡爛壞
王位如彼果　失滅生苦惱　譬如有方土
災疫行疾病　有智諸勝人　宜應速遠離
若不遠離者　如逆風執炬　不捨必自燒
如渴飲鹹水　無有飽足時　如十頭羅刹
城郭及眷屬　爲欲因緣故　滅壞無遺餘
又如寄越王　兄弟有百人　爲欲因緣故
亦皆盡敗滅　日種槃趙王　及提頭賴吒
如是諸王等　盡爲欲所滅

當知國土猶如羅網亦如羂弶如深淤泥亦如洄波又如海浪如林被燒亦如危岸猶如地獄誰有智者當樂貪著如是大苦誰有智者當生樂想如是大王嗚呼怪哉被欺乃爾被誑乃爾猶如空拳誑於小兒速疾不停猶如幻化五欲欺誑亦復如是猶如猨猴在高山頂見雲彌布以爲堅實謂爲是地便以身投墮百丈巖喪其身命一切碎滅亦如野干見甄叔迦樹其果似肉見落地時便往欲食知其非肉更復生念今此非肉彼樹上者必當是肉遂便守之爲其所困五欲誑王亦復如是亦如商賈以僞珠誑人五欲誑王亦復如是又如嬰愚嗜味食歡喜丸人以泥團而來誑之謂爲眞實走逐疲苦乃得泥團如熱時焰誑渴愚夫猶如衆人前竪於幻橛能使時衆見種種事若拔幻橛色像即滅猶如畫匠及機關師如狗吠井自見形影怒眼竪毛謂井底影欲共已鬪橫生瞋忿投井而死大王宜善觀察何有五欲而得常者何有王位

而得久停尊豪威勢無得住者何有國界而不遷壞何有珍寶而不散失何有欲樂常恒不變苦之封授必受衰滅何有合會而不別離一切五欲體性實苦皆從妄想而生於樂何有諸行不似芭蕉乾闥婆城大王云何處生老病死衰禍恐怖逼迫之中云何能爲國土少樂生愛樂想如林中鹿四邊火起如鳥在籠如魚處網如龜吞鉤如師子毒箭入心如龍處呪場如人在屋中四邊火起如處危朽華堂速疾崩墜如好華池有水羅刹噏食於人重說偈言

生老病死患　於中未解脫　無明愛毒箭
猶未得拔出　人帝汝云何　而生樂著想
如象處林中　四邊大火起　處此急難處
云何有歡樂　大王應當知　榮位須臾間
智者深觀察　不應於此事　而生希有想
汝何故錯解　實是愛奴僕　而生高貴想
捨上妙財寶　而生大富想　不善解方便
橫生智慧想　爲衆煩惱患　橫生無病想
未脫生死胎　橫生無畏想　處十二刺林
橫生無刺想　欲賊劫諸根　橫生無賊想

大王而此身者必歸敗壞尊豪榮貴必有衰滅財寶庫藏必有散失大王如佛言曰榮位如寤恩愛暫有汝於五欲生於希有難遭之想賢德於此豈得名爲能善觀察何以故榮位恩愛必有別離如衆飛鳥夜栖一樹晨則四散又如客舍夕則聚賓明各異路亦如乘船異人同載旣至岸已各自殊道亦如駛流漂集衆木須臾之間隨流分散猶如浮雲須臾散滅作音樂處男女聚集作樂已訖各自

散去宮人婇女端正美妙無常理會會歸捨棄譬如華樹蜂集其上華彫落盡諸蜂遠離如華池枯涸牸象不入如大池水鶴樂遊居及其乾竭更不復近福盡之家榮利不近如密雲聚集電光暫現如風吹雲電光不現彼不捨汝汝必捨之如似夏盡孔雀毛羽悉皆自落如寒既至鴻鶴遠池如阿輸伽樹華葉盛時人所愛樂及其枯悴無有華葉人不顧視猶如華幢貴者愛敬華萎縷絕而便棄之即說偈言

無常不堅固　如芭蕉水沫　亦如浮雲散
天王尊勝位　危脆亦如是　人帝應當知
貪利極速駛　如水注深谷　嗜欲極輕疾
動轉如掉索　愚癡深爲谷　不覺致墮落

尊者言大王我今爲王略說譬喻諸有生死著味過患王至心聽昔日有人行在曠路逢大惡象爲象所逐狂懼走突無所依怙見一丘井即尋樹根入井中藏有白黑鼠牙齧樹根此井四邊有四毒蛇欲螫其人而此井下有大毒龍傍畏四蛇下畏毒龍所攀之樹其根動搖樹上有蜜五滴墮其口中于時動樹撑壞蜂窠衆蜂散飛唼螫其人有野火起復來燒樹大王當知彼人苦惱不可稱計王愁憂猒惡而言彼人得味甚少苦患甚多其所味者如牛跡水其所苦患猶如大海味如芥子苦如須彌味如螢火苦如日月如藕根孔比於大虛亦如蚊子比金翅鳥其味苦惱多少如是尊者言大王曠野者喻於生死彼男子者喻於凡夫象喻無常丘井喻於人身樹根喻人命白黑鼠者喻晝夜齧樹根者喻念

念滅四毒蛇喻四大蜜者喻五欲縱蜂喻惡覺觀野火燒者喻老下毒龍者喻死是故當知欲味甚少苦患甚多生老病死於一切人皆得自在世間之人身心勞苦無歸依處衆苦所逼輕疾如電是可憂愁不應愛著大王今我語王言雖麤惡實是利益王聞是語衣毛皆竪悲喜交集涕泣流淚即起合掌五體投地白尊者言我之嬰愚無有智慧我之下賤作斯狂言如是狂言聽我懺悔尊者言我於今者以忍出家無不忍受我心清淨猶如秋月淨無雲翳王今懺悔願使大王猶如天帝得見道跡王大歡喜與諸眷屬作禮還宫

賓頭盧突羅闍爲優陀延王說法緣經

請賓頭盧經

宋 三 藏 慧 簡 譯

天竺國有優婆塞國王長者共設一切會常請賓頭盧頗羅墮誓阿羅漢賓頭盧者字也頗羅墮誓者姓也其人爲樹提長者現神足故佛擯之不聽涅槃勑令爲末法四部衆作福田請時於靜處燒香禮拜向天竺摩梨山至心稱名言大德賓頭盧頗羅墮誓受佛教勑爲末法人作福田願受我請於此處食若新作屋舍亦應請之言願受我請於此舍牀敷上宿若普請衆僧澡浴時應請之言願受我請於此洗浴及未明前具香湯淨水澡豆楊枝香油調適冷暖如人浴法開户請入然後閉户如人浴訖頃衆僧乃入凡會食澡浴要須一切請僧至心求解脱不疑不昧信心清淨然後可屈近世有長者聞説賓頭盧阿羅漢受佛教勑爲末法作福田即如法施設大會至心請賓頭盧氍毹下偏布華欲以驗之大衆食訖發氍毹華皆萎懊惱自責不知過所從來更復精竭審問法師重設大會如前華亦復萎復更傾竭盡家財産復作大會猶亦如前懊惱自責更請百餘法師求請所失懺謝罪過始向上座一人年老四布悔其愆咎上座告之汝三會請我我皆受請汝自使奴門中見遮以我年老衣服弊壞謂是被擯濊渧沙門不宜見前我以汝請欲强入汝奴以杖打我頭破額右角瘡是第二會亦來復不見前我又欲强入復打我頭額中瘡是第三會亦來如前被打額左角瘡是皆汝自爲之何所懊惋言已不現長者乃知是賓頭

盧自爾已來諸人請福皆不敢復遮門若得賓頭盧其座華即不萎若新立房舍牀榻欲請賓頭盧時皆當香湯灑地燃香油燈新牀新褥奮綿敷之以白練覆綿上初夜如法請之閉房慎勿輕慢闚看皆各至心信其必來精誠感徹無不至也來則褥上現有卧處浴室亦現用湯水處受大會請時或在上座或在中座或在下座現作隨處僧形人求其異終不可得去後見座華不萎乃知之也

請賓頭盧經

大勇菩薩分別業報略經

宋天竺三藏僧伽跋摩譯

最勝無上尊　知見悉具足　是故稽首禮
及法應眞僧　我今撰安住　知見具足說
五趣所緣起　由淨不淨業　普爲諸世間
開示契經義　隨智力所及　分別業果報
佛以法自覺　諸天咸勸請　即至波羅柰
演暢眞諦義　謂苦及苦因　苦集究竟滅
八正悉具足　盡苦清淨道　無上人中尊
說苦業果報　從是轉相生　煩惱及諸業
種種相煩惱　無量諸業行　次第略分別
隨順大仙說　契經所顯示　不違諸法相
眞實決定義　慧者當受持　非自在所作
果報非無因　亦非自性起　亦不從時生
自在天無因　自性及與時　以果有勝劣
當知彼非因　無知生煩惱　從是起諸業
因業開衆趣　今當說差別　造諸不善業
隨業入惡道　彼諸罪衆生　閻王慈哀說
生老病死苦　王法所拘執　汝見彼天使
何不生勝覺　惠施清淨戒　能調身口意
汝爲何所求　而不發上願　不幸遇惡友
唯聞非法事　增我貪恚癡　何由起淨業
汝曾不修善　但作諸惡行　不覺罪報至
今來入地獄　爾時諸獄卒　即執罪衆生
驅向地獄門　恐怖身毛竪　等活若黑繩
衆合二叫呼　無擇大地獄　燒熱及大熱
土海及糞池　鋒利劒葉林　刀道劒枝樹
灰河鐵鑊獄　造諸惡業者　生此泥犂中
今當說彼業　苦報差別相　等活死復生
經歷億千劫　今聞結怨憎　互相傷害故

陷人以非道　兩舌離親友　讒謗及妄語
死墮黑繩獄　屠捕及餘殺　死入衆合獄
諸山所磨切　身碎血髓流　爲政無慈惻
峻法多因緣　廣設諸方便　種種加楚毒
亦入衆合獄　隨業受苦報　輪轉崩山芒
鐵石所磨擣　隨貪恚癡怖　聽訟違枉直
亦入衆合獄　鐵輪斷其身　自恃强力勢
嶮暴陵孤弱　亦生衆合獄　黑象競來踐
逼迫多人衆　令彼大號泣　死墮叫呼獄
舉身常洞燃　斗秤欺誑人　心惡而口善
言行無誠實　入大叫呼獄　呼哉大呼獄
見者身毛竪　於中受劇苦　寄付不還故
非法言是法　見法言非法　邪見無因果
悔慠謗賢聖　如是諸人等　死入無擇獄
父母賢善人　沙門婆羅門　犯忤令憂惱
死入熱地獄　父母賢善人　沙門婆羅門
惡心加苦痛　死入大熱獄　出家清淨行
虧犯律儀戒　展轉相形毀　死入熱土海
越禁捨正命　邪諂營穢生　死入熱糞池
毒蟲貫骨髓　畋獵焚林澤　燒害陸衆生
死入火劍獄　燒剥斷支節　誘取諸衆生
詐親害其命　烏鵄群餓狗　競來食其肉
毀壞正法橋　導人非法行　死經利刀道
截足斷肌骨　長身百足蟲　貌像端正女
纏身唼髓腦　由彼邪婬故　於他婦女身
摩觸深染著　驅上劍枝樹　往還貫身體
種種設方便　殺諸水蟲類　死入沸灰河
舉身悉糜爛　吞食熱鐵丸　融銅灌其口
鐵釘釘其身　盜竊他財故　增上十不善
神逝入地獄　盜罪墮畜生　餘則入餓鬼

恚憎不善行 心常樂惡法 見他苦隨喜
死作閻羅卒 已說諸業行 重者入地獄
今當說畜生 餓鬼業果報 身三口四過
及意三不善 此業若非增 死墮畜生趣
多欲生鵝鴿 孔雀鴛鴦鳥 愚癡業所生
蛆蟻飛蛾等 無智好打縛 報生象馬中
或復作牛羊 麞鹿諸野獸 瞋恨作蚖蛇
蜂蠍毒蟲類 憍慢自矜高 惡心密懷害
報生舍羅婆 及作虎師子 虛傲踈嶮報
猪狗驢狐狼 慳悋不惠施 嫉忌多憎惡
輕躁心不住 死墮獲猴中 強顏少羞耻
無節多言說 隨業獲果報 後受烏鳥身
邪貪無猒足 兩舌離親友 後受猫狸身
或作熊羆等 修行大布施 急性多瞋怒
不依正憶念 後作大力龍 能修大布施
高心陵懱人 由斯業行生 大力金翅鳥
劫盜賢善人 飲食諸餚饍 墮富單那鬼
食糞及死屍 欺怖愚尫劣 疾病諸貧乞
後作富提鬼 常食諸胎網 顰蹙鄙陋行
慳惜多貪求 死作賤餓鬼 形體甚黑瘦
慳貪不布施 或施還自毀 死墮食吐鬼
唯膳膿涕唾 自不修福慧 毀他行布施
慳惜甘麤澀 樂習鄙穢行 居伏竇下流
恒食諸不淨 常希他人物 有財不食用
寧棄不行施 死墮瞋餓鬼 好發他陰私
害人取財物 餘罪墮餓鬼 常食人精氣
麤言觸惱人 好發他陰私 剛強難調伏
生啖口餓鬼 熾然他鬬訟 積財常恐盡
無慈性剛強 後作食蟲鬼 常噉諸蛾蟻
舉身皆火然 抑止他人施 有財不肯捨

生作巨身鬼　腹大咽如針　不施不自食
積聚爲子孫　以此業緣故　復生輕餓鬼
子孫爲修福　因是得信食　若爲聚落主
逼取多財施　死作鳩槃茶　飲食常隨意
若多殺衆生　以肉爲施惠　餘罪作羅刹
常得衆美食　微恚少憂慼　常作修布施
香華自嚴身　好作諸妓樂　後作乾闥婆
爲天執樂神　爲利而行施　多瞋好兩舌
後作毗舍闍　其身甚醜陋　鬇髮而赤眼
利爪長牙齒　逼他取財物　而以廣行施
性樂心輕躁　生爲負多鬼　多瞋性難滿
好樂修布施　嗜酒喜歌舞　後生作地神
輿乘獻父母　給施親善人　稟性多慳悋
生作遊空神　宅舍乘飲食　以此修惠施
生作虛空神　常與宮殿俱　我已略分別

畜生餓鬼趣　今當次第說　善道人天果
修種種淨行　後生善趣中　隨業受果報
今當如實說　天人阿脩羅　欲求長壽者
不害生爲本　慧者應當知　慈愍不害生
樂修諸功德　堅固不傾動　所生離諸難
於諸群生類　不捶打繫縛　由斯不惱業
所生常無病　未曾修布施　亦不盜他財
所生常短乏　多求而少獲　能廣行布施
而復奪他物　所生常得財　隨得尋復失
常不盜他物　時復行少施　方便獲財利
所得恒不失　常不盜他物　兼復廣行施
所生輒大富　得財常不失　決定修齋戒
所生遇正法　衆見悉愛樂　名聞普流布
身心常安樂　易滿知止足　夷泰無憂惱
質直修正行　欲報所生恩　信心修福業

隨其所生處　常得父餘財　若以飲食施
長壽好色力　辯慧多財寶　無病心安樂
施衣得慚愧　神儀高勝尊　人相悉具足
覩者莫不欣　其身常安隱　心適恒喜歡
施屋得舍宅　宮殿極嚴麗　寶藏悉盈滿
衆具隨所欲　若施井浴池　及與淨水漿
生生無渴乏　所欲常隨意　橋船濟未度
履屣施徒跣　常得象馬車　是則人中天
若以園林施　常獲勝妙果　一切所依蔭
心安無熱惱　衆人所愛樂　眷屬悉具足
若人施醫藥　後生得無病　長壽常安樂
具足色力財　無量百千世　不經疫病劫
終遇法醫王　永拔生死根　造廁除衆穢
後無便利患　身心常清淨　見者莫不歡
緣是離諸垢　究竟獲大安　若爲生天施
或復求名聞　酬恩及望報　恐怖故行施
獲果不清淨　所愛多麤澀　祖先建立施
子孫續不絶　所生蒙遺慶　無量餘財寶
常歎施功德　有財而不捨　所生恒貧匱
欲施無財物　常歎布施德　愍念常周恤
所生得大富　不樂修福業　常樂修智慧
而不行布施　所生常聰哲　貧窶無財産
唯樂行布施　而不修智慧　所生得大財
愚闇無智見　施慧二俱修　所生具財智
二俱不修者　長夜處貧闇　布施無正信
後得饒財物　所受悉麤澀　其心常樂著
深信行施惠　生得上財寶　所受皆莊嚴
其心常愛樂　善知良福田　恭敬歡喜施
所生眷屬和　俱受安樂報　心常輕布施
慢意供福田　後生多財物　雖得不能用

尨器無異聞　衆所不敬慕　心不輕布施
恭敬修福慧　生得殊勝財　親族悉宗敬
隨所應惠施　其心常歡喜　生得如意財
以道而受用　乘理獲財物　智慧修布施
財寶自然至　所得皆不失　時施無留難
明解修福慧　少求多所獲　常得應時物
若人修淨行　遠離他所愛　生得賢良妻
容德悉具足　慧者常遠離　非處非時行
心安身無過　具足丈夫法　清淨修梵行
賢聖所稱讚　受身常鮮潔　令聞遠流布
衆人所瞻仰　諸天咸供養　若人於此世
遠酒離迷亂　强志不忘誤　義辯得無異
若人不妄語　至誠不虛欺　受身悉具足
不涂惡名稱　若人不兩舌　方便善和諍
生爲人中尊　眷屬常不壞　若人不惡口

美言悅衆聽　恒聞清淨音　宣揚勝妙法
若人於此世　遠離無義言　誠實及應時
知量饒益說　後生言常正　聞者樂信行
若不貪他物　未曾起求想　所生心安樂
常得天勝財　若不起瞋恚　打縛惱逼心
常好修慈忍　後生昇梵天　若人於今世
深信具正見　有無眞實說　習近善知識
後生天中上　慧光踰日月　如上所宣說
無量清淨業　隨行各受生　世間種種報
若欲求大利　名稱生天樂　無常求堅固
當勤修德本　作淨不淨業　莊嚴種種果
若生人道中　雜受黑白報　童子及盛壯
中年衰老時　斯各隨本緣　迭受苦樂報
諸業作已增　是則次第受　雖作不增長
久乃獲果報　若人施不恒　中間致貧匱

若常修惠施　富樂無窮已　若人多瞋恚
後生恒醜陋　慈忍無忿怒　受身常端正
若人不修慧　所生常癡闇　好智習多聞
明哲遇賢聖　若能伏憍慢　轉身生勝族
愚惑自矜高　常生卑賤中　諂諛致身曲
訛言形矬陋　見聖心不喜　所生常愚惷
瘖瘂不能言　目盲無所見　尊長師善友
慈心安慰說　猒捨不聽受　所生常聾聵
洗浴諸有德　供養妙香華　斯人所受生
身相悉端嚴　肌體極柔輭　淨如鍊真金
汙所不應汙　邪行犯非處　害形毀衆生
由斯受閹身　若人於今世　愛欲心熾然
身口及諸根　盡習婦人法　後常受女身
多欲不聰慧　若人施燈燭　演說清淨道
迷者示正路　等愛視衆生　後得清淨眼
明徹無障礙　子愛視衆生　哀愍諸貧病
所生多子孫　如月在衆星　慈母乳嬰兒
奉齋修淨行　懷妊他所愛　一切悉不犯
由斯淨業故　生得多姝女　圍遶自娛樂
猶如天帝釋　虔敬禮父母　恭肅諸所尊
後生常高貴　身體極柔輭　若人於今世
堅固持律行　後得不動財　猶如雪山王
若人於今世　常不越儀法　若彼求不求
等施令滿足　後生得妙相　師子方頰車
具足無盡財　如海珍寶渚　身口意清淨
兼復行布施　於他無嫉心　己財不守護
由斯業行報　後生鬱單越　若人慕名聞
及求生天樂　依憑善師學　身口意清淨
所有諸財物　愛樂加守護　由斯業緣故
後生四王家　若人於今世　志強不隨人

所行多幻僞　亦修諸善法　樂觀他闘訟
兼行好布施　由斯業縁故　後作阿脩羅
孝順淨供養　父母諸尊長　忍辱少瞋恨
不樂觀闘訟　由斯業縁故　後生忉利天
若人自不闘　亦不觀他諍　精勤修善法
得作夜摩天　於身善觀察　好學集多聞
專精思惟義　樂修淨功德　由斯業縁故
後生兜率天　修習勝布施　樂誦諸經典
方便行善法　自力不由他　慇懃精進故
後生化樂天　修行勝布施　善攝護諸根
精勤不退轉　欣樂他功德　由斯業縁故
後生他化天　捨離熾然欲　修習四梵行
離生欣樂俱　轉身生梵宫　又離覺觀心
亦度離生喜　定生喜樂俱　上生光音天
離定生喜樂　一向與樂俱　捨念三摩提
生彼徧淨天　悉巳度苦樂　不苦不樂俱
捨及清淨念　得生廣果天　覺知離想過
及猒五種有　深愛著無想　生彼無想天
世俗及無漏　修習諸熏禪　熏禪正受力
生五淨居天　修習輭中品　無煩無熱天
修習上三品　次生三淨天　如是次第上
乃至色究竟　依色無常想　起修無量空
次觀無量識　捨至無所有　久離無所有
乃至非非想　我巳説生死　有有果報等
於彼業果報　慧者當觀察　應修清淨業
離苦疾受樂　巳説諸生死　種種業差别
非自在天生　亦非自然有　非時非無因
唯從煩惱起　觀彼有無常　慧者不染著
出離諸縛繫　永到安隱處

大勇菩薩分别業報略經

音釋

儜（女耕切弱也）
紫（即委切與胔同）
噏（許及切與吸同）
𪆵（莫鳳切與夢同）
橕（丑庚切斜柱也）
窠（苦禾切空也）
舍羅婆（梵語此云八脚獸）
尫（烏光切弱也）
跣（息淺切足履地也）
窶（其矩切貧無禮也）
矬（昨禾切短也）
惷（丑絳切愚也）
聵（胡對切聾也）
閹（於炎切）

坐禪三昧法門經

姚秦法師羅什譯

清刻龍藏佛說法變相圖

坐禪三昧法門經卷上

僧伽羅刹造

姚秦法師羅什譯

導師說難遇　聞者喜亦難　大人所樂聽
小人所惡聞　衆生可愍傷　墜老死險路
常爲恩愛奴　處畏癡不懼　世界若小大
法無有常者　一切不久留　暫現如電光
是身屬老死　衆病之所歸　薄皮覆不淨
愚惑爲所欺　汝常爲老賊　吞滅盛壯色
如華鬘枯朽　毀敗無所直　頂生王功德
共釋天王坐　報利福弘多　今日悉安在
此王天人中　欲樂具爲最　死時極苦痛
以此可悟意　諸欲初軟樂　後皆成大苦
亦如怨初善　滅族禍在後　是身爲穢器
九孔常流惡　亦如那利瘡　絶治於醫藥

骨車力甚少　筋脉纏識轉　汝以爲妙乘
忍著無羞恥　死人所聚處　委棄滿塜間
生時所保惜　死則皆棄捐　常當念如是
一心觀莫亂　破癡倒黑瞑　執炬以明觀
若捨四念止　心無惡不造　如逸象無鉤
終不順調道　今日營此業　明日造彼事
樂著不觀苦　不覺死賊至　怱怱爲已務
他事亦不閑　死賊不待時　至則無脫緣
如鹿渴赴泉　以飲方向水　獵師無慈惠
不聽飲竟殺　癡人亦如是　勤修諸事務
死至不待時　誰當爲汝護　人心期富貴
五欲情未滿　諸大國王輩　無得免此患
仙人持呪箭　亦不免死王　無常大象蹈
蟻垤與地同　且置一切人　諸佛正眞覺
越度生死流　亦復不常在　以是故當知
汝所可愛樂　悉應早捨離　一心求涅槃
後捨身死時　誰當證知我　復得遇法寶
及以不遇者　久久佛日出　破大無明冥
以放諸光明　示人道非道　我從何所來
從何處而去　何處得解脫　此疑誰當明
佛聖一切智　久遠乃出世　一心莫放逸
能破汝疑結　彼不樂實利　好著弊惡心
汝爲衆生長　當求實法相　誰能知死時
所趣從何道　譬如風中燈　不知滅時節
至道法不難　大聖指事說　說智及智處
此二不假外　汝若不放逸　一心常行道
不久得涅槃　第一常樂處　利智親善人
盡心敬佛法　猒穢不淨身　離苦得解脫
閑靜修寂志　結跏坐林間　撿心不放逸
悟意覺諸緣　若不猒有中　安睡不自寤

不念世非常　可畏而不懼　煩惱深無底
生死海無邊　度苦船未辦　安得樂睡眠
是以當覺悟　莫以睡覆心　於四供養中
知量知止足　大怖俱未免　當宜勤精進
一切苦至時　悔恨無所及　衲衣坐樹下
如所應得食　勿爲貪味故　而自致毀敗
食過知味處　美惡都無異　愛好生憂苦
是以莫造愛　行業世界中　美惡無不更
一切已具受　當以是自抑　若在畜獸中
飼草爲具味　地獄吞鐵丸　然熱劇迸鐵
若生薜荔中　膿吐火糞尿　洟唾諸不淨
以此爲上味　若在天宮殿　七寶宮觀中
天食酥酡味　天女以娛心　人中豪貴處
七饌備衆味　一切曾所更　今復何以受
往返世界中　猒更苦樂事　雖未得涅槃
當勤求此利

學禪之人初至師所師應問言汝持戒淨不非重罪惡邪不若言五衆戒淨無重罪惡邪次教道法若言破戒應重問言汝破何戒若言重戒師言如人被截耳鼻不須照鏡汝且還去精勤誦經勸化作福可種後世道法因緣此生永棄譬如枯樹雖加溉灌不生華葉及其果實若破餘戒是時應教如法懺悔若已清淨師若得天眼他心智即爲隨病說趣道之法若未得通應當觀相或復問之三毒之中何者偏重婬欲多耶瞋恚多耶愚癡多耶云何觀相若多婬相爲人輕便多畜妻妾多語多信顏色和悅言語便易少於瞋恨亦少愁憂多能技術好聞多識愛著文頌善能談論能察人情多諸畏怖心在房室好著薄

衣渴欲女色愛著卧具服飾香華心多柔軟能有憐愍美於言語好修福業意樂生天處衆無難別人好醜信任婦女欲火熾盛心多悔變喜自莊飾好觀彩畫慳惜已物僥倖他財好結親友不喜獨處樂著所止隨逐流俗乍驚乍懼志如獼猴所見淺近作事無慮輕志所爲趣得適意喜啼喜哭身體細軟不堪寒苦易沮易悅不能忍事少得大喜少失大憂自發伏匿身温汗臭薄膚細髮多皺多白剪爪治鬚白齒趨行喜潔淨衣學不專一好遊林苑多情多求意著常見附近有德先意問訊喜用他語强顏耐辱聞事速解所爲事業分別好醜愍傷苦厄自大好勝不受侵陵喜行施惠接引善人得美飮食與人共之不在近細志在遠大眼著色欲事不究竟無有遠慮知世方俗觀察顏色逆探人心美言辯慧結友不固頭髮稀踈少於睡眠坐卧行立不失容儀所有財物能速救急尋後悔惜愛義疾得尋復喜忘惜於舉動難自改變難得離欲作罪輕微如是種種是婬欲相瞋恚人相多於憂惱卒暴懷忿身口麤獷能忍衆苦觸事不可多愁少歡能作大惡無憐愍心喜爲鬪訟顏貌毀悴皺眉眄睞難語難悅難事難可其心如瘡面宣人關義論强梁不可折伏難可傾動難親難沮含毒難吐受誦不失多能多巧心不嬾惰造事疾成持望不語意深難知受恩能報又能聚衆自伏事人不可沮敗能究竟事難可干亂少所畏難譬如師子不可屈伏一向不迴直造直進憶念不忘多慮思惟誦習憶持能多施與小利不迴爲

師利根離欲獨處少於婬欲心常懷勝愛著斷見眼常惡視真實言語說事分了少於親厚爲事堅著堅憶不忘多於筋力肩胷姝大廣額齊髮心堅難伏疾得難忘能自離欲喜作重罪如是種種是瞋恚相愚癡人相多疑多悔嬾惰無見自滿難屈憍慢難受可信不信非信而信不知恭敬處處信向多師輕躁無羞搪揬作事無慮反教很戾不擇親友不自修飾好師異道不別善惡難受易忘鈍根懈怠訶謗行施心無憐愍破壞法橋觸事不了瞋目不視無有智巧多求希望多疑少信憎惡好人破罪福報不別善言不能解過不受誨喻親離憎怨不知禮節喜作惡口鬚髮爪長齒衣多垢爲人驅役畏處不畏樂處而憂憂處而喜悲處反笑笑處反悲牽而後隨能忍苦事不別諸味難得離欲爲罪深重如是種種是愚癡相若多婬欲人不淨法門治若多瞋恚人慈心法門治若多愚癡人思惟觀因緣法門治若多思覺人念息法門治若多等分人念佛法門治諸如是等種種病種種法門治

第一治婬欲法門

婬欲多人習不淨觀從足至髮不淨充滿髮毛爪齒薄皮厚皮血肉筋脉骨髓肝肺心脾腎胃大腸小腸屎尿洟唾汗淚垢坋膿腦胞膽痰水微膚脂肪腦膜身中如是種種不淨復次不淨觀者觀青瘀胮脹破爛血流塗漫臭膿噉食不盡骨散燒焦是謂不淨觀復次多婬人有七種愛或著好色或著端正或著儀容或著音聲或著細滑或著衆生或都愛

著若著好色當習青瘀觀法黄赤不淨色等亦復如是若著端正當習胮脹身散觀法若著儀容當觀新死血流塗骨觀法若著音聲當習噎塞命斷觀法若著細滑當習骨觀及乾枯病觀法若愛衆生當習六種觀若都愛著一切徧觀或時作種種更作異觀是名不淨觀問曰若身不淨如臭腐屍者何從生著若著淨身臭腐爛身亦當應著若不著臭身淨身亦應不著二身等故答求二實淨俱不可得人心狂惑爲顛倒所覆非淨計淨若顛倒心破便得實相法觀便知不淨虛誑不真復次死屍無火無命無識無有諸根人諦知心不生著以身有暖有命有識諸根完具心倒惑著復次心著色時謂以爲淨愛著心息即知不淨若是實淨應當常淨而今不然如狗食糞謂之爲淨以人觀之甚爲不淨是身内外無一淨處若著身外身外薄皮舉身取之裁得如柰是亦不淨何況身内三十六物復次推身因緣種種不淨父母精血不淨合成既得爲身常出不淨衣服牀褥亦臭不淨何況死處以是當知生死内外都是不淨此下經本至二門初復次淨觀亦有三品或初習行或已習行或久習行若初習行當教言作破皮想除却不淨當觀赤骨人繫意觀行不令外念外念諸縁攝念令還若已習行當教言想却皮肉盡觀頭骨不令外念外念諸縁攝念令還若久習行當教言身中一寸心却皮肉繫意五處頂上額上眉間鼻端心處如是五處住意觀骨不令外念外念諸縁攝念令還常念觀心心出制持若心疲極住念所縁捨外

守住譬如獼猴被繫在柱極乃住息所緣如柱念如繩鎖心喻獼猴亦如乳母常觀嬰兒不令墮落行者觀心亦復如是漸漸制心令住緣處若心久住是應禪法若得禪定即有三相身體和悅柔輭輕便白骨流光猶如白珂心得靜住是爲淨觀是時便得色界中心是名初學禪法得色界心心應禪法即是色界法心得此法身在欲界四大極大柔和快樂色澤淨潔光潤和悅是謂悅樂二者向者骨觀白骨相中光明徧照淨白色三者心住一處是名淨觀除肉觀骨故名淨觀如上三相皆自知之他所不見上三品者初習行先未發意已習行三四身修久習行百年身學

第二治瞋恚法門

若瞋恚偏多當學三種慈心法門或初習行或已習行或久習行若初習行者當教言慈及親愛云何及親願與親樂行者若得種種身心快樂寒時得衣熱時得涼飢渴得飲食貧賤得富貴行極時得止息如是種種樂願親愛得繫心在慈不令異念異念諸緣攝之令還若已習行當教言慈及中人云何及中人而願與樂行者若得種種身心快樂願中人得繫心在慈不令異念異念諸緣攝之令還若久習行當教言慈及怨憎云何及彼而與其樂行者若得種種身心快樂願怨憎得得與親同同得一心心大清淨親中怨等廣及世界無量衆生皆令得樂周徧十方靡不同等大心清淨見十方衆生皆如自見在心目前了了見之受得快樂是時即得慈心三昧問曰親愛中人願令得樂怨憎惡人云何

憐愍復願與樂答曰應與彼樂所以者何其人更有種種好事清淨法因我今云何豈可以一怨故而没其善復次思惟是人過去世時或是我親善豈以今瞋便生怨惡我當忍彼是我善利又念行法仁德含弘慈力無量此不可失復思惟言若無怨憎何因生忍生忍由怨怨則我之親善復次瞋報最重衆惡中上無有過是以瞋加物其毒難制雖欲燒他實是自害復自念言外被法服内習忍行是謂沙門豈可惡聲變色縱此蔽心復次五受陰者衆苦林藪受惡之的苦惱惡來何由可免如刺刺身刺有無量衆怨甚多不可悉除當自守護著忍鎧如佛言曰

以瞋報瞋　瞋還著之　瞋恚不報　能破大軍
能不瞋恚　是大人法　小人瞋恚　難動如山
瞋爲重毒　多所殘害　不得害彼　自害乃滅
瞋爲大瞑　有目無覩　瞋爲塵垢　染汙淨心
如是瞋毒　當急除滅　毒蛇在室　不除害人
如是種種　瞋恚無量　當習慈心　除滅瞋恚

是爲慈三昧門

第三治愚癡法門

若愚癡偏多當學三種思惟法門或初習行或已習行或久習行若初習行當教言生緣老死無明緣行如是思惟不令外念外念諸緣攝之令還若已習行當教言行緣識識緣名色名色緣六入六入緣觸觸緣受受緣愛愛緣取取緣有如是思惟不令外念外念諸緣攝之令還若久習行當教言無明緣行行緣識識緣名色名色緣六入六入緣觸觸緣受受緣愛愛緣取取緣有有緣生生緣老死

如是思惟不令外念外念諸緣攝之令還問曰一切智人是有明一切愚人是無明是中云何無明答曰無明名一切不知此中無明能造後世有有者無無者有棄諸善取諸惡破實相著虛妄如無明相品中說

不明自蓋法　不知道德業　而作結使因
如火鑽燧生　惡法而心著　遠棄於善法
奪衆生明賊　去來明亦劫　常樂我淨想
計於五陰中　苦集盡道法　亦復不能知
種種惱險道　盲人入中行　煩惱故業集
業故苦流迴　不應取而取　應取而反棄
馳闇逐非道　蹴株而躃地　有目而無慧
其喻亦如是　是因緣滅故　智明如日出

如是略說無明乃至老死亦如是問曰佛法中因緣甚深云何癡多人能觀因緣答曰二種癡人一如牛羊二種種邪見疑惑闇蔽邪見癡人佛爲此說當觀因緣以習三昧

第四治思覺法門

若思覺偏多當習阿那般那三昧法門有三種學人或初習行或已習行或久習行若初習行當教言一心念數入息出息若長若短數一至十若已習行當教言數一至十隨息入出念與息俱止心一處若久習行當教言數隨止觀轉觀清淨阿那般那三昧六種門十六分云何爲數一心念入息入息至竟數一出息至竟數二若未竟而數爲非數若數二至九而誤更從一數起譬如筭人一一爲二二二爲四三三爲九問曰何以故數答曰無常觀易得故亦斷諸思覺故得一心故身心生滅無常相似相續難見入息出息生滅

無常易知易見故復次心繫在數斷諸思覺思覺者欲思覺恚思覺惱思覺親里思覺國土思覺不死思覺欲求淨心入正道者先當除却三種麤病次除三種細病除六覺已當得一切清淨法譬如採金沙先除麤石沙然後除細石沙次第得細金沙問曰云何爲麤病云何爲細病答曰欲瞋惱覺是三名麤病親里國土及不死覺是三名細病除此覺已得一切清淨法問曰未得道者結使未斷六思覺强從心生亂云何能除答曰心猒世間正觀能遮而未能拔後得無漏道能拔結使根本何謂正觀

見多欲人求欲苦　得之守護是亦苦
失之憂惱亦大苦　心得欲時無滿苦
欲無常空憂惱因　衆共有此當覺棄
譬如毒蛇入人室　不急除之害必至
不定不實不貴重　種種欲求顛倒樂
如六神通阿羅漢　教誨欲覺弟子言
汝不破戒戒清淨　不共女人同室宿
欲結毒蛇滿心室　纏綿愛喜不相離
既知身戒不可毀　而心常共欲火宿
汝是出家求道人　何緣縱心乃如是
父母生養長育汝　宗親恩愛共成就
咸皆涕泣戀惜汝　汝能捨離不顧念
而心常在欲覺中　共欲嬉戲無猒心
常樂欲火共一處　歡喜愛樂不暫離

如是種種訶欲覺如是種種正觀除欲覺問曰云何滅瞋恚覺答曰

從胎中來生常苦　是中衆生莫瞋惱
若念瞋惱慈悲滅　慈悲瞋惱不相比

汝念慈悲瞋惱滅　譬如明闇不同處
若持淨戒念瞋恚　是人自毀破法利
譬如諸象入水浴　復以泥土塗坌身
一切常有老病死　種種鞭笞百千苦
云何善人念衆生　而復加益以瞋惱
若起瞋恚欲害彼　未及前人先自燒
是故常念行慈悲　瞋惱惡念內不生
若人常念行善法　是心常習佛所念
是故不應念不善　常念善法歡樂心
今世得樂後亦然　得道常樂是涅槃
若心積聚不善覺　自失已利并害他
既自心中善法失　他有淨心亦復沒
譬如阿蘭若道人　舉手哭言賊劫我
有人問言誰劫汝　答言財賊我不畏
我不聚財求世利　誰有財賊能侵我
我集善根諸法寶　覺觀賊來破我利
財賊可避多藏處　劫善賊來無處避

如是種種訶瞋恚如是種種正觀除瞋恚覺

問曰云何除惱覺答曰

世間衆生百千種　諸病更互恒來惱
死賊捕伺常欲殺　無量衆苦自沉沒
云何善人復加惱　讒謗謀害無慈仁
未及傷彼被殃身　俗人起惱是可恕
此事世法惡業固　亦不自言我修善
求清淨道出家人　而生瞋恚懷嫉心
清冷雲中放毒火　當知此惡罪極深
阿蘭若人與嫉妬　有阿羅漢他心智
教誡苦責汝何愚　嫉妬自破功德本
若求供養當自集　諸功德本莊嚴身
若不持戒禪多聞　虛假染衣壞法身

實是乞兒弊惡人　云何而求供養利
飢渴寒熱百千苦　衆生常因此諸惱
身心苦厄無窮盡　云何善人加諸惱
譬如病瘡以針刺　亦如獄囚拷未決
苦厄纒身衆惱集　云何慈悲更令劇

如是種種訶惱覺如是種種正觀除惱覺問曰云何除親里覺答曰應如是念世界生死中自業緣牽何者是親何者非親但以愚癡故横生著心計爲我親過去世非親爲親未來世非親爲親今世是親過去非親譬如鳥栖暮集一樹晨則隨緣各自飛去家屬親里亦復如是生世界中各各自異心緣會故親緣散故踈無有定實因緣果報共相親近譬如乾沙緣手團握緣捉故合緣放故散父母養子老當得報子蒙懷抱養育故應報若順其意則親若逆其意是賊有親不能益而反害有非親無損而大益人以因緣故而生愛愛因緣故而更斷譬如畫師作婦女像還自愛著此亦如是自生染著染著於外過去世中汝有親里今世於汝復何所作汝亦不能益過去親過去親不益汝兩不相益空念之爲是親非親世界中不定無邊如阿羅漢教新出家戀親弟子言如惡人吐食更欲還噉汝亦如是汝已得出家何以還欲愛著是剃髮染衣是解脱相汝著親里不得解脱還爲愛所繫三界無常流轉不定若親非親雖今親里久久則滅如是十方衆生迴轉親里無定是非我親人欲死時無心無識直視不轉行氣命絶如墮闇坑是時親里家屬安在若初生時先世非親今强和合作親若當死時

復非親里如是思惟不當著親如人兒死一時三處父母俱時啼哭天上父母妻子謂人中爲虛誑龍中父母亦以人中爲虛誑如是種種正觀除親里覺問曰云何除國土覺答曰行者若念是國土豐樂安隱多諸好人恒爲國土覺繩所牽將去罪處覺心如是若有智人不應念著何以故國土種種過罪所燒時節轉故亦有飢餓身疲極故一切國土無常安者復次老病死苦無國不有從是間身苦去得彼處身苦一切國土去無不苦假有國土安隱豐樂而有結惱心生苦患是非好國土能除雜惡國土能薄結使令心不惱是謂好國土一切衆生有二種苦身苦心苦常有苦惱無有國土無此二惱復次有國土大寒有國土大熱有國土飢餓有國土多病有國土多賊有國土王法不理如是種種國土之惡心不應著如是正觀除國土覺問曰云何除不死覺答曰應教行者若好家生若種族才伎力勢勝人一切莫念何以故一切死時不觀老少貴賤才伎力勢是身是一切憂惱諸因緣本自見少多壽若得安隱是爲癡人何以故是謂憂惱本依是四大四大造色如四毒蛇共不相應誰得安隱者出息期入是不可信復次人睡時欲期必覺是事難信受胎至老死事恒來求死時節言常不死云何可信譬如殺賊拔刀注箭常求殺人無憐愍心人生世間死力最大一切無勝死力强者若過去世第一妙人無能勝此死者現在亦無大智人能勝死者亦非軟語求非巧言誑可得避脫亦非持戒精進能却此死以是

故當知人命危脆不可怙恃莫信計常我當久活是諸死賊常將人去不待老竟然後當殺如阿羅漢教諸覺所惱弟子言汝何以不知猒世入道何以作此覺有人未生便死有生時死者有乳哺時有斷乳時有小兒時有盛壯時有老時一切時中間死法界譬如樹有華時便墮有果時墮有未熟時墮是故應當勤力精進求安隱道大力賊共住不可信此賊如虎巧覆藏身如是死賊常求殺人世界所有空如水泡云何當言待時入道阿誰能證言汝必老可得行道譬如險岸大樹上有大風下有大水崩其根土誰當信此樹得久住者人命亦如是少時不可信父如穀子母如好田先世因緣罪福如雨澤衆生如穀生死如收刈種種諸天子人王智德如天王佐天鬬破諸阿須倫軍種種受樂極高大明還没在黑闇以是故莫信命活言我今日當作此明後當作是如是種種正觀除不死覺如是先除麤思覺却後除細思覺心清淨先得正道一切結使盡從是得安隱處是謂出家果心得自在三業第一清淨不復受胎讀種種經多聞是時得果報如是得時不空破魔王軍便得第一勇猛名稱世界中煩惱將去是不名健能破煩惱賊滅三毒火凉樂清淨涅槃林中安隱高枕種種禪定根力七覺清風四起顧念衆生没三毒海妙力如是乃名爲健如是等散心當念阿那般那學六種法斷諸思覺以是故念數息問曰若餘不淨念佛等四觀中亦得斷思覺何以故獨數息答曰餘觀法寛難失故數息法急易轉故譬

如放牛以牛難失故守之少事如放獼猴易失故守之多事此亦如是數息心數不得必時他念少時他念則失數以是故初斷思覺應數息已得數法當行隨法斷諸思覺入息至竟當隨莫數一出息至竟當隨莫數二譬如負債人債主隨逐初不捨離如是思惟是入息是還出更有異出息是還入更有異是時知入息異出息異何以故出息暖入息冷問曰入出息是一息何以故出息還更入故譬如含水水煖吐水水冷冷者還煖煖者還冷故答曰不爾內心動故有息出出已即滅鼻口引外則有息入入故息滅亦無將出亦無將入復次少壯老人少者入息長壯者入出息等老者出息長是故非一息復次臍邊風發相似相續息出至口鼻邊出已便滅譬如韛囊中風開時即滅若以口鼻因緣引之則風入是從新因緣邊生譬如扇衆緣合故則有風是時知入出息因緣而有虛誑不眞生滅無常如是思惟出息從口鼻因緣引之而有入息因緣心動令生而惑者不知以爲我息息者是風與外風無異地水火空亦復如是是五大因緣合故生識識亦如是非我有也五陰十二入十八界亦復如是如是知之逐息入息出是以名隨已得隨法當行止法止法者數隨心極住意風門念入出息問曰何以故止答曰斷諸思覺故心不散故數隨息時心不定心多劇故止則心閑少事故心住一處故念息出入譬如守門人門邊住觀人入出止心亦爾知息出時從臍心胷咽至口鼻息入時從口鼻咽胷心至臍如是繫

心一處是名爲止復次心止法中住觀入息時五陰生滅異出息時五陰生滅異如是心亂便除却一心思惟令觀增長是名爲觀法捨風門住離麤觀法離麤觀法知息無常此名轉觀觀五陰無常亦念入息出息生滅無常見初頭息無所從來次觀後息亦無跡處因緣合故有因緣散故無是名轉觀法除滅五蓋及諸煩惱雖先得止觀煩惱不淨心雜今此淨法心獨得清淨復次前觀異學相似行道念息入出今無漏道相似行善有漏道是謂清淨復次初觀身念止分漸漸一切身念止次行痛心念止是中非清淨無漏道遠故今法念止中觀十六行念入出息得煖法頂法忍法世間第一法苦法忍乃至無學盡智是名清淨是十六分中初入息分六種安那般那行出息分亦如是一心念息入出若長若短譬如人怖走上山若擔負重若上氣如是比是息短若人極時得安息歡喜又如得利從獄中出如是爲息長一切息隨二處若長若短處是故言息長息短是中亦行安那般那六事念諸息徧身亦念息出入悉觀身中諸出息入息覺知徧至身中乃至足指徧諸毛孔如水入沙息出覺知從足至髮徧諸毛孔亦如水入沙譬如韛囊入出皆滿口鼻風入出亦爾觀身周徧見風行處如藕根孔亦如魚網復次非獨口鼻觀息入出一切毛孔及九孔中亦見息入息出是故知息徧諸身除諸身行亦念入出息初學息時若身懈怠睡眠體重悉除棄之身輕柔輭隨禪定心受喜亦念息入出除懈怠却睡眠心重得

心輕柔輭隨禪定心受喜復次入身念止中竟次行痛念止已得身念止實今更得痛念止實受喜復次已知身實相今欲知心心數法實相是故受喜亦念息入出受樂亦念息入出是喜增長名爲樂復次初心中生悅是名喜後徧身喜是名樂復次初禪二禪中樂痛名喜三禪中樂痛名受樂受諸心行亦念息入出諸心生滅法心染法心不染法心散法心攝法心正法心邪法如是等諸心相名爲心行心作喜時亦念息入出先受喜自生不故作念心故作喜問曰何以故故作喜答曰欲治二種心或散心或攝心如是作心得出煩惱是故念法心作喜復次若心不悅勸勉令喜心作攝時亦念息入出設心不定强伏令定如經中說心定是道心散非道心作

解脫時亦念息入出若意不解强伏令解譬如羊入蒼耳蒼耳著身人爲漸漸出之心作解脫諸煩惱結亦復如是是名心念止作解脫觀無常亦念息入出觀諸法無常生滅空無吾我生時諸法空生滅時諸法空滅是中無男無女無人無作無受是名隨無常觀觀有爲法出散亦念息入出無常是名出散諸有爲法現世中出從過去因緣和合故集因緣壞故散如是隨觀是名出散觀觀離欲結亦念息入出心離諸結是法第一是名隨離欲觀觀盡亦念息入出諸結使苦在在處盡是處安隱是名隨盡觀觀棄捨亦念息入出諸染愛煩惱身心五陰諸有爲法棄捨是第一安隱如是觀是名隨棄捨觀息入出是名數息十六分也第五法門治等分行及重罪

人求索佛如是人等當教一心念佛三昧念佛三昧有三種人或初習行或已習行或久習行若初習行人將至佛像所或教令自往諦觀佛像相好相相明了一心憶持還至靜處心眼觀佛像令意不轉繫念在像不令他念他念攝之令常在像若心不住師當教言汝當責心由汝受罪不可稱計無際生死種種苦惱無不更受若在地獄吞飲洋銅食燒鐵丸若在畜生食糞噉草若在餓鬼受飢餓苦若在人中貧窮困厄苦若在天上失欲憂惱常隨汝故令我受此種種身惱心惱無量苦惱今當制汝汝當隨我我今繫汝一處我終不復爲汝所困更受苦毒也汝常困我我今要當以事困汝如是不已心不散亂是時便得心眼見佛像相光明如眼所見無有異也如是心住是名初習行者思惟是時當更念言是誰像相則是過去釋迦牟尼佛像相如我今見佛形像像亦不來我亦不往如是心想見過去佛初降神時震動天地有三十二大人相一者足下安平二者足下千輻輪三者指長好四者足跟廣五者手足指合縵網六者足趺高平好七者伊泥延鹿蹲八者平住手過膝九者陰馬藏相十者尼俱盧陀身十一者一一孔一毛生十二者毛生上向而右旋十三者身色勝上金十四者身光面一丈十五者皮薄好十六者七處滿十七者兩腋下平好十八者上身如師子十九者身大好端直二十者肩圓好二十一者四十齒二十二者齒白齊密等而根深二十三者四牙白而大二十四者頰方如師子二十五者

味中得上味二十六者舌大廣長而薄二十七者梵音深遠二十八者迦陵頻伽聲二十九者眼紺青色三十者眼睫如牛王三十一者頂髻肉骨成三十二者眉間白毫長好右旋復次八十種小相一者無見頂二者鼻直高好孔不現三者眉如初生月紺琉璃色四者耳好五者身如那羅延六者骨際如鉤鎖七者身一時迴如象王八者行時足去地四寸而印文現九者爪如赤銅色薄而潤澤十者膝圓好十一者身淨潔十二者身柔軟十三者身不曲十四者指長圓纖十五者指紋如畫雜色莊嚴十六者脉深不現十七者踝深不現十八者身光潤澤十九者身自持不逶迤二十者身滿足（五月受胎二月生）二十一者容儀備足二十二者住處安（如牛王立不動）二十三者威震一切二十四者一切樂觀二十五者面不長二十六者正容貌不撓色二十七者脣如頻（夫針反）婆果色二十八者面圓滿二十九者響聲深三十者臍圓深不出三十一者毛處處右旋三十二者手足滿三十三者手足如意（舊言內外握者是）三十四者手足紋明直三十五者手紋長三十六者手紋不斷三十七者一切惡心眾生見者皆得和悅色三十八者面廣姝三十九者面如月四十者眾生見者不怖不懼四十一者毛孔出香風四十二者口出香氣眾生遇者樂法七日四十三者儀容如師子四十四者進止如象王四十五者行法如鵝王四十六者頭如磨陀羅果（此果不圓不長）四十七者聲分滿足（聲有六十種分佛皆具足）四十八者牙利四十九（無漢名故不得出也）五十者舌大而赤

五十一者舌薄五十二者毛純紅色色淨潔五十三者廣長眼五十四者孔門滿九孔門相具足滿五十五者手足赤白如蓮華色五十六者腹不現不出五十七者不失腹五十八者不動身五十九者身重六十者大身身六十一者身長六十二者手足滿淨六十三者四邊徧丈光光明自照而行六十四者等視衆生六十五者不著教化不貪弟子六十六者隨衆聲滿不減不過六十七者隨衆音聲而爲說法六十八者語言無礙六十九者次第相續說法七十者一切衆生目不能諦視相知盡七十一者視無猒足七十二者髮長好七十三者髮旋好七十四者髮不亂七十五者髮不破七十六者髮柔輭七十七者髮青毗琉璃色七十八者髮紋柔上七十九者髮不稀八十者胷有德字手足有吉字光明徹照無量世界初生行七步發口演要言出家勤苦行菩提樹下降伏魔軍後夜初明成等正覺光相分明遠照十方靡不周徧諸天空中弦歌供養散華雨香一切衆生咸敬無量獨步三界還顧轉身如象王迴觀視道樹初轉法輪天人得悟以道自證得至涅槃佛身如是感發無量專心念佛不令外念外念諸緣攝之令還如是不亂是時便得見一佛二佛乃至十方無量世界諸佛色身以心想故皆得見之既得見佛又聞說法言或自請問佛爲說法解諸疑網既得佛念當復念佛功德法身無量深慧無崖底智不可計德多陀阿伽度多陀此言如阿伽度言解亦言實語又言諸餘聖人安隱道來佛如是來復次更不來後有也阿黎魯迷切呵阿黎此言賊呵言殺佛以忍辱爲鎧精進爲堅

牢禪定爲弓智慧爲箭殺憍慢等賊故云殺賊也三藐無灼切三佛陀三藐此言眞實三佛陀言一切覺覺苦因習涅槃因道正解見四實不可轉了盡無餘故言眞實覺一切鞞伽除夜切遮羅那鞞多此言明遮羅那言善行明三明也行清淨之行獨成就師大覺故言明善行也三般那此言滿成宿伽陀此言善解亦名善因得又善言說無患路伽憊夫拜切路伽此言智者知世因知盡道故名世智知世也阿耨多羅此言無上善法聖智示導一切大德無量梵魔衆聖莫有及者何況能過佛尊德大故言無上者也富樓沙曇藐富樓沙此言大丈夫曇藐言可化言可化丈夫調御師佛以大慈大悲大福故有輭美語有時苦切語或以親教以此調御令不失道故名佛爲可化丈夫調御師也舍賒多郁餓切提婆魔㝹舍諵奴鑒切此言天人師佛能解脫一切人煩惱常住不退也佛婆伽婆過去未來現在行不行知行盡不盡一切諸法菩提樹下一切了了知故名佛婆伽婆言有大名聲復次婆伽名女根婆名吐永棄女根故女根吐者也爾時復念二佛神德三四五佛乃至無量盡虛空界皆悉如是復還見一佛能見一佛作十方佛能見十方佛作一佛能令一色作

金銀水精毗瑠璃色隨人意樂悉令見之爾時唯觀三事虛空佛身及佛功德更無異念心得自在意不馳散是時得成念佛三昧若行者心馳散念在五塵及六思覺者當自勗勉剋勵其心強制伏之如是思惟人身難得佛法難遇故曰衆明日爲最諸智佛爲最所以者何佛與大悲常爲一切故頭目髓腦救濟衆生何可放心不專念佛而辜負重恩若佛不出世則無人道天道涅槃之道若人香華供養以骨肉血髓起塔供養未若行人以法供養得至涅槃雖然猶負佛恩設當念佛空無所獲猶應勤心專念不忘以報佛恩何況念佛得諸三昧智慧成佛而不專念是故行者常當專心令意不散既得見佛請決所疑是名曰念佛三昧除滅等分及餘重罪

坐禪三昧法門經卷上

音釋

垤徒結切蟻封也　迸必孟切散也　眄睞眄莫見切邪視也睞力代切　搪揬搪音唐揬音突　很戾很胡墾切戾郎計切很戾不聽從也　坋音坌垢坋也　鑽燧鑽祖官切燧徐醉切鑽燧謂穿木取火也　跟音根蹱也　𨂝市充切腓腸也　睫即葉切目旁毛也　踝胡瓦切足骨也　絞古巧切　憊蒲拜切　羺奴侯切

坐禪三昧法門經卷下

僧伽羅刹造
姚秦法師羅什譯

爾時行者雖得一心定力未成猶爲欲界煩惱所亂當作方便進學初禪訶棄愛欲云何訶棄觀欲界過欲爲不淨種種不善當念初禪安隱快樂觀欲云何知欲無常功德怨家如幻如化空無所得念之未得癡心已亂何況已得婬欲纏覆天上樂處猶不常安何況人中人心著欲無有猒足如火得薪如海吞流如頂生王雖雨七寶王四天下帝釋分座猶不知足如那睺沙姓也轉金輪王爲欲所逼墮蟒蛇中又如仙人食果衣草隱居深山被髮求道猶復不免欲賊所壞欲樂甚少怨毒甚多著欲之人惡友相近善人踈遠欲爲毒酒愚惑醉死欲爲欺誑走使愚人疲苦萬端不得自在唯有離欲身心安隱快樂無極欲無所得如狗齩枯骨求欲勤勞極苦乃得得之甚難失之甚易如假借須臾勢不得久如夢所見恍惚即滅欲之爲患求時既苦得之亦苦多得多苦如火得薪多益多熾欲如叚肉衆鳥競逐以要言之如蛾赴火如魚吞鉤如鹿逐聲如渴飲醎水一切衆生爲欲致患無苦不至是故當知欲爲毒害當求初禪滅斷欲火行者一心精勤信樂令心增進意不散亂觀欲心猒除結惱盡得初禪定離欲盛火得清涼定如熱得陰如貧得富是時便得初禪喜覺思惟禪中種種功德觀分別好醜便得一心問曰修行禪人得一心相云何可知答曰面色悅澤徐行靖正不失一心目不

著色神德定力不貪名利擊破憍慢其性柔輭不懷毒害無復慳嫉直信心淨論議不諍身無欺誑易可與語柔輭慚愧心常在法勤修精進持戒完具誦經正憶念隨法行意常喜悅瞋處不瞋四供養中不淨不受淨施則受知量止足寤起輕利能行二施忍辱除邪論議而不自滿言語尠少謙恪恭敬上中下座善師善知識親近隨順飲食知節不著好味樂獨靜處若苦若樂心忍不動無怨無競不喜鬪訟如是種種相得知一心相如是得入初禪觀分別好醜知此覺觀二事亂禪定心如水澄靜波蕩則濁行者如是內以一心覺觀所惱如極得息如睡得安是時次學無覺無觀生清淨定內淨喜樂得入二禪心靜默然本所不得今得此喜是時心觀以喜爲患如上覺觀行無喜法離捨喜地得賢聖樂一心諦知念護得入三禪已棄喜故諦知憶念樂護聖人言樂護餘人難捨樂中第一過此以往無復樂也是故一切聖人於一切淨地中說慈爲第一樂樂則是患所以者何第一禪中心不動轉以無事故有動則有轉有轉則有苦是故三禪以樂爲患欲以善妙捨此苦樂先棄憂喜除苦樂意護念清淨入第四禪不苦不樂護清淨念一心是故佛言護最清淨名第四禪以第三禪樂動故名之爲苦是故四禪除滅苦樂名不動處漸觀空處破內外色想滅有對想不念種種色想觀無量空處常觀色過念空處定上妙功德習念是法逮得空定念無量識處觀空處過念無量識處功德習念是法逮得識定念無所有

處觀識處過念無所有處功德習念是法便得無所有處念非有想非無想處若一切想其患甚多若病若瘡若無想是愚癡處是故非有想非無想是第一安隱善處觀無所有處過念非有想非無想功德習念是法便得非有想非無想處或有行者先從初地乃至上地復於上地習行慈心先自得樂破瞋恚毒次及十方無量衆生是時便得慈心三昧悲心憐愍衆生之苦能破衆惱廣及無量衆生是時便得悲心三昧能破不悅令無量衆生皆得喜悅是時便得喜心三昧能破苦樂直觀十方無量衆生是時便得護心三昧二禪亦復如是三禪四禪除喜次學五通身能飛行變化自在行者一心欲定精進定一心定慧定一心觀身常作輕想欲成飛行若大若小（以欲定過爲大以欲定減爲小）此二俱患精進翹勤常能一心思惟輕觀如能浮人心欲强故而不沉没亦如猿猴從高上墮心力强故身無痛患此亦如是欲力精進力一心力慧力令其廣大而身更小便能運身

復次觀身空界常習此觀欲力精進力一心力慧力極爲廣大便能舉身如大風力致重達遠此亦如是初當自試離地一尺二尺漸至一丈還來本處如鳥子學飛小兒學行思惟自審知心力大必能至遠學觀四大除却地大但觀三大心念不散便得自在身無罣礙如鳥飛行當復學習遠作近想是故近滅遠出復能變化諸物如觀木地種除却餘種此木便變爲地所以者何木有地種分故水火風空金銀寶物悉皆如是何以故木有諸

種分故是初神通根本四禪有十四變化心初禪二果一者初禪二者欲界二禪三果一者二禪二者初禪三者欲界三禪四果一者三禪二者二禪三者初禪四者欲界四禪五果一者四禪二者三禪三者二禪四者初禪五者欲界餘通摩訶衍論中說世尊弟子學五法門志求涅槃有二種人或好定多以著樂故或好智多畏苦患故定多者先學禪法後學涅槃智多者直趣涅槃直趣涅槃者未斷煩惱亦未得禪專心不散直求涅槃越愛等煩惱是名涅槃身實無常苦不淨無我心顛倒故常樂淨我以是故事事愛著其身是則底下衆生行者欲破顛倒故習四念止觀觀身種種多諸苦患從因緣生故無常種種惱故苦身有三十六物故不淨以不得自在故無我習如是觀觀內身觀外身觀內外身習如是觀是謂身念止實相如是何故於此而起顛倒愛著此身諦思惟念身邊樂痛以愛樂痛故著此身當觀樂痛實不可得云何不可得因衣食故致樂樂過則苦生非實樂故如患瘡苦以藥塗治痛止爲樂以大苦故謂小苦爲樂非實樂也復次以故苦爲苦新苦爲樂如擔重易肩肩輕爲樂而以新重爲樂實非樂也如火性熱無暫冷時若是實樂不應有不樂時或曰外事是樂因緣不必是樂或時樂因或時苦因若使心法與受相應爾時是樂與恚相應爾時是苦與癡相應不苦不樂以此可知有樂無樂耶答曰無也婬欲不應是樂何以故若婬欲在內不應外求女色外求女色當知婬苦若婬是樂不應時

時棄若棄非樂也於大苦中小苦爲樂也如人應死全命受鞭以是爲樂欲心熾盛以欲爲樂老時猒欲知欲非樂若實樂相不應生猒種種因緣欲樂相實不可得失樂則苦佛言樂痛應觀苦苦痛應觀樂如箭在體不苦不樂應觀生滅無常是謂痛念止當知心受苦樂受不苦不樂云何心是心無常從因緣生故生滅不住相似生故但顛倒故謂是爲一本無今有已有還無是故無常觀知心空云何爲空從因緣生有眼有色有色可見憶念欲見如是等和合生眼識如日愛珠有日有珠乾草牛屎衆緣和合於是生火一一推求火不可得緣合有火眼識亦爾不住眼中亦非色中住不兩中間住無有住處亦復不無是故佛言如幻如化現在心觀過去心或苦或樂或不苦不樂心各各異各各滅有欲心無欲心亦如是各各異各各滅觀內心觀外心觀內外心亦如是是名心念止復次觀心屬誰觀想思憶念欲等諸心相應法不相應法諦觀其主主不可得何以故從因緣生故無常無常故苦苦故不自在不自在故無主無主故空前別觀身痛心法不可得今更總觀四念止中主不可得離此處求亦不可得若常不可得無常亦不可得若常應當常苦常樂亦不應忘若常有神者無殺惱罪亦無涅槃若身是神無常身滅神亦應滅亦無後世亦無罪福如是徧觀無主諸法皆空不自在因緣合故生因緣壞故滅如是緣合法是名法念止若行者得法念止猒世間空老病死法都無少許常樂我淨於我此空法復

何所求應當入涅槃最善法中住建精進力得深舍摩陀故（深舍摩陀者住心一處名也此土無是名）是得深舍摩陀住第四法念止中觀諸法相皆苦無樂無樂是實餘者妄語是苦因愛等煩惱及業是非天非時非塵等種種妄語中生是煩惱及業出生此苦是苦入涅槃時一切滅盡非色無色界及世界始（外道謂一切有法之初名爲世界始外道謂涅槃以有始能化作萬物即名造化也）等種種妄語能滅此苦正見等八直道是涅槃道非餘斷食等種種苦行亦非種種空持戒空禪定空智慧何以故佛法中戒定慧三法合行能入涅槃

譬如人立平地持好弓箭能射殺怨賊三法合行亦如是戒爲平地禪定爲快弓智慧爲利箭三事備足能殺煩惱賊是故外道輩不得涅槃行者是時作四法緣觀緣如射博觀苦四種因緣生故無常身心惱故苦無一可得故空無作無受故無我觀集四種煩惱有漏業和合故集相似果生故因是中得一切行故生非相似果相續故緣觀盡四種一切煩惱覆故閉除煩惱火故滅一切法中第一故妙世間過去故出觀道四種能到涅槃故道不顛倒故正一切聖人去處故跡得脫世愁惱故離如是觀者得無漏相似法名爲煖法云何名煖常勤精進故名煖法諸煩惱薪無漏智火燒火欲出初相名爲煖法譬如鑽火初鑽煙出是名爲煖是爲涅槃道初相佛弟子中有二種人一者多好一心求禪定是人有漏道二者多除愛著好實智慧直趣涅槃入煖法中有煖相者深得一心實法鏡到無漏界邊（鏡中像似面界邊非中故以爲喻）行者是時大得

安隱自念我定當得涅槃以見此道故如人穿井得至濕泥知當得水不久如人擊賊賊已退散自知得勝意中安隱譬如病人怖死人欲知活不當先試之以杖打身若癮胗脉起知是有煖必可得活亦如聽法人思惟喜悅心著是時心熱行者如是有煖法故名爲有煖亦名能得涅槃分善根是善根法有十六行四諦緣六地中一智慧一切無漏法基野人能行安隱（於無漏跡故名爲野人）是名有煖法增進轉上更名頂法如乳變爲酪是人觀諸法實相我當離苦得解脫門心愛是法是爲眞法能除種種苦患及老病死是時思惟此法誰說是佛世尊從是得佛寶中信心清淨大歡喜悅若無此法一切煩惱誰當能遮我當云何得實智慧少許明從是得法寶中信心清淨大歡喜悅若我不得佛弟子輩好伴云何當得實智慧少許明從是得僧寶中信心清淨大歡喜悅是三寶中一心清淨合實智慧是頂善根亦名頂法亦名能得涅槃分善根亦如波羅延經中說

佛寶法僧寶　誰有少信淨　是名頂善根
汝曹一心持

云何爲少信於菩薩辟支佛阿羅漢邊爲少於野人邊爲多復次此可破可失是故名少如法句說

芭蕉生實死　竹生實亦然　騾妊子則死
小人得養死　破失非利故　小人得名譽
白淨分失盡　乃至頂法墮

復次未斷諸結使未得無漏無量慧心以是故名少復次勤精進一心入涅槃道中更了

了觀五陰四諦十六行是時心不縮不悔不退愛樂入忍是名忍善根忍何等隨四諦觀行是名爲忍是善根三種上中下三時云何名忍觀五陰無常苦空無我心忍不退是名忍復次觀諸世間盡空無有樂是苦因集愛等諸煩惱集智緣盡是名上法更無有上八直道能令行人得至涅槃更無有上信心如是不悔不疑忍是名忍是中更有忍種種結使種種煩惱疑悔來入心中不能令破譬如石山種種風水不能漂動是故名忍是事得名眞好野人如佛說法句中

世界正見上　誰有得多者　乃至千萬歲
終不墮惡道

是世間正見是名爲忍善相是人多增進一心極猒世界行欲了了四諦相作證趣涅槃如是一心中是名世間第一法一時住四行無常苦空無我觀一諦苦法忍苦緣故何以故觀欲界五受陰無常苦空無我是中心忍入慧亦是心相應心心數法是名苦法忍身業口業及心不相應行現在未來世一切無漏法初門是名苦法忍（法無漏法忍信受也）次第生苦法智苦法忍斷結使苦法智作證譬如一人能刈一人能束如刀斫竹得風即偃忍智功夫故是事得辦欲界繫見苦斷十結得爾時異等智得以無漏智未得無漏慧得是時成就一等智（等智未來成就）第二心中成就法智苦智等智過第三心第四心成就四智苦智法智比智等智集盡道法中一一智增離欲人知他心智成就增苦比忍苦比智斷十八結是四心苦諦能得集法忍集法智斷欲界繫七

結集比忍集比智斷色無色界繫十二結盡法忍盡法智斷欲界繫七結盡比忍盡比智斷色無色界繫十二結道法忍道法智斷欲界繫八結道比忍道比智斷色無色界繫十四結道比智是名須陀般那（此言流入涅槃）實知諸法相是十六心能十五心中利根名隨法行鈍根名隨信行是二人未離欲名初果向先未斷結得十六心名須陀般那若先斷六品結得十六心名息忌陀伽迷（此言一來）若先斷九品結得十六心名阿那伽迷（此言不來）先未離欲斷八十八結故名須陀般那復次無漏果善根得得故名須陀般那利根名見得鈍根名信愛思惟結未斷餘殘七世生若思惟結三種斷名家家三世生聖道入分三十七品名流向涅槃隨是流行故名須陀般那是佛初功德子得脫惡道斷三結薄三毒名息忌陀伽迷復次欲界結九種（上上　上中　上下　中上　中中　中下　下上　下中　下下）見諦斷思惟斷

若凡夫人先以有漏道斷欲界繫六種結入見諦道十六心中得名息忌陀伽迷若八種斷入見諦道第十六心中一種名息忌陀伽迷果向阿那伽迷若佛弟子得須陀般那單斷三結欲得息忌陀伽迷是思惟斷欲界繫九種結六種斷是名息忌陀伽迷八種斷是名一種息忌陀伽迷果向阿那伽迷若凡夫人先斷欲界繫九種結入見諦道第十六心名阿那伽迷若得息忌陀伽迷進斷三種思惟結第九解脫道名阿那伽迷阿那伽迷有九種今世必入涅槃阿那伽迷中陰入涅槃阿那伽迷生已入涅槃阿那伽迷勤求入涅

槃阿那伽迷不勤求入涅槃阿那伽迷上行入涅槃阿那伽迷至阿迦尼吒入涅槃阿那伽迷到色無色定入涅槃阿那伽迷身證阿那伽迷行向阿羅漢阿那伽迷色無色界九種結以第九無礙道金剛三昧破一切結第九解脫道盡智修一切善根是名阿羅漢果是阿羅漢有九種退法不退法死法守法住法必知法不壞法慧脫共脫戛智戛進行五種法退是名退法利智利進行五種法不退是名不退法戛智戛進利猒思惟自殺身是名死法戛智大進自護身是名守法中智中進不增不減處中而住是名住法少利智勤精進能得不壞心解脫是名必知法利智大進初得不壞心解脫是名不壞法不能入諸禪未到地中諸漏盡是名慧解脫得諸禪亦得滅禪諸漏盡是名共解脫有阿羅漢一切有爲法常猒滿足更不求功德待時入涅槃有阿羅漢求四禪四無色定四等心八解脫八勝處十一切入九次第六神通願智阿蘭若那三昧（此言無諍阿蘭若言無事或言空寂舊言須菩提常行空寂行非也）自是無諍行（無諍者將護衆生不令起諍於我起諍如舍利弗目連入陶屋中宿致拘迦離起諍者是也）超越三昧熏禪三解脫門及放捨（三昧門空無願無相）更住利智勤精進入如是諸禪功德是名得不退法不壞法若佛不出世無佛法無弟子時是時離欲人辟支佛出辟支佛有三種上中下下者本得須陀般那若息忌陀伽迷是須陀般那於七世生人中是時無佛法不得作弟子復不應八世生是時作辟支佛若息忌陀伽迷二世生時是時無佛法不得作弟子復不應三世生是時作辟支佛有

人願作辟支佛種辟支佛善根時無佛法善根熟爾時猒世出家得道名辟支佛是名中辟支佛有人求佛道智力進力少以因緣退如舍利弗退也是時佛不出世無佛法亦無弟子而善根行熟作辟支佛有相好若少若多猒世出家得道是名上辟支佛於諸法中智慧淺入名阿羅漢中入名辟支佛深入名佛如遥見樹不能分別枝葉小近能分別枝葉不能分別華葉到樹下盡能別知樹枝華葉實聲聞能知一切諸行無常一切諸法無主惟涅槃善安隱聲聞能如是觀不能分別深入深知辟支佛少能分別不能深入深知佛知諸法分別究暢深入深知也如波羅柰國王夏熱時處高樓上坐七寶牀令青衣磨牛頭栴檀香塗身青衣臂多著釧摩王身時釧聲滿耳王甚患之次第令脫釧少聲微唯獨一釧寂然無聲王時悟曰國家臣民宮人婇女多事多惱亦復如是即時離欲獨處思惟得辟支佛鬚髮自落著自然衣從樓閣去以巳神足力出家入山如是因緣中品辟支佛也若行者欲求佛道入禪先當繫心專念十方三世諸佛生身莫念地水火風山樹草木天地之中有形之類及諸餘法一切莫念但念諸佛生身處在虚空譬如大海清水中央金山王須彌如夜闇中然大火如大施祠中七寶幢佛身如是有三十二相八十種好常出無量清淨光明於虚空相青色中常念佛身相如是行者便得十方三世諸佛悉在心目前一切悉見三昧若心餘處緣還攝令住念在佛身是時便身東方三百千萬億種無量諸

佛如是南方西方北方四維上下隨所念方見一切佛如人夜觀星宿百千無量種星宿悉見菩薩得是三昧除無量劫厚罪令薄薄者令滅得是三昧已當念佛種種無量功德一切智一切解一切見一切德得大慈大悲自在自初出無明豁四無畏五眼十力十八不共法能除無量苦救老死畏與常樂涅槃佛有如是等種種無量功德作是念已自發願言我何時當得佛身佛功德巍巍如是復作大誓過去一切福現在一切福盡持求佛道不用餘報復作是念一切衆生甚可憐愍諸佛身功德巍巍如是衆生云何更求餘業而不求佛譬如貴家盲子墮大深坑飢窮困苦食糞食泥父甚愍之爲求方便拯之於深坑飼之以上饌行者念言佛二種身功德甘露如是而諸衆生墮生死深坑食諸不淨以大悲心我當拯濟一切衆生令得佛道度生死岸以佛種種功德法味悉令飽滿一切佛法願悉得之聞誦持問觀行得果爲作階梯立大要誓被三願鎧外破魔衆内擊結賊直入不迴如是三願比無量諸願願皆住之爲度衆生得佛道故如是念如是願是爲菩薩念佛三昧行菩薩道者於三毒中若婬欲偏多先自觀身骨肉皮膚筋脉流血肝肺腸胃屎尿洟唾三十六物九想不淨專心内觀不令外念外念諸緣攝之令還如人執燭入雜穀倉種種分別豆麥黍粟無不識知復次觀身六分堅爲地分濕爲水分熱爲火分動爲風分孔爲空分知爲識分亦如屠牛分爲六分身首四肢各自異處身有九孔常流不淨

輩囊盛屎常作是觀不令外念外念諸緣攝之令還若得一心意生猒患求離此身欲令速滅早入涅槃是時當發大慈大悲以大功德拔濟衆生興前三願以諸衆生不知不淨起諸罪垢我當拔置於甘露地復次欲界衆生樂著不淨如狗食糞我當度脫至清淨道復次我當學求諸法實相不有常不無常非淨非不淨我當云何著此不淨觀此不淨智從因緣生如我法者當求實相云何猒患身中不淨而取涅槃當如大象度駛流水窮盡源底得實法相而入涅槃豈可如獼猴諸免畏怖駛流趣自度身我今當學如菩薩法行不淨觀除却婬欲廣化衆生令離欲患不爲不淨觀所猒没復次既觀不淨則猒生死當觀淨門繫心三處鼻端眉間額上當於是中開一寸皮淨除血肉繫心白骨不令外念外念諸緣攝之令還著三緣中恒與心鬪如二人相撲行者若勝心則不如制之令住是名一心若以猒患起大悲心愍念衆生爲此空骨遠離涅槃入三惡道我當勤力作諸功德教化衆生令解身相空骨以薄皮覆實聚不淨爲衆生故徐當分別此諸法相有少淨相心生愛著不淨相多心生猒患有出法相故生實法諸法相中無淨無不淨亦無閉亦無出觀諸法等不可壞不可動是名諸法實相出過羅漢法也行菩薩道者若瞋恚偏多當行慈心念東方衆生慈心清淨無怨無恚廣大無量見諸衆生悉在目前南西北方四維上下亦復如是制心行慈不令外念外念異緣攝之令還持心目觀一切衆生悉見了了皆在目

前若得一心當發願言我以涅槃實清淨法度脱衆生使得實樂行慈三昧心如此者是菩薩道住慈三昧以觀諸法實相清淨不壞不動願令衆生得此法利以此三昧慈念東方一切衆生使得佛樂十方亦爾心不轉亂是謂菩薩慈三昧門問曰何不一時總念十方衆生答曰先念一方一心易得然後次第周徧諸方問曰人有怨家恒欲相害云何行慈欲令彼樂答曰慈是心法出生於心先從所親所親轉增乃及怨家如火燒薪盛能然濕問曰或時衆生遭種種苦或在人中或地獄中菩薩雖慈彼那得樂答曰先從樂人取其樂相令彼苦人得如彼樂如敗軍將怖懼失瞻視彼敵人皆謂勇士問曰行慈三昧有何善利答曰行者自念出家離俗應行慈心又思惟言食人信施宜行利益如佛所言須史行慈是隨佛教則爲入道不空受施復次身著染服心應不染慈三昧力能令不染復次我心行慈於破法世我有法人非法衆中我有法人知法無惱慈定力故菩薩行道趣甘露門種種熱惱慈涼冷樂如佛所言人熱極時入清涼池樂復次被大慈鎧遮煩惱箭慈爲法藥消怨結毒煩惱燒心慈能除滅慈爲法梯登解脱臺慈爲法船度生死海求善法財慈爲上寶行趣涅槃慈爲道粮慈爲駿足度入涅槃慈爲猛將越三惡道能行慈者消伏衆惡諸天善神常隨擁護問曰若當行人得慈三昧云何不失而復增益答曰學戒清淨喜信倚樂學諸禪定一心智慧樂處閑靜常不放逸少欲知足行順慈教節身少食

滅損睡眠初夜後夜思惟不廢省煩言語默然守靜坐卧行住知時消息不令失度致疲苦極調和寒温不令惱亂是謂益慈復次以佛道樂涅槃之樂與一切人是名大慈行者思惟現在未來大人行慈利益一切我亦蒙濟是我良祐我當行慈畢報施恩復更念言大德慈心愍念一切以此爲樂我亦當爾念彼衆生令得佛樂涅槃之樂是爲報恩復次慈力能令一切心得快樂身離熱惱得清涼樂持行慈福念安一切以報其恩復次慈有善利斷瞋恚法開名稱門施主良田生梵天因生離欲處除却怨對及鬭諍恨諸佛稱揚智人愛敬能持淨戒生智慧明能聞法利功德醍醐決定好人出家猛力消滅諸惡罵辱不善慈報能伏結集悦樂生精進法富貴根因辦智慧府誠信庫藏諸善法門致稱譽法敬畏根本佛正真道若人持惡向之還自受其殃五種惡語非時語非實語非利語非慈語非軟語是五惡語不能傾動一切毒害亦不能傷譬如小火不能熱大海此下應出優填王持五百發箭如毗羅經中優填王阿婆陀那說有二夫人一名無比二名舍迷婆帝無比誹謗舍迷婆帝舍迷婆帝有五百直人王以五百箭欲一一射殺之舍迷婆帝語諸直人在我後立是時舍迷婆帝入慈三昧王挽弓射之箭墮足下第二箭還向王脚下王大驚怖復欲放箭舍迷婆帝語王言止止夫婦之義是故相語若放此箭當直破汝心王時恐畏投弓捨射問言汝有何術答言我無異術我是佛弟子入慈三昧故也是慈三昧略說有三種緣

生緣法緣無緣諸未得道是名生緣阿羅漢辟支佛是名法緣諸佛世尊是名無緣是畧說慈三昧門行菩薩道者於三毒中若愚癡偏多當觀十二分破二種癡內破身癡外破衆生癡思惟念言我及衆生俱在厄難常生常老常病常死常滅常出衆生可憐不知出道從何得脫一心思惟生老病死從因緣生當復思惟何因緣生一心思惟生因緣有有因緣取取因緣愛愛因緣受受因緣觸觸因緣六入六入因緣名色名色因緣識識因緣行行因緣癡如是復思惟當何因緣滅生老死一心思惟生滅故老死滅有滅故生滅取滅故有滅愛滅故取滅受滅故愛滅觸滅故受滅六入滅故觸滅名色滅故六入滅識滅故名色滅行滅故識滅癡滅故行滅此中十二分云何無明分不知前不知後不知前後不知內不知外不知內外不知佛不知法不知僧不知苦不知集不知盡不知道不知業不知果不知業果不知因不知緣不知因緣不知罪不知福不知罪福不知善不知不善不知善不善不知有罪法不知無罪法不知應近法不知應遠法不知有漏法不知無漏法不知世間法不知出世間法不知過去法不知未來法不知現在法不知黑法不知白法不知分別因緣法不知六觸法不知實證法如是種種不知不慧不見闇黑無明是名無明無明緣行云何名行行有三種身行口行意行云何身行入息出息是身行法所以者何是法屬身故名身行云何口行有覺有觀是作覺觀已然後口語若無覺觀則無言

說是謂口行云何意行痛想（痛名世界人所著三種痛痛應爲受受則隨界受苦樂上界所無故宜言受想出家所患也）是意法繫屬意故是名意行復次欲界繫行色界繫行無色界繫行復次善行不善行不動行云何善行欲界一切善行亦色界三地云何不善行諸不善法云何不動行第四禪有漏善行及無色定善有漏行是名行行因緣識云何名識六種識界眼識乃至意識是名六識識因緣名色云何爲名無色四分痛想行識是謂名云何爲色一切色四大及造色是謂色云何四大地水火風云何地堅重相者地輭濕相者水熱相者火輕動相者風餘色可見有對無對是名造色名色和合是謂名色名色因緣六入云何六入內六入眼內入乃至意內入是名六入六入因緣觸云何觸六種觸界眼觸乃至意觸云何眼觸眼緣色生眼識三法和合是名眼觸乃至意觸亦復如是觸因緣受云何受三種受樂受苦受不苦不樂受云何樂受愛使云何苦受恚使云何不苦不樂受癡使復次樂受生樂住樂滅苦受生苦住苦滅樂不苦不樂受不知苦不知樂受因緣愛云何愛眼觸色生愛乃至意觸法生愛愛因緣取云何取欲取見取戒取我語取取因緣有云何有三種有欲有色有無色有下從阿鼻大泥犁上至他化自在天是名欲有及其能生業云何色有從下梵世上至阿迦尼吒天是名色有云何無色有從虛空乃至非有想非無想處是名無色有有因緣生云何生種種衆生處處生出有受陰得持得入得命是名生生因緣老死云何老齒落

髮白多皺根熟根破氣噎身僂拄杖行步陰身朽故是名老云何死一切衆生處處退墮滅斷死失壽命盡是名死先老後死故名老死是中十二因緣一切世間非無因緣非天邊非人邊非種種等邪緣邊出菩薩觀十二因緣繫心不動不令外念外念諸緣攝之令還觀十二分生三世中前生今生後生菩薩若得心住當觀十二分空無有主癡不知我作行行不知我從癡有但無明緣故行生如草木種從子芽出子亦不知我生芽芽亦不知從子出乃至老死亦復如是是十二分中一一觀知無主無我如外草木無主但從倒見計有吾我問曰若無吾我無主無作云何去來言說死此生彼答曰雖無吾我六情作因六塵作緣中生六識三事和合故觸法生念知諸業出是去來言說從是有生死譬如日愛珠日乾牛糞和合方便故火出五陰亦爾因此五陰生後世五陰出非此五陰至後世亦不離此五陰得後世五陰五陰但從因緣出譬如穀子中芽出是子非芽亦非餘芽邊生非異非一得後世身亦爾譬如樹未有莖節枝葉花實得時節因緣花葉具足善惡行報亦復如是種子壞故非常非一芽莖葉等生故不斷不異死生相續亦復如是行者知諸法無常苦空無我自生自滅知因愛等有知因滅是盡知盡是道以四種知知十二分是正見道衆生爲縛著所誑如人有無價寶珠不別其眞爲他欺誑是時菩薩發大悲心我當作佛以正眞法化彼衆生令見正道問曰如摩訶衍般若波羅蜜中言諸法不生

不滅空無所有一相無相是名正見云何言無常等觀名爲正見答曰若摩訶衍中說諸法空無相云何言無常苦空等不實若言不生不滅空是實相者不應言無相汝言前後不相應復次佛說四顛倒無常中常顛倒亦有道理一切有爲無常何以故因緣生故無常因無常緣所生果云何常先無而今有已有便無一切衆生皆見無常內有老病死外見萬物彫落云何言無常不實問曰我不言有常爲實無常爲不實我言有常無常俱是不實何以故佛言空中有常無常二事不可得若著此二事是俱顛倒答曰汝言不與法相應何以故言無法云何復言二俱顛倒一切空無所有是爲實不顛倒若我破有常著無常我法應破而不實我有常顛倒破故觀無常何以故無常力能破有常如毒能破餘毒如藥除病藥亦俱去當知藥妙能除病故若藥不去後藥爲病此亦如是若無常法著應當破不實故我不受無常法云何破佛言四眞諦中言實苦誰能使藥苦因是實因誰能令非因苦盡是實盡誰能令不盡盡道是實道誰能令非道如日或可令冷月或可令熱風可令不動是四眞諦終不可動轉汝於摩訶衍中不能了但著言聲摩訶衍中諸法實相實相不可破無有作者若可破可作此非摩訶衍如月初生一日二日其生時甚微細有明眼人能見指視不見者此不見人但視其指而迷於月明者語言癡人何以但視我指指爲月緣指非彼月汝亦如是言音非實相但假言表實理汝更著言聲闇於實相

行者若得如是正見觀十二分和合爲因果二分果時十二分爲苦諦因時十二分爲集諦因滅是盡諦見因果盡是道諦四種觀果無常苦空無我四種觀因集因緣生問曰果有四種但名苦諦餘者無諦名也答曰若言無常諦復疑苦諦亦疑無我諦亦疑一種難處復次若言無常諦無咎空非我諦亦無咎若無常苦空無我諦於說爲重故是故於四說一問曰苦有何異相於三中獨得名答曰苦是一切衆生所猒患衆生所怖畏無常不爾或有人爲苦所逼思得無常無有欲得苦者問曰有人欲得捉刀自殺鍼炙苦藥入賊如是種種非求苦也答曰非爲欲得苦欲存大樂畏大苦故取死苦爲第一患樂爲第一利以是故離苦實得快樂是故佛以果分獨名苦諦非無常空無我諦是於四諦中了了實智慧不疑不悔是名正見思惟是事種種增益故是名正覺除邪命攝四種邪語離餘四種邪語攝四種正語除邪命攝身三種業除餘三種邪業名正業離餘種種邪命是名正命如是觀時精進是正方便是事念不散是名正念是事思惟不動是名正定正見如王七事隨從是名道諦是事一心實信不動是名信根一心精勤求道是名精進根一心念不忘失是名念根心住一處亦不馳散是名定根思惟分別無常等覺是名慧根是根增長得力是名五力問曰八正道中皆說是名定等根力中何以重說答曰隨入行時初得小利是時名爲根是五事增長得力是時得名爲力初入無漏見諦道中是功德名八

正道入思惟道時名七覺意初入道中觀念身痛心法常一心念是名四念止如是得善法味四種精勤是名四正勤如是欲精進定慧初門勤精進求如意自在是名四神足雖名四念止四正勤四神足五根等皆攝隨行時初後少多行地緣各各得名譬如四大各各有四大但多得名若地種多水火風少處名爲地大水火風亦如是如是三十七品中各各有諸品如四念止中有四正勤四神足五根五力七覺八道等如是觀十二分四諦行四念止四正勤四神足五根五力七覺意入正道其心安樂復以此法度脫衆生一心誓願精進求佛是時心中思惟觀念我了了觀知此道不應取證有二事力故未入涅槃一者大悲不捨衆生二者深知諸法實相諸心心數法從因緣生我今云何隨此不實當自思惟欲入深觀十二因緣知因緣是何法復更思惟是四種緣因緣次第緣緣緣增上緣五因爲因緣除過去現在阿羅漢最後心除過去現在心心數法是次第緣緣緣增上緣緣一切法復自思惟言若法先因緣中有則不應言是法因緣生若無亦不應言因緣中生半有半無亦不應言因緣生云何有因緣若法未生若過去心心數法失云何能作次第緣若佛法中妙法無緣涅槃云何爲緣緣若諸法實無性有法不可得若因緣果生因此有彼是說則不然若因緣中各各別若和合一處是果不可得云何因緣邊出果因緣中無果故若因緣中先無果而出者何以不非因緣邊出果二俱無故果屬因緣因緣

邊出是因緣不自在屬餘因緣是果屬餘因緣云何不自在因緣能生果是故果不從因緣有亦不從非因緣有則爲非果果無故緣與非緣亦無也問曰佛言十二因緣無明緣諸行汝云何言無因果答曰先已答不應更難若難者更當答佛言眼因色緣癡邊生邪憶念癡是無明是中無明何所依住若依眼耶若色中耶若識中耶不應依眼住若依眼住不應待色常應癡若依色住不應待眼是則外癡何預我事若依識住識無色無對無觸無分無處無明亦爾云何可住是故無明非內非外非兩中間不從前世來亦不往後世非東西南北四維上下來無有實法無明性爾了無明性則變爲明一一推之癡不可得云何無明緣行如虛空不生不滅不有不盡本性清淨無明亦如是不生不滅不有不盡本性清淨乃至生緣老死亦爾菩薩如是觀十二因緣知衆生虛誑繫在苦患易可度耳諸法若有實相難可得度思惟如是則破愚癡若菩薩心多思覺常念阿那波那入時出時數一乃至十五一心不令馳散菩薩從此門得一心除五蓋欲行菩薩見道應行三種忍法生忍柔順法忍無生忍云何生忍一切衆生或罵或打或殺種種惡事心不動轉不瞋不恚忍之而更慈悲此諸衆生求諸好事願一切得心不捨放是時漸漸得解諸法實相如氣熏著譬如慈母愛其赤子乳哺養育種種不淨不以爲惡倍加憐念欲令得樂行者如是一切衆生作種種惡淨不淨行心不增減不退不轉復次十方無量衆生我一

人應當悉度使得佛道心忍不退不悔不却不懈不猒不畏不難是生忍中一心繫念三種思惟不令外念外念諸緣攝之令還是名生忍云何柔順法忍菩薩既得生忍功德無量知是功德福報無常是時猒無常自求常福亦爲衆生求常住法一切諸法色無色法可見不可見法有對無對法有漏無漏有爲無爲上中下法求其實相實相云何非有常非無常非樂非不樂非空非不空非有神非無神何以故非有常因緣生故先無今有故已有還無故是故非有常云何非無常業報不失故受外塵故因緣增長故是故非無常云何非樂新苦中生樂想故一切無常性故緣欲生故是故非樂云何非不樂有樂受故彼染生故求樂不惜身故是故非不樂云何非空內外入各各受了了故有非福報故一切衆生信故是故非空云何非不空和合等生故分別求不可得故心力轉故是故非不空云何非有神不自在故第七識界不可得故神相不可得故是故非有神云何非無神有後世故得解脫故各各我心生不計餘處故是故非無神如是不生不滅不不生不不滅非有非無不受不著言說悉滅心行處斷如涅槃性是法實相於此法中信心清淨無滯無礙輭智輭信輭進是謂柔順法忍云何無生法忍如上實相法中智慧信進增長根利是名無生法忍譬如聲聞法中煖法頂法智慧信精進增長得忍法忍者忍涅槃忍無漏法故名爲忍新得新見故名爲忍法忍亦如是時解脫阿羅漢不得無生智增進廣利

轉成不時解脫得無生智無生法忍亦如是未得菩薩果得無生法忍得菩薩具行果是名菩薩道果是時得般舟般三昧於衆生中得大悲入般若波羅蜜門爾時諸佛便授其號隨生佛界中爲諸佛所念一切重罪薄薄者滅三惡道常生天上人中名不退轉到不動處末後肉身盡入法身中能作種種變化度脫一切衆生具足六度供養諸佛淨佛國土教化衆生立十地中功德成滿次第得阿耨多羅三藐三菩提爲菩薩禪法初門

行者定心求道時　常當觀察時方便
若不得時無方便　是應爲失不爲利
如犢未生犂牛乳　乳不可得非時故
若犢生已犂牛角　乳不可得無智故
如鑽濕木求出火　火不可得非時故
若折乾木以求火　火不可得無智故
得處知時量已行　觀心方便力多少
宜應精進及不宜　道相宜時及不宜
若心掉動不應勇　如是勇過不得定
譬如多薪熾大火　大風來吹不肯滅
若能以定自調心　如是動息心得定
譬如大火大風吹　大水來澆無不滅
若人心輭復懈怠　如是沈没不應行
譬如少薪無燄火　不得風吹便自滅
若有精進勇猛心　如是轉健得道疾
譬如小火多益薪　風吹轉熾無滅時
若行放捨止調縮　設復廢捨失護法
譬如病人宜將養　若復放捨無得活
若有捨想正等心　宜時勤行得道疾
譬如有人乘調象　如意至湊無躓礙

若多婬欲愛亂心　是時不應行慈等
婬人行慈益癡悶　如人冷病服冷藥
婬人心亂觀不淨　諦觀不淨心得定
行法如是相應故　如人冷病服熱藥
若多瞋恚忿亂心　是時不應觀不淨
瞋人觀惡增恚心　如人熱病服熱藥
若人瞋怒行慈心　行慈不捨瞋心滅
行法如是相應故　如人熱病服冷藥
若多愚癡心悶浅　不淨行慈非行法
二行增癡無益故　如人風病服麨藥
人心癡闇觀因緣　分別諦觀癡心滅
法行如是相應故　如人病風服膩藥
譬如金師鞴扇炭　用巧非時失鞴法
怱怱急鞴不知時　或時水澆或放捨
金融急鞴則消過　未融便止則不消
非時水澆金則生　非時放置則不熟
精進攝心及放捨　應當觀察行道法
非時方便失法利　若非法利爲非利
譬如藥師三種病　冷熱風病除滅故
應病與藥佛如是　婬怒癡病隨藥滅

坐禪三昧法門經卷下

音釋

齩 五巧切齧也　癮胗 癮音隱胗音軫　耎 而兗切與輭同　釧 尺絹切臂鐶也　躓 陟利切跲也　麨 尺小切乾糧也

佛所行讚經
北涼天竺三藏曇無讖譯

清刻龍藏佛說法變相圖

佛所行讚經卷第一

馬鳴菩薩撰

北涼天竺三藏曇無讖譯

生品第一

甘蔗之苗裔　釋迦無勝王　淨財德純備
名故曰淨飯　羣生樂瞻仰　猶如初生月
王如天帝釋　夫人猶舍脂　執志安如地
心淨若蓮華　假譬名摩耶　其實無倫比
於彼像天后　降譬而處胎　母悉離憂患
不生幻僞心　猒惡諠譁俗　樂處空閑林
藍毗尼勝園　流泉華果茂　寂靜樂禪思
啓王請遊彼　王知其志願　而生奇特想
勑内外眷屬　俱詣彼園林　爾時摩耶后
自知產時至　偃寢安勝牀　百千婇女侍
於四月八日　時和氣調適　齋戒修淨德

菩薩右脇生　大悲救世間　不令母苦惱
優留王股生　畀偷王手生　曼陀王頂生
伽叉王腋生　菩薩亦如是　誕從右脇生
漸漸從胎出　光明普照耀　如從虛空墮
不由於生門　修德無量劫　自知生不亂
安諦不傾動　明顯妙端嚴　晃然從胎現
猶如日初昇　觀察極明耀　而不害眼根
縱視而不耀　如觀空中月　自身光照耀
如日奪燈明　菩薩真金身　普照亦如是
正直心不亂　安詳行七步　足下安平趾
炳徹猶七星　獸王師子步　觀察於四方
通達真實義　堪能如是說　此生爲佛生
則爲後邊生　我唯此一生　當度於一切
應時虛空中　淨水雙流下　一溫一清涼
灌頂令身樂　安處寶宮殿　卧於瑠璃牀
天王金華手　捧持牀四足　諸天於空中
執持寶蓋侍　承威神讚歎　勸發成佛道
諸龍王歡喜　渴仰殊勝法　曾奉過去佛
今得值菩薩　散曼陀羅華　專心樂供養
如來出興世　淨居天歡喜　已除愛欲歡
爲法而欣悅　衆生沒苦海　令得解脫故
須彌寶山王　堅持此大地　菩薩出興世
功德風所飄　普皆大震動　如風鼓浪舟
栴檀細末香　衆寶蓮華藏　風吹騰空流
繽紛而亂墜　天衣從空下　觸身生妙樂
日月如常度　光耀倍增明　世界諸火光
無薪自然熾　淨水清涼井　前後自然生
中宮婇女衆　怪歎未曾有　競赴而飲浴
皆起安樂想　無量部多天　樂法悉雲集
於藍毗尼園　遍滿林樹間　奇特衆妙華

非時而敷榮　兇暴衆生類　一時生慈心
世間諸疾病　不瘳自然除　亂鳴諸禽獸
寂然而無聲　萬川皆停流　濁水悉澄清
空中無雲翳　天鼓自然鳴　一切諸世間
悉得安隱樂　猶如荒難國　忽得賢明主
菩薩所以生　爲濟世衆苦　唯彼魔天王
獨憂而不悅　父王見生子　奇特未曾有
素性雖安重　驚駭改常容　自慮交心胷
一喜復一懼　夫人見其子　不由常道生
女人性怯弱　怵惕懷氷炭　不別吉凶相
反更生憂怖　長宿諸母人　互亂祈神明
各請常所事　願令太子安　時彼林中有
知相婆羅門　威儀具多聞　才辯高名稱
見相心歡喜　踴躍未曾有　知王心驚怖
白王以真實　人生於世間　唯求殊勝子
王今如滿月　應生大歡喜　今生奇特子
必光顯宗族　安心自欣慶　莫生餘疑慮
靈祥集家國　從今轉興盛　所生殊勝子
必爲世間救　惟此上士身　金色妙光明
如是殊勝相　必成等正覺　若令樂世間
必作轉輪王　普爲大地主　勇猛正法治
王領四天下　統御一切王　猶如世光明
日光爲最勝　若處於山林　專心求解脫
成就實智慧　普照於世間　譬若須彌山
諸山中之王　衆寶金爲最　衆流海爲最
諸星月爲最　諸明日爲最　如來處世間
兩足中爲尊　淨目脩且廣　上下瞬長睫
瞪矚紺青色　猶如半月形　此相云何非
平等殊勝因　時王告二生　若如汝所説
如此奇特相　以是因緣故　不應於先王

乃現於我世　婆羅門白王　不應如是說
多聞與智慧　名稱及事業　如是四事者
不應顧先後　物性之所生　各從因緣起
今當說諸譬　王今且諦聽　毗求央耆羅
此二仙人族　經歷久遠世　各生殊勝子
毗利訶鉢低　及與儵迦羅　能造帝王論
不從先族來　薩羅薩仙人　經論久斷絕
而生婆羅娑　續復明經論　現在知見生
不必由先緒　毗耶婆仙人　多造諸經論
末後罽跋彌　廣集偈章句　阿低利仙人
不解醫方論　後生阿低離　善能治百病
二生駒尸仙　不閑外道論　後伽提那王
悉解外道法　甘蔗王始族　不能制海潮
至娑伽羅王　生育千王子　能制大海潮
使不越常限　闍那駒仙人　無師得禪道

凡得名稱者　皆生於自力　或先勝後劣
或先劣後勝　帝王諸神仙　不必承本族
是故諸世間　不應顧先後　大王今如是
應生歡喜心　以心歡喜故　永離於疑惑
王聞仙人說　歡喜增供養　我今生勝子
當紹轉輪位　我年已朽邁　出家修梵行
無令聖王子　捨世遊山林　時近處園中
有苦行仙人　名曰阿私陀　善解於相法
來詣王宮門　王謂梵天應　苦行樂正法
此二相俱現　梵行相具足　時王大歡喜
即請入宮內　恭敬設供養　將入內宮中
唯樂見王子　雖有婇女衆　如在空閑林
安處正法座　加敬尊奉事　如安低牒正
奉事波尸吒　時王白仙人　我今得大利
勞屈大仙人　辱來攝受我　諸有所應爲

唯願垂教勑 如是勸請已 仙人大歡喜
善哉常勝王 衆德悉皆備 愛樂來求者
惠施崇正法 仁智殊勝族 謙恭善隨順
宿植衆妙因 勝果見於今 汝當聽我說
今者之因緣 我從日道來 聞空中天說
言王生太子 當成正覺道 并見先瑞相
今故來到此 欲觀釋迦王 建立正法幢
王聞仙人說 決定離疑網 命持太子出
以示於仙人 仙人觀太子 足下千輻輪
手足網縵指 眉間白毫跱 馬藏隱密相
容色燄光明 見生未曾相 流淚長歎息
王見仙人泣 念子心戰慄 氣結盈心胷
驚悸不自安 不覺從座起 稽首仙人足
而白仙人言 此子生奇特 容貌極端嚴
天人殆不異 當爲人中上 何故生憂悲
將非短壽子 生我憂悲乎 久渴得甘露
而復反棄乎 將非失財寶 喪家亡國乎
若有勝子存 國嗣有所寄 我死時心悅
安樂生他世 猶如人兩目 一眠而一覺
莫如秋霜華 雖敷而無實 人於親族中
愛深無過子 宜時爲記說 令我得穌息
仙人知父王 心懷大憂懼 即告言大王
王今勿恐怖 前已語大王 慎勿自生疑
今相猶如前 不應懷異想 自惟我年暮
不及故悲泣 今我臨終時 此子應世王
爲盡生故生 斯人難得遇 當捨聖王位
不著五欲境 精勤修苦行 開覺得真實
常爲諸羣生 滅除癡冥障 於世永熾燃
智慧日光明 衆生沒苦海 衆病爲聚沫
衰老爲巨浪 死爲海洪濤 乘輕智慧舟

度此衆流難　智慧泝流水　淨戒爲傍岸
三昧清涼池　正受衆奇鳥　如此甚深廣
正法之大河　渴愛諸羣生　飲之以穌息
深著五欲境　衆苦所驅迫　迷生死曠野
莫知所歸趣　菩薩出世間　爲通解脱道
世間貪欲火　境界薪熾然　興發大悲雲
法雨雨令滅　癡闇門重扉　貪欲爲關鑰
閉塞諸羣生　出要解脱門　金剛智慧鑷
拔恩愛逆毛　愚癡網自纏　窮苦無所依
法王出世間　能解衆生縛　王莫以此子
自生憂悲患　當憂彼衆生　著欲違正法
我今老死壞　遠離聖功德　雖得諸禪定
而不獲其利　於此菩薩所　竟不聞正法
身壞命終後　必生三難天　王及諸眷屬
聞彼仙人説　知其自憂歎　恐怖悉已除
生此奇特子　我心得大安　出家捨世榮
修習仙人道　不紹國嗣位　復令我不悦
爾時彼仙人　向王真實説　必如王所慮
當成正覺道　於王眷屬中　安慰衆心已
自以己神力　騰空而遠逝　爾時白淨王
見子奇特相　又聞阿私陀　決定真實説
於子心敬重　倍護兼常念　大赦於天下
牢獄悉解脱　世人生子法　隨宜取捨事
依諸經方論　一切悉皆爲　生子滿十日
安隱心已泰　普祠諸天神　廣施於有道
沙門婆羅門　呪願祈告福　親族諸羣臣
及國中貧乏　村城婇女衆　牛馬象錢財
各隨彼所須　一切皆給與　卜擇選良時
還子還本宮　二飯白淨牙　七寶莊嚴輿
雜色諸珓珞　明艷極光澤　夫人抱太子

周帀禮天神　然後昇寶輿　婇女衆隨侍
王與諸臣民　一切俱導從　猶如天帝釋
諸天衆圍繞　如摩醯首羅　忽生六面子
設種種衆具　供給及請福　今王生太子
設衆具亦然　毗沙門天王　生那羅鳩婆
一切諸天衆　皆悉大歡喜　王今生太子
迦毗羅衛國　一切諸人民　歡喜亦如是

處宫品第二

時白淨王家　以生聖子故　親族名子弟
羣臣悉忠良　象馬寶車輿　國財七寶器
日日轉增勝　隨應而集生　無量諸伏藏
自然從地出　清淨雪山中　兇狂羣白象
不呼自然至　不御自調伏　種種雜色馬
形體極端嚴　朱髦纖長尾　超騰駿若飛
朝野之所生　應時自然至　純色調善牛
肥壯形端正　平步渟香乳　應時悉雲集
怨憎者心平　中平益渟厚　素篤者親密
亂逆悉消除　微風隨時雨　雷霆不震裂
種植不待時　收實倍豐熟　五穀鮮香美
輕輭易消化　諸有懷孕者　身安體和適
除受四聖種　諸餘世間人　資生各自如
無有他求想　無慢無慳嫉　亦無恚害心
一切諸士女　玄同劫初人　天廟諸寺舍
園林井泉池　皆如天上物　應時自然生
無有饑餓者　刀兵疾疫息　國中諸人民
親族相愛敬　法愛相娛樂　不生染汙欲
以義求財物　無有貪利心　爲法行惠施
無求反報想　修習四梵行　滅除恚害心
過去摩兔王　生日光太子　舉國蒙吉祥
衆惡一時息　今王生太子　其德亦復爾

衆德義備故　名悉達羅他　時摩耶夫人
見其所生子　端正如天童　衆美悉備足
過喜不自勝　命終生天上　大愛瞿曇彌
見太子天童　德貌世奇特　既生母命終
愛育如其子　子敬亦如母　猶日月火光
從微照漸廣　太子長日新　德貌亦復爾
無價栴檀香　閻浮檀名寶　護身神仙藥
瓔珞莊嚴身　附庸諸隣國　聞王生太子
奉獻諸珍異　牛羊鹿馬車　寶器莊嚴具
助悅太子心　雖有諸嚴飾　嬰童玩好物
太子性安重　形少而心宿　心棲高勝境
不染於榮華　修學諸術藝　一聞超師匠
父王見聰達　深慮踰世表　廣訪名豪族
風教禮義門　容姿端正女　名耶輸陀羅
應嫏太子妃　誘導留其心　太子志高遠

德盛貌清明　猶梵天長子　舍那鳩摩羅
賢妃美容貌　窈窕淑妙姿　瓌艷若天后
同處日夜歡　爲立清淨宮　宏麗極莊嚴
高峙在虛空　猶如秋白雲　温涼四時適
隨時擇善居　妓女衆圍繞　奏合天樂音
勿儛穢聲色　令生猒世想　如天揵撻婆
自然寶宮殿　樂女奏天音　聲色耀心目
菩薩處高宮　音樂亦如是　父王爲太子
靜居修純德　仁慈正法化　親賢遠惡友
心不染恩愛　於欲起毒想　攝情撿諸根
滅除輕躁意　和顏善聽說　慈教猒衆心
宣化諸外道　斷諸謀逆術　教學濟世方
萬民得安樂　如今我子安　萬民亦如是
事火奉諸神　叉手飲月光　恒水沐浴身
法水澡其心　祈福非存已　唯子及萬民

愛語非無義　義言非不愛　愛言非不實
實言非不愛　以有慚愧故　不能如實說
於愛不愛事　不依貪恚想　志存於寂嘿
平心止諍訟　不以祠天會　勝於斷事福
見多求衆生　豐施過其望　心無戰爭想
以德降怨敵　調一而護七　離七防制五
得三覺了三　知二捨於二　求情得其罪
應死垂仁恕　不加麤惡言　輭言而教勅
矜施以財物　指授資生路　受學神仙道
滅除怨恚心　名德普流聞　世累永消亡
主匠修明德　率土皆承習　如人心安靜
四體諸根從　時白淨太子　賢妃耶輸陀
年並漸長大　孕生羅睺羅　白淨王自念
太子已生子　遺嗣相紹續　正化無終極
太子既生子　愛子與我同　不復慮出家
但當力修善　我今心太安　無異生天樂
猶若劫初時　仙王所住道　受行清淨業
祠祀不害生　熾然修勝業　王勝梵行勝
宗族財寶勝　勇健技藝勝　明顯照世間
如日千光耀　所以爲人王　正爲顯其子
顯子爲宗族　榮族以名聞　名高得生天
生天樂爲已　已樂智慧增　悟道弘正法
先勝多聞所　受行衆妙道　唯願令太子
愛子不捨家　一切諸國王　生子年尚小
不令王國土　慮其心放逸　縱情著世樂
不能紹王種　今王生太子　隨心恣五欲
唯願樂世榮　不欲令學道　過去菩薩王
其道雖深固　要習世榮樂　生子繼宗嗣
然後入山林　修行寂嘿道

猒患品第三

外有諸園林 流泉清涼池 衆雜華果樹
行列垂玄蔭 異類諸奇鳥 奮飛戲其中
水陸四種華 燄色流妙香 妓女因奏樂
弦歌告太子 太子聞音樂 歎美彼園林
內懷甚踴悅 思樂出遊觀 猶如繫狂象
常慕閑曠野 父王聞太子 樂出彼園遊
即勑諸羣臣 嚴飾備羽儀 平治王正路
并除諸醜穢 老病形殘類 羸劣貧窮苦
無令少樂子 見起猒惡心 莊嚴悉備已
啓請求拜辭 王見太子至 摩頭瞻顏色
悲喜情交結 口許而心留 衆寶軒飾車
結駟駿平流 賢良善術藝 年少美姿容
妙淨鮮華服 同車爲執御 街巷散衆華
寶縵蔽路傍 垣樹列道側 寶器以莊嚴
繒蓋諸幢旛 繽紛隨風飈 觀者俠長路
側身目連光 瞪矚而不瞬 如並青蓮華
臣民悉扈從 如星隨宿王 異口同聲歎
稱慶世希有 貴賤及貧富 長幼及中年
悉皆恭敬禮 唯願令吉祥 郭邑及田里
聞太子當出 尊卑不待辭 寤寐不相告
六畜不遑收 錢財不及斂 門戶不容閉
奔馳走路傍 樓閣堤塘樹 窗牖衢巷間
側身競容目 瞪矚觀無猒 高觀謂投地
步者謂乘虛 意專不自覺 形神若雙飛
虔虔恭形觀 不生放逸心 圓體𦟛支節
色若蓮華敷 今出處園林 願成聖法仙
太子見脩塗 莊嚴從人衆 服乘鮮光澤
欣然心歡悅 國人瞻太子 嚴儀勝羽從
亦如諸王衆 見天太子生 時淨居天王
忽然在道側 變形衰老相 勸生猒離心

太子見老人　驚怪問御者　此是何等人
頭白而背僂　目冥身戰搖　任杖而羸步
爲是身卒暴　爲受性自爾　御者心躊躇
不敢以實答　淨居加神力　令其表真言
色變氣虚微　多憂少歡樂　喜忘諸根羸
是名衰老相　此本爲嬰兒　長養於母乳
及童子嬉遊　端正恣五欲　年逝形枯朽
今爲老所壞　太子長歎息　而問御者言
但彼獨衰老　吾等亦當然　御者又答言
尊亦有此分　時移形自變　必至無所疑
少壯無不老　舉世知而求　菩薩久習修
清淨智慧業　廣植諸德本　願果萃於今
聞說衰老苦　戰慄身毛竪　雷電霹靂聲
羣獸怖奔走　菩薩亦如是　震怖長嘘息
繫心於老苦　頷頭而瞪矚　念此衰老苦
世人何愛樂　老相之所壞　觸類無所擇
雖有壯色力　無一不遷變　目前見證相
如何不猒離　菩薩謂御者　宜速迴車還
念念衰老至　園林何足歡　壽命即風馳
飛輪旋本宫　心存朽暮境　如歸空塚間
觸事不留情　所居無暫安　王聞子不悦
勸令重出遊　即勅諸羣臣　莊嚴復勝前
天復化病人　守命在路傍　身瘦而腹大
呼吸長喘息　手脚攣枯燥　悲泣而呻吟
太子問御者　此復何等人　對曰是病者
四大俱錯亂　羸劣無所堪　轉側恃仰人
太子聞所說　即生哀愍心　問唯此人病
餘亦當復爾　對曰此世間　一切俱亦然
有身必有患　愚癡樂朝歡　太子聞其說
即生大恐怖　身心悉戰動　譬如揚波月

處斯大苦器　云何能自安　嗚呼世間人
愚惑癡闇障　病賊至無期　而生喜樂心
於是迴車還　愁憂念病苦　如人被打害
卷身待杖至　靜息於閑宮　專求反世樂
王復聞子還　勑問何因緣　對曰見病苦
王怖猶失身　深責治路者　心結口不言
復增妓女衆　音樂倍勝前　以此悅視聽
樂俗不猒家　晝夜進聲色　其心未始歡
王自出遊歷　更求勝妙園　揀擇諸婇女
美豔極姿顏　智黠能奉事　容媚能惑人
增修王御道　防制諸不淨　并勑善御者
瞻察擇路行　時彼淨居天　復化爲死人
四人共持轝　現於菩薩前　餘人悉不覺
菩薩御者見　問此何等轝　旛華雜莊嚴
從者悉憂慼　散髮號哭隨　天神教御者

對曰爲死人　諸根壞命斷　心散念識離
神逝形乾燥　挺直如枯木　親戚諸朋友
恩愛素纏綿　今悉不喜見　遠棄空塚間
太子聞死聲　悲痛心交結　問唯此人死
天下亦俱然　對曰普皆爾　夫始必有終
長幼及中年　有身莫不壞　太子心驚怛
身垂車軾前　息殆絶而歎　世人一何誤
公見身磨滅　猶尚放逸生　心非枯木石
曾不慮無常　即勑迴車還　非復遊戲時
命脆死無期　如何縱心遊　御者奉王勑
畏怖不敢旋　正御疾驅馳　徑往之彼園
林流肅清淨　嘉木悉敷榮　靈禽雜奇獸
飛走欣和鳴　光耀悅耳目　猶天難陀園

離欲品第四

太子入園林　衆女來奉迎　並生希遇想

競媚進幽誠　各盡妖姿態　供侍隨所宜
或有執手足　或遍摩其身　或復對言笑
或現憂慼容　規以悅太子　令生愛樂心
衆女見太子　光顔狀天身　不假諸飾好
素體踰莊嚴　一切皆瞻仰　謂月天子來
種種設方便　不動菩薩心　更互相顧視
抱愧寂無言　有婆羅門子　名曰優陀夷
謂諸婇女言　汝等悉端正　聰明多技術
色力亦不常　兼解諸世間　隱密隨欲方
容色世希有　狀如玉女形　天見捨妃后
神仙爲之傾　如何人王子　不能感其情
今此王太子　持心雖堅固　清淨德純備
不勝女人力　古昔孫陀利　能壞大仙人
令習於愛欲　以足蹈其頂　長苦行瞿曇
亦爲天后壞　勝渠仙人子　習欲隨沿流
毗尸婆梵仙　修道十千歲　深著於天后
一日頓破壞　如彼諸美女　力勝諸梵行
況汝等技術　不能感王子　當更勤方便
勿令絶王嗣　女人性雖賤　尊榮隨勝夫
何不盡其術　令彼生染心　爾時婇女衆
慶聞優陀說　增其踊悅心　如鞭策良馬
往到太子前　各進種種術　歌舞或言笑
揚眉露白齒　美目相眄睞　輕衣見素身
妖搖而徐步　詐親漸習近　情欲實其心
兼奉大王言　漫形媟隱陋　忘其慚愧情
太子心堅固　傲然不改容　猶如大龍象
羣象衆圍繞　不能亂其心　處衆若閑居
猶如天帝釋　諸天女圍繞　太子在園林
圍繞亦如是　或爲整衣服　或爲洗手足
或以香塗身　或以華嚴飾　或爲貫瓔珞

或有扶抱身　或爲安枕席　或傾身容語
或世俗調戲　或說衆欲事　或作諸欲形
規以動其心　菩薩心清淨　堅固難可轉
聞諸婇女說　不憂亦不喜　倍生猒思惟
歎此爲奇怪　始知諸女人　欲心盛如是
不知少壯色　俄頃老死壞　哀哉此大惑
愚癡覆其心　當思老病死　晝夜勤勗勵
鋒刄臨其頸　如何猶嬉笑　見他老病死
不知自觀察　是則泥木人　當有何心慮
如空野雙樹　華葉俱茂盛　一已被斬伐
第二不知怖　此等諸人輩　無心亦如是
爾時優陀夷　來至太子所　見宴默禪思
心無五欲想　即白太子言　大王先見勑
爲子作良友　今當奉誠言　朋友有三種
能除不饒益　成人饒益事　遭難不遺棄
我既名善友　棄捨丈夫儀　言不盡所懷
何名爲三益　今故說真言　以表我丹誠
年在於盛時　容色德充備　不重於女人
斯非勝人體　正使無實心　宜應方便納
當生軟下心　隨順取其意　愛欲增憍慢
無過於女人　且今心雖背　法應方便隨
順女心爲樂　順爲莊嚴具　若人離於順
如樹無華果　何故應隨順　攝受其事故
已得難得境　勿起輕易想　欲爲最第一
天猶不能忘　帝釋尚私通　瞿曇仙人妻
阿伽陀仙人　長夜修苦行　爲以求天后
而遂願不果　婆羅墮仙人　及與月天子
婆羅舍仙人　與迦賓闍羅　如是比衆多
悉爲女人壞　況今自境界　而不能娛樂
宿世植德本　得此妙衆具　世間皆樂著

而心反不珍　爾時王太子　聞友優陀夷
甜辭利口辯　善説世間相　答言優陀夷
感汝誠心説　我今當語汝　且復留心聽
不薄妙境界　亦知世人樂　但見無常相
故生患累心　若此法常存　無老病死苦
我亦應愛樂　終無猒離心　若令諸女色
至竟無衰變　愛欲雖爲過　猶可留人情
人有老病死　彼應自不樂　何況於他人
而生染著心　非常五欲境　自身俱亦然
而生愛樂心　此則同禽獸　汝所引諸仙
習著五欲者　彼即可猒患　習欲故磨滅
又稱彼勝王　樂著五欲境　亦復同磨滅
當知彼非勝　善言假方便　隨順習近者
習則真染著　何名爲方便　虚誑爲隨順
是事我不爲　真實隨順者　是則爲非法
此心難裁抑　隨事即生著　著則不見過
如何方便隨　虚順而心乖　此理我不見
知是老病死　大苦之積聚　令我墜其中
此非知識説　嗚呼優陀夷　真爲大肝膽
生老病死患　此若甚可畏　眼見悉朽壞
而猶樂追逐　今我至儜劣　其心亦狹小
思惟老病死　卒至不預期　晝夜忘睡眠
何由習五欲　老病死熾然　決定至無疑
猶不知憂慼　真爲木石心　太子爲優陀
種種巧方便　説欲爲深患　不覺至日暮
時諸婇女衆　妓樂莊嚴具　一切悉無用
慚愧還入城　太子見園林　莊嚴悉休廢
妓女盡還歸　其處盡虚寂　倍增非常想
俛仰還本宫　父王聞太子　心絶於五欲
極生大憂苦　如利刺貫心　即召諸羣臣

問欲設方便　咸言非五欲　所能留其心

出城品第五

王復增種種　勝妙五欲具　晝夜以娛樂
冀悅太子心　太子深猒離　了無愛樂情
但思生死苦　如被箭師子　王使諸大臣
貴族名子弟　年少勝姿顏　聰慧執禮儀
晝夜同遊止　以取太子心　如是未幾時
啓王復出遊　服乘駿足馬　衆寶具莊嚴
與諸貴族子　圍繞俱出城　譬如四種華
日照悉開敷　太子耀神景　羽從悉蒙光
出城遊園林　脩路廣而平　樹木華果茂
心樂遂忘歸　路傍見耕人　墾壤殺諸蟲
其心生悲惻　痛踰刺貫心　又見彼農夫
勤苦形枯悴　蓬髮而流汗　塵土坌其身
耕牛亦疲困　吐舌而急喘　太子性慈悲
極生憐愍心　慨然興長歎　降身委地坐
觀察此衆苦　思惟生滅法　嗚呼諸世間
愚癡莫能覺　安慰諸人衆　各令隨處坐
自蔭閻浮樹　端坐正思惟　觀察諸生死
起滅無常變　心定安不動　五欲廓雲消
有覺亦有觀　入初無漏禪　離欲生喜樂
正受三摩提　世間甚辛苦　老病死所壞
終身受大苦　而不自覺知　猒他老病死
此則爲大患　我今求勝法　不應同世間
自嬰老病死　而反惡他人　如是真實觀
少壯色力壽　新新不暫停　終歸磨滅法
不喜亦不憂　不疑亦不亂　不眠不著欲
不壞不嫌彼　寂靜離諸蓋　慧光轉增明
爾時淨居天　化爲比丘形　來詣太子所
太子敬起迎　問言汝何人　答言是沙門

畏猒老病死　出家求解脫　衆生老病死
變壞無暫停　故我求常樂　無滅亦無生
怨親平等心　不務於財色　所安唯山林
空寂無所營　塵想既已息　蕭條倚空閑
精麤無所擇　乞求以支身　即於太子前
輕舉騰虛逝　太子心歡喜　惟念過去佛
建立此威儀　遺像現於今　端坐正思惟
即得正法念　當作何方便　遂心長出家
歛情抑諸根　徐起還入城　眷屬悉隨從
謂止不遠逝　内密興遐念　方便超世表
形雖隨路歸　心實留山林　猶如繫狂象
常念遊曠野　太子時入城　士女俠路迎
老者願爲子　少願爲夫妻　或願爲兄弟
諸親内眷屬　若當從所願　諸集悕望斷
太子心歡喜　忽聞斷集聲　此音我所樂

斯願要當成　深思斷集樂　增長涅槃心
身如金山峯　臑臂如象手　其音若春雷
紺眼譬牛王　無盡法爲心　面如滿月光
師子王遊步　徐入於本宮　猶如帝釋子
心敬形亦恭　往詣父王所　稽首問和安
并啓生死畏　哀請求出家　一切諸世間
合會要別離　是故願出家　欲求真解脫
父王聞出家　心即大戰懼　猶如大狂象
動摇小樹枝　前執太子手　流淚而告言
且止此所說　未是依法時　少壯心動摇
行法多生過　奇特五欲境　心尚未猒離
出家修苦行　未能決定心　空閑曠野中
其心未寂滅　汝心雖樂法　未若我是時
汝應領國事　令我先出家　棄父絕宗嗣
此則爲非法　當息出家心　受習世間法

安樂善名聞 然後可出家 太子恭遜辭
復啓於父王 惟爲保四事 當息出家心
保子命常存 無病不猒老 衆具不損減
奉命停出家 父王告太子 汝勿説此言
如此四事者 誰能保令無 汝求此四願
正爲人所笑 且停出家心 服習於五欲
太子復啓王 四願不可保 應聽子出家
願不爲留難 子在被燒舍 如何不聽出
分析爲常理 孰能不聽求 脫當自摩滅
不如以法離 若不以法離 死至孰能持
父王知子心 決定不可轉 但當盡力留
何須復多言 更增諸婇女 上妙五欲樂
晝夜苦防衛 要不令出家 國中諸羣臣
來詣太子所 廣引諸禮律 勸令順王命
太子見父王 悲感泣流淚 且還本宮中
端坐嘿思惟 宮中諸婇女 親近圍繞侍
伺候瞻顏色 矚目不暫瞬 猶若秋林鹿
端視彼獵師 太子正容貌 猶若真金山
妓女共瞻察 聽教候音顏 敬畏察其心
猶彼林中鹿 漸已至日暮 太子處幽夜
光明甚輝耀 如日照須彌 坐於七寶座
熏以妙栴檀 婇女衆圍繞 奏揵撻婆音
如毗沙門子 衆妙天樂聲 太子心所念
第一遠離樂 雖作衆妙音 亦不在其懷
時淨居天子 知太子時至 決定應出家
忽然化來下 猒諸妓女衆 悉皆令睡眠
容儀不斂攝 委縱露醜形 惛睡互低仰
樂器亂縱橫 傍倚或反倒 或復似投淵
瓔珞如曳鎖 衣裳絞縛身 抱琴而偃地
猶若受苦人 黃綠衣流散 如摧迦尼華

縱體倚壁眠　狀若懸角弓　或手攀窻牖
如似絞死尸　頻呻長欠呿　歠汗涕流涎
蓬頭露醜形　見若顛狂人　華鬘垂覆面
或以面掩地　或舉身戰掉　猶若獨搖鳥
委身更相枕　手足互相加　或顰蹙皺眉
或闔眼開口　種種身散亂　狼藉猶橫屍
時太子端坐　觀察諸婇女　先皆極端嚴
言笑心諂黠　妖豔巧姿媚　而今悉醜穢
女人性如是　云何可親近　沐浴假莊飾
誑惑男子心　我今已覺了　決定出無疑
爾時淨居天　來下爲開門　太子時徐起
出諸婇女間　踟躕於內閤　而告車匿言
吾今心渴仰　欲飲甘露泉　鞁馬速牽來
欲至不死鄉　自知心決定　堅固誓莊嚴
婇女本端正　今悉見醜形　門户先關閉
今已悉自開　觀此諸瑞相　第一義之筌
車匿內思惟　應奉太子敎　脫令父王知
復應深罪責　諸天加神力　不覺牽馬來
平乘駿良馬　衆寶鏤乘具　高翠長髦尾
局背短毛耳　鹿腹鵝王頭　額廣圓爪鼻
龍咽髖臏方　具足騏驥相　太子撫馬頸
摩身而告言　父王常乘汝　臨敵輒勝怨
吾今欲相依　遠涉甘露津　戰鬬多衆旅
榮樂多伴遊　商人求珍寶　樂從者亦衆
遭苦良友難　求法必寡朋　堪此二友者
終獲於吉安　吾今欲出遊　爲度苦衆生
汝今欲自利　兼濟諸羣萌　宜當竭其力
長驅勿疲倦　勸已徐跨馬　理轡倏晨征
人狀日殿流　馬如白雲浮　束身不奮迅
屏氣不噴鳴　四神來捧足　潛密寂無聲

重門固關鑰　天神自令開　敬重無過父
愛深莫踰子　内外諸眷屬　恩愛亦纏綿
遺情無遺念　飄然超出城　清淨蓮華目
從淤泥出生　顧瞻父王宮　而說告離篇
不度生老死　永無遊此緣　一切諸天衆
虛空龍鬼神　隨喜稱善哉　唯此真諦言
諸天龍神衆　慶得難得心　各以自力光
引導助其明　人馬心俱鋭　奔逝若流星
東方猶未曉　已進三由旬

佛所行讃經卷第一

音釋

褭余制切與裔同　怵惕怵丑律切惕他的切怵惕悚懼也　瞪矚瞪文證切矚之欲切　儵式竹切　胤羊晉切　悸其季切心動也　泝桑故切逆流而上曰泝　鑰以灼切户鑰也　鑷尼輒切鑷子也　髦莫袍切鬣也　㝹奴侯切　窈窕窈伊鳥切窕徒了切窈窕幽閑也　瓌豔瓌公回切美也豔以贍切容色豐滿也　峙直里切屹立也　颺余章切飛舉也　扈侯古切後從曰扈　躊躇躊直由切躇直魚切躊躇猶豫也　頷五感切低頭也　攣力員切屈也　眄睞眄音面睞洛代切眄睞斜視也　嫊私列切與媟同嬻也　勗許玉切勉也　儜女耕切弱也　墾康很切耕也　欠呿呿丘據切欠呿張口運氣也　鞁平義切鞍轡也

佛所行讚經卷第二

馬鳴菩薩撰
北涼天竺三藏曇無讖譯

車匿還品第六

須臾夜已過　衆生眼光出　顧見林樹間
跋伽仙人處　林流極清曠　禽獸親附人
太子見心喜　形勞自然息　此則爲祥瑞
必獲未曾利　又見彼仙人　所應供養者
并自護威儀　滅除憍慢跡　下馬手摩頭
汝今已度我　慈目視車匿　猶清涼水池
駿足馬馳駛　猶若鳥迅飛　汝常係馬後
感汝深敬勤　餘事不足計　惟取汝真心
心敬形甚勤　此二今始見　人有心至誠
身力無所堪　力堪心不至　汝今二俱備
損棄世榮禄　進步隨我來　何人不向利
無利親戚離　汝今空隨我　不求現世報
何以育養子　爲紹嗣宗族　所以奉敬父
爲其育子故　一切皆求利　汝獨背利遊
多言何所解　今當略告汝　汝事我已畢
今且乘馬還　自我長夜來　所求處今得
即脫寶瓔珞　以授於車匿　持是以賜汝
以慰汝憂悲　寶冠頂摩尼　光明照其身
即脫置掌中　如日曜須彌　車匿持此珠
還歸父王所　持珠禮王足　以表我虔心
爲我啓請王　願捨愛戀情　爲脫生老死
故入苦行林　亦不求生天　非無仰戀心
亦不懷結恨　惟欲捨憂悲　長夜集恩愛
要當有別離　以有常離故　故求解脫因
若得解脫者　永無離親期　爲斷愛出家
勿爲子生憂　五欲爲憂根　應憂著欲者

乃祖諸勝王　志堅固不移　令我襲餘財
惟法捨非宜　夫人命終時　産財悉遺子
子多貪俗利　而我樂法財　若言年少壯
非是遊學時　當知求正法　無時非爲時
無常無定期　死怨常隨逐　是故我今日
決定求法時　如上諸所啓　汝悉爲我宣
惟願令父王　不復顧戀我　若以形毀我
令王割愛心　汝莫惜其言　使王念不絶
車匿奉教勑　悲塞情惛迷　合掌而胡跪
還答太子言　如勑具宣者　恐更增憂悲
憂悲增轉深　如象溺深泥　決定恩愛離
有心孰不哀　金石尚摧破　何況溺哀情
太子長深宮　少樂身細輭　投身刺棘林
苦行安可堪　初命我索馬　我意已不安
天神驅逼我　命我速莊嚴　何意令太子
決定捨深宮　迦毗羅衛人　舉國生悲痛
父王年已老　念子愛亦深　決定捨出家
此則非所應　邪見無父母　此則無復論
瞿曇彌長養　乳哺形枯乾　慈愛難可忘
莫作背恩人　嬰兒功德母　勝族能奉事
得勝而復棄　此則非勝人　耶輸陀勝子
嗣國掌正法　厥年尚幼小　亦不應棄捨
已違捨父王　及宗親眷屬　勿復棄於我
要不離尊足　心懷如湯火　不堪獨還國
今於空野中　棄太子而歸　則同須曼提
棄捨於羅摩　今若獨還宮　白王當何言
合宮同見責　復以何辭答　太子向告我
隨方便形毀　牟尼功德所　云何而虛說
我深慚愧故　舌亦不能言　設使有言者
天下誰復信　若言月光熱　世間有信者

脫有信太子　所行非法行　太子心柔輭
常慈悲一切　深愛而棄捨　此則違宿心
願可思還宮　以慰我愚誠　太子聞車匿
悲切苦諫言　心安轉堅固　而復告之曰
汝今為我故　而生別離苦　當捨此悲念
且自慰其心　衆生各異趣　乖離理自常
縱令我今日　不捨親族者　死至形神乖
當復云何留　慈母懷妊我　深愛懷抱苦
生已即命終　竟不蒙子養　存亡各異路
今為何處求　曠野高顯樹　衆鳥羣聚棲
暮集晨離散　世間離亦然　浮雲起高山
四集於空中　俄爾復離散　人理亦復然
世間本自乖　暫會恩愛纏　如夢中聚散
不應計我親　譬如春生木　漸長柯葉成
秋霜遂零落　同體尚分離　況人暫合會
親戚豈常俱　汝且息憂苦　順我教而歸
歸意猶存我　且歸後更還　迦毗羅衛人
聞我心決定　顧遺念我者　汝當宣我言
度生死苦海　然後當來還　情願若不遂
身滅山林間　白馬聞太子　發斯真實言
屈膝而舐足　長息淚流連　輪掌網縵手
順摩白馬頂　汝莫生憂悲　我今懺謝汝
良馬之勤勞　其功今已畢　惡道苦長息
妙果現於今　衆寶莊嚴劍　車匿常執隨
太子拔利劍　如龍曜光明　寶冠籠玄髮
合剃置空中　上昇凝虛境　飄若鸞鳳翔
忉利諸天子　執髮還天宮　常欲奉事足
況今得頂髮　盡心加供養　至于正法盡
太子時自念　莊嚴具悉除　惟有素繒衣
猶非出家儀　時淨居天子　知太子心念

化爲獵師像　持弓佩利箭　身被袈裟衣
徑至太子前　太子念此衣　染色清淨服
仙人上妙飾　非獵者所應　即呼獵師前
輭語而告曰　汝於此衣服　貪愛似不染
以我身上服　與汝相貿易　獵師白太子
非不惜此衣　用媒於羣鹿　誘引而殺之
苟是汝所須　今當與交易　獵者受妙衣
還復於天身　太子及車匿　見生奇特想
此必無事衣　定非世人服　内心大歡喜
於衣倍增敬　即與車匿別　披著袈裟衣
猶若青絳雲　圍繞日月輪　安詳而諦步
入於仙人窟　車匿目隨矚　身沒不復見
大家捨父王　眷屬并及我　受著袈裟衣
入於苦行林　舉手仰呼天　悶絶而躃地
起抱白馬頸　望絶隨路歸　徘徊數反顧
形往心反馳　或沉思失寬　或俯仰垂身
或倒而復起　悲泣隨路還

入苦行林品第七

太子遣車匿　將入仙人處　端嚴身光曜
普照苦行林　具足一切義　隨義而之彼
如獸王師子　入于羣獸中　俗容悉已捨
惟見道真形　彼諸學仙士　忽見未曾有
懍然心驚喜　合掌端目矚　男女隨執事
即視不改儀　如天觀帝釋　瞪視目不瞬
諸仙不移足　瞪視亦復然　任重手執作
不釋事而看　如牛在轅軛　形束而心依
俱學神仙者　咸說未曾見　孔雀等衆鳥
亂聲而翔鳴　持鹿戒梵志　隨鹿遊山林
鹿性麤睒睗　見太子端視　隨鹿諸梵志
端視亦復然　甘蔗燈重明　猶如日初光

能感羣乳牛　增出甜香乳　彼諸梵志等
驚喜傳相告　爲八婆藪天　爲二阿濕波
爲第六魔王　爲梵迦夷天　爲日月天子
而來下此耶　要是所應敬　奔競來供養
太子亦謙下　敬辤以問訊　菩薩遍觀察
林中諸梵志　種種修福業　悉求生天樂
問長宿梵志　所行眞實道　今我初至此
未知行何法　隨事而請問　願爲我解說
爾時彼二生　以諸修苦行　及苦行果報
次第隨事答　非聚落所出　清淨水生物
或食根莖葉　或復食華果　種種各異道
服食亦不同　或習於鳥生　兩足擒取食
有隨鹿食草　吸風蟒蛇仙　木石舂不食
兩齒齧爲痕　或乞食施人　取殘而自食
或常水沐頭　或奉事於火　水居習魚仙

如是等種種　梵志修苦行　壽終得生天
以因苦行故　當得安樂果　兩足尊賢士
聞此諸苦行　不見眞實義　內心不欣悅
思惟哀念彼　心口自相告　哀哉大苦行
惟求人天報　輪迴向生死　苦多而樂少
違親捨勝境　決定求天樂　雖免於小苦
終爲大苦縛　自枯槁其形　修行諸苦行
而求於受生　增長五欲因　不觀生死故
以苦而求苦　一切衆生類　心常畏於死
精勤求受生　生已會當死　雖復畏於苦
而長没苦海　此生極疲勞　將生復不息
任苦求現樂　求生天亦勞　求樂心下劣
俱墮於非義　方於極鄙劣　精勤則爲勝
未若修智慧　兩捨永無爲　苦身是法者
安樂爲非法　行法而後樂　因法果非法

身所行起滅　皆由心意力　若離心意者
此身如枯木　是故當調心　心調形自正
食淨爲福者　禽獸貧窮子　常食於果蘂
斯等應有福　若言善心起　苦行爲福因
彼諸安樂行　何不善心起　樂非善心起
善亦非苦因　若彼諸外道　以水爲淨者
樂水居衆生　惡業應常淨　善本功德仙
所住止之處　功德仙住故　普世之所重
應尊彼功德　不應重其處　如是廣說法
遂至於日暮　見有事火者　或鑽或吹然
或有酥油灑　或舉聲呪願　如是竟日夜
觀察彼所行　不見眞實義　而便欲捨去
時彼諸梵志　悉來請留住　眷仰菩薩德
悢悢勤勸請　汝從非法處　來至正法林
而復欲棄捨　是故勸請留　諸長宿梵志
蓬髮服草衣　追隨菩薩後　願請小留神
菩薩見諸老　隨逐身疲勞　止住一樹下
安慰遣令還　梵志諸長幼　圍繞合掌請
汝忽來到此　園林妙充滿　而今棄捨去
遂成丘曠野　如人愛壽命　不欲捨其身
我等亦如是　惟願小留住　此處諸梵仙
王仙及天仙　皆依於此處　又隣雪山側
增長人苦行　其處莫過此　衆多諸學士
由此路生天　求福學仙者　皆從此巳北
攝受於正法　慧者不遊南　若汝見我等
懈怠不精進　行諸不淨法　而不樂住者
我等悉應去　汝可留止此　此諸梵志等
常求苦行伴　汝爲苦行長　云何相棄捨
若能止住此　奉事如帝釋　亦如天奉事
毗黎訶鉢低　菩薩向梵志　說巳心所願

我修正方便　惟欲滅諸有　汝等心質直
行法亦寂默　親念於來賓　我心實愛樂
美說感人懷　聞者皆沐浴　聞汝等所說
增我樂法情　汝等悉歸我　以爲法良朋
而今棄捨汝　其心甚悵然　先違本親屬
今與汝等乖　合會别離苦　其苦等無異
非我心不樂　亦不見他過　但汝等苦行
悉求生天樂　我求滅三有　形背而心乖
汝等所行法　自習先師業　我爲滅諸集
以求無集法　是故於此林　永無久停理
爾時諸梵志　聞菩薩所說　眞實有義言
辭辯理高勝　其心大歡喜　深加崇敬情
時有一梵志　常卧塵土中　縈髮衣樹皮
黄眼脩高鼻　而白菩薩言　志固智慧明
決定了生過　知離生則安　不著生天福
志求永滅身　是則未曾有　惟見此一人
祠祀祈天神　及種種苦行　悉求生天樂
未離貪欲境　能與貪欲爭　志求眞解脫
此則爲丈夫　決定正覺士　斯處不足留
當至頻陁山　彼有大牟尼　名曰阿羅藍
惟彼得究竟　第一增勝眼　汝當往詣彼
得聞眞實道　能使心悅者　必當行其法
我觀汝志樂　恐亦非所安　當復捨彼遊
更求餘多聞　隆鼻廣長目　丹脣素利齒
薄膚面光澤　朱舌長輭薄　如是衆妙相
悉飲爾餤水　當度不測深　世間無有比
耆舊諸仙人　不得者當得　菩薩領其言
與諸仙人别　彼諸仙人衆　右繞各辭還

合宮憂悲品第八

車匿牽馬還　望絶心悲塞　隨路號泣行

不能自開割　先與太子俱　一宿之徑路
今捨太子還　生奪天蔭故　徘徊心顧戀
八日乃至城　良馬素奔駿　奮迅有威相
躑躅顧瞻仰　不覩太子形　流淚四體垂
顒頷失光澤　旋轉慟悲鳴　日夜忘水草
遺失救世主　還迦毗羅衛　國土悉廓然
如歸空聚落　如日翳須彌　重冥舉世闇
泉池不澄清　華果不榮茂　巷路諸士女
憂慼失歡容　車匿與白馬　悵怏行不前
問事不能答　遲遲若屍行　衆見車匿還
不見釋王子　舉聲大號泣　如棄羅摩還
有人來路傍　傾身問車匿　王子世所愛
舉國人之命　汝輒盜將去　今爲何所在
車匿抑悲心　而答衆人言　我眷戀追逐
不捨於王子　王子捨於我　幷棄俗威儀
剃頭被法服　入於苦行林　衆人聞出家
驚起奇特想　嗚咽而啼泣　涕淚交流下
各各相告語　我等作何計　衆人咸議言
悉當追隨去　如人命根壞　身死形神離
王子是我命　失命我豈生　此邑成丘林
彼林成郭邑　此城失威德　如殺毗黎多
城內諸士女　虛傳王子還　奔馳出路首
惟見馬空歸　莫知其存亡　悲泣種種聲
車匿步牽馬　歔欷垂淚還　失太子憂悲
加增怖懼心　如戰士破敵　執怨送王前
入門淚雨下　滿目無所見　仰天大號哭
白馬亦悲鳴　宮中雜鳥獸　內廐中羣馬
聞白馬悲鳴　嗚呼而應之　謂呼太子還
不見而絕聲　後宮諸婇女　聞馬鳥獸鳴
被髮面萎黃　形瘦脣口乾　弊衣不浣濯

垢穢不浴身　莊嚴具悉廢　毀悴不鮮明
舉體無光澤　猶如寅小星　衣裳壞繿縷
狀如被賊形　見車匿白馬　涕泣絕望歸
感結而號咷　猶如新喪親　狂亂而搔擾
猶羣牛失道　大愛瞿曇彌　聞太子不還
東身投於地　四體悉傷壞　猶如狂風摧
金色芭蕉樹　又聞子出家　長歎增悲感
右旋細輭髮　一孔一髮生　黑淨鮮光澤
平住而灑地　何意合天冠　剃著草土中
傭臂師子步　脩廣牛王目　身光黃金燄
方膺梵音聲　持是上妙相　入於苦行林
世間何薄福　失斯聖地主　妙細柔輭足
清淨蓮華色　土石刺棘林　云何而可蹈
生長於深宮　溫衣細輭服　沐浴以香湯
末香以塗身　今則冒風露　寒暑安可堪
華族大丈夫　標挺勝多聞　德備名稱高
常施而無求　云何忽一朝　乞食以活身
清淨寶牀臥　奏樂以覺悟　豈能山樹間
草土以藉身　念子心悲痛　悶絕而躃地
侍人扶令起　爲拭其目淚　其餘諸夫人
憂苦四體垂　內感心悆結　不動如畫人
時耶輸陀羅　深責於車匿　共我意中人
今爲在何所　人馬三共行　今惟二來還
我心極惶怖　戰慄不自安　汝是不正人
不昵非善友　不吉縱強暴　應笑用啼爲
將去而啼還　反覆不相應　愛念自在伴
隨欲恣心作　故使聖王子　一去不復歸
汝今應大喜　作惡已果成　寧近智慧怨
不習愚癡友　假名爲良朋　內實懷怨結
今此勝王家　一旦悉破壞　此諸貴夫人

憂顇毀形好　涕泣氣息絶　面淚横流下
夫主尚在世　依此如雪山　安意如大地
憂悲殆至死　況此窻牖中　悲泣長叫者
生亡其所天　其苦何可堪　告馬汝無義
奪人心所重　猶如闇冥中　惡賊劫珍寶
乗汝戰鬬時　刀矛鋒利箭　一切悉能堪
今有何不忍　一族之殊勝　強奪我心去
汝是弊惡蟲　造諸不正業　今日大嗚呼
聲滿於王宮　先劫我所念　爾時何以瘂
若爾時有聲　舉宮悉應覺　爾時若覺者
不生今苦惱　車匿聞苦言　歛氣而息結
抆淚合掌荅　願聽我自陳　莫嫌責白馬
亦莫恚於我　我等悉無過　天神之所爲
我極畏王法　天神所驅遣　速牽馬與之
俱去疾如飛　猒氣令無聲　足亦不觸地
城門自然開　虚空自然明　斯皆天神爲
豈是我之力　耶輸陀聞説　心生奇特想
天神之所爲　非是斯等咎　嫌責心稍除
熾然大苦息　躃地稱怨嗟　雙輪鳥分乖
我今失依怙　同法行生離　樂法捨同行
何處更求法　古昔諸先勝　大快見王等
斯皆夫妻倶　學道遊林野　而今捨於我
爲求何等法　梵志祠祀典　夫妻必同行
同行法爲因　終則同受報　汝何獨法慳
棄我而隻遊　或見我嫉惡　更求無嫉者
或當嫌薄我　更求淨天女　以何勝德色
修習於苦行　以我薄命故　夫妻生別離
羅睺羅何故　不蒙於膝下　嗚呼不吉士
貌柔而心剛　勝族盛光榮　怨憎猶宗仰
又子生未孩　而能永棄捨　我亦無心腹

夫棄遊山林　不能自泯沒　此則木石人
言已心迷亂　或哭或狂言　或瞪視沉思
哽咽不自勝　惙惙氣殆盡　卧於塵土中
諸餘婇女衆　見生悲痛心　猶如盛蓮華
風雹摧令萎　父王失太子　晝夜心悲戀
齋戒求天神　願令子速還　發願祈請已
出於天祠門　聞諸啼哭聲　驚怖心迷亂
如天大雷電　羣象亂奔馳　見車匿白馬
廣問知出家　舉身投於地　如崩帝釋幢
諸臣徐扶起　以法勸令安　久而心小醒
而告白馬言　我數乘汝戰　每念汝有功
今者憎惡汝　倍於愛念時　所念功德子
汝輙運令去　擲著山林中　獨自空來歸
汝速持我往　不爾往將還　不爲此二者
我命將不存　更無餘方治　惟待子爲藥
如珊闍梵志　爲子死殺身　我失行法子
自然令無身　摩兜衆生主　亦常爲子憂
況復我常人　失子能自安　古昔阿闍王
愛子遊山林　感思而命終　即時得生天
吾今不能死　長夜住憂苦　合宮念吾子
虛渴如餓鬼　如人渴掬水　欲飲而奪之
守渴而命終　必生餓鬼趣　今我至虛渴
得子水復失　及我未命終　速語我子處
勿令我渴死　墮於餓鬼中　我素志力強
難動如大地　失子心躁亂　如昔十車王
王師多聞士　大臣智聰達　二人勸諫王
不緩亦不切　願自寬情念　勿以憂自傷
古昔諸勝王　棄國如散華　子今行學道
何足苦憂悲　當憶阿私記　理數亦應然
天樂轉輪王　蕭然不累情　豈曰世界主

能移金玉心　今當使我等　推求到其所
方便苦諫諍　以表我丹誠　要望降其志
以慰王憂悲　王喜即答言　惟汝等速行
如舍居陀鳥　爲子空中旋　我今念太子
便悄心亦然　二人既受命　王與諸眷屬
其心小清涼　氣宣餐飲通

推求太子品第九

王正以憂悲　感切師大臣　如鞭策良馬
馳駛若迅流　身疲不辭勞　徑詣苦行林
捨俗五儀飾　善攝諸情根　入梵志精廬
敬禮彼諸仙　諸仙請就坐　說法安慰之
即白仙人言　意有所諮問　爭稱淨飯王
甘蔗名稱胄　我等爲師臣　法教典要事
王如天帝釋　于如闍延多　爲度老病死
出家或投此　我等爲彼來　惟尊應當知
答言有此人　長臂大人相　擇我等所行
隨順生死法　往詣阿羅藍　以求勝解脫
既得定實已　尊崇王速命　不敢計疲勞
尋路而馳進　見太子處林　悉捨俗儀飾
真體猶光耀　如日出烏雲　國奉天神師
執正法大臣　捨除俗威儀　下乘而步進
猶王婆摩疊　仙人婆私吒　往詣山林中
見王子羅摩　各隨其本儀　恭敬禮問訊
猶如倏迦羅　及與央耆羅　盡心加恭敬
奉事天帝釋　王子亦隨敬　王師及大臣
如帝釋安慰　倏迦央耆羅　即命彼二人
坐於王子前　如富那婆藪　兩星侍月傍
王師及大臣　啓請於王子　如毗利波低
語彼闍延多　父王念太子　如利刺貫心
荒迷發狂亂　臥於塵土中　日夜增悲思

流淚常如雨 勑我有所命 惟願留心聽
知汝樂法情 決定無所疑 非時入林藪
悲戀燒我心 汝若念法者 應當哀愍我
望覓遠遊情 以慰我懸心 勿令憂悲水
崩壞我心岸 如雲水草山 風日火雹災
憂悲爲四患 飄乾燒壞心 且還食土邑
時至更遊仙 不顧於親戚 父母亦棄捐
此豈名慈悲 覆護一切耶 法不必山林
在家亦修閑 覺悟勤方便 是則名出家
剃髮服染衣 自遊山藪間 此則懷畏怖
何足名學仙 願得一抱汝 以水雨其頂
冠汝以天冠 置於傘蓋下 矚目一觀汝
然後我出家 頭留摩先王 阿㝹闍阿沙
跋闍羅婆休 毗跋羅安提 毗提阿闍那
那羅濕波羅 如是等諸王 悉皆著天冠

瓔珞以嚴容 手足貫珠環 婇女衆娛樂
不違解脫因 汝今可還家 崇習於二事
心修增上法 爲地增上主 垂淚約勑我
令宣如是言 既有此勑旨 汝應奉敎還
父王因汝故 沒溺憂悲海 無救無所依
無由自開釋 汝當爲船師 度著安隱處
毗森摩王子 二羅彌跋提 聞父勑恭命
汝今亦應然 慈母鞠養恩 盡壽報罔極
如牛失其犢 悲呼忘眠食 汝今應速還
以救其生命 孤鳥離羣哀 龍象獨遊苦
憑依者失蔭 當思爲救護 一子猶幼孤
遭苦莫知告 免彼煢煢苦 如人救月蝕
舉國諸士女 別離苦熾然 歎息烟衝天
熏慧眼令闇 惟求見汝水 滅火目開明
菩薩聞父王 切敎苦備至 端坐正思惟

隨宜遜順答　我亦知父王　慈念心過厚
畏生老病死　故違罔極恩　誰不重所生
以終別離故　正使生相守　死至莫能留
是故知所重　長辭而出家　聞父王憂悲
增戀切我心　但如夢暫會　倏忽歸無常
汝當決定知　衆生性不同　憂苦之所生
不必子與親　所以生離苦　皆從癡惑生
如人隨路行　中道暫相逢　須臾各分散
乖理本自然　合會暫成親　隨緣理自分
深達親假合　不應生憂悲　此世違親愛
他世更求親　暫親復乖離　處處無非親
常合而常散　散散何足哀　處胎漸漸戀
分分死更生　一切時有死　山林何非時
時時受五欲　求財時亦然　一切時死故
除死法無時　欲使我爲王　慈愛法難違
如病服非藥　是故我不堪　高低愚癡處
放逸隨愛憎　終身常畏怖　思慮形神疲
順衆心違法　智者所不爲　七寶妙宮殿
於中盛火然　天厨百味飯　於中有雜毒
蓮華清涼池　於中多毒蟲　位高爲災宅
慧者所不居　古昔先勝王　見居國多愆
楚毒加衆生　猒患而出家　故知王正苦
不如行法安　寧處於山林　食草同禽獸
不堪處深宮　黑虵同其穴　捨王位五欲
任苦遊山林　此則爲隨順　樂法漸增明
今棄閑靜林　還家受五欲　日夜苦法增
此則非所應　名族大丈夫　樂法而出家
永背名稱族　建大丈夫志　毁形被法服
樂法遊山林　今復棄法服　有違慚愧心
天王尚不可　況歸人勝家　已吐貪恚癡

還復服食者　如人反食吐　此苦安可堪
如人舍被燒　方便馳走出　須臾還復入
此豈爲黠夫　見生老死過　猒患而出家
今當還復入　愚癡與彼同　處宮修解脫
則無有是處　解脫寂靜生　王者加楚毒
寂靜廢王威　王正解脫乖　動靜猶水火
二理何得俱　決定修解脫　亦不居王位
若言居王位　兼修解脫者　此則非決定
決定解不然　既非決定心　或出還復入
我今已決定　斷親屬鉤餌　正方便出家
云何還復入　大臣内思惟　太子丈夫志
深識德隨順　所說有因緣　而告太子言
如王子所說　求法法應爾　但今非是時
父王衰暮年　念子增憂悲　雖曰樂解脫
反更爲非法　雖樂出無慧　不思深細理
不見因求果　徒捨現法觀　有言有後世
又復有言無　有無既不判　何爲捨現樂
若當有後世　應任其所得　若言後世無
無即爲解脫　若言有後世　不說解脫因
如地堅火煖　水濕風飄動　後世亦復然
此則性自爾　有說淨不淨　各從自性起
言可方便移　此則愚癡說　諸根行境界
自性皆決定　愛念與不念　自性定亦然
老病死等苦　誰方便使然　謂水能滅火
火令水煎消　自性增相壞　性和成衆生
如人處胎中　手足諸體分　神識自然成
誰有爲之者　棘刺誰令利　此則性自然
及種種禽獸　無欲使爾者　諸有生天者
自在天所爲　及與造化者　無自力方便
若有所由生　彼亦能令滅　何須自方便

而求於解脱　有言我今生　亦復我今滅
有言無由生　要方便而滅　如人生育子
不負於祖宗　學仙人遺典　奉天大祠祀
此三無所負　則名爲解脱　古今之所傳
此三求解脱　若以餘方便　徒勞而無實
汝欲求解脱　惟習上方便　父王憂悲息
解脱道須臾　捨家遊山林　還歸亦非過
昔庵婆利王　久處苦行林　捨徒衆眷屬
還家居王位　國王子羅摩　去國處山林
聞國風俗離　還歸維正化　娑樓婆國王
名曰頭樓摩　父子遊山林　終亦俱還國
婆私皺牟尼　及與安低疊　山林修梵行
久亦歸本國　如是等先勝　正法善名稱
悉還王領國　如燈照世間　是故捨山林
正法化非過　太子聞大臣　愛語饒益説
以常理不亂　無礙而庠序　固志安隱説
而答於大臣　有無等猶豫　二心疑惑增
而作有無説　我不決定取　淨智修苦行
決定我自知　世間猶豫論　展轉相傳習
無有真實義　此則我不安　明人別真僞
信豈由他生　猶如生盲人　以盲人爲導
於夜大闇中　當復何所之　於淨不淨法
世間生疑惑　設不見真實　應行清淨道
寧苦行淨法　非樂行不淨　觀彼相承説
無一決定相　真言虛心受　永離諸過患
語過虛僞説　智者所不言　如説羅摩等
捨家修梵行　終歸還本國　服習五欲者
此等爲陋行　智者所不依　我今當爲汝
略説其要義　日月墜於地　須彌雪山轉
我身終不易　退入於非處　寧投身盛火

不以義不畢　還歸於本國　入五欲熾然

表斯要誓言　徐起而長辭　太子辯鋒餤

猶如盛日光　王師及大臣　言論莫能勝

相謂計已盡　惟當辭退還　深敬歎太子

不敢強逼迫　敬奉王命故　不敢速疾還

徘徊於中路　行邁顧遲遲　選擇黠慧人

審諦機悟士　隱身密伺候　然後捨而還

佛所行讚經卷第二

音釋

駛（踈士切疾也）妊（汝鴆切孕也）舐（神帋切以舌取物也）貿（莫候切交易也）睒睗（睒失冉切睗弋赤切睒睗急視也）藪（蘇后切）舂（書容切擣也）齧（五結切噬也）忨（五丸切貪也）躑躅（躑直炙切躅直錄切躑躅行不進貌）歔欷（歔音虛欷音希歔欷悲泣氣咽而抽息也）廐（居袪切馬舍也）

繿縷（繿魯甘切縷力主切正作襤褸謂衣弊也）昵（尼質切近也）抆（武粉切拭也）惙（陟劣切惙惙意不定也）悁（於緣切憂悒也）煢（渠營切獨也）虺（許偉切蛇虺也）餌（仍吏切）

佛所行讚經卷第三

馬鳴菩薩撰

北涼天竺三藏曇無讖譯

缾沙王詣太子品第十

太子辭王師　及正法大臣　冒浪濟恒河
路由靈鷲嶽　藏根於五山　特秀峙中亭
林木華果茂　流泉溫涼分　入彼五嶽城
寂靜猶天外　國人見太子　容德深且明
少年身光澤　無比丈夫形　悉起奇特想
如見自在幢　橫行爲停足　隨後感速馳
先進悉迴顧　矚目觀無猒　四體諸相好
隨見目不移　恭敬來奉迎　合掌禮問訊
咸皆大歡喜　隨宜而供養　仰瞻尊勝顏
俯愧種種形　正素輕躁儀　寂默加肅恭
結恨心求解　慈和情頓增　士女公私業
一時悉休廢　敬形宗其德　隨觀盡忘歸
眉間白毫相　脩廣紺青目　舉體金光曜
清淨網縵手　雖爲出家形　有應聖王相
王舍城士女　長幼悉不安　此人尚出家
我等何俗歡　爾時缾沙王　處於高觀上
見彼諸士女　惶惶異常儀　勑召一外人
備問何因緣　恭跪王樓下　具白所見聞
昔聞釋氏種　奇特殊勝子　神慧超世表
應王領八方　今出家在此　衆人悉奉迎
王聞心驚喜　形留神已馳　勑使者速還
伺候進趣宜　奉教密隨從　瞻察所施爲
瞪靜端目視　伴步顯真儀　入里行乞食
爲諸乞士先　斂形心不亂　好惡靡不安
精麤隨所得　持鉢歸閑林　食訖漱清流
樂靜安白山　青林列高崖　丹華植其間

孔雀等諸鳥　翩飛而亂鳴　法服明鮮發
如日照榑桑　使見安住彼　次第具上聞
王聞心馳敬　即勑嚴駕行　天冠佩華服
師子王遊步　簡擇諸宿重　安靜審諦士
導從百千衆　雲騰昇白山　見菩薩威儀
寂靜諸情根　端坐山巖室　如月麗青天
妙色淨端嚴　猶若法化身　虔心肅然發
恭步漸親近　猶如天帝釋　詣摩醯須摩
歛容執禮儀　敬問彼和安　菩薩詳而動
隨順反相酬　時王勞問畢　端坐清淨石
瞪矚瞻神儀　顏和情交悅　伏聞名高族
盛德相承襲　欽情久蘊積　今欲決所疑
日光之源宗　祚隆已萬世　令德紹遺嗣
弘廣萃於今　賢明年幼少　何故而出家
超世聖王子　乞食不存榮　妙體應塗香
何爲服袈裟　手宜握天下　反以受薄餐
若不代父王　受禪享其土　吾今分半國
庶望少留情　既勉逼親嫌　時過隨所從
當體我誠言　貪得爲良鄰　或恃名勝族
才德容貌兼　不欲降高節　屈下受人恩
當給勇健士　器仗隨軍資　自力廣收羅
天下孰不推　明人知時取　法財五欲增
若不獲三利　終始徒勞勤　崇法捨財色
財爲一世人　富財捨法欲　此則保財濱
貧窶而忘法　五欲孰能歡　是故三事俱
德流而道宣　法財五欲備　名世大丈夫
無令圓相身　徒勞而無功　曼陀轉輪王
王領四天下　帝釋分半座　力不能王天
今汝臑長臂　足攬人天境　我不恃王力
而欲強相留　見汝改形好　受著出家衣

既以敬其德　矜苦惜其人　汝今行乞食
我願奉其土　少壯受五欲　中年習用財
年耆諸根熟　是乃順法時　壯年守法財
必爲欲所壞　老則氣虛微　隨順求寂默
耆年愧財欲　行法舉世宗　壯年心輕躁
馳騁五欲境　儔侶契纏綿　情交相感深
年宿寡綢繆　順法者所宗　五欲悉休廢
增長樂法心　且崇王者法　大會奉天神
當乘神龍背　受樂上昇天　先勝諸聖王
嚴身寶瓔珞　祠祀設大會　終歸受天福
如是缾沙王　種種方便說　太子志堅固
不動如須彌

答缾沙王品第十一

缾沙王隨順　安慰勸請已　太子敬答謝
深感於來言　善得世間宜　所說不乖理
訶黎名族胄　爲人善知識　義懷心虛盡
法應如是說　世間諸凡品　不能處仁義
薄德愚近情　豈達名勝事　承習先勝宗
崇禮修敬讓　能於苦難中　周濟不相棄
是則爲世間　真善知識相　善友財通濟
是名牢固藏　守惜封已利　是必速忘失
國財非常寶　惠施爲福業　兼施善知識
雖散後無悔　既知汝厚懷　不爲違逆論
且今以所見　率心而相告　畏生老病死
欲求真解脫　捨親離恩愛　豈還習五欲
不畏盛毒蛇　凍雹猛盛火　惟畏五欲境
流轉勞我心　五欲非常賊　劫人善珍寶
詐僞虛非實　猶若幻化人　暫思令人惑
況常處其中　五欲爲大礙　永障寂滅法
天樂尚不可　況處人間欲　五欲生渴愛

終無滿足時　猶盛風猛火　投薪亦無足
世間諸非義　莫過五欲境　衆生愚貪故
樂著而不覺　智者畏五欲　不墮於非義
王領四海内　猶外更希求　愛欲如大海
終無止足時　曼陀轉輪王　普天雨黄金
王領四天下　復希忉利天　帝釋分半座
欲畱致命終　農沙修苦行　王三十三天
縱欲心高慢　仙人挽步車　縁斯放逸行
即墮蟒蛇中　湮羅轉輪王　遊於忉利天
取天女爲后　稅歛仙人金　仙人忿加呪
國滅而命終　婆羅天帝釋　天帝釋農沙
農沙歸帝釋　天主豈有常　國土非堅固
惟大力所居　被服於草衣　食果飲流水
長髮如垂地　寂黙無所求　如是修苦行
終爲欲所壞　當知五欲境　行道者怨家
千臂六力王　勇健難爲敵　羅摩仙人殺
亦由貪欲故　況我刹利種　不爲欲所牽
少味境界欲　子息長彌增　慧者之所惡
欲毒誰服食　種種苦求利　悉爲貪所使
若無貪欲者　勤苦則不生　慧者見苦過
滅除於貪欲　世間謂爲善　即皆是惡法
衆生所貪樂　生諸放逸故　放逸反自傷
死當墮惡趣　勤方便所得　而方便守護
不勤自忘失　非方便能留　猶若假借物
智者不貪著　貪欲勤苦求　得已增愛著
非常離散時　益復增苦惱　執炬還自燒
智者所不著　愚癡卑賤人　慳貪毒燒心
終身長受苦　未曾得安樂　貪恚如蛇毒
智者何由近　勤苦齧枯骨　無味不充飽
徒自困牙齒　智者所不嘗　王賊水火分

惡子等共財　亦如臭段肉　一聚羣鳥爭
貪財亦如是　智者所不欣　有財所集處
多起於怨憎　晝夜自守護　如人畏重怨
東市殺標下　人情所憎惡　貪恚癡長標
智者常遠離　入山林河海　多敗而少安
如樹高條果　貪取多仆死　貪欲境如是
雖見難可取　苦方便求財　難集而易散
猶如夢所得　智者豈保持　如僞覆火坑
蹈者必燒死　貪欲火如是　智者所不遊
如彼鳩羅步　弼瑟膩難陀　彌郗黎檀茶
如屠家刀机　愛欲形亦然　智者所不爲
東身投水火　或投於高巖　而求於天樂
徒苦不獲利　孫陶鉢孫陶　阿須倫兄弟
同生相愛念　爲欲相殘害　身死名俱滅
皆由貪欲故　貪欲令人賤　鞭杖驅策苦
愛欲卑希望　長夜形神疲　麋鹿貪聲死
飛鳥隨色貪　淵魚貪鈎餌　悉爲欲所困
觀察資生具　非爲自在法　食以療饑患
除渴故飲水　衣被御風寒　卧以治睡眠
行疲故求乘　立倦求牀座　除垢故沐浴
皆爲息苦故　是故應當知　五欲非自在
如人得熱病　求請冷治藥　貪求止苦患
愚夫謂自在　而彼資生具　亦非定止苦
又令苦法增　故非自在法　溫衣非常樂
時過亦生苦　月光夏則涼　冬則增寒苦
乃至世八法　悉非決定相　苦樂相不定
奴王豈有閒　教令衆奉用　以王爲勝者
教令即是苦　猶擔能任重　普銓世輕重
衆苦集其身　爲王多怨憎　雖親或成患
無親而獨立　此復有何歡　雖王四天下

用皆不過一　營救於萬事　唐苦何益身
未若止貪求　息事爲大安　居王五欲樂
不王閑寂歡　歡樂既同等　何用王位爲
汝勿作方便　導我於五欲　我情之所願
清涼虛通道　汝欲相饒益　助成我所求
我不畏怨家　不求生天樂　心不懷俗利
而捨於天冠　是故違汝情　不獲從來旨
如免毒蛇口　豈復還執持　執炬而自燒
何能不速捨　有目羨盲人　已解復求縛
富者願貧窮　智者習愚癡　世有如此人
則我應樂國　欲度生老死　節身行乞食
寡欲守空閑　後世免惡道　是則二世安
汝今勿哀我　當哀爲王者　其心常虛渴
今世不獲安　後世受苦報　汝以名勝族
大丈夫禮儀　厚懷處於我　樂同世歡娛
我亦應報德　勸汝同我利　若習三品樂
是名世丈夫　此亦爲非義　常求無足故
若無生老死　乃名大丈夫　汝言少輕躁
老則應出家　我見年老者　力劣無所堪
不如盛壯時　志猛心決定　死賊執劍隨
常伺求其便　豈聽至年老　遂志而出家
無常爲獵師　老弓病利箭　於生死曠野
常伺衆生鹿　得便斷其命　孰聽終年壽
夫人之所爲　若生若滅事　少長及中年
悉應勤方便　祠祀修大會　是皆愚癡故
應當崇正法　反殺以祠天　害生而求福
比則無慈人　害生果有常　猶尚不應殺
況復求無常　而害生祠祀　若無戒聞慧
修禪寂靜者　不應從世間　祠祀設大會
殺生得現樂　慧者不應殺　況復殺衆生

而求後世福　三界有爲果　悉非我所樂
諸趣流動法　如風水飄草　是故我速來
爲求真解脱　聞有阿羅藍　善說解脱道
今當往詣彼　大仙牟尼所　誠言苦抑斷
我今悔謝汝　願汝國安隱　善護如帝釋
慧明照天下　猶如盛日光　殊勝大地主
端心護其命　正化護其子　以法王天下
冰雪火爲怨　緣火烟幢起　烟幢成浮雲
浮雲興大雨　有鳥於空中　飲雨不雨身
殺重怨爲宅　居宅重怨殺　有殺重怨者
汝今應伏彼　令其得解脱　如飲不雨身
時王即叉手　敬德心歡喜　如汝之所求
願令果速成　汝速成果已　當還攝受我
菩薩心内許　要令隨汝願　交辭而隨路
往詣阿羅藍　王與諸眷屬　合掌自隨送
咸起奇特想　而還王舍城

見阿羅藍鬱頭藍品第十二

甘蔗日光冑　到彼寂靜林　敬詣於牟尼
大仙阿羅藍　迦藍玄族子　遠見菩薩來
高聲遥讚歎　安慰言善來　合掌交恭敬
互相問安否　相勞問畢已　詳序而就坐
梵志見太子　容貌審諦儀　沐浴伏其德
如渴飲甘露　舉手告太子　知汝久出家
斷親愛纏鎖　猶如象脱羈　深智覺慧明
能免斯毒果　古昔明勝王　捨位付其子
如人佩華鬘　朽故而棄捨　未若汝盛年
不愛聖王位　觀汝深固志　堪爲正法器
當乘智慧舟　超度生死海　凡人誘來學
審才而後教　我今已知汝　堅固決定志
但當任意學　終無隱于子　太子聞其教

歡喜而報言　汝以平等心　善誨無愛憎
但當虛心受　所願便已獲　夜行得炬火
迷方者蒙導　度海得輕舟　我今亦如是
今已蒙哀許　敢問心所疑　生老病死患
云何而可免　爾時阿羅藍　聞太子所問
自以諸經論　略爲其解說　汝是機悟士
聰中之第一　今當聽我說　生死起滅義
性變生老死　此五爲衆生　性者爲純淨
轉變者五大　我覺及與見　隨境根名變
色聲香味觸　是等名境界　手足語二道
是名五業根　眼耳鼻舌身　是名爲覺根
意根兼二義　亦業亦名覺　性轉變爲因
知因者爲我　迦毗羅仙人　及弟子眷屬
於此我要義　修學得解脫　彼迦毗羅者
今波闍波提　覺知生老死　是說名爲見
與上相違者　說名爲不見　愚癡業愛欲
是說爲輪轉　若住此三種　是衆生不離
不信我疑濫　不別無方便　境界深計著
纏綿於我所　不信顛倒轉　異作亦異解
我說我知覺　我去來住覺　如是等計我
是名我作轉　於諸性猶豫　是非不得實
如是不決定　是說名爲疑　若說法是我
說彼即是意　亦說覺與業　說數復說我
如是不分別　是說名總濫　愚黠性變等
不了名不別　禮拜誦諸典　殺生祠天祀
水火等爲淨　而作解脫想　如是種種見
是名無方便　愚癡所計著　意言語覺業
及境界計者　是說名爲著　諸物悉我所
是名爲攝受　如此八種惑　彌綸於生死
諸世間愚夫　攝受於五節　闇癡與大癡

瞋恚與恐怖　嬾惰名爲闇　生死名爲癡
愛欲名大癡　大人生惑故　懷恨名瞋恚
心懼名恐怖　此愚癡凡夫　計著於五欲
生死大苦本　輪轉五道生　轉生我見聞
我知我所作　緣斯計我故　隨順生死流
此因非性者　果亦非有性　謂彼正思惟
四法向解脫　黠慧與愚闇　顯現不顯現
若知此四法　能離生老死　生老死既盡
逮得無盡處　世間婆羅門　皆悉依此義
修行於梵行　亦爲人廣說　太子聞斯說
復問阿羅藍　云何爲方便　究竟至何所
行何等梵行　復應齊幾時　何故修梵行
法應至何所　如是諸要義　爲我具足說
時彼阿羅藍　如其經論說　自以慧方便
更爲略分別　初離俗出家　依倚於乞食

廣集諸威儀　奉持於正戒　少欲知止足
精麤任所得　樂獨修閑居　勤習諸經論
見貪欲怖畏　及離欲清淨　攝諸根聚落
安心於靜默　離欲惡不善　欲界諸煩惱
遠離生喜樂　得初覺觀禪　既得初禪樂
及與覺觀心　而生奇特想　愚癡心樂著
心依遠離樂　命終生梵天　慧者能自知
方便出覺觀　精勤求上進　第二禪相應
味著彼喜樂　得生光音天　方便離喜樂
增修第三禪　安樂不求勝　生於徧淨天
捨彼意樂者　逮得第四禪　苦樂已俱息
或生解脫想　住彼四禪報　得生廣果天
以彼久壽故　名之爲廣果　於彼禪定起
見有身爲過　增進修智慧　猒離第四禪
決定增進求　方便除色欲　始自身諸竅

漸次修虛解　終則堅固分　悉成於空觀
略空觀境界　進觀無量識　善於內寂靜
離我及我所　觀察無所有　是無所有處
文闍皮骨離　野鳥離樊籠　遠離於境界
解脫亦復然　是上婆羅門　離形常不盡
慧者應當知　是爲真解脫　汝所問方便
及求解脫者　如我上所說　深信者當學
持祇沙仙人　及與闍那伽　毗陀波羅沙
及餘求道者　悉從於此道　而得真解脫
太子聞彼說　思惟其義趣　發其先宿緣
而復重請問　聞汝勝智慧　微妙深細義
於知因不捨　則非究竟道　性轉變知因
說言解脫者　我觀是生法　亦爲種子法
汝謂我清淨　則是真解脫　若遇因緣會
則應還復縛　猶如彼種子　時地水火風
離散生理乖　遇緣種復生　無知業因愛
捨則名脫者　存我諸衆生　無畢竟解脫
處處捨三種　而復得三勝　以我常有故
彼則微細隨　微細過隨故　心則離方便
壽命得長久　汝謂真解脫　汝言離我所
離者則無有　衆數既不離　云何離求那
是故有求那　當知非解脫　求尼與求那
義異而體一　若言相離者　終無有是處
色煖離於火　別火不可得　譬如身之前
則無有身者　如是求那前　亦無有求尼
是故先解脫　然後爲身縛　又知因離身
或知或無知　若言有知者　則應有所知
若有所知者　則非爲解脫　若言無知者
我則無所用　離我而有知　我即同木石
且知其精麤　背麤而崇微　若能一切捨

所作則畢竟　於阿羅藍說　不能悅其心
知非一切智　應行更求勝　往詣鬱陀仙
彼亦計有我　雖觀細微境　見想不想過
離想非想住　更無有出塗　以衆生至彼
必當還退轉　菩薩求出故　復捨鬱陀仙
更求勝妙道　進登伽闍山　城名苦行林
五比丘先住　見彼五比丘　善攝諸情根
持戒修苦行　居彼苦行林　居連禪河側
寂靜甚可樂　菩薩即於彼　一處靜思惟
五比丘知彼　精心求解脫　盡心加供養
如敬自在天　謙卑而師事　進止常不離
猶如修行者　諸根隨心轉　菩薩勤方便
當度老病死　專心修苦行　節身而忘餐
淨心守齋戒　行人所不堪　寂默而禪思
遂經歷六年　日食一麻米　形體極銷羸
欲求度生死　重惑愈更沉　道由慧解成
不食非其因　四體雖微劣　慧心轉增明
神虛體輕微　名德普流聞　猶如月初生
鳩摩頭華敷　溢國勝名流　士女競來觀
苦形如枯木　垂滿於六年　怖畏生死苦
專求正覺因　自惟非由此　離欲寂觀生
未若我先時　於閻浮樹下　所得未曾有
當知彼是道　道非疲身得　要須身力求
飲食充諸根　根悅令心安　心安順寂靜
靜爲禪定筌　由禪知正法　法力得難得
寂靜離老死　第一離諸垢　如是等妙法
悉從飲食生　思惟斯義已　澡浴尼連濱
浴已欲出池　羸劣莫能起　天神按樹枝
舉手攀而出　時彼出林側　有一牧牛長
長女名難陀　淨居天來告　菩薩在林中

汝應往供養　難陀婆羅闍　歡喜到其所
手貫白珂釧　身服青染衣　青白相映發
如水淨泡鬘　信心增踴躍　稽首菩薩足
敬奉香乳糜　惟垂哀愍受　菩薩受而食
彼得現法果　食已諸根悅　堪受於菩提
身體髹光澤　德問轉崇高　如百川增海
初月日增明　五比丘見已　驚起嫌怪想
謂其道心退　捨而擇善居　如人得解脫
五大悉遠離　菩薩獨遊行　詣彼吉祥樹
當於彼樹下　成等正覺道　其地廣平正
柔澤軟草生　安詳師子步　步步地震動
地動感黑龍　歡喜目開明　言曾見先佛
地動相如今　牟尼德尊重　大地所不勝
步步足履地　轟轟震動聲　妙光照天下
猶若朝日明　五百羣青雀　右遶空中旋
柔軟清涼風　隨順而迴轉　如斯諸瑞相
悉同過去佛　以是知菩薩　當成正覺道
從彼穫草人　得淨柔軟草　布草於樹下
正身而安坐　跏趺不傾動　如龍絞縛身
要不起斯座　究竟其所作　發斯真誓言
天龍悉歡喜　清涼微風起　草木不鳴條
一切諸禽獸　寂靜悉無聲　斯皆是菩薩
必成覺道相

破魔品第十三

仙王族大仙　於菩提樹下　建立堅固誓
要成解脫道　鬼龍諸天衆　悉皆大歡喜
法怨魔天王　獨憂而不悅　五欲自在王
具諸戰鬭藝　憎嫉解脫者　故名爲波旬
魔王有三女　美貌善儀容　種種惑人術
天女中第一　第一名欲染　次名能悅人

三名可愛樂　三女俱時進　白父波旬言
不審何憂慼　父具以其事　寫情告諸女
世有大牟尼　身被大誓鎧　執持大強弓
智慧剛利箭　欲戰伏衆生　破壞我境界
我一旦不如　衆生信於彼　悉歸解脫道
我土則空虛　譬如人犯戒　其身則空虛
及慧眼未開　我國猶得安　當往壞其志
斷截其橋梁　執弓持五箭　男女眷屬俱
詣彼吉安林　願衆生不安　見牟尼靜默
欲度三有海　左手執強弓　右手彈利箭
而告菩薩言　汝刹利速起　死甚可怖畏
當修汝自法　捨離解脫法　習戰施福會
調伏諸世間　終得生天樂　此道善名稱
先勝之所行　仙王高宗冑　乞士非所應
今若不起者　且當安汝意　愼莫捨約誓

試我一放箭　漚羅月光孫　亦由我此箭
小觸如風吹　其心發狂亂　寂靜苦行仙
鬬我此箭聲　心即大恐怖　惛迷失本性
況汝末世中　望脫我此箭　汝今速起者
幸可得安全　此箭毒猛盛　懍憸而戰掉
計力堪箭者　自安猶尚難　況汝不堪箭
云何能不驚　魔說斯怖事　迫脅於菩薩
菩薩心怡然　不疑亦不怖　魔王即放箭
兼進三玉女　菩薩不視箭　亦不顧三女
魔王惕然疑　心口自相語　曾爲雪山女
射摩醯首羅　能令其心變　而不動菩薩
非復以此箭　及天三玉女　所能移其心
令起於愛恚　當更合軍衆　以力強逼迫
作此思惟時　魔軍忽然集　種種各異形
執戟持刀劍　戴樹捉金杵　種種戰鬬具

猪魚驢馬頭　駝牛兕虎形　師子龍象首
及餘禽獸類　或一身多頭　或面各一目
或復衆多眼　或大腹長身　或羸瘦無腹
或長脚大膝　或大脚肥腨　或長牙利爪
或無頭胷面　或兩足多身　或大面傍面
或作灰土色　或似明星光　或身放烟火
或象耳負山　或被髮裸形　或被服皮革
面色半赤白　或著虎皮衣　或復著蛇皮
或腰帶大鈴　或縈髮螺髻　或散髮被身
或吸人精氣　或奪人生命　或跳擲大呼
或奔走相逐　迭自相打害　或空中旋轉
或飛騰樹間　或唬呀吼喚　惡聲震天地
如是諸惡類　圍遶菩提樹　或欲擘裂身
或復欲吞噉　四面放火然　烟燄上衝天
狂風四激起　山林普震動　風火烟塵合
黑闇無所見　愛法諸天人　及諸龍鬼神
悉皆忿魔衆　瞋恚血淚流　淨居諸天衆
見魔亂菩薩　離欲無瞋心　哀愍而傷彼
悉來見菩薩　端坐不傾動　無量魔圍遶
惡聲動天地　菩薩安靜默　光顔無異相
猶如師子王　處於羣獸中　皆歎嗚呼呼
奇特未曾有　魔衆相驅策　各進其威力
迭共相催切　須臾令摧滅　裂眥加切齒
亂飛而跳擲　菩薩默然觀　如看童兒戲
衆魔益忿恚　倍增戰鬭力　抱石不能舉
舉者不能下　飛矛戟利矟　凝虛而不下
雷震雨大雹　化成五色華　惡龍蛇噴毒
化成香風氣　諸種種形類　欲害菩薩者
不能令傾動　隨事還自傷　魔王有姊妹
名彌伽迦利　手執髑髏器　在於菩薩前

作種種異儀　婬惑亂菩薩　如是等魔衆
種種醜類身　作種種惡聲　欲恐怖菩薩
不能動一毛　諸魔悉憂慼　空中負多神
隱身出音聲　我見大牟尼　心無怨恨想
衆魔惡毒心　無怨處生怨　愚癡諸惡魔
徒勞無所爲　當捨恚害心　寂靜默然住
汝不能口氣　吹動須彌山　火冷水熾然
地性平柔輭　不能壞菩薩　歷劫修苦行
菩薩正思惟　精進勤方便　淨智慧光明
慈悲於一切　此四妙功德　無能中斷截
而爲作留難　不成正覺道　如日千光照
必除世間闇　鑽木而得火　掘地而得水
精勤正方便　無求而不獲　世間無救護
中貪恚癡毒　哀愍衆生故　求智慧良藥
爲世除苦患　汝云何惱亂　世間諸癡惑
皆悉著邪徑　菩薩習正路　欲引導衆生
惱亂世導師　是則大不可　如大曠野中
欺誑商人導　衆生墮大冥　莫知所至處
爲然智慧燈　云何欲令滅　衆生悉漂沒
生死之大海　爲修智慧舟　云何欲令沒
忍辱爲法芽　固志爲法根　律儀戒爲華
覺心爲枝幹　智慧之大樹　無上法爲果
蔭護諸衆生　云何而欲伐　貪恚癡枷鎖
軛縛於衆生　長劫修苦行　爲解衆生縛
決定成於今　於此正基坐　如過去諸佛
堅竪金剛際　諸方悉傾動　惟此地安隱
能堪受妙定　非汝所能壞　但當輭下心
除諸髙慢意　應修知識想　忍辱而奉事
魔聞空中聲　見菩薩安靜　慚愧離憍慢
復道還天上　魔衆悉憂慼　崩潰失威武

鬪戰諸器仗　縱橫棄林野　如人殺怨主
怨黨悉摧碎　衆魔旣退散　菩薩心虛靜
日光倍增明　塵霧悉除滅　月明衆星朗
無復諸闇障　空中雨天華　以供養菩薩

阿惟三菩提品第十四

菩薩降魔已　志固心安靜　永盡第一義
入於深妙禪　自在諸三昧　次第現在前
初夜入正受　憶念過去生　從某處某名
而來生於此　如是百千萬　死生悉了知
受生死無量　一切衆生類　悉曾爲親族
而起大悲心　大悲心念已　又觀彼衆生
輪迴六趣中　生死無窮極　虛僞無堅固
如芭蕉夢幻　即於中夜時　逮得淨天眼
見一切衆生　如觀鏡中像　衆生生生死
貴賤與貧富　清淨不淨業　隨受苦樂報
觀察惡業者　當生惡趣中　修習善業者
生於人天中　若生地獄者　受無量種苦
吞飲於洋銅　鐵槍貫其體　投之沸鑊湯
驅入盛火聚　長牙羣犬食　利觜烏啄腦
畏火起叢林　劒葉截其體　利刀解其身
或利斧斫剉　受斯極苦毒　業行不令死
樂修不淨業　極苦受其報　味著須臾頃
苦報甚久長　戲笑種苦因　號泣而受罪
惡業諸衆生　若見自報者　氣脉則應斷
恐怖崩血死　造諸畜生業　業種種各異
死墮畜生道　種種各異身　或爲皮肉死
毛角骨尾羽　更互相殘殺　親戚還相噉
負重而挽軛　鞭策鉤錐刺　傷體膿血流
饑渴莫能解　展轉相殘殺　無有自在力
虛空水陸中　逃死亦無處　慳貪增上者

生於餓鬼趣　巨身如大山　咽孔猶針筩
饑渴火毒然　還自燒其身　求者慳不與
或遮人惠施　生彼餓鬼中　求食不能得
不淨人所棄　欲食而變失　若人聞慳貪
苦報如是者　割肉以施人　如彼尸毗王
或生人中道　身處於行廁　動轉極大苦
出胎生恐怖　輭身觸外物　猶如刀劍截
住彼宿業分　無時不有死　勤苦而求生
得生長受苦　乘福生天者　渴愛常燒身
福盡命終時　衰死五相至　猶如樹華萎
枯悴失光澤　眷屬存亡分　悲苦莫能留
宮殿廓然空　玉女悉遠離　坐臥塵土中
悲泣相戀慕　生者哀墮落　死者戀生悲
精勤修苦行　貪求生天樂　既有如是苦
鄙哉何可貪　大方便所得　不免別離苦
嗚呼諸天人　脩短無差別　積劫修苦行
永離於愛欲　謂決定長存　而今悉墮落
地獄受衆苦　畜生相殘殺　餓鬼饑渴逼
人間疲渴愛　雖云生天樂　別離最大苦
迷惑生世間　無一穌息處　嗚呼生死海
輪轉無窮已　衆生没長流　漂泊無所依
如是淨天眼　觀察於五道　虛僞不堅固
如芭蕉泡沫　即彼第三夜　入於深正受
觀察諸世間　輪轉苦自性　數數生老死
其數無有量　貪欲癡闇障　莫知所由出
正念内思惟　生死何從起　決定知老死
必由生所致　如人有身故　則有身痛隨
又觀生何因　見從諸有業　天眼觀有業
非自在天生　非自性非我　亦復非無因
如破竹初節　餘節則無難　既見生死因

漸次見真實　有業從取生　猶如火得薪
取以愛爲因　如小火焚山　知愛從受生
覺苦樂求安　饑渴求飲食　受生愛亦然
諸受觸爲因　三等苦樂生　鑽燧加人功
則得火爲用　觸從六入生　盲無明覺故
六入名色起　如芽長莖葉　名色由識生
如種芽葉生　識還從名色　展轉更無餘
緣識生名色　緣名色生識　猶人船俱進
水陸更相運　如識生名色　名色生諸根
諸根生於觸　觸復生於受　受生於愛欲
愛欲生於取　取生於業有　有則生於生
生生於老死　輪迴周無窮　衆生因緣起
正覺悉覺知　決定正覺已　生盡老死滅
有滅則生滅　取滅則有滅　愛滅則取滅
受滅則愛滅　觸滅則受滅　六入滅觸滅

一切入滅盡　由於名色滅　識滅名色滅
行滅則識滅　癡滅則行滅　大仙正覺成
如是正覺成　佛則興世間　正見等八道
坦然平直路　畢竟無我所　如薪盡火滅
所作者已作　得先正覺道　究竟第一義
入大仙人室　闇謝明相生　動靜悉寂默
逮得無盡法　一切智明朗　大仙德純厚
地爲普震動　宇宙悉清明　天龍神雲集
空中奏天樂　以供養於法　微風清涼起
天雲雨香雨　妙華非時敷　甘果違節熟
摩訶曼陀羅　種種天寶華　從空而亂下
供養牟尼尊　異類諸衆生　各慈心相向
恐怖悉銷除　無諸恚慢心　一切諸世間
皆同漏盡人　諸天樂解脫　惡道暫安寧
煩惱漸休息　智月漸增明　甘蔗族仙士

有諸生天者　見佛出興世　歡喜充滿身
即於天宮殿　雨華以供養　諸天龍鬼神
同聲歎佛德　世人見供養　及聞讚歎聲
一切皆隨喜　踴躍不自勝　惟有魔天王
心生大憂悲　佛於彼七日　禪思心清淨
觀察菩提樹　瞪視目不瞬　我依於此處
得遂宿心願　安住無我法　佛眼觀衆生
發上哀愍心　欲令得清淨　貪恚癡邪見
飄流没其心　解脱甚深妙　何由能得宣
捨離勤方便　安住於默然　顧惟本誓願
復生說法心　觀察諸衆生　煩惱孰增微
梵天知其念　法應請而轉　普放梵光明
爲度苦衆生　來見牟尼尊　說法大人相
妙義悉顯現　安住實智中　離於留難過
無諸虛僞心　恭敬心歡喜　合掌勸請言
世間何福慶　遭遇大悲尊　一切衆生類
塵穢滓雜心　或有重煩惱　或煩惱輕微
世尊已免渡　生死大苦海　願當濟渡彼
沉溺諸衆生　如世間義士　得利與物同
世尊得法利　惟應濟衆生　凡人多自利
彼我兼利難　惟願垂慈悲　爲世難中難
如是勸請已　奉辭還梵天　佛以梵天請
心悅加其誠　長養大悲心　增其說法情
念當行乞食　四王咸奉鉢　如來爲法故
受四合成一　時有商人行　善友天神告
大仙牟尼尊　在彼山林中　世間良福田
汝應往供養　聞命大歡喜　奉施於初飯
食已顧思惟　誰應先聞法　惟有阿羅藍
鬱頭羅摩子　彼堪受正法　而今已命終
次有五比丘　應聞初說法　欲說寂滅法

如日光除冥　行詣波羅柰　古仙人住處
牛王目平視　安詳師子步　爲度衆生故
往詣迦尸城　步步獸王視　顧瞻菩提林

轉法輪品第十五

如來善寂靜　光明顯照曜　嚴儀獨遊步
猶若大衆隨　道逢一梵志　其名優波迦
執持比丘儀　恭立於路傍　欣遇未曾有
合掌而啓問　羣生皆染著　而有無著容
世間心動摇　而獨靜諸根　光顏如滿月
似味甘露津　容貌大人相　慧力自在王
所作必已辦　爲宗稟何師　答言我無師
無宗無所勝　自悟甚深法　得人所不得
人之所應覺　舉世無覺者　我今悉自覺
是故名正覺　煩惱如怨家　伏以智慧劔
是故世所稱　名之爲最勝　當詣波羅柰
擊甘露法鼓　無慢不存名　亦不求利樂
惟爲宣正法　拔濟苦衆生　以昔發弘誓
度諸未度者　誓果成於今　當遂其本願
富財自供已　不稱名義士　兼利於天下
乃名大丈夫　臨危不濟溺　豈云勇健士
疾病不救療　何名爲良醫　見迷不示路
孰云善導師　如燈照幽冥　無心而自明
如來然慧燈　無諸求欲情　鑽燧必得火
空中風自然　穿地必得水　此皆理自然
一切諸牟尼　成道必伽耶　亦同迦尸國
而轉正法輪　梵志優波迦　嗚呼歎奇特
隨心先所期　從路各分乖　計念未曾有
步步顧踟躕　如來漸前行　至於迦尸城
其地勝莊嚴　如天帝釋宮　恒河波羅柰
二水雙流間　林木華果茂　禽獸同羣遊

閑寂無喧俗　古仙之所居　如來光照曜
倍增其鮮明　憍陳如族子　次十力迦葉
三名婆濕波　四阿濕波誓　五名跋陀羅
習苦樂山林　遠見如來至　集坐共議言
瞿曇染世樂　放捨諸苦行　今復還至此
慎勿起奉迎　亦莫禮問訊　供給其所須
已壞本誓故　不應受供養　凡人見來賓
應修先後宜　且爲設牀座　任彼之所安
作此要言已　各各正基坐　如來漸欲至
不覺違約言　有請讓其座　有爲攝衣鉢
有請洗摩足　有請問所須　如是等種種
尊敬奉師事　惟不捨其族　猶稱瞿曇名
世尊告彼言　莫稱我本姓　於阿羅訶所
而生媟慢言　於敬不敬者　我心悉平等
汝等心不恭　當自招其罪　佛能度世間
是故稱爲佛　於一切衆生　等心如子想
而稱本名字　如得慢父罪　佛以大悲心
哀愍而告彼　彼率愚騃心　不信正真覺
言先修苦行　猶尚無所得　今恣身口樂
何因得成佛　如是等疑惑　不信得佛道
究竟真實義　一切智具足　如來即爲彼
略說其要道　愚夫習苦行　樂行悅諸根
見彼二差別　斯則爲大過　非是正真道
以違解脫故　疲身修苦行　其心猶馳亂
尚不生世智　況能超諸根　如以水然燈
終無破闇期　疲身修慧燈　不能壞愚癡
朽木而求火　徒勞而不獲　鑽燧人方便
即得火爲用　求道非苦行　而得甘露法
著欲爲非義　愚癡障慧明　尚不了經論
況得離欲道　如人得重病　食不隨病食

無知之重病　著欲豈能除　放火於曠野
乾草增猛風　燄盛孰能滅　貪愛火亦然
我已離二邊　心存於中道　衆苦畢竟息
安靜離諸過　正見踰日光　平等覺觀乘
正語爲舍宅　遊戲正叢林　正命爲豐姿
方便爲正路　正念爲城郭　正定爲牀座
八道坦平正　免脫生死苦　從此塗出者
所作已究竟　不墮於彼此　二世苦數中
三界純苦聚　唯此道能滅　本所未曾聞
正法清淨眼　等見解脫道　唯我今始起
生老病死苦　愛離怨憎會　所求事不果
及餘種種苦　離欲未離欲　有身及無身
離淨功德者　略說斯皆苦　猶如盛火息
雖微不捨熱　寂靜微細我　大苦性猶存
貪等諸煩惱　及種種業過　是則爲苦因
捨離則苦滅　猶如諸種子　離於地水等
衆緣不和合　芽葉則不生　有有性相續
從天至惡趣　輪迴而不息　斯由貪欲生
輭中上差降　種種業爲因　若滅於貪等
則無有相續　種種業盡者　差別苦長息
此有則彼有　此滅則彼滅　無生老病死
無地水火風　亦無初中邊　亦非欺誑法
賢聖之所住　無盡之寂滅　所說八正道
是方便非餘　世間所不見　彼彼長迷惑
我知苦斷集　證滅修正道　觀此四真諦
逮成等正覺　謂我已知苦　已斷有漏因
已滅盡作證　已修八正道　已知四真諦
清淨法眼成　於此四真諦　未生平等眼
不名得解脫　不言作已作　亦不言一切
真實知覺成　已知真諦故　自知得解脫

自知作已作　自知等正覺　說是真實時
憍隣族姓子　八萬諸天衆　究竟真實義
遠離諸塵垢　清淨法眼成　天人師知彼
所作事已作　歡喜師子吼　問憍隣知未
憍隣即白佛　已知大師法　已知彼法故
名阿若憍隣　於佛弟子中　最先第一悟
彼知正法聲　聞子諸地神　咸共舉聲唱
善哉深見法　如來於今日　轉未曾所轉
普爲諸天人　廣開甘露門　淨戒爲衆輻
調伏寂定齊　堅固智爲輞　慚愧脣其鐧
正念以爲轂　成真實法輪　正真出三界
不退從明師　如是地神唱　虛空神傳稱
諸天轉讚歎　乃至徹梵天　三界諸天神
始聞大仙說　展轉驚相告　普聞佛興世
廣爲羣生類　轉寂靜法輪　風霽雲霧除
空中雨天華　諸天奏天樂　喜歡未曾有

佛所行讚經卷第三

音釋

榑防夫切榑桑日出處也　窶其矩切貧無禮也　湮於真切　仆芳遇切僵也　羈居宜切絡首也　轟呼宏切群車聲也　穫胡郭切刈也　懍憸懍力稔切憸七廉切　兕徐姊切似牛一角獸也　虓呀虓許交切嘁也呀虛牙切張口貌　擘博厄切鈲也　眥疾智切目際也　稍色角切矛屬　潰胡對切逃散也　嘴即委切與觜同　啄竹角切鳥鵮也　錐朱惟切鑽也　滓阻史切澱也　騃五駭切癡也　鐧古晏切車間鐵也

佛所行讚經卷第四

馬鳴菩薩撰

北涼天竺三藏曇無讖譯

缾沙王諸弟子品第十六

時彼五比丘　阿濕波誓等　聞彼知法聲
慨然而自傷　合掌而加敬　仰瞻於尊顏
如來善方便　次令入正法　前後五比丘
得道調諸根　猶五星麗天　列侍於明月
時彼鳩夷城　長者子耶舍　夜眠忽覺悟
自見其眷屬　男女裸身卧　即生猒離心
念此煩惱本　誑惑於愚夫　嚴服珮瓔珞
出家詣山林　尋路而並唱　惱亂惱亂亂
如來夜經行　聞唱惱亂聲　即命汝善來
此有安隱處　涅槃極清涼　寂滅離諸惱
耶舍聞佛教　心中大歡喜　乘本猒離心
聖慧泠然開　如入清涼池　肅然至佛所
其身猶俗容　心已得漏盡　宿植善根力
疾成羅漢果　淨智理潛明　聞法能即悟
猶如鮮素繒　易爲染其色　彼已自覺知
所應作已作　顧身猶莊嚴　而生慚愧心
如來知彼念　而爲說偈言　嚴飾以瓔珞
心調伏諸根　平等觀衆生　行法不計形
身被出家衣　其心累未忘　處林貪世榮
是則爲俗人　形雖表俗儀　心棲高勝境
在家同山林　則離於我所　縛解存於心
形豈有定相　佩甲衣重袍　謂能制強敵
改形著染衣　爲伏煩惱怨　即命比丘來
應聲俗容變　具足出家儀　皆成於沙門
先有俗遊朋　其數五十四　尋善友出家
隨次入正法　斯由宿善業　妙果成於今

純厭洽已久　經水速鮮明　上行諸聲聞
六十阿羅漢　悉如羅漢法　隨順而教誡
汝今已濟度　生死河彼岸　所作已畢竟
堪受一切供　各應遊諸國　度諸未度者
衆生苦熾然　各無救護者　汝等各獨遊
哀愍而攝受　吾今亦獨行　還彼伽闍山
彼有大仙人　王仙及梵仙　悉皆在於彼
舉世之所宗　迦葉苦行仙　國人悉奉事
受學者甚衆　我今往度之　時六十比丘
奉教廣宣法　各從其宿緣　隨意詣諸方
世尊獨遊步　往詣伽闍山　入空靜法林
詣迦葉仙人　彼有事火窟　惡龍之所居
山林極清曠　處處無不安　世尊爲教化
告彼而請宿　迦葉白佛言　無有宿止處
惟有事火窟　善清淨可居　而有惡龍止
必能傷害人　佛言但見與　且一宿止住
迦葉種種難　世尊請不已　迦葉復白佛
心不欲相與　謂我有恪惜　且自隨所樂
佛即入火室　端坐正思惟　時惡龍見佛
瞋恚縱毒火　舉室洞熾然　而不觸佛身
舍盡火自滅　世尊猶安坐　猶如劫火起
梵天宮洞然　梵王正其坐　不恐亦不畏
惡龍見世尊　光顏無異相　毒息善心生
稽首而歸依　迦葉夜見光　歎嗚呼怪哉
如此道德人　而爲龍火燒　迦葉及眷屬
晨朝悉來看　佛已降惡龍　置在於鉢中
彼知佛功德　而生奇特想　憍慢久習故
猶言我道尊　佛以隨時宜　現種種神變
察其心所念　變化而應之　令彼心柔軟
堪爲正法器　自知其道淺　不及於世尊

決定謙下心　隨順受正法　鬱毗羅迦葉
弟子五百人　隨師善調伏　次第受正法
迦葉并徒衆　悉受正化已　仙人資生物
并諸事火具　悉棄於水中　漂没隨流還
那提伽闍等　二弟居下流　見被服諸物
隨流而亂下　謂其遭大變　憂怖不自安
二衆五百人　尋江而求兄　見兄已出家
諸弟子亦然　知得未曾法　而起奇特想
兄今已伏道　我等亦當隨　彼兄弟三人
及弟子眷屬　世尊爲說法　即以事火譬
愚癡黑烟起　亂想鑽燧生　貪欲瞋恚火
焚燒於衆生　如是煩惱火　熾然不休息
彌綸於生死　苦火亦常然　能見二種火
熾然無依怙　云何有心人　而不生猒離
猒離除貪欲　貪盡得解脱　若已得解脱
解脱知見生　觀察生死流　而舉於梵行
一切作已作　更不受後有　如是千比丘
聞世尊說法　諸漏永不起　一切心解脱
佛爲迦葉等　千比丘說法　所作者已作
淨慧妙莊嚴　諸功德眷屬　施戒淨諸根
大德仙從道　苦行林失榮　如人失戒德
空身而徒生　世尊大眷屬　進詣王舍城
憶念摩竭王　先所修要誓　世尊既已至
止住於杖林　缾沙王聞之　與大眷屬俱
舉國士女從　往詣世尊所　遠見如來坐
降心伏諸根　除去諸俗容　下車而步進
猶如天帝釋　往詣梵天王　前頂禮佛足
敬問體安和　佛還慰勞畢　命令一面坐
時王心默念　釋迦大威力　勝德迦葉等
今皆爲弟子　佛知衆心念　而問於迦葉

汝見何福利　而棄事火法　迦葉聞佛命
驚起大衆前　胡跪而合掌　高聲白佛言
修福事火神　果報悉輪迴　生死煩惱增
是故我棄捨　精勤奉事火　爲求五欲境
受欲增無窮　是故我棄捨　事火修呪術
離解脫受生　受生爲苦本　故捨更求安
我本謂苦行　祠祀設大會　爲最第一勝
而更違正道　是故今棄捨　更求勝寂滅
離生老病死　無盡清涼處　以知此義故
放捨事火法　世尊聞迦葉　說自知見事
欲令諸世間　普生淨信心　而告迦葉言
汝大士善來　分別種種法　而從於勝道
今於大衆前　顯汝勝功德　如巨富長者
開現於寶藏　令貧苦衆生　增其猒離心
善哉奉尊教　即於大衆前　歛身入正受
飄然昇虛空　經行住坐卧　或舉身洞然
左右出水火　不燒亦不濕　從身出雲雨
雷電動天地　舉世悉瞻仰　縱目觀無猒
異口而同音　稱歎未曾有　然後攝神通
敬禮世尊足　佛爲我大師　我爲尊弟子
奉教聞斯行　所作已畢竟　舉世普見彼
迦葉爲弟子　決定知世尊　真實一切智
佛知諸會衆　堪爲受法器　而告缾沙王
汝今善諦聽　心意及諸根　斯皆生滅法
了知生滅過　是則平等觀　如是平等觀
是則爲知身　知身生滅法　無取亦無受
知身諸根覺　無我無我所　純一苦積聚
苦生而苦滅　已知諸身相　無我無我所
是則之第一　無盡清淨處　我見等煩惱
繫縛諸世間　既見無我所　諸縛悉解脫

不實見所縛　見實則解脫　世間攝受我
則爲邪攝受　若彼有我者　或常或無常
生死二邊見　其過最尤甚　若使無常者
修行則無果　亦不受後有　無功而解脫
若使有常者　無死生中間　則應同虛空
無生亦無滅　若使有我者　則應一切同
一切皆有我　無業果自成　若有我作者
不應苦修行　彼有自在主　何須造作爲
若我則有常　理不容變異　見有苦樂相
云何言有常　知生則解脫　遠離諸塵垢
一切悉有常　何用解脫爲　無我不惟言
理實無實性　不見我作事　云何說我作
我既無所作　亦無作我者　無此二事故
眞實無有我　無作者知者　無主而常還
生死日夜流　汝今聽我說　六根六境界
因緣六識生　三事會生觸　心念業隨轉
陽珠遇乾草　緣日火隨生　諸根境界識
士夫生亦然　芽因種子生　種非即是芽
不即亦不異　衆生生亦然　世尊說眞實
平等第一義　王眷屬人民　缾沙王歡喜
離垢法眼生　百千諸鬼神　聞說甘露法
亦隨離諸塵

大弟子出家品第十七

爾時缾沙王　稽首請世尊　還住於竹林
哀受故默然　王已見眞諦　奉拜而還宮
世尊與大衆　徙居安竹園　爲度衆生故
建立慧燈明　以梵住天住　賢聖住而住
時阿濕波誓　調心御諸根　時至行乞食
入於王舍城　容貌世挺特　威儀諦安詳
城中諸士女　見者莫不歡　行者爲住步

前迎後風馳 迦毗羅仙人 廣度諸弟子
第一勝多聞 其名舍利弗 見比丘庠序
閑雅淨諸根 踟蹰而待至 舉手請問言
年少淨容儀 我所未曾見 得何勝妙法
爲宗事何師 師教何所説 願告決所疑
比丘欣彼問 和顏遜辭答 一切智具足
甘蔗勝族生 天人中最勝 是則我大師
我年既幼稚 學日又初淺 豈能宣大師
甚深微妙義 今當以淺智 略説師教法
一切有法生 皆從因緣起 生滅法悉滅
説道爲方便 二生優波提 隨聽心内融
遠離諸塵垢 清淨法眼生 先所修決定
知因及無因 一切無所作 皆由自在天
今聞因緣法 無我智開明 增微諸煩惱
無能究竟除 惟有如來教 永盡而無遺
非攝受我所 而能離吾我 明因日燈與
孰能令無光 如斷蓮華莖 微絲猶連綿
佛教除煩惱 猶斷石無餘 敬禮比丘足
退辭而還家 比丘乞食已 亦還歸竹園
舍利弗還家 貌色甚和雅 善友尊目連
同體聞才均 遥見舍利弗 顏儀甚熈怡
告言今見汝 而有異常容 素性至沉隱
歡相現於今 必得甘露法 此相非無因
答言如來告 實獲未曾法 即請而爲説
聞則心開解 諸塵垢亦除 隨生正法眼
久植妙因果 如觀掌中燈 得佛不動信
俱行詣佛所 與徒衆弟子 二百五十人
佛遥見二賢 而告諸衆言 彼來者二人
吾上首弟子 一智慧無雙 二神足第一
以深淨梵音 即命汝善來 此有清淨法

出家究竟道　手執三奇杖　縈髮持澡鉼
聞佛善來聲　即變成沙門　二師及弟子
悉成比丘儀　稽首世尊足　却坐於一面
隨順爲說法　皆得羅漢道　爾時有二士
迦葉施明燈　多聞身相具　財盈妻極賢
猒捨而出家　志求解脫道　路由多子塔
忽遇釋迦文　光儀顯明耀　猶若祠天幢
肅然舉身敬　稽首頂禮足　尊爲我大師
我是尊弟子　久遠積癡冥　願爲作燈明
佛知彼二士　心樂崇解脫　清淨和軟音
命之以善來　聞命心融泰　形神疲勞息
心棲勝解脫　寂靜離諸塵　大悲隨所應
略爲其解說　頓解諸深法　成四無礙辯
大德普流聞　故名大迦葉　本見身我異
或見我即身　有我及我所　斯見已永除
惟見衆苦聚　離苦則無餘　持戒修苦行
非因而見因　平等見苦性　永無他取心
若有若見無　二見生猶豫　平等見真諦
決定無復疑　深著於財色　迷醉貪欲生
無常不淨想　貪愛永已乖　慈心平等念
怨親無異想　哀愍於一切　則銷瞋恚毒
依色諸有對　種種雜想生　思惟壞色想
能斷於色愛　雖生無色天　命亦要之盡
愚於四正受　而生解脫想　寂滅離諸想
無色貪永除　動亂心變逆　猶狂風鼓浪
深入堅固定　寂止掉亂心　觀法無我所
生滅不堅固　不見軟中上　我慢心自忘
熾然智慧燈　離諸癡冥闇　見盡無盡法
無明悉無餘　思惟十功德　十種煩惱滅
蘇息作已作　深感仰尊顔　離三而得三

三弟子除三　猶三星列布　於三十三天
列侍於三五　三侍佛亦然

化給孤獨品第十八

時有大長者　名曰給孤獨　巨富財無量
廣施濟貧乏　遠從於北方　憍薩羅國來
止一知識舍　主人名首羅　聞佛興於世
近住於竹林　承名重其德　即夜詣彼林
如來已知彼　根熟淨信生　隨宜稱其實
而爲說法言　汝已樂正法　淨信心虛渴
能滅於睡眠　而來敬禮我　今日當爲汝
具設初賓儀　汝宿植德本　堅固淨希望
聞佛名歡喜　堪爲正法器　虛懷廣行惠
周給於貧窮　名德普流聞　果成由宿因
今當行法施　至心精誠施　時施寂靜施
兼受持淨戒　戒爲莊嚴具　能轉於惡趣
令人上昇天　報以天五樂　諸求爲大苦
愛欲集諸過　當修遠離德　離欲寂靜樂
知老病死苦　世間之大患　正觀察世間
離生老病死　既見於人間　有老病死苦
生天亦復然　無有常存者　無常則是苦
苦則無有我　無常苦非我　何有我我所
知苦即是苦　集者則爲集　苦滅即寂靜
道即安隱處　羣生流動性　當知是苦本
猒末塞其源　不願有非有　生老死盛火
世間普熾然　見生死動搖　當習於無想
三摩提究竟　甘露寂靜處　空無我我所
世間悉如幻　當觀於此身　諸大衆行聚
長者聞說法　即得於初果　生死海銷滅
惟有一滴餘　空閑修離欲　第一有無身
不如今俗人　見諦真解脫　不離諸行苦

種種異見網　雖至第一有　不見真實義
邪想著天福　有愛縛轉深　長者聞説法
陰蓋煥然開　遂得於正見　諸邪見永除
猶如秋厲風　飄散於重雲　不計自在因
亦非邪因生　亦復非無因　而生於世間
若自在天生　無長幼先後　亦無五道輪
生者不應滅　亦不應災患　爲惡亦非過
淨與不淨業　斯由自在天　若自在天生
世間不應疑　如子從父生　孰不識其尊
人遭窮苦時　不應反怨天　悉應宗自在
不應奉餘神　自在是作者　不應名自在
以其是作故　彼則應常作　常作則自勞
何名爲自在　若無心而作　如嬰兒所爲
常有心而作　有心非自在　苦樂由衆生
則非自在作　自在生苦樂　彼應有愛憎
已有愛憎故　不應稱自在　若復自在作
衆生應默然　任彼自在力　何用修善爲
正復修善惡　不應有業報　自在若業生
一切則共業　若是共業者　皆應稱自在
自在若無因　一切亦應無　若因餘自在
自在應無窮　是故諸衆生　悉無有作者
當知自在義　於此論則壞　一切義相違
無説則有過　若復自性生　其過亦如彼
諸明因論者　未曾如是説　無所依無因
而能有所作　彼彼皆由因　猶如依種子
是故知一切　則非自性生　一切諸所作
非惟一因生　而説一自性　是故則非因
若言彼自性　周滿一切處　若周滿一切
亦無能所作　既無能所作　是則非爲因
若徧一切處　一切有作者　是則一切時

常應有所作　若言常作者　無待時生物
是故應當知　非自性爲因　又說彼自性
離一切求那　一切所作事　亦應離求那
一切諸世間　悉見有求那　是故知自性
亦復非爲因　若說彼自性　異於求那者
以常爲因故　其性不應異　衆生求那異
故自性非因　自性若常者　事亦不應壞
以自性爲因　因果理應同　世間見壞故
當知彼有因　若彼自性因　不應求解脫
以有自性故　應任彼生滅　假令得解脫
自性還生縛　若自性不見　爲見法因者
此亦非爲因　因果理殊故　世間諸見事
因果悉俱見　若自性無心　不應有心因
如見烟知火　因果類相求　非彼因不見
而生於見事　猶金造器服　始終不離金

自性是事因　始終豈得殊　若使時作者
不應求解脫　以彼時常故　應任彼時節
世間無有邊　時節亦復然　是故修行者
不應方便求　陀羅驃求那　世間一異論
雖有種種說　當知非一因　若說我作者
應隨欲而生　而今不隨欲　云何說我作
不欲而更得　欲者反更違　苦樂不自在
云何言我作　若使我作者　應無惡趣業
種種業果生　故知非我作　言我隨時作
時應惟作善　善惡隨緣生　故知非我作
若使無因作　不應修方便　一切自然定
修因何所爲　世間種種業　而獲種種果
是故知一切　非爲無因作　有心及無心
悉從因緣起　世間一切法　非無因生者
長者心開解　通達勝妙義　一相實智生

決定了真諦　敬禮世尊足　合掌而啓請
居在舍婆提　土地豐安樂　波斯匿大王
師子元族胄　福德名稱流　遠近所宗敬
欲造立精舍　惟願哀愍受　知佛心平等
所居不求安　愍彼衆生故　不違我所請
佛知長者心　大施發于今　無染無所著
善護衆生心　汝已見真諦　素心好行施
錢財非常寶　宜應速爲施　如庫藏被燒
已出者爲珍　明人知無常　出財廣行惠
慳貪者守惜　恐盡不受用　亦不畏無常
徒失增憂悔　應時應器施　如健夫臨敵
能施而能戰　是則勇慧士　施者衆所愛
善稱廣流聞　良善樂爲友　命終心常歡
無悔亦無怖　不生餓鬼趣　此則爲華報
其果難思議　輪迴六趣中　良伴無過施
若生天人中　爲衆所奉事　生於畜生道
施報隨受樂　智慧修寂定　無依無有數
雖獲甘露道　猶資施以成　緣彼惠施故
修八大人念　隨念歡喜心　決定三摩提
三昧增智慧　能正觀生滅　正觀生滅已
次第得解脫　捨財惠施者　蠲除於貪著
慈悲恭敬與　兼除嫉恚慢　明見惠施果
無施癡見除　諸結煩惱滅　斯由於惠施
當知惠施者　則爲解脫因　猶如人種栽
爲蔭華果故　布施亦如是　報樂大涅槃
不堅固財施　獲報堅固果　施食惟得力
施衣得好色　若建立精舍　衆果具足成
或施求五欲　或貪求大財　或爲名聞施
有求生天樂　或爲免貧苦　惟汝無想施
施中之最上　無利而不獲　汝心有所弘

宜令速成就　癡愛心來遊　清淨眼開還
長者受佛教　意心轉增明　請優波提舍
賢友而同歸　還彼憍薩羅　周行擇良墟
見太子祇園　林流極清閑　往詣太子所
請求買其田　太子甚寶惜　元無出賣心
設布黃金滿　猶尚地不遷　長者心歡喜
即徧布黃金　祇言我不與　汝云何布金
長者言不與　何言滿黃金　二人共諍訟
延及斷事官　衆皆歎奇特　祇亦知其誠
廣問其因緣　辯言立精舍　供養於如來
并及比丘僧　太子聞佛名　其心即開悟
惟取其半金　求和同建立　汝地我樹林
共以供養佛　長者地祇林　以付舍利弗
經始立精舍　晝夜勤速成　高顯勝莊嚴
猶四天王宮　隨法順道宜　稱如來所應
世間未曾有　增輝舍衛城　如來現神蔭
衆聖集安居　無侍者哀降　有侍資道宜
長者乘斯福　壽盡上昇天　子孫繼基業
歷世種福田

父子相見品第十九

佛於摩竭國　化種種異道　悉從一味法
如日映衆星　出彼五山城　與千弟子俱
前後眷屬從　往詣尼金山　近迦維羅衛
而生報恩心　當修法供養　以奉於父王
王師及大臣　先遣伺候人　當尋從左右
瞻察其進止　知佛欲還國　驅馳而先白
太子遠遊學　願滿今來還　王聞大歡喜
嚴駕即出迎　舉國諸士庶　悉皆從王行
漸近遥見佛　光相倍昔容　處於大衆中
猶如梵天王　下車而徐進　恐爲法留難

瞻顔内欣踴　口莫知所言　顧貪居俗累
子超然登仙　雖子居道尊　未知稱何名
自惟久思渴　今日無由宣　子今黙然坐
安隱不改容　久別無感情　令我心獨悲
如人久虚渴　路逢清冷泉　奔馳而欲飲
臨泉忽枯竭　今我見其子　猶是本先顔
心疎氣高絶　都無蔭流心　抑情虚妄斷
如渴對枯泉　未見繁想馳　對目則無歡
如人念離親　忽見畫形像　應王四天下
猶若曼陀王　汝今行乞食　斯道何足榮
安靜如須彌　光相如日明　詳行牛王步
無畏師子吼　不受四天封　乞食而養身
佛知父王心　猶存於子想　爲開其心故
并哀一切衆　神足昇虚空　兩手捧日月
遊行於空中　作種種變異　或分身無量
還復合爲一　或履水如地　或入地如水
石壁不礙身　左右出水火　父王大歡喜
父子情悉除　空中蓮華坐　而爲王説法
知王心慈念　爲子增憂悲　纏綿愛念子
宜應速除滅　息愛靜其心　受我子養法
人子所未奉　今以奉父王　父未從子得
今從子得之　人王之奇特　天王亦希有
勝妙甘露道　今以奉大王　自業業受生
業依業果報　當知業因果　勤習度世業
諦觀於世間　惟業爲良朋　親戚及與身
深愛相戀慕　命絶神獨往　惟業良友隨
輪迴於五趣　三業三種生　愛欲爲其因
種種類差別　今當竭其力　淨修身口業
晝夜勤修習　息亂心寂然　惟此爲己利
離此悉非我　當知三界有　猶如海濤波

難樂難習近　當修第四業　生死五道輪
猶衆星旋轉　諸天亦遷變　人中豈得常
涅槃爲最安　禪寂樂中勝　人王五欲樂
危險多恐怖　猶毒蛇同居　何有須臾歡
明人見世間　如盛火圍繞　恐畏無暫安
永離生老死　無盡寂靜處　慧者之所居
不須利器仗　象馬以車兵　調伏貪恚癡
天下敵無餘　知苦斷苦因　證滅修方便
正覺四真諦　惡趣恐怖除　先現妙神通
令王心歡喜　信樂情已深　堪爲正法器
合掌而讚歎　奇哉誓果成　奇哉大苦離
奇哉饒益我　先雖增憂悲　緣悲故獲利
奇哉我今日　生子果報成　宜捨勝妙樂
宜精勤習苦　宜離親族榮　宜割恩愛情
古昔諸仙王　唐苦而無功　清淨安隱處
汝今悉已獲　自安而安彼　大悲濟衆生
若本住世間　爲轉輪王者　無自在神通
令我心開解　亦無此妙法　使我今日歡
設爲轉輪王　生死緒不絕　今已免生死
輪迴大苦滅　能爲衆生類　廣說甘露法
如此妙神通　智慧甚深廣　永滅生死苦
爲天人之上　雖居聖王位　終不獲斯利
如是讚歎已　法愛增恭敬　居王父尊位
謙卑稽首禮　國中諸人民　觀佛神通力
聞說深妙法　兼見王敬重　合掌頭面禮
悉生奇特想　猒患居俗累　咸生出家心
釋種諸王子　心悟道果成　悉猒世榮樂
捨親愛出家　阿難陀難陀　金毗阿那律
難陀跋難陀　及軍荼陀那　如是等上首
及餘釋種子　悉從於佛教　受法爲弟子

臣國大臣子　優陀夷爲首　與諸王子俱
隨次而出家　又阿低黎子　名曰優波離
見彼諸王子　大臣子出家　心感情開解
亦受出家法　父王見其子　神力諸功德
自亦入清流　甘露正法門　捨王位國土
禪定甘露飯　閑居修靜默　處宫習王仙
如來悉隨攝　本族知識已　道申顔和悦
親戚歡喜隨　時至應乞食　入迦維羅國
城中諸士女　驚起舉聲唱　悉達阿羅陀
學道成而歸　內外轉相告　巨細馳出看
門戸窻牖中　比肩而側目　見佛身相好
光明甚暉曜　外著袈裟衣　身光內徹照
猶如日圓輪　內外相映發　觀者心悲喜
合掌涕淚流　見佛庠序步　歛形攝諸根
妙身顯法義　驚惜增悲歎　剃髮毀形好

身被染色衣　堂堂儀雅容　束身視地行
應戴羽葆蓋　手攬飛龍轡　如何冒遊塵
執鉢而行乞　藝足伏怨敵　貌足婇女歡
華服冠天冠　黎民咸首陽　如何屈茂容
拘心制其形　捨妙欲光服　素身著染衣
見何相何求　舉世五欲怨　捨賢妻愛子
樂獨而孤遊　難哉彼賢妃　長夜抱憂思
而今聞出家　性命猶能全　不審淨飯王
竟見此子不　見其妙相身　毀形而出家
怨家猶痛惜　父見豈能安　愛子羅睺羅
泣涕常悲戀　見無撫慰心　用學此道爲
諸明相法者　咸言太子生　具足大人相
應享食四海　觀令之所爲　斯則皆虛談
如是比衆多　紛紜而亂説　如來心無著
無欣亦無慼　慈悲愍衆生　欲令脫貧苦

增長彼善根　并爲當來世　顯其少欲跡
兼除俗塵霧　入貧里乞食　精麤任所得
巨細不擇門　滿鉢歸山林

受祇洹精舍品第二十

世尊已開化　迦維羅衛人　隨緣度已畢
與大衆俱行　往憍薩羅國　詣波斯匿王
祇洹已莊嚴　堂舍悉周備　流泉相灌注
華果悉敷榮　水陸衆奇鳥　隨類羣和鳴
衆美世無比　若稽羅山宮　給孤獨長者
眷屬尋路迎　散華燒名香　奉請入祇洹
手執金龍鉼　躬跪注長水　以祇洹精舍
奉施十方僧　世尊咒願受　鎮國令久安
給孤獨長者　福慶流無窮　時波斯匿王
聞世尊已至　嚴駕出祇洹　敬禮世尊足
却坐於一面　合掌白佛言　不啚卑小國
忽成大吉祥　惡逆多災害　豈能感大人
今得覩聖顔　沐浴飲清化　鄙雖處凡品
蒙聖入勝流　如風拂香林　氣合成重飈
衆鳥集須彌　異色齊金光　得與明人會
蒙蔭而同榮　野夫供仙人　生爲三足星
世利皆有盡　聖利永無窮　人王多愆咎
遇聖利常安　佛知王心至　樂法如帝釋
唯有二種著　不能忘財色　知時知心行
而爲王説法　惡業卑下士　見善猶知敬
況復自在王　積德乘宿因　遇佛加恭敬
此乃非爲難　國素靜民安　非見佛所增
今當略説法　大王且諦聽　受持我所説
見我功德成　命終形神乖　親戚悉别離
惟有善惡業　始終而影隨　當崇法王業
子養於萬民　現世名稱流　命終上昇天

縱清不順法　令苦後無歡　古昔羸馬王
順法受天福　金步王行惡　壽終生惡道
我今爲大王　略說善惡法　大要當慈心
觀民猶一子　不迫亦不害　善攝持諸根
捨邪就正路　不自舉下人　結友於苦行
勿習邪見朋　勿恃王威勢　勿聽邪佞言
勿惱諸苦行　莫踰王正典　念佛惟正法
調伏非法者　現爲人中上　德惟隆道中
深思無常想　身命念念遷　棲心高勝境
志求清淨信　保茲自在樂　來世增其歡
傳名於曠劫　必報如來恩　如人愛甜果
必種其良栽　有從明入闇　有從闇入明
有闇闇相續　有明明相因　智者捨三品
當學始終明　言惡羣響應　善唱隨者難
無有不作果　作者不敗亡　創業不勤習

至竟莫能爲　素不修善因　後致樂無期
既往無息期　是故當修善　自省不爲惡
自作自受故　猶四石山合　衆生無逃處
生老病死山　羣生脫無由　惟有行正法
出斯苦重山　世間悉無常　五欲境如電
老死錐鋒端　何應習非法　古昔諸勝王
猶若自在天　勇健志勝虛　暫顯已磨滅
劫火鎔須彌　海水悉枯竭　況身如泡沫
而望久在世　猛風止旋嵐　日光翳須彌
盛火水所銷　有物悉歸滅　此身無常器
長夜苦守護　廣資以財色　放逸而憍慢
死時忽然至　挺直如枯木　明人見斯變
勤修豈睡眠　生死獨摇機　不止會墮落
不習不續樂　苦報者不爲　不近不勝友
不學不斷習　學不受有智　受必令無身

有身不染境　染境爲大過　雖生無色天
不免時遷變　當學不變身　不變則無過
以有此身故　爲衆苦之本　是故諸智者
息本於無身　一切衆生類　斯由欲生苦
是故於欲有　當生猒離心　猒離於欲有
則不受衆苦　雖生色無色　變易爲大患
以不寂靜故　況不離於欲　如是觀三界
無常無有生　衆苦常熾然　智者豈願樂
如樹盛火然　衆鳥豈羣集　覺者爲明士
離此則無明　此則開覺士　離此則非覺
此則應所作　離此則不應　此則爲近宗
離此與理乖　言此殊勝法　非在家所應
此則爲非說　法惟在人弘　患熱入冷水
一切得清涼　冥室燈火明　悉覩於五色
修道亦如是　道俗無異方　或山居墮罪
或在家昇仙　癡冥爲巨海　邪見爲濤波
羣生隨愛流　漂轉莫能渡　智慧爲輕舟
堅持三昧正　方便鼓念檝　能濟無知海
時王專心聽　一切智所說　猒薄於俗榮
知王者無歡　如逸醉狂象　醉醒純熟還
時有諸外道　見王信敬佛　咸求於大王
與佛決神通　時王白世尊　願從彼所求
佛即默然許　種種諸異見　五通神仙士
悉來詣佛所　佛即現神力　正基坐空中
普放大光明　如日暉朝陽　外道悉降伏
國民普歸宗　爲母說法故　即昇忉利天
三月處天宮　普化諸天人　度母報恩畢
安居時過還　諸天衆羽從　乘於七寶階
下至閻浮提　諸佛常下處　無量諸天人
乘宮殿隨送　閻浮提居民　合掌而仰瞻

守財醉象調伏品第二十一

天上教化毋　及餘諸天衆　還遊於人中
隨緣而行化　樹提迦耆婆　首羅輸盧那
長者子央伽　及無畏王子　尼瞿屢陀等
尸利掘多迦　尼揵優波離　悉令得解脫
乾陀羅國王　其名弗迦羅　聞說深妙法
捨國而出家　醯茂鉢低鬼　及婆多耆利
於毗富羅山　調伏而受化　波羅延梵志
波沙那山中　半偈微細義　調伏令信樂
他那摩帝村　有鳩吒檀䭾　是二生之首
廣殺生祠祀　如來方便化　令其入正道
於毗提訶山　大威德天神　名般遮尸呿
受法入決定　毗紐瑟吒村　化彼難陀毋
央伽富黎城　降伏大力神　富那跋陀羅
輸屢那檀陀　兇惡大力龍　國王及後宫
皆悉受正法　以開甘露門　於彼恍栭村
稽那及尸盧　志求生天樂　化令入正道
央瞿利摩羅　於彼修倂村　爲現神通力
化令即調伏　有大長者子　浮黎耆婆男
大富多財錢　如富那跋陀　即於如來前
受化廣行施　於彼跋提村　化彼跋提黎
及與跋陀羅　兄弟二鬼神　毗提訶富黎
有二婆羅門　一名爲大壽　二名曰梵壽
論義以降伏　令入於正法　至毗舍離城
化諸羅刹鬼　并離車師子　及諸離車衆
薩遮尼乾子　悉令入正法　阿摩勒迦波
有鬼跋陀羅　及跋陀羅迦　跋陀羅劫摩
又至阿臘山　度鬼阿臘婆　二名鳩摩羅
三訶悉多迦　還至迦闍山　度鬼洹迦那
及針毛夜叉　及其姊妹子　又至波羅奈

化彼迦旃延　然後乘神通　至輸盧波羅
化彼諸商人　多波揵尼劒　受其旃檀堂
妙香流於今　至摩醯波低　度迦毗羅仙
牟尼住於彼　足蹈於石上　千輻雙輪現
終則不磨滅　至婆羅那處　化婆羅那鬼
至摩偷羅國　度鬼竭曇摩　偷羅俱瑟吒
度賴吒波羅　至鞞蘭若村　度諸婆羅門
迦利摩沙村　度薩毗薩深　亦復化於彼
阿耆尼毘舍　復還舍衛國　度彼瞿曇摩
闍帝輸盧那　道迦阿低黎　還憍薩羅國
度外道之師　弗迦羅婆黎　及諸梵志衆
至施多毗迦　寂靜空閑處　度諸外道仙
令入佛仙路　至阿輸闍國　度諸鬼龍衆
至金毗羅國　度二惡龍王　一名金毗羅
二名迦羅迦　又至跋致國　化度夜叉鬼

其名曰毗沙　那鳩羅父母　并及大長者
令信樂正法　至拘睒彌國　化度瞿師羅
及二優婆夷　波闍欝多羅　伴等優婆夷
衆多次第度　至揵陀羅國　度阿婆羅龍
如是等次第　空行水陸性　皆悉往化度
如日照幽冥　爾時提婆達　見佛德殊勝
内心懷嫉妬　退失諸禪定　造諸惡方便
破壞正法僧　登耆闍崛山　崩石以打佛
石分爲二分　墮於佛左右　於王平直路
放狂醉惡象　震吼若雷霆　勇氣奮成雲
飃颶而奔走　逸越如暴風　鼻牙尾四足
觸則莫不摧　王舍城巷路　狼藉殺傷人
横屍而布路　髓腦血流離　一切諸士女
恐怖不出門　合城悉戰慄　但聞驚呌聲
有出城馳走　有窟穴自藏　如來衆五百

時至而入城　高閣窻牖人　啓佛令勿行
如來心安泰　怡然無懼容　惟念貪嫉苦
慈心欲令安　天龍衆營從　漸至狂象所
諸比丘逃避　惟與阿難俱　猶法種種相
一自性不移　醉象奮狂怒　見佛心即醒
投身禮佛足　猶如太山崩　蓮華掌摩頂
如月照烏雲　跪伏佛足下　而爲說法言
象莫害大龍　象與龍戰難　象欲害大龍
終不生善趣　貪恚癡迷醉　難降佛已降
是故汝今日　當捨貪恚癡　已没苦淤泥
不捨轉更增　彼象聞佛說　醉解心即悟
身心得安樂　如渴飲甘露　象已受佛化
國人悉歡喜　咸歎唱希有　設種種供養
下善轉成中　中善進增上　不信者生信
已信者深固　阿闍世大王　見佛降醉象
心生奇特想　歡喜倍增敬　如來善方便
現種種神力　調伏諸衆生　隨力入正法
舉國修善業　猶如劫初人　彼提婆達兜
爲惡自纏縛　先神力飛行　令墮無擇獄

菴摩羅女見佛品第二十二

世尊廣化畢　而生涅槃心　發於王舍城
詣巴連弗邑　到已住於彼　婆吒利支提
彼是摩竭提　邊邑附庸國　主國婆羅門
多聞明經典　瞻相土安危　國之仰觀師
摩竭王遣使　勑告彼仰觀　命起於牢城
以備於強隣　世尊記彼地　天神所保持
於中起城郭　永固無危亡　仰觀心歡喜
供養佛法僧　佛出彼城門　往詣恒河濵
仰觀深敬佛　名爲瞿曇門　恒河側人民
皆出迎世尊　與種種供養　各嚴船令渡

世尊以船多　偏受違衆心　即以神通力
隱身及大衆　忽從此岸沒　而出於彼岸
以乘智慧船　廣濟於衆生　緣斯德力故
濟河不憑舟　恒河側人民　同聲唱奇特
咸言名此津　名爲瞿曇津　城門瞿曇門
津名瞿曇津　斯名流於世　歷代共稱傳
如來復前行　至彼鳩黎村　說法多所化
復至那提村　人民多疫死　親戚悉來問
諸親疫死者　命終生何所　佛善知業報
悉隨問記說　前至鞞舍離　住於菴羅林
彼菴摩羅女　承佛詣其園　侍女衆隨從
庠序出奉迎　善執諸情根　身服輕素衣
捨離莊嚴服　息沐浴香華　猶世貞賢女
潔素以祠天　端正妙容姿　猶天玉女形
佛遥見女來　告諸比丘衆　此女極端正
能留行者情　汝等當正念　以慧鎮其心
寧在暴虎口　狂夫利劒下　不於女人所
而起愛欲情　女人顯姿態　若行住坐卧
乃至畫像形　悉表妖冶容　劫奪人善心
如何不自防　見啼笑喜怒　縱體而垂肩
或散髮髻傾　猶尚亂人心　況復飾容儀
以顯妙姿顔　莊嚴隱陋形　誘誑於愚夫
迷亂生惡想　不覺醜穢形　當觀無常苦
不淨無我所　諦見其真實　滅除貪欲想
正觀於自境　天女尚不樂　況復人間欲
而能留人心　當執精進弓　智慧鋒利箭
被正念重鎧　決戰於五欲　寧以熱鐵槍
貫徹於雙目　不以愛欲心　而觀於女色
愛欲迷其心　眩惑於女色　亂想而命終
必墮三惡道　畏彼惡道苦　不受女人欺

根不繫境界　境界不繫根　於中貪欲想
由根繫境界　猶如二耕牛　同一軛一鞅
牛不轉相縛　根境界亦然　是故當制心
勿令其放逸　佛爲諸比丘　種種說法已
彼菴摩羅女　漸至世尊前　見佛坐樹下
禪定靜思惟　念佛大悲心　哀受我樹林
端心斂儀容　正素妖治情　恭形心純備
稽首接足禮　世尊命令坐　隨心爲說法
汝心已純靜　表徹外德容　壯年豐財寶
備德兼姿顏　能信樂正法　是則世之難
丈夫宿智慧　樂法非爲奇　女人惟志弱
智淺愛欲深　而能樂正法　此亦爲甚難
人生於世間　惟應法自娛　財色非常保
惟正法爲珍　強梁病所壞　少壯老所遷
命爲死所困　行法無能侵　所愛莫不離
不愛而強隣　所求不隨意　惟法爲從心
他力爲大苦　自在力爲歡　女人悉由他
兼懷他子苦　是故當思惟　猒離於女身
彼菴摩羅女　聞法心歡喜　堅固智增明
能斷於愛欲　即自猒女身　不染於境界
雖恥於陋形　法力勸其心　稽首而白佛
已蒙尊攝受　哀受明供養　令滿其志願
佛知彼誠心　兼利諸羣生　默然受其請
令即隨歡喜　親聽轉增明　作禮而還家

佛所行讚經卷第四

音釋

驃（毗召切）颷（卑遥切旋風也）嵐（盧含切山氣也）檝（音接短棹也）栭（如之切木名也）颵颮（颵戶盲切颮于筆切颵颮暴風也）眩（熒絹切憒亂也）

佛所行讚經卷第五

馬鳴菩薩撰
北涼天竺三藏曇無讖譯

神力住壽品第二十三

爾時鞞舍離　諸離車長者　聞世尊入國
住菴摩羅園　有乘素車輿　素蓋素衣服
青赤黃緑色　其衆各異儀　羽從前後導
爭塗競路前　天冠衮華服　寶飾以莊嚴
威容盛明曜　增暉彼園林　除捨五威儀
下車而步進　息慢而形恭　頂禮於佛足
大衆圍繞佛　如日重輪光　離車名師子
爲諸離車長　德貌如師子　位居師子目
滅除師子慢　受誨釋師子　汝等大威德
名族美色容　能除世憍慢　受法以增明
財色香華飾　不如戒莊嚴　國土豐安樂
惟以汝等榮　榮身而安民　在於調御心
加以樂法情　令德轉崇高　非薄土羣類
而能集衆賢　當日新其德　撫養於萬民
導衆以明正　如牛王涉津　若人能自念
今世及後世　惟當修正戒　福利二世安
爲衆所敬重　名稱普流聞　仁者樂爲友
德流永無疆　山林寶玉石　皆依地而生
戒德亦如地　衆善之所由　無翅欲騰虛
度河無良舟　人而無戒德　濟苦爲實難
如樹美華果　針刺難可攀　多聞美色力
破戒者亦然　端坐勝堂閣　王心自莊嚴
淨戒功德見　隨大仙而化　染衣服毛羽
螺髻剃鬚髮　不修於戒德　方涉衆苦難
日夜三沐浴　奉火修苦行　遺身穢野獸
赴水火投巖　食果餌草根　吸風飲恒水

服氣以絕粮　遠離於正戒　習斯禽獸道
非爲正法器　毀戒招誹謗　仁者所不親
心常懷恐怖　惡名而影隨　現世無利益
後世豈獲安　是故智慧士　當修於淨戒
於生死曠野　戒爲善導師　持戒由自力
此則不爲難　淨戒爲梯隥　令人上昇天
建立淨戒者　斯由煩惱微　諸過壞其心
喪失善功德　先當離我所　我所覆諸善
猶灰覆火上　足蹈而覺燒　憍慢覆其心
如日隱重雲　慢怠滅慚愧　憂悲弱強志
老病壞壯容　我慢滅諸善　諸天阿脩羅
貪嫉興諍訟　喪失諸功德　悉由我慢壞
我於勝中勝　我德勝者同　我於勝小劣
斯則爲愚夫　色族悉非常　動搖不暫安
終爲磨滅法　何用憍慢爲　貪欲爲巨患
詐親而密怨　猛火從內發　貪火亦復然
貪欲之熾然　甚於世間火　火盛水能滅
貪愛難可銷　猛火焚曠野　草盡還復生
貪欲火焚心　正法生則難　貪欲求世樂
樂增不淨業　惡業墮惡道　怨無過貪欲
貪則生於愛　愛則習諸欲　習欲招衆苦
尤惡無過貪　貪則爲大病　智藥愚夫止
邪覺不正思　能令貪欲增　無常苦不淨
無我無我所　智慧真實觀　能滅彼邪貪
是故於境界　當修真實觀　真實觀已生
貪欲得解脫　見德生貪欲　見過起瞋恚
德過二俱亡　貪恚得除滅　瞋恚改素容
能壞端正色　瞋恚翳明月　害法義欲聞
斷絕親愛義　爲世所輕賤　是故當捨恚
勿隨於瞋心　能制狂恚心　是名善御者

世稱善調駟　是爲攝繩客　縱恚不息焚
憂悔火隨燒　若人起瞋恚　先自燒其心
然後加於風　或燒或不燒　生老病死苦
逼迫於衆生　復加於恚害　多怨復增怨
見世衆苦迫　應起慈悲心　衆生起煩惱
增微無量差　如來善方便　隨病而略説
譬如世良醫　隨病而投藥　爾時諸離車
聞佛所説法　即起禮佛足　歡喜而頂受
請佛及大衆　明日設薄供　佛告諸離車
菴摩羅已請　離車懷慼愧　彼何奪我利
知佛心平等　而復隨喜心　如來善隨宜
安慰令心悦　伏化純熟歸　如蛇被嚴呪
夜過明相生　佛與大衆俱　詣菴摩羅舍
受彼供養畢　往詣毗紐村　於彼夏安居
三月安居竟　復還鞞舍離　住獮猴池側
坐於林樹間　普放大光明　以感魔波旬
來詣於佛所　合掌勸請言　昔尼連禪側
已發真實要　我所作事畢　當入於涅槃
今所作已作　當遂於本心　時佛告波旬
滅度時不遠　却後三月滿　當入於涅槃
時魔知如來　滅度已有期　情願既已滿
歡喜還天宫　如來坐樹下　正受三摩提
放捨業報壽　神力住命存　以如來捨壽
大地皆震動　十方虚空境　周徧大火然
須彌頂崩頹　天雨飛礫石　狂風四激起
樹木悉摧折　天樂發哀聲　天人心忘歡
佛從三昧起　普告諸衆生　我今已捨壽
三昧力存身　身如朽敗車　無復往來因
已脱於三有　如鳥破卵生

離車辭別品第二十四

尊者阿難陀　見地普大動　心驚身毛竪
問佛何因緣　佛告阿難陀　我住三月壽
餘命行悉捨　是故地大動　阿難聞佛教
悲感淚交流　猶如大力象　搖彼栴檀樹
擾動理迫迮　香汁淚流下　親重大師尊
恩深未離欲　惟此四事故　悲苦不自勝
今我聞世尊　涅槃決定教　舉體悉萎銷
迷方失常顗　所聞法悉忘　荒悸忘天地
怪哉救世主　滅度一何駛　遭寒冰垂死
遇火忽復滅　於煩惱曠野　迷亂失其方
忽遇善導師　未度忽復失　如人涉長塗
熱竭久乏水　忽遇清涼池　奔趣悉枯竭
紺睫瞪睛目　明鑒於三世　智慧照幽冥
昏冥一何速　猶如旱地苗　雲興仰希雨
暴風雲速滅　望絕守空田　無智大闇冥
羣生悉迷方　如來然慧燈　忽滅何由出
佛聞阿難說　酸訴情悲切　輭語安慰言
爲說真實法　若人知自性　不應處憂悲
一切諸有爲　悉皆磨滅法　我已爲汝說
合會性別離　恩愛理不常　當捨悲戀心
有爲流動法　生滅不自存　欲令長存者
終無有是處　有爲若常存　無有遷變者
此則爲解脫　於何而更求　汝及餘衆生
今於我何求　汝等所應得　我已爲說竟
何用我此身　妙法身長存　我住我寂靜
所要唯在此　然我於衆生　未曾有師拳
當修猒離想　善住於自洲　當知自洲者
專精勤方便　獨靜修閑居　不從於他信
當知法洲者　決定明慧燈　能滅除癡闇
觀察四境界　逮得於勝法　離我離我所

骨竿皮肉塗　血澆以筋纏　諦觀悉不淨
云何樂此身　諸受從緣生　猶如水上泡
生滅無常苦　遠離於樂想　心識生住滅
新新不暫停　思惟於寂滅　常想永已乖
衆行因緣起　聚散不常俱　愚癡生我想
慧者無我所　於此四境界　思惟正觀察
此則一乘道　衆苦悉皆滅　若能住於此
真實正觀者　佛身之存亡　此法常無盡
佛說此妙法　安慰阿難時　諸離車聞之
惶怖咸來集　悉捨俗威儀　驅馳至佛所
禮畢一面坐　欲問不能宣　佛已知其心
逆爲方便說　我今觀察汝　心有異常想
放捨俗緣務　惟念法爲情　汝今欲從我
所聞所知者　於我存亡際　慎莫生憂悲
無常有爲性　躁動變易法　不堅非利益
無有久住相　古昔諸仙王　婆私吒仙等
曼陀轉輪王　其比亦衆多　如是諸先勝
力如自在天　悉已久磨滅　無一存于今
日月天帝釋　其數亦甚衆　悉皆歸磨滅
無有長存者　過去世諸佛　數如恒邊沙
智慧照世間　悉皆如燈滅　未來世諸佛
將滅亦復然　今我豈獨異　當入於涅槃
彼有應度者　今宜進前行　毗舍離快樂
汝等且自安　世間無依怙　三界不足歡
當止憂悲苦　而生離欲心　決斷長別已
而遊於北方　靡靡涉長路　如日傍西山
爾時諸離車　悲吟遂路隨　仰天而哀歎
嗚呼何怪哉　形如真金山　衆相具莊嚴
不久將崩壞　無常何無慈　生死久虛竭
如來智慧毋　而今頓放捨　無救苦奈何

衆生久闇冥　假明慧以行　如何智慧日
忽然而潜光　無知爲迅流　漂浪諸衆生
如何法橋梁　一旦忽然摧　慈悲大醫王
無上智良藥　療治衆生苦　如何忽遠逝
慈悲妙天幢　智慧以莊嚴　金剛心絞絡
世間觀無猒　祠祀嚴勝幢　云何一旦崩
衆生何薄福　輪迴生死流　解脫門忽閉
長苦無出期　如來善安慰　割情而長辭
制心忍悲戀　如萎迦尼華　徘徊而遅遅
悵快隨路行　如人喪其親　葬畢長訣還

般涅槃品第二十五

佛至涅槃處　鞞舍離空虚　猶如夜雲冥
星月失光明　國土先安樂　而今頓凋悴
猶如喪慈父　孤女常獨悲　如端正無聞
聰明而薄福　心辯而口吃　明慧而乏才
神通無威儀　慈悲心虚僞　高勝而無力
威儀而無法　鞞舍離亦然　素榮而今悴
猶如秋田苗　失水悉枯萎　或斷火滅烟
或對食忘餐　悉廢公私業　不修諸俗緣
念佛感恩深　默默各不言　時師子離車
強忍其憂悲　垂泣發哀聲　以表眷戀心
破壞諸邪徑　顯示於正法　已降諸外道
遂往不復還　世絕離世道　無常爲大病
世尊入大寂　無依無有救　方便最勝尊
潜光究竟處　我等失強志　如火絕其薪
世尊捨世蔭　羣生甚可悲　如人失神力
舉世共哀之　逃暑投涼池　遭寒以憑火
一旦悉廓然　羣生何所寄　通達殊勝法
爲世陶鑄師　世間失宰主　人喪道則亡
老病死自在　道喪非道通　能壞大苦機

世間何有雙　猛熱極燄盛　大雲雨令銷
貪欲火熾然　其誰能令滅　堅固能譬者
已捨世間住　復何智慧力　能爲不請友
如彼臨刑囚　爲死而醉酒　衆生迷惑識
惟爲死受生　利鋸以解材　無常解世間
癡闇爲深水　欲愛爲巨浪　煩惱爲浮沫
邪見摩竭魚　惟有智慧船　能度斯大海
衆病爲樹華　衰老爲纖條　死爲樹深根
有業爲其芽　智慧剛利刀　能斷三有樹
無明爲鑽燧　貪欲爲熾燄　五欲境界薪
滅之以智水　具足殊勝法　已壞於癡冥
見安隱正路　究竟諸煩惱　慈悲化衆生
怨親無異想　一切智通達　而今悉棄捨
輭美清淨音　方身纖長臂　大仙而有邊
何人得無窮　當覺時遷速　應勤求正法
如險道遇水　時飲速進路　非常甚暴逆
普壞無貴賤　正觀存于心　雖眠亦常覺
時離車師子　常念佛智慧　猒離於生死
歎慕人師子　不存世恩愛　深崇離欲德
折伏輕躁意　棲心寂靜處　勤修行惠施
遠離於憍慢　樂獨修閑居　思惟真實法
爾時一切智　圓身師子顧　瞻彼鞞舍離
而說長辭偈　是吾之最後　遊此鞞舍離
住力士生地　當入於涅槃　漸次第行遊
至彼蒲伽城　安住堅固林　教誡諸比丘
吾今已昇天　當入於涅槃　汝等當依法
是則尊勝處　不入修多羅　亦不順律儀
真實義相違　則不應攝受　非法亦非律
又非我所說　是則爲闇說　汝等應速捨
執受於明說　是則非顛倒　是則我所說

如法如律教　如我法律受　是則爲可信
言我法律非　是則不可信　不解細微義
謬隨於文字　是則爲愚夫　非法而妄說
不別其真僞　無見而闇受　猶鍮金共肆
誑惑於世間　愚夫習淺智　不解真實義
受於相似法　而作真法受　是故當審諦
觀察真法律　猶如鍊金師　燒打而取真
不知諸經論　是則非智慧　不應說所應
應作不應見　當作平等受　句義如說行
執劒無方便　則反傷其手　辭句不巧便
其義難了知　如夜行求室　宅曠莫知處
失義則忘法　忘法心馳亂　是故智慧士
不違真實義　說斯教誡已　至於波婆城
彼諸力士衆　設種種供養　時有長者子
其名曰純陀　請佛到其舍　供設最後飯

飯食說法畢　行詣鳩夷城　度於萊蕨河
及熈連二河　彼有堅固林　安隱閑靜處
入金河洗浴　身若真金山　告勑阿難陀
於彼雙樹間　掃灑令清淨　安置於繩牀
吾今中夜時　當入於涅槃　阿難聞佛教
氣塞而心悲　行泣而奉教　布置訖還白
如來就繩牀　北首右脅卧　枕手累雙足
猶如師子王　畢苦後邊身　一卧永不起
弟子衆圍繞　哀歎世眼滅　風止林流靜
鳥獸寂無聲　樹木汁泱流　華葉非時零
未離欲人天　皆悉大惶怖　如人遊曠澤
道險未至村　但恐行不至　心懼形怱怱
如來畢竟卧　而告阿難陀　往告諸力士
我涅槃時至　彼若不見我　永恨生大苦
阿難受佛教　悲泣而隨路　告彼諸力士

世尊已畢竟　諸力士聞之　極生大恐怖
士女奔馳出　號泣至佛所　弊衣而散髮
蒙塵身流汗　號慟詣彼林　猶如天福盡
垂淚禮佛足　憂悲身萎熟　如來安慰說
汝等勿憂悴　今應隨喜時　不宜生憂慼
長劫之所規　我今始獲得　已度根境界
無盡清淨處　離地水火風　寂靜不生滅
永除於憂患　云何爲我憂　我昔伽闍山
欲捨於此身　以本因緣故　存世至于今
守斯危脆身　如毒蛇同居　今入於大寂
衆苦緣已畢　不復更受身　未來苦長息
汝等不復應　爲我生恐怖　力士聞佛說
入於大寂靜　心亂而目冥　如覩大黑闇
合掌白佛言　佛離生死苦　永之寂滅樂
我等實欣慶　猶如被燒舍　親從盛火出
諸天猶歡喜　何況于世人　如來既滅後
羣生無所覩　永違於救護　是故生憂悲
譬如商人衆　遠涉於曠野　惟有一導師
忽然中道亡　大衆無所怙　云何不憂悲
現世自證知　覩一切知見　而不獲勝利
舉世所應笑　譬如經寶山　愚癡守貧苦
如是諸力士　向佛而悲訴　猶如人一子
悲訴於慈父　佛以善誘辭　顯示第一義
告諸力士衆　誠如汝所言　求道須精勤
非但見我得　如我所說行　得離衆苦網
行道存于心　不必由見我　猶如疾病人
依方服良藥　衆病自然除　不待見醫師
不如我說行　空見我無益　雖與我相遠
行法爲近我　同止不隨法　當知去我遠
攝心莫放逸　精勤修正業　人生於世間

長夜衆苦迫　擾動不自安　猶若風中燈
時諸力士衆　聞佛慈悲教　內感而抆淚
強自抑止歸

大般涅槃品第二十六

爾時有梵志　名須跋陀羅　賢德悉備足
淨戒護衆生　少稟於邪見　隨外道出家
欲來見世尊　告語阿難陀　我聞如來道
厥義深難測　世間無上覺　第一調御師
今欲般涅槃　難復可再遇　難見見者難
猶如鏡中月　我今欲奉見　無上善導師
為求絕衆苦　度生死彼岸　佛日欲潛光
願令我暫見　阿難情悲感　兼謂為譏論
或欣世尊滅　不宜令佛見　佛知彼希望
堪為正法器　而告阿難言　聽彼外道前
我為度人生　汝勿作留難　須跋陀羅聞
心生大歡喜　樂法情轉深　加敬至佛前
應時隨順言　輒語而問訊　和顏合掌請
今欲有所問　世有知法者　如我比甚多
惟聞佛所得　解脫異要道　願為我略說
沾潤虛渴懷　不為論議故　亦無勝負心
佛為彼梵志　略說八正道　聞即虛心受
猶迷得正路　覺知先所學　非為究竟道
即得未曾得　捨離於邪徑　兼背癡闇障
思惟先所習　瞋恚癡冥俱　長養不善業
愛恚癡等行　能起諸善業　多聞慧精進
亦由有愛生　恚癡若斷者　則離於諸業
諸業既已除　是名業解脫　諸業解脫者
不與義相應　世間說一切　悉皆有自性
有愛瞋恚癡　而有自性者　此則應常存
云何而解脫　正使恚癡滅　有愛還復生

如水自性冷　緣火故成熱　熱息歸於冷
以自性常故　常知有愛性　聞慧進不增
不增亦不減　云何是解脫　先謂彼生死
本從性中生　今觀於彼義　無得解脫者
性者則常住　云何有究竟　譬如然明燈
何能令無光　佛道真實義　緣愛生世間
愛滅則寂滅　因滅故果亡　本謂我異身
不見無作者　今聞佛正教　世間無有我
諸法因緣生　無有自在故　因緣生故苦
因緣滅亦然　觀世因緣生　則滅於斷見
緣離世間滅　則離於常見　悉捨本所見
深見佛正法　宿命種善因　聞法能即悟
已得善寂滅　清淨無盡處　心開信增廣
仰瞻如來卧　不忍觀如來　捨世般涅槃
及佛未究竟　我當先滅度　合掌辭聖顏
一面正基坐　捨壽入涅槃　如雨滅小火
佛告諸比丘　我最後弟子　而今已涅槃
汝等當供養　佛以初夜過　月明衆星朗
閑林靜無聲　而興大悲心　遺誡諸弟子
吾般涅槃後　汝等當恭敬　波羅提木叉
即是汝大師　巨夜之明燈　貧人之大寶
常所教誡者　汝等當隨順　如事我無異
當淨身口行　離諸治生業　田宅畜衆生
積財集五穀　一切當遠離　如避大火坑
墾土截草木　醫療治諸病　仰觀於曆數
推步吉凶象　占相於利害　此悉不應爲
節身隨時食　不受使行術　不和合湯藥
遠離諸諂曲　順法資生具　應當知量受
受則不積聚　是則略說戒　爲衆戒之本
亦爲解脫本　依此法能生　一切諸正受

一切真實智　緣斯得究竟　是故當執持
勿令其斷壞　淨戒不斷故　則有諸善法
無則無諸善　以戒建立故　已住清淨戒
善攝諸情根　猶如善牧牛　不令其縱暴
不攝諸根馬　縱逸於六境　現世致殃禍
將墜於惡道　譬如不調馬　令人墮坑陷
是故明智者　不應縱諸根　諸根甚凶惡
爲人之重怨　衆生愛諸根　還爲彼傷害
深怨盛毒蛇　暴虎及猛火　世間之甚惡
慧者所不畏　惟畏輕躁心　將人入惡道
以彼樂小甜　不觀深嶮故　狂象失利鉤
猨猴得樹林　輕躁心如是　慧者當執持
放心令自在　終不得寂滅　是故當制心
遠之安靜處　飯食知節量　當如服藥法
勿因於飯食　而生貪恚心　飲食止饑渴
如膏朽敗車　譬如蜂採華　不壞其色香
比丘行乞食　勿傷彼信心　若人開心施
當推彼所堪　不籌量牛力　重載令其傷
朝中晡三時　次第修正業　初後二夜分
亦莫著睡眠　中夜端心卧　係念在明相
勿終夜睡眠　令身命空過　時火常燒身
云何長睡眠　煩惱衆怨家　乘虛而隨害
心惛於睡眠　死至孰能覺　毒蛇藏於宅
善呪能令出　黑蚖居其心　明覺善呪除
無術而長眠　是則無慚人　慚愧爲嚴服
慚爲制象鉤　慚愧令心定　無慚喪善根
慚愧世稱賢　無慚禽獸倫　若人以利刀
節節解其身　不應懷恚恨　口不加惡言
惡念而惡言　自傷不害彼　節身修苦行
無過忍辱勝　惟有行忍辱　難伏堅固力

是故勿懷恨　惡言以加人　瞋恚壞正法
亦壞端正色　喪失美名稱　瞋火自燒心
瞋爲功德怨　愛德勿懷恨　在家與瞋恚
多惱故非怪　出家而懷瞋　是則與理乖
猶如冷水中　而有盛火然　憍慢心若生
當自手摩頭　剃髮服染衣　手持乞食器
邊生裁自活　何爲生憍慢　俗人依色族
憍慢亦爲過　何況出家人　志求解脫道
而生憍慢心　此則大不可　曲直性相違
不俱猶霜餤　出家修直道　諂曲非所應
諂僞幻虛詐　惟法不欺誑　多求則爲苦
少欲則安樂　爲安應少欲　況求真解脫
慳恪畏多求　恐損其財寶　好施者亦畏
愧則不供足　是故當少欲　施彼無畏心
由此少欲心　則得解脫道　若欲求解脫
亦應習知足　知足心常歡　歡喜即是法
資生俱鄙陋　知足故常安　不知足之人
雖得生天樂　以不知足故　苦火常燒心
富而不知足　是亦爲貧苦　雖貧而知足
是則第一富　其不知足者　五欲境彌廣
猶更求無猒　長夜馳騁苦　汲汲懷憂慮
反爲知足哀　不多受眷屬　其心常安隱
安隱寂靜故　人天悉奉事　是故當捨離
親踈二眷屬　如曠澤孤樹　衆鳥猨猴棲
多畜衆亦然　長夜受衆苦　多衆多纏累
如老象溺泥　若人勤精進　無利而不獲
是故當晝夜　精勤不懈怠　山谷微流水
常流故決石　鑽火不精勤　徒勞而不獲
是故常精進　如壯夫鑽火　善友雖爲良
不及於正念　正念存于心　衆惡悉不入

是故修行者　常當念其身　於身若失念
一切善則忘　譬如勇猛將　被甲禦強敵
正念爲重鎧　能制六境賊　正定檢覺心
觀世間生滅　是故修行者　當習三摩提
三昧已寂靜　能滅一切苦　智慧能照明
遠離於攝受　等觀内思惟　隨順趣正法
在家及出家　斯應由此路　生老死大海
智慧爲輕舟　無明大闇冥　智慧爲明燈
諸纏結垢病　智慧爲良藥　煩惱棘刺林
智慧爲利斧　癡愛駃水流　智慧爲橋梁
是故當勤習　聞思修生慧　成就三種慧
雖盲慧眼通　無慧心虛僞　是則非出家
是故當覺知　離諸虛僞法　遠得微妙樂
寂靜安隱處　遵崇不放逸　放逸爲善怨
若人不放逸　得生帝釋處　縱心放逸者
則墮阿修羅　安慰慈悲業　所應我已畢
汝等當精進　善自修其業　山林空閑處
增長寂靜心　當自勤勗勉　勿令後恨悔
猶如世良醫　應病說方藥　抱病而不服
是非良醫過　我已說真實　顯示平等路
聞而不奉用　此非說者咎　於四真諦義
有所不了者　汝今悉應問　勿復隱所懷
世尊哀愍教　衆會默然住　時阿那律陀
觀察諸大衆　默然無所疑　合掌而白佛
月温日光冷　風靜地性動　如是四種惑
世間悉已無　苦集滅道諦　真實未曾違
如世尊所說　衆會悉無疑　惟世尊涅槃
一切悉悲感　不於世尊說　起不究竟想
正使新出家　情未深解者　聞今慇懃教
疑惑悉已除　已度生死海　無欲無所求

今皆生悲戀　歎佛滅何速　佛以阿那律
種種憂悲說　復以慈愍心　安慰而告言
正使經劫住　終歸當別離　異體而和合
理自不常俱　自他利已畢　空住何所爲
天人應度者　悉已得解脫　汝等諸弟子
展轉維正法　知有必磨滅　勿復生憂悲
當自勤方便　到不別離家　我已然智燈
照除世間冥　知世不牢固　汝等當隨喜
如親遭重病　療治脫苦患　已捨於苦器
逆生死海流　永離衆苦患　是亦應隨喜
汝等善自護　勿生於放逸　有者悉歸滅
我今入涅槃　言語從是斷　此則最後教
入初禪三昧　次第九正受　逆次第正受
還入於初禪　復從初禪起　入於第四禪
出定心無寄　便入於涅槃　以佛涅槃故
大地普震動　空中普雨火　無薪而自燄
又復從地起　八方俱熾然　乃至諸天宮
熾然亦如是　雷電動天地　霹靂震山川
猶天阿脩羅　擊鼓戰鬬聲　狂風四激起
山崩雨灰塵　日月無光暉　清流悉沸涌
堅固林萎悴　華葉非時零　飛龍乘黑雲
垂五首淚流　四王及眷屬　含悲興供養
淨居天來下　虛空中列侍　觀察無常變
不憂亦不喜　歎世違天師　泯滅一何速
八部諸天神　徧滿虛空中　散華以供養
慼慼心不歡　惟有魔王喜　奏樂以自娛
閻浮提失榮　猶山頹嶺崩　大象素牙折
牛王雙角摧　虛空無日月　蓮華遭嚴霜
如來般涅槃　世間悴亦然

歎涅槃品第二十七

時有一天子　乘千白鵠宮　於上虚空中
觀佛般涅槃　普爲諸天衆　廣說無常偈
一切性無常　速生亦速滅　生則與苦俱
惟寂滅爲樂　行業薪積聚　智慧火熾然
名稱烟衝天　時雨雨令滅　猶如劫火起
水災之所滅　復有梵仙天　猶第一義仙
處天勝妙樂　而不染天報　歎如來寂滅
心定而口言　觀察三世法　始終無不壞
第一義通達　世間無比士　慧知見之上
救護世間者　悉爲無常壞　何人得長存
哀哉舉世間　羣生墮邪徑　時阿那律陀
於世不律陀　已滅不律陀　生死尼律陀
歎如來寂滅　羣生悉盲冥　諸行聚無常
猶如輕雲浮　速起而速滅　慧者不保持
無常金剛杵　壞牟尼仙山　鄙哉世輕躁
破壞不堅固　無常暴師子　害龍象大仙
如來金剛幢　猶爲無常壞　何況未離欲
而不生怖畏　六種子一芽　一水之所雨
四引之深根　二觚五種果　三際同一體
煩惱之大樹　牟尼大象拔　而不免無常
猶如飾棄鳥　樂水吞毒蛇　忽遇天大旱
失水而亡身　駿馬勇於戰　戰畢純熟還
猛火緣薪熾　薪盡則自滅　如來亦如是
事畢歸涅槃　猶如明月光　普爲世除冥
衆生悉蒙照　而復隱須彌　如來亦如是
慧光照幽冥　爲衆生除冥　而隱涅槃山
名稱勝光明　普照於世間　滅除一切冥
不停若迅流　善御七駿馬　軍衆羽從遊
光光日天子　猶入於崦嵫　日月五障翳
衆生失光明　奉天祠火畢　惟有燋黑烟

如來已潛暉　世失榮亦然　絕恩愛希望
普應衆生望　衆生望已滿　事畢絕希望
離煩惱身縛　而得真實道　離羣聚憒亂
入於寂靜處　神通騰虛遊　苦器故棄捨
癡冥之重闇　智慧光照除　煩惱之埃塵
智水洗令淨　不復數數還　永之寂靜處
滅一切生死　一切悉崇敬　令一切樂法
以慧充一切　悉安慰一切　一切德普流
名聞遍一切　重照迄于今　諸有競德者
於彼哀愍心　四利爲不欣　四衰不以慼
善攝於諸情　諸根悉明徹　澄心平等觀
六境不染著　所得未曾得　得人所不得
以諸出要水　虛渴令飽滿　施人所不施
亦不望其報　寂靜妙相身　悉知一切念
好惡不傾動　力勝一切怨　一切病良藥
而爲無常壞　一切衆生類　樂法各異端
普應其所求　悉滿其所願　聖慧大施主
一往不復還　猶若世猛火　薪盡不復然
八法所不染　降五難調羣　以三而見三
離三而成三　藏一而得一　超七而長眠
究竟寂滅道　賢聖之所宗　已斷煩惱障
宗奉者已度　饑虛渴乏者　飲之以甘露
被忍辱重鎧　降伏諸恚怒　勝法微妙義
以悅於衆心　修世界善者　植以聖種子
習正不正者　等攝而不捨　轉無上法輪
普世歡喜受　宿植樂法因　斯皆得解脫
遊行於人間　度諸未度者　未見真實者
悉令見真實　諸習外道者　授之以深法
說生死無常　無主無有樂　建大名稱幢
破壞衆魔軍　進却無欣慼　薄生歎寂滅

未度者令度　未脫者令脫　未寂者令寂
未覺者令覺　牟尼寂靜道　以攝於衆生
衆生違聖道　習諸不正業　猶若大劫盡
持法者長眠　密雲震霹靂　摧林雨甘露
少象摧棘林　識養能利人　雲離象老悴
斯皆無所堪　破見能成見　於度世而度
已壞諸邪論　而得自在道　令入於大寂
世間無救護　魔王大軍衆　奮武震天地
欲害牟尼尊　不能令傾動　如何忽一朝
非常魔所壞　天人普雲集　充滿虛空中
畏無窮生死　心生大憂怖　世間無遠近
天眼悉照見　業報諦明了　如觀鏡中像
天耳勝聰達　無遠而不聞　騰虛教諸天
遊步化人境　分身而合體　涉水而不輭
憶念過去生　彌劫而不忘　諸根遊境界
彼彼各異念　知他心通智　一切皆悉知
神通淨妙智　平等觀一切　悉盡一切漏
一切事已畢　智捨有餘界　息智而長眠
衆生剛強心　見則得柔輭　鈍根諸衆生
見則慧明利　無量惡業過　見各得通塗
一旦忽長眠　誰復顯斯德　世間無救護
望斷氣息絕　誰以清涼水　灑之令穌息
所作自事畢　大悲已長息　世間愚癡網
誰當爲裂壞　向生死迅流　誰當說令返
羣生癡惑心　誰說寂靜道　誰示安隱處
誰顯真實義　衆生受大苦　誰爲慈父救
猶多誦悉忘　馬易土失威　王者亡失國
世無佛亦然　多聞無辯辯　爲醫而無慧
人王失光相　佛滅俗失榮　良駟失善御
乘舟失船師　三軍失英將　商人失其導

疾病失良醫　聖王失七寶　衆星失明月
愛壽而失命　世間亦如是　佛滅失大師
如是阿羅漢　所作皆已畢　諸漏悉已盡
知恩報恩故　纏綿悲戀說　歎德陳世苦
諸未離欲者　悲泣不自勝　其諸漏盡者
惟歎生滅苦　時諸力士衆　聞佛已涅槃
亂聲慟悲泣　如羣鵠遇鷹　悉來詣雙樹
覩如來長眠　無復覺悟容　搥胷而呼天
猶師子搏犢　羣牛亂呼聲　中有一力士
心已樂正法　諦觀聖法王　已入於大寂
言衆生悉眠　佛開發令覺　今入於大寂
畢竟而長眠　爲衆建法幢　而今一旦崩
如來智慧日　大覺爲照明　精進爲炎熱
智慧曜千光　滅除一切闇　如何復長冥
一慧照三世　普爲衆生眼　而今忽然盲
舉世莫知路　生死大河流　貪恚癡巨浪
法橋一旦崩　衆生長没溺　彼諸力士衆
或悲泣號咷　或容感無聲　或投身躃地
或寂默禪思　或煩惋長吟　辦金銀寶輿
香華具莊嚴　安置如來身　寶帳覆其上
具幢旛華蓋　種種諸妓樂　諸力士男女
導從隨供養　諸天散香華　空中鼓天樂
人天一悲歎　聲合而同哀　入城見士女
長幼供養畢　出於龍象門　度熈連河表
到諸過去佛　滅度支提所　積牛頭栴檀
及諸名香木　置佛身於上　灌以衆香油
以火燒其下　三燒而不然　時彼大迦葉
先住王舍城　知佛欲涅槃　眷屬從彼來
淨心發妙願　願見世尊身　以彼誠願故
火滅而不然　迦葉眷屬至　悲歎俱瞻顔

敬禮於雙足　然後火乃然　內絶煩惱火
外火不能燒　雖燒外皮肉　金剛眞骨存
香油悉燒盡　盛骨以金缾　如法界不盡
骨不盡亦然　金剛智慧果　難動如須彌
大力金翅鳥　所不能傾移　而處於寶缾
應世而流遷　奇哉世間力　能轉寂滅法
德稱廣流布　周流於十方　隨世長寂滅
惟有餘骨存　大光曜天下　羣生悉蒙照
一旦而潛暉　遺骨於缾中　金剛利智慧
壞煩惱苦山　衆苦集其身　金剛志能安
受大苦衆生　悉令得除滅　如是金剛體
今爲火所焚　彼諸力士衆　勇健世無雙
摧伏怨家苦　能救苦歸依　親愛遭苦難
志強能無憂　今見如來滅　悉懷憂悲心
壯士氣強盛　憍慢虛天步　憂苦迫其身
入城猶曠澤　持舍利入城　巷路普供養
置於高樓閣　人天悉奉事

分舍利品第二十八

彼諸力士衆　奉事於舍利　以妙勝香華
興無上供養　時七國諸王　承佛已滅度
遣使詣力士　請求佛舍利　彼諸力士衆
敬重如來身　兼恃其勇健　而起憍慢心
寧捨自身命　不捨佛舍利　彼使悉空還
七王大忿恨　興軍如雲雨　來詣鳩夷城
人民出城者　皆悉驚怖還　告諸力士衆
諸國軍馬來　象馬車步衆　圍遶鳩夷城
城外諸園林　泉池華果樹　軍衆悉踐蹈
榮觀悉摧碎　力士登城觀　生業悉破壞
嚴備戰鬬具　以擬於外敵　弓弩礮石車
飛炬悉發來　七王圍遶城　軍衆各精鋭

羽儀盛明顯　猶如七曜光　鍾鼓若雷霆
勇氣盛雲霧　力士大奮怒　開門而命敵
長宿諸士女　心信佛法者　驚怖發誠願
伏彼而不害　隨親相勸諫　不欲令鬬戰
勇士被重甲　揮戈舞長劒　鍾鼓而亂鳴
執仗鋒未交　有一婆羅門　名曰獨樓那
多聞智略勝　謙虛衆所宗　慈心樂正法
告彼諸王言　觀彼城形勢　一人亦足當
況復齊心力　而不能伏彼　正使相摧滅
復有何德稱　利鋒刃既交　勢無有兩全
因此而害彼　二俱有所傷　戰鬬多機變
形勢難測量　或有強勝弱　或弱而勝強
健夫輕毒蛇　豈不傷其身　有人性柔弱
羣女子所獎　臨陣成戰士　如火得膏油
鬬莫輕弱敵　謂彼無所堪　身力不足恃

不如法力強　古昔有勝王　名迦蘭陀摩
端坐起慈心　能伏其怨敵　雖王四天下
名稱財利豐　終歸亦皆盡　如牛飲飽歸
應以法以義　應以和方便　戰勝增其怨
和勝後無患　今結歃血讎　此事甚不可
爲欲供養佛　應隨佛忍辱　如是婆羅門
決定吐誠實　方宜義和理　而作無畏說
爾時彼諸王　告婆羅門言　汝今善應時
黠慧義饒益　親密至誠言　順法依強理
且聽我所說　爲王者之法　或因五欲事
嫌恨競強力　或因其嬉戲　不急致鬬諍
吾等今爲法　戰諍有何怪　憍慢而違義
世人尚伏從　況佛離憍慢　化人令謙下
我等而不能　亡身而供養　昔諸大地主
弼瑟糅難陀　爲一端正女　戰諍相摧殘

況今爲供養 寂靜離欲師 愛身而惜命
不以力爭求 先王驕羅婆 與般那婆戰
展轉更相破 正爲貪利故 況爲無貪師
而復貪其生 羅摩仙人子 瞋恨千臂王
破國殺人民 正爲瞋恚故 況爲無恚師
而惜於身命 羅摩爲私陀 殺害諸鬼神
況天攝受師 不爲其没命 阿黎及娑俱
二鬼常結怨 正爲愚癡故 廣害於衆生
況爲智慧師 而復惜身命 如是比衆多
無義而自喪 況今天人師 普世所恭敬
計身而惜命 不勤求供養 汝若欲止諍
爲吾等入城 勸彼令開解 使我願得滿
以汝法言故 令我心小息 猶如盛恚蛇
呪力故暫止 爾時婆羅門 受彼諸王教
入城詣力士 問訊以告誠 外諸人中王
手執利器仗 身被於重甲 精鋭曜日光
奮師子勇氣 咸欲滅此城 然其爲法故
猶畏非法行 是故遣我來 旨欲有所白
我不爲土地 亦不求錢財 不以憍慢故
亦無懷恨心 恭敬大仙故 而來至於此
汝等知我心 何爲苦相違 尊奉彼我同
則爲法兄弟 世尊之遺靈 一心共供養
慳惜於錢財 此則大非道 法慳過最甚
普世之所薄 決定不通者 當修待賓法
無有剎利法 閉門而自防 彼等悉如是
告此吉凶法 我今私所懷 亦告其誠實
莫彼此相違 理應共和合 世尊在於世
常以忍辱力 不順於聖教 云何名供養
世人以五欲 財利田宅諍 若爲正法者
應隨順聖理 爲法而結怨 此則理相違

佛寂靜慈悲　常欲安一切　供養於大悲
而興於大害　應等分舍利　普令得供養
順法名稱流　義通理則宣　若彼非法行
當以法和之　是則爲樂法　令法得久住
佛說一切施　法施爲最勝　人斯行財施
行法施者難　力士聞此說　内愧互相視
報彼梵志言　深感汝來意　親善順法言
和理雅正說　梵志之所應　隨順自功德
善和彼此諍　示我以要道　如制迷途馬
還復於正路　今當用和理　從汝之所說
誠言而不顧　後必生悔恨　即開佛舍利
等分爲八分　自供養一分　七分付梵志
七王得舍利　歡喜而頂受　持歸還自國
起塔加供養　梵志求力士　得分舍利缾
又從彼七王　求分第八分　持歸起支提
號名金缾塔　俱夷那竭人　聚集餘灰炭
而起一支提　名曰灰炭塔　八王起八塔
金缾及灰炭　如是閻浮提　始起於十塔
舉國諸士女　悉持寶華蓋　隨塔而供養
莊嚴若金山　種種諸妓樂　晝夜長讚歎
時五百羅漢　永失大師蔭　惟然無所恃
還耆闍崛山　集彼帝釋巖　結集諸經藏
一切皆共推　長老阿難陀　如來前後說
巨細汝悉聞　鞞提醯牟尼　當爲大衆說
阿難大衆中　昇於師子座　如佛說所說
稱如是我聞　合座悉流涕　感此我聞聲
如法如其時　如處如其人　隨說而筆受
究竟成經藏　勤方便修學　悉已得涅槃
今得及當得　涅槃亦復然　無憂王出世
強者能令憂　劣者爲除憂　如無憂華樹

王於閻浮提　心常無以憂　深信於正法
故號無憂王　孔雀之苗裔　禀正性而生
普濟於天下　兼起諸塔廟　本字強無憂
今名法無憂　開彼七王塔　以取於舍利
分布一日起　八萬四千塔　惟有第八塔
在於羅摩村　神龍所守護　王取不能得
雖不得舍利　知佛有遺靈　神龍所供養
增其信敬心　雖王領國土　逮得初聖果
能令普天下　供養如來塔　去來今現在
悉皆得解脫　如來現在世　涅槃及舍利
恭敬供養者　其福等無異　明慧增上心
深察如來德　懷道與供養　其福亦復勝
佛得尊勝法　應受一切供　已到不死處
信者亦隨安　是故諸天人　悉應當供養
第一大慈悲　通達第一義　度一切衆生
孰聞而不感　生老病死苦　世間苦無過
死苦苦之大　諸天之所畏　永離二種苦
云何不供養　不受後有樂　世間樂無上
增生苦之大　世間苦無比　佛得離生苦
不受後有樂　爲世廣顯示　如何不供養
讚諸牟尼尊　始終之所行　不自顯知見
亦不求名稱　隨順佛經說　以濟諸世間

佛所行讚經卷第五

音釋

抆（亡粉切）　礉（匹兒切）　揉（女救切）　弼（皮筆切）

僧伽羅刹所集佛行經
苻秦沙門僧伽跋澄譯

清刻龍藏佛說法變相圖

僧伽羅刹所集佛行經序

僧伽羅刹者須賴國人也佛去世後七百年生此國出家學道遊教諸邦至揵陀越土甄陀罽貳王師馬高明絕世多所述作此土修行道地經其所集也又著此經憲章世尊自始成道迄于淪虛行無巨細必因事而演遊化夏坐莫不曲備雖普燿本行度世諸經載佛起居至謂爲密今覽斯經所悟復多矣傳其將終我若立根得力大士誠不虛者立斯樹下手援其葉而棄此身使那羅延力大象之勢無能移余如毛髮也正使就耶維者當不燋此葉言然之後便即立終罽貳王自臨而不能動遂以巨絙象挽未始能搖即就耶維燄葉不傷尋昇兜術與彌勒大士高談彼宮將補佛處賢劫第八以建元二十年罽賓

沙門僧伽跋澄齋此經本來詣長安武威太守趙文業請令出焉佛念爲譯慧嵩筆受正值慕容作難於近郊然譯出不襄余與法和對檢定之十一月三十日乃了也此年出中阿含六十卷增一阿含四十六卷伐鼓擊柝之中而出斯一百五卷窮通不改其恬詎非先師之故迹乎

僧伽羅刹所集佛行經卷第一

苻秦沙門僧伽跋澄譯

爾時菩薩始行時愍世間故發趣於道彼出家故行於忍不相應故心三昧斷無智故行金剛智慧除捨調戲行眞諦故除棄意垢爲直行故爲苦行慈孝父母故心堅牢故不捨誓願離欲故爲闓自饒已念報恩求解脫故著袈裟欲應息住林閒故不觀行者求知親故知已身縛口行無欺故一切苦本意無所念不捨有故

自覺而覺彼　一切同自相　如彼色聲聞
智者自息意　最勝愍萌類　皆至彼道場
起者盡滅度　是世最妙義

最初發意名菩薩者有如是衆行消滅無明諸覆蓋者一切無明皆使至有明無有能除無明者欲現有明智慧所修行除其所覺者如是菩薩觀察是時於衆生類而行大慈愍世間故發趣於道皆是愛著亦不自任力勢除其所覺者如是菩薩觀察是時於衆生類而起大慈衆生爲色所縛爲欲愛縛著無能有解色者除其智者如是菩薩觀察是時於衆生類而發大慈衆生爲除怨憎二念相繫縛無有能覺此除其智者如是菩薩觀察是時於衆生類而起大慈衆生爲苦重擔爲苦所害無有能度此苦擔者除其智者如是菩薩觀察是時於衆生類而發大慈衆生類常懷恐懼百苦并至無有能除其恐畏者除其智者如是菩薩觀察是時於衆生類而起大慈衆生之類遭遇飢饉渴愛無猒無有能脫此飢饉者除其智者如是菩薩觀察是時於

衆生類而起大慈衆生之類爲國病所逼一病動百病增無有能脱此病者除其智者如是菩薩觀察是時於衆生類而起大慈衆生之類生老病死常自追身而猒患之無有能脱此生老病死使至無爲者除其智者如是菩薩觀察是時於衆生類而起大慈衆生之類衆事總猥著有常想無有能除其總猥者除其智者如是菩薩觀察是時於衆生類而起大慈若衆生之類所爲事不辦志性荒亂無有能究竟其事者除其智者如是菩薩觀察是時於衆生類而起大慈衆生之類貪著少味經歷衆苦無有能脱此苦惱者除其智者如是菩薩觀察是時於衆生類而起大慈衆生之類常懷猶豫希望遠正就邪無有能斷其狐疑者除其智者如是菩薩觀察是時於衆生類而起大慈衆生之類有若干見趣無有能拔此見趣者除其智者如是菩薩觀察是時於衆生類而起大慈衆生之類塵垢所著不度彼岸無能得度彼岸者除其智者如是菩薩觀察是時於衆生類而起大慈衆生之類三種火盛而爲焚燒無有能脱此法者亦不能以法雨滅者除其智者如是菩薩觀察是時於衆生類而起大慈衆生之類輪轉生死無有休息亦無有能得度彼岸者除其智者如是菩薩觀察是時於衆生類而起大慈衆生之類行垢所染著增益生本無有能脱此生死者除其智者如是菩薩觀察是時於衆生類而起大慈衆生之類身處大嶮手攀脆繩無能脱此脆繩者除其智者如是菩薩觀察是時於衆生類而起大慈衆生之

類猶如桑蠶子爲行所驅逼亦無有能脫此駛流者除其智者如是菩薩觀察是時於衆生類而起大慈衆生之類發起大生死常懷希望亦無能使還止者除其智者如是菩薩觀察是時於衆生類而起大慈衆生之類發趣惡道常懷欲行想無有能安處正道者除其智者如是菩薩觀察是時於衆生類而起大慈衆生之類長夜自處幽冥無智之所無由能脫此邪道使處正智者除其智者如是菩薩觀察是時於衆生類而發大慈衆生之類不照見究竟見賢聖諦無有能使見賢聖諦者除其智者如是菩薩觀察是時於衆生類而起大慈衆生之類長夜處流滯無有能脫此流滯者除其智者如是菩薩觀察是時於衆生類而起大慈衆生之類無有閑靜與種種趣相應無有能至此閑靜處者除其智者如是菩薩觀察是時於衆生類而起大慈衆生之類貪著結使長夜染著無有能滅此結使者除其智者如是菩薩觀察是時於衆生類而起大慈衆生之類遭遇苦難志性荒亂無有能使至解脫處者除其智者如是菩薩觀察是時於衆生類而起大慈衆生之類謂欲爲淨内盛臭處無有能脫此愛欲者除其智者如是菩薩觀察是時於衆生類而起大慈衆生之類謂欲爲樂諸陰苦患無有能曉第一之義至涅槃者除其智者如是菩薩觀察是時於衆生類而起大慈衆生之類著有常想謂不移動無有能示涅槃之路者除其智者如是菩薩觀察是時於衆生類而起大慈衆生之類計吾我想不解法數無有能

分別法者除其智者如是菩薩觀察是時於衆生類而起大慈衆生之類不得救護猒患於涅槃猶如犬狗常守死屍馳走東西無有休息愚癡所爲今亦如是與彼狗無異自無性行馳走東西不解涅槃義陰蓋所覆不悉觀察菩薩起勇猛意使至彼道便說是偈

多有衆生類　流轉生死淵　觀此艱難苦
安處至涅槃　陰雲所覆蓋　無光處幽冥
智者皆現世　除雲使光出

爾時菩薩而行此檀最初始時與起法想甘饌香美饒益衆生隨時相應與第一義相應心無悋愛味成就充滿除去衆結亦無所逺離不逆乞者施已無變悔之心皆是曩昔施行功德使彼無結著爲衆人荷負重擔皆棄結使如今日之施成其所願欲使衆生所欲皆獲從小已來無種種害意忍諸種種穢患施功德漸漸厚導引人民而作船師數數不廢於施常好惠施内自清淨外現穢相不違一切者謂一切衆生除去憍慢無懈惓心施心遂增顏色和悅無有怨恨不自稱譽亦不自下愛樂衆生一切所有皆悉惠施義所成辦合集人民數數惠施無變悔心心意喜悅歎譽布施果報逺徹以金銀珍寶硨磲碼碯車乘男女城郭皆悉惠施内無慳嫉愛彼信施欲充滿彼希望具足欲使彼施果皆悉牢固欲使彼乘船得度以彼施故具足此義觀察施果捐棄諸結衆生貪著除去使無邪見除去慳貪隨時生依法雨而雨是故歸命

金銀珍寶施　硨磲碼碯珠　瞻彼無猒足
今禮釋師子　象馬及天金　色最爲第一

能施和顏色　歸命解脱者　車寶爲第一
珍寶所瓔珞　顏色皆和悦　妻子及男女
金鉢盛滿銀　或盛滿碎金　彼以歡喜施
誰勝毗沙門　和悦以自施　如果茂盛好
歡喜而惠施　彼滿三世界　男女極端正
婦身及頭目　爲世而惠施　誰與此施等
檀施無過此　天人所不及　猶如彼上人
意大海無底

彼菩薩修行戒時於彼戒非爲無戒及身口所行心所起甘露之法如彼華果擁護其根必生果實於彼而得皆是人所行猶如俗士殺生不與取婬泆及諸放恣菩薩不飲酒於諸戒智慧皆悉具足除去非戒於道場而常三昧遠離犯戒亦不有殺意物性皆清淨受彼信施數數厚味亦無所犯內無所缺去有不就有亦不敷華依見不腐敗無穢不造新穢果所種有新善眠寤無愁彼衆生色最第一由彼功德故善香遠布受信施故意常牢固諸根具足故無所壞敗智慧住不移故無所不壞緣彼人故有所增益爲彼人故擔負苦惱因善法故有其處所無愁惱亦無所染以形貌故有服飾爲彼人故有其財寶無限無量無有窮盡從初發意未曾變悔況復菩薩禁戒成就於是便說此偈

上下及四方　諸有聞戒香　皆悉等具足
遠欲爲最要　親近善知識　善者作功德
善色無有比　戒香第一福　諸穢悉休息
覺我無有我　最勝後第七　我今當自歸

若復菩薩行精進時然彼心有所緣心亦無懈惓出家不可障斷爲衆生故而出家不移

動故有其力緣種種衆生有其精進不可勝故有其忍有所長益故示現於世有其功德故示現衆生攝其心意故彼意不移動爲船師故得到彼岸以定故不亂發意躇步則有所度以彼衆生故成其所願欲成道故施象馬寳車是時菩薩於彼衆生有是精進其有聞精進名者皆發起於道一身之中所作功德不可限量況復如來無數阿僧祇劫所作功德端坐道場時降伏外道經歷生死以精進意除去愁憂精進最第一

歸命法王王　於佛善自覺　今歸命無等

彼尊爲第一　法鼓聲遠布　於覺覺自覺

是故歸無著

若復菩薩行忍時無畏無所懼無所染不觀彼果報有其力勢擁護衆生常遠離惡數數志性剛强自省已過一切衆生皆懷恐怖使無恐怖示彼戒律亦爲一切衆生降伏麤獷去不善語慈愍衆生彼無量無限依衆生語設有所聞及諸至道迹微妙第一猶如華果未常不敷華爲風所吹動山巖處穴採取諸華香味種種色處所福德音響衆生之類皆悉喜聞猶如蜂王採諸華味以用作蜜及諸小蜂而作蜜者及諸泉源處處流溢及諸那陀園快樂無比有罵詈所爲成辦諸求呪術爲彼示慚愧衆生修行道者爲厄難者而作救護名曰忍辱仙人是時迦藍浮王往入深山欲獵麋鹿適入山中見此忍辱仙人便前跪問在此深山爲求何道忍答曰求忍是時大王不自觀察亦不觀察行欲有所試即時便作是説我今當截汝手脚即截彼仙人手

脚復作是問汝今爲求何道是時忍答言我求忍辱道即時歎譽忍辱之德是時大王倍懷瞋恚欲傷害其命是時仙人已截手脚便作誓願言使我世世勿懷瞋恚亦不有瞋恚於彼大王解知諸法皆悉虛空復有異仙人往至彼仙人所而作是問云何神仙不起瞋恚於彼王耶若行此忍辱之時有此大忍辱之力當於爾時不起瞋恚之意觀此面色亦不變易是時護世四天王往詣彼仙人住處是時提頭賴吒頭面作禮便作是問我今欲殺迦藍浮王爲可爾不作是語已是時仙人默然不對時第二天王復作是問我今當殺彼男女大小及城郭人民皆悉蕩盡作是語已是時仙人默然不對是時毗樓波叉王復作是問我取彼境界國土所有人民盡取殺之願見聽許是時仙人默然不對是時毗沙門王復作是問我欲取彼境界國土移著他方願見聽許是時仙人歡喜歎譽忍辱之德便說此偈

截頭目手脚　不起怨惡意　所有盡施彼
況當於世間

是時護世天王復作是問云何仙人欲求何等道是時仙人答曰

欲使彼王身　無有惡行報　彼王雖兇暴
憂彼不自憂

若菩薩修行三昧時設入彼三昧有所緣心未曾忘失亦不放逸專其一心若復不慇懃求方便亦不受諸行解諸法味不著於法於彼地中亦無結使彼三昧之中清淨無瑕穢伏外敵無怯弱一心解其氣味心無所著降

伏志性未曾懈倦成其所行得三昧歡喜根精進不移念不錯亂一劫所修覺知道品念猗歡喜勇猛所獲皆依猗智漸漸得歡樂處然菩薩行於彼三昧行時起三昧善行已辦三昧善行若行若住未曾失之彼以有此行善法具足起諸善行諸所求皆悉現在前設心有愁憂漸降伏其意使不忘失思惟增益增益善若心放逸復思惟善法若心懷愁憂緣縛所繫即能思惟彼解脫善於已境界威儀悉善爲人演說亂想穢病及餘種三昧諸功德具足三昧彼處彼處三昧行報之果實最爲善行猶如青青樹木現淨解脫及餘青黃白黑皆隨彼三昧來往無所罣礙欲以三昧力火聚日光無所不照彼得天眼亦復如是晝夜徹照亦復得天耳徹聽有如是之力彼菩薩得是三昧無限無量不可稱計盡由三昧之力亦由思惟由不懈怠由智慧眼知卷知舒亦由希望三昧由去離惡想由逆順三昧力如是衆想是彼三昧所生彼彼總持門成三昧所適之處亦無疲倦求其方便不堅固三昧故而行三昧爲一切欲故降伏心意善擁護思惟亦不錯亂隨意自在不責人過無量無限無有窮盡於今三昧斷諸狐疑放種種光明依一切善法諸結使淨數數習三昧依一切善法於是便說此偈

獲此解脫心　三昧無罣礙　新頭趣大海
駛流難可制　若意有所欲　心亦不移轉
欲斷境界水　皆是根門行

若復菩薩行智慧之時以所知故名曰智慧數數於彼行中及諸衆生不解深義長夜勸

勵分別決了智慧此深此淺清淨甚利此惡此醜親近善知識彼法不亂無量無限亦無增損猶如鉤戟所截皆斷彼智慧者亦復如是現第一義故有其慧明巳意闇閉故開彼見明與共相應以諸行故根門具足無怯弱故現其威力欲斷不善財業現其有財業以珍寶不可得故如是現珍寶也以斷命現其壽命斷諸結使故是力觀察遠事與彼分別皆使決了救彼脆命以彼愁憂故起歡喜之心息意不起故去離惡法而成就善法去邪就正以是之故成其智慧力以生死故欲斷妄見至出要處遊步世間故遊一切境界究竟一切智元使至無爲

善住不移動　無有生死畏　即逮不還處
消滅三界趣　百劫所造行　欲淨衆生類
無有三世想　爾能無希望

是菩薩行諦之時彼名諦者心無有虚妄言無有二常娱樂其中亦無彼此數數樂彼寤寐之中未曾調戲亦不妄語又聞昔有王名須陀摩於王宫生統領四城法鼓遠震群臣人民無不聞者生如此有德人往詣池水浴洗乘羽葆之車欲出城門時有婆羅門顔色端正聰明智慧欲來乞寶婆羅門即白王自稱姓名舉手乞言是時王聞乞匃言聲便懷歡喜即報言止止尊者須我還國當相救濟夫王之法言無有二即詣彼池浴洗洗巳竟便欲還國是時有翅飛鬼名羯摩沙波羅現其恐怖手執王身是時彼王即自涕零是時彼鬼觀彼王意云何大王何爲啼哭有此愁憂之心時菩薩報言我無有此身想唯我許

婆羅門財寶以是之故便懷愁憂是時彼鬼即報王言我未曾聞此甚奇甚特之事世所希聞爲彼人民故來相試若今設放王去當復還不時王甚懷喜悅是時彼鬼身有兩翅飛在虛空觀其所說即放使去是時菩薩還國歡喜以財與彼婆羅門實無有虛施不有悔有是審諦之言是時國王即詣彼鬼所自稱姓名今已到此是時彼鬼見王形貌即便驚怖有是實言王顏色不變除去瞋恚無殺害意便作是語甚奇甚特未曾所聞說此偈曰

我堪飲惡毒　洋銅灌口中　利刀割其體
誰敢害法王　宿福生王族　觀德無有比
勇猛實不虛　應相爲國王　我今當尊敬
從王不復殺　改往修善行　衆生隨所樂

是時菩薩行柔和之時彼心柔和有此名聲言不卒暴欲求法故常護彼意未曾起恚惡不生希望口不吐惡言爲愚癡故現其智慧除心垢故皆悉稱名無有若干吾我想不隨諸幻佛所擁護於此獲如是德亦無姦僞如是之穢皆悉避之於中得柔和之心善根本具足人所愛念不惜身命神仙所歎譽如是柔和觀彼善惡之報彼智功德具足如所說善本不斷貧窮之者施以金銀珍寶除去諸穢壽十歲時遭遇厄難所欲自在亦不殺生善身造業心所生財口所傳教行所造業除去穢惡所覆蓋者爾時諸比丘世間有身已得休息非已所有悉盡無餘如是已盡以是之故當去離染著前世所造者彼已盡更不復造已斷根本苦休壞敗如是說已作是法

佳於此深妙法中如手執輪六月不懈諸佛世尊皆悉覺知皆悉成就於是便說偈言
不造諛諂意　覺知邪法業　本亦不造此
當作如是觀　勇猛意如海　柔和不麤獷
頭面稽首禮　無著世希有
是時菩薩慈孝於父母時性有報恩恭敬承事遠惡就善隨時供給夙起夜寐瞻父母意無事不辦所約教訓未曾違失有如是柔和之心以是之故有如是事心所修行常自觀察當辦何事所聞教誡尋即知之常懷歡喜一切愛敬念盡知父母之心常念欲報恩無麤獷言此無處所又聞昔者未成菩薩時為大象王端正無雙頭眼肌毛皆悉端正觀無猒足耳滿充備衆象中長牙根方正有娛樂之心脣齒純赤頭耳滿具形體方圓極大高廣猶高山峻行步庠序七處滿足猶青蓮華行步庠序無所罣礙龍女所生遊山澤中色如白雪便為獵者所獲將彼去時是時山野樹木皆悉屈伸水自涌沸將至所止與種種甘饌飲食亦不肯食是時象師在前長跪叉手白彼象言便說此偈
我本造善本　降此神象來　何為不肯食
如有怨恨心
是時彼神象便答偈言
我母無有目　羸瘦懷愁惱　憶彼不能食
是故顛見恕
於彼深山中不食飢渴必當命終甚痛甚苦毒各當共別離以是愁憂亦不能食亦不飲水無有果蓏與我母者二俱當死作如是辛酸語已時獵師便懷歡喜放使去於彼拘薩

羅國有一止住處隱學士名曰睒施行十善功德備具持瓶行取水是時拘薩羅國王出行遊獵追逐麋鹿於山中便射箭誤中睒睒喚呼便憂父母猶如飛鳥無有兩翅父母年老目盲無所見今被毒箭俱亦當死父母修四等心便說此偈

惟我父母老　目冥無所覩　父母生子時
欲得掌其力　我於百年中　擔負父母行
不充我所願　能報父母恩　已得將護彼
指授父母處　能覺知如是　世之所希有

是時菩薩行堅固心時收攝解脫有如是方便彼有勇猛意所爲無罣礙不爲人所制持是故當方便求昔聞阿蘭迦蘭起諸禪定捨彼禪已更求三耶三佛無上道便往行南半由旬中詣彼空閑處作種種苦行噉果飲水著純黑皮衣在樹下結跏趺坐或時飲水或時食果蓏或時服氣作如是苦行於草上卧或以灰自擁樂著於彼三宿之中顏色不變易九日之中禮跪祠火諸放逸者隨彼言教或時祠天頭目漸羸臂骨露現或翹一足身體傴曲亦不盜竊以法自樂於彼苦行求道亦不飲食皮骨相連身向日極身黑面色萎黄猶如箜篌内無有實肋脊悉現形有百變不可觀省少壯之貌永無復有猶如老象無所任施坐卧行步而無有力亦不能語雖復貪命不久存世當於爾時天使已至彼所住之處爲設方便有如是若干變化彼爲法故寤寐不失其節如是求解脫不顧其身於是便說偈言

設我當融爛　人身分爲百　人無眠夢想

衆生生無異　彼意何可貪　苦惱無數變
有計吾我想　眠與死何異

是時菩薩多聞之時所謂聞名者自稱揚其德最爲第一息心衆人所敬待志性不亂所聞能持聞持具足亦不忘失觀察其義除去憍慢有如是之業與智相應今悉聞知以智無懈倦恭敬於師長所願自在若飢虚者起大慈悲降伏外道無所罣礙亦無塵垢於異刹土現其道行不爲愛欲所染著起方便意爲世人民欲使解脱爾時菩薩有如是慈心一切智所因皆是方便所起於是便説此偈

彼聞若干響　其色無有變　牢固不久存
況我今日身　最初受此法　有信於世尊
便生大智慧　除去諸結使

爾時菩薩行恩之時識其恩德亦不忘失便有是智慧欲報其恩造少功德永以不忘失亦不永盡猶如種少穀子終身不忘失昔者菩薩欲求無上道時在一閑靜之處有鸚鵡菩薩常處彼樹爾時有風吹彼樹木互相切磨便有火出火漸熾盛遂及山巖諸生青青樹木火悉焚燒有鬱烟起色極自熾亦不時滅猶如日光塵烟俱起大小樹木皆悉被燒無有遺餘猶如天地融爛時須臾之間聞見者皆爲恐怖所焚燒物隨時便盡諸樹木皆悉盡爾時菩薩爲鸚鵡身一夜之中便作是思惟猶如飛鳥止此樹木當有返復之心與彼相應便起恩意況當我等長夜處其中亦不能得滅此火我今正是時現其威力往詣大海中以兩翅而取其水在彼火上而灑其火或以翅灑或以口灑東西馳奔是時有神

便說此偈

此火甚熾盛　煙雲不可近　雖有此善心
亦不能得滅

是時菩薩鸚鵡語彼天言

我處此山中　未曾失其恩　云何當捨去
使火燒此林　今我有此力　意欲滅此火
不空居此山　欲得報其恩

爾時樹神復作是說

此鳥有恩慈　其色甚端正　此是應人法
世之所希有

爾時天神作是思惟便語彼鸚鵡菩薩言

知法有恩慈　爲汝當滅火　相愍有此心
我當速滅火　爾時有大雲　愍彼鸚鵡故
今當滅此火　使彼願獲果
況當成等正覺於是便說此偈

如來在彼時　有此恩慈心　諸有發歡喜
天人所供養　以能到彼岸　遠離生老病
篤信已牢固　統攝十方國

爾時菩薩著袈裟時爲世人軌則爲衆生等變俗就道此是大幢蓋如是捨國王妻子出家學道以度諸狐疑是時菩薩著袈裟時有如是增益功德曾聞過去三耶三佛遊在園觀華果茂盛欲得出家於彼園中人民遊行有佛出世觀無猒足人民熾盛於彼園中無有衆音著袈裟三色清明耳響解脫聲音柔和壽有限劑一切自歸爲一切苦故降伏瞋恚色如赤銅盡力喘息煙風起見色已便作是說然與我心相應起此心是我解脫是時護袈裟有衆功德捨彼瑕穢緣是之故便說此偈

亦不自識名　與彼而相應　亦不善浴洗
降伏故來此　速降伏彼果　剗已無所惜
口作善言教　必當自壞敗　雖復作此觀
與我說是義　我當惠施彼　忍此苦惱患
已自剗已降伏其心便作是語而說此偈
莫作苦惱患　有如是慳嫉　此果雖復小
惡報無有限
爾時菩薩樂閑居靜處於彼園觀清淨無衆亂亦無衆事行到彼者皆懷恐怖心所愛樂曾聞有仙人所居處極妙無比廣說如上仙人所住處彼所有衆事皆盡無餘遠此園觀去當於爾時未定阿維三佛菩薩爲免身是時免依仙人住時免見仙人下山便以偈語仙人言
人身處世間　極妙無有比　已得生人間
應處山林園　善哉此仙人　善色面親近
無有衆瑕惡　心自能降伏　殺害之所起
自知劑限量　能自降伏心　無有境界想
已捨境界可食我爲出家故求解脫道心意決了莫捨甘露去彼希望意功德同處山林有如是三昧意無衆亂已處此山林當樂此山林如夜月照明日照於晝能仁有恩慈應住此山林然仙人少壯時於彼山林中而居住今年已老何緣捨此去是時仙人便作是語自伏其心倍復歡喜而作是語若仙人去者誰當樂此住菩薩免便說此偈
我今無此豆　粳米及餘穀　心能自降伏
願住此山林
爾時成阿維三佛遂住於彼照明於世間樂彼閑居以是之故當住彼山林便說此偈

境界甚庠序　山林行苦業　常樂居閑靜
當自思惟行　解脱身功德　心意常和悦
智慧極微妙　當親近山林

爾時菩薩有此親友之心常懷慈心自省所生如實所生如所聞有山林中廣説如契經便作是念此山林無有衆果諸法解脱以忍法解脱是時菩薩長夜之中有此慈心諸法解脱於彼人民無所觸嬈於彼端坐思惟不移動鳥巢頂上覺知鳥在頂上乳恒懷恐怖懼卵墜落身不移動是時便觀察便捨身而行彼處不動善慇懃力生樂攝彼是時鳥已生翅已生翅未能飛終不捨去今行此慈竟有何奇亦不恐怖衆生亦未曾爲如是自知便説此偈

彼能辦此事　於千人中大　亦不觸嬈彼
此德無有上　是故彼世尊　最爲第一神
故在道場處　功德自備具

是時菩薩行悲時自有力勢堪負重擔求一處所一切衆生我當度脱之增益功德於諸苦惱無力者除世愁憂無救護者爲作救護無希望者爲作希望無力勢者爲作力勢諸疾病者爲作醫王爲老者示現少壯意爲少者示現有力曾聞世尊行道之時無數比丘前後圍繞火焚燒園觀時比丘見火煙起各馳走向世尊或有歎譽世尊者於如來前住彼彼諸比丘住如來前觀者於是便説此偈

如我無儔匹　三世功德具　以此至誠語
使惡速休息

説是偈已是火聚火即休息是時諸比丘歎未曾有皆是世尊之恩力歡喜於如來各各

歎說此偈言未曾有世尊告曰諸比丘在一閑靜處種種境界若干種色當於爾時我未成於等正覺爾時我爲桎梏羅翟也從彼生已來年少自在好施於人求微妙行當於爾時褰荼國界人民熾盛土地豐熟多竹林葦樹木高峻時火所燒極熾盛漸及山澤有如是之變廣說如契經爾時有羣鳥衆各各產乳翅羽未生或有翅始生者或有墮地者或有破頭尾者亦不堪任飛或有飢餓者見彼火熾盛各欲飛去我爾時見此火已亦不護身無數百千劫功德有如是護心我爾時於彼清淨便發此心使此衆生脫此大患爾時我便滅此火火即時滅我爾時於彼國滅此火行此悲心況我今日成大悲今日火當滅於是世尊便說此偈

由少之所生　本觀一切變　一切皆悉壞
慈哀於衆生

彼火即得滅火滅未久以智慧明滅世人火爾時菩薩爲生死故菩薩欲生時救濟衆生觀生苦本曾聞空靜山林之中有鳥鹿鴿蛇在彼止於彼有仙人菩薩常處其中食果飲水爾時鳥往詣彼仙人所在一面立便作是說世有何苦爾時鳥便作是言飢爲最苦由何因緣而生此苦我等各各自當陳說身體疲極煩熾諸根不定口不能言耳無所聞常懷思想是故飢最爲苦此苦患身火所燒由此飢饉此病難療共相牽連皆有如是之苦是時鹿便作是語驚怖爲苦所謂驚怖者身在獨處見獵師常懷驚怖身心之穢常恐無此身復畏獵師欲殺害已此身有何牢要住

無常處馳走東西此驚怖者由何而生常有此念彼一切有是行捨離一切身我等有此身常懷驚怖須臾不寧皆是本所造壞敗之苦有如是驚怖以是之故驚怖爲苦是時鴿便作是語欲最爲苦更樂其中心境界淨思惟所處無脫此欲患此欲猶如火亦如脂酥著器然則熾狂有所説染著其心欲火亦復如是染著其心消盡其形增益諸縛無數劫爲欲所惑合會熾然燒人形體以是之故欲最爲苦時蛇便作是語瞋恚最爲苦所謂瞋恚者便傷害人命無有尊卑增諸罪根身體顏色常變易動有殺意頻蹙眼赤牙齒長利人所惡見摇頭動身長息吐毒身體肌皮純有瞋恚之火一切世人皆不喜見常伏穴處飢亦瞋飽亦瞋眼視不善有如是之變彼猶如火焚燒山澤此瞋恚火亦復如是以是故瞋恚爲苦爾時菩薩甚深之智思惟此已便説此偈

一切皆悉苦　親近其顏色　生者必有苦
聽我今所説　猶如此大患　苦惱無有限
一切是生根　是故生非眞

若有必成菩薩道者流轉生死以慈悲喜護愍一切衆生以捷疾之智無所罣礙有勇猛意修一切智無懈倦之心教化無有狐疑常懷等見志性牢固不可沮壞得彼氣味不失其志有力堪任分别諸法亦不毁漏彼成大智慧施意解脱無變悔心一切惠施如濕鞞國王常修淨行未曾懈倦如摩訶提被王忍力具足如忍神仙戒不缺漏如布賴多學士常樂出家顏色和悦若復於愛敬之中意無

染著如大須達施那王遊化世俗瞿頻陀王
愛樂於法如鬱多羅摩納樂閑靜之處爲妓
樂聲響清徹如善覺菩薩在大衆中爲師子
吼皆得解脫至泥洹界諸功德具足必成於
道倍益諸德成菩薩行於是便說此偈曰
倍無傷害意　菩薩功德淨　已志性牢固
如日放光明　愛樂如是法　福田無所穢
愍彼世人民　故說如是業
是時菩薩不懷恐怖從兜術天降神觀有爲
行無常心無亂想常自觀察知所從生處亦
復自知更不受胎有是眞諦究竟其元心無
染著降母胎中住彼處所亦無亂想於彼觀
犯戒爲惡行持戒爲清淨亦無染著於胎之
中無不淨行猶如蓮華不染著水於彼多起
道意已有此智慧諸天子常衛護兜術諸天
迭來宿衛現婬不淨行樂修梵行自從菩薩
降母胎中夫人之身未曾有穢菩薩戒行極
爲清淨心無傷害之意施行立誓審諦至誠
欲出於家大尊妙神天子皆悉扶持胎淨無
惱若舉足行七步時懷出家意即觀四方今
當向何方使無衆苦香汁浴洗自然有香池
皆是前世功德所致天雨優鉢拘文羅華而
供如來於是便說偈言
無數世勞勤　救彼衆生故　輪轉無有量
天人得安隱　諸有天妓樂　皆得歡喜心
香輪在前轉　降伏衆魔怨
彼時菩薩從兜術天降神時梵天衆天衆皆
悉侍從若世尊人民天衆圍繞時此是第一
相若菩薩從兜術天降神地爲大動若世尊
覺寤衆生塵勞無有雜穢此初瑞應地爲大

動彼衆生之類塵勞永不生最第一樂是初瑞應若菩薩從兜術天降神時有大光明照世間界是智慧光明相初瑞應諸幽冥之處皆悉見明亦是智慧之相若菩薩初生時舉足行七步此七覺意之瑞應是時菩薩觀察四方時此是四賢聖諦之瑞應是時菩薩大笑時現度人之瑞應是時菩薩夢見以此世界爲牀須彌山爲枕手脚垂四海之外此是世有常之想此是甘露法味之瑞應復夢緹隸迦樹生齊上覆三千世界此是道場之瑞應天人所尊敬夢見衆多飛鳥周帀圍繞皆同一色現衆成就之瑞應夢見蟲頭黒身白現優婆塞衆成就之瑞應復夢見山頂上行現得利不慳之瑞應於是便說偈曰

瑞應未曾有　彼有大功德　起者必當滅
苦樂之所更　見彼皆歡喜　必當有佛出
如日除雲霧　無復有衆塵

是時菩薩志性不可廻轉如所說如月初出於幽冥處衆人所敬即從座起欲得出家是時便起此心此最後有斯三更樂盡是時菩薩從高牀下爾時亦起是意此最是高廣之牀如菩薩出城門時是時便作是念我不得道終不歸還猶如菩薩解瓔珞以授車匿爾時復作是念計此寶衣最是我後所有若復菩薩以馬授車匿是時亦作是念此是我後所乘馬是時菩薩右手執刀自剃頭髮是時菩薩復作是念最是我遺餘鬚髮是時菩薩以寶衣貿鹿皮用作袈裟是時菩薩復作是念最是我應所著衣若復菩薩在道場坐是時復作是念我不解加趺坐不逮一切智不

起于座於是便說此偈

積德從小起　當獲無量福　猶水滴漸長

必成大江河　觀此若干類　有爲行所造

應食甘露味　消滅諸惡毒

一切智成等正覺時觀世無常苦空彼已成等正覺無有衆惱所可因緣成等正覺起者皆悉歸滅知一切死者與彼生相應皆悉覺知是時分別眼識作如是覺知高下隨衆生所爲境界所有智已辦無有狐疑於彼覺知本因緣等正覺無有邊幅爾時有衆智生覺知有道流布世間覺知道不可移動是時盡越一切苦一一分別境界若於一劫若百劫若百千劫意流轉不可移動無染著意亦不亂智慧無量亦不捨智慧意善分別遊境界裏求其方便果報無量智慧悉具足一切無有罣礙於是便說此偈

覺一切物　亦無有量　來往周旋　無所罣礙

悉覺一切　最勝所觀　除三界苦　當照世間

誰能分別　唯佛能解　欲求微妙　當求如來

如來隨時與彼相應所當成就無有退轉爾時世尊獨遊無侶亦無有師功德無量欲訓誨衆生於佛法衆皆悉成一切智成就成等正覺最尊微妙無等者覺知一切塵勞所趣根本一切皆悉成念不移動以智分別一切法度以一切結使微妙最爲第一暢說一切行故曰一切智已有一切智專其一心解一切法斷一切結使故曰一切滅除去有無有愛亦無有伴侶一切功德智成就等擁護一切衆生如父母愛子展轉功德力成就無貪憍慢故曰最勝布現八賢聖道而轉法輪

彼喻如影不在日前在闇前此亦如是一切結使不與道共相應是故而轉法輪於是便說此偈

一一功德具　彼不可限量　況色不思議
一切相具足　猶如月光明　而照幽冥中
衆寶集于海　釋種德亦爾

觀諸緣起已智度十二因緣塵垢牢固起愛著之智意馳其心中或起有漏智造諸苦行而得出要道知欲滅諸結使故無有苦樂之想休息之想智以無我故得增益智與共相應識身心空智欲降伏少壯之意染著其心起依倚智自省決了滅諸結使起明慧智欲降伏結使起休息智欲度彼岸故起輕舉智自稱其身覺衆生以諦教授起滅盡智緣彼諦思惟有諸微妙禪以彼思惟故起度彼岸智彼心得希望餘者亦得希望悉同其迹意有所倚而逮智慧四大休止處思惟與相類趣到彼岸得天耳智等度彼境界同其一行已得等度彼岸得天鼻智依彼識欲有分別智知他人心智所念悉清淨有所修行欲化衆生故便得自識宿命智爲彼善色故數示四大便得天眼智心有所覺觀察戒清淨得誓願智大神仙功德彼三昧種子所生度諸三昧界欲長益彼故衆生歡喜便得究竟智於是便說此偈

種種人思念　親近現在前　分別種種法
以示大神仙　當覺知彼業　以捨諸塵蓋
悉達觀察心　善哉人中上

彼如實而無有愛欲不與彼愛欲相應亦無瞋恚及殺害之意亦無愚癡覺知彼病亦無

諛諂常懷柔和亦不自歎譽語出善教亦無有相除去希望之想亦無彼此之心不傷害彼人自得解脫無所適莫有慈哀心所爲皆悉辦非爲無慈心有悲心無雜穢想亦有護心欲等度護衆生故有空心禁戒具足有無願心智慧潤澤有無相心亦無所染亦無調戲爲世人民不離調戲避諸惡業而說法教禁戒成就無所缺漏三昧成就定不移動智慧成就皆悉至彼岸十力具足無能勝者得四無所畏無怯弱心獨步三界於大衆中而師子吼於是便說偈言

猶如彼大海　廣博極微妙　十力一切德
智者之所觀　猶如此大海　瀾波搖動時
有人立彼岸　不究其功德

僧伽羅刹所集佛行經卷第一

音釋

序

迄許訖切至也　援于元切救也　組居鄧切索也　齎牋西切持也　柝闥各切擊以警夜者　恬徒兼切

經

猥鄔賄切鄙也　脆此芮切物易斷也　駛踈吏切疾也　躇陳如切住足也　獷古猛切麤惡也　戟乞逆切戈戟也　葆補抱切五采羽爲幢日羽葆也　僂隴主切背曲也　萎於危切蔫也　劑才詣切謂限量分劑也　喘尺兖切疾息也　嬈爾紹切苛擾也　桎梏桎職日切足械也梏姑沃切手械也　翟亭歷切山雉也　褰茶褰起虔切茶除加切　捷疾葉切敏疾也　沮在呂切止也遏也　鞞駢迷切　緹杜兮切　貿莫候切市易也

僧伽羅刹所集佛行經卷第二

苻秦沙門僧伽跋澄譯

爾時世尊云何分別生城所謂盡生無生斷塹度血岸及諸木柵愛欲所由牢固染著愚癡愚癡爲城無慚無愧圍繞迹無缺漏五蓋爲門覆蔽衆生種種愛欲充滿瞋恚車無數種種衆圍繞竪憍慢幢吹闇冥螺遊行東西種種邪見纏絡其身自受持相作如是諦思惟衆生種種園觀極微妙心娛樂其中樂到彼處或到飢饉處是所求樂商人所行已度境界行到彼處利養解脫後世有果盛熱寒暑風雨遭此苦厄生老病死有是苦惱當屬生死向一切趣猶如彼船隨水東西於彼中而作是意狐疑難可入不與共合亦不可與鬪爾時世尊以三昧觀如是力難可沮壞到彼境界彼死處悉滅盡一切吉利無有爲行於是便說此偈

生國有衆想　已度救濟難　彼塹血滿中
猶海深無底　三世間聲響　愚城所圍繞
世尊觀彼時　以權智徃壞

爾時世尊云何降伏魔衆所謂於八解浴池洗善行無染著漸至解脫門善無上言教等與住止宿名稱遠聞著慚愧衣空無願無相以爲寶冠忍力具足顏常和悅面滿充盈布現賢聖八道種種香熏著若干種衣本已覺結使爲穢乘禁戒車等見導引前功德圍繞以智慧力御彼車專念不移以善覺悟彼衆生三界聞其教皆本行所追逐以意止爲鎧手執法幢揮智慧刀以善想爲拂以十力無畏吹彼法螺以神足之力於三千世而得自

在善分別七財四辯才不可窮盡若結使起即能使滅恵施財業百千萬倍不可稱計猶如大象莊嚴其身攝取衆生安處善業師子奮迅意無怯弱而開法門或現驚怖或現剛强内無瞋恚獲大財寶猶羅刹鬼露現牙爪有如是形狀不別眷屬或現貍狐或現魔衆或師子頭虎身或七步蛇或踦立欲相傷害瞋火熾然或擔山吐火若干種變其中或有狗犬者懷憍慢或一身兩頭或弄舌張目或身長項短或金翅鳥形手執刀杖或執輪杵或師子吼欲傷害人作如是變怪或猫牛形狀者鳩槃荼形手執大火燄皆著鎧眼赤光出孼大火炎求其方便欲相傷害彼羅刹者皆有兩翅種種鳴鼓聲若干種滿虛空中有如以鈴纓項猶如厭鬼或童子形手執鐵輪種種惡行若干種狀猶如海神手執日月以智慧力降伏彼怨於是便說此偈

結盡無恐畏　長夜樂其中　種種色形變
種種色無窮　起如是之變　亦本所造業
手執智慧刀　即能降伏之

是時世尊云何度灰河所謂度灰河時除去希望及瞋恚思惟彼灰河皆悉不淨種種之想皆悉除捨緣彼若干種永盡無餘所觀察微妙時不可過度生死海合會難度皆是古昔所造行意所愛樂伽捨救捨二種草順水而流斷其希望除去愁樹岸邊饒草如是身所造行樹木茂盛種種啼哭百千種不善行所造手執石亦是不善行所爲猶彼海中有蟲復往求樂處爲欲所迴轉傷害境界瞋恚熾盛眼如赤銅心修清淨欲想盈滿而成灰河

及諸坑渠峻難色聲香味細滑皆是有漏𡚒戟悉布彼地有大幽冥亦無光澤依彼隨流上下如是之河爾時世尊菩薩無量生死中皆欲遠離便起是心此灰河甚爲險難刺布其地極幽冥無有光明如此人衆順流於彼我今當斷其流作如是誓願已而求方便以法忍爲世作軌倍復作方便等度禁戒地以此安處以四賢聖諦觀察四方分別決了以無漏等見山踞生死岸已踞彼生死岸至善業等業等方便娱樂三昧入賢聖道皆悉分別已欲至彼岸以神足力五根亦無所畏以涅槃之處於彼止住解脱禪三昧衆華茂盛不出無爲者覺知分別是時世尊爲契經者錠光佛之印一切華無上佛名毗婆施隨葉佛生彼種姓家堪任說法於是便說此偈

有力無有限　當懷恐懼心　灰河深無底
愚者樂遊彼　爾時世尊力　度彼没溺者
已到安隱處　爲人說其要

大商人本誓願成就志性柔和依種種功德而自嚴身隨時適化爲衆生類觀結使根本獲智慧降伏彼惡使就善隨時智成就善觀諸根法常微妙善依彼智善問智成就恭敬忍善說第一法彼義說法義辯善成就賢聖究竟智成就法辯成就所謂義辯者名身句身味身皆悉分別若干種聲彼辯才義善猶如此名身句身味身皆使趣善音響辯才善於此三辯才與共相應解脱三昧於道迴轉善知他心智成就彼有所授決亦不移動先問其義說無礙法使趣一智慧道彼皆成就授決成就無處智成就善起一切諸法於是

便說此偈

有現智慧寶　亦說諸義辯　淡泊無佛等
功德亦無雙　本去心無來　安使作淨慧
以救世俗業　爲世間甘露

爾時世尊云何說法所謂隨前所求皆悉充足爲說解脫德義如實不虛味盡具足隨其時節漸漸與相應義中間皆悉分別前後與共相應種種若干界隨如意說應前人器諸法義有勇猛意有諸智變化有果實分別法界無有限量一切智所爲起如是法亦無所倚除去希望覺法行業亦不自稱譽與衆生說法解諸病本末三意止成就不懷希望攝取彼衆歎未曾有天人所供恭敬善住彼處於是便說此偈

如彼永滅法　最勝口所宣　善說牢固行
智慧等無量　彼是甘露味　外不受塵垢
已鍊諸瑕穢　亦無雜惡患

彼無有穢惡除去愚癡意性清淨以捨外事當成佛眼意無所著亦無瘡痍以愚心意不造過去彼以休息皆悉平正心不移動得第一義一身苦行彼行造若干身亦無衆相於聲聞中或以天耳聞聲彼無所持於世俗中起知他人心智種種有爲行不以爲勞以衆生故自識無數宿命之事如今娛樂一切色行或以天眼觀色衆相亦不移動諸結已滅已現非義以苦誓願故亦不造希望休息清淨彼智不堅住識處欲已盡彼已般涅槃義流布世間內自依倚於是便說此偈

意無有愚癡　寂然無衆行　佛所覺意業
是故我歸命　爲彼人說法　清淨無瑕穢

遊彼園觀間　及諸隱學處

爾時世尊謂是福田依彼福田有所希望猶如依麥謂麥田稻田彼佛世尊亦復如是依福田故故曰福田以是故號曰福田若干百千行成就此福田智慧根所生思惟等業已度到彼岸依彼而說法無起滅之想亦無彼此心除去斷滅等見等志無彼等見想等志吐妙言身等善無惡響亦無有染污等成就身亦無疾患等見生等語成就命成就以歡喜果故彼一切時盡微妙無有上於衆會上最爲第一於是便說此偈

福爲第一田　無數劫清淨　愚者不觀察
彼則墮盲冥　諸有好信者　受施能消滅
今已安處住　必逮安隱處

說世最希有出現猶如優曇鉢甚奇甚特荷負衆勞歎未曾有出現於世中間有如此勤勞有此未曾有出現於世甚奇無與等有大道生亦不依辟支佛等不等處有如是生猶如日出不擇坑渠悉照有如是大智慧而照極淨福田生如是增益天衆善行所致如是出世益衆生類布現教誡無明闇蔽永盡無餘欲布現道解脫生死各各相依倚猶彼衆生有形之類皆悉莊嚴是時衆生極被潤澤第一衆得成與解脫相應因道迹諸惡已息思衆生類與說法味作諸橋梁度彼人民於是便說此偈

其有衆生類　觀察如來者　皆發歡喜心
即得離世患　第一微妙福　娛樂親屬衆
發趣涅槃道　寂然得解脫

爾時世尊有此解脫於彼愛欲諸蓋心不與

相應故曰解脱也彼精進亦不懈怠所生根本數數修習清淨無瑕功德不可限量不斷解脱境分別因緣亦不起法想所願充滿亦無有嫉妬心諸垢永盡度諸塵結以智不處生死亦不捨之智慧解脱分別猶秋月明照幽冥處皆使有光猶如流水樹木皆悉潤澤隨時敷華猶彼水駛流沫隨水廻轉所生至到處皆悉充滿世尊亦復如是無餘涅槃解脱駛流於是便說此偈

佛能滅衆惡　解脱最爲妙　除闇現照曜
如月星中明　晝與夜無異　常住不移動
既得解脱法　智慧照現彼

爾時世尊有是盡智分別盡智我已知苦集已除已盡爲證而修行道作如歎說本所造行療治彼疾婬怒憍慢究盡其源以等智滅婬欲此是涅槃之智如實不虛譬如有人受衆苦惱無能度彼人亦不可療治現病原本便作是念境界微妙如是所生皆悉修行除去陰蓋斷諸結使譬如有力之士種諸病根無能當者未起方便意彼亦不可療治有如是患婬怒癡以盡智使得歡喜猶如有人常畏險難之處彼有種種苦惱疥疾彼若見一浴池清淨無有塵垢夾池兩邊有清涼風起魚龍遊戲視水見底虛空清淨亦無雲曀優鉢拘文陀華悉滿其中枝葉華實皆悉在水中生有是種種微妙樹生其中若有見者皆懷歡喜心然此人於彼浴池除去苦惱亦無飢渴得是歡樂所爲已辦於彼浴池底有微風起觀察是時若於彼若坐若卧彼世尊亦復如是本所造婬怒癡皆悉除盡於生死原

現如是浴池何者於三界所生衆生拔濟苦惱皆悉成就以爲橋梁復以等見猶彼清涼浴池等三昧清淨未曾有移動等志猶彼魚龍等解脫顏色無比等方便猶彼優鉢拘文陀華觀無有猒等念智慧猶彼重雲世俗三昧不以經心大衆圍繞若得彼浴池甚愛歡喜彼於法浴池中洗浴若飲所有婬怒癡永無有餘亦無衆患亦無飢渴成就如此法復以斯法惠施衆生至涅槃所所作已辦亦無恐畏到安隱解脫處念樂至無餘涅槃界復以善法使衆生共是時佛世尊坐不移動於是便說此偈

日夜所造行　欲使衆生安　究竟懷歡喜
無有若干苦　況當長在世　衆患常逼已
不以苦盡智　離俗至彼道

爾時世尊有無生智所謂彼無生智者我已知苦更不復盡苦已盡集更不復除集已盡爲證更不復作證已修行道更不復修行道以是之故名曰無生智也是故無生智彼智大功德大事興以滅本末猶如種穀子隨時漑灌與共相應稍稍長大隨時茂盛或時不生世尊亦復如是識子爲智火所燒各各與相應除生死原識處無欲亦不常住諸行已盡於其中間所起心垢不可思議心所造更亦不造於是便說此偈

諸起無生智　諸佛所擁護　覺知苦原本
超諸苦惱患　彼智無怯弱　清淨而無瑕
於彼坐道場　無起無滅意

爾時世尊布現於戒起諸村落城郭人民皆使奉持禁戒具足其有犯者不與彼相應消

滅惡心與彼相應與十善行相應使淨衆生盡同功德如是衆德成就在衆有是功德無衆亂想於中力勤行前所誓願皆使獲果不歡喜者皆使歡喜前於諸佛所造功德得歡喜者重令修行未曾有出世降伏外道解脫功德爲慚愧者皆安隱之以威儀禮節故於現法中而盡有漏斷其根本更盡餘漏而不復生與道相應作如是說使梵行久住天人得安隱彼教誡語皆悉受誦諸比丘隨其所犯皆悉避之作如是語已盡擁護猶如孔雀護毛犛牛護尾於是便說此偈

如來結禁戒　爲法而布現　第一樂奉行
猶如戴天冠　設有住彼者　得此三昧意
無有犯此者　如海不過際

是時世尊有如是微妙之首牢堅無缺漏視之無猒不可沮壞猶如團蓋觀肉髻相無比無有能見其頂者無有能攝其相彼有微妙眉髮善生善分別者髮細青色極微妙於是便說此偈

釋梵及世人　盡集觀生時　皆悉在其上
無能見其頂　本不起輕慢　得爲釋師子
由此行報故　得是頂上相

爾時世尊有是微妙之髮善生在頂上各各輭細而生無有參差亦不亂錯各各齊等螺文右旋諸相具足善住如是色相極輭細暐曄光生其光徹照無與彼等者猶如藕莖絲極輭細無能度其上者亦不可沮壞其有眼見者皆獲安隱福最爲第一善香種種熏皆是衆行具足有如是相滿行所行成無上等正覺於是便說此偈

輭細無長短　髮如紺青色　如來顏清淨
如夜清月現　種種香遠布　聞香悉分別
細輭風吹香　猶彼摩羅山栴檀
爾時世尊有如是額牢固如金剛極平正亦無有皺方正其有覩者皆懷歡喜而無猒足亦不黕汚亦無白黒處所充滿所行業不缺漏見者歡喜無害意眼淨無瑕衆人見者一切吉祥無數百千行所成辦然後得如來額

爾時即說此偈

微妙極清淨　盡脫諸惡行　佛額不思議
如象牙在水　彼所說言教　如來額無比
如虛空清淨　人見皆歡喜

是時如來有眉間相最明曜處面門中猶牛乳色極輭細猶如白縞練白雪色如日初出如拘文陀華色極白無比如秋時月極清明淨右旋亦不太高亦不太下一切無罣礙其有覩相無有衆病長與肘等極微妙色不可思議放光已還復其處皆是本行所造猶如此面微妙於大衆中而說法教於是便說此偈

種種百行造　如來眉間相　此是福良田
亦是本行報　不麤亦不細　右旋色微妙
出相與肘等　三世無不見　如來眉間相
清淨無衆瑕　猶如安明山　於衆山第一
於諸法自在　能淨衆生類　如是面滿相
無過眉間相　彼色行所造　解脫無有比
已滅意垢火　衆生同其淨

爾時世尊有如是微妙清淨之眼猶如彼百葉華色葉葉各離無幽不照猶如虛空優鉢青文陀羅華色眼睫極白猶如鴈王而無有

異極白無比最爲第一觀四方剎皆悉見之於其中間皆悉見彼剎有形之類皆悉分別彼無有欲亦不卒暴無有瞋恚亦不與瞋恚相應觀彼剎土善惡之行所有微妙之事亦能觀察亦無恐懼驚怖之心修行慈悲得不邪視於一切衆生亦修喜無有猒足以守護諸善法一一分別徧滿一切剎彼作如是知觀無有惡無懈怠於是便說此偈

眼淨極微妙　一切不可沮　百福之所造

然後成如來　善法極清淨　亦無有衆惱

面色如天王　是甘露出現　法相亦具足

亦無衆惱患　亦如彼明鏡　面像於中現

觀彼衆生處　視之無猒足　然後成正覺

演說甘露法

是時世尊有如是微妙鼻本無數百千劫生中起是種種智慧皆悉分別於生死處拔情愛刺欲度到彼岸欲拔一切愛刺爲世人民勤行如是苦行以惠施人或以戒而度脫人皆是本所造一切義具足無雜穢療治瘡痍猶如金聚色最第一明欲得到彼處者心所愛樂亦無欺詐於彼布現一切取要行所造於是便說此偈

微妙無雜穢　如來鼻第一　猶如鸚鵡嘴

是故歸命之　當在面門中　衆生所宗仰

彼鼻如是妙　如賴頻陀華似鸚鵡

是時世尊有如是齒無缺漏平正無高下猶如白雪螺色亦如彼拘文陀羅華色有此微妙色極清淨行具足有光明悉脫諸惡行猶如金剛不可沮壞牢固如來齒四十上下各四牙齒上有千輻輪相於是便說此偈

如來齒平正　說法極微妙　無鈌無墮落
猶彼提勒華　眼淨極微妙　善色無變易
釋種種此德　方齒四十具
是時世尊有如是廣長舌未曾有虛善色不
可壞如何舒伽樹華無憂猶蓮華葉極輭細滑
亦無麤言獷語除去淫怒癡患生安詳處歡
喜受樂禁戒成就有所宣說無不得度者以
法智濟拔貧窮於想味婬怒癡得解脫皆是
本行所造如來舌相皆悉覆面甚奇甚特於
是便說此偈
百福所造行　如來舌第一　齒脣悉平正
常吐甘露法　若得若干味　好色及不好
悉能分別味　次第不失序
如來是時有如是言教說有漏行善音響無
麤獷言辭功德等具足功德無量有常無常
行志性無怯弱甚深無底色最第一所說言
教終無有煩義義相應現本緣起善分別法
方便隨時教化衆生無有瞋恚自莊嚴身息
意爲樂供養智者歎譽名稱各與相類猶如
鴻鳥樂彼淵池諸有遭百千苦惱者皆救濟
之使衆生類悉得歡喜於生老病死度到彼
岸無希望想得最勝行心無衆結現諸善行
得未曾有行以船渡水無有恐怖度一切生
死歎譽禪德功德微妙壽命滅心意至涅槃
界得甘露法滅一切生死原指授善惡聞者
不懷怖如光不可蔽於是便說此偈
以法禦示現　供養佛所行　以忍之力勢
如彼華開敷　飽食甘露味　盲冥不度彼
能食此甘露　得度生死地
爾時世尊有如是響所說功德亦無麤獷猶

羯鞞鳥音極微妙聲徹四方展轉聞教於衆生類有是力勢亦不出衆外皆悉聞淨聲悉是本行所作如梵音如哀鸞爾時聞有五種聲甚深無底所有言教降伏外衆猶如彼龍改本所習往古有如是色極妙無怯弱若以眼觀察而知之無所染著息心與味相應此數息心無猒足亦不相違不與瞋恚相應此皆行報功德所致故曰樂沙門有如是心依彼心有如是五種曾聞水流聲聞已歡喜況當今聞如來言教長益善根聞音響歡喜長益解脱於是便説此偈

聲響柔和好　佛意息心樂　善勝來聽教
功德無有量　諸有聞音響　本行之所生
已能覺知彼　降五百孔雀

爾時世尊有如是面甚清淨無瑕穢極端正無比善眼觀無猒耳垂睡脣如朱火色如天眞金齒極白微妙無極平滿無點汚亦無瘡瘢亦無愁憂無有衆惱覩者皆歡喜其功德不可稱量有第一香本所造行猶如月滿極淨無瑕穢最尊第一若結加趺坐與大衆説法前後坐者皆見其面若從禪起先與衆説法於是便説此偈

一切歡喜樂　欲覩如來色　以得見如來
猶彼月盛滿　得利第一樂　無過如來衆
三五月盛滿　等説如來樂

是時世尊有如是頭善生牢固極端正無比無有高下與自身相相稱色最第一猶彼那羅延天八臂力不可盡滅彼處所與金色相類彼相最微妙善色極妙一切無罣礙於是便説此偈

滿足最微妙　漸漸緣彼行　如來有此頭
釋種種無比　一切無能害　發意於如來
三界衆生類　歎彼如來德
爾時世尊有如是臂善生無比如彼須彌山肩亦微妙無與等者無高無下極輭細猶彼娑盧樹王輭細不可害如瞻蔔華輭細不麤所生輭毛色極青各各右旋極輭細一切觀者皆獲歡喜極微妙伸手降伏魔地證知我於是便說此偈
猶世伽鳩樹　降伏諸魔衆　譬如金剛杵
是故歸命佛　爲三界唱導　爲法所光照
彼意無有量　歸命最勝前
是時世尊有如是手極自柔輭善生無比亦不壞敗無缺漏手具足滿猶高山峻手有千輪相指間連膜爪極白淨如日放光如優鉢華皆悉敷華葉輭細若說法時衆生聞者無不得度言常隨時於本所造生處光明徹照手掌解脫若得慈悲尋光明來皆悉得度善分別衆生遠惡就善與衆生說法於本生處得慈悲喜護欲除不善行修諸善行告衆生曰一切皆苦莫受彼塵垢猒患生死衆生清淨使得希望欲除彼幻惑若彼坐禪時一切魔衆皆趣彼所種種車乘騾驢駱駝象馬犛牛禽獸師子狗猪羊或作馬頭種種形狀帶刀張弓執箭或撞鍾鳴鼓盡作魔衆形欲來害三佛是時世尊以指案地此地大山林城郭泉源浴池種種泉源皆有珍寶滿彼浴池或盛金鉢中有力人扣彼鉢便有聲出手撫法輪極妙無比於是拜首佛便說此偈
第一清淨業　轉無上法輪　如來手微妙

極妙無有上　彼手應撫轉　法輪處在一
不見彼住處　不見有誠者　若轉法輪時
隨彼衆生義　以轉此法輪　衆生得安隱

爾時世尊有如是身極方正無缺漏禁戒成就如師子臆功德纓絡上下相稱如優鉢華色亦不壞敗甚深行時右旋不高不下極輭微妙皮毛皆右旋倍微妙無比猶瞻蔔迦極香亦不少亦不老無有不與彼相應不與瞋恚相應諸根具足世未曾有漸牢固極微妙不緩不急金剛之體善分別衆生其有見者皆發歡喜心觀無猒足圓光七尺猶安明山在大衆中猶若象王於象衆中最爲第一猶那羅延王一切無能害者於是便說此偈

於百劫造行　得爲人中上　今得此色身
今亦無與等　已滅婬怒癡　諸惡永已息
是故今稽首　使我後亦爾　設起婬怒癡
尋時能使滅　今觀佛顏色　身無衆惱患

爾時世尊有是膞髀上下俱等善生微妙無比無不平處使人歡喜與身相應於是便說此偈

膞髀清淨妙　第一無有比　其有覩見者
無有諸瑕穢　微妙生輭毛　善住如金色
更不受餘趣　觀此最妙色

爾時世尊有此蹲腸如是生圓漸漸膞細色與身相稱如鹿蹲腸善光清淨無與等者於是便說此偈

如來蹲微妙　色亦無有比　當觀一切相
一一難稱量　當覺彼如是　一切世所稱
設當滅度後　是故歸命蹲

爾時世尊有如是足行步安詳善住不移亦

不揺動極微妙細足指長百福相具作如是苦行然後得之往詣道場爲世人故欲度脱之其有聞音者猶彼龍王善眠不移動於彼三耶三佛所行功德功德百千倍瓔珞微妙光影無比從此已來有如是功德故拜首說偈

愛念不可害　今禮世尊足　亦禮如來頂
如來解脱衆　其有得此信　於彼最勝前
白爪極細滑　是故歸命尊

爾時世尊有如是輻輪極圓亦無雜穢亦無麤獷甚深有千輻輪其響柔和身具足滿諸根不缺造大行業以四方事轉輪相一境界具足二無怯弱心三猶如阿須倫以手障月而無有光四設放輪便有大光猶如春時無有塵垢虛空之中亦無雲塵爾時於夜半無有結使病月月放大光此亦如是轉輪聖王本無如來之相於是便說此偈

人生壽百年　常滅其時節　有是聖輪相
猶彼蓮華敷　亦如安明山　第一無有比
種福之所致　如來所修行　於彼釋宮殿
來告令已至　諸天所嗟歎　如來應轉輪
若能覺知此　觀彼少處所　各各有一心
無有能過佛　志性甚牢固　放光悉徹照
日輪所照處　普度衆生類

爾時世尊作如是遊步先舉右足蹈地不遲不疾行步平正亦不卒暴猶彼象王而無有異行步堅固世尊身不揺動猶那羅延天是時世尊諸有高者爲下下者爲高諸有小戸自然廣大如來身體未曾屈伸皆是前世無憍慢心諸有樂器不鼓自鳴諸有蠕動之類

皆獲安隱皆是前世修行慈心於是便説此偈

彼有大神妙　無畏有此徳　住處受善色
破壞剛强者　彼已捨憍慢　最覺自所覺
無愛欲微妙　住處受行報

僧伽羅刹所集佛行經卷第二

音釋

壍七豔切坑也　柵測革切編木爲之也　鎧可亥切鉀也　跱大切屹立貌　踞居御切據物而坐也　錠音定　錬郎甸切鍛錬也　瑕何加切玷也　疢丑刃切熱病也　漑居代切沃也　犛謨交切牛名　輭乳兗切柔也　暐曄暐羽鬼切曄域輒切暐曄光盛貌　皺側救切縮也　縞練縞古老切練郎甸切縞練繒之精白者　膞髀膞丑凶切直也髀部禮切股也　蹲市兗切腓腸也　輻方六切車輻也　蠕乳兗切蟲動貌

僧伽羅剎所集佛行經卷第三

苻秦沙門僧伽跋澄譯

爾時世尊有如是迹千輻相輪現極微妙諸相具足色甚奇無比於人中最第一生諸歡喜百千劫所作行福所致無麤細除去婬怒癡本所作行無有僞諂無有衆惡不與癡相應不造癡行有如是名稱志性質直所作無希望不懷狐疑意有所滅除去希望行無缺漏心無彼此功德徧具足十力成就除一切患於是便說此偈

最勝有此德　種種行所作　分別行地業
如日出照明　彼輪隱地現　心意所觀察
當自歸命佛　如是以印地

爾時世尊如是笑作如是因緣本行所造愍彼衆生故便現如是笑是時世尊笑時有是第一柔輭極淨微妙所聞經耳見佛笑無塵垢清淨無瑕本所修行亦無虛言猶如優鉢瞻蔔華有種種香布現甘露語種種光第一微妙心能分別爾時世尊身作黃金色猶高山峻繞彼三帀生阿迦膩吒所於彼天宮諸得信者承受如來教誡無所違失展轉相告便歡喜於如來爾時世尊本所造行於是便說此偈

青黃種種色　口演禁戒光　出要如來身
天人所供養　如來眉間相　三因緣無比
至阿迦膩吒　來至如來所

爾時世尊有如是光皆是本行所造身後有是光極妙善解脱光最第一身體有光見者歡喜種種光明瓔珞其身諸有塵煙羅睺阿須倫所不能障五結解脱除去愚癡爾時世

尊現甘露使彼衆生得遇此味自然神足不可思議於是便説此偈

身體善解脫　無有能沮壞　十力有此光
愚者所不見　如來有神足　示現衆生等
大光蔽日明　是故歸命光

爾時世尊著如是衣不高不下隨時著衣滅生死原草穢不著衣服境和悅所至到處皆悉歡喜有如是果實是故尊者難陀衣裳鮮明及諸比丘在世尊側著僧伽梨無有能污如來衣者是時尊者難陀歎未曾有往白世尊欲知著衣之法世尊告曰云何難陀本無如來長夜出世云何除衆生婬怒癡垢永盡無餘便隨彼教設當作是成就者隨嵐風不能動此衣塵垢不染於是便説此偈

如來所著衣　自覆身形體　蓮華不著垢
此衣亦如是　若隨嵐風起　力勢難可制
欲動如來衣　誰勝十力者

爾時世尊如是乞求諸豪尊家不擇卑賤普悉周徧無有邪命不俯食不瞻星宿卜問仰食不受信使往彼食不觀四方食不呪術幻惑食不田業依倚食所以乞者救濟彼故無希望意不染著食爾時世尊食無有更樂所有染著觀如是業而受彼食亦不貪著無婬怒癡亦無迷惑除迷惑心皆捨離染著心不與共俱以捨彼欲愛不可沮常愛樂彼以禪爲食亦無我想苦皆悉捨離現非義此身必盡以知捨離三事清淨無婬怒癡今云何食欲現此身無牢固故長養其病使火不起皆悉除棄不生亂想布現甘露修梵行故痛壞敗不造新痛以是故世尊受彼信施食彼果

身所造報欲使安隱擁護世人於是便說此偈

處處家家乞　欲使得正法　於彼園觀處
如六足食味　不擇食好醜　不生善惡意
彼不可沮壞　心欲味解脫六足蜂也

爾時世尊有如是卧牀山巖穴處露坐園觀水側泉源種種華果茂盛處快樂無比無人之處欲求解脫於彼止住解脫諸惡亦無陰蓋人所不到處無恐畏去離色著常樂寂靜與衆生說法廣說如契經於是便說此偈

樹木生華果　曼那華園觀　分別樂閑靜
青青華皆敷　於彼求解脫　是以依彼處
若詣閑居時　無聲無亂想

是時世尊以草布地無有塵垢不著莊飾極納輭滑善生微妙若見彼影觀無猒足皆悉觀察不高不下作是思惟展轉相依名色六入現彼無有盡或以草布地有數降伏彼故布草而坐無有欲想以草爲蓐亦無結使皆悉清淨古昔諸佛所造功德亦無所攝無貪著得證通多所迴轉亦無衆惱生諸結使草齊整亦不錯亂依彼衆生亦無陰蓋得三昧證通以右脇著地不久睡眠尋起經行而修行道以無覺三昧故右脇著地欲降怨敵故昇師子座著五細綖現色非眞沙門色形無所染著而修梵行依彼衆生求解脫心於是便說此偈

無根善衆生　釋種之功德　心所造善行
心皆自覺知　善哉大法義　無能得勝者
今於如來衆　以草除欲愛

爾時世尊云何覺知諸根所謂曩昔作如是

根氣味與相應以道故生此根降伏顛倒欲使諸根順流與生死相應此諸根起不淨行而依餘緣此諸根貪著世間亦染著於樂此諸根起諸力勢一切結使熾盛此諸根驅逐身流轉不息此諸根不成就大義此諸根逃惑經歷諸境界此諸根猶彼劒刺傷害此諸根苦惱此諸根猶彼瘡痍漏諸結使此諸根猶如疾病無有力勢此無有猒足恒求不止此諸根不休息數數起結使此諸根猶如毒藥不斷苦本此諸根不被訓誨與諸惡相應此諸根不藏匿境界劒刺所縛此諸根無所護氣味不具足此諸根無有心流馳境界斯諸根不修行欲火所然境界長益此諸根有諸苦惱遊他境界一切身心有苦於是便說此偈

根滿境界中　爲惡所將御　彼心常熾然
猶如熱鐵丸　如來教善哉　將至安隱處
無有諸根患　況當有境界

爾時世尊云何覺知心所謂依境界生便長益此心亂想不定此心猶如疾風此心不疲難緣惡招致殃此心遠馳猶如夢想此心貪著境界猶彼獼猴此心自然行種種貪著猶彼孔雀翅常自顧影此心馳走遠思惟財業此心起諸陰蓋亦如野馬疲猒不停此心難制御於境界不住此心猶如王常得自在於是便說此偈

第一甚深妙　心智無有限　夜叉須揵沓
三世不能覺　彼得是自在　自然有是念
世間無有明　我爲作法光

爾時世尊云何布現覺悟世間所謂世間無

所恃怙貪著已身此世心無所依貪著境界此世惡業依種種邪見如是此世自然所造此世墮邪道流轉趣惡此世處惡趣猶如獮猴此世無有照明為五陰蓋所覆此世盲冥不起智慧眼此世飢渴渴愛無猒此世熾然種種結所縛此世少味猶蜂採華此世無所依便當壞敗此世遠遊乘輪而行此世繫縛而處生死此世眾惱生老病死至此世非妙必當壞敗此世無救護為痛所逼此世非已所作必捨之去此世機關展轉相依此世種種行將引惡處此世如幻化而現色像此世無益生彼壞敗器此世輕舉所依不成此世難覺寤無有境界於是便說此偈

眾生遭苦惱　觀世無有世　以智慧求道
當親近彼處　漸漸從小益　欲得愛其命
此必當壞敗　是故滅為樂

云何於此生度泥塗猶彼池水蓮華子於其中間萌芽生漸漸長益此亦如是五味皆死以識處往生有為行所造圍繞為風火所成為憍慢水所溉受死於其中間生萌芽猶如彼萌芽生此亦如是萌芽生是故非斷滅常住猶如彼先觀萌芽此亦如是彼眾生縛著是故非斷滅有常猶如彼地為風所吹此亦如是四大牢固受諸苦惱此亦如是是故一切自然猶如自然不壞蓮華生萌芽是故一切非自然一義所習猶如彼外四大為風所吹更不復造此四大此亦如是是故一切當捨猶如於彼有生眾行此亦如是是故彼法猶如彼萌芽與子相似此亦如是大人之相不可毀壞如是性所造猶如蓮華子生萌芽

是故此無數亦不有生者猶如彼萌芽生時無有來處此亦如是是故無來無去猶如彼去時無有住止處此亦如是是故無住處猶如彼萌芽俱長益漸漸敷華此亦如是無高無下猶如彼蓮華萌芽必當長益此亦如是本所造萌芽於胞胎中漸漸長益猶如彼蓮華茂葉甚可愛欲此亦如是所造衆行甚可愛敬猶彼當熟時此亦如是子欲熟時髮毛爪齒及五根皆當捨離六情衰耗意根解散捨此身猶如彼華必當大熟猶如日光色香甚微妙蜂王所遊行甚可愛敬此亦如是初生之時四大日光所照勇猛胎所覺與彼得相類是故憍慢皆共相依甚可愛敬飢渴生死謂欲爲樂彼愚癡者有如是顛倒之想此亦如是一切時節不脱老死猶彼時節無有力勢爲熱風所吹盡捨離之華實各離亦無所緣亦復無蜂亦無鮮色無樂彼者此亦如是漸漸耗減於此生中無有力勢誰有命存内外皆損減無少壯力皆當喪逝無有莖節無齒髮無見無聞無味無香無細滑亦無更樂身體壞敗所有憍慢皆除盡亦無味著無熾盛意已越色皮緩面皺無少壯力已有是老不受種種色壞敗男女衆所害而愛著彼猶彼枯朽亦無有香各當散離此亦如是命根已盡當載向塚間猶如彼蓮華子熟後復生萌芽此相亦如是數數受有猶彼壞敗華莖想衆生類於是便說此偈

是故當棄有　亦當觀此華　猶彼生胞胎
慇懃當求滅　欲求生萌芽　知樂空無有
欲得到彼處　當從自意求

世尊海者其義云何所謂第一度衆生到彼岸思惟無量增益功德清淨無瑕有大智慧解脱無怨恨心第一得解脱以善覺觀不離善根名聞遠布智慧普至種種香遠布猶樹茂盛七覺意寶分别無常苦空無我已度智慧百福具足常入三昧無有亂志勸助衆生使發善心能成辦一切種種三昧於學無學中最爲第一布現於法未曾懈倦等度平正語言柔和清淨無瑕無婬怒癡於大衆中功德第一普慈一切安樂休息教授境界常念恭敬功德無窮極當於爾時世尊九十一劫中漸成此德覺知一切甚深之業欲使一切群生同其一味說法不失時節常與彼相應十力珍寶具足一切衆寶依四無所畏止宿四大爲彼衆生故不選擇尊卑已度世八法無增損之心於是便說此偈

是故當求度　慇懃於道船　如來海無量
是故拜首佛　已度到彼處　功德福無盡
以有此苦樂　當求安隱處

如來船者何者是所謂善造牢固果報習衆無所違失亦不缺漏衆行具足諸惡永盡第一甘露禁戒用纓絡身無斷滅有常想已住休息得住彼道常愛樂忍不起瞋恚分别五根等見無異想種種清淨解脱空無願無相三三昧具足常懷慚愧度彼猶豫禪四等無色三昧種種行悉分别無有限量觀汚露不淨第一忍智常現在前婬有覺想皆悉不淨常念遠離金剛三昧而布現之無量方便欲度衆生覺意珍寶與智相應修行出要道無生老病死患更受胎欲度衆生於三世行具

足不可沮壞不樂一切世俗觀一切相欲得捨離如是無增減心能度一切衆生以十力之船長夜度衆生使度彼岸常有此觀不爲已身第一聲聞入徧觀三昧作種種觀承事供養繒旛華蓋以三三昧爲佛印以冷栴檀塗身五通徹視種種香遠布以四無所畏爲螺鍾鼓具足無缺漏無常苦空無我欲得離生死海降伏魔衆皆使碎壞盡無爲處分別法想一切不受不度者度得滅識處無苦樂至涅槃乘福車爲四部衆皆使歡喜踊躍不自勝以善身口意十力船載衆生皆得至一切甘露涅槃處於是便說此偈

無數劫苦行　而造福德船　善趣安隱處
爲三世救護　彼歡喜之心　疾度生死岸
一切悉當終　盡當有是樂

爾時如來有如是日所謂禪四等具足之行無缺漏無穢行善將護爲一切戒名稱遠布種種衆生類皆悉敬仰使得樂止處心得歡樂無數百千劫修行苦集盡道現第一義以智慧照明除愚癡冥消滅諸苦遊彼衆中皆悉成就十力無畏勇猛意於三千世皆悉破壞愍護不度者智不破壞爾時世尊於彼現日明無漏行具足乘大乘車等御無畏如風吹帆以念車皆與彼相應而現在前以等志於彼所有皆悉具足等三昧思惟一切衆生類彼於三世具足翼從悉承受其教意無欲怒癡憍慢捨諸結使天人衆以華供養無有五蓋以信財布現一切衆皆使覺知無有塵埃諸結使無礙如是世尊爲日光明於是便說此偈

百智已具足　於彼衆無缺　已現三世光
是故拜首光　無數百劫行　滅愚盲冥癡
已能度此岸　當拜首慧日

如來蓮華者爲何像貌所謂第一功德所成於三有得度有信於衆生清淨等智普悉周徧以精進力得度彼岸消滅雲霧禪悅皆悉得度念解脫無衆想以觀息彼種種穢患亦無異意等見滿足悉成辦之皆悉覺知以戒定香香聞四遠以清淨光壞衆生類猶彼蜂衆響若干種悉分別了於三有等得解脫衆生皆得希望種種方便欲安隱之甚妙觀無猒足一切根無缺漏於息心衆中婬怒癡憍慢之患更不熾盛極清淨柔輭而得度脫於是便說此偈

清淨之所生　供養華無比　無數功德具
微妙最第一　欲得休息樂　衆生得清淨
已能覺知彼　謂呼常有聲　已之所歎譽
與世而相應　微妙第一色　善香最爲妙
人中最爲上　世人所歎譽　我今拜首禮
無著大神仙

爾時一切智有如是雲所謂九十一劫所造行思惟不淨神力所制所說無有異盡諸欲愛無有愁憂於諸三昧得到彼處以大慈悲爲一切衆生使得功德百福具足使彼得休息已觀而觀彼於人民阿須倫鬼神之衆於三世而行慈皆使得清淨蔭涼得解脫門至要之處復以智慧光洗彼清淨人民之衆下至男女皆使得善於彼遊行得諸忍業得甚深法善衆生法而種善根衆生飢虛甘露之味憂彼不得度脫者以修行之法使彼覺一

切有爲行皆悉無常苦空一切法無我涅槃爲第一樂等度此苦樂善悉分別言語具足於種種衆中稱揚善法種解脫根婬怒癡憍慢之法盡捨離之以無畏金剛之志度彼勤苦之患於他衆中使受正法有恐怖者一切智皆使愍一切一切惠施無所著是故拜首禮雨甘露於是便說此偈

功德出照明　十力雲無比　當發歡喜心說甘露除渴　已得無所畏　是一切智雲已有降伏外　是故食甘露

爾時世尊有如是火所謂彼求行人民之類皆求喜樂解脫得四等心所求已度第一義具足與智相應一切偏三昧有是神力種種名聞諸根力具足等至甚深已有此力無數百千種此根戒一切法得自在三世最尊以十力威神得無所畏是第一解脫得第一光明第一空寂有如是之德布現深法於彼衆生類訓誨使行忍度諸瞋恚言語柔和無所傷損滅一切結使於學無學於四部衆善已修行指授苦報如是彼功德極無量智成就發趣於涅槃門而得供養第一尊重潤及衆生是故拜首禮佛火於是便說此偈

能焚燒草木　火最無有涯　佛火第一妙是故當拜首　佛火已滅盡　苦樂不復起猶有遺功德　流布於世間

爾時世尊有是園觀極柔軟禁戒成就於彼處所無有五蓋亦無石沙穢惡亦無�山一切諸法根本皆悉得自在大慈悲清淨無有垢穢極自娛樂等度到彼有如是思惟功德諸行淳淑力勢所爲成善根本亦不移動於

法忍無狐疑等見八賢聖道悉具足得諸供養無數百行不可稱計戒三昧具足十力悉無有疑諸陰蓋解脫清淨誓願已果枝葉繁茂於彼生華實生若千百三昧林悉皆茂盛等見無邪見禪無色而自樂身慈悲喜護常加衆生於其中間分別七覺意息心第一果慚愧圍繞常念惠施求出要故有是清涼雲以力拔諸結使有此勇猛欲得解脫功德不可壞善覺集在彼除彼衆生婬怒癡得無所畏猶彼阿若拘隣舍利弗大目揵連迦葉迦旃延子阿那律難提金毗羅難陀離越於彼聲聞園中爲聲聞王功德無比浴池清淨一切布善三世所歎是故拜首禮頂於是便說此偈

善與三世護　爲彼萌類故　覺意華飾身
解脫果成就　聲聞衆中王　生功德無穢
常求彼樂處　必獲安樂處

爾時世尊有如是空意同一色廣布無邊故曰爲空斷諸欲愛一切無所住以智果報一切潤澤無有諸結亦無諸蓋以三昧受度諸塵垢善出要以解脫清淨月善光以功德無量意專一生常修一生梵常懷歡喜智慧眼清淨而境界淨斷諸結使故無所著已得大慈故一切無處所分別意故種種得成就得供養故不染於結使依彼心故不以淨不淨染汚其心依彼聲聞衆種種鳥圍繞止觀具足故極微妙不盡三昧林故星宿衆圍繞以正法降伏外敵故難以爲儔匹當作是觀猶如有人得歡喜究竟其業必不有疑退轉本處於是便說此偈

歡喜念愛樂　無有結塵埃　此有若干色
復能悉分別　一切得等意　欲作是稱譽
已到越彼岸　無有喜樂心

是時世尊有如是輪意止具足根力覺意無有缺漏皆自莊嚴四神足最第一四意斷善莊嚴身善口説教遠布七覺意等見而得解脱以止觀無有癡愛已度彼三昧得無所畏爲師子吼無有恐畏辯才無礙得信歡喜精進無懈怠念境界得度彼智慧解脱遊彼魔境界無有欲愛功德具足消滅諸惡趣三乘果微妙第一若成就滅彼魔衆三欲永盡諸有愁憂苦惱永盡無餘亦無有愛亦無五蓋亦無瑕穢依彼身盡捨離除去狐疑無有愚癡有覺有觀亦無憍慢隨時興起亦無顛倒永除邪見有威力歡喜滅結使降伏魔衆於是便説此偈

一切人供養　救度衆生類　無護爲作護
魔前轉法輪　彼輪無有等　天人所歎譽
已有此名稱　彼最爲第一

是時世尊因何金剛降伏彼魔所謂爾時世尊乘禁戒車被弘誓鎧有諸忍力以大雲爲清淨幢蓋以無結使執無欲權執持等見緣四禪愛慢得解脱清淨等志等語皆悉清淨以辯才智神足莊嚴自專其意解脱牢固無婬怒癡以覺意解脱明識然一切具足無有三愛度一切結力勢不可壞至涅槃海無世俗患以智慧金剛復以智業滅諸惡趣十力解脱四無所畏降伏本所修習行無敗壞一切種種色像皆悉成就滅諸魔衆亦無所著於是便説此偈

種種來恐畏　金剛精進意　降伏彼魔衆
及餘諸塵結　諸有生有想　結使皆永盡
由是三昧行　故歸牟尼士

爾時世尊云何以法雨而雨之所謂轉不死法輪於八部衆中而歎譽此法百劫所求善行修行於慈轉牢固清淨法如是賢聖牢固住有出家之觀大威神無著復以忍智之力皆悉牢固解脱門若干種珍寶瓔珞本願所追還有其方便住其東方微妙之處於彼貝多樹下極端正諸天塞虛空向東方坐觀察是時佛爲妙亦有中間作如是歎喜之散華而歎觀察是時若須倫之衆聞如是之德及諸神仙昔佛所造最勝幢蓮華稱佛錠光佛隨葉佛於彼大衆心得第一自在爾時世尊釋迦文一切智諸天衆歎喜皆是本佛所造彼猶如轉輪聖王於境界而得自在世尊亦復如是於已無漏法中而得自在猶轉輪聖王自於境界衆生之類共鬪諍者悉能斷絶佛世尊亦復如是於聲聞中其有衆生之類有狐疑於法者皆悉能斷猶如彼轉輪聖王無財寶者皆悉能施佛亦復如是諸乏賢聖寶者便以七財而惠施之猶如轉輪聖王導引衆生以示正法佛世尊亦復如是指授衆生至涅槃道猶如轉輪聖王出現於世諸閉在牢獄者皆悉脱之佛世尊亦復如是出現於世時於生死牢獄便悉脱之於是便説此偈

法王爲第一　衆尊無過佛　愍彼衆生類
三界佛覆護　可事可恭敬　欲度不度者
如是功德著　佛覺不覺者

爾時世尊有何城所謂四賢聖智慧止觀於彼戒定地善相無爲行以智慧爲城郭以三三昧爲却敵以佛解脫門爲閨以等見爲街巷以念爲牆以意止爲塹以五根爲堂以禪爲室以慚愧自障屏指授彼道以神足遊行不可障蔽以覺意華自嚴飾以諦果爲行以賢聖第一而自娛樂極安隱教授彼衆皆悉濟度舍利弗目揵連有無數衆善想常遊教化善滿具足所覺皆成就於彼浴池洗以戒爲塗香辯才黠慧以爲法服莊嚴其身以三三昧爲食以法味爲漿七寶具足時世尊爲大王學無學皆悉圍繞欲使彼衆到涅槃至無畏處亦不退轉無欲於衆生得無所畏法力具足諸陰入成就不著於塵垢於是便說此偈

諸惡已休息　大神仙所制　使彼得清淨
十力之所說　於彼釋城郭　常畏生老病
不至涅槃處　皆由衆生苦

僧伽羅刹所集佛行經卷第三

音釋

脇（虚業切腋下也）揵沓（揵渠焉切沓達合切）屺（去倚切山無草木也）

僧伽羅刹所集佛行經卷第四

苻秦沙門僧伽跋澄譯

爾時世尊云何說道迹於彼說道迹時猶如王大路謂之王路星宿謂星宿路此迹亦如是至涅槃者謂至涅槃路彼是等見處所等志等語等命無有差違等方便不鈌漏等念無量等三昧色不變易緣彼若干色無有婬欲亦無塵垢結使永使不起無有色愛著亦無衆刺欲滅愛故亦無有泥欲除邪見故等見具足等滅結使故永不復起彼微妙果故現種種義欲除希望故無有衆想欲求出要樂故若干果成就無著要故等度彼名色於彼遊行故謂是道一無有二皆得至彼第一義處所爲緣一往者自心誓願謂一入爾時世尊以第一辯而知道以能自覺知則不壞敗所爲業勝無有亂想果報巳獲得諸善根能覺悟彼衆生便說是道使至無爲於是便說此偈

所興衆生類　有道甘露法　佛有是功德
於世最第一　我於今自得　清淨禁戒具
爲人須論說　是故我拜首

爾時世尊知鴦崛鬘今應受化當於爾時無惡知識言論覺巳便往彼道唯有一人存在血流盈路人皆證知飛鳥鷲鳥處處噉食時鴦崛鬘行如疾風若舉足時群鹿飛鳥皆悉驚怖馳走是時鴦崛鬘在闍梨園中左右顧視無所覩見唯見世尊端正無比紫磨金色方便所爲腰不傾俹身體極輭細行步庠序盡其力勢走逐如來後是時世尊不改舊行亦不能及爾時世尊便化此地使作坑渠荆

棘以是之故不能得及或有作是説以脚躡地以是之故不能及世尊或有作是説化無色四大眼識不可持或作是説佛功德不可思議然後鴦崛鬘力如暴象無能當者然佛威力不可思議猶彼神龍那羅延億百千數亦不能得近如來是時鴦崛鬘便作是歎曰見此未曾有便白世尊此意甚奇甚特便無瞋恚害意作是思惟此是誰恩德此必是神人猶如此惡世我還此美猶如饑饉有利亦如生愛念然我不能得及此必是善知識今我疲極住遥語世尊言

當爲我身故　世所希見聞　今亦自見德
願當小留住

世尊告曰汝自不住方言我住於是鴦崛鬘白世尊言

沙門自不住　我住言不住　云何我不住
願世尊具説

是時世尊告曰

無惡則是住　持戒護人長　如迦葉弟子
是故汝不住

彼本行少諸惡永盡流血汚體便解劒捨著一面白世尊言

師今是我護　遭遇此聖師　求爲作弟子
不違師禁戒

爾時世尊作是故告曰善來比丘便説此偈

猶彼大海水　亦生煙火焰　未受降伏者
今應受我化　亦有善降伏　清淨而得度
亦爲我弟子　如是不受有　覩者皆怖畏
及諸妖魅神　是諸鬼神處　最勝便入彼

是時阿羅婆鬼聞彼偈陀披鬼語瞋恚熾盛

顏色變異瞋恚火起眼如赤銅聲響雷震無數瞋恚熾盛揺頭齧脣震動身體便作是語我於世間亦不見人民之類能來至我住處者懷如是狐疑何故彼人來至我所說彼鬼神名婆多耆梨醯摩拔陀爲首(二善離)使語彼大鬼神言莫作是語佛世尊未降伏者能降伏之能安處衆生獲無上道皆使擁護有形之類如是不相應福田汝今麤言惡語不與相應時瞋恚大盛倍於前是時阿羅婆鬼喘息氣猶如火𦦨視瞻極惡便捨彼鬼界瞋恚所纏絡身體極黑顏色變易不與常同口出四牙髮黃如金上下相叉人血汚其形皆濕不乾著師子皮著象皮著犛牛皮大華鬘如大火𦦨手執刀劒撞地而行皆破山岳移山林拔樹或起大雲曀覆大光明以水灑虛空聲如雷震便自到住處欲得傷害世尊種種樹木皆悉焚燒色變易手執輪雷雷霹靂如是瞋恚觀察如來作若干變化求如來便時佛說此偈

衆生有畏想　我志不移動　今得解脫法
無有恐怖心　處火不畏火　亦復不畏水
諸懷惡念者　何能傷害我

爾時阿羅婆鬼聞世尊言便自息心不能得壞彼處恐畏人所不至便降雹雨於如來上盡不墮地各散在餘處或復有墮如來身者皆化作曼陀羅華是時鬼神王見此力勢歎未曾有便發歡喜意於如來所便作是言速出沙門世尊便出彼鬼爾時欲試世尊便作是語還入沙門然世尊無怨恨心即入彼處如是至三廣說如契經於是世尊便說此偈

釋及諸梵天　無能動一毛　況復汝今力
堪任傷害吾　汝今捨瞋恚　有疑便時問
汝所有猶豫　我當事事解
爾時彼鬼便作是問人何者爲上廣說如契
經爾時於現法中便於如來所發歡喜心而
說此偈
未曾見有是　如此沙門者　誰能捨大海
而就牛迹水　當爲我身故　便作如是說
誰不飲此味　當捨甘露去　如彼有力士
爲水所漂溺　已拔厄難處　安處無爲岸
善色無有比　智者之所觀　所有彼義者
能皆說此法　自今歸命佛　三寶最是尊
所以求願者　一切得濟度
如是聞摩竭國界五地大神於羅閱城而止
大勢羅他擁護人民車乘熾盛土地豐熟賢
聖人民皆處其中無與等者食如甘露三事
微妙亦無衆惱猶如彼難陀洹園諸天中第
一爾時佛世尊最爲無比時調達於世尊所
常懷瞋恚未曾休息所行非法以是瞋恚故
上耆闍崛山園觀熾盛樹木繁茂泉源清涼
手執石欲擲如來即便放石是時彼石無有
情念猶自能持漸漸墮地彼調達有是非義
種種鬼神輩持石欲使不墮金毗羅鬼在耆
闍崛山住以己之力彼石欲墮時便生是心
此雖惡業然我等夜叉以此之身當辦是事
亦使世尊受百千樂若我能爲此事者便說
此偈
心清淨無瑕　起於若干義　我今沒此身
無得害最勝
爾時調達便以石放如來上時於山上彼鬼

即以手接石有一碎石墮如來上受此報對脚指血出調達受無量罪縁是果報當入地獄是時石墮地時三十三天散華供養以空解脱爾時散華叆塞虛空於彼受化講堂三十三天晝度樹佛光明遠照無憍慢慈愍衆生時披羅墮時梵志以五百事訶罵世尊舍利弗朋肌耆等比丘歎如來是時如來若被毀辱不以爲慼若復讃歎不以爲喜爾時便說此偈

受苦心不移　猶安明不動　息意甚牢固
故拜首神仙　爲他衆生故　功德無有量
如父愛其子　誰不拜首者

曾聞如是世尊在摩竭國界是時世尊無量功德具足到時著衣持鉢大衆圍繞諸根具足觀察已身亦無衆亂行步庠序亦不卒暴將諸無數比丘衆欲往詣彼當於爾時摩竭國王有象名檀那波羅形貌極端正頭生三處聲響清徹意欲所至難可制持若聞異聲便懷瞋恚若自顧見影亦懷瞋恚無能當前者隨意所欲若彼戰鬪亦不毀其力亦不滅少爾時世尊便入彼城却敵樓櫓埤堄皆悉具足人民熾盛或有愁者或有歡喜者恐害如來欲得親近如來是時禘婆達兜飲象子使醉而放彼象是時調達放象已便說此偈

自稱有大力　及身十種力　今日已集會
盡當於此滅

爾時世尊無所畏懼便說此偈

伊羅鉢有千　無能勝我者　況當此小蟲
欲害人中上

我於爾時無是思想便說此偈

無欲之力勢　衆生有欲心　以除此欲報
亦不懷亂想
復次說此偈
我今雖破壞　大象甚牢固　我今降伏彼
一切世無上
爾時檀陀波羅熟視如來形顏色極黑見彼象翹尾身體方正覩者皆懷恐怖奔走向如來爾時諸比丘衆如來恩力順如來教戒當避此惡象各自馳走遠如來所唯尊者阿難在如來後無數生常與如來共并既自不惜身命亦不捨如來是時檀那波羅象瞋恚熾盛火纏絡其身欲害如來是時瞋恚之火漸漸休息廣說如契經是時以手輪相甚微妙無有比爾時如來舉手著象頭上以慈悲心無瞋恚之心聞如來語即便涕零頭面著如來足上以舌舐足亦不可移動是時彼象便懷此恐懼形體無有力勢不覺便利然後世尊以此賢聖便說此偈
無有欲憍慢　世尊無此塵　時發慈悲心
必當生天處
爾時世尊以此音響倍懷歡喜和顏悅色於如來所以額鼻著如來足還入本國人民衆多見此未曾有象以降伏歡喜無恐懼之心皆有信樂於如來爾時便說此偈
如山不可動　況當勝瞋恚　以勝彼怨敵
猶伊羅鉢龍　有如是之德　力勢無有等
人中雄師子　盡當來拜首　如是衆生類
無有愚癡心　三界伏其名　覺意無與等
如是衆生類　亦有瞋恚患　志性皆休息
牢固稱遠布　智慧而瓔珞　心淨無所著

十力悉具足　是故當拜首

是時王猶如月虛空無有衆塵息心事皆辦十神仙皆爲瓔珞亦無有塵垢星自瓔珞猶如伊羅鉢所至處雲隨其後種種瓔珞莊飾其身於彼聞已猶彼神象遊行珍寶亦無狐疑四部之兵人民自圍繞於彼象上舉火象鼻攝持爾時世尊在羅閱祇城欲得見如來便往至世尊所是時世尊見王斯須出領無數衆圍繞王便作是念從遠來我宜當自護便生是念已便告耆婆見已便作是語汝不活我耶是時王須臾間顏色端正無比出入之上華果茂盛亦無衆塵王部具足猶蜂王音響不善生於彼園觀比丘僧前後圍繞遠來欲見如來見已數數顧視耆婆告耆婆曰處其中者爲是何物時耆婆奏彼王言此名肉髻時王復問此自然耶爲非自然耆婆白王言行果所種非今所造王報言復以何果成於菩薩於本所生於本受胎本所造行本所造身廣說如契經時王便說是頌

猶彼日光明　或有若干種　頂髻無有上
況復及餘相　顏貌已和悅　能仁無怯弱
已出此光明　照徹十方刹

時王便至佛所佛告耆婆曰云何當作是說耆婆白王言於是天王能降伏憍慢耆便得豪貴處憍慢耆便生卑處是時王便自息意思惟是言便作是語此是福田我當行此業耶如我豪尊云何當向彼禮拜彼無服飾我今著王服天冠彼人雖端正心以休息衆相具足無有醜陋彼相甚微妙猶如山不可移動便往至門生歡喜心衣毛皆竪以出要心

故無欲之想頭面禮世尊足便作是說猶如
世尊有如是色心意得正皆悉成就佛及比
丘僧使我優陀耶拔陀羅太子亦復如是便
問是義歡喜如是語亦說此偈
如海無有邊　風吹水則動　聖尊不可移
今觀人中上　帝釋來拜首　及諸梵天衆
我今當尊敬　自歸命世尊
是時闍提蘇尼梵志猶如純白華乘馬車弟
子衆圍繞出舍衛國欲得試如來乃至車行
處便乘車往即下車步入園中共如來漸漸
論義在一面坐是時世尊所居之處不見有
所有見如來顏色甚微妙無與等者亦無怯
弱有轉輪聖王相見此身體眼觀知如是法
如世尊法甚深微妙梵行亦無處所有如是
大功德智者所歎譽而說愛欲無有牢要亦
無虛妄是時梵志便作是問云何尊自知行
梵行耶爲非行梵行爲竪立諸根自爾智難
可量是時世尊告曰若作是等說者說者亦
不缺漏非不有力亦無衆行極清淨無瑕穢
修梵行若有人語我等說作是說此義云何
廣說如契經是時闍提舒尼梵志復問世尊
云何爲缺云何爲漏云何爲行云何非不有
力云何衆行極清淨無比有是梵行是時世
尊告曰於是婆羅門當作是求愛欲更樂若
有梵行者而自覺知苦樂觀眼色如是梵行
如是初當求梵行設起想著彼名曰缺計彼
衆數者名曰漏意所覺知者是謂非不有力
無有塵垢意流馳於中起不淨意是梵行垢
故故曰梵行廣說如契經婆羅門於我所觀
皮所覆中不淨聚選擇見其身我色愛已盡

復當於眼而觀眼色耶然婆羅門我觀更樂亦無有行豈當有更樂耶欲染著於更樂受此細滑然婆羅門我觀一切無常豈欲不盡有染著之意耶若婆羅門於此諸法我亦不觀此若男若女皆悉分别云何當起女欲想流馳著彼若復婆羅門彼無男欲想復不與女想相應而起欲想耶猶如婆羅門彼有限齊得出要樂何當憶本所造行耶然後婆羅門諸非義生欲拔濟苦惱出家學道以此誓願而修梵行有七事故不與梵行相應無缺漏亦無衆行廣説如契經若復婆羅門衆生有亂想著不離愛欲於彼衆生類云何當作是觀諸有淨想著於此身内盛臭處欲皆盡猶如婆羅門以水和乳猶知有此乳此合會愛欲亦復如是當作是察筋骨相連内盛臭穢有何可貪猶如婆羅門嬰孩小兒先與甘味著口後飲以苦此亦如是合會起欲想能忍欲苦相種種若干百類猶如新死犢子觀其皮乳得多（新生犢子死取皮釀草如生犢形置其母前母謂子活故乳不竭）此亦如是諸死境界等越度彼觀其相貌便起染著之意猶如婆羅門飢渴之人夢食甘饌飲食便歡喜踊躍然彼人亦無所食此亦如是諸愚癡人貪著於欲猶彼夢無異合會生其念然彼人實無趣善行若男女若有衆變易於是便説此偈

此是非眞法　欲怒何可貪　梵志當善觀
苦本難可拔　親近道最要　當斷愛欲意
賢聖八品道　爾乃至善處

是時五人遥見如來見已便相告言彼人向此來本所爲事今亦不辦廣所見聞隨意所

食無有忌難種種勤苦行迷惑未成道術廣說如契經爾時世尊便作是念愍此愚惑人自作制限彼制限者無有恭恪心於如來所爾時世尊以至彼人所即於淨地坐縛由何生欲療治病爾時佛語五人云何汝等而作是語更互乞食與說深法是時五人不受教誡此法甚苦覺知是時語世尊言汝本六年勤苦學道日食一麻一米猶不得道況今隨心口自恣言得道耶食甘饌飲食被珍寶衣隨意所欲自養其身是時世尊告曰云何汝等比丘觀如來顏色有變易耶諸根心寂顏貌端正如今顏像與本容色豈不異乎彼境界過去彼答曰如今端正而無有比世尊告曰若本不得是甘露者誰當於此三千世而得甘露亦聞天阿須倫於大海中須彌山底而得甘露此亦如是於此三千世以勇猛意得智甘露味此甚奇特世未曾有百千劫所造行息心最爲妙遠離名色解脫自在甘露味甚深爲彼衆生故而說其法忍其勤勞未曾辭憚爲一切結使故不起塵勞欲開心智故處母胎以此生死故而究竟其原無滅故不可盡有常故法無寡無憂感故樂也欲滅結故更不造新大神仙衆所歎譽已衆成就然我所行勤苦爲一切萌類故今當說法是時世尊圓光七尺顏色如安明山三世所宗重一切智所說無所罣礙如是比丘是謂爲苦本成就阿維三佛廣說如契經天人所歎光明無有盡是時日曀不現復以此人或以身著微妙衣裳至如來所或著天衣至如來所皆垂天冠種種色不同或瓔珞而墮地者

飢虛於世尊甘露是時便說此偈

世尊亦無生　饒益天人衆　如食甘露味
終無飢渴患　今日十種力　生時世稱歎
當飲深法味　已至解脫界

爾時如是衆行觀察苦賢聖諦本初受胎之苦爲從何生永處幽冥不見燈明以是之故生爲最苦觀此苦相生爲長苦無所堪任長爲業苦當筋力成辦有所希望苦意無猒足欲有所求不獲爲苦不充希望所獲爲苦起若干方便欲使不失以護漸漸磨滅爲苦若干衆惱悉至已得度彼岸難有內外人共評苦親族錢財皆散憶彼難忘苦不離愛欲諸結使苦欲最爲苦以未滅故瞋恚爲苦罪行不滅故癡最爲苦無照明故憍慢爲苦由意熾盛自大爲苦無尊卑意朋友爲苦心不分離故愛最爲苦味著無猒貪嫉爲苦心不開解無戒爲苦由變悔故所見爲苦不見眞諦故然有一切結自色爲苦無所恃怙爲苦求果報苦諸樹草木及四大所成共相繫著起諸因緣內四大苦若干變怪諸陰持苦由自然故諸入爲苦所依不離境界爲苦招致外色苦痛爲苦燒形體故樂痛爲苦由苦而生無苦無樂爲苦由境界生想最爲苦由衆生有行識最爲苦緣彼而生老則爲諸根羸劣病最爲苦四大不隨死最爲苦更受異形怨憎會爲苦共親近心所欲不得此最爲苦亦甚苦取要言之五盛陰苦常負重擔於彼所趣處地獄爲苦燒炙身形畜生爲苦各相食噉餓鬼爲苦飢渴逼形人身爲苦種種非行天爲苦福盡必終隨彼界墮三惡趣欲界爲

苦愛欲纏絡色界無色界亦無有智皆悉爲苦如是爲三苦逼皆悉攝持爾時以身意行故或以一行而造苦所造行皆悉爲苦如是衆苦無有休息因緣不盡當覺知色如是愚者之所爲然須陀洹究盡其原斯陀含少有不盡毛髮之餘阿那含當除至阿羅漢永盡無餘爲世現照明爾時世尊三耶三佛爲衆生類作大覆護便說此偈

無數百衆行　常造苦惱業　以懷此色難
現在有此證　彼實是無常　解本皆悉空
自然法所立　常當自覺知

是時云何復生此苦所謂自相境界五根具足若彼自相境界相應智迴轉是故極清淨愚者所不學不與智慧相應復有利根愚者謂之盲冥世尊與諸聲聞本所造行智慧善根自相合會相如所修苦賢聖諦皆悉觀察云何當觀此生死苦知有苦賢聖諦悉無常牢持而不捨皆悉同一起如是心於苦而觀苦彼最爲妙於苦觀空最初微妙等度彼處苦觀空時彼皆是分散之法自然觀察如是於苦觀無我彼智信所成最初有是頂法善長益數數求方便等智功德無所希望三昧林不缺漏外塵永盡亦無所著以想思惟故除去塵埃一切境界苦無所敗壞除去有愛亦無所畏亦無暴亂顏色和悅自觀境界於彼現光於三世起大燈明欲害彼結拔濟惡趣爲彼衆故無彼此心亦不懈怠得甘露味分別彼章等度生死故流轉四境界欲照明彼衆生故勤行苦行周窮一切亦無處所亦無顛倒除去顛倒者甚深難可測於是便說

此偈

若眼有苦時　清淨無量念　無味極鮮明
人之所歎譽　彼如是之智　音響相娛樂
觀佛十種力　護世衆生類　如有見禁戒
如來所長益　執志如金剛　分别一切空
若拔愛根本　亦無衆苦惱　當拜首息心
最勝無有比

當云何觀察世尊所謂有如是無漏智慧彼觀道場處所亦見力勢爲世故觀世光明於其中間所修苦行皆悉觀察彼彼衆生觀慈悲心欲使安隱彼無量勤苦觀如是苦行於異境界而自觀察於大衆中觀如來說微妙法令分布義觀其握法若法眼清淨亦觀彼法身無有衆生想若復作是觀亦不言禁戒曾聞尊者名優波斯有弟子名鉢摩迦往詣摩鍮羅境界於彼止宿彼到時著衣持鉢廣說如契經人未曾見不解彼威儀便入婬女村中彼婬女見此比丘年少端正身無塵埃見懷歡喜欲意熾盛時彼比丘便入婬舍觀如是結使不欲造結使如是穢解脫法速得此法果是時比丘便作是語而說此偈

欲如彼毒藥　欲爲不淨行　欲爲壞婬色
隨人入惡趣

作是說已便退而去彼人婬意熾盛爲彼比丘故便結旃陀梨呪術語彼旃陀梨如是之義是時旃陀梨莊嚴此女人化作村落之處致比丘來汝觀察此處猶彼釋提桓因宮殿無異厦堂高廣亦無有比莊嚴卧具無數衆色在彼厦堂上所卧之處文繡綩綖坐褥觀此地處種種華香而散其上一一周帀種種青

蓮芳蘭而生其邊作如是觀便作是結呪祝語比丘言此極微妙可共娛樂時鉢默比丘報言我盡觀此亦當觀餘旃陀梨言餘何者是鉢默報言

我今觀果實　欲最第一苦　終當入地獄
受彼鑊湯惱

是時旃陀梨報言止止比丘莫語我作是言鉢默比丘報言此語是愚癡欲眩惑我我不與爾同彼旃陀梨見已便作大火坑無有塵曀時鉢默比丘報言我已見此火坑旃陀梨報言若不欲親近女者不如入此火坑死是時彼比丘便作是思惟此火雖恐懼避火親近欲者然欲熾於大火設犯欲者後受罪無量寧今日入此火坑不犯此欲然我師神通無比云何當違師教以是之故當入火坑而死不犯欲而生今俱捨二事云何於三世如來立禁戒今我當犯以是之故入火坑而死如是思惟已欲持僧迦梨鉢以施彼人時旃陀梨報言用是衣鉢爲鉢默比丘報言

今此諸梵行　持我衣鉢施　諸有集聚者
持我語告彼　比丘名鉢默　遭此厄難處
今投火坑死　不受彼欲愛

乃至彼二人俱出家學道廣說如契經是時復說此偈

世修善雖少　思惟憶不忘　亦不受彼欲
欲度衆生故　況復開甘露　世尊一切妙
云何造功德　彼智隨時興

爾時世尊云何周旋來往覺知生本所謂於此等語有二種風形體功德心意所覺是謂二風彼形體風者生諸愛念意所覺者猶如

華敷鮮明淨潔猶如彼風觀見解脫所爲事
勝猶雪成水此心雲亦復如是攝持内外境
界有清涼風起覺知彼意彼持無量不破壞
有六境機關外爲四大所使四大根力所繫
彼有軟風起漸漸有智生亦如彼舉足時皆
是本行之德不失本所爲之相蹲骨所行來
往皆有火起於一切骨屈伸卷舒筋脉漸緩
有所希望若復視瞻開目閉目内身根更樂
漸漸熾然隨彼來往若復食噉屈伸卷舒皆
由形所造及餘心所造行依彼煖風除去顛
倒風亦吹落脣齒聲響本意所造一切種子
法然彼風處所有勝皆有此語有如是聲響
彼作是説不爲福云何不爲繫縛我作是説
有此機關外有壞敗内有衆行不作是時便
有盡便有長養猶如智車於此見截緣如是

豪貴法緣依彼時想顛倒於是便説此偈
此甚奇甚特　覺知空無智　展轉相依倚
機關最爲要　亦不觸彼意　身意所依倚
有如是衆事　眩惑爲微細
是時世尊爲梵行云何梵不亂不從彼學獨
遊無侶於人中功德威儀最爲微妙無著於
一切衆生所爲之業無能及者衆生無有量
依倚一切微妙之法法自然故一切智不可
壞成大要道所欲成就必果無疑諸功德具
聲聞圍繞生一切德一切微妙爾時世尊於
彼衆少形體最第一衆德成就除幽冥世無
所著三世無著棄諸結使得大慈悲心無亂
想已度彼憂畏之處至安隱處長夜降伏其
心自得授彼於是便説此偈
梵行最爲妙　慈功德成就　若彼聞此教

天人皆拜首　於正法無二　彼樂亦無二
必當成聖賢　是故拜首聖

爾時佛世尊三耶三佛忍地最爲微妙除諸結使亦無所著火所不燒所悟事勝風亦復勝功德無畏大衆成就爲衆重擔甚深相應不可思議猶如師子無怯弱心顏色和悅爲彼外學故已修無著猶如蓮華無所染汚自依衆故自破壞意所希望亦復能辦拔諸結使故衆最爲妙倍種種相生受取爲妙若自求於一切生爲妙當拜首最福田所擁護人民王最第一不作是觀彼義甚深捨衆熾法月最爲勝分別諸法毗沙門爲第一聲響清徹師子吼最第一欲種良福田有增上學捨一切田業釋提桓因爲第一一切世間功德爲第一示現涅槃道亦爲勝愍護一切衆生解一切縛爲妙於是便說此偈

如來之功德　一切普悉備　止住釋種家
猶海集衆寶　及餘佛法衆　充滿三世界
欲求往彼岸　當從如來取

是時世尊爲人中師子雄希望於一切智色和悅咽喉功德無比佛法功德有四神足甚安詳去離麤獷之言直身正意衆智具足眼爲清淨根萌芽分別衆法稱揚其德未知智猶雨甘露難可沮壞十力具足勇猛超彼覺知一切所趣而往救濟大慈悲禪解脫四等未曾缺亦無愛欲味觀食而食得無所畏降伏彼衆彼猶如師子鹿王鳴吼之時其聞聲者皆馳走四趣止谷趣谷止穴趣穴鳥飛虛空此亦如是若聞無常聲此凡夫人及長壽皆懷恐怖於身見皆馳走而去猶如彼龍象

聞師子聲不覺便利或絶韁靽走諸有長壽色界諸天亦復如是聞無常之教味著所樂各有此戀愛心爾時世尊爲師子鹿王意悉無恐懼成其道果亦不退轉觀者皆歡喜止觀微妙知彼功德無有愚惑於是便説此偈

猶彼師子吼　聞者皆驚愕　以智分別法
種種有別名　於生死恐懼　佛德不可議
是故拜師子　師子王中王

僧伽羅刹所集佛行經卷第四

音釋

俹衣嫁切倚也　躡尼輒切蹈也　厜是規切山巔狀　埤堄埤匹詣切堄研計切埤堄城上垣也　釀女亮切　恪克各切謹愿也　憚徒案切忌難也　鍮他侯切　厦亥雅切大屋也　綄緛綄於阮切緛如兖切　眩熒絹切幻惑也　韁絆韁居良切紲也絆博漫切縶也　愕逆各切驚也

僧伽羅刹所集佛行經卷第五

苻秦沙門僧伽跋澄譯

是時世尊爲人中雄象一切智慧皆悉具足所有肢節與首相稱所謂是智慧首因智慧有念念爲頭依彼止觀爲腹以休息解脱示無師學自然辦具以信根爲妙法以信力而縛有如是之力護清淨以爲牙除惡趣慚愧爲營從身妙以爲耳佛法身滿亦無害意而修梵行究竟其原求其方便勇猛不退一切世微妙無有能過此功德者猶如安明山習修於禪如彼利刀覺意自在七處安詳無常苦空行一切法皆悉無我涅槃爲滅淨所持如甘露十力有力勢觀者皆歡喜以破壞憍慢行解脱果報所緣依彼甘露不校計所著本意所造食解脱甘露果如甘露者得利養除諸穢濁以爲食亦不藏貯於九十一劫善自降伏爾時便有是定心無有衆亂於是便説此偈

和悦無衆亂　極清淨意定　拜首無量德
人中雄象王　彼衆生有德　壞敗諸色相
眼淨無瑕穢　拜首覺最勝

彼三耶三佛有如是功德如是自覺知如是甚深極微妙無比於中自覺諸法設復有人誹謗我言彼或有聲性與相應有如是有餘如有作是説有餘沙門出家若婆羅門聰明黠慧若天住止若欲界魔天若梵天色界妙者作如是而説法我亦不見彼相亦無因緣如彼所説若復不見其相云何不等正覺亦作是説見彼而説法逮安隱處而自娛樂爲等正覺亦到無畏處及餘無著廣説如契經

彼最爲妙無著不揺動處無若干彼名當轉梵法輪彼梵世尊轉此法所謂賢聖八品道當於何處而轉或作是語於此衆轉爲妙於此衆而師子吼亦不於空處而轉於此師子吼亦無恐畏復作是説欲降伏彼衆故此最初無所畏第二諸漏未盡此義云何所謂有漏障中有諸恐畏若復斷智具足此第二第三我所説道法此有何義所謂有如是實爲彼故求彼作是説此造諸内入此第三第四有所縛彼有十事人所修行在衆無恐畏或無恭恪心彼如是無有威儀以是之故於大衆而懷恐怖雖復有恭恪心明黠如實有此威儀彼亦復有恐畏於衆雖復有恭恪之心於彼雖無畏彼義有愚癡雖復承事供養恭恪之心然不數數修行雖復修行亦不經歷

久於中亦有恐懼之心於彼雖久修行意不捷疾於中故有恐懼雖有捷疾之意亦不親近於中故有恐懼之心彼雖親近亦不實依於中亦有恐懼之心意雖依善自無此善於彼衆中故有恐懼之心若復徧有此意然不有巧便彼於衆中故有恐懼之心彼世尊爲菩薩時承事師衆三界牢要寶幢從錠光佛以來三耶三佛若干劫極淨無瑕穢彼一切無幽不照緣彼覺意有如是形類所爲成就爲彼道故九十一劫而造行爾時世尊得受名號起如是黠慧而成佛與智慧相應意悉覺悟依彼善意一切皆悉辦一切意無著彼第一無染汚亦不懷恐懼心是故世尊如是常住恒入三昧於彼智有勝無數世有勝作是觀察其有難問者終不猶豫文字不缺於

是便說此偈

身如師子王　欲度彼園觀　群獸皆驚怖
各奔走東西　如是無所著　大衆現勇猛
不樂生死原　以法度天人

爾時世尊觀一切世間猶如草木所謂云何當試最初種有五行猶外草木於此有何五種復作是說云何彼樹展轉相倚耶生種種結苦諦所斷外亦有生有五種行觀彼苦地之所生皆依外而生於内云何生有作是說於内識處等有是觀如是外住隨種便生於中作是說如日月現無光此各各相依有所說依外亦生此義云何答曰於今而不相依食爲水所漬爲火所煑安處形體或爲風所吹如地生樹隨風來往於中皆悉知之身風所觸耳有所聞時亦能識知彼曰細滑也堅依外彼非有智耶如是亂想若外果所生皆悉觀察外緣内於中作是說一切非思惟色想耶不作是觀如觀察四大如是境界皆悉觀之或觀一果眼識生若干果以識爲首是故壞敗於中作是說外亦有作若干果猶彼色半青半黄猶如樹同一根生若干種果實秋則無有果或隨時生此生死樹亦復如是身最爲本根爲枝葉猶如三昧境界是故識施果爲上如是而覺知以眼喻彼樹若彼眼識有所攝色其根今色云何得成所謂如所說觀觀便爲妙彼如是現於是復現諸所生種子漸漸長益於彼生而成果知隨時萎彼果無所因等有是果所謂心垢所染於中作是說眼識皆悉知於中作是說不於中間猶如彼色緣彼果生如是緣意識有此生死樹

彼眼識爲首於中作是說猶如胎漸漸長於彼生眼識如是有眼識於中作是說不於眼識中間而死無有身根然眼根無所造此由何故或外不依根果本或同影果於此云何言等一切身根以過去不依無根草果根有壞敗復是所知外無有情然内有情於中作是說云何情想有果實耶猶如外華實此種果亦復如是以是故或有情或復共同情於中實有無礙云何當有念於中作是說此義云何或有作是說彼處所無有住處答曰猶如彼無處所便有是清淨外無壞敗便有是因緣於中作是說彼四大有增上如所依有果者是事不然此復是所知所作行業外不現猶如内所有不往名曰樹往者非樹於中作是說云何此地持無所壞敗耶此地亦有暖氣若依彼有有是堅相爲風所吹便可知之此亦如是然外有藥草樹木無常斷絶與壞敗相應當作是觀因緣無常苦空無我亦如是然外空無所有衆生亦如是猶如無我觀内亦如是況當内有所造懷内思想彼皆是外猶如濕木種時便生此亦如是根意所教猶如身心依法往來周旋此皆無所依猶如壽暖命識此亦如是無有終始

觀彼志性趣　外及樹木草　實空無果實
於法當分別　彼已有壞敗　身等即思惟
壞彼塵勞結　五根永以滅

是時尊者大迦葉勤修苦行身體疲猒於彼園觀處而自娛樂事火無懈息已衆圍繞僧迦梨壞髮爪皆長諸根淳熟内降伏婬經行往來所觀察皆悉知之樂閑處名稱遠聞故

得大慈悲無與彼尊德等者天人所供養是大福田加敬恭拜諸遭困厄者皆度脫之度彼生死布現法相布現歡樂擁護如事父無異所供養業如山不可動歡喜踊躍欲觀察如來欲遊一閑靜處往至世尊所觀樂異法故頭面禮世尊足在一面坐爾時世尊欲歎譽少欲之德便告尊者大迦葉曰汝今迦葉年老形熟無復有少壯意長老身無所堪任漸漸衰耗盛意已盡更不與所著補納之衣極重計汝今身不堪勝此重衣汝年已邁諸有長者持衣施者便可納受是時尊者大迦葉諸法想具恭敬心於如來即從座起長跪白世尊言生死長遠義皆不真受此樂痛心常愁憂諸有豪尊長者亦不樂至彼家已自阿練復歎阿練之德自少欲復歎少欲之德然世尊諸天證知我於今世果若有力無力皆能頂戴況我今日之身無婬怒癡憍慢皆悉盡清淨無瑕離世不與世相應皆悉得之今當云何捨此麤服是時世尊告曰此云何廣說如契經是時尊者大迦葉報言以二義故住閑居處或復有歎閑居之德自於現法中欲得歡樂爲後世人故作照明布現如是德以是修勤苦行是世尊告曰善哉善哉大迦葉常當樂閑居廣說如契經於是便說此偈

彼得何自在　弟子修苦行　清淨無衆惱
如月星中明　如今無狐疑　彼有是大德
當牢持正法　淨除一切穢

是時尊者舍利弗自依甚深無有邊際所知如大海無有邊涯堪任與外學論義皆悉降

伏稱揚善法不失彼意於愛欲得解脱意所
覺知生死所趣皆盡原本便往至世尊所頭
面禮足白世尊曰我起如是義皆悉牢固彼
彼止住外道異學處今到此處欲服甘露除
一切結縛意亦無所著於我處所世尊爲我
故說如是義當除惱患說如是義已諸凡夫
人皆悉懷愁憂學者亦懷愁憂諸無狐疑者
皆悉欲聞是時世尊須史思惟告尊者舍利
弗言此行皆是有爲是時尊者舍利弗常樂
空閑處好喜於法拜首於法繞三帀便直身
觀如來形往詣那羅陀村中以草布地入師
子奮迅三昧已入彼三昧如來所止之方便
於彼而般涅槃是時均乘入頭（州鶉切）沙彌常
與尊者舍利弗供給所當與轉尊法輪修行
佛事最大聲聞一切世人莫不供養供養如
來身所彼舍利及鉢三法衣與尊者阿難到
已便作是語我所事師今已滅度尊者阿難
問均頭沙彌汝師是誰爲名何等我所事師
名優鉢低舍今尊者已般涅槃此尊者舍利
弗是時尊者阿難聞如是語便懷愁憂網愚
癡城裏念彼舍利弗心意迷惑無所覺知須
臾愁煩而立便將均頭沙彌往至世尊所以
是語具白世尊我今日身不如本故聞彼尊
者舍利弗取般涅槃廣說如契經世尊告曰
彼持戒身而去耶及我所覺法亦持去耶所
謂四意止廣說如契經然復阿難行不可久
保皆當壞敗阿難無常行無有常存者亦無
不觀善行阿難行無所依怙阿難興起苦更
樂懷顛倒之想阿難行無我不得自在阿難
行難可捨常受有教阿難行有所害皆悉空

寂阿難當遠離彼行起苦樂想是時世尊告均頭沙彌言汝授此舍利著我手中是時均頭沙彌即授與如來是時世尊伸黃金臂極軟細而受之爾時世尊當受舍利時彼極清淨無瑕穢心意歡喜覩者皆歡喜著闇冥處是時世尊告諸比丘汝等比丘可禮此舍利弗舍利自歎譽彼名聞遠布於聲聞中尊最妙惟有一存彼一切皆悉過去諸有萌類欲得是樂現神足去垢濁彼復有是明皆悉周徧設當有是色當拜首彼智慧彼有名稱一切世間悉能充滿此是彼舍利於三界身得自在善香所熏是故當拜首禮如是功德爲世現萌類衆多功德當學解脫至彼處所爾時世尊亦捨壽命是時地爲大動四面雷電霹靂諸天側塞虛空作倡妓樂有大光明靡不照明雲霧覆蔽火無有光有如是語流布一切智當取滅度是時尊者阿難清旦從座起往詣世尊所頭面禮世尊足在一面住便問世尊言此是何因緣使地大動世尊意不移動便作是語阿難以八因緣故地爲大動復語尊者阿難若第一聲聞取般涅槃如來取涅槃有如是之瑞應阿難白佛言今日世尊亦捨壽命耶世尊報曰如是阿難我亦捨壽命是時尊者阿難自投于地廣說如契經白世尊言我面從如來聞受持諷誦諸有比丘所修四禪神足住劫若至無數劫廣說如契經是時世尊意不移動吐如此言教便作是說云何阿難我不再三告汝耶是時尊者阿難尊無二語便黙然住猶如大海中船破壞無由得至彼岸白世尊言從隨葉世尊已

來彼三耶三佛所有境界人民皆悉長壽成就今日如來境界所修行甚勤苦精進惠施無有限量如今日衆生壽命甚短教化未盡原本是時世尊告曰汝今云何世平豐熟無有恐畏苦難有法王出世轉輪聖王以法治化樹木藥草不可稱計諸有牢獄閉繫者皆使解脱或復有鼎沸之世如轉輪聖王諸有牢獄閉繫者皆使解脱不遭苦厄有恩慈於彼衆生而彼云何有恩慈於衆生是時尊者阿難白世尊言第一法王出人之表者遭厄苦惱者能脱苦惱最爲要猶如阿難太平之世有轉輪聖王隨葉佛處世時亦復如是猶如牢獄繫閉皆悉度脱之阿難如我今日壽命極短出現於世彼衆生猶刀劒劫生彼惡劫諸結使厚未能離結使依種種邪見有邪見結使以非法欲故有欲結使於彼衆生中間所生如是惡趣時世惡故所教化少若於彼人勤修此行阿難我本未得道爲獼猴時不惜身命使餘同類皆使得度無有不得度者本復爲師子時度脱爾所商人越彼惡道久修行梵行爾時阿難所趣之處無不有潤澤衆生我是時阿難還復人身於摩竭界潤澤諸人復於青雀時度脱無數商人復爲大仙人度脱無數梵天我年八歲時於此誓願意不退轉身被草衣勤修苦行住彼閑靜處所修行皆悉護持云何阿難我於此迷惑之世天不降雨時釋提桓因即使降雨是時阿難我未生時人民之類愛念一子若復阿難我爲一衆生故一劫之中代受泥犁苦爲彼衆生受如此苦惱若復阿難我今此身父母

所生無有怨敵能害我者終無此義此金剛三昧分別種種三昧若我取滅度後彼若供養舍利如芥子等此功德無有限是時便說此偈

從初發意來　所作爲第一　得爲人中上
誰能與等者　若父母妻子　於世得自在
雖有餘命存　今盡當捨之

汝今往阿難爲如來故往詣彼雙樹間廣說如契經是時尊者阿難從佛受教便作是思惟今日世尊審涅槃耶便懷愁憂不違尊教即懷驚怖便往至彼間皆是宿命相追還故勤苦所致欲有所陳復懷狐疑當云何陳此言便白世尊所爲已辦是時世尊便往至彼所舉足蹈地時欲至彼處是時尊者阿難心意遂熾然復生是心此爲幻夢耶爲是審然

如是猶豫思惟是已復還正其意此名曰無常衆生流轉不脫此患是時世尊漸至彼雙樹間於其中間有諸天側塞虛空或有作倡妓樂顏色變易或有啼哭涕零不可稱計諸須倫衆希望於法恭敬於法是時便說此偈

此尊第一妙　爲彼衆生類　此法亦無上
今當取滅度

是時世尊便至雙樹間而坐是時雙樹間諸天展轉相告語言於彼亂世一切智當取滅度云何當捨人民類而取滅度於是便說此偈

諸爲深義故　疾逮甘露味　彼尊有是力
今悉當還去　如彼金剛輪　人民所歎譽
彼輪或有敗　此尊難可壞
於彼中間盡修無常精進力不可沮壞諸有

少壯皆悉無常　諸佛世尊亦復滅度　此患甚苦惱　便説此偈
於彼諦思惟　色像有迴轉　彼更樂所縛　受諸苦惱患
其中或有説此偈
最始生爲苦　有此陰持名　無生不有壞　誰有脱此患
其中或有作是説偈　無常爲所從生　最初覺此時　一切念悉成　彼有如是色　諸佛無常住
我等今日當修何業　今世尊最後説此法　是故當慇懃修心　是福田亦不可持　而發歡喜心　是時婆羅園中諸天皆拜首於世尊　雨若干種曼陀羅華　皆啼泣涕零　便説此偈
其有覩如來　晝夜無懈怠　時欲取滅度　捨此四大形　勤苦成其德　未曾建正法　以度生死患　今當捐陰入
是時世尊臨欲般涅槃時　告諸比丘　汝等比丘有所狐疑　便可時問　乃至一切行無淨常　云何尊者阿那律　世尊般涅槃耶　是密迹金剛力士　立如來後　觀如來顔色肢節筋骨　皆悉牢固堪任　重任亦堪任　説微妙之法　即啼泣而作是説
無垢無衆瑕　世間先覆蓋　猶彼紫磨金　今當捨衆去　猶如此世間　田熟時已過　釋種釋迦文　無想永寂滅
其中或有説者　止止莫作是語　是時彼懷此懊惱　便作是説　自念世尊從兜術天降神來生世間　憶彼有數千萬天　以已功德皆著青衣　有威神之力　力不可沮壞　五百不退轉　復

有十二大鬼神見者皆懷恐怖欲來擁護如來斯須思惟復作是說攝如來肢節皆放光明便告勑我等勑諸天有是語護世神遣使至此於彼處便作是語我等歡喜承事供養如處胎時曼癖之中常不遠離我等深著此世衆生牢固於此有苦樂想有父母想一切世微妙有無上想護世所造有兄弟想受彼信施故有福田想心不傾邪有執御之想欲度流故有船師想不可得故懷珍寶想得大慈故有護世想如我今日金剛之身不碎爲百分或有說者此身必當獲果所以然者供養如來故是時密迹金剛力士便作是說此事云何是時太子乘馬車出城時彼馬還來七日不食生三十三天況當我等承事受如來教誡入耳者諷誦者一切皆悉學度衆生無有限量若復珍寶之海當度求之是時密迹金剛力士有二賢聖論說此偈

於彼神龍處　金剛出於海　云何當擁護

如是師子吼

是時思惟復作是說

猶如彼深海　力無能過者　於世行精進

大德無有邊

如是世尊於波羅柰國而轉法輪初轉此法時多饒益衆生即於此夏坐有益於摩竭國王第二三四於靈鷲頂山第五脾舒離第六摩拘羅山白善爲母故第七於三十三天第八鬼神界第九拘苦毗國第十技提山中第十一復鬼神界第十二摩伽陀閑居處第十三復還鬼神界第十四本佛所遊處於舍衛祇樹給孤獨園第十五迦維羅衛國釋種村

中第十六還迦維羅衛國第十七羅閱城第十八復羅閱城第十九柘梨山中第二十夏坐在羅閱城第二十一還柘梨山中於鬼神界不經歷餘處連四夏坐十九年不經歷餘處於舍衛國夏坐如來如是最後夏坐時於跋祇境界毗將村中夏坐世尊已度愛淵如是曩昔諸佛所作惠施利根皆悉成就諸行普至志性柔和皆悉度已次度中根次度輭根漸漸便至須陀洹與外學演說世尊皆周徧爾時便取涅槃於是便說此偈

欲度外學故　大尊無與等　自覺復度彼
無有溺此淵　經歷種種樂　漸漸有長益
於是生歡喜　皆悉度彼處

如今清淨無瑕穢所生之處常值善處已行成就亦無衆慢緣諸功德皆悉成就爲彼境界故相應成就以慇懃故生皆成就救濟拔厄至無爲處如是得成就若生豪尊家居家成就色微妙故親屬成就所爲已足無爲處成就有限量故所爲皆成斷種種結使故降伏成就所與行業誓願成就種諸功德未曾有所犯所爲成就威儀成就諸功德戒律成就演四意止威儀成就分別言教境界成就興起智慧集衆成就已捨諸有諸戒具足戒律成就以智專心亦不依禪三昧成就如實分別彼界智慧成就斷諸結使故解脫成就斷諸愚癡故解脫見慧成就集諸功德一切成就已得寂滅止觀成就是故拜首十力是時便說此偈

色不可思議　佛之所覺悟　三世稱揚名
神仙至彼岸　於世已休息　永盡無起滅

大智通第一　一切得自在

聞如來般涅槃百歲後一切智見布現於世聞摩竭國界欺羅梨城有王名阿儵其德甚巍巍猶彼天帝無異有大威德聰明黠慧堪任與彼論議視民如子彼夜欲冥之時便作是思惟我今所願已果更無希望當擁護人民今當設何方便爲何業當興起何事使世人民皆蒙其德作是思惟已即夜睡瞑於夢中便聞此偈

審諦甚微妙　三世所敬事　當廣布舍利
最勝取滅度

聞此語已彼王即驚覺時王已覺便作是歎

善哉彼衆生　取滅度之後　舍利天所傳
我等當承事

口傳耳所聞是時大王即召群臣集大衆以此義問彼言我當以何義恤化人民彼群臣人民各自陳言或言供養如來舍利或言祭祀神天是時王便作是說當以至誠語擁護其法我昨夜夢中便作是聞思惟此舍利甚善哉爲此世故我等宜擁護世間人民自既獲福衆生得度已功德無有量當行威儀恩慈皆使見照明我於夢中聞如是語又說此偈

若聞彼音響　道場自覺知　彼是釋師子
應供養舍利

是時王集諸比丘復以此義問彼曰諸比丘以法之教時王復語彼比丘言諸賢所說我於夢中所見則是我宿植德本是時王於八日受八關齋著純白衣撞鍾鳴鼓作倡妓樂彈琴鼓瑟吹螺燒種種香於羅閱城欲得舍

利聞彼城裏有金券書已見金券有其形像前世以土惠施見彼相（自聞以下諸比丘言）王須臾思惟便作是語此必當獲微妙果實我欲發開銅函見此中文即發開函見有金券亦見文字（此券阿闍世王記佛言有阿儵王也）見此證驗即於衆中便讀此文字於摩竭國界有羅閱城有長者名波羅蜜多羅彼有子名毗闍耶蜜多羅第二家名披修披陀羅有子名披修達多彼二長者子在四衢道頭弄土戲當弄土戲時毗闍耶蜜多羅長者子便懷歡喜便掬土惠施復有助歡喜者如來百歲涅槃後毗闍耶蜜多羅當出現於世緣彼土功德有王名阿儵出波耶種時王讀此文字便懷歡喜歎未曾有復告群臣更讀此金券如上無異彼於此世界人民之類皆當統領然不歎譽披修達多當爲彼人臣時王便作是歎善哉大福田作是少施獲大功德心得歡喜或有作是說我取七塔舍利分布廣度世界是時王善哉歎未曾有之智歡喜取彼舍利虛空之中聞神聖聲而說此偈

當發歡悅心　善德不可稱　當廣布功德
遺舍利教化

天王於彼舍利而雨若干種華是時王起八萬四千塔一日皆悉成是時王告彼群臣言彼有如是眞諦言教世所稱譽爲佛今已滅度分布舍利於世界亦無衆結身淨如金亦如白雪觀此地未曾起惡彼亦如是見此地已擁護之所教授智不可動在巖穴中極峻高空無有量況當統領一切一切地是福田十力觀衆生類所起塔寺無有增減是時世

尊舍利爲一切種類各各作若干種論時王說曰猶此力無數金剛三昧碎骨而自得捨休息云何當度此

僧伽羅刹所集佛行經卷第五

音釋

柘（文夜切） 儵（音叔） 恤（思律切） 券（丘願切）

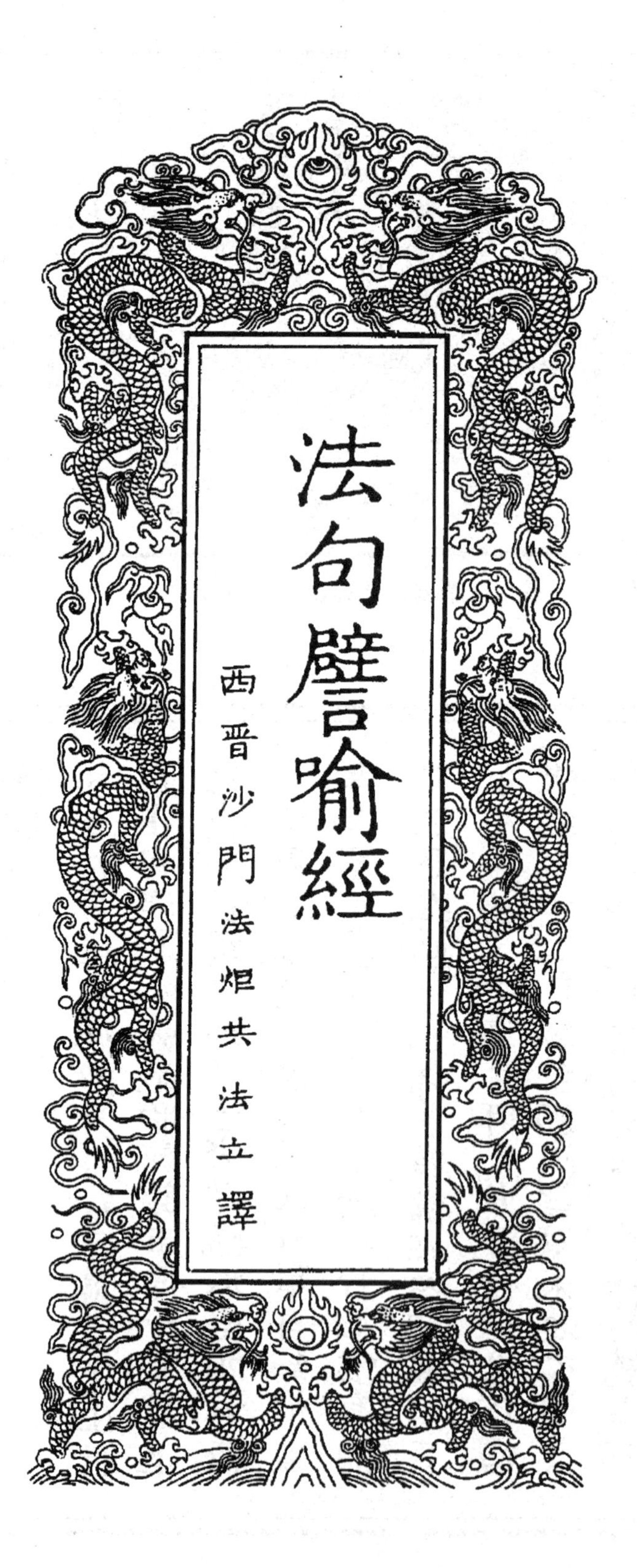
法句譬喻經
西晋沙門法炬共法立譯

圖相變法說佛藏龍刻清

法句譬喻經卷第一

西晉沙門法炬共法立譯

無常品第一

昔者天帝釋五德離身自知命盡當下生世間在陶作家受驢胞胎何謂五德一者身上光滅二者頭上華萎三者不樂本座四者腋下汗臭五者塵土著身以此五事自知福盡甚大憂愁自念三界之中濟人苦厄唯有佛耳於是奔馳往到佛所時佛在耆闍崛山石室中坐禪入普濟三昧天帝見佛稽首作禮伏地至心三自歸命佛法聖衆未起之間其命忽盡便至陶家驢母腹中作子時驢自解走瓦坯間破壞坯器其主打之尋時傷胎其神即還入故身中五德還備復爲天帝佛三昧覺讚言善哉天帝能於殞命之際歸命三

尊罪對已畢不更勤苦爾時世尊以偈頌曰

所行非常　謂興衰法　夫生輒死　此滅爲樂
譬如陶家　埏埴作器　一切要壞　人命亦然

帝釋聞偈知無常之要達罪福之變解興衰之本遵寂滅之行歡喜奉受得須陀洹道

昔佛在舍衛國精舍中爲諸天人龍鬼說法時國王波斯匿大夫人年過九十卒得重病醫藥不差遂便喪亡王及國臣如法葬送還神墳墓葬送畢訖還過佛所脫服跣韈前禮佛足佛命令坐而問之曰王所從來衣麤形異何所施爲也王稽首曰國大夫人年過九十間得重病奄便喪亡遣送靈柩還葬墳墓今始來還過覲聖尊佛告王曰自古至今大畏有四生則老枯病無光澤死則神去親屬別離是謂爲四不與人期萬物無常難得久居一日過去人命亦然如五河流晝夜無息人命馳疾亦復如是於是世尊即說偈言

如河駛流　往而不返　人命如是　逝者不還

佛告大王世皆有是無長存者皆當歸死無有脫者往昔國王諸佛眞人五通仙士亦皆過去無能住者空爲悲感以損軀形夫爲孝子哀慼亡者爲福爲德以歸流之福祐往追如餉遠人佛說是時王及羣臣莫不歡喜忘憂除患諸來一切皆得道迹

昔者佛在羅閱祇竹園中與諸弟子入城受請說法畢訖晡時出城道逢一人驅大羣牛牧還入城肥飽跳騰轉相觝觸於是世尊即說偈言

譬人操杖　行牧食牛　老死猶然　亦養命去
千百非一　族姓男女　貯聚財產　無不衰喪

生者日夜　命自攻削　壽之消盡　如滎穽水

佛到竹園洗足却坐尊者阿難即前稽首問言世尊向者道中說此三偈不審其義願蒙開化佛告尊者阿難汝見有人驅牧羣牛不唯然見之佛語尊者阿難此屠家羣牛本有千頭屠家日日遣人出城求好水草養令肥長擇取肥者日牽殺之殺之過半而餘者不覺方相觝觸跳騰鳴吼傷其無知故說偈耳佛語尊者阿難何但此牛世人亦爾計於吾我不知非常饕餮五欲養育其身快心極意更相殘賊無常宿對卒至無期曚然不覺何異於此也時座中有貪養比丘二百人聞法自勵逮六神通得阿羅漢衆座悲喜爲佛作禮

佛昔在舍衛國祇樹給孤獨園爲諸弟子說法時有梵志女年十四五端正聰辯父甚憐愛卒得重病即便喪亡田有熟麥爲野火所燒梵志得此憂惱愁憒失意恍惚譬如狂人不能自解傳聞人說佛爲大聖天人之師演說經道忘憂除患於是梵志往到佛所作禮長跪白佛言素少子息唯有一女愛以忘憂卒得重病捨我喪亡夭性悼愍情不自勝唯願世尊垂神開化釋我憂結佛告梵志世有四事不可得久何謂爲四一者有常必無常二者富貴必貧賤三者合會必別離四者強健必當死於是世尊即說偈言

常者皆盡　高者亦墮　合會有離　生者有死

梵志聞經心即開解願作比丘鬚髮自墮即成比丘重惟非常得羅漢道

昔佛在羅閱祇耆闍崛山中時城内有婬女

人名曰蓮華姿容端正國中無雙大臣子弟莫不尋敬爾時蓮華善心自生欲棄世事作比丘尼即詣山中就到佛所未至中道有流泉水蓮華飲水澡手自見而像容色紅暉頭髮紺青形貌方正挺特無比心自悔曰人生於世形體如此云何自棄行作沙門宜當順時快我私情念已便還佛知蓮華應當化度化作一婦人端正絕世復勝蓮華數千萬倍尋路逆來蓮華見之心甚愛敬即問化人從何所來夫主兒子父兄中外皆在何許云何獨行而無侍從化人荅言從城中來欲還歸家雖不相識寧可共還到泉水上坐息語不蓮華言善二人相將還到水上陳意委曲化人睡來枕蓮華膝眠須臾之頃忽然命絕胮脹臭爛腹潰蟲出齒落髮墮肢體解散蓮華見之心大驚怖云何好人忽便無常此人尚爾我豈久存故當詣佛精進學道即至佛所五體投地作禮已訖具以所見向佛說之佛告蓮華人有四事不可恃怙何謂爲四一者少壯會當歸老二者強健會當歸死三者六親歡娛會當別離四者財寶積聚要當分散於是世尊即說偈言

老則色衰　壯病自壞　形敗腐朽　命終其然
是身何用　恒漏臭處　爲病所困　有老死患
嗜欲自恣　非法是增　不見聞變　壽命無常
非有子恃　亦非父兄　爲死所迫　無親可怙

蓮華聞法欣然解釋觀身如化命不久停唯有道德泥洹永安即前白佛願爲比丘尼佛言善哉頭髮自墮即成比丘尼思惟正觀即得羅漢諸在座者聞佛所說莫不歡喜

昔佛在王舍城竹園中說法時有梵志兄弟四人各得五通却後七日皆當命盡自共議言五通之力反覆天地手捫日月移山駐流靡所不能寧當不能避此死對一人言吾入大海中上不出現下不至底正處其中無常殺鬼安知我處一人言吾入須彌山中還合其表令無際現無常殺鬼安知吾處一人言吾當輕舉隱虛空中無常殺鬼安知吾處一人言吾當藏入大市之中無常殺鬼趣得一人何必求吾也四人議訖相將辭王吾等壽筭餘有七日今欲逃命冀當得脫還乃親省惟願進德於是別去各到所在七日期滿各各命終猶果熟落市監白王有一梵志卒死市中王乃悟曰四人避對一人已死其餘三人豈得獨免王即嚴駕往至佛所作禮却坐白佛言近有梵志兄弟四人各獲五通自知命盡皆共避之不審今者能得脫不佛告大王人有四事不可得離何謂爲四一者在中陰中不得不受生二者已生不得不受老三者已老不得不受病四者已病不得不受死於是世尊即說偈言

非空非海中　非入山石間　無有地方所
脫之不受死　是務是吾作　當作令致是
人爲此躁擾　履踐老死憂　知此能自靜
如是見生盡　比丘猒魔兵　從生死得度

王聞佛言歎曰善哉誠如尊教四人避對一人已亡祿命有分餘復然矣羣臣從官莫不信受

教學品第二

昔佛在舍衛國祇樹精舍佛告諸比丘當勤

修道除棄陰蓋心明神定可免衆苦有一比丘志不明達飽食入室閉房靜眠愛身快意不觀非常㝠㝠懈怠無復晝夜却後七日其命將終佛愍傷之懼墮惡道即入其室彈指覺曰

咄起何爲寐　螉螺蚌蠹類　隱蔽以不淨
迷惑計爲身　爲有被斫瘡　心而嬰疾痛
遘于衆厄難　而反爲用眠　思而不放逸
爲人學仁迹　從是無有憂　常念自滅意
正見學務增　是爲世間明　所生福千倍
終不墮惡道

比丘聞偈即時驚悟見佛親誨加敬悚息即起稽首爲佛作禮佛告比丘汝寧自識本宿命不比丘對曰陰蓋所覆實不自識也佛告比丘昔維衛佛時汝曾出家貪身利養不念經戒飽食却眠不念非常命終魂神生螉蟲中積五萬歲壽盡復爲螺蚌之蟲樹中蠹蟲各五萬歲此四品蟲生長㝠中貪身愛命樂處幽隱以㝠爲家不見光明一眠之時百歲乃覺纏綿罪網不求出要今始罪畢得爲沙門如何睡眠不知猒足於是比丘重聞宿緣慚怖自責五蓋雲除即得羅漢道

昔佛在舍衛國祇樹給孤獨園與諸天人四輩說法時有一年少比丘爲人頑愚質直踈野未解道要情意興盛思想於欲陽氣盛隆不能自制以此爲惱不獲度世坐自思惟有根斷者然後清淨可得道迹即至檀越家從之借斧還房閉户脫去衣服坐木板上欲自斫陰正坐此陰令我勤苦經歷生死無央數劫三塗六畜皆由色欲不斷此者無緣得道

佛知其意愚癡乃爾道從制心心是根源不知當死自害墮罪長受苦痛於是世尊往入其房即問比丘欲作何等放斧著衣禮佛自陳學道日久未解法門每坐禪定垂當得道爲欲所蓋鷩陽氣隆盛意惑自冥不覺天地諦自責念事皆由此是以借斧欲制斷之佛告比丘卿何愚癡不解道理欲求道者先斷其癡然後制心心者善惡之根源欲斷根者當先制其心心定意解然後得道於是世尊即說偈言

學先斷母　率君二臣　廢諸營從　是上道人

佛告比丘十二因緣以癡爲本癡者衆罪之源智者衆行之本先當斷癡然後意定佛說是已比丘慚愧即自責言我爲愚癡迷惑來久不解古典使如此耳今佛所說甚爲妙哉内思正定安般守意制心伏情杜閉諸欲即得定意在於佛前逮得應真

昔佛在羅閱祇國靈鷲山中爲諸天人國王大臣說甘露法有一比丘剛猛勇健佛知其意遣至山後鬼神谷中令樹下坐數息求定知息長短安般守意斷求滅苦可得泥洹比丘受教往至谷中端坐定意但聞山中鬼神語聲不見其形但有音聲悚息怖懼不能自寧意欲悔還即自念言居家大富宗族又強復出家學道獨見安處鬼神深山既無伴侶又無行人但有諸鬼數來怖人思惟如是未去之間於是世尊往到其邊坐一樹下而問之曰汝獨在此將無怖懼耶比丘稽首白言初未曾入山在此實憂須臾之間有一野象王來在邊倚樹而卧心獨歡喜遠離諸象一

何快哉佛知象意告比丘曰汝寧知是象所由來不對曰不審佛告比丘此象眷屬大小五百餘頭患猒小象捨來至此倚樹而卧自念得離恩愛牢獄一何快哉象是畜生猶思閑靜況汝捨家欲求度世方以獨自欲求伴侶愚冥伴侶多所傷敗獨住無對亦無謀議寧獨修道不用愚伴於是世尊即說偈言

學無朋類　不得善友　寧獨守善　不與愚偕
樂戒學行　奚用伴爲　獨善無憂　如空野象

佛說是時比丘意解内思聖教即得應真谷中鬼神亦皆開解爲佛弟子受誓誡敕不復侵民佛與比丘共還精舍

昔佛在舍衛國祇洹精舍爲諸天人宣演經法時羅閱祇國有二新學比丘欲往見佛二國中間曠無人民于時旱熱泉水枯竭二人飢渴熱痟呼吸故泉之中有升餘水而有細蟲不可得飲二人相對曰故從遠來欲望見佛不圖今日没命於此也一人言且當飲水以濟吾命進前見佛焉知其餘也一人荅曰佛之明戒仁慈爲首殘生自活見佛無益寧守戒而死不犯戒而生也一人即起極意快飲於是進路一人不飲遂致殞命即生第二忉利天上思惟自省而識宿命持戒不犯今來生此信哉福報其不遠矣即持香華下到佛所爲佛作禮却住一面其飲水者道路疲頓經日乃達見佛神德至尊巍巍稽首禮畢涕泣自陳我伴一人於彼命終感其不達願佛知之佛言吾已明矣佛以手指曰今此天人則是伴也全戒生天又先至矣於是世尊披胷示之汝觀我形不奉我戒雖云見我我

不見汝也去我萬里奉行經戒此人則爲在我目前於是世尊即說偈言

學而多聞　持戒不失　兩世見譽　所願者得
學而寡聞　持戒不完　兩世受痛　喪其本願
夫學有二　常親多聞　安諦解義　雖困不邪

於是比丘聞偈慚怖稽首悔過嘿思所行天人聞偈心意欣悅逮得法眼天人衆會莫不奉行

多聞品第三

昔舍衛國有一貧家夫婦慳惡不信道德佛愍其愚現爲貧凡沙門詣門分衛時夫不在其婦罵詈無有道理沙門語曰吾爲道士乞句自居不得罵詈唯望一食耳主人婦曰若汝立死食尚叵得況今平健欲望我食但稽時節不如早去於是沙門住立其前戴眼抒氣便現死相身體胖脹鼻口蟲出腹潰腸爛不淨流漫其婦見此恐怖失聲棄捨而走於是道人忽然捨去去舍數里坐樹下息其夫來歸道中見婦怪其驚怖其婦語夫有其沙門見怖如此夫主瞋怒問爲所在婦曰已去想亦未遠夫即執弓帶刀尋跡往逐張弓拔刀奔走直前欲斫道人道人即化作瑠璃小城以自圍繞其人繞城數匝不能得入即問道人何不開門道人曰欲使開門棄汝弓刀其人自念當隨其語若當得入手拳加之尋棄弓刀門故不開復語道人已棄弓刀門何不開道人曰吾使汝棄心中惡意弓刀耳非謂手中弓刀也於是其人心驚體悸道人神聖乃知我心即便叩頭悔過啓道人曰我有弊妻不識真人使我興惡願小垂慈莫便見

捨令欲將來勸令修道即起還歸其妻問曰沙門所在其夫具說神變之德令者在彼卿自宜往改悔滅罪於是夫妻至道人所五體悔過願爲弟子跪問道人神變聖達乃爾有瑠璃城堅固難踰志明意定永無憂患行何道德致此神妙道人曰吾博學無猒奉法不懈精進持戒忍不放逸緣是得道自致泥洹於是道人因說偈言

多聞能持固　奉法爲垣墻　精進難踰毀
從是戒慧成　多聞令志明　以明智慧增
智則博解義　見義行法安　多聞能除憂
能以定爲歡　善說甘露法　自致得泥洹
聞爲知律法　解疑亦見正　從聞捨非法
行到不死處

道人說偈已現佛光相洪暉赫奕照曜天地夫妻驚愕精神戰懼改惡洗心頭腦打地壞二十億惡得須陀洹道

昔佛在拘睒尼國美音精舍與諸四輩廣說大法有一梵志道士智博通達衆經備舉無事不貫貢高自譽天下無比求敵而行無敵應者晝日執炬行城市中人問之曰何以晝日執炬而行梵志答曰世皆愚冥目無所見是以執炬照之耳觀察世間無敢言者佛知梵志宿福應度而行貢高求勝名譽不計無常自恃憍恣如是當墮太山地獄無央數劫求出甚難佛即化作一賢者居肆上坐即呼梵志何爲作此梵志答曰以衆人冥晝夜不見明故執炬火而照之耳賢者重問梵志經中有四明法爲知之不對曰不審何謂四法一者明於天文地理和調四時二者明於星

宿分別五行三者明於治國綏化有方四者明於將兵固而無失卿爲梵志有此四明法以不梵志慚愧棄炬叉手有不及心佛知其意即還復身光明炳然晃照天地便持梵聲爲梵志說偈曰

若多少有聞　自大以憍人　是以盲執燭
照彼不自明

佛說偈已告梵志曰冥中之甚無過於汝而晝執炬行入大國如卿所知何如一塵梵志聞之有慚愧色即便叩頭願爲弟子佛即受之令作沙門意解妄止即得應真

昔舍衛國有大長者名曰須達得須陀洹有親友長者名曰好施不信佛道及諸醫術時得重病委頓著牀宗親知友皆就省問勸令治病死死不肯答衆人言吾事日月忠孝君父畢命於此終不改志須達語曰吾所事師號曰爲佛神德廣被見者得福可試請來說經呪願聽其所說言行進趣何如餘道事之與不隨卿所志以卿病久不時除差勸卿請佛冀蒙其福好施曰佳卿便爲吾請佛及衆弟子須達即便請佛及僧往詣其門佛放光明內外通徹長者見光欣然身輕佛前就坐慰問長者所病何如昔事何神作何療治長者白佛奉事日月君長先人恭敬齋戒祈請萬端得病經時未蒙恩祐醫藥針灸居門所忌經戒福德素所不知先人以來守死於此佛告長者人生世間橫死有三有病不治爲一橫死治而不慎爲二橫死憍恣自用不達逆順爲三橫死如此病者非日月天地先人君父所能除遣當以明道隨時安濟一者四

大寒熱當須醫藥二者衆邪惡鬼當須經戒三者奉事賢聖矜濟窮厄德感神祇福祐羣生以大智慧消去陰蓋奉行如此現世安吉終無枉横戒慧清淨世世常安於是世尊即說偈言

事日爲明故　事父爲恩故　事君以力故
聞故事道人　人爲命事醫　欲勝依豪強
法在智慧處　福行世世明　察友在爲謀
別伴在急時　觀妻在房樂　欲知智在說
爲能師見道　解疑令學明　亦興清淨本
能奉持法藏　聞能今世利　妻子昆弟友
亦致後世福　積聞成聖智　能攝爲解義
解則戒不穿　受法猗法者　從是疾得安
是能散憂患　亦除不祥衰　欲得安隱吉
當事多聞者

於是長者聞佛說法心意疑結爥然雲除良醫進療委心道德四大安靜衆患消除如飲甘露中外怡懌身安意定得須陀洹道宗室國人莫不敬奉

昔羅閱祇國南有大山去城二百里南土諸國路由此山山道深邃有五百賊依險劫人後遂縱横所害狼藉衆賈被毒王路不通國王追討不能擒獲時佛在國哀愍羣生念彼賊輩不知罪福世有如來而目不覩法鼓日振而耳不聞吾不往度如石沉淵化作一人著好衣服乘馬帶刀手執弓矢鞍勒嚴飾金銀莊校以明月珠垂珞馬體跨馬鳴絃往入山中羣賊見之以爲成事作賊積年未有此便卯之投石與此何異羣賊齊頭徑前圍繞挽弓拔刀諍欲剥脱於是化人舉弓一發使

五百賊各被一箭以刀指擬各被一瘡瘡重箭深即皆顛倒五百羣賊宛轉卧地叩頭歸降爲是何神威力乃爾乞蒙原赦以活微命願時拔箭使瘡除愈今者瘡痛不可堪忍化人荅曰是瘡不痛箭不爲深天下瘡重莫過於憂殘害之甚莫過於愚汝懷貪得之憂殘害之心刀瘡毒箭終不可愈此二事者根本深固勇力壯士所不能拔唯有經戒多聞慧義以此明道療治心病拔除憂愛愚癡貢高制伏剛強豪富貪欲積德學慧乃可得除長獲安隱於是化人即現佛身相好挺特金顔殊妙即說偈言

斫瘡無過憂　射箭無過愚　是壯莫能拔
唯從多聞除　盲從是得眼　闇者從得明
示導世間人　如目將無目　是故可捨癡
離慢豪富樂　務學事聞者　是名積聚德

於是五百人見佛光相重聞此偈叩頭歸命尅心悔過刀瘡毒箭自然除愈歡喜心開即受五戒國界安寧莫不歡喜

篤信品第四

昔者舍衛城東南有大江水既深而廣有五百餘家居在岸邊未聞道德度世之行習於剛強欺詐爲務貪利自恣快心極意世尊常念其應度者當往度之知此諸家福應當度於是世尊往至水邊坐一樹下村人見佛光相奇異莫不驚肅皆往禮敬或拜或揖問訊起居佛命令坐爲說經法衆人聞之而心不信習於欺怠不信真言佛便化作一人從江南來足行水上正没其踝來至佛前稽首禮佛衆人見之莫不驚怪問化人曰吾等先人

以來居此江邊未曾聞人行水上者卿是何人有何道術履水不沒願聞其意化人答曰吾是江南愚冥之人聞佛在此貪樂道德至南岸邊不時得渡問彼岸人水爲深淺彼人見語水可齊踝何不涉渡吾信其言便爾來過無他異術佛讚言善哉善哉夫執信誠諦可度生死之淵數里之江何足爲奇於是世尊即說偈言

信能度淵　攝爲船師　精進除苦　慧到彼岸
士有信行　爲聖所譽　樂無爲者　一切縛解
信乃得道　法致滅度　從聞得智　所到有明
信之與戒　慧意能行　健夫度恚　從是脫淵

於是村人聞佛所說見信之證心開信堅皆受五戒爲清信士明信自修法教普聞天下

昔佛在世有大長者名修羅陀財富無數信向道德自誓常以臘月八日請佛及僧終身子孫奉行不廢長者亡時囑兒勿廢兒名比羅陀後日漸貧居無所有臘月已至無用供辦愁慼不樂佛遣目連往問比羅陀汝父直月欲至當設何計比羅陀答言亡父教令不敢違之唯願世尊勿見忽棄也八日中時迴光臨眄目連即還具白如是比羅陀即將妻至外家質百兩金還舍供辦一切具足佛與千二百五十衆僧往詣其舍坐畢行水下食澡竟還於精舍比羅陀歡喜不敢悔恨其日夜半諸故藏中自然寶物悉滿如故比羅陀夫婦明旦見之喜而且懼懼官見問所從得此夫妻共議當往問佛尋到佛所具白如此佛告比羅陀安意快用勿有疑難汝之履信不違父教持戒慚愧沒命不二聞施慧道七

財滿具福德所致非為災變智者能行不問男女所生之處福應自然於是世尊即說偈言

信財戒財　慚愧亦財　聞財施財　慧為七財
從信守戒　常淨觀法　慧而履行　奉教不忘
生有此財　不問男女　終已不貧　賢者識真

比羅陀聞佛所說益加篤信稽首佛足歡喜還家具宣佛教誨其妻子遂相承繼皆得道迹

戒慎品第五

昔波羅柰國有山去城四五十里有五沙門處山學道晨旦出山人間乞食食訖還山晚暮乃到往還疲極不堪坐禪思惟正定歷年如是不能得道佛愍念之勞而無獲化作一道人往到其所問諸道人隱居修道得無勞倦諸沙門言吾等住此去城既遠四大之身當須飲食日日供給往還疲勞經年歷歲勤苦竟已晝日往返暮輒疲頓不暇復得修道為當正爾畢命而已道人語曰夫為道者以戒為本攝心為行賤形貴真朽棄軀命食以支形守意正定內學止觀滅意得道養身順情安得免苦願諸道人明日莫行吾當供養使諸道人休息一日時五沙門意大歡喜怪未曾有安心定意不復憂行明日日中此化道人送食而來食訖安和心意憺怕於是化人為說偈言

比丘立戒　守攝諸根　食知自節　寤意令應
以戒降心　守意正定　內學止觀　無忘正智
明哲守戒　內思正智　行道如應　自清除苦

化道人說此偈已顯現佛身光相之容於是

五沙門精神震動感恩唯戒即得阿羅漢

惟念品第六

昔佛在世時弗加沙王與缾沙王親友弗加沙王未知佛道作七寳華以遺缾沙缾沙王得之轉奉上佛白佛言弗加沙王與我親友遺我此華今以上佛願令彼王心開意解見佛聞法奉敬聖衆當以何物以報所遺佛告缾沙寫十二因緣經送持與之彼王得經心必信解即寫經卷别書文曰卿以寳華見遺今以法華相上詳思其義果報深美到便誦習以同道味弗加沙得經讀之尋省反覆爟然信解喟然嘆曰道化真妙精義安神國榮五欲憂惱之原累劫習迷始今乃寤顧視流俗無可貪樂即召羣臣國付太子便自剃頭行作沙門法服持鉢詣羅閱祇城外陶家窰中寄宿明日入城分衛食訖當至佛所奉受經戒佛以神通知弗加沙明日食時其命將終故從遠來不得見佛受不聞經甚可憐愍於是世尊化作沙門往至陶家欲求寄宿陶家語曰向有一沙門在彼窰中可共止宿也把草入窰坐於一面問弗加沙從何所來師爲是誰以何因緣行作沙門爲見佛未弗加沙言吾未見佛聞十二因緣便作沙門明日入城乃分衛已當往見佛耳化沙門言人命危脆朝夕有變無常宿對卒至無期但當觀身四大所由合成散滅各還其本思惟覺意空淨無想專念三尊布施戒德能知無常見佛無異方念明日種無益想時化沙門即説偈言

夫人得善利　乃來自歸佛　是故當晝夜

常念佛法衆　已知自覺意　是爲佛弟子
常當晝夜念　佛與法及衆　念身念非常
念戒布施德　空不願無相　晝夜當念是

時化沙門在於窰中爲弗加沙說非常之要弗加沙王思惟意定即得阿那含道佛知已解爲現佛身光明相好弗加沙王驚喜踊躍稽首作禮佛重告之曰罪對無常畢故莫恐弗加沙王言敬奉尊教忽然别去明日食時弗加沙王入城分衛於城門中逢新產牸牛護犢觝殺弗加沙王腹潰命終即生阿那含天佛遣諸弟子闍維起塔佛語諸弟子罪對之根不可不慎也

慈仁品第七

昔佛在羅閲祇去國五百里有山山中有一家有百二十二人生長山藪殺獵爲業衣皮食肉初不田作奉事鬼神不識三尊佛以聖明知其應度往詣其家坐一樹下男子行獵唯有婦女在見佛光相明照天地山中木石皆變金色大小驚喜知佛神人皆往禮拜供施坐席佛爲諸母人說殺生之罪行慈仁之福恩愛一時會有離别諸母人聞經歡喜前白佛言山民貪害以肉爲食欲設微供願當納受佛告諸母人諸佛之法不以肉食吾以食來不須復辦因告之曰夫人生世所食無數何以不作有益之食而殘害羣生以自濟活死墮惡道損而無益人食五穀當愍衆生蠕動之類莫不貪生殺彼活己殃罪不朽慈仁不殺世世無患於是世尊即說偈言

爲仁不殺　常能攝身　是處不死　所適無患
不殺爲仁　慎言守心　是處不死　所適無患

垂拱無爲　不害衆生　無所嬈惱　是應梵天
常以慈哀　淨如佛教　知足知止　是度生死
佛說偈已男子獵還諸婦聽經不復行迎其夫驚疑怪不如常棄肉來歸謂有變故至見諸婦皆坐佛前叉手聽經瞋恚彎彀欲圖毀佛諸婦諫曰此是神人勿興惡意也即各悔過爲佛作禮佛重爲說不殺之福殘害之罪夫主意解長跪白佛吾等生長深山以殺獵自居罪過累積當行何法得免重殃於是世尊即說偈言
履仁行慈　博愛濟衆　有十一譽　福常隨身
卧安覺安　不見惡夢　天護人愛　不毒不兵
水火不喪　在所得利　死昇梵天　是爲十一
佛說偈已男女大小百二十二人歡欣信受皆持五戒佛語瓶沙王給其田地賜與穀食仁化廣普國界安寧

昔有大國王名和默處在邊境未覩三尊聖妙之化奉事梵志外道妖蠱舉國奉邪殺生祭祀以此爲常時王母病委頓著牀使諸醫師不蒙湯藥遣諸聖女所在求請經年歷歲未得除瘥更召國內諸婆羅門得二百人請入令坐供設飲食而告之曰吾大夫人病困經久不知何故乃使如此卿等多智明識相法天地星宿有何不可具見告示諸婆羅門言星宿倒錯陰陽不調故使爾耳王曰作何方宜使得除愈婆羅門言當於城外平治淨處郊祠四山日月星宿當得百頭畜生種種各異類及一小兒殺以祠天王自躬身將母至彼跪拜請命然後乃瘥王即供辦如其所言驅人象馬牛羊百頭隨道悲鳴振動天地

從東門出當就祭壇殺以祠天世尊大慈普濟衆生愍是國王頑愚之甚云何興惡殺衆生命欲救一人於是世尊將從大衆往到其國在城東門道路逢王及婆羅門輩所驅畜生悲鳴而來王遥見佛如日初出如月盛滿光相炳然照曜天地人民見者莫不愛敬所驅畜生祭餟之具皆願求脱王即前進下車却蓋爲佛作禮叉手長跪問訊世尊佛命令起問欲所至拱手荅言國太夫人得病經久良醫神祇無不周遍今始欲行解謝星宿四山五嶽爲母請命冀蒙得瘥佛告大王善聽一言欲得穀食當行耕種欲得大富當行布施欲得長命當行大慈欲得智慧當行學問行此四事隨其所種還得其果夫富貴之家不貪貧賤之食諸天以七寶爲宫殿衣食自然豈當捨甘露之食來食麤穢也祠祀淫亂以邪爲正殺生求生去生道遠殺害衆命欲救一人安得如此於是世尊即説偈言

若人壽百歲　勤事天下神　象馬用祭祀
不如行一慈

佛説偈時即放光明烈照天地三塗八難莫不歡喜各得其所國王和默聞説妙法又覩光明甚大歡喜即得道迹病母聞法五情悦豫所患消除二百梵志覩佛光相重聞其言慚愧悔過願爲弟子佛盡受之皆作沙門各得如願王及大臣請佛説法供養一月乃去以法治正國遂興隆

言語品第八

昔弗迦沙王入羅閲祇城分衛於城門中爲新産牸牛所觝殺牛主怖懅賣牛轉與他人

其人牽牛欲飲之牛從後復觝殺其主其主有子瞋恚取牛殺之於市賣肉有田舍人買取牛頭貫擔持歸去舍里餘坐樹下息以牛頭掛樹枝須臾繩斷牛頭來下正墮人上牛角刺人即時命終一日之中凡殺三人瓶沙王聞之怪其如此即與羣臣行詣佛所到作禮畢却坐王位叉手白佛言大可怪世尊一頭牸牛而殺三人將有變故願聞其意佛告瓶沙王罪對有原非適今也王曰願聞其由佛言往昔有賈客三人到他國治生寄住孤獨老母舍應顧舍直見老母孤獨欺不欲與伺老母不在嘿聲捨去竟不與直老母來歸不見賈客即問比居云皆已去老母瞋恚尋後追逐疲頓乃及責索舍直三賈客逆駡詈言我前已相與云何復索同聲共觝不肯與直老母單弱不能柰何懊惱呪誓語三賈客我今窮厄何忍欺觝於我願我後世所生之處若當相值要當殺汝正使得道終不相置殺汝乃休不爾不止佛語瓶沙爾時老母者今此牸牛是也三賈客者弗迦沙等三人爲牛所觝殺者是於是世尊即說偈言

惡言駡詈　憍陵懱人　興起是行　疾怨滋生
遜言順辭　尊敬於人　棄結忍惡　疾怨自滅
夫士之生　斧在口中　所以斬身　由其惡言

佛說是時瓶沙王官屬一切莫不恭肅願崇善行作禮而去

雙要品第九

昔舍衛國王名波斯匿王到佛所下車却蓋解劒脱履拱手直進五體投地稽首足下長跪白佛願以來日於四街道施設微食欲使

國人知佛至尊願令衆生遠鬼妖蠱悉奉五戒以消國患佛言善哉夫爲國主宜有明導率民以道求來世福王曰至真請退嚴辦手自爲飯身往奉迎佛與衆僧俱至四衢佛至就坐即行澡水手自斟酌佛食飯畢於四道頭爲王說法觀者無數時有兩商人一人念曰佛如帝王弟子猶忠臣佛陳明法弟子誦宣斯王明矣知佛可尊屈意奉之一人念曰斯王愚惑爾爲國王將復何求佛者若牛弟子猶車彼牛牽車東西南北佛亦如是子有何道而下意奉之二人俱去行三十里停宿沽酒共飲評論曩事其善念者四王護之其惡念者太山鬼神令酒入腹如火燒身出亭路卧宛轉轍中晨商人車五百乘轢殺之馬伴明日求之已殺曰還國見疑取物去不義輕身委財逝至他國國王崩亡無太子讖書云何土有微人當王斯土故王有神馬任王必屈膝即具嚴駕神馬印綬行來國土觀者數千商人亦出國太史曰彼有黄雲之蓋斯王者氣神馬屈膝舐商人足羣臣預作香湯澡浴拜爲國王於是遂處位聽省國事深自思曰余無微善何緣獲此必是佛恩使之然也即與羣臣向舍衛國遥稽首曰賤人無德蒙世尊慈得王此國明日願與應真衆垂意顧斯一時三月佛告阿難敕諸比丘明日彼王請皆當作變化令彼國王人民歡喜各作神足往到彼國皆次就坐如法儼然下食畢訖澡手爲王說法王曰吾本微人素無快德何緣獲斯佛告王曰昔彼天王飯佛於四衢道王心念言佛如國王弟子猶臣下王種斯

栽今自獲果彼一人云佛者若牛弟子猶車彼人自種車轢之災今在太山地獄爲火車所轢自獲其果然非王勇健所能致矣爲善福隨爲惡禍追此爲自作非天龍鬼神所能與於是世尊即說偈言

心爲法本　心尊心使　中心念惡　即言即行
罪苦自追　車轢於轍　心爲法本　心尊心使
中心念善　即言即行　福樂自追　如影隨形

佛說經偈已王及臣民聽者無數皆大歡喜逮得法眼

昔者闍崛山後有婆羅門七十餘家宿福應度佛到其村現道神足衆人見佛光相巍巍莫不敬伏佛坐樹下問諸梵志居此山中爲幾何世有何方業以自供給曰居此以來三十餘世田作畜牧以此爲業又問奉修何行求離生死荅曰事日月水火隨時祭祠若有死者大小聚會唱生梵天以離生死佛語諸婆羅門夫田作畜牧祭祠日月水火唱叫生天非是長存離生死法極福無過二十八天無有道慧還墮三塗唯有出家修清淨志履行寂義可得泥洹於是世尊即說偈言

以真爲僞　以僞爲真　是爲邪計　不得真利
知真爲真　見僞知僞　是爲正計　必得真利
世皆有死　三界無安　諸天雖樂　福盡亦喪
觀諸世間　無生不終　欲離生死　當行道真

七十婆羅門聞佛所說欣然意解願作沙門佛言善來比丘鬚髮自墮皆成沙門佛與共還精舍至於中路顧戀妻息各有退意時遇天雨盆懷憂慘佛知其意便於道邊化作數十間舍入中避雨而舍穿漏佛因舍漏而說

偈言

蓋屋不密　天雨則漏　意不惟行　婬泆爲穿

蓋屋善密　雨則不漏　攝意惟行　婬慝不生

七十沙門聞說此偈雖強自進猶懷瞢瞢兩止前行地有故紙佛告比丘取之受教即取佛問比丘以爲何紙諸比丘白佛此裹香之紙今雖捐棄處香如故佛復前行地有斷索佛告比丘取之受教即取佛復問曰此何等索諸比丘白佛其索腥臭此繫魚之索佛語比丘夫物本淨皆由因緣以興罪福近賢明則道義隆友愚闇則殃罪集譬彼紙索近香則香繫魚則腥漸染翫習各不自覺於是世尊即說偈言

鄙夫染人　如近臭物　漸迷習非　不覺成惡

賢夫染人　如附香熏　進智習善　行成潔芳

七十沙門重聞此偈知家欲爲穢藪妻子爲桎梏執信堅固往至精舍攝意惟行得羅漢道昔長者須達買太子園田共造精舍奉上世尊各請佛及僧供養一月佛爲二人廣陳明法皆得道跡時太子祇陀歡喜還東宮歎佛之德作樂自娛祇陀弟瑠璃常在王邊時王素服與諸近臣及後宮夫人往詣佛所稽首禮畢一心聽經瑠璃在後典衛御座時諸佞臣阿薩陀等姦謀啓曰試著大王印綬坐御座上如似王不於是瑠璃即隨其言被服昇座諸佞臣等皆共拜賀正似大王千載遭遇黎庶之願豈使東宮闚闞於此此之御座豈可昇而復下也即率所領貫鉀拔劒自就到祇洹斥從大王不得還宮與王官屬戰祇洹間殺王近臣五百餘人王與夫人播迸晨

夜至舍夷國中道飢餓王敢蘆菔腹脹而甍
於是瑠璃遂即專制拔劒入東宮斫殺兄祇
祇知無常心不恐懼顏色不變含笑熈怡甘
心受刃命未絕間聞虛空中自然音樂聲迎
其䰟神佛於祇洹即說偈言

造喜後喜　行善兩喜　彼喜惟歡　見福心安
今歡後歡　爲善兩歡　厥爲自祐　受福悅豫

是時瑠璃王尋興兵衆伐舍夷國殺害釋種
道迹之人殘暴無道五逆兼備佛記瑠璃不
孝不忠衆罪深重却後七日當爲地獄火所
燒殺又太史記記與佛同王大怖懅即乘船
入海吾今處水火不得來七日日中有自然
火從水中出燒船覆沒王亦被燒恐怖毒熱
忽然沉終於是世尊即說偈言

造憂後憂　行惡兩憂　彼憂惟懼　見罪心懅
今悔後悔　爲惡兩悔　厥爲自殃　受罪熱惱

佛說是已告諸比丘太子祇者不貪榮位守
死懷道上生天上安樂自然瑠璃王者狂愚
快意死墮地獄受苦無數一切世間豪貴貧
賤皆歸無常無長存者是以高士殞命全行
爲精神寶佛說是時莫不信受

法句譬喻經卷第一

音釋

萎（邕危切蔫也）坯（鋪杯切未燒瓦也）殞（羽敏切殁也）埏埴（埏尸連切埴丞職切埏埴和黏土也）跣（蘇典切足親地也）韈（勿發切足衣也）柩（巨救切棺也）駛（爽士切疾也）餉（式亮切饋也）晡（奔謨切日加申時也）觝（都禮切角觸也）熒穽（熒互扃切絕小水也穽疾郢切坑也）饕餮（饕他

刀切貪財也饕他結切貪食也　憒胡對切心亂也　胖脹肨匹絳切脹之亮切

螉音翁蚌部項切蚌蛤也　蠹都故切木中蟲　悚荀勇切懼也　瘑正作

喝音謁傷暑也　匃居太切乞求也　抒丈呂切而泄之也　殨胡對切肉爛也

睒失冉切　緌宣規切安也　猗於宜切輕安也　爟忽郭切雲消貌　邃

雖遂切深遠也　踝戶瓦切足骨也　憺怕憺徒覽切怕白各切憺怕安靜也

喟口貴切歎息也　窰餘招切燒瓦器竈也　藪蘇后切　蠕乳究切蟲動貌

彀居候切張弩也　餟陟劣切祭酹酒也　矚朱欲切　轢狼狄切車所踐

也　讖楚禁切符讖也　舐甚爾切餂也　慝惕德切姦慝也　漸染漸將

廉切漸染謂淡漬也　蘆菔菔鼻墨切蘆菔菜名　甍呼弘切諸侯死曰甍

法句譬喻經卷第二

西晉沙門法炬共法立譯

放逸品第十

昔佛在世時有五百賈客從海中大持七寶還歸本國經歷深山爲惡鬼所迷不能得出粮食乏盡窮頓困厄遂皆飢死所賫寶貨散在山間時有沙門在山中學道見其如此便起想念吾勤苦學道積已七年不能得道又復貧窮無以自濟此寶物無主取之持歸用立門户於是下山拾取寶物藏著一處已便出山求呼兄弟負馱持歸方到道半佛念比丘應當得度佛便化作一比丘尼剃頭法服粧面畫眉金銀瓔珞隨谷入山道逢沙門頭面作禮問訊起居道人呵比丘尼曰爲道之法應得爾不剃頭著法衣云何復粧面畫眉瓔珞身體也比丘尼荅曰沙門之法爲應爾不辤親學道山居静志云何復取非其財物貪欲忘道快心放意不計無常生世如寄罪報延長於是比丘尼爲說偈言

比丘謹慎戒　放逸多憂患　變諍小致大

積惡入火焚　守戒福致喜　犯戒有懼心

能斷三界漏　此乃近涅槃

是時比丘尼說此偈已爲現佛身相好光明沙門見之悚然毛竪稽首佛足悔過自陳愚癡迷謬違犯正教往而不返其將柰何於是世尊即說偈言

若前放逸　後能自禁　是照世間　念定其宜

過失爲惡　追覆以善　是照世間　念善其宜

少壯捨家　盛修佛教　是照世間　如月雲消

人前爲惡　後止不犯　是照世間　如月雲消

於是比丘重聞此偈結解貪止稽首佛足還到樹下數息相隨止觀還淨獲道果證成阿羅漢

心意品第十一

昔佛在世時有一道人在河邊樹下學道十二年中貪想不除走心散意但念六欲目色耳聲鼻香口味身更心法身靜意遊曾無寧息十二年中不能得道佛知可度化作沙門往至其所樹下共宿須臾月明有龜從河中出來至樹下復有水狗飢行求食與龜相逢便欲噉龜龜縮其頭尾及其四脚藏於甲中不能得噉水狗小遠復出頭足行步如故不能柰何遂便得脫於是道人問化沙門此龜有護命之鎧水狗不能得其便化沙門荅曰吾念世人不如此龜不知無常放恣六情外魔得便形壞神去生死無端輪轉五道苦惱百千皆意所造宜自勉勵求滅度安於是化沙門即說偈言

有身不久　皆當歸土　形壞神去　寄住何貪
心務造處　往來無端　念多邪僻　自爲招患
是意自造　非父母爲　可勉向正　爲福勿回
藏六如龜　防意如城　慧與魔戰　勝則無患

於是比丘聞說此偈貪斷婬止即得羅漢道知化沙門是佛世尊敬肅整服稽首佛足天龍鬼神莫不歡喜

華香品第十二

昔佛在舍衛國國東南海中有臺臺上有華香樹樹木清淨有婆羅門女五百人奉事異道意甚精進不知有佛時諸女自相謂曰我等禀形生爲女人從少至老爲三事所監不

得自由命又短促形如幻化當復死亡不如共至華香臺上採取香華精進持齋降屈梵天當從求願願生梵天長壽不死又得自在無有監忌離諸罪對無復憂患即齋供具往至臺上採取華香奉事梵天一心持齋願屈尊神於是世尊見此諸女雖爲俗齋其心精進應可化度即與大衆弟子菩薩天龍鬼神飛昇虛空往至臺上坐於樹下諸女歡喜謂是梵天自相慶慰得我所願矣時一天人語諸女言此非梵天是三界尊號名爲佛度人無量於是諸女前至佛所爲佛作禮前白佛言我等多垢今爲女人求離監撿願生梵天佛言諸女快得善利乃發此願世有二事其報明審爲善受福爲惡受殃世間之苦天上之樂有爲之煩無爲之寂誰能選擇取其真者善哉諸女乃有明志於是世尊即說偈言

孰能擇地　捨監取天　誰說法句　如擇善華
學者擇地　捨監取天　善說法句　能採德華
知世坏喻　幻法忽有　斷魔華敷　不覩死生
見身如沫　幻法自然　斷魔華敷　不覩死生

於是諸女聞佛此偈願學真道爲比丘尼頭髮自墮法衣具足思惟寂定即得羅漢道阿難白佛言今此諸女素有何德乃令世尊而就度之一聞說法出家得道也佛告阿難昔迦葉佛時有大長者財富無數夫人婇女有五百人其性妬惡門不妄開夫人婇女欲往見佛終不肯聽後日國王召諸大臣上殿宴會會輒竟日時夫人婇女見長者入會便共至佛所稽首作禮小坐聽經各發願言令我世世莫與惡人相遭遇所生之處恒與道德

聖人相值聞來世有佛名釋迦文願與相值出家學道奉持訓誨佛語阿難爾時夫人婇女五百人者今此五百比丘尼是本願慇懃今應得度是以世尊就度之耳佛說是時莫不敬喜

昔佛始得道在羅閱祇國教化轉到舍衛國國王羣臣莫不宗仰時有賈客大人名曰波利與五百賈人入海求寶時海神出掬水問波利言海水爲多掬水爲多波利荅曰掬水爲多所以者何海水雖多無益時用不能救彼飢渴之人掬水雖少值彼渴者持用與之以濟其命世世受福不可貲計海神歡喜讃言善哉即脫身上八種香瓔校以七寶以與波利海神送之安善往還到舍衛國持此香瓔上波斯匿王具陳所由念是香瓔非小人所服謹以貢上願蒙納受王得香瓔以爲奇異即呼諸夫人羅列前住若最好者以香瓔與之六萬夫人盡嚴來出王問末利夫人何以不出侍人荅言今十五日持佛法齋素服不嚴是以不出王便瞋恚遣人呼曰如今持齋應違王之命不乎如是三反末利夫人素服而出在衆人中明如日月倍好於常王意悚然加敬問曰有何道德炳然有異夫人白王自念少福稟斯女形情態垢穢日夜山積人命短促懼墜三塗是以月月奉佛法齋割愛從道世世蒙福王聞歡喜便以香瓔以與末利夫人夫人荅言我今持齋不應著此可與餘人王曰我本發意欲與勝者卿今最勝又奉法齋道志殊高是以相與若卿不受吾將安置夫人荅言大王勿憂願王屈意共到

佛所以此香瓔奉上世尊并採聖訓累劫之福矣王即許焉即敕嚴駕往到佛所稽首於地却就王位王白佛言海神香瓔波利所上六萬夫人莫不貪得末利夫人與而不取持佛法齋心無貪欲謹以上佛願垂納受世尊弟子執心護齋直信如此豈有福乎於是世尊爲受香瓔即說偈言

多作寶華　結步揺綺　廣積德香　所生轉好
奇草芳華　不逆風熏　近道敷開　德人遍香
栴檀多香　青蓮芳華　雖曰是真　不如戒香
華香氣微　不可謂真　持戒之香　到天殊勝
戒具成就　行無放逸　定意度脫　長離魔道

佛說偈已重告王曰齋之福祐明譽廣遠譬如天下十六大國滿中珍寶持用布施不如末利夫人一日一夕持佛法齋如比其福須彌以豆矣積福學慧可到泥洹王及夫人羣臣大小莫不歡喜執戴奉行

佛在羅閱祇耆闍崛山中城中有長者子五十人往詣佛所作禮却坐佛爲說無常苦空非身之法恩愛如夢會當別離尊榮豪貴亦有憂慼唯有涅槃永離生死羣殃盡滅乃可大安時五十人聞法喜悅願爲弟子佛言善來比丘鬚髮自墮法衣具足即成沙門此諸沙門有親友長者聞其出家意大代其歡喜往到耆闍崛山與之相見讚言諸君快得善利乃有此志爲之設壇請佛及僧明日佛與衆會就其舍食食訖說法晡時乃還此諸新學沙門戀慕宗黨皆欲返退佛知其意將出城門見田溝中汙泥糞壤中生蓮華五色香潔其香芬熏乃蔽諸臭佛便趣之因說偈言

如田作溝　近於大道　中生蓮華　香潔可意
有生死然　凡夫處邊　智者樂出　爲佛弟子

佛說偈已即還山中賢者阿難前白佛言向者世尊臨田溝上所說二偈不審其義願聞其意佛告阿難汝見溝中汙泥不淨糞壤之中生蓮華不唯然見之佛言阿難人在世間展轉相生計壽百歲或長或短妻子恩愛飢渴寒熱或悲或欣一凶二吉三毒四倒五陰六入七識八邪九惱十惡猶如田溝畜藏糞壤汙泥不淨欻有一人覺世無常發心學道修清淨志凝神斷想自致得道亦如汙泥生好蓮華身自得道還度宗親一切衆生皆蒙開解亦如華香掩蔽臭穢五十比丘聞佛說法進志堅固即得阿羅漢道

愚闇品第十三

佛在舍衛國時城中有婆羅門年向八十財富無數爲人頑闇慳貪難化不識道德不計無常更作好舍前庌後堂涼臺煖室東西廂廡數十梁間唯後堂前拒陽未訖時婆羅門恒自經營指授衆事佛以道眼見此老公命不終日當就後世不能自知而方忪忪善治精神無福甚可憐愍佛將阿難往到其門慰問老公得無勞倦今作此舍皆何所安公言前庌待客後堂自處東西二廂當安兒息財物僕使夏上涼臺冬入温室佛語老公久聞宿德思遲談講偶有要偈存亡有益欲以相贈不審可小廢事共坐論不老公荅言今正大遽不容坐語後日更來當共善敘所云要偈便可說之於是世尊即說偈言

有子有財　愚惟汲汲　我且非我　何有子財

暑當止此　寒當止此　愚多預慮　莫知來變
愚蒙愚極　自謂我智　愚而稱智　是謂極愚
婆羅門言善說此偈今實停遽後來更論於是世尊傷之而去老公於後自授屋椽椽墮打頭即時命過家室涕哭驚動四鄰佛去未遠便有此變佛到里頭逢諸梵志數十人問佛從何所來佛言屬到此死公舍爲公說法不信佛語不知無常今者忽然已就後世具爲諸梵志更說前偈義聞之欣然即得道迹於是世尊而說偈言
愚闇近智　如瓢斟味　雖久狎習　猶不知法
開達近智　如舌嘗味　雖須臾習　即解道要
愚人施行　爲身招患　快心作惡　自致重殃
行爲不善　退見悔吝　致涕流面　報由宿習
時諸梵志重聞此偈益懷篤信爲佛作禮歡喜奉行

昔佛在舍衛國給孤獨精舍爲天人說法時波斯匿王有一寡女名曰金剛少寡來歸父王哀愍別爲宮舍作好舍宅給五百妓女以娛樂之衆共有一長老青衣名曰度勝恒行市脂粉香華見男女無數大衆各齎香華出城即問行人欲何所至衆人荅言佛出於世三界之尊度脫衆生皆得涅槃度勝聞之心悅意喜即自念言今老見佛宿世之福便分香直持買好華隨衆人輩往到佛所作禮却立散華燒香一心聽法已過市取香因聽法功德宿行所追香氣熏聞斤兩倍前嫌其遲晚而共詰之度勝奉道即如事言世有聖師三界之尊擊無上法鼓震動三千往聽法者無央數人實隨聽法是以稽遲金剛之徒聞

說世尊法義深妙非世所聞悚然心歡而自歎曰吾等何罪獨隔不聞即報度勝試爲我說之度勝白曰身賤口穢不敢便宣乞更諮授如命說之即便遣出重告之曰具授儀式度勝未還金剛侍女側息中庭如子侍母佛告度勝汝還說法多所度脫說法之儀先施高座度勝受敕具宣聖旨皆大歡喜各脫衣一領積爲高座度勝洗浴承佛威神如應說法金剛之等五百餘人疑解破惡得須陀洹道說法甚美不覺失火一時燒死即生天上王將人從來爲救火見之巳燃收拾棺殮葬送畢訖往過佛所爲佛作禮却坐常位佛問王所從來也王叉手言女金剛不幸不覺失火大小燒盡適棺殮還不審何罪遇此火害惟願世尊剖告未聞佛告大王過此世時有城名波羅奈有長者婦將婇女五百人至城外大祠祀其法難忍他姓之人不得到邊不問親疎來者擲著火中時世有一辟支佛名曰迦羅處在山中晨來分衛暮輒還山迦羅分衛來趣郊祠長者婦見之忿然瞋恚共捉迦羅擲著火中舉身燋爛便現神足飛昇虛空衆女驚怖泣淚悔過長跪舉頭而自陳曰女人憃愚不識至真羣愚荒騃毀辱神靈自惟過釁罪惡若山願降尊德以消重殃尋聲即下而般涅槃諸女起塔供養舍利佛爲大王而說偈言

愚憃作惡　不能自解　殃追自焚　罪成熾然
愚所望處　不謂適苦　臨墮厄地　乃知不善

佛告大王爾時長者婦今王女金剛是五百侍女今度勝等五百妓女是罪福追人久無

不彰善惡隨人如影隨形說是法時國內大小信伏歡喜咸歸三尊皆受五戒即得道跡

明哲品第十四

昔有梵志厥年二十天才自然事無大小過目則能自以聰哲而自誓曰天下技術要當盡知一藝不通則非明達也於是遊學無師不造六藝雜術天文地理醫方鎮厭山崩地動摴蒱博弈妓樂搏撮裁割衣裳文繡綾綺廚膳切割調和滋味人間之事無不兼達心自念曰丈夫如此誰能及者試遊諸國摧伏抵對奮名四海技術衡天然後載功竹帛垂勳百代於是遊行往至一國入市觀視見有一人坐作角弓梢筋治角用手如飛作弓調快買者諍前即自念曰少來所學自以具足邂逅自輕不學作弓若彼鬪技吾則不如矣當從受學耳遂從弓師求爲弟子盡心受學月日之中具解弓法所作巧妙乃踰於師布施財物奉辭而去去之一國當渡江水有一船師用船若飛迴旋上下便疾無雙復自念曰吾技雖多未曾習船雖爲賤術其於不知宜當學之萬技悉備遂從船師願爲弟子供奉盡敬竭力勞勤月日之中知其逆順御船迴旋乃踰於師布施財物奉辭而去復至一國國王宮殿天下無雙即自念曰作此殿匠巧妙乃爾自隱遊來偶不學之若與競巧必不勝矣且當復學意乃足耳遂求殿匠願爲弟子盡心供養執持斤斧月日之間具解尺寸方圓規矩彫文刻鏤木事盡知天才明朗事輒勝師布施所有辭師而去用行天下遍十六大國命敵捔技獨言隻步無敢應者心

自貢高曰天地之間誰有勝我者佛在祇桓逢見此人應可化度佛以神足化作沙門拄杖持鉢在前而來梵志由來國無道法未見沙門怪是何人須至當問須臾來到梵志問曰百王之則未見若輩衣裳制度無有此服宗廟異物不見此器君是何人形服改常也沙門荅曰吾調身人也復問何謂調身於是沙門因其所習而說偈言

弓匠調角　水人調船　巧匠調木　智者調身

譬如厚石　風不能移　智者意重　毀譽不傾

譬如深淵　澄靜清明　慧人聞道　心淨廓然

於是沙門說此偈已身昇虛空還現佛身三十二相八十種好光明洞達照耀天地從虛空來下謂其人曰吾道德變化調身之力也於是其人五體投地稽首問曰願聞調身其有要乎佛告梵志五戒十善四等六度四禪三解脫此調身之法也夫弓船木匠六藝奇術斯皆綺飾華譽之事蕩身縱意生死之路也梵志聞之欣然信解願爲弟子佛告沙門善來鬚髮自墮即成沙門佛重爲說四諦八解之要尋時即得阿羅漢道

昔佛在舍衛國有山民居村五六十家去國五百里村中有一貧家其主人婦懷妊十月雙生二男甚大端正無比父母愛之便爲作字一名雙德二名雙福生五六十日其父牧牛來還懈息却卧牀上其母出田拾薪未還此二小兒左右顧視不見父母便共相責語一人言前世之時垂當得道正坐愚意謂命可常退墮生死不可計劫今乃得生此貧家作子穰草之中以稀毾自覆食飲麤惡裁自

支身如此至久云何可活皆坐前世戀慕富貴放身散意快樂須臾從爾已來長塗受苦如今憂惱當何怙恃一人荅曰我爾時小稚一時之勤竟不精進而令數世遭諸苦患此是自爲非父母作也但共當之復何所言父聞二子相責如是甚大怪之謂呼是鬼祟來生災變云何數十日小兒乃作此言恐其後日殺親滅族曼小未大宜當殺之其父驚出閉門捨去到田取薪欲燃火燒殺之其母來還問夫用此薪爲夫言甚大可怪所說如是此似是鬼必破人門族以其曼小欲燒殺之其母聞此意中悃然猶豫未信小停數日更聽其言至明日夫婦俱出於戶外潛聽二兒在內相責如故夫婦重共聞之甚怪所以便共集薪窈欲燒之佛以天眼見此夫婦欲燒殺二子愍其可憐宿福應度往到其村普放光明天地大動山川樹木皆作金色村中大小驚到佛所爲佛作禮莫不懽喜知佛至神三界無比佛到雙生小兒家二兒見佛光明喜踊難量父母又驚各抱一子將至佛所問佛世尊此小兒生來四五十日所說如是甚共怪之恐作禍害欲火燒殺之正值佛來未及得燒不知此小兒爲是何等鬼魅也惟願解說是何災怪小兒見佛踊躍歡喜佛見小兒大笑口出五色光普照天地佛告小兒父母及村人大小此二小兒非是鬼魅福德之子前迦葉佛時曾作沙門少小共爲朋友同志出家各自精進臨當得道欻起邪想共相沮敗樂世榮華恃福生天下爲侯王國主長者欻起是想便墮退轉不得涅槃受此生死

彌連劫數常相鈎牽輙共雙生遇我世時今始乃生以往供養佛故餘福應度罪滅福生自識宿命是以世尊故來度之我不度者横爲火所燒於是世尊即說偈言

大人體無欲　在所昭然明　雖或遭苦樂
不高現其智　大賢無世事　不願子財國
常守戒慧道　不貪邪富貴　智人知動揺
譬如沙中樹　朋友志未強　隨色染其素

佛說是時小兒見佛其身即踊如八歲小兒即作沙彌得羅漢道村人大小見佛光相又見小兒形變踊大皆大歡喜得須陀洹道父毋疑解亦得法眼

羅漢品第十五

昔有一國名那棃近南海邊其中人民採真珠栴檀以爲常業其國有一家兄弟二人父毋終亡欲求分異家有一奴名分那年少聰了賈販市買入海治生無事不知居家財物分爲一分以奴分那持作一分兄弟擲籌弟得分那將妻子空手出舍時世飢儉唯得分那恐不相活以爲愁憂奴分那白大家言願莫愁憂分那作計月日之中當令勝兄大家言若審能爾者放汝爲良人大家夫人有私珠物與分那作本時海潮來城内人民至水邊取薪分那持少珠物至城外見一乞兒負薪薪中有牛頭栴檀香可治重病一兩直千兩金時世有一不可常得分那識之以金錢二枚買得持歸破作數十段時有長者得重病當得此牛頭栴檀香二兩合藥求不能得分那持往即得二千兩金如是賣盡所得貲財富兄十倍大家感念分那之恩不違言誓

放爲良人隨意所樂分那辭行學道到舍衛國爲佛作禮長跪白佛所出微賤心樂道德唯願世尊垂慈濟度佛言善來分那頭髮自墮法衣著身即成沙門佛爲說法尋得羅漢道坐自思惟今得六通存亡自由皆主人之恩今當往度并化國人於時分那往到本國至主人家主人歡喜請坐設食食訖澡手飛昇虛空分身散體半出水火光明洞達從上來下告主人曰此之神德皆是主人放捨之福往到佛所所學如是主人荅曰佛之神化微妙乃爾願見世尊受其教訓分那荅曰但當至心供設饌具佛三達智必自來矣即便設供宿昔已辦向舍衛國稽首長跪燒香請佛唯願屈尊廣度一切佛知其意即與五百羅漢各以神足往到其舍國王人民莫不驚肅來至佛所五體投地却坐王位食畢澡訖佛爲主人及王官屬廣陳明法皆受五戒爲佛弟子起住佛前歎分那曰在家精勤出家得道神德高遠家國蒙度我當云何以報其恩於是世尊重歎分那而說偈言

心已休息　言行亦止　從正解脫　寂然歸滅
棄欲無著　缺三界障　婬意已絕　是謂上人
若聚若野　平地高岸　應真所過　莫不蒙度
彼樂空閑　衆人不能　快哉無婬　無所欲求

佛說偈已主人及王益加歡喜供養七日得須陀洹道

述千品第十六

昔佛在舍衛國有一長老比丘字般特新作比丘稟性闇塞佛令五百羅漢日日教之三年之中不得一偈國中四輩皆知其愚冥佛

愍傷之即呼著前授與一偈守口攝意身莫犯如是行者得度世般特感佛慈恩歡欣心開誦偈上口佛告之曰汝今年老方得一偈人皆知之不足爲奇今當爲汝解說其義一心諦聽般特受教而聽佛即爲說身三口四意三所由觀其所起察其所滅三界五道輪轉不息由之昇天由之墮淵由之得道涅槃自然分別爲說無量妙法般特爠然心開即得羅漢道爾時有五百比丘尼别有精舍佛日遣一比丘爲說經法明日般特次應當行諸尼聞之皆預含笑明日來者我等當逆說其偈令之慚愧無所一言明日般特往詣尼大小皆出作禮相視而笑坐畢下食食已澡手請令說法般特即上高座自褫否曰薄德下才末爲沙門頑鈍有素所學不多唯知一偈粗識其義當爲敷演願各靜聽諸年少比丘尼欲逆說偈口不能開驚怖自責稽首悔過般特即如佛所說一一分别身意所由罪福内外昇天得道凝神斷想入定之法即時諸尼聞其所說甚怪其異一心歡喜皆得羅漢道後日國王波斯匿請佛衆僧於正殿會佛故現般特威神與鉢令特隨後而行門士識之留不聽入卿爲沙門一偈不了受請何爲吾是俗人尚猶知偈豈況沙門無有智慧施卿無益不須入門般特即住門外佛坐殿上行水已畢般特持鉢伸臂遥以授佛王及羣臣夫人太子衆會四輩見臂來入不見其形怪而問佛是何人臂佛言是般特比丘臂也近日得道向吾使持鉢門士不聽來入是以伸臂授吾鉢耳即便請入威神倍常王白

佛言聞般特本性愚鈍方知一偈何緣得道佛告王曰學不必多行之爲上般特解一偈義精理入神身口意寂淨如天金人雖多學不解不行徒喪識想有何益哉於是世尊即說偈言

雖誦千章　句義不正　不如一要　聞可滅意
雖誦千言　不義何益　不如一義　聞行可度
雖多誦經　不解何益　解一法句　行可得道

佛說偈已二百比丘得阿羅漢道王及羣臣夫人太子莫不歡喜

昔佛在舍衛國精舍之中爲天人說法時舍衛國中有婆羅門長者名藍達大富無極其家貲財不可計數梵志之法當作大檀以顯名譽盡家之財持用布施作般闍于瑟供養婆羅門五千餘人五年之中供給衣被牀榻醫藥珍奇寶物郊祠供具盡所愛惜諸梵志等五年之中爲羅摩達長者祭祀諸天四山五嶽星宿水火無不周遍呪願長者長夜受福五歲已周最後一日極大布施如長者法金鉢盛銀粟銀鉢盛金粟象馬車乘奴婢資財七寶服飾織蓋履屣鹿皮之衣錫杖踞牀澡鑵澡槃牀榻蓆薦所應當得事事八萬四千盡持布施當其爾日皆來大會鬼神國王大臣梵志大姓悉來會坐隱隱闐闐莫不歡欣佛見如是歡然言曰此大姓梵志何以愚癡所施大多福報薄少如種火中何從得報也若我不化長離法門於是世尊便起嚴服化從地出放大光明普照衆會大小見之怪未曾有驚怖悚懼不知何神長者羅摩達及諸大衆頭面著地爲佛作禮佛見衆人皆有

敬心因其恭肅便說偈言

月千反祠　終身不輟　不如須臾　一心念法
一念造福　勝彼終身　雖壽百歲　奉事火神
不如須臾　供養三尊　一供養福　勝彼百年

於是世尊告藍達曰施有四事何等爲四一者施多得福報少二者施少得福報多三者施多得福報多四者施少得福報亦少何謂施多得福報少者其人愚癡殺生祭祠飲酒歌舞破損財寶無有福慧何謂施少得報少者以慳貪惡意施於道士俱兩愚癡是以無福何謂施少得福多者能以慈心奉道德人道士食已精進學誦施此雖少其福彌大何謂施多得福多者若有賢者覺世無常好心出財起立精舍果園供養三尊衣服牀榻廚膳斯福如五河流入於大海福流如是世世不斷是施多其福轉多譬如農家地有厚薄所得不同爾時藍達長者座中會人見佛變化聞說法言皆大歡喜諸天人神皆得須陀洹五千梵志皆作沙門得應真道主人藍達居家大小皆受五戒亦得道迹國王大臣皆受自歸爲優婆塞亦得法眼

昔佛在舍衛精舍教化時羅閱祇國有一人爲人兇愚不孝父母輕侮良善不敬長老居門衰耗常不如意便行事火欲求福祐事火之法日適欲没燃大火聚向之跪拜或至夜半火滅乃止如是三年不得其福更事日月事日月法晝以日出夜以月明向日月拜没乃休止如是三年復不得福輙復事天燒香跪拜奉上甘美香華酒脯猪羊牛犢遂至貧困故不得福勤苦憔悴病不去門聞舍衛國

有佛諸天所宗當往奉事必望得福即到佛所至精舍門瞻覩世尊光相晃然容顏奇異如星中月見佛歡喜頭面作禮叉手白佛生長愚癡不識三尊事火日月及諸天神九年精勤永不蒙福顏色憔悴氣力衰微四大多患死亡無日伏承世尊度人之師故遠自歸願爲福度佛告之曰汝之所事盡是妖邪鬼魅魍魎禱祀如山罪如江海殺生求福去福遠矣正使百劫勤苦盡敬普天猪羊持用禱祀罪如須彌福無芥子徒自費喪豈不惑哉又卿爲人不孝父母輕易賢善不敬長老憍慢貢高三毒熾盛罪疊日深何緣得福若能改心敬禮賢者威儀禮節供奉長老棄惡信善修己崇仁四福日增世世無患何等爲四一者顏色端正二者氣力豐強三者安隱無病四者盡壽終不枉横行之不懈亦可得道於是世尊即說偈言

祭神以求福　從後望其報　四分未望一
不如禮賢者　能善行禮節　常敬長老者
四福自然增　色力壽而安

於是其人聞佛此偈歡喜信解稽首作禮重白佛言罪垢所蔽積罪九年僥賴慈化今得聞解唯願世尊聽爲沙門佛言善來比丘頭髮自墮即成沙門内思安般即得羅漢道

惡行品第十七

昔佛在羅閱祇國遣一羅漢名須漫持佛髮爪至罽賓南山中佛圖寺五百羅漢常止其中旦夕燒香繞塔禮拜時彼山中有五百獼猴見道人供養塔寺即便相將至深澗邊負輦泥石效作佛圖竪木立剎弊旛繫頭旦夕

禮拜亦如道人時山水暴漲五百獼猴一時漂没魂神即生第二忉利天上七寶殿舍衣食自然各自念言從何所來得生天上即以天眼自見本形獼猴之身效諸道人戲作塔寺雖身漂没神得生天今當下報故屍之恩各將侍從華香妓樂臨故屍上散華燒香繞之七帀時山中有五百婆羅門外道邪見不信罪福見諸天人散花作樂繞獼猴屍怪而問曰諸天光影巍巍乃爾何故屈意供養此屍諸天人言此屍是吾等故身昔在此間效諸道人戲立塔寺山水暴漲漂没吾等以此微福得生天上今故散華以報故身之恩戲爲塔寺獲福如此若當至心奉佛其德難喻卿等邪見不信正真百劫勤苦無所一得不如共往耆闍崛山禮事供養得福無限即皆欣然共至佛所五體作禮散華供養諸天人白佛我等近世獼猴之身蒙世尊之恩得生天上恨不見佛今故自歸重白佛言我等前世有何罪行受此獼猴身雖作塔寺身被漂没佛告天人此有因緣不從空生吾當爲汝說其所由乃往昔時有五百年少婆羅門共行入山欲求仙道時山上有一沙門欲於山上泥治精舍下欲取水身輕若飛五百婆羅門與嫉妬意同聲笑之今此沙門上下翻疾亦如獼猴耳何足爲奇也如是取水不止山水一來溺死不久佛告諸天人爾時上下沙門我身是也五百年少婆羅門者五百獼猴身是戲笑作罪身受其報於是世尊即說偈言

戲笑爲惡　已作身行　號泣受報　隨行罪至

佛告諸天人汝之近世雖爲獸身乃能戲笑起作塔寺令得生天罪滅福興今者復來躬奉正教從此因緣長離衆苦佛說是已五百天人即得道迹其所共來水邊五百婆羅門聞罪福之報而自歎曰吾等學仙積有年數未蒙果報不如獼猴戲笑爲福得生天上佛之道德實妙乃爾於是稽首佛足願爲弟子佛言善來比丘即成沙門精進日修遂得羅漢道

昔佛在舍衛國精舍之中爲天人說法時國王第二兒名曰瑠璃其年二十將從官屬退其父王伐兄太子自擅爲王有一惡臣名曰那利白瑠璃王王本爲皇太子時王至舍夷國外家舍看到佛精舍中爲諸釋子所呵罵詈無有好醜爾時見赦若我爲王便啓此事今時已到兵馬興盛宜當報怨即敕嚴駕引率兵馬往伐舍夷國佛有第二弟子名摩訶目揵連見瑠璃王引率兵士伐舍夷國以報宿怨今當伐殺四輩弟子念其可憐便往到佛所白佛言今瑠璃王攻舍夷國我念中人當遭辛苦我欲以四方便救舍夷國人一者舉舍夷國著虛空中二者舉舍夷國人著海中三者舉舍夷國人著兩鐵圍山間四者舉舍夷國人著他方大國中央令瑠璃王不知其處佛告目連雖知卿有是智德能安處舍夷國人萬物衆生有七不可避何謂爲七一者生二者老三者病四者死五者罪六者禍七者因緣此七事意雖欲避不能得自在如卿威神可得作此宿對罪負不可得離於是目連禮已便去自以私意取舍夷國人知識

檀越四五千人盛著鉢中舉著虛空星宿之際瑠璃王伐舍夷國殺三億人已引軍還國於是目連往到佛所爲佛作禮自貢髙曰瑠璃王伐舍夷國弟子承佛威神救舍夷國人四五千人今在虛空皆盡得脱佛告目連卿爲往看鉢中人不也曰未往視之佛言卿先往視鉢中人去還尊者目連以道力下鉢見中人皆死盡於是目連悵然悲泣愍其辛苦還白佛言鉢中人者今皆死盡道德神力不能免彼宿對之罪佛告目連有此七事佛及衆聖神仙道士隱形散體皆不能免此七事於是世尊以偈說曰

非空非海中　非隱山石間　莫能於此處
避免宿惡殃　衆生有苦惱　不得免老死
唯有仁智者　不念人非惡

佛說是時座上無央數人聞佛說無常法皆共悲哀念對難免欣然得道逮須陁洹證

刀杖品第十八

昔有一國名曰賢提時有長老比丘長病委頓羸瘦垢穢在賢提精舍中卧無瞻視者佛將五百比丘往至其所使諸比丘傳共視之爲作漿粥而諸比丘聞其臭處皆共賤之佛使天帝釋取湯水佛以金剛之手洗病比丘身體地尋震動燿然大明莫不驚肅國王臣民天龍鬼神無央數人往到佛所稽首作禮白佛言佛爲世尊三界無比道德已備云何屈意洗此病瘦垢穢比丘佛告國王及衆會者如來所以出現於世正爲此窮厄無護者耳供養病瘦沙門道士及諸貧窮孤獨老人其福無量所願如意譬五河流福來如是功

德漸滿會當得道王白佛言今此比丘宿有何罪困病積年療治不瘥佛告王曰乃往古昔有王名曰惡行治政嚴暴使一多力伍伯主令鞭人伍伯假王威怒私作寒熱若欲鞭人責其價數得物鞭輕不得便重舉國患之有一賢者爲人所訴應當得鞭報伍伯言吾是佛弟子素無罪過爲人所枉願小垂恕伍伯聞是佛弟子輕手過鞭無著身者伍伯壽終墮地獄中拷掠萬毒罪滅復出墮畜生中恒被檛杖五百餘世罪畢爲人常嬰重病痛不離身爾時國王者今調達是也伍伯者今此病比丘是也賢者吾身是也吾以前世爲其所恕鞭不著身是故世尊躬爲洗之人作善惡殃福隨身雖更生死不可得免於是世尊即說偈言

枉杖良善　妄讒無罪　其殃十倍　災仇無赦
生受酷痛　形體毀析　自然惱病　失意恍忽
人所誣染　或縣官厄　財産耗盡　親戚離別
舍宅所有　災火焚燒　死入地獄　如是爲十

時病比丘聞佛此偈及宿命事自知本行尅心自責即於佛前所患除愈身安意定即得阿羅漢道賢提國王歡喜信解尋受五戒爲清信士沒命奉行得須陀洹道

昔佛在舍衛國祇樹給孤獨園精舍中爲天人龍鬼說法東方有國名鬱多羅波提有婆羅門等五百人相率欲詣恒水岸邊有三祠神池沐浴垢穢倮形求仙如尼揵法道由大澤迷不得過中道乏糧遥望見一樹如有神氣想有人居馳趣樹下了無所見婆羅門等舉聲大哭飢渴委厄窮死斯澤樹神人現問

諸梵志道士那來今欲何行同聲荅曰欲詣神池澡浴望仙今日飢渴幸哀矜濟樹神即舉手百味飲食從手流溢給衆飯食皆得飽滿其餘食飲足供道糧臨當别去詣神請問本行何德致此巍巍神荅梵志吾本所居在舍衛國時國大臣名曰須達飯佛衆僧於市買酪無提酪者左右顧視倩我提之往到精舍使我斟酌訖行澡水儼然聽法一切歡喜稱善無量時我奉齋暮還不飡婦怪問我不審何恨荅曰不恨也吾行於市見長者須達於園飯佛請我往齋齋名八關其婦瞋恚忿然言曰瞿曇亂俗奚足採納君不毀遺則禍從此興蹴迫不已便共俱食時我爾夜年壽算盡終於夜半神來生此爲是愚婦敗我齋法不卒其業來生斯澤作此樹神提酪之福手出飲食若終齋法應生天上封受自然即爲梵志而説偈頌曰

祠祀種禍根　日夜長枝條　唐苦敗身本
齋法度世仙

梵志聞偈悉解信受旋還舍衛路由一國國名拘藍尼有長者名曰美音爲人慈恩衆人敬仰梵志過宿長者問曰道士何來今欲所至具陳彼澤樹神功德欲詣舍衛造須達所攢採齋法冀蒙得福美音喜踊宿行所追恒自解暢宣令宗室誰能共行受齋搢式合五百人僉然應命本願相引感議嚴出共詣舍衛不至祇洹道逢須達顧問從者此何丈夫對曰須達梵志衆等喜而追曰吾願成矣求人得人馳趣相見同聲歎曰樹神歎德注仰虚心具説所嗟故來投託冀覲法齋住車荅

曰所求大善吾有尊師號曰如來祐度人類近在祇洹可共親造敬諸恭肅進前逢見如來情喜難量五體投地退坐一面皆共長跪白世尊曰本初發家欲至三池沐浴求仙經由樹神所陳如此是故投化願示極路於是世尊因其所行而爲說偈

雖倮剪髮　杖服草衣　沐浴踞石　柰疑結何
不伐殺燒　亦不求勝　仁愛天下　所適無怨

五百梵志聞偈歡喜皆作沙門得應真道美音宗等逮得法眼諸比丘白佛言五百梵志及長者等本行何德得道何速世尊告曰過去久遠時世有佛名曰迦葉爲諸弟子說我當來五濁之時時有梵志長者千人同發是言令我遭見釋迦文佛爾時梵志者今此等梵志是爾時長者今美音等是從是因緣見我便解比丘歡喜作禮奉行

法句譬喻經卷第二

音釋

庌（牙買切廳也）廡（音武廊廡也）忪（諸容切心動也）遽（其據切窘迫也）殮（力驗切殯殮也）惷（陟降切愚也）騃（語駭切癡也）舋（許刃切舋隙也）鏤（郎豆切雕刻也）穰（如陽切禾莖也）毼（何葛切罽也）祟（雖遂切神禍也）惘（文紡切皇遽貌）沮敗（沮在呂切壞也）繖（蘇旱切織絲綫爲蓋也）屣（所綺切履屬）兇（虛容切惡暴也）脯（匪父切乾肉也）僥（堅堯切幸也）倮（郎果切赤體也）踧（子六切與蹵同促也）欻（吁物切忽也）

法句譬喻經卷第三

西晉沙門法炬共法立譯

老耄品第十九

昔佛在舍衛國祇樹精舍食後爲天人帝王臣民四輩弟子說甘露法時有遠方長老婆羅門七人來至佛所稽首於地叉手白佛言吾等遠人伏聞聖化久當歸命而多諸難今乃得來覲覩聖顔願爲弟子得滅衆苦佛即受之悉爲沙門即令七人共止一房然此七人覩見世尊尋得爲道不惟無常共坐房中但思世事小語大笑不計成敗命日促盡不與人期但共喜笑迷意三界佛以三達智知命欲盡佛哀愍之起至其房而告之曰卿等爲道當求度世何爲大笑一切衆生以五事自恃何謂爲五一者恃怙年少二者恃怙端正三者恃怙多力四者恃怙財富五者恃怙貴姓卿等七人小語大笑爲何恃怙於是世尊即說偈言

何喜何笑　念常熾然　深蔽幽冥　不如求定

見身形範　倚以爲安　多想致病　豈知不真

老則色衰　病無光澤　皮緩肌縮　死命近促

身死神徙　如御棄車　肉消骨散　身何可怙

佛說偈已七比丘意解妄止即於佛前逮得阿羅漢道

昔佛在舍衛精舍爲諸天人帝王說法時有婆羅門村五百餘家中有五百年少婆羅門修婆羅門術爲人憍慢不敬長老貢高自貴以此爲常五百梵志欻自議言沙門瞿曇自稱爲佛三達權智無敢共論者吾等可共請來論議事事詰問知爲何如即辦供具往請

佛來佛與諸弟子往到梵志村中坐畢行水食訖澡手時有長老梵志夫婦二人於此村中共行乞丐佛知其本大富無比曾作大臣佛即誥問年少梵志汝等識長老婆羅門不皆言曾識又問本爲何似也曰本爲大臣財富無數今者何故復行乞丐皆言散用無道是以守貧佛告婆羅門世有四事人不能行者得福不致此貧何謂爲四一者年盛力壯慎莫憍慢二者年老精進不貪婬泆三者有財珍寶常念布施四者就師學問聽受正言如此老公不行四事謂之有常不計成敗一旦離散譬如老鵠守此空池求無所獲於是世尊即説偈言

晝夜慢惰　老不止婬　有財不施　不受佛言
有此四弊　爲自侵欺　咄嗟老至　色變作耄
少時如意　老見蹈踐　不修梵行　又不富財
老如白鵠　守伺空池　既不守戒　又不積財
老羸氣竭　思故何逮　老如秋葉　行穢襤縷
命疾脫至　不用後悔

佛告梵志世有四時行道得福得度可免衆苦何謂爲四一者年少有力勢時二者富貴有財物時三者得遇三尊好福田時四者當計萬物憂離散時行此四事所願皆獲必得道跡於是世尊重説偈言

命欲日夜盡　及時可勤力　世間諦非常
莫惑墮冥中　當學然意燈　自練求智慧
離垢勿染汙　執燭觀道地

佛説是時放大光明照耀天地五百年少梵志因此心解衣毛爲竪起禮佛足白佛言歸命世尊願爲弟子佛言善來比丘即成沙門

得羅漢道村人大小皆得道迹莫不歡喜

愛身品第二十

昔有一國名多摩訶羅去城七里有精舍五百沙門常處其中讀經行道有一長老比丘名摩訶盧爲人闇塞五百道人傳共教之數年之中不得一偈衆共輕之不將同會常守精舍敕令掃除後日國王請諸道人入宮供養摩訶盧比丘自念言我生世間闇塞如此不知一偈人所薄賤用是活爲即持繩至後園中大樹下欲自絞死佛以道眼遥見如是化作樹神半身人現而訶之曰咄咄比丘何爲作此摩訶盧即具陳辛苦化神訶曰勿得作是且聽我言昔迦葉佛時卿作三藏沙門有五百弟子自以多智輕慢衆人慳惜經義初不訓誨是以世世所生諸根闇鈍但當自責何爲自殘於是世尊現神光像即説偈言

自愛身者　愼護所守　希望欲解　學正不寐
身爲第一　當自勉學　利乃誨人　不倦則智
學先自正　如後正人　調身入慧　必遷爲上
身不能利　安能利人　心調體正　何願不至
本我所造　後我自受　爲惡自更　如鋼鑽珠

摩訶盧比丘見佛現身光像悲喜悚慄稽首佛足思惟偈義即入定意尋在佛前逮得羅漢道自識宿命無數世事三藏衆經即貫在心佛語摩訶盧著衣持鉢就王宮食在五百道人上坐此諸道人是卿先世五百弟子還爲説法令得道跡并使國王明信罪福即受佛教徑入宮裏坐於上座衆人心恚怪其所以各護王意不敢訶譴念其愚冥不曉達嚫心爲之疲王便下食手自斟酌摩訶盧即爲

達覼音如雷震清詞雨下座上道人驚怖自悔皆得羅漢爲王說法莫不解釋羣臣百官皆得須陀洹道

昔佛在舍衛國有五百婆羅門常求佛便欲誹謗之佛三達之智普見人心愍欲度之其果未熟因緣未到一切罪福欲來至時自作因緣而迎罪福此諸梵志宿有微福應當得度福德牽之自作方宜五百梵志自共議言當使屠兒殺生請佛及諸衆僧佛必受請讚歎屠兒吾等便前而共譏之於是屠兒爲之請佛佛即受請告屠兒言果熟自墮福熟自度屠兒還歸供設飯食佛將諸弟子到屠兒村中至檀越舍梵志大小皆共歡喜今日乃得佛之便耳若當讚檀越福德者當以其前後殺生作罪持用譏之佛若當說其由來之罪者當以今日之福難之二宜之中今乃得佛便耳佛到即坐行水下食於是世尊觀察衆心應有度者即出舌覆面舐耳放大光明照一城内即以梵聲說偈呪願

如真人教　以道活身　愚者嫉之　見而爲惡
行惡得惡　如種苦種　惡自受罪　善自受福
亦各自熟　彼不相代　習善得善　亦如種甜

佛說覼已五百梵志意自開解即前禮佛五體投地叉手白佛頑愚不及未達聖訓唯願愍育得爲沙門佛即聽受皆爲沙門村人大小見佛變化莫不歡欣皆得道迹稱之賢里無復屠兒之名佛食畢訖即還精舍

世俗品第二十一

昔有婆羅門國王名多味寫其王奉事異道九十六種王欻一日發於善心欲大布施如

婆羅門法積七寶如山持用布施有來乞者聽令自取重一撮去如是數日其積不減佛知是王宿福應度化作梵志往到其國王出相見禮問起居曰何所求索莫自疑難梵志荅曰吾從遠來欲乞珍寶持作舍宅王言大善自取重一撮去梵志取一撮行七步還著故處王問何故不取梵志荅曰此裁足作舍廬耳後當取婦俱不足用是以不取王言更取三撮梵志即取行七步復還著故處王問梵志何以復爾荅曰此足取婦復無田地奴婢牛馬計復不足是以息意也王言更取七撮梵志即取行七步復還著故處王言復何意故梵志荅言若有男女當復嫁娶吉凶用費計不足用是以不取王言盡以積寶持用相上梵志受而捨去王甚怪之重問意故梵志荅曰本來乞丐欲用生活諦念人命處世無幾萬物無常旦夕難保因緣遂重憂苦日深積寶如山無益於己貪欲規圖唐自艱苦不如息意求無爲道是以不取王意開解願奉明教於是梵志現佛光相踊住空中爲說偈言

雖得積珍寶　聳高至於天　如是滿世間
不如見道跡　不善像如善　愛如似不愛
以苦爲樂像　狂夫爲所滅

於是國王見佛光相明照天地又聞此偈踊躍歡喜王及羣臣即受五戒得須陀洹道

述佛品第二十二

昔佛在摩竭提界善勝道場元吉樹下德力降魔坐自惟曰甘露法鼓聞於三千昔父王遣五人供養麻米執持有勞功報應敘此五

人者在波羅柰國於是如來從樹下起相好嚴儀明暉天地威神震動見者喜悅至波羅柰國未至中道逢一梵志名曰優呼辭親離家求師學道瞻覩尊妙驚喜交集下在道側舉聲歎曰威靈感人儀雅挺特本事何師乃得斯容佛爲優呼而作頌曰

八正覺自得　無離無所染　愛盡破欲網
自然無師受　我行無師保　志獨無伴侶
積一得作佛　從是通聖道

優呼聞偈悵惘不解即問世尊瞿曇如行佛告梵志欲詣波羅柰國擊甘露法鼓轉無上輪三界聖衆未曾有轉法輪還人入涅槃如我今者也優呼大喜善哉善哉如佛言者願開甘露如應說法梵志揖已即便過去未到師所於道路宿至其夜半卒便命終佛以道眼見其已終愍傷之曰世間愚癡謂命有常見佛捨去而獨喪亡法鼓震動而獨不聞甘露滅苦而獨不嘗展轉五道生死彌長經歷劫數何時得度佛以慈愍而說偈言

見諦淨無穢　已度五道淵　佛出照世間
爲除衆憂苦　得生人道難　生壽亦難得
世間有佛難　佛法難得聞

佛說此偈時空中五百天人聞偈歡欣皆得須陀洹道

昔羅閱祇南四千里有國奉事梵志數千人時國大旱三年不雨禱祠諸神無所不遍王問梵志問其所由諸梵志言吾等當齋戒詣竟當遣人與梵天相聞問其災異王言大善齋戒所乏願見告示諸梵志言當得二十車薪酥蜜膏油華香旛蓋金銀祭器盡用須之

王即辦送出至城外去城七里平廣之地積薪如山共相推獎其有不惜身者終生梵天選得七人當就火燒遣至梵天七人受祭呪願訖踧使上薪從下放火當燒殺之烟焰炯然熱氣直至七人惶懼左右求救無有救者舉聲曰三界之中寧有大慈愍念我厄者願受自歸佛遥知之尋聲往救在虛空中顯現相好七人見佛悲喜跳踊唯願自歸救我痛熱於是世尊即說偈言

或多自歸　山川樹神　廟立圖像　禱祠求福
自歸如是　非吉非上　彼不能來　度汝衆苦
如有自歸　佛法僧衆　道德四諦　必見正慧
生死極苦　從諦得度　度世八難　斯除衆苦
自歸三尊　最吉最上　唯獨有是　度一切苦

佛說偈訖火聲尋滅七人獲安心喜無量梵志國人莫不驚悚仰瞻世尊光相赫弈分身散體東沒西現存亡自由身出水火五色晃昱衆人見之五體歸命於是七人從薪下出悲喜交集而說偈言

見聖人快　得依附快　得離愚人　爲善獨快
守正見快　互說法快　與世無諍　戒具常快
依賢居快　如親親會　近仁智者　多聞高遠

於是七人說此偈已及諸梵志願爲弟子佛即受之皆爲沙門得羅漢道國王臣民咸各修道天尋大雨國豐民寧道化興隆莫不樂聞

安寧品第二十三

昔羅閱祇東南三百里有山民村五百餘家爲人剛強難以道化宿世福願應蒙開度於是世尊化作沙門至村分衛分衛畢竟出於

村外樹下坐定入泥洹三昧至于七日不喘不息不動不轉村人見之謂爲命終共相謂言沙門已死當共葬送各持束薪就往燒之火燃薪盡佛從座起現道神化光明照耀感動十方現變畢訖還坐樹下容體靜安怡悅如故村人大小莫不驚懼稽首謝曰山民頑野不識神人妄以薪火加於未然自惟獲罪重於太山唯垂慈赦不咎其怨不審神人得無傷病乎將無愁慼乎將無飢渴乎將無熱惱乎於是世尊和顏含笑而說偈言

我生已安　不慍於怨　衆人有怨　我行無怨

我生已安　不病於病　衆人有病　我行無病

我生已安　不慼於憂　衆人有憂　我行無憂

我生已安　清淨無爲　以樂爲食　如光音天

我生已安　恬淡無事　彌薪國火　安能燒我

爾時村中五百人聞說偈已皆作沙門得羅漢道村人大小皆信三尊佛與五百人飛還竹園賢者阿難見佛與得道者俱來前白佛言此諸比丘有何異德乃使世尊自往臨度佛告尊者阿難我未下爲佛時世有辟支佛常處是山去村不遠在一樹下欲般泥洹現道神德便取滅度村人持薪火就往燒之斂取舍利著寶瓶中埋在山頂各共求願願後得道如是沙門滅度快樂也緣此福故應當得道是故如來往度之耳佛說是時天人無數皆得道跡

昔佛在舍衛精舍時有四比丘坐於樹下共相問言一切世間何者最苦一人言天下之苦無過婬欲一人言世間之苦無過饑渴一人言世間之苦無過瞋恚一人言天下之苦

莫過驚怖共諍苦義云云不止佛知其言往到其所問諸比丘屬論何事即起作禮具白所論佛言比丘汝等所論不究苦義天下之苦莫過有身飢渴寒熱瞋恚驚怖色欲怨禍皆由於身夫身者衆苦之本患禍之源勞心極慮憂畏萬端三界蠕動更相殘賊吾我縛著生死不息皆由身興欲離世苦當求寂滅攝心守正怕然無想可得泥洹此爲最樂於是世尊即説偈言

熱無過婬　毒無過怒　苦無過身　樂無過滅
無樂小樂　小辯小慧　觀求大者　乃獲大安
我爲世尊　長解無憂　正度三界　獨降衆魔

佛説偈已告諸比丘往昔久遠無數世時有五通比丘名精進力在山中樹下閑寂求道時有四禽依附左右常得安隱一者鴿二者烏三者毒蛇四者鹿是四禽者晝行求食暮則還宿四禽一夜自相問言世間之苦何者爲重烏言飢渴最苦飢渴之時身羸目冥神識不寧投身羅網不顧鋒刃我等喪身莫不由之以此言之飢渴爲苦鴿言婬欲最苦色欲熾盛無所顧念危身滅命莫不由之毒蛇言瞋恚最苦毒意一起不避親踈亦能殺人復能自殺鹿言驚怖最苦我在林野心恒怵惕畏懼獵師及諸豺狼髣髴有聲奔投坑岸母子相捐肝膽掉悸以此言之驚怖爲苦比丘聞之即荅之曰汝等所論是其末耳不究苦本天下之苦無過有身身爲苦器憂畏無量吾以是故捨俗學道滅意斷想不貪四大欲斷苦源志存泥洹泥洹道者寂滅無形憂患永畢爾乃大安四禽聞之心即開解佛告

比丘爾時五通比丘則吾身是時四禽者今汝四人是也前世已聞苦本之義如何今日方復云云比丘聞之慚愧自責即於佛前得羅漢道

好喜品第二十四

昔佛在舍衛精舍時有四新學比丘相將至柰樹下坐禪行道柰花榮茂色好且香因相謂曰世間萬物何者可愛以快人情一人言仲春之月百木榮茂遊戲原野此最爲樂一人言宗親吉會觴酌交錯音樂歌舞此最爲樂一人言多積財寶所欲即得車馬服飾與衆有異出入光顯行者矚目此最爲樂一人言妻妾端正綵服鮮明香熏芬馥恣意縱情此最爲樂也佛知四人應可化度而走意六欲不惟無常即呼四人而問之曰屬坐樹下共論何事四人實具白所樂佛告四人汝等所論盡是憂畏危亡之道非是永安最樂之法也萬物春榮秋冬衰落宗親歡娛皆當別離財寶車馬五家之分妻妾美色愛憎之主也凡夫處世興招怨禍危身滅族憂畏無量三塗八難苦痛萬端靡不由之矣是以比丘捨世求道志存無爲不貪榮利自致泥洹乃爲最樂於是世尊即說偈言

愛喜生憂　愛喜生畏　無所愛喜　何憂何畏
好樂生憂　好樂生畏　無所好樂　何憂何畏
貪欲生憂　貪欲生畏　解無貪欲　何憂何畏
貪法戒成　至誠知慙　行身近道　爲衆所愛
欲態不生　思正乃語　心無貪愛　必截流度

佛告四比丘昔有國王名曰普安與鄰國四王共爲親友請此四王宴會一月飲食娛樂

快樂無比臨別之日普安王問四王曰人居世間以何爲樂一王言遊戲爲樂一王言宗親吉會音樂爲樂一王言多積財寶所欲如意爲樂一王言愛欲恣情此則爲樂普安王言卿等所論是苦惱之本憂畏之源前樂後苦憂悲萬端皆由此興不如寂靜無求無欲憺怕守一得道爲樂四王聞之歡喜信解佛告比丘爾時普安王者我身是也四王者汝四人是也前已論之今故不解生死莚蔓何由休息時四比丘重聞此義慙愧悔過心意開悟滅意斷欲得羅漢道

忿怒品第二十五

昔佛在羅閱祇耆闍崛山中時調達與阿闍世王共議毀佛及諸弟子王敕國人不得奉佛衆僧分衛不得施與時尊者舍利弗尊者目連尊者迦葉尊者須菩提等及波和提比丘尼等各將弟子去到他國唯佛與五百羅漢住耆闍崛山中調達往至阿闍世王所與王議言佛諸弟子今已迸散尚有五百弟子在佛左右願王明日請佛入城吾當飲五百大象令醉佛來入城驅使醉象令蹹殺之盡斷其種吾當作佛教化世間阿闍世王聞之歡喜即到佛所稽首作禮白佛言明日設薄施願屈世尊及諸弟子於宮內食佛知其謀荅言大善明旦當往王退而去還語調達佛已受請當合前計飲象令醉伺候待之明日食時佛與五百羅漢共入城門五百醉象鳴鼻而前搪揬牆壁樹木摧折行人驚怖一城戰慄五百羅漢飛在空中獨有尊者阿難在佛邊住醉象齊頭徑前趣佛佛因舉手五指

應時化爲五師子王同聲俱吼震動天地於是醉象屈膝伏地不敢擧頭酒醉尋解垂淚悔過王及臣民莫不驚肅世尊徐前至王殿上與諸羅漢食訖呪願王白佛言禀性不明信彼讒言興造逆惡圖爲不軌願垂大慈恕我迷愚於是世尊告阿闍世及諸大衆世有八事興長誹謗皆由名譽又貪利養以致大罪累劫不息何等爲八利衰毀譽稱譏苦樂自古至今尠不爲惑於是世尊即說偈言

人相謗毀　自古至今　既毀多言　又毀訥訒

亦毀中和　世無不毀　欲意誹聖　不能折中

一毀一譽　但爲利名　明智所譽　唯稱正賢

慧人守戒　無所譏謗　如羅漢淨　莫而誣謗

諸天咨嗟　梵釋所稱

佛說偈已重告王曰昔有國王喜食鴈肉常遣獵師張網捕鴈日送一鴈以供王食時有鴈王將五百鴈飛下求食鴈王墮網爲獵師所得餘鴈驚飛徘徊不去時有一鴈連翩追隨不避弓矢悲鳴吐血晝夜不息獵師見之感憐其義即放鴈王令相隨去羣鴈得王歡喜迴繞爾時獵師具以白王王感其義斷不捕鴈佛告阿闍世王爾時鴈王我身是也一鴈者賢者阿難是也五百羣鴈今五百羅漢是也食鴈國王者今大王是也時獵師者今調達是也前世已來常欲害我我以大慈之力因而得濟不念怨惡自致得佛佛說是時王及羣臣莫不歡喜

塵垢品第二十六

昔有一人無有兄弟爲小兒時父毋憐愛赤心慺慺欲令成就將詣師友勸之書學其兒

驕蹇永不用心朝受暮棄初不誦習如是積年無所知識父母呼歸令治家業其兒驕誕不念勤力家道遂窮衆事弛廢其兒放縱無所顧録摽賣家物快心恣意亂頭徒跣衣服不淨慳貪搪揬不避恥辱愚癡自用人所惡賤國人咸憎謂之凶惡出入行步無與語者不自知惡反咎衆人上怨父母次責師友先祖神靈不肯祐助使我淹滯轗軻如此不如事佛可得其福即到佛所爲佛作禮前白佛言佛道寬弘無所不容願爲弟子乞蒙聽許佛告此人夫欲求道當行清淨行汝齎俗垢入我道中唐自去就何所長益不如歸家孝事父母誦習師教沒命不忘勤修居業富樂無憂以禮自將不犯非宜沐浴衣服慎於言行執心守一所作事辦改行精修人所歎慕如此之行乃可爲道耳於是世尊即說偈言

不誦爲言垢　不勤爲家垢　不嚴爲色垢
放逸爲事垢　慳爲惠施垢　不善爲行垢
今世亦後世　惡法爲常垢
垢中之垢　莫甚於癡　學當捨此　比丘無垢

其人聞偈自知憍癡即承佛教歡喜還歸思惟偈義改悔自新孝事父母尊敬師長誦習經道勤修居業奉戒自攝非道不行宗族稱孝鄉黨稱悌善名遐布國內稱賢三年之後還至佛所五體作禮懇惻自陳尊教至真得全形體棄惡爲善上下蒙慶願垂大慈接度爲道佛言善哉鬚髮尋落即成沙門內思止觀四諦正道精進日證得羅漢道

奉持品第二十七

昔有長老婆羅門名薩遮尼揵才明多智國

中第一有五百弟子貢高自大不顧天下以鐵鍱鍱腹人問其故荅曰恐智溢出故也聞佛出世道化明遠心懷妬嫉寤寐不安語諸弟子吾聞瞿曇沙門自稱爲佛今當往問深妙之事令其心悸不知所陳即與弟子往到祇洹列住門外遥見世尊威光赫奕如日初出五情驚踊喜懼交錯於是徑前爲佛作禮佛命就坐坐訖尼揵問佛言何謂爲道何謂爲智何謂爲長老何謂爲端正何謂爲沙門何謂爲比丘何謂爲仁明何謂爲奉戒若能解荅願爲弟子於是世尊觀其所應以偈荅言

常愍好學　正心以行　唯懷寶慧　是謂爲道
所謂智者　不必辯言　無恐無懼　守善爲智
所謂老者　不以年者　形熟髮白　惷愚而已
謂懷諦法　順調慈仁　明達清潔　是爲長老
所謂端正　非色如華　貪嫉虛飾　言行有違
謂能捨惡　根源已斷　慧而無恚　是謂端正
所謂沙門　不必除髮　妄語貪取　有欲如凡
謂能止惡　恢廓弘道　息心滅意　是謂沙門
所謂比丘　非時乞食　邪行望彼　求名而已
謂捨罪業　淨修梵行　慧能破惡　是爲比丘
所謂仁明　非口不言　用心不淨　外順而已
謂心無爲　內行清虛　此彼寂滅　是爲仁明
所謂有道　非救一物　普濟天下　無害爲道
奉持法者　不以多言　雖素少聞　身依法行
守道不忘　是爲奉法

薩遮尼揵及五百弟子聞佛此偈歡喜開解棄捐貢高皆作沙門尼乾一人發菩薩心五百弟子皆得羅漢道

道行品第二十八

昔有婆羅門年少出家學至年六十不能得道婆羅門法六十不得道然後歸家娶婦爲居生得一男端正可愛至年七歲書學聰了才辯出口有踰人之操卒得重病一宿命終梵志憐惜不能自勝伏其屍上氣絶復甦親族諫喻強奪殯殮埋著城外梵志自念我今啼泣計無所益不如往至閻羅王所乞索兒命於是梵志沐浴齋戒齎持華香發舍而去所在問人閻羅王所治處爲在何許展轉前行數千里至深山中見諸得道梵志復問如前諸梵志問曰卿問閻羅王所治處欲求何等荅言我有一子慧辯過人近日卒亡悲窮懊惱不能自解欲至閻羅王所乞索兒命還將歸家養以備老諸梵志等愍其愚癡即告之曰閻羅王所治處非生人可得到也當示卿方宜從此西行四百餘里有大川其中有城此是諸天神案行世間停宿之城閻羅王常以月八日案行必過此城卿持齋戒往必見之梵志歡喜奉教而去到其川中見好城郭宮殿屋宇如忉利天梵志詣門燒香翹脚呪願求見閻羅王閻羅王勑見問之梵志啓言晚生一男欲以備老養育七歲近日命終唯願大王垂恩布施還我兒命閻羅王言所求大善卿兒今在東園中戲自往將去梵志即往見兒與諸小兒共戲即前抱之向之啼泣曰我晝夜念汝食寐不甘汝寧念父母辛苦以不小兒驚喚逆呵之曰癡騃老公不達道理寄住須臾名人爲子勿妄多言不如早去今我此間自有父母邂逅之間唐自抱乎

梵志悵然悲泣而去即自念言我聞瞿曇沙門知人魂神變化之道當往問之於是梵志即還佛所時佛在舍衛祇洹爲大衆說法梵志見佛稽首作禮具以本末向佛陳之實是我兒不肯見名反謂我爲癡騃老公寄住須臾認我爲子永無父子之情何緣乃爾佛告梵志汝實愚癡人死神去便更受形父母妻子因緣會居譬如寄客起則離散愚迷縛著計爲已有憂悲苦惱不識根本沉溺生死未央休息唯有慧者不貪恩愛覺苦捨集勤修經戒滅除諸想生死得盡於是世尊即說偈言

人營妻子　不觀病法　死命卒至　如水湍驟

父子不救　餘親何望　命盡怙親　如盲守燈

慧解是意　可修經戒　勤行度世　一切除苦

遠離諸淵　如風却雲　已滅思想　是爲知見

智爲世長　淡樂無爲　知受正教　生死得盡

梵志聞偈燿然意解知命無常妻子如客稽首委質願爲沙門佛言善哉鬚髮自落法衣在身即成比丘思惟偈義滅愛斷想即於座上得阿羅漢道

廣衍品第二十九

昔佛在舍衛國說法教化天龍鬼神帝王人民三時往聽彼時國王名波斯匿爲人驕慢放恣情欲目惑於色耳亂於聲鼻著馨香口恣五味身受細滑食飲極美初無猒足食遂進多恒苦飢虛廚膳不廢以食爲常身體肥盛乘轝不勝臥起呼吸但苦短氣氣閉息絶經時驚覺坐起呻吟恒苦身重不能轉側以身爲患便敕嚴駕往到佛所侍者扶持問訊

却坐叉手白佛言世尊違遠侍覲咨受無階不知何罪身爲自肥不能自覺何故使爾每自患之是以違替不數禮覲佛告大王人有五事令人常肥一者數食二者喜眠三者憍樂四者無愁五者無事是爲五事喜令人肥若欲不肥減食麤燥然後乃瘦於是世尊即說偈言

人當有念意　每食知自省　從是痛用薄　節消而保壽

王聞此偈歡喜無量即呼廚士而告之曰受誦此偈若下食時先爲我說然後下食王辭還宮廚士下食輒便說偈王聞偈喜食減一匙食轉減少遂以身輕即瘦如前自見如此歡欣念佛即起步行往到佛所爲佛作禮佛命令坐而問王曰車馬人從今爲所在也何緣步行王喜白佛前得佛教奉行如法今者身輕世尊之力是以步來知爲何如佛告大王世人如此不知無常長身情欲不念爲福人死神去身留塜塜智者養神愚者養身若能解此奉修聖教於是世尊重說偈言

人之無常　老如特牛　但長肌肥　無有智慧　生死無聊　往來艱難　意猗貪身　更苦無端　慧人見苦　是以捨身　滅意斷欲　愛盡無生

王重聞偈欣然意解即發無上正真道意聽者無數即得法眼

昔有七比丘入山學道十二年中不能得道自共議言學道甚難毀形執節不避寒苦終身乞食受辱難堪道卒叵得罪難可除唐自勞勤殞命山中不如歸家修立門戶娶妻養子廣爲利業快心樂意安知後事於是七人

即起出山佛遥知之應當得度不忍小苦終墮地獄甚可憐傷佛即化作沙門往到谷中逢七比丘化人問曰久承學道何以來出七人荅言學道勤苦罪根難拔分衛乞食受辱難堪又此山中無供養者璅璅積年恒守儉約唐自困苦道不可得且欲還家廣求利業大作資財投老求道化沙門言且止聽我所言人命無常旦夕不保學道雖難前苦後樂居家艱難億劫無息妻子會止顧同安利欲望永樂不遭患難是猶治病服毒有增無損也三界有形皆有憂惱唯有信戒心無放逸精進得道衆苦永畢於是化沙門現佛身相光像巍巍即說偈言

學難捨罪難　居止家亦難　會止同利難
艱難無過有　比丘乞求難　何可不自勉
精進得自然　終無欲於人　有信則戒成
從戒多致寶　亦從得諧偶　在所見供養
一坐一處卧　一行不放恣　守一以正心
必樂居樹間

於是七比丘見佛身相又聞此偈慙怖戰慄五體投地稽首佛足攝心悔過作禮而去還入山中殞命精進思惟偈義守一正心閑居寂滅得羅漢道

地獄品第三十

昔舍衛國有婆羅門師名不蘭迦葉與五百弟子相隨國王人民莫不奉事佛初得道與諸弟子從羅閱祇至舍衛國身相顯赫道教清美國王中宮率土人民莫不奉敬於是不蘭迦葉起嫉妬意欲毀世尊獨望敬事即將弟子見波斯匿王而自陳曰吾等長老先學

國之舊師沙門瞿曇後出求道實無神聖自稱爲佛而王捨我欲專奉之今欲與佛捔試道德知誰爲勝勝者王便終身奉之王言大善王即嚴駕往到佛所禮畢白言不蘭迦葉欲與世尊捔盡道力不審世尊爲可爾不佛言大佳結期七日當捔變化王於城東平廣好地立二高座高四十丈七寶莊校施設幢旛整頓座席二座中間相去二里二部弟子各坐其下國王羣臣大衆雲集欲觀二人捔其神化於時不蘭迦葉與諸弟子先到座所登梯而上有鬼神王名曰般師見迦葉等虛妄嫉妬即起大風吹其高座坐具顛倒幢旛飛揚雨沙礫石眼不得視世尊高座帖然不動佛與大衆庠序而來方向高座忽然已上衆僧一切寂然次坐王及羣臣加敬稽首白佛言願垂神化厭伏邪見弁令國人明信正真於是世尊即於座上忽然不現即昇虛空放大光明東沒西現四方亦爾身出水火上下交易坐臥空中十二變化沒身不現還在座上天龍鬼神華香供養讚善之聲震動天地不蘭迦葉自知無道低頭慚愧不敢舉目於是金剛力士舉金剛杵杵頭出火以擬迦葉何以不現卿變化乎迦葉惶怖投座而走五百弟子奔播迸散世尊威顏容不欣慼還到祇樹給孤獨園國王羣臣歡喜辭還於是不蘭迦葉與諸弟子受辱而去去至道中逢一老優婆夷字魔尼逆罵之曰卿等羣愚不自忖度而欲與佛比捔道德狂愚欺誑不知羞恥亦不須持此面目行於世間也不蘭迦葉與諸弟子至江水邊誑諸弟子我今投水

必生梵天若我不還則知彼樂諸弟子待之不還自共議言師必上天我何宜住一一投水冀當隨師不知罪牽皆墮地獄後日國王聞其如此甚驚怪之往到佛所白佛言不蘭迦葉師徒迷愚何緣乃爾佛告王曰不蘭迦葉師徒重罪有二一者三毒熾盛自稱得道二者毀謗如來欲望敬事以此二罪應墮地獄殃咎催逼使其投河身死神去受苦無量是以智者守攝其心内不興惡外罪不至譬如邊城與寇連接守備牢固無所畏懼内人安隱外寇不入智者自護亦復如是於是世尊即說偈言

妄證求賂　行已不正　怨譖良人　以枉治世
罪牽斯人　身投於坑　如備邊城　中外牢固
自守其心　非法不生　行缺致憂　令墮地獄

佛說偈已重告王曰乃往昔時有二獼猴王各主五百獼猴一王起嫉妬意欲殺一王規圖獨治便往共鬬數數不如羞慚退去到大海邊海曲之中有水聚沫風吹積聚高數百丈獼猴王愚癡謂是雪山語羣輩言久聞海中有大雪山其中快樂甘果恣口今日乃見吾當先到往行看視若審樂者不能復還若不樂者當來語汝於是上樹盡力跳騰投聚沫中溺沒海底餘者怪之不出謂必大樂一一投中斷羣溺死佛告王曰爾時嫉妬獼猴王者今不蘭迦葉是也彼一獼猴王者我身是也不蘭迦葉前世坐懷嫉妬爲罪所牽自投聚沫絕羣斷種今復誹謗盡投江河罪對使然累劫無限王聞信解作禮而去

法句譬喻經卷第三

音釋

襤褸 襤盧甘切褸隴主切襤褸衣破醜敝也 鋼 居郎切堅鐵也 達嚫 梵語也此云財施嚫初覲切 烱 古迥切光也 厝 倉故切置也 喘 尺兗切疾息也 怵惕 怵敕律切惕他廢切怵惕竦懼也 搪揬 搪音唐揬音突搪揬抵觸也 訥訒 訥奴骨切謇訥也訒而根切難言也 僂 龍珠切僂僂恭謹貌 ⿰氵隶渧 ⿰氵隶郎計切渧丁計切 轗軻 轗音坎軻音可人不得志謂之轗軻 鍱 弋涉切鐵薄也 甦 孫徂切死而更生也 邂逅 邂下懈切逅胡茂切邂逅相遇也 湍 他官切疾瀨也 璅 損果切璅璅繁碎猥屑貌

法句譬喻經卷第四

西晉沙門法炬共法立譯

象喻品第三十一

昔尊者羅云未得道時心性麤獷言少誠信佛敕羅云汝往到賢提精舍中住守口攝意勤修經戒羅云奉教作禮而去住九十日慚愧自悔晝夜不息佛往見之羅云歡喜趣前禮佛安施繩牀攝受震越佛踞繩牀告羅云言澡槃取水爲吾洗足羅云受教爲佛洗足洗足已訖佛語羅云汝見澡槃中洗足水不羅云白佛唯然見之佛語羅云此水可用食飲盥漱以不羅云白言不可復用所以者何此水本實清潔今已洗足受於塵垢以是之故不可復用佛語羅云汝亦如是雖爲吾子國王之孫捨世榮祿得爲沙門不念精進攝心守口三毒垢穢充滿胷懷亦如此水不可復用也佛復語羅云棄澡槃水羅云即棄佛語羅云澡槃雖空可用盛飲食不耶白言不可所以者何用有澡槃之名曾受不淨故也佛語羅云汝亦如是雖爲沙門口無誠信心性剛強不念精進曾受惡名亦如澡槃不中盛食也佛以足指撥却澡槃應時輪轉而走自跳數反乃止佛語羅云汝寧惜此澡槃恐破不乎羅云白佛洗足之器賤價之物意中雖惜不大慇懃佛語羅云汝亦如是雖爲沙門不攝身口麤惡言語多所中傷衆所不愛智者不惜身死神去輪轉三塗自生自死苦惱無量諸佛賢聖所不愛惜亦如汝言不惜澡槃也羅云聞之慚愧怖悸佛告羅云聽我說喻昔者國王有一大象猛黠能戰其力勢

勝五百小象其王興軍欲伐逆國被象鐵鎧象士御之以雙矛戟繫象兩牙復以二劍繫著兩耳以曲刃刀繫象四脚復以鐵棒繫著象尾被象九兵皆使嚴利象惟藏鼻護不用鬭象士歡喜知象護身命所以者何象鼻軟脆中箭即死是以不出鼻鬭耳象鬭殊久出鼻求劒象士不樂念此猛象不惜身命出鼻求劒欲著鼻頭王及羣臣惜此大象不復使鬭佛告羅云人犯九惡惟當護口如此大象護鼻不鬭所以然者畏中箭死人亦如是所以護口當畏三塗地獄苦痛十惡盡犯不護口者如此大象分喪身命不計中箭出鼻鬭耳人亦如是十惡盡犯不惟三塗毒痛辛苦若行十善攝身口意衆惡不犯便可得道長離三趣無生死患於是世尊即說偈言

我如象鬭　不恐中箭　當以誠信　度無戒人
譬象調軟　可中王乘　調爲尊人　乃受誠信

羅云聞佛懇惻之誨感激自勵尅骨不忘精進和柔懷忍如地識想寂靜得羅漢道

昔佛在舍衛國祇樹精舍爲四部弟子天龍鬼神帝王臣民敷演大法時有長者居士名曰呵提曇來詣佛所爲佛作禮却坐一面叉手長跪白世尊曰久承洪化欽仰奉顏遏私不獲願垂慈愍世尊令坐即問所從來姓字爲何長跪荅曰本居士種字呵提曇乃先王時爲王調象佛問居士調象之法有幾事乎荅曰常以三事用調大象何謂三一者剛鉤鉤口著其羈靽二者減食常令飢瘦三者捶杖加其楚痛以此三事乃得調良又問施此三事何所攝治也鐵鉤鉤口以制強口不與

食飲以制身鑛加捶杖者以伏其心正爾便調曰作此伏者爲何所施用荅曰如是伏者可中王乘亦可令鬬隨意前却無有罣礙又問居士止有此法復有其異荅曰調象之法正如此耳佛告居士但能調象復能自調即曰不審自調其義云何唯願世尊彰演未聞佛告居士吾亦有三事用調一切人亦以自調得至無爲一者至誠制御口業二以慈貞伏身剛強三以智慧滅意癡蓋持是三事度脫一切離三惡道自致無爲不遭生死憂悲苦惱於是世尊即說偈言

如象名護財　猛害難禁制　繫靽不與食
而猶暴逸焉　本意爲純行　及常行所安
悉捨降結使　如鉤制象調　樂道不放逸
能常自護心　是爲拔身苦　如象出于陷
雖爲常調　如彼新馳　亦取善象　不如自調
彼不能適　人所不至　唯自調者　能到調方

居士聞偈喜慶難量內情解釋即得法眼聽者無數皆得道迹

愛欲品第三十二

昔佛在羅閱祇國耆闍崛山精舍之中爲天人龍鬼轉大法輪時有一人捨家妻子來至佛所爲佛作禮求爲沙門佛即受之令作沙門命令樹下坐思惟道德比丘受教便入深山去精舍百餘里獨坐樹間思道三年心不堅固意欲退還自念捨家求道勤苦不如早歸見我妻子作此念已便起出山佛以聖達見此比丘應當得道愚故還歸佛以神足化作沙門便往逆之道路相見化人即問所從來也此地平坦可共坐語於是二人便坐息

語即荅化人吾捨家妻子求作沙門處此深山不能得道與妻子別不如本願唐喪我命勞而無獲今欲悔還歸見我妻子快相娛樂後更作計須臾之間有老獼猴去樹木之間在無樹之處於中生活化沙門問此比丘是獼猴何故獨在平地無有樹木云何樂此比丘荅化人言我久見此獼猴以二事故來住此耳何等爲二一以妻子眷屬羣多不得飲食快樂恣口二常晝夜上下樹木脚底穿破不得寧息以此二事故捨樹木來住是間二人語頃復見獼猴走還上樹化沙門語比丘言汝見獼猴還趣樹木不也荅曰見之此獸愚癡得離樹木羣從憒鬧不厭勞煩而還入中化人言卿亦如是與此獼猴復何異矣卿本以二事故來入此山中何等爲二一以妻婦舍宅爲牢獄故二以兒子眷屬爲桎梏卿以是故來索求道斷生死苦方欲歸家還著桎梏入牢獄中恩愛戀慕徑趣地獄化沙門即現相好丈六金色光明普照感動一山飛鳥走獸尋光而來皆識宿命心內悔過於是世尊即說偈言

如樹根深固　雖截猶復生　愛意不盡除
輒當還受苦　獼猴如離樹　得脫復趣樹
衆人亦如是　出獄復入獄　貪意爲常流
習與憍慢幷　思想猗婬欲　自覆無所見
一切意流衍　愛結如葛藤　唯慧分別見
能斷意根源　夫從愛潤澤　思想爲滋蔓
愛欲深無底　老死是用增

比丘見佛光明炳著又聞偈言悚然戰慄五體投地懺悔謝過內自改責即便却數息隨

止觀在於佛前逮得應真諸天來聽聞皆歡喜散華供養稱善無量

昔佛在舍衛國爲天人說法時城中有婆羅門長者財富無數爲人慳貪不好布施食常閉門不喜人客若其食時輙敕門士堅閉門戶勿令有人妄入門裏乞丐求索沙門梵志不能得入與其相見爾時長者欻思美食便敕其妻令作飲食教殺肥雞薑椒調和煑之令熟飲食飣餖即時已辦敕外閉門夫婦二人坐一小兒著聚中央便共飲食父母取雞肉著兒口中如是數過初不肯廢佛知此長者宿福應度化作沙門伺其坐食現出座前呪願且言多少布施可得大富長者舉頭見化沙門即罵之曰汝爲道士而無羞恥室家坐食何爲唐突沙門荅曰卿自愚癡不知慚羞今我乞士何爲慙羞長者問曰吾及家室自相娛樂何故慚羞沙門荅曰卿殺父妻母供養怨家不知慚羞反謂乞士何爲慚羞於是沙門即說偈言

所生枝不絶　但用食貪欲　養怨益丘塜

愚人常汲汲　雖獄有鉤鍱　慧人不謂牢

愚見妻子飾　染著意甚牢　慧說愛爲獄

深固難得出　是故當斷棄　不視欲爲安

長者聞偈驚而問之道人何故而說此語也道人荅曰桉上雞者是卿先世時父以慳貪故常生雞中爲卿所食此小兒者往昔作羅刹卿作估客汝父大人乘船入海輙流墮羅刹國中爲羅刹所食如是五百世壽盡來爲卿作子以卿餘罪未畢故來欲相害今是妻者是卿先世時母以恩愛深固故今還與卿

作婦令卿愚癡不識宿命殺父養怨以毋爲妻五道生死輪轉無際周遊五道誰能知者唯有道士見此覩彼愚者不知豈不慚羞於是長者欻然毛竪如畏怖狀佛現威神令識宿命長者見佛即識宿命尋則懺悔謝佛便受五戒佛爲說法即得須陀洹道

昔佛在舍衛祇洹說法時有年少比丘入城分衛見一年少女人端正無比心在色欲迷結不解遂便成病食飲不下顏色憔悴委卧不起同學道人往問訊之何所患苦年少比丘具說其意欲壞道心從彼愛欲願不如意愁結爲病同學諫諭不入其耳便強扶持將至佛所具以事狀啓白世尊佛告年少比丘汝願易得耳不足愁結也吾當爲汝方便解之且起食飲比丘聞之坦然意喜氣結便通於是世尊將此比丘并與大衆入舍衛城到好女舍好女已死停屍三日室家悲號不忍埋藏身體臭脹不淨流出佛告比丘汝所貪惑好女人者今已如此萬物無常變在呼吸愚者覩外不見其惡纏綿罪網以爲快樂於是世尊即說偈言

見色心迷惑　不惟觀無常　愚以爲美善
安知其非真
以婬樂自裹　譬如蠶作繭
智者能斷棄　不眄除衆苦　心念放逸者
見婬以爲淨　恩愛意盛增　從是造牢獄
覺意滅婬者　常念欲不淨　從是出邪獄
能斷老死患

於是年少比丘見此死女已三日面目胮爛其臭難近又聞世尊清誨之偈悵然意悟自知迷謬爲佛作禮叩頭悔過受佛自歸將還

祇洹没命精進得羅漢道所將大衆無央數人見色欲之穢信無常之證貪意望止亦得道迹

昔佛在舍衛精舍爲天人鬼龍說法時世有大長者財富無數有一息男年十二三父母命終其兒年小未知生活理家之事費散財物數年便盡久後行乞猶不自供其父有親友長者大富無數一日見之問其委曲長者愍念將歸經紀以女配之給與奴婢車馬資財無數更作屋宅成立門戸爲人懶惰無有計校不能生活坐散財盡日更飢困長者以其女故更與資財故復如前遂至貧乏長者數餉用之無道念叵成就欲奪其婦更嫁與人宗家共議女竊聞之還語其夫我家彊強勢能奪卿以卿不能生活故卿當云何欲作何計也其夫聞婦言慚愧自念是吾薄福生失覆蓋不習家計生活之法今當失婦乞匃如故恩愛已行貪欲情著今當生別情豈可勝思惟反覆便興惡念將婦入房今欲與汝共死一處即便刺婦還自刺害夫婦俱死奴婢驚走往告長者長者大小驚懼來視見其已殺棺斂遣送如國常法長者大小憂愁念女不去須臾聞佛在世教化說法見者歡喜忘憂除患將家大小往到佛所爲佛作禮却坐一面佛問長者爲所從來何以不樂憂愁之色長者白言居門不德前嫁一女值遇愚夫不能生活欲奪其婦便殺婦及身共死一處如此遣送適還追愍痛毒情不能已過覲世尊佛告長者貪婬瞋恚世之常病愚癡無智患害之門三界五道由此墮淵展轉生死

無央數劫受苦萬端猶尚不悔豈況愚人能得識此貪欲之毒滅身滅族害及衆生何況夫婦於是世尊即說偈言

愚以貪自縛　不求度彼岸　貪爲財愛欲
害人亦自害　愛欲意爲田　婬怒癡爲種
故施度世者　得福無有量　伴少而貨多
商人怵惕懼　嗜欲賊害命　故慧不貪欲

爾時長者聞佛說偈欣然歡喜忘憂除患即於座上一切大小及諸聽者破二十億惡得須陀洹道

昔佛在舍衛精舍中爲天龍鬼神帝王臣民說法時有遊蕩子二人共爲親友常相追隨一體無異二人共議欲作沙門相將至佛所爲佛作禮長跪叉手白佛言願欲作沙門唯見聽許佛受之即作沙門佛命共止一房二人共止但念世間恩愛榮樂更共咨嗟情欲形體說其姿媚專著不捨念不止息不計無常汙露不淨以此鬱怫病生於內佛以慧眼知其想亂走意於欲放心不住是以不度佛令一人行便自化一人入房問之言吾等所思意志不離可共往觀視其形體知爲何如但空想念疲勞無益二人相隨至婬女村佛於村内化作一婬女人共入其舍而告之曰吾等道人受佛禁戒不犯身事意欲觀女人形容當雇直如法於是化女即解瓔珞香熏衣裳倮形而立臭處難近二人觀之具見汙露化沙門即謂一人言女人之好但有脂粉芬薰衆華沐浴塗香著衆雜色衣裳以覆汙露強熏以香欲以人觀譬如革囊盛屎有何可貪於是化比丘即說偈言

欲我知汝本　意以思想生　我不思想汝
則汝而不有　心可則爲欲　何必獨五欲
速可絶五欲　是乃爲勇士　無欲無所畏
恬惔無憂患　欲除使結解　是爲長出淵
佛說偈已現其光相比丘見之慚愧悔過五體投地爲佛作禮重爲說法欣然得解便得羅漢一人行還見伴顏姿欣悅於常即問其伴獨何如斯即如事說佛之大慈愍度如此蒙世尊恩得免衆苦於是比丘重爲說偈言
晝夜念嗜欲　意走不念休　見女欲汙露
想滅則無憂
其伴比丘聞此偈已便自思惟斷欲滅想即得法眼

利養品第三十三

昔佛將諸弟子至俱曇彌國美音精舍爲天人神龍說法時國王名曰優填有大夫人爲人執行仁愛顯譽清潔王珍其操每私恭敬聞佛來化嚴駕共出往至佛所爲佛作禮却坐常位佛爲國王及夫人婇女說無常苦空人所由生會合别離怨憎會苦由福生天由惡入淵國王夫人歡喜信解各受五戒爲清淨士女禮佛辭退還入宮中有婆羅門名曰吉星生一好女世間少比至年十六無能訶者懸金千兩積九十日募索智者有能訶此女爲不端正者以金與之無敢應者女以長大應當嫁處念當與誰若有端正如我女者以女與之聽聞沙門瞿曇釋迦之種姿容金色世所希有當以此女往配與之便將至佛所爲佛作禮白佛言我女好潔世間無雙年大應嫁世無匹偶瞿曇端正可以爲雙故遠

將來以配世尊佛告吉星卿女端正是卿家好如我之好是諸佛好我好女好其道不同卿自譽女端正姝好譬如畫瓶中盛屎尿有何奇特好爲所在著眼耳鼻口身之大賊面目端正身之大患破家滅族殺親殺子皆由女色吾爲沙門一身獨立猶尚恐危況受禍災殘賊之亂也卿自將去吾不受之於是梵志嗔恚便去到憂填王所讃女姿媚具白王言此女應相當爲王妃今以年大故送女與王王見歡喜即受納之拜爲第二左夫人即以印綬金銀珍寶賜與吉星拜爲輔臣此女得敘每協妬嫉妖蠱迷王數譖大夫人如是非一王返辱曰卿等妖媚言反不遜彼人操行可貴而反譖之此女心忌猶欲害之數譖不已王煩惑之前後心謀伺其齋時因勸白

王今日之樂宜請右夫人王便普召敕令皆會夫人持齋獨不應命反覆三呼執齋不移王怒隆盛遣人曳出縛著殿前欲射殺之夫人不怖一心歸佛王自射之箭還向王後射輒還數箭亦爾王時大怖自解而問之曰汝有何術乃致如此夫人對曰唯事如來歸命三尊朝奉法齋過中不飡加行八事飾不近身必是世尊哀顧若茲王曰善哉豈可言不即出吉星女還其父母以大夫人正理宮內王與大夫人後宮太子嚴駕羣臣往到佛所作禮却坐叉手聽法王即白佛具以如事向佛陳之佛告大王妖蠱女人有八十四態大態有八慧人所惡何謂爲八一者妬嫉二者妄瞋三者罵詈四者呪詛五者鎮厭六者慳貪七者好飾八者含毒是爲八大態於是世

尊即說偈言

天雨七寶　欲猶無猒　樂少苦多　覺者爲賢
雖有天欲　慧捨不貪　樂離恩愛　爲佛弟子

佛告大王人行罪福各有本性所受影報萬倍不同若行六德持齋福多諸佛所譽終生梵天福樂自然佛說是時王及夫人婇女大臣一切心解皆得道迹

沙門品第三十四

昔佛在舍衛精舍之中爲天龍鬼神國王人民說法時有一年少比丘晨旦著衣服拄杖持鉢至大村中分衛時大道邊有官菜園外面種黍穄其田外草中施張發箭若有蟲獸盜賊來者觸網箭發中箭則死有一端正年少女子獨守此園人欲往者遙喚示道乃得入園不知道者必爲發箭所殺而此女子獨守悲歌其聲妖亮聽者莫不頓車止馬迴旋蹀躡而欲趣之槃桓不去皆坐聲響時此比丘分衛行還道聞歌聲側耳聽音五情逸豫心迷意亂貪著不捨想是女人必大端正思想欲見起坐言語便旋往趣未到中間意志慌惚手失錫杖肩失衣鉢殊不自覺佛以三達見此比丘小復前行爲箭所殺福應得道爲愚所迷欲蓋所覆憐愍其愚欲度脫之自化作白衣往到其邊以偈呵之曰

沙門何行　如意不禁　步步著粘　但隨思走
袈裟被肩　爲惡不損　行惡者死　斯墮惡道
截流自忖　折心却欲　人不割欲　一意猶走
爲之爲之　必強自制　捨家而懈　意猶復染
行懈緩者　勞意不除　非淨梵行　焉致大寶
不調難誡　如風枯樹　自作爲身　曷不精進

說此偈已即自復形相好炳然光照天地若有見者迷解亂止各得其所比丘見佛心意燿開如冥覩明即五體投地爲佛作禮叩頭悔過懺悔謝佛内解止觀即得羅漢隨佛還精舍聽者無數皆得法眼

梵志品第三十五

昔私訶牒國中有大山名私休遮陀山中有梵志五百餘人各達神通自相謂曰吾等所得正是涅槃佛始出世初建法鼓開甘露門此等梵志聞而不就宿福應度佛往就之獨行無侶到其路口坐一樹下三昧定意放身光明照一山中狀如失火山中盡燃梵志怖懼咒水滅之盡其神力不能使滅怪而捨走從路出山遥見世尊樹下坐禪譬如日出金山之側相好炳然如月星中明怪是何神就而觀之佛命令坐問所從來梵志對曰止此山中修道來久旦欻火起燒山樹木怖而走出佛告梵志此是福火不傷損人欲滅卿等癡結之垢梵志師徒顧相謂曰是何道士也九十六種未有此師曰曾聞白淨王子名曰悉達不樂聖位出家求佛將無是也徒等啓師可共問佛梵志所行事爲如法不也師徒之等共起白佛梵志經法名四無礙天文地理王者治國領民之法幷九十六種道術所應行法此經爲是泥洹法不願佛解說開化未聞佛告梵志善聽思之吾從宿命無數劫來常行此經亦得五通移山住流更歷生死不可計數既不涅槃亦復不聞有得道者如汝等行非名梵志於是世尊以偈歎曰

截流而度　無欲如梵　知行已盡　是謂梵志

以無二法　清淨渡淵　諸欲結解　是謂梵志
非族結髮　名爲梵志　誠行法行　清白則賢
剔髮無慧　草衣何施　内不離著　外捨何益
去婬怒癡　憍慢諸惡　如蛇脫皮　是謂梵志
斷絶世事　口無麤言　八道審諦　是謂梵志
已斷恩愛　離家無欲　愛著已盡　是謂梵志
離人聚處　不墮天聚　諸聚不歸　是謂梵志
自識宿命　本所更來　生死得盡　叡通道玄
明如能嘿　是謂梵志　佛說偈已　告諸梵志
汝等所修自謂已達涅槃如少水魚豈有長
樂命本無者也梵志聞經五情内發喜悅長
跪白佛願爲弟子頭髮自墮即作沙門本行
清淨因而得道爲阿羅漢天龍山神皆得道
迹

泥洹品第三十六

昔佛在王舍城靈鷲山中時與諸比丘千二
百五十人俱時摩竭國王號名阿闍世所領
百國各有姓名近有一國名曰越祇不順王
命欲往伐之即召羣臣講宣議曰越祇國人
富樂熾盛多出珍寶不首伏於我寧可起兵
往伐之不也國有賢公丞相名曰雨舍對曰
唯然王告雨舍佛去是不遠聖哲三達無事
不貫汝持吾聲往至佛所如卿意智委悉問
之欲往伐彼寧得勝不丞相受教即嚴車馬
往至精舍前到佛所頭面著地爲佛作禮佛
命令坐公即就坐佛問國丞相從何所來公
言王使臣來稽首佛足問訊起居飡食勝常
佛即問公王及國土人民臣下皆自平安不
公言國王及民皆蒙佛恩公白佛言王與越
祇國有嫌欲往伐之於佛聖意爲可得勝不

佛告丞相是越祇國人民奉行七法不可勝之王可諦思勿妄舉動公即問佛何等七法佛言越祇人數相聚會講宣正法修備自守以此爲常是謂爲一越祇國人君臣常和所任忠良教諫承用不相違戾是謂爲二越祇國人奉法相率無所不調不敢犯過上下循常是謂爲三越祇國人禮讓謹敬男女有別長幼相承不失儀法是謂爲四越祇國人孝養父母遜悌師長受誡教誨以爲國則是謂爲五越祇國人承天則地敬畏社稷奉順四時民農不廢是謂爲六越祇國人尊道敬德國有沙門得道應真方遠來者供養衣被牀卧醫藥是爲七夫爲國主行此七法難可得危極天下人共往攻之不能得勝佛告丞相若使越祇國人持一法尚不可攻何況盡持如是七法於是世尊即說偈言

利勝不足恃　雖勝猶復苦　當自求勝法

已勝無所生

雨舍丞相聞佛說偈即得道迹時會大小皆得須陀洹道公即從座起白佛言國事煩多欲還請辭佛言可宜知是時即從座起禮佛而去還至具事白王即止不攻持佛嚴教以化國内越祇國人即來順命上下相奉國遂興隆

生死品第三十七

昔佛在舍衛國祇洹精舍爲天人國王大臣廣說妙法有一梵志長者居在路側財富無數止有一子其年二十新娶婦未滿七日夫婦相敬言語相順婦語其夫欲至後園中看戲爲得爾不上春三月夫婦相將至後園中

有一柰樹高大華好婦欲得華無人與取夫知婦意欲得柰華即便上樹正取一華復欲得一展轉上樹乃至細枝枝折墮地傷中即死居家大小奔波跳走往趣兒所呼天號哭斷絕復甦中外宗族來者無數皆共悲痛聞之者莫不傷心見之者莫不痛哀父毋妻息怨咎天地謂爲不護棺殮衣被如法遣送還家啼泣不能自止於是世尊愍傷其愚往問訊之長者室家大小見佛悲感作禮具陳辛苦佛語長者止息聽法萬物無常不可久保生則有死罪福相追此兒三處爲其哭泣懊惱斷絕亦復難勝竟爲誰兒何者爲親也於是世尊即說偈言

命如華果熟　常恐會零落　已生皆有苦
孰能致不死　從初樂愛欲　因婬入胞影
受形命如電　晝夜流難止　是身爲死物
精神無形法　作令死復生　罪福不敗亡
終始非一世　從愛癡久長　自作受苦樂
身死神不喪

長者聞偈意解忘憂長跪白佛此兒宿命作何罪釁盛美之壽而便中夭唯願解說本所行罪佛告長者乃往昔時有一小兒持弓箭入神樹中戲邊有三人亦在中看樹上有雀小兒欲射三人勸言若能中雀者世稱健兒小兒意美引弓射之中雀即死墮地三人共笑助之歡喜而各自去經歷生死無數劫中所在相遭共會受罪其三人中一人有福今在天上一人生海中爲化生龍王一人今日長者身是此小兒者前生天上爲天作子命終來下爲長者作子墮樹命絕即生海中爲

化生龍王作子即以生日化生金翅鳥王取而食之今日三處懊惱涕哭寧可言也昔射雀者今死兒是昔雀者化生金翅鳥王是其三人助喜者今長者天龍喪子者是以其金翅鳥王而食之今日三處懊惱涕泣寧可言也以其前世助之喜故此三人者報以涕哭於是世尊復說偈言

識神造三界　善不善五處　陰行而嘿至
所生如響應　欲色不色有　一切因宿行
如種隨本像　自然報如影

佛說偈已欲使長者意解即以道力示其宿命皆見天上龍中之事長者意解欣然即起長跪叉手白佛言願及大小爲佛弟子奉受五戒爲優婆塞佛即授戒重爲說法無常之義大小歡欣皆得須陀洹道

道利品第三十八

昔有國王治行正法民慕其化無有太子以爲愁憂佛來入國便出覲尊聽經歡欣即受五戒一心奉敬唯願有子晝夜精進三時不懈有一給使其年十一常爲王使忠信奉法不失威儀謙卑忍辱精進一心學誦經偈如時先起已辦香火數年之中精進如是不以爲勞卒得重病遂致無常其神來還爲王作子乳哺長大至年十五立爲太子父王命終襲代爲王憍慢自恣婬泆欲樂晝夜躭荒不理國事臣僚廢朝民被其患佛知其行不合本職將諸弟子往到其國王聞佛來如先王法大衆奉迎稽首于地却坐王位佛告王曰士庶人民羣僚百官悉自如常不王曰爲人年幼未能綏化皆蒙佛恩國土無他佛告王

曰王今自知本所從來作何功德得此王位王曰不審頑愚不達不知先世所從來也佛告大王本以五事得爲國王何等爲五一者布施得爲國王萬民奉獻宮觀殿堂資財無極二者興立寺廟供養三尊牀榻幃帳以是爲王在於正殿御座理國三者親身禮敬三尊及諸長德以是爲王一切萬民莫不爲之作禮者四者忍辱身三口四及意無三惡以是爲王一切見者莫不歡欣五者學問常求智慧以是爲王決斷國事莫不奉用行此五事世世爲王於是世尊以偈讚曰

人知奉其上　君父師道士　信戒施聞慧
終吉所生安　宿命有福慶　生世爲人尊
以道安天下　奉法莫不從　王爲臣民主
常以慈愛下　身率以法戒　示之以休咎
處安不忘危　慮明福轉厚　福德之反報
不問尊以卑

佛告王曰王前世時爲大王給使奉佛以信奉法以淨奉僧以敬奉親以孝奉君以忠常行一心精進布施勞身苦體初不懈倦是福追身得爲王子補王之榮今者富貴而反懈怠夫爲國王當行五事何謂爲五事一者領理萬民無有枉濫二者養育將士隨時稟與三者念修本業福德無絕四者當信忠臣正直之諫無受讒言以傷正直五者節貪欲樂心不放逸行此五事名聞四海福祿自來捨此五事衆綱不舉民困則思亂士勞則勢不舉無福鬼神不助自用失大理忠臣不敢諫心逸國不理臣孽民則怨若如是者身失令名後則無福於是世尊重說偈言

夫爲世間將　修正不阿枉　調心勝諸惡
如是爲法王　見正能施惠　仁愛好利人
既利以平均　如是衆附親

佛說是時王大歡喜起住佛前五體投地懺悔謝佛即受五戒佛重說法得須陀洹道

昔佛在舍衛國祇樹精舍爲諸天人國王大臣四輩弟子說無上大法時舍衛國南有深山其中常出野象有三色白青黑者國王欲得好名鬪大象輙遣人往捕取將來付調象師三年之中便可乘騎亦可令鬪有一神象龍之所生身白如雪髦尾赤如丹兩牙如金色獵師見此非常好象還白國王有此大象其形如是宜大王乘王即募捕象師三十餘人遣令捕此象人衆往到象所張罥欲捕象而此神象知諸人意即便來前如墮罥中衆人皆來而欲捕之象便瞋恚逸蹴跳之人近者即死遠者得走象逐不置時山脇有諸年少道人多力勇健山中學道大久未得定意遙見此象追逐殺人道人憐愍人故自恃勇健欲往救之佛已遙見恐此比丘爲神象所殺即到象邊放大光明象見佛光怒止恚解不復追逐殺人比丘見佛逆爲作禮佛爲比丘即說偈言

勿妄嬈神象　以招苦痛患　惡意爲自殺
終不至善方

比丘聞偈即便稽首懺悔謝過內自篤責深惟爲非即於佛前逮得應真時捕象人即皆還甦走者尋還皆得道迹

昔佛在羅閱祇耆闍崛山中時國缾沙王有一大臣犯事免退徙著南山中去國千里又

由來無人不熟五穀大臣到中泉水流溢五穀大熟四方諸國有飢寒者俱來至此山中數年之間便有三四千家來者給與田地令得生活其中三老諸長宿年共議國之無君猶身之無首相將至大臣所舉大臣爲國王大臣答長老曰若以我爲王者當如諸國王之法左右大臣文武將士上下朝直發女填宮租稅穀帛當如民法諸國老曰唯然奉命當隨王法即立爲王處置羣臣文武上下發調人民築城作舍宮殿觀樓民被苦毒不復堪諧皆發想念欲謀圖王諸姦臣輩將王出獵去城三四十里於曠野澤中牽王欲殺王問左右何緣殺我昔日民慕豐樂奉王以禮民困思亂破家圖國王告之言卿等自爲非我本造枉殺我者神祇知之聽我發一願死不有恨即願曰我本開荒出穀養民來者皆活富樂無極自共舉我立爲國王依案諸國自共作此令反殺我我實無惡於此人民若我死者願作羅刹還入故身中當報此怨於是絞殺棄屍而去三日之後王神即作羅刹還入故身中自名阿羅婆即起入宮喻殺新王并後宮婇女左右姦臣即皆殺之羅刹瞋恚出宮盡欲殺人國中三老草索自縛來向羅刹自首此是姦臣所爲非是細民所可能知乞匃原恕願還治國王曰我是羅刹那得與人共從事也食飲當得人肉羅刹急性忿不思難三老曰國是王許故當如前食飲所須當相差次國老共出宣令人民皆共探籌以此爲次家出一小兒生用作食飼羅刹王三四千家正有一户爲佛弟子居門精進五

戒不犯隨民探籌得第一籌有一小兒當先飼鬼王賢者大小懊惱啼哭遥向崛閣山爲佛作禮悔過自責佛以道眼見其辛苦便自說言因是小兒當度無數人便獨飛往至羅刹門現變光相照其宮内羅刹見光疑是異人即出見佛便起毒心欲前噏佛光刺其目擔山吐火皆化爲塵至久疲頓然後降化請佛入坐頭面作禮佛爲說經一心聽法即受五戒爲優婆塞使吏催食奪兒將來舉家啼哭隨道而來觀者無數爲之悲哀吏抱兒擎食著羅刹前羅刹即持此小兒擎食至佛前長跪白佛言國人相差次以小兒爲食我今受佛五戒不復得食此小兒請以小兒布施佛爲佛作給使佛爲受之說法呪願羅刹歡喜得須陀洹道佛以小兒著鉢中擎出宮門還其父母而告之曰快養小兒勿復愁憂衆人見佛莫不驚愕怪是何神此兒何福而獨救之羅刹所食奪還父母於是世尊在於大衆中央而說偈言

戒德可恃怙　福報常隨已　見法爲人長
終遠三惡道　戒愼除苦畏　福報三界尊
鬼龍蛇毒害　不犯持戒人

佛說偈已無央數人見佛光像乃知至尊三界無比便皆歸化爲佛弟子聞偈歡喜皆得道迹

昔佛在波羅奈國鹿野場上爲天人龍鬼國王臣民不可計衆而爲說法時大國王太子將從小國王世子五百餘人往到佛所爲佛作禮却坐一面而聽法諸太子等即白佛言佛道清妙玄遠難及自古以來頗有國王太

子大臣長者子捨國吏民恩愛榮樂行作沙門者不佛告諸太子世間國土榮樂恩愛如幻如化如夢如響卒來卒去不可常保又曰國王太子以三事故不能得道何謂三事一者憍恣不念學問佛經妙義以濟神本二者貪取不念布施下貧困厄羣臣將士所有財寶不與民共以修財本三者不能遠離婬欲愛樂之事捨棄牢獄憂煩之惱行作沙門滅衆苦難以修身本是以菩薩所生爲王除此三事自致得佛又有三事何謂爲三一者少壯學問領理國土率化民庶使行十善二者中以財施貧窮孤寡羣臣將士與民同歡三者當計無常命不久留宜當出家行作沙門斷苦因緣勿更生死三事不施獨無所得於是世尊而自陳曰昔我前世作轉輪聖王名曰南王皇帝七寶導從宮觀浴池行宮戲園及羣臣太子夫人婇女象馬廚宰各八萬四千有子千人勇猛精銳一人當千飛行虛空周遊四海自在所爲無當前者其壽八萬四千歲以法治正不枉人民爾時聖王欻自念言人命短促無常難保但當作福以求道真念常布施世間人民所有財物與民共之已種福德唯當出家行作沙門斷絕貪欲乃得滅苦王即敕梳頭人若見頭髮白便當啓我至久數萬歲梳頭人啓言白髮已生敕令拔之舉著桉上王見白髮涕泣命曰第一使者忽然復至今頭已白宜當出家行作沙門求自然道擎髮掌中自說偈言

今我上體首　白生爲被盜　已有天使召
時正宜出家

即召羣臣立太子爲王行作沙門入山修道畢人之壽即生第二天上爲天帝釋太子於後領理天下亦如大王復敕梳頭人若見白髮便當啓我至久復啓白髮已生敕令拔之擎著手中而説偈言

今我上體首　白生爲被盜　已有天使召　時正宜出家

復召羣臣立太子爲王即行作沙門入山修道畢人之壽復生天上爲天帝釋前天帝釋畢天之壽下生世間爲聖王作太子此三聖王更爲父子上爲天帝下爲聖主中爲太子各三十六反數千萬歲終而復始行此三事自致得佛爾時父者今我身是也太子者賢者舍利弗是也王孫者賢者阿難是也更相從生展轉爲王以化天下是以特尊三界無比佛説是時國王太子幷諸太子皆大歡喜受佛五戒爲優婆塞得須陀洹道

吉祥品第三十九

昔佛在羅閱祇耆闍崛山中爲天人龍鬼轉三乘法輪時山南恒水岸邊有尼乾梵志先出耆舊博達多智德向五通明識古今所養門徒有五百人教化指授皆悉通達天文地理星宿人情無不瞻察觀略内外吉凶福禍豐儉傾没皆豫知之梵志弟子先佛所行應當得道欻自相將至水岸邊屏坐論語自共相問世間諸國人民所行以何等事爲世吉祥門徒不了往到師所爲師作禮叉手白言弟子等學久所學已達不聞諸國以何爲吉祥尼乾告曰善哉問也閻浮利地有十六大國八萬四千小國諸國各有吉祥或金或銀

水精瑠璃明月神珠象馬乘輿玉女珊瑚珂貝妓樂鳳凰孔雀或以日月星辰寶瓶四輩梵志道士此是諸國之所好吉祥瑞應若當見是稱善無量此是瑞應國之吉祥諸弟子曰寧可更有殊特吉祥於身有益終生天上尼乾荅曰先師以來未有過此書籍不載諸弟子曰近聞釋種出家爲道端坐六年降魔得佛三達無礙試共往問所知博採何如大師師徒弟子五百餘人經涉山路往到佛所爲佛作禮坐梵志位叉手長跪白世尊曰諸國吉祥所好如此不審更有勝是者不也佛告梵志如卿所論世間之事順則吉祥反則凶禍不能令人濟神度苦如我所聞吉祥之法行者得福永離三界自致泥洹於是世尊而作頌曰

佛尊過諸天　如來常現義　有梵志道士
來問何吉祥　於是佛愍傷　爲說真有要
已信樂正法　是爲最吉祥　亦不從天人
希望求僥倖　亦不禱祠神　是爲最吉祥
友賢擇善居　常先爲福德　整身承真正
是爲最吉祥　去惡從就善　避酒知自節
不婬于女色　是爲最吉祥　多聞如行戒
法律精進學　修己無所爭　是爲最吉祥
居孝事父母　治家養妻子　不爲空之行
是爲最吉祥　不慢不自大　知足念反復
以時誦習經　是爲最吉祥　所聞多以忍
樂欲見沙門　每講輙聽受　是爲最吉祥
持齋修梵行　常欲見賢聖　依附明智者
是爲最吉祥　已信有道德　正意向無疑
欲脫三惡道　是爲最吉祥　等心行布施

奉諸得道者　亦敬諸天人　是爲最吉祥
常欲離貪婬　愚癡瞋恚意　能習成道見
是爲最吉祥　若以棄非務　能勤修道用
常事於可事　是爲最吉祥　一切爲天下
建立大慈意　修仁安衆生　是爲最吉祥
智者居世間　常習吉祥行　自致成慧見
是爲最吉祥　梵志聞佛教　心中大歡喜
即時禮佛足　歸命佛法衆

梵志師徒聞佛說偈欣然意解甚大歡喜前白佛言甚妙世尊世所希有由來迷惑未及闚明唯願世尊矜愍濟度願身自歸佛法三尊得作沙門冀在下行佛言大哉善來比丘即成沙門内思安般逮得應真聽者無數皆得法眼

法句譬喻經卷第四

音釋

䩭絆（䩭居宜切縻也　絆博漫切縶也）獷（古猛切麤惡也）捶（主蘂切擊也）桎梏（桎之日切足械也　梏居沃切手械也）飣餖（飣丁定切　餖大透切）怫（符勿切鬱佛幽滯也）穄（子例切粟名）蹀（達協切踏也）慌惚（慌虎晃切　惚呼骨切　慌惚不分明也）蔟（千木切攢也）叡（俞芮切明達也）孽（魚列切祅孽也）髦（謨袍切鬣也）蹴（子六切逐也）噏（迄及切歙也）飼（祥吏切餧

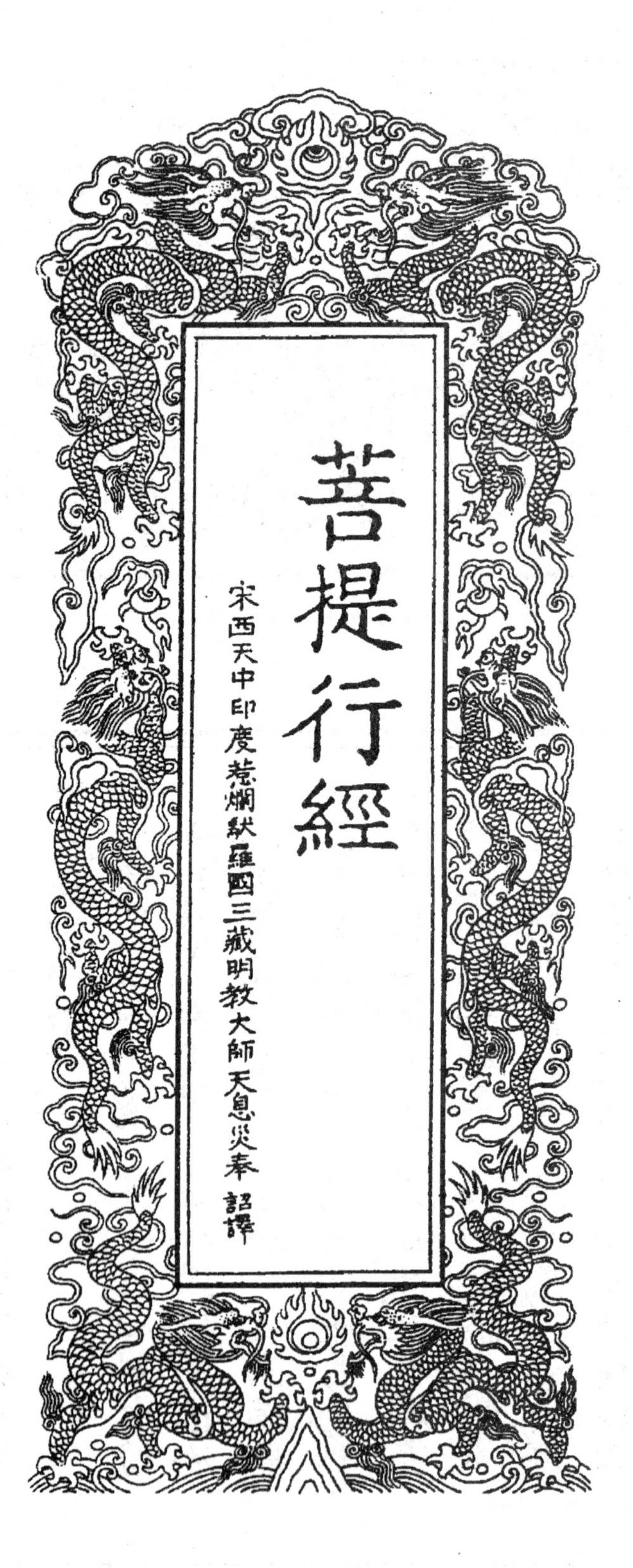

菩提行經

宋西天中印度惹爛馱囉國三藏明教大師天息災奉 詔譯

清刻龍藏佛說法變相圖

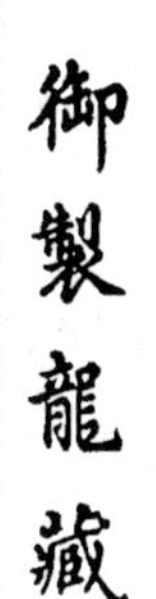

菩提行經卷第一 第二同卷

聖龍樹菩薩集頌

宋西天中印度惹爛馱囉國三藏明教大師天息災奉 詔譯

讚菩提心品第一

如佛妙法體無邊　佛子正心歸命禮
佛甘露戒垂覆護　我今讚說悉依法
此說無有未曾有　亦非自我而獨專
我無自他如是時　乃自思惟觀察作
如是發心觀察時　能令我此善增長
時見如是娑婆界　此乃是彼佛世尊
此界刹那難得生　得生爲人宜自慶
思惟若離菩提心　復次此來何以得
如雲覆蔽夜黑暗　閃電光明刹那現
佛威德利亦復然　刹那發意人獲福
是故善少力雖劣　能破大惡之業力

如是若發菩提心　此善勇進能超彼
思惟無量無邊劫　見佛咸說此眞實
若不快樂得快樂　增長救度無邊衆
爲諸有情處衆苦　令離百千諸苦怖
受多快樂百千種　爲恒不離菩提心
彼善逝子處纏蓋　行在輪迴無所愛
若刹那說菩提心　人天歡喜悉歸命
若有受持不淨像　喻佛寶像而無價
如藥變化徧堅牢　等修持妙菩提心
菩提心寶驗無邊　價直世間無可喻
調御行人伴侶等　悉使受持而堅牢
芭蕉不實而生實　生實芭蕉而身謝
菩提心樹而清淨　恒生勝果而不盡
已作暴惡衆罪業　依菩提心刹那脫
勇猛依託無大怖　彼癡有情何不依

譬如劫盡時大火　刹那焚燒罪業薪
若讚慈尊無量言　是曰善哉之智者
彼種種覺心　正智而平等　菩提誓願心
而行菩提行　喻去者欲行　彼之分別說
智分別說已　所行如智用　菩提之願心
大果如輪迴　福故不間斷　亦如彼行意
若彼等無邊　有情界解脫　與彼心平等
菩提願不退　彼等好睡眠　亦復多迷醉
間斷於福流　喻空無所有　妙臂而問此
劣意之有情　於解脫得生　爲自爲如來
乃思惟療除　苦惱之有情　使苦惱盡已
獲得無邊福　有情無邊苦　云何而療治
使一一安樂　獲無邊功德　何以利父母
如是及眷屬　得天及仙人　淨行婆羅門
如是彼有情　乃過去睡夢　不願於自利

唯願生利他 有情最勝寶 希有何得生
種種意利他 不獨於自利 歡喜世間種
精進世間藥 心寶與有福 而彼云何說
云何諸有情 得一切快樂 爲發菩提心
供養於如來 迷愛樂快樂 乃喻於冤嫌
遠離與隨行 悉從於自意 若心求快樂
苦惱種無邊 積諸善快樂 諸苦惱消除
破壞迷惑因 善哉云何得 親彼善知識
彼福如是得 作利若迴向 彼必返讚歎
作善不求利 說彼是菩薩
若有布施於少食 修善供養於世間
所施大小如蚊蚋 亦獲快樂得半日
云何獲得於能仁 要度無邊有情盡
有情無盡若虛空 一切智求自圓滿
佛子靜念而思惟 若煩惱生自心作
數生煩惱復生疑 佛說此人墮地獄
佛子若發菩提心 滅大罪力得勝果
我今歸命摩尼心 救度有情得快樂

菩提心施供養品第二

端彼摩尼恭敬心 用奉供養於如來
及彼清淨妙法寶 佛功德海量無邊
世間所有諸妙華 乃至妙果及湯藥
所有珍寶澄清水 悉皆奉供而適意
山中之寶及衆寶 適悅樹林寂靜處
蔓華莊嚴樹光明 結果低垂枝櫰榱
人間天上香塗香 乃至劫樹及寶樹
池水清淨復莊嚴 鵝鴻好聲極適意
穀自然生非所種 別別莊嚴而供養
等虛空界量廣大 此一切有悉受用
我今所獻弁子等 供養最上佛牟尼

爲我不捨於大悲　受彼最上之供養
我以無福大貧窮　更無纖毫別供養
我今思惟爲自他　願佛受斯隨力施
我自身施一切佛　以自身等徧一切
加被我作上有情　有情恒常佛教化
我得如來加被已　化利有情無怖畏
過去罪業悉遠離　未來衆罪不復作
寶光明處甚適悦　天蓋莊嚴奉眞如
水精清淨復光明　種種妙堂香浴作
大寶瓶滿盛香水　復著適意諸妙華
洗浴如來無垢身　我當讚詠獻歌樂
清淨香熏上妙衣　用蓋覆彼最上色
我今獻此上衣服　願佛慈悲哀納受
種種柔輭妙天衣　彼莊嚴中而最上
供養如來幷普賢　及彼文殊觀自在

護戒品第三

持戒爲護心　護之使堅牢　此心不能護
云何能護戒　喻醉象不降　不患於疼痛
放心如醉象　當招阿鼻等　念索常執持
繫縛於心象　得離放逸怖　獲一切安樂
若能繫一心　一切皆能繫　若自降一心
一切自降伏　師子熊虎狼　夜叉羅刹等
一切地獄卒　皆悉是其冤　若怖一切冤
無邊苦惱集　皆因心所得　佛世尊正說
地獄衆苦器　及熱鐵丸等　誰作復何生
貪瞋癡所有　由彼諸罪心　佛生諸世間
三界心滅故　是故無怖畏　若昔行檀施
今世而不貧　今貧匆煩惱　過去云何悔
若人心少分　行檀波羅蜜　是故說果報
同一切布施　若人心持戒　嫌誰而牽殺

瞋心之寃家　殺盡等虛空　大地量無邊
何皮而能蓋　履用皮少分　隨行處處覆
外我性亦然　所有誰能勸　但勸於自心
外我而自伏　身貧而無福　彼果同所行
若心施一衣　感果而增福　諸行若修持
心念恒不捨　一切無利心　虛假宜遠離
一切心法財　宜祕密觀察　離苦獲安樂
彼得超世間　我云何修行　修行唯護心
是故我觀心　恒時而作護　喻獼猴身瘡
一心而將護　人中惡如是　恒常而護心
怖苦惱之瘡　我一心常護　破壞於衆合
心瘡乃無怖　常作如是行　不行人中惡
人中罪不犯　自然而不怖　我欲盡身命
利行而供養　別別身命盡　善心而不退
我欲守護心　合掌今專作　心念念之中
一切方便護　喻於重病人　諸事不寧忍
散亂心亦然　不堪諸事業　心散亂不定
聞思惟觀察　如器之滲漏　於水不能盛
由多聞之人　於信方便等　過失心不定
獲不寂靜罪　心不決定故　迷惑賊所得
所有之福善　偷墮於無處　煩惱衆盜賊
魔著故得便　由魔羅發起　破壞善生命
守彼意根門　惡不能牽去　念彼罪苦惱
次復獲安住　善哉隨師教　獲得善念生
奉於教誨師　當一心供給　於諸佛菩薩
剎那心決定　當怖畏憶念　慈哀現面前
塵心而不定　去去不復還　若能守意門
護之住不散　我今護此心　恒常如是住
喻木之無根　不生惡枝葉　眼觀於色相
知虛假不實　物物恒諦觀　是故而不著

因見而觀察　觀之令不惑　所來觀見已
安畏以善來　欲行不知道　望四方生怖
決定知方已　觀心行亦然　智者之所行
思惟於前後　是善是惡等　如是事不失
不住於此身　離此復何作　云何住此身
當復觀中間　觀内心亦然　而用諸方便
以法爲大柱　縛之令不脫　當以如是意
觀我之所在　諸識皆如是　攝令刹那住
若怖因業力　能趣求快樂　修彼檀戒度
乃至大捨等　若修菩提因　彼別不思惟
一向修自心　當起如是見　如是修諸善
不起於怖畏　而令諸煩惱　決定不增長
種種正言說　見在而甚多　觀覽悉決了
破疑網得果　如草被割截　念佛戒能忍
刹那行此行　獲得殊勝果　欲於諸正說
皆悉得通達　當觀照自心　常修於精進
喻木之無情　無言無所作　見自心亦然
決定令如是　心起於輕慢　如彼迷醉人
惟求自讚譽　非彼修行者　若他人於我
而生於毀謗　謂是瞋癡等　住心恒似木
如木不分別　利養尊卑稱　亦不爲眷屬
乃至承事等　利他不自利　但欲爲一切
是故說我心　堅住恒如木　一心住如木
於尊親朋友　乃至於三業　不生憎愛怖
觀察於煩惱　如空而不著　當勇猛堅牢
受持爲恒常　無善慚可怖　當一心求他
清淨住三昧　爲他所尊重　雖居童稚位
不使他瞋惱　自亦不瞋他　慈悲恒若此
我受持禪那　使意恒寂靜　爲一切有情
恒居無罪處　念念須臾間　多時爲最勝

如是受持心　不動如須彌　鷲貪肉不猒
人貪善亦然　身心不修行　云何能出離
云何護身意　一切時自勤　汝等何所行
各各專一心　迷愚不自制　妄貪如木身
此身不淨作　云何返愛戀　骨鎖肉連持
外皮而莊飾　自覺令不貪　解脫於慧刃
割截諸身分　令見中精髓　審觀察思惟
云何見有人　一心如是觀　審諦不見人
云何不淨身　貪愛而守護　處胎食不淨
出胎飲血乳　不如是食飲　云何作此身
豺鷲等貪食　不分善與惡　要同人愛身
受用成業果　但如是護身　至死無慈忍
與豺鷲無別　汝何恒此作　身死識不住
衣食寧可留　身謝識必往　受用云何貪
是故今作意　不貪如是事　如是不遠離
得彼諸不善　如似人生身　肢體求成就
受身智不增　輪還徒自困　於世親非親
悅顏先慰喻　如是常自制　心念恒不捨
笑不得高聲　不戲擲坐具　輕手擊他門
諦信恒自執　如盜如猫鷺　求事行無聲
修心亦如此　當離於麤獷　他人之所嫌
無義利不說　恒得諸弟子　言上而尊愛
一切所言說　聞之使稱善　觀彼作福事
稱讚令歡喜　衷私說彼德　彼聞心必喜
欲讚說彼時　先觀彼德行　修諸歡喜事
難得彼誠心　勤修利他德　當受快樂報
憎愛苦宜捨　來生大苦故　此苦我不住
來生大快樂　善言聲柔輭　悲根聞生喜
顯彼適意事　當信眞語實　恒悲念有情
愛護如愛眼　爲彼住眞實　必當得成佛

彼眞實得成　各此利朋友　剎那修功德
離苦大安樂　功德殷勤修　恒作而自得
不衒不覆藏　誰云諸事等　檀波羅蜜等
殊妙而最上　別行非最上　利下無遠離
佛如是利他　恒常之所切　如來之教中
見彼慈悲事　三界師入滅　分別出家人
食有可不可　不離三衣等　將求妙法身
不苦惱衆生　於衆生如是　隨意獲圓滿
捨非須盡命　彼捨要平等　悲心當清淨
果報自圓滿　淨心而重法　不執器杖等
不持傘蓋頭　無諸輕慢事　爲男子女人
說法深廣大　不分人勝劣　令彼重平等
法之不廣大　乃及非法行　遠離不敬禮
樂說於大乘　齒木及洟唾　不棄於淨地
淨水及淨舍　勿得棄便利　喫食勿滿口
食勿令有聲　食時不語言　亦勿大開口
坐不得垂足　行亦不掉臂　不與女同乘
亦不同坐卧　諸所不律事　人見心不喜
一切人旣覩　遠離而不敬　人問於道路
不得一手指　雙手而指之　示其道所至
凡所諸行步　不弄臂作聲　亦勿妄彈指
威儀如是守　師雖已化滅　四儀應當學
奉戒行不輕　決定獲聖果　菩薩行無量
所說無有邊　當以清淨心　決定而奉行
於一晝一夜　分之各三時　行道普懺悔
住佛菩提心　菩提心自住　亦令他獲得
佛子住學戒　一心如是持　佛戒體清淨
不見有纖毫　恒作如是行　彼福無有量
無始爲有情　行行而不別　如是爲有情
化令一切覺　當知善知識　如命不可捨

菩薩戒最上　大乘法亦爾　解脫依師學
而能生吉祥　佛佛說智經　讀之見戒法
若人心護戒　所行悉已見　若身若心位
當微細觀察　口誦身不行　當得何所喻
譬如重病人　空談於藥力　虛空藏經中
說謨羅波底　如是集戒定　廣如經所說
聖龍樹菩薩　一心之所集　隨所住之處
勸恒伸供養

菩提行經卷第一

菩提行經卷第二

聖龍樹菩薩集頌

宋西天中印度惹爛馱囉國三藏明教大師天息災奉　詔譯

菩提心忍辱波羅蜜多品第四

奉行諸善業　施戒而先導　供養於如來
百千劫無盡　修行於羼提　瞋罪而不立
觀種種體空　是故一心忍　不得貪快樂
守意令平等　心有瞋惱病　無睡恒不足
彼此有施主　供給於利養　隨彼愛重心
無得生瞋惱　凡諸親近事　不起於憎嫌
於彼無所瞋　乃得其安樂　忍如是等事
若對於寃家　於瞋若能除　世世獲安樂
寃若生於心　於愛亦無喜　若餐瞋惱食
無忍善不壞　彼食我大寃　於我無善利
知彼寃不食　是故忍堅牢　凡見寃來去
歡喜而不瞋　於寃若起瞋　善利終滅盡
忍心常若此　令瞋不得起　住忍無時節
瞋寃自不生　若人自保愛　不作惡口業
口業若不離　後感寃家苦　畏苦不出離
不行衆苦因　是故堅忍心　獲得諸快樂
彼訥陵誐子　邪見求解脫　刀割火燒身
無利由能忍　愚癡無正見　虛受大苦惱
我以菩提心　云何苦不忍　蚊蝱壁虱等
常飢渴苦惱　大癢煩苦人　住忍而不見
寒熱并雨風　病枷鎖捶打　被諸苦惱事
忍不求快樂　殺他血流迸　堅牢心勇猛
割身自見血　怕怖而驚倒　智者心清淨
常懼瞋惱侵　與煩惱相持　忍心恒勇猛
蛇腹行在地　喻瞋伏於心　殺之謂無勇
殺彼得最勝　如來大悲者　愍苦說輪迴

使識罪根本 住忍而不作 父母何討心
懼子遺淪溺 持心離瞋怒 自遠大苦報
譬如無智人 令罪而得生 修行而無智
瞋生亦復爾 欲住不思議 當須持自心
於此生愛重 令瞋不生起 若貪彼塵境
而生種種罪 因彼諸業力 而不得自由
於境若不貪 彼集無因立 和合心無故
是故無有生 不貪而不生 無得而自說
我得如是故 是生不思議 彼無生不生
是得云何有 瞻察於彼此 滅盡得無餘
此心恒清淨 喻隨色摩尼 所變悉從因
無因相何有 過去行行時 彼行何所作
隨彼所行因 等因而感果 一切須由因
因善惡由心 說求性寂靜 如是有何過
若取和合因 是樂於苦惱 此心不可住

智人應自勸 是故見寃家 想作善知識
因行如是行 當獲得快樂 如是諸有情
由業不自在 自在若成就 誰肯趣於苦
散亂心緣塵 心被刺不覺 食斷食增瞋
於苦而返愛 自若無福行 返愛纏縛業
如餐毒藥食 墮於生死崖 自住是煩惱
誠由不自護 欲解脫他人 此事何由得
煩惱迷昏濁 而致於自殺 毒盛無有悲
云何瞋不護 自性既愚迷 於他行燒亂
生彼瞋無疑 如火而能燒 有情性愚時
所行諸過失 愚迷故若此 如煙熏虛空
若人瞋不護 愚迷無智故 喻持杖勸人
而增彼瞋惱 我於過去主 苦惱諸有情
是故於今身 被苦惱能忍 我身喻於鐵
受彼燒鎚煅 如彼鐵持身 何得有其苦

我今看此身 如無情形像 雖被諸苦惱
而瞋無所起 愚迷起愛業 不知其苦本
得苦緣自過 云何生瞋惱 喻受地獄苦
飛禽劍林等 知自業所生 何處有瞋惱
我得如是業 此過知所起 設令入地獄
不由他所作 欲盡我之業 無量無有邊
我業既如是 長時受地獄 我此過如是
彼實我冤家 云何分別知 愚迷瞋造作
若人自護持 對寃忍不恚 是心功德生
地獄云何入 盡我之所行 得因如彼時
不忍瞋不護 破壞於修行 意無相無形
散亂即破壞 由身護持故 身苦當忍受
我於口惡業 衆過而不作 身不被衆苦
云何心有瞋 我於今生中 淨心行利行
於利益既無 何事於食飲 凡所作爲事

要在於利他 彼無利非愛 定獲罪無疑
不如今殞没 無貪邪壽命 邪命住雖久
死當墮苦趣 譬如在夢中 百年受快樂
如眞實得樂 覺已知暫非 喻彼時無常
壽命之延促 覺此二事已 彼何得快樂
久處於歡娛 自謂得多益 如行人被劫
裸形復空手 福利隨過滅 罪根還復生
福盡罪不生 爲獲不瞋利 彼何爲破壞
一向作不善 如是不思惟 無善不破壞
無得讃於瞋 破壞有情故 如是心利他
彼瞋無由生 爲彼修心人 忍於不住故
見彼煩惱生 是讃忍功德 塔像妙法等
有謗及破壞 佛等無苦惱 我於彼不瞋
於師并眷屬 不作於愛業 今因過去生
見之而自勉 覺心觀有情 恒在衆苦惱

見彼如是已　於苦惱能忍　瞋恚與愚癡
分別過一等　於此毒過咎　何得説無過
云何於過去　而作害他業　如是諸業因
間斷此何作　如佛福亦然　我今一心作
與一切有情　慈心互相覩　喻火燒其舍
舍中而火入　舍中若有草　彼火自延蔓
如是還喻心　和合於瞋火　燒彼福功德
刹那無所有　若人殺在手　放之善可稱
地獄苦能免　此善誰不實　若人在世間
少苦不能忍　地獄苦無量　瞋因何不斷
我以如是苦　歷百千地獄　一一爲利他
所作不自爲　我無如是等　諸大苦惱事
以離世間故　爲利如是行　離苦獲快樂
彼皆讚功德　得彼如是讚　云何而不喜
彼既得如此　無礙之快樂　利他行最上
智者何不勉　如是最上行　得快樂不修
此見若不捨　破壞於正見　若敬愛於他
以德自稱讚　他德既稱讚　乃是自敬愛
當發菩提心　爲一切有情　令得諸快樂
云何瞋有情　佛爲三界供　欲有情成佛
世利得不實　彼煩惱何作　若人之骨肉
乃及諸眷屬　養育與命等　不喜瞋何生
如彼求菩提　當用菩提心　而不愛有情
福自捨何瞋　若人有所求　出財大捨施
所求既不獲　不如財在舍　清淨功德福
何障而不獲　得已自不受　如住瞋修行
作罪與作福　不同不隨喜　亦復不依作
當自一無得　若愛於寃家　欲求其歡喜
復求諸讚説　此事無因得　雖欲利圓滿
返苦而無樂　菩提心不忍　於利不成就

煩惱之惡鉤　牽人不自在　猶如地獄卒
擲人入湯火　我本求利他　何要虛稱讚
無福無壽命　無力無安樂　自利行不圓
智者應須覺　後後而自行　當愛樂圓滿
修行要稱讚　若持刃自殺　如世不實事
無益無利樂　譬如破壞舍　日照內外見
亦由稱讚非　須用心明了　汝思惟於聲
起滅而平等　心如此利他　當行如是行
於他何所受　而行於利益　彼既獲快樂
我利益非虛　彼彼獲利樂　以一切讚我
云何而於我　無別威德樂　彼如是讚我
以愛彼自得　彼無緣若此　如愚如迷者
此讚我雖獲　速破而勿著　憎惡正德者
由此而瞋作　是讚成障礙　我令不發起
護不墮惡趣　爲彼行無我　若解諸有情

利養尊卑縛　令有情解脫　彼意云何瞋
若人欲捨苦　來入解脫門　此是佛威德
云何我瞋彼　此瞋我不作　於福障礙故
修行平等忍　彼無不獲得　自身諸過失
忍辱故不作　過失不作故　彼福而獲得
若人福無有　安忍而自生　常令安住忍
云何說障礙　世求利益人　不於施作障
障礙出家故　是不得出家　世間諸難得
求者而能與　我唯說善利　於過無所得
以彼菩提行　遠離於所究　如出舍中藏
是故云不難　懺悔於業因　彼初爲先導
是故於忍果　如是而得生　彼無我所心
此心乃住忍　成就不思議　供養於妙法
此心爲利他　乃至以壽命　或以寃不供
云何別說忍　於彼彼惡心　各各與忍辱

於如是得忍　因供養妙法　佛土衆生土
大牟尼說此　於彼奉事多　能感於富貴
如來及於法　與有情平等　尊重於佛故
尊有情亦然　立意乃如是　於自無所作
以彼大平等　平等於有情　大意於有情
慈心而供養　發心如佛福　如佛福可得
是故佛法行　佛有情平等　佛無所平等
功德海無邊　佛功德精純　無功德能比
雖三界供養　見之而不能　佛法等之師
是最上有情　供養諸有情　當如此作意
於自之眷屬　不能起利行　於他之奉事
不作得何過
破壞身入無間獄　若彼作已我復作
廣大心爲彼一切　如是當行於善事
喻世人爲自在主　由於已事不稱情

云何而爲彼作子　我作非彼奴僕性
喻佛入苦而無苦　如得快樂復歡喜
要歡喜彼一切佛　佛喜爲彼能作此
如身煩惱而普有　欲一切乏悉充足
於有情苦亦復然　我無方便空悲愍
是故此苦我遠離　救一切苦興大悲
先嬈惱於忍辱人　彼罪我今而懺悔
我今奉事於如來　同於世間諸僕從
衆人足蹈我頂上　受之歡喜而同佛
世間一切賤能作　以悲愍故無有礙
見此一切無比色　彼如是尊誰不敬
如是奉事於如來　如是爲自利成就
如是爲除世苦惱　如是我今乃出家
譬如一王人　能調伏大衆　衆非一能調
以長親王故　彼一而非獨　蓋有王之力

制斷不怯劣　亦無有過失　悲愍心住忍
力若地獄卒　將護於有情　如事以惡王
瞋非王所令　如彼地獄苦　煩惱於有情
彼苦而自受　喜非王所與　如得於佛等
善心於有情　此心何不受　將護於有情
後當得成佛　見感尊重稱　此喜何不見
無病復端嚴　快樂而長命　富貴作輪王
斯皆從忍得

菩提心精進波羅蜜多品第五

智者行忍辱　菩提住精進　懈怠遠離福
如離於風行　精進力何解　彼要分別說
懈怠不精進　如毒宜自觀　貪味於睡眠
謂快樂無事　輪迴苦可嫌　而從懈怠生
煩惱之舍宅　懈怠力牽入　已到無常門
云何今不知　精進爲自他　此行汝不見
懈怠復睡眠　此如屠肆牛　若此而不見
一切道皆斷　彼既無所得　云何樂睡眠
若得於威儀　無常而忽至　施爲不可及
何以住懈怠　精進而不修　安然若精進
忽然趣無常　思惟而苦苦　見彼焰魔門
苦惱復情急　刹那而淚下　眷屬不能救
聽聞地獄聲　自念業熱惱　身住不淨處
驚怖不能極　地獄苦極惡　惡業何復作
如魚鼎中活　彼得如是怖　地獄業作已
乃受湯火苦　身糜爛苦惱　如何得清淨
魔王多苦人　捉人送無常　無常苦可畏
此見懈怠果　愚迷著睡眠　此過而不劣
入於大苦河　復不得人身　除樂最上法
無邊樂種子　懈怠弃戲策　苦因汝何樂
見負瞋力多　知彼自精進　自他各所行

如自他平等　我何得菩提　而無分別作
以如來真實　實言正解脫　彼蚊蚋蛸蠅
及蟲蝦蜆等　若獲精進力　亦當得菩提
彼我何生人　能知利不利　恒知諸精進
何不得菩提　或捨於手足　於此而生怖
愚迷違師教　此利彼不知　斷壞及燒煮
無邊皆拔出　無數俱胝劫　而未得菩提
歷此無數苦　久久證菩提　喻若毒苦傷
毒盡苦皆出　作一切醫人　救療諸病苦
是故苦消除　一切病皆少　是故說救療
甜藥不利病　上醫療大病　甜藥皆不與
前後皆如是　智者咸所行　後後而進修
身肉而捨用　智者觀身肉　喻菜而生有
枯謝棄糞土　是捨不名難　若身所作苦
心謂其虛作　智者心非惡　彼無惡業苦
知法意快樂　具福身快樂　無此虛輪迴
得苦云何悲　求盡過去罪　深利他福海
此力菩提心　二乘等要急　如是利不樂
行行何得苦　菩提心輦輿　智者乘得樂
爲成就有情　樂施方便力　身力苦怖作
觀之唯稱讚　斷如是分別　增長於精進
我身而能捨　超過身方便　我消除自他
無數之過失　一一之過失　若劫盡無餘
彼過一一盡　我無有纖毫　無邊苦巳脫
我心云何損　我求多功德　爲利於自他
學一一功德　劫盡學無盡　纖毫之功德
我生不曾作　或當得生處　虛度無所有
我樂與大供　供養佛世尊　爲貧不能作
而願不圓滿　不施怖者安　不修母快樂
如入母胎藏　母唯病苦惱　過去爲離法

我今得果報　所生既如是　當行何法行
一切善心根　世間之牟尼　彼根恒不退
常得好果報　煩惱苦纏綿　而得種種怖
於他愛障難　生罪而自感　若人於處處
能起於善願　而感彼彼福　獲得供養果
若人於處處　作罪取快樂　而感彼彼報
獲得苦器侵　月藏中清涼　廣博妙香潔
佛音味第一　非修而不得　而彼善逝子
得解善逝法　如蓮出最上　亦如仁覺月
焰魔之獄卒　牽引於罪魂　火坑及洋銅
燒煮悉皆入　焰熾殺器仗　斷肉百千觔
墮落熱鐵地　斯由多不善　是故心作善
極微細觀察　依彼金剛幢　修學而作觀
初學觀和合　不觀汝非學　而無最上名
汝要迴心作　生中之所作　增長於罪苦

上事業不修　彼下不求勝　三種事應知
由業煩惱力　將來之惡因　於此云何作
世間之煩惱　拘人不自由　我如人不能
是故我無作　下業之所修　云何令安住
當觀我無我　而此我所作　一滴之甘露
鳥食變金翅　我意謂微劣　能脫少苦難
瞋作無心難　以不善罪故　無心見發起
廣大勝難及　是故清淨心　頌作此文句
使知彼三界　我遠離戲論　我得勝一切
無人能勝我　我今而自知　是佛師子子
有情離我人　而彼得最上　不降懈怠究
懈怠究自降　以惡趣所牽　身善速破壞
由僕從愚惡　寄食而受瘦　彼受於一切
修行住我慢　而此得名聲　下劣云何說
如是若勇猛　自勝彼究家　勇猛行此修

慢寃而不勝　彼慢心若起　此實我寃家
勝果雖欲生　是果悉皆捨　喻精進師子
煩惱獸中見　煩惱獸千萬　雖衆不能敵
世有大苦惱　人自悉具見　煩惱不降伏
乃得如是苦　我寧使頭落　及刳剔心腸
煩惱諸寃家　一切我不降　因修此精進
得彼慢業盡　獲得勝果報　自感嬉戲樂
爲快樂修因　彼却不獲得　所修不決定
亦得不殊勝　輪迴欲不足　喻貪刀刃蜜
福甘露若貪　食之後轉美　是故業寂靜
感妙果隨行　如日温月寒　晝夜而相逐
精進之有力　能破於懈怠　獲得遠離故
深心而愛樂　煩惱棒堅牢　鬭彼念慧劒
喻棒劒相持　同彼女人學　執劒手無力
失之而怖急　念劒失亦然　地獄而在心
世間知善人　不肯飲毒血　心過亦復然
心過而不作　出家精進心　喻執持油鉢
鉢墜必當死　墜之故驚怖　著睡眠懈怠
喻毒蛇在懷　不去當被傷　去之宜須急
一一之深過　要迴心思惟　此過不可守
云何我復作　和合之業因　斷以正念劒
云何名自位　此念而獲得　正念心不發
纖毫不能滅　來業如往行　一切報皆得
如彼覩羅綿　隨風而來往　精進人亦然
增上如是得

菩提行經卷第二

音釋

㭃橠（㭃倚可切橠乃可切㭃橠木茂盛貌）滲（所禁切滲漏也）豺（牀皆切狼屬）鎚煆（鎚傳追切擊也煆都玩切小冶也）裸（魯果切赤體也）蝦蜆（蝦何加切蝦蟇也蜆也典切小黑蟲也）刳剔（刳空胡切剖也剔他歷切解也）棒（部項切木杖也）

菩提行經卷第三 第四同卷

聖龍樹菩薩集頌

宋西天中印度惹爛馱囉國三藏明教大師天息災奉　詔譯

菩提心靜慮般若波羅蜜多品第六

佛喜精進增　安住禪定意　愍彼散心人
煩惱世間住　我今知身心　不生於散亂
是故遠世間　亦遠離疑惑　利益行可愛
愛不離世間　智者乃思惟　是故此皆捨
依於奢摩他　尾鉢奢曩等　如是而起行
破壞於煩惱　先求奢摩他　不藉世間行
無常而恒有　於愛何得要　若見於千生
不復起愛著　不樂尾鉢捨　亦不住等持
見已不止足　是患過去渴　如實而不見
安得盡煩惱　意緣於愛集　被煩惱燒然
思惟彼下墮　短命須臾住　善友不長久
堅固法不成　行與愚迷同　決定墮惡趣
何得同愚迷　以毒分牽故　而於自眷屬
剎那獲怨恨　凡夫性異生　喜怒而無定
多瞋承事難　遠離於善利　下劣心自讚
縛著憎愛罪　彼不捨於瞋　當墮於惡趣
迷愚不攝心　爲此無功德　自讚毀謗他
輪迴樂自得　愚迷之所持　住是等不善
不善不和合　彼事皆獲得　一身我所樂
而意無所貪　遠離於愚迷　當得愛承事
不爲於讚歎　住於何善事　略如蜂造蜜
寂靜得成就　我行一切處　如未曾有者
恒得於多人　讚歎而敬愛　若迷於處處
得意樂快樂　以此於世間　得生死怖畏
是故彼智者　怖畏於生死　知千種苦惱
住之決定受　若於剎那頃　自修於精進

獲得好名稱　亦復多利養　以彼同利人
毀我非功德　若此加毀謗　我謂讚歡喜
雖毀謗不瞋　稱讚亦不喜　謂佛及有情
種種皆如是　稱讚得功德　毀謗招苦報
世間不思惟　是謂愚癡故　自性苦同住
彼生何所樂　愚迷非朋友　此乃如來說
若在於愚迷　自利無不愛　若入利他門
如是爲自愛　不毀於有情　不一心承奉
損於利物行　如煩惱壞善　如彼天宮殿
及於樹根舍　隨彼愛樂心　從意得爲上
自性之廣大　斯爲無礙處　彼所未曾見
亦不能觀察　富貴喻坯器　雖成不堅牢
受用然自由　苦惱而速至　如盜他人衣
分之著身上　行住不自在　苦惱當求離
稱量於自身　彼實苦惱法　我此如是身

是身必當壞　觀察於此身　性與身相離
性然無所壞　身當爲豺食　一生定一死
有情界如是　彼復見何事　諸大各分去
如人遠路行　欲及於住舍　憂苦彼別無
唯求無障礙　喻輪迴亦然　咸受於生住
眞至於四人　彼方獲遠離　如是之一身
究家所不讚　眞至如是成　不厭患世間
過去世間時　生死無悔恨　所行行不近
能離世間苦　念佛心口同　無有人嫌毀
是故身意調　寂靜無煩擾　如是我恒行
滅盡諸煩惱　解脫於自心　復解脫一切
得此心平等　於今世後世　斷彼苦惱縛
乃至地獄等　若有男女等　合掌多恭敬
善利非筭數　無罪可稱說　有善用自金
遠離棄擲怖　此行若能行　得最上寂靜

彼人有此獲　我自得無異　明了如是行
何不趣寂靜　一心住貪愛　此爲下趣牽
業感燄魔門　前見見可怖　彼門是汝寃
煩惱今不同　分明住貪愛　今見何能脫
過咎自藏護　一一他眼見　彼今所食噉
妬忌何不護　飛鷲常所貪　唯愛此肥肉
復以血莊嚴　此食徧所重　喻見鬼形容
枯瘦及行動　相貌既如是　覩之堪可怖
口吻及牙涎　皆從不淨生　不淨非所堪
食飲彼何愛　覩羅綿藏觸　細滑樂嬉戲
臭穢豈不漏　欲者心自迷　此貪謂苦蓋
迷者堅樂著　無著即無事　云何而不離
衰老相隨生　肉泥加飾涂　不識彼空幻
而復樂歍吻　如袋不淨滿　迷人不思惟
不淨如是多　彼汝何喜行　身肉非淨成

愚智而皆見　自性元無心　云何妄愛肉
若彼無愛心　是得分明見　若能無彼此
自不見歍吻　別有非不淨　而自不希有
如是不自淨　彼汝非希有　愚迷不淨心
體喻於蓮華　慧日照開敷　非淨身何愛
不淨今無常　涂愛今不正　欲出正淨身
云何由涂愛　云何歍吻他　由貪彼不淨
於彼不淨地　種子生增長　汝受不淨身
此身唯蟲聚　是身既非淨　非淨不可愛
不淨而不一　而汝自不嫌　無別不淨器
此器執多愛　龍腦香米等　食飲而適悅
入口味最上　是地合清淨　若此甚分明
彼不淨不離　穢惡棄尸林　是身同若此
皮剥肉潰爛　見之得大怖　既能知彼已
復何生愛樂　白檀香復潔　身無如是妙

云何殊勝香　用心而別愛　自性臭若貪
不樂於寂靜　亦於法諸香　一切皆染汙
若復髮甲長　牙齒兼垢黑　垢膩之所持
惡性身倮露　狂亂自癡迷　欲用行大地
復持諸器仗　一心待自殺　寒林枯骨形
見乃發惡聲　聚落枯骨動　迷人返愛樂
不淨乃如是　此苦爲彼愛　如彼那落中
無苦痛不受　少年貪愛樂　不求勝善力
少年如不求　老至欲何作　如彼日將落
爲作困不就　復如鹿獸群　至夜空還去
錫杖鉢隨行　在路而困苦　如犢隨母行
無所畏亦爾　若自爲欲迷　自賣爲僕從
彼不得自在　亦復隨業牽　如女産林野
如戰命難保　迷者爲欲誑　恃我感奴僕
斷欲者心淨　於苦能審察　見彼欲火燒
復若毒槍刺　迷人求欲境　喜獲安守護
無利事無邊　清淨皆破壞　世間虛幻財
愚人忙忙貪　輪廻往來苦　解脫於何時
如是貪欲味　欲者受不少　喻牛牽重車
至彼口無草　欲味與無草　見者人難得
見已破知非　剎那覺希有　而身爲作此
一切時疲倦　勝定業不修　必當墮地獄
彼百俱胝劫　分受困不覺　彼行大苦苦
不爲求菩提　無器仗毒火　無山崖寬等
離欲者若此　說離地獄苦　遠離如是欲
生愛樂分別　愛樂非空處　而諍善林地
善財月光明　白檀涼香潔　廣寶樓閤間
行住甚適悅　善林聲不鬧　清淨風長扇
彼處而寂靜　思惟心爽利　若處何可親
空舍巖樹下　捨愛離煩惱　自在護根識

是處主宰無　自在隨行住　歡喜受快樂
何推帝釋天　觀功德智慧　如是等諸法
復正菩提心　消除於疑惑　先當如是觀
重自他不二　我自一切行　苦樂亦平等
手作多種事　守護如一身　世壞不壞法
苦樂等亦爾　如己之別苦　一一皆消盡
如是我受持　爲於有情等　我若愛於他
令得平等樂　彼得快樂已　於自勝何奪
我若不愛他　彼得諸苦怖　彼苦怖不脫
於自當何勝　苦害今若得　而由不愛護
未來苦害身　云何而可護　我若住邪見
復起於我慢　如是別得生　如是別得死
作罪不作罪　如彼手與足　手足苦不同
云何同說護　以此知不合　心住於我慢
是合當盡斷　彼自宜隨力　種子集次第
排行若軍伍　若此而無苦　彼不知何得
苦本非主宰　世一切不勝　若住於尸羅
是苦不能立　若住戒清淨　能障一切苦
一切苦無因　諸苦而無有　悲苦云何多
何力而能生　思惟於世間　是故悲苦多
一苦而非多　見有情獲得　悲苦如是生
於自他平等　自苦不消除　欲消除他苦
是故妙人月　說彼有情句　善者如是觀
他苦平等護　設在無間中　如鵝遊蓮池
爲解脫有情　彼若歡喜海　如是恒不足
如彼解脫味　作是利他已　無我無有疑
利他無所求　果報誰云愛　是故我如此
無德而自謂　悲心與護心　爲他如是起
智者細微知　輸羯羅血等　智者得了此
觀察物不實　是身非別作　何以自不知

以自知他身　如是故不難　自知已有過
不知他功德　自性不樂捨　徒觀察他施
此身之和合　因緣如拍手　此是世間緣
有情何不知　云何學無生　如學而自知
自身而非身　以自如他身　如是而利他
作已不疑慮　果熟而自受　當獲彼無生
是故世間學　悲心與護心　此愛心自蔽
深重如煩惱　知有情怖畏　爲師而示學
若能如是學　雖難而不退　沙門見怖畏
彼無得護者　若自及與他　急速而當救
瞋如寃怖多　無愛爾獲少　以最下祕密
自他轉行利　水陸與飛空　勿令當住殺
猶若於今時　救度於飢渴　若人爲財利
殺父毀三寶　見世惡莊嚴　死得阿鼻財
何有於智者　見愛而供養　見寃不欲覩
供養云何說　斯鬼而自利　捨之而何受
利他而不生　云何捨受用　以自利害他
地獄而別生　自害而利他　諸功德具足
作意善逝見　如是行別處　下劣不自愛
愚癡投惡趣　自利知微細　今當墮奴僕
利他微細知　當爲自在主　世有諸苦者
昔自迷貪愛　世諸快樂者　於他昔利樂
何要多種說　此中間已見　愚迷樂自爲
牟尼利他作　不求佛菩提　輪迴何得樂
自苦欲與他　迴轉無由得　觀察於後世
善利不成就　於奴僕起業　主者而返受
互相之利樂　迷者見而離　而返互相苦
當受惡苦報　若得世間災　乃至驚怖苦
彼一切自作　云何而此作　不能捨自身
於苦不能離　如不離於火　不能遠燒害

自苦若能除　能消除他苦　以彼自他受
是故而取喻　汝今無別思　利益諸有情
汝決定作意　因業有分別　眼以見爲能
所觀不爲眼　手以執爲用　所持寧爲手
但爲諸有情　亦不住身見　離見乃善逝
常行如是利　見彼下品人　而起自他見
雖觀彼憎愛　我心不疑惑　作此善無我
獲得無我我　大毀及讚歎　無苦亦無樂
我所作業因　獲彼善安住　謙下世最上
無德乃有德　以彼德不稱　一切德自有
謙下而若此　勝我由斯得　離戒見煩惱
由得無我力　如醫諸病人　隨藥力痊差
我如是救療　自見而云何　然自有功德
彼德我無住　地獄之惡門　於彼愁不生
以有功德故　斯乃爲智者　若自平等觀
利益自增長　自利分尊卑　鬬諍而成就
此一切世間　誰得見功德　若此功德名
不聞此人得　罪蓋覆心寶　是不自供養
於自利益分　而總不獲得　有見而暫喜
久久必不喜　如是一切人　哂笑而毀呰
下劣心我慢　自勝嫌人同　誇智慧顏容
種族財富等　以此爲自德　常欲聞稱讚
聞讚生勝心　歡喜而得樂　以此爲得利
自謂功德力　宿造纖毫因　得此不正業
盡此少報已　永在於輪廻　如是輪廻中
受彼百千苦　過於無邊劫　不知其出離
被苦常大困　罪心而不覺　如是不知覺
久久發善種　後見如來言　真實得功德
汝若見過去　不受彼惡業　菩提正快樂
比樂不得離　是故而取喻　彼輸揭羅等

汝云何更作　我慢及不善　諸行及已身
觀之而不見　獲得如是離　利他汝常行
自樂而苦他　此行乃下劣　汝自之一心
於他作憎愛　中間忽思惟　何時何此作
乃自捨快樂　他苦亦不行　寧自落其頭
更不造別過　乃至於小過　此大牟尼說
以別勝善等　於他暗稱讚　喻僕人事主
當事於有情　彼住於過失　無定無功德
自如不知人　作此功德意　汝若緊迅作
自爲及爲他　彼緊迅若此　必苦惱自退
此修乃第一　而未得其力　喻新住威儀
以財而驚怖　如此受持身　降心不散亂
汝當如是住　汝此何不作　以是常觀察
妄心令不起　如此調伏我　息一切過失
見我去何處　無明一切壞　同彼過去時
如汝之壞我　自利我今有　此遠離不遠
如人責於他　苦多不自在　汝有情不與
雖名不散亂　是故如以人　付獄卒不殊
獄中種種事　被害亦長久　此得爲自利
怨念彼不生　不作於自愛　而自愛得有
若見自護持　護持不實故　此身乃如如
而作於守護　得上品柔輭　到此亦復然
若此而得到　如地一切受　若不能圓滿
何人求用意　愛心之煩惱　而不能破得
如彼久富貴　不能求一切　若貪於他物
不受於賢名　是故求增勝　身心不放逸
彼愛終滅盡　此動此不覺　諸惡不淨身
此我云何執　我此身云何　雖活而必死
與土而無異　我見何不破　爲此不實身
虛受於苦惱　何更於無情　復起於瞋怒

我今徒育養　終爲豺鷲食　至此無愛瞋
彼愛何能立　若彼住瞋怒　當歡喜供養
彼如是不知　何爲作辛苦　我今愛此身
乃爲我所親　一切愛自身　云何我不愛
是故我捨身　爲捨於世間　觀此多過咎
喻如持業器　彼業世間行　我去而隨身
靜念不散亂　當斷於無明　是故破煩惱
我處於禪定　邪道不牽心　自名最上住

菩提行經卷第三

菩提行經卷第四

聖龍樹菩薩集頌

宋西天中印度惹爛馱囉國三藏明教大師天息災奉詔譯

菩提心般若波羅蜜多品第七

如來智慧仁　爲一切世間　令求遠離苦
是故智慧生　眞如及世間　今說此二法
知佛眞如故　說法而智慧　彼世間凡夫
見二種相應　害及勝害等　乃世相應事
彼二事見已　見之乃爲智　智見世間性
是喻於眞如　此說無去來　智者無不見
色等甚分明　乃世相應事　不淨而爲淨
智者喻有利　爲知世間故　是說世間性
爲見於眞如　見以剎那住　世間行相應
此行無過失　如女人不淨　異世諸害事
謂佛福虛幻　使我云何信　有情若幻境
云何復生滅　彼因集和合　乃得於幻緣
有情種子生　云何有眞實　殺彼虛幻人
無心性等罪　平等心虛幻　罪福得生起
眞言力等持　幻境心無著　以彼種種幻
種種因業生　何有於一人　得於一切力
若住於眞如　或住於淨戒　如是即佛行
誰云菩提行　因緣當斷盡　幻化不可得
因緣若斷盡　無生而自得　若不住疑妄
幻境而不立　幻境若彼無　一切不可得
如是即眞如　得現於心體　心如是若分
虛幻何由見　心不自見心　世尊之所說
如劒刃雖利　雖利不自斷　自性由若斯
復喻如燈光　破闇然得名　而不云自照
又若水精珠　體本唯清澈　因青而有青
影現隨衆色　非青而現青　如心而自作

又如彼燈光　智者知此說　智慧此開通
知者何所說　雖開而不開　如人無所覩
石女義不生　與此義不二　亦同無心識
緣念無所得　非念而別生　虛妄念如毒
謂若因若果　爲法而自說　有談眼藥方
見瓶而無藥　若見聞覺知　此有而非有
念斷於苦因　此實念當念　念念而無別
此心當平等　前塵常惑人　了之無所有
如幻而不實　妄心而自見　住塵處輪迴
喻空無所依　住塵性亦然　亦無有所得
若與不善俱　不善汝所得　若心有取捨
施一切如來　如是用心意　而有何功德
幻境一切知　煩惱云何斷　於彼幻三毒
遠離而不作　知於煩惱心　彼作而未盡
於彼得見時　空有意無力　煩惱性非盡

與空而相雜　至彼無所學　彼後乃得盡
彼性而無得　亦復不能見　彼性若無住
云何住此身　若性而無有　身住於無性
是性如去來　隨現而無著　劫樹與摩尼
能如意圓滿　佛變化亦然　當爲斯行願
喻法呪林樹　呪成而枯壞　毒等雖久害
彼彼皆消除　菩薩之修行　所作諸事業
菩提行最勝　佛樹能成就　以彼平等行
而住於寂靜　及作不思議　供養得何果
隨彼所行因　而得於彼果　供養等眞實
得果而稱實　云何得法空　實得解脫法
不離牟尼道　當得於菩提　汝不求大乘
何法求圓滿　二乘得成就　成就非圓滿
若彼所作因　怖畏於大乘　別怖怖非實
此怖實名怖　此法要當知　大乘之所論

離此爲他法　知彼外道論　法乃僧根本
僧知法出離　心若有著處　涅槃不可得
解脫心無著　煩惱得消滅　煩惱業消除
斯由解脫力　愛取不相緣　以此無執持
愛業而羸劣　是無有癡愛　受愛得相緣
此受而有得　安住有著心　是得名處處
若心之不空　復得名爲著　心性若云空
如識而無得　如應正等覺　所說之妙法
是義乃大乘　大乘行平等　說法之一時
了一切過患　一味之平等　諸佛無不說
迦葉大尊者　如言之不知　彼汝云不覺
不受當何作　解脫力若怖　輪迴得成就
迷彼苦空事　而得於此果　迷空彼若此
不得謗於法　此空審觀察　是故得不疑
離暗知煩惱　因法知於空　欲速一切知

彼言審觀察　若物生於苦　是苦怖得生
彼苦因空作　彼何得生怖　若於彼物怖
斯即名我所　如是我無所　苦怖云何得
牙齒髮爪甲　骨肉并血髓　鼻涕唾膿涎
脂肪及腸胃　便利汗熱風　九漏并六識
如是諸法等　一切皆無我　說彼智與聲
聲恒受一切　若說聲智離　彼離云何知
若智之不知　彼智難知故　彼智既決定
乃近於智智　此智非聲受　彼聲何以聞
彼聲近於心　彼知色如是　若受於色聲
而色復何受　如彼一父子　思惟無眞實
有情塵所翳　無父亦無子　知聲色如是
亦無於自性　彼色如是知　喻樂暫和合
彼自性如是　彼一而言有　餘色咸不實
此說色下品　彼一切智心　煩惱悉清淨

思惟一覺心 彼等彼若無 愛若虛不實
云何住於見 無我而無心 此心喻畫像
是心智相應 清淨愚癡破 如是之自心
彼作云何作 彼愚癡無行 此我而虛作
有行自出離 而無惡業果 破壞業若爲
善果云何得 此二之行果 互相破成就
彼說知不虛 彼自而無事 因果定相應
惡見要不生 此行而實住 作受今當說
過去未來心 彼我無有生 此心生我破
我無復生起 如芭蕉作柱 無所能勝任
我心生亦然 是得善觀察 有情若不有
此行云何爲 彼行今若爲 而爲有癡事
有情何實無 癡喻其愛事 若滅於苦惱
當斷於癡事 我慢爲苦因 癡是得增長
彼事心不迴 觀空爲最上 無足無脛膝

無腰復無腿 無臂亦無肩 無臍無胸背
無肋兼無脇 無手亦無鼻 無項復無頭
骨鎖等皆爾 觀此一切身 不行於一處
彼行於處處 何處自安住 以彼身手等
一切處皆住 彼一身如是 乃至於手等
無內無外身 何獨身手等 手等無分別
云何彼復有 彼既無癡身 寧云意手等
住已近殊勝 觀者知人喻 若彼因和合
木人此可同 若了如是相 彼身同此見
如是捨足指 手指亦皆捨 彼初觀節合
後見節自離 此身破已竟 彼住分別見
分別見此身 得喻如虛空 如是之夢色
智者何所樂 設施若無身 何有男女等
若喜眞得苦 此者何不解 觀察此云何
愛樂深煩惱 樂者之不實 如彼無執受

汝苦復云何　如彼自無得　彼有苦微細
既微而不說　以彼微細故　不說令他喜
因瞋而苦生　既生而有滅　若於定有見
於生自不受　如是而既知　如是觀因果
禪愛或相應　得生彼疑地　善根之所利
皆為於何人　彼此何和合　和合而何得
人喻於虛空　雖合而無入　無入而非合
是無分別行　不求和合名　若見而無見
和合彼不求　云何名得生　有物非和合
如導而先知　而彼識無相　不住於和合
彼觸法如是　何受而得生　我今何所為
而得於苦害　若不得所受　苦害而不覺
此位彼得見　何愛不遠離　今見此夢觸
自心之幻化　既見彼觸性　彼受汝亦得
先世與後世　念念而無受　若此觀自身
受亦無所得　所受既不實　彼即知無有
若此無自身　云何如是害　色性之自住
無根無中間　無內無外心　別處亦不得
身若無異處　無合無分別　有情之自性
寂靜彼無所　智者若先知　云何而有著
智者同智故　彼生何得著　是智是後得
是智云何得　如是一切法　雖生而無得
如是法若無　是法云何二　彼餘法若是
有情皆寂靜　彼他心有疑　於自即無有
彼定彼後有　此法無彼此　思惟於自心
是二互相住　如得於正住　一切智者說
若有諸智者　獲得於智智　智者得是智
彼即是無位　智者得是智　有得而無住
無住即無生　彼說於涅槃　若彼之二法
如是極難住　若法由於智　智者何因有

是智由於知　知者無所得　二法互相由
是有情無性　無父定無子　欲子生何得
有父而有子　彼二法亦爾　芽從種子生
種子得何求　知從智所生　彼實何不行
芽從智種生　知從智芽有　若彼知不知
何得有智智　一切人因緣　彼前皆已說
因果所生起　等喻如蓮華　因果何由作
皆從於過去　此果云何得　由過去業力
世間因自在　自在彼何說　如是得後有
彼彼名何雜　是事唯不定　非心非賢聖
過惡無善報　彼何得自在　不見如虛空
不見自過去　自在不思議　此理不應說
彼主何最上　彼亦自無定　善惡各自性
智者知無邊　因業有苦樂　彼說何等作
先因若不有　果報誰云得　云何不作恒
彼無於別見　彼作既無別　何得見彼彼
若見和合因　無復云自在　此和合無主
彼法乃無主　彼愛不自愛　此愛而無作
所得而由他　何云自在作　彼不作過去
謂若恒不滅　愛此最上數　謂世間恒常
有情塵暗蔽　住此惡功德　謂此說最上
此說世間惡　一三之自性　不合而無有
是德無所有　彼各各三種　功德雖無聲
此聲有還遠　如衣等無心　由此生快樂
色性之亦然　觀之性無有　彼等快樂因
有無若衣等　此衣等快樂　此乃性快樂
彼等之快樂　不能得久遠　彼得是微細
云何彼麤細　快樂如是實　思惟何不受
離麤得微細　微細不久遠　一切物亦然
久遠何不得　快樂得不麤　快樂不常定

彼無有所生　此說不眞實　彼眞實德生
彼得無欲住　爲食不淨食　而有於因果
愛無價之衣　買覩羅種子　不愛世間癡
彼住眞如智　彼智世間有　云何而不見
同彼世間量　若此分明見　世量而非量
彼無妄言說　是故觀眞如　彼空而不生
知性之不觸　是性而無執　彼性實非實
是故非實性　是故彼夢覺　此疑彼無有
彼性若見有　乃不實生著　是故知彼性
無因即無所　一切皆無主　因緣中安住
由彼無別異　不住復不去　於實彼若迷
返爲世間勝　爲從因所生　爲從幻化作
何來彼何去　了知而若此　若此而了知
乃見彼無性　云何知假實　同於影像等
性若云自有　是因何所立　彼若是不有

彼因故不用　有無之性相　因俱胝百千
彼位云何性　何得於別性　彼性無性時
是性何時得　無性即無生　當依彼性行
性無過去性　而由性不生　無有性無性
喻幻化和合　一切有無性　有如是不滅
此一切世間　是故不生滅　知行空不實
喻夢喻芭蕉　分別滅不滅　一切不可得
性空乃如是　何得而何受　不實恒若斯
彼彼云何得　何苦何快樂　何愛何不愛
彼愛何所愛　要當知自性　世間亦可知
何名爲無上　何人何所親　何生而何得
一切喻虛空　彼此受皆失　歡喜瞋相對
因喜或鬭諍　瞋惱諸邪行　一切令破壞
罪惡自愛樂　是得惡趣名　死即墮惡趣
得苦而無悔　或往來天中　生生而得樂

捨於多罪崖　謂眞實如是　如是眞無性
復互相憎愛　說彼將來惡　溺無邊苦海
色力并壽命　彼得而唯少　雖獲於快樂
而由飢困者　眠睡災昏迷　如虛幻和合
當盡彼虛幻　若此而難得　彼學何所作
何行何斷除　彼彼諸魔事　斯爲大罪崖
於彼多正道　難勝而不行　復於刹那中
難得生覺悟　過去未來苦　難竭煩惱海
而於此苦海　我恨苦求離　如是此安住
若自不樂住　如須臾須臾　入火而澡浴
見如是自利　而受於此苦　無老死自在
彼行因如是　從彼惡法來　感惡而前死
苦火熱如是　我何時得息　自作於快樂
福雲生繚繞　以我何見知　而說知慧空
稽首具足知　稽首福德重

菩提心迴向品第八

菩提行若此　思惟於行福　菩提行莊嚴
一切人皆得　乃至一切處　身心苦惱者
彼得此妙福　歡喜快樂海　若有不自在
而處輪迴者　使得世間樂　及得菩薩樂
若有世界中　乃至於地獄　而令彼等人
悉受極快樂　寒苦得温暖　熱苦得清涼
菩薩大雲覆　復浴法水海　鐵樹鐵山峯
劒林光閃爍　一切成劫樹　罪人喜安樂
喻迦那摩迦囉舞　鴛鴦鵝鴈聲適悅
池沼清淨無濁穢　微妙諸香生喜樂
地獄爐炭聚　而得摩尼聚　熱地水精嚴
復寶山和合　以如是供養　善逝宮皆滿
炭火熱劒雨　今後灑華雨　彼劒互相殺
今後華互散　爛擣諸身肉　喻君那華色

肉骨與火同　棄墮柰河水　以我善力故
令得天宮殿　彼光如千日　彼滿那枳你
焰魔之獄卒　見者不驚怖　烏鷲等飛類
悉離惡食苦　愛彼普快樂　此得何善生
福喻於虛空　觀此上下等　如見金剛手
速滅除災患　降彼華香雨　破滅地獄火
云何名快樂　云何名歡喜　處彼地獄者
得見觀自在　同一切威德　俱胝髻童子
大悲菩提心　救度於一切　以彼天供養
天冠及天華　乃至悲心華　適悅寶樓閣
天女之言說　百千種歌詠　讚大聖文殊
及普賢菩薩　以此善功德　同於地獄者
大聖觀自在　觀察地獄苦　無量苦可怖
手出甘露乳　濟彼諸餓鬼　與食與洗浴
令飽滿清涼　離苦得快樂　如彼北洲人
色力并壽命　聾者得聞聲　盲者得見色
妊娠及産生　喻摩耶無苦　雖衣雖飲食
莊嚴而清淨　一切隨求意　得利復得益
怖者不受怖　不樂而得樂　煩惱得無惱
見者皆歡喜　病者獲安樂　解脫一切縛
無力而得力　愛心互相施　安樂於十方
行道一切至　惡事皆滅盡　當成就好事
乘船商賈人　得滿所求意　安樂到彼岸
親等同嬉戲　飢饉時路行　得伴無所畏
不怖賊與虎　復不怖迷醉　曠野無病難
耄幼無主宰　賢聖悉加護　諸煩惱解脫
悲愍信智慧　具足相修行　恒得宿命通
而得無盡藏　乃至虛空藏　無緣無方便
無少才不喜　有情乏名聞　當得大名稱
出家若醜陋　當得具色相　若彼有三界

使彼得丈夫　亦離高下品　當破我慢意
令我一切福　利諸有情等　當離一切罪
恒作善利事　菩提心所行　菩提行不退
遠離我慢業　當得佛授記　一切有情等
得無量壽命　壽命得恒長　破壞無常聲
劫樹苑適悅　一切方皆得　妙法而適意
同佛佛圓滿　彼諸高下石　如掌而平坦
柔輭瑠璃色　一切地皆得　諸大菩薩衆
普徧諸國土　以自住光明　莊嚴於大地
諸樹及飛禽　光明於虛空　說法聲不住
諸有情常聞　佛及佛子等　彼彼恒得見
無邊供養雲　供養於世尊　天雨依時節
穀麥咸豐實　世間得具足　王法得依行
藥力倍增盛　明力皆成就　羅刹拏吉你
斯等皆悲愍　無有苦有情　無罪復無病
不輕慢下劣　煩惱無所得　讀誦而自在
隨意而行住　衆集乃恒常　成就於僧事
苾芻住淨戒　復得一切解　觀察於心業
捨離諸煩惱　苾芻所得利　當遠離鬬諍
諸出家亦然　不得破禁戒　得戒而守護
恒樂盡諸罪　若彼不破戒　得益往天趣
若彼持鉢者　爲得於善利　得清淨種子
名聞滿諸方　永不受罪苦　恒行無苦處
無邊諸有情　供養一切佛　當受一天身
彼成佛世間　不思議有情　樂佛而得樂
願爲於世間　菩薩得成就　彼尊若思惟
彼有情令得　辟支佛安樂　及得聲聞樂
天人阿修羅　意重而恒護　若彼宿命通
出家此恒得　若彼歡喜地　文殊師利住
我若以彼位　隨力而能與　若知和合住

得生於一切　若有欲見者　及有欲聞者
如是彼得見　文殊師利尊　如日照十方
爲一切有情　彼文殊修行　我得如是行
彼或住虛空　或住於世間　今我住亦然
得壞世間苦　世間若有苦　彼一切我得
世間一切善　菩薩之樂得　一藥救世間
一切皆富樂　一切同利養　佛教而久住
以善意清淨　歸命於文殊　我說善知識
清淨此增長

菩提行經卷第四

音釋

坏鋪枚切未燒瓦器也　駁吻駁壘徒切口相就也吻武粉切口邊也　剝北角切刻割也　潰胡對切自壞也　躶魯果切赤體也　痊差痊遷緣切差楚懈切痊差病除也　哂矢忍切笑不壞曰哂　訾蔣氏切非毀也　澈直列切水澄也　脛下頂切脚脛也　膝思疾切脾頭也　腿他儡切脛也　臍音　繚繞繚蓮條切繞而沼切　閃爍閃失冉切爍式灼切閃爍光也　擣都浩切築也　妊娠妊如深切娠升人切妊娠孕也　耄莫報切惛忘也

金剛頂一切如來眞實攝大乘現證大教王經

唐特進試鴻臚卿三藏沙門不空奉 詔譯

清刻龍藏佛說法變相圖

金剛頂一切如來真實攝大乘現證大教王經卷上

唐特進試鴻臚卿三藏沙門不空奉 詔譯

深妙秘密金剛界大三昧耶修習瑜伽儀第一

稽首薄伽梵　大毗盧遮那　能爲自在王
演說金剛界　無邊功德法　成五解脫輪
三十七智身　我今歸命禮　瑜伽大教王
開演一佛乘　如來三密藏　是乘無比喻
最上最第一　唯佛不共智　相應成佛門
爲令悟入者　圓成淨法身　三世薄伽梵
皆依此法成　是故諸如來　敬禮如理法
若修此法者　善住於師位　備族姓相好
調柔心正直　以戒常嚴身　以戒常嚴身
清淨無所畏　於此祕密乘　決定深信解

空有性相義　隨化道應知　住大悲方便
引接諸群品　能令所依者　頓獲如來位
已入金剛界　諸佛大壇場　生在如來家
受法王灌頂　瞻禮於聖會　不捨菩提心
恭敬阿闍黎　等同一切佛　所有言教誨
皆當盡奉行　於諸同學處　不生嫌恨心
敬如金剛手　乃至諸含識　亦不應輕惱
諸天神仙等　皆不應禮事　勿應毀陵蔑
所覩諸法具　不應故騎蹋　爲此大場内
諸聖所執持　親從阿闍黎　得傳教灌頂
明解三摩耶　諸正徧知道　通明廣略教
瑜伽身語心　妙解曼拏囉　了眞言實義
如是阿闍黎　諸佛所稱讚　等同薄伽梵
大毗盧遮那　即是諸如來　金剛蓮華手
虛空巧業尊　故應堅守護　本尊三昧耶
倍過於身命　常修外儀式　洗漱嚼齒木
噉荳蔲塗香　令身口香潔　不應食薰雜
酒肉諸殘觸　飲食離諸過　不應與他人
同牀鋪座卧　常潔身淨服　令内外無垢
不應常爪甲　居穢違教故　内所爲六根
用三密淨除　外謂諸儀則　法香水灌頂
或外緣不備　即以法淨除　此理趣最勝
當觀念嚂字　淨除内外垢　不沐而成浴
灆滌等虛空　無垢如法界　事理俱相應
如來最稱讚　初起金剛定　普覺諸群品
行即如來行　坐即如來坐　諸入無言説
一音徧法界　後與大悲念　利樂盡無餘
有情器世間　嚴淨如來土　若自他建立
勝大曼拏囉　選地結壇場　如經之所説
上施妙天蓋　周帀悉懸旛　珠鬘鈴珮等

間錯垂供養　布散諸尊位　散時華莊嚴
賢妃閼伽水　燒香華塗香　燈明及飲食
金銀寶器盛　及以淨梵等　眞言香水灑
復以燒香熏　陳設壇四邊　諦心爲供養
修行瑜伽者　每入曼拏囉　觀身如普賢
足步蹈蓮華　趣於精室門　閉戶稱吽字
怒目除不祥　即五體投地　敬禮世尊足
及一乘法僧　即長跪合掌　運心對聖衆
勸請願迴向　具法者應入　金剛三摩地
[梵字]字發智火　燒除虛妄因　情器等虛空
名如理作意　心如理成就　是名爲法性
法安住法位　是名爲法界　復加身口心
成三密三身　眞言行菩薩　應當善修習
塗香徧塗手　復用燒香熏　結淨器世間
寂光華藏印　即以定慧手　觀念離塵法

眞言如是稱
唵引囉儒波誐怛薩嚩達摩引
次當淨三業　觀身本清淨　誦此眞言明
得三業皆淨
淨身眞言曰
唵引薩嚩合二婆嚩秫馱薩嚩達摩薩嚩合二婆
嚩秫度憾
由此眞言故　其身成法器　於虛空觀佛
徧滿如胡麻　則誦徧照明　歷然見諸佛
觀佛眞言曰
欠嚩日囉合二馱覩
警覺諸如來　檀慧相鉤豎　進力二相拄
是名爲起印
唵引嚩日囉合二底瑟姹合二吽
吽字想於心　變成五智杵　應想徧身中

所有微塵數　爲金剛薩埵　金剛掌舒臂
全身委地禮　捨身徧法界　奉獻阿閦尊
盡禮事諸佛
眞言曰
唵引薩嚩怛他誐哆一布㗚播引薩他二合曩
野怛摩二合喃二襧哩也二合哆野弭三薩嚩怛
他引誐哆四嚩日囉二合薩怛嚩五二合地瑟姹
二合娑嚩二合鉿六吽七
次想怛啰字　於額金剛寶　想身爲寶形
身中微塵數　想成金剛藏　全身以額禮
金剛掌於心　奉獻寶生尊　想於無邊剎
首持五佛冠　灌一切佛頂
眞言曰
唵引薩嚩怛他誐哆一布惹鼻曬迦野怛摩
二合喃二襧哩也二合哆野弭三薩嚩怛他誐哆
四嚩日囉二合囉怛那五二合鼻曬左娑嚩二合鉿
怛啰六
觀　紇哩字於口　即想八葉蓮
觀身爲蓮華　身中微塵數　想成金剛法
全身以口禮　金剛掌於頂　奉獻無量壽
徧想諸佛會　而請轉法輪
眞言曰
唵引薩嚩怛他誐哆一布惹鉢囉二合嚩哆曩
野怛摩二合喃二襧哩也二合哆野弭三薩嚩怛
他誐哆四嚩日囉二合達磨五鉢囉二合嚩哩哆
二合野娑嚩二合鉿六紇哩以七三合
阿字想於頂　變爲業金剛
觀身普金剛　身中微塵數　皆成金剛業
全身以頂禮　當心金剛掌　奉獻不空尊
想於普集會　觀金剛業身　而作大供養

真言曰

唵引薩嚩怛他誐哆一布惹迦磨抳阿怛摩二合喃二禰哩也二合哆野弭三薩嚩怛他誐哆四嚩日囉二合迦磨五倶嚕娑嚩二合羚六阿入聲七

次結金剛持大印　禪慧檀智反相叉
右膝著地置頂上　一一想禮如來足
舒指從頂如垂帶　從心旋轉如舞勢
金剛合掌置頂上

真言曰

唵引薩嚩怛他誐哆一迦野弭嚩枳喞哆二嚩日囉二合鉢囉二合拏每三嚩日囉二合滿娜喃迦嚕彌四　唵引嚩日囉二合吻尾二切五

歸命十方等正覺　最勝妙法菩薩衆
以身口意清淨業　殷勤合掌恭敬禮
無始輪迴諸有中　身口意業所生罪
如佛菩薩所懺悔　我今陳懺亦如是
諸佛菩薩行願中　金剛三業所生福
緣覺聲聞及有情　所集善根盡隨喜
一切世燈坐道場　覺眼開敷照三有
我今胡跪先勸請　轉於無上妙法輪
所有如來三界主　臨般無餘涅槃者
我皆勸請令久住　不捨悲願救世間
懺悔勸請隨喜福　願我不失菩提心
諸佛菩薩妙衆中　常爲善友不猒捨
離於八難生無難　宿命住智相嚴身
遠離愚迷具悲智　悉能滿足波羅蜜
富樂豐饒生勝族　眷屬廣多常熾盛
四無礙辯十自在　六通諸禪悉圓滿
如金剛幢及普賢　願讚迴向亦如是

行者廣大願　次應發勝心　願一切有情
如來所稱讚　世間出世間　速成勝悉地
合掌眞言曰
唵引薩嚩怛他誐哆一商悉哆入聲薩縛薩怛
嚩合二喃二薩嚩悉馱藥三三播你演合二毗引
怛他誐哆四引室左合二地底瑟姹合二毗引去聲五
摩吒於兩目　應觀爲日月
二手金剛拳　各安於腰側　徧視空中佛
諸佛皆歡喜　所有香華等　及餘供養具
因此目瞻覩　去垢成清淨　辟除成結界
眞言曰
唵引嚩日囉合二涅哩合二瑟致合二麽吒
福智二羽合　十度初分交　名爲金剛掌
一切印之首
眞言曰
唵引嚩日囉合二惹禮引
即彼金剛掌　十度結爲拳　名爲金剛縛
能解結使縛
眞言曰
唵引嚩日囉合二滿馱引
即以金剛縛　能淨第八識　亦除雜染種
怛囉合二吒二字　想安於兩乳
一羽金剛縛　掣開如戶樞
眞言曰
唵引嚩日囉合二滿馱怛囉合二吒引
即以金剛縛　禪智屈入掌　檀慧戒方間
想召無漏智　入於藏識中
眞言曰
唵引嚩日囉合二吠捨惡引
即以前印相　進力拄禪智　以附於心門

無漏智堅固

真言曰

唵引嚩日囉二合母瑟致二合鍐

二羽金剛縛　忍願豎如針　纔誦真言已

自身成普賢　坐於月輪上　身前觀普賢

真言曰

唵引三摩野薩怛鍐三合引

行者次應結　大誓真實契　二羽金剛縛

檀慧禪智豎　忍願交入掌　指面令相合

以二度刺心　名爲大悲箭　以射厭離心

極喜三昧耶　警覺本誓願

真言曰

唵引三摩野斛二合素怛囉薩怛鍐三合引

行者次應結　降三世大印　二羽忿怒拳

檀慧背鉤結　進力二背豎　身想忿怒王

八臂而四面　笑怒恐怖形　四牙熾盛身

右足笡左直　踰大天及后　厲聲誦真言

旋轉於十方　左轉爲辟除　右旋成結界

真言曰

唵引遜婆儞遜婆儞吽一屹哩二合賀拏二合屹哩二合賀拏二合吽二屹哩二合賀拏二合播野吽三阿曩野斛婆誐鍐四嚩日囉二合吽五發吒六引

次結金剛蓮　二羽金剛縛　檀慧禪智豎

蓮華三昧耶　得成蓮華部　轉輪之主宰

真言曰

唵引嚩日囉二合鉢納摩二合三摩野薩怛鍐三合引

阿賴耶識中　違背菩提種　次結法輪印

摧破厭離輪　即前蓮華印　檀慧而交豎

摧制於自心　即滅二乘種

真言曰

吽一吒引枳重聲娑普合二吒引野二摩賀尾囉誐三嚩日囕合二嚩日囉合二馱囉四薩帝曳五二合曩哳勑角切

次結大欲印　二羽金剛縛　禪入智虎口

隨誦而出入

真言曰

唵引素囉哆一嚩日囕合二弱吽鑁斛二薩摩野薩怛鑁二合三引

大樂不空身　印契同於上　普願諸有情

速證如來地　修行瑜伽者　自成大深智

菩提大欲滿　圓成大悲種

真言曰

唵引摩賀素佉一嚩日囕合二娑引馱野二薩嚩薩怛吠二合三毗比喻合二弱吽鑁引斛四

次結召罪印　二羽金剛縛　忍願伸如針

進力屈如鉤　起大悲愍心　來去而觀想

召諸有情罪　自身三惡趣　衆罪召入掌

黑色如雲霧　衆多諸鬼形

真言曰

唵引薩嚩播波一迦嘌灑合二拏二尾戍馱曩三嚩日囉合三薩怛嚩二合四三摩野五吽六弱七引

次結摧罪印　八度內相叉　忍願如前豎

應觀獨鈷杵　當觀自身相　變成降三世

厲聲誦真言　內心起慈悲　忍願應三拍

摧諸有情罪　三惡皆辟除

真言曰

唵引嚩日囉合二播抳一尾娑普合二吒引野二薩嚩播野滿馱曩頞三鉢囉合二謨訖曬合二野

四薩嚩播波誐底毗藥二合五薩嚩薩怛嚩二合六薩嚩怛他誐哆七嚩日囉二合三摩野吽八怛囉二合吒九引

次應淨業障　令滅決定業　二羽金剛掌
進力屈二節　禪智押二度　結此業障除

真言曰

唵引嚩日囉二合羯囉摩二合尾戍馱野二薩嚩嚩囉拏韈三沒馱薩帝曳二合曩四三摩野五吽六

次成菩提心　自他令圓滿　即如蓮華契
檀慧禪智豎　安於頂之左

真言曰

唵引賛捺嚕二合多喋一三滿哆婆捺囉二合枳囉尼尼皆切二摩賀嚩日哩二合抳尼盈切三吽四

運心諸有情　月上如來威　速成如普賢

瑜伽經所說　應結跏趺坐　支節不動搖
應結等印持　二羽金剛縛　仰安於臍下
端身勿動搖　舌拄於上腭　止息令微細
諦觀諸法性　皆由於自心　煩惱隨煩惱
蘊界諸處等　皆如幻與焰　如乾闥婆城
亦如旋火輪　又如空谷響　如是諦觀已
不見於身心　住寂滅平等　究竟真實智
即觀於空中　諸佛如胡麻　徧滿虛空界
想身證十地　住於如實際　空中諸如來
彈指而警覺　告言善男子　汝之所證處
是一道清淨　金剛喻三昧　及薩般若等
尚未能證知　勿以此為足　應滿足普賢
方成最正覺　身心不動搖　定中禮諸佛

真言曰

唵引薩嚩怛他誐哆一波娜滿那喃迦嚕弭

行者聞警覺　定中普禮已　唯願諸如來
示我所行處　諸佛同告言　汝應觀自心
既聞是說已　如教觀自心　久住諦觀察
不見自心相　復想禮佛足　白言最勝尊
我不見自心　此心爲何相　諸佛咸告言
心相難測量　授與心眞言　即誦徹心明
觀心如月輪　若在輕霧中　如理諦觀察
眞言曰
唵引唧哆鉢囉二合底一味淡迦嚕弭二
藏識本非染　清淨無瑕穢　長時積福智
喻若淨月輪　無體亦無事　即說亦非月
由具福智故　自心如滿月　踊躍心歡喜
復白諸世尊　我已見自心　清淨如滿月
離諸煩惱垢　能執所執等　諸佛皆告言
汝心本如是　爲客塵所翳　菩提心爲淨

汝觀淨月輪　得證菩提心　授此心眞言
密誦而觀察
眞言曰
唵引冒地唧哆一母怛摩二合那野弭二
能令心月輪　圓滿益明顯　諸佛復告言
菩提心堅固　復受心眞言　觀金剛蓮華
眞言曰
唵引速乞叉二合摩嚩日囉引二合
觀五股金剛眞言曰
唵引底瑟姹二合嚩日囉二合
汝於淨月輪　觀五智金剛　令普周法界
唯一大金剛
漸廣眞言曰
唵引娑頗二合囉嚩日囉引二合
漸略眞言曰

唵引僧賀引囉嚩日囉二合引
應當知自身　即為金剛界
真言曰
唵引嚩日囉二合怛摩二合句憾
自身為金剛　堅實無染壞　復白諸佛言
我為金剛身　時彼諸如來　便勑行者言
觀身為佛形　復授此真言
唵引野他一引薩嚩怛他誐哆二薩怛二合他憾
既見身成佛　相好皆圓備　諸如來加持
現證實相智　不改前印相　應誦此真言
唵引薩嚩怛他誐哆一鼻三冒地涅哩二合嗏
二嚩日囉二合底瑟吒二合二
次結四如來　三昧耶印契　各以本真言
而用加持身　不動佛於心　寶生尊於額
無量壽於喉　不空成就頂

真言曰
唵引嚩日囉二合薩怛嚩一二合地瑟姹二合娑嚩
二合鋡二吽三
唵引嚩日囉二合囉怛曩一二合地瑟姹二合娑嚩
二合鋡二怛咯三二合
唵引嚩日囉二合達囉磨一二合地瑟姹二合娑嚩
二合鋡二紇哩以三三合
唵引嚩日囉二合羯囉磨一二合地瑟姹二合娑嚩
二合鋡二噁三
既已加持身　次應授灌頂　五如來印契
各如三昧耶　徧照灌於頂　不動佛於額
寶生尊頂右　無量壽頂後　不空成就佛
應在頂之左
真言曰
唵引薩嚩怛他誐帶一濕嚩二合哩也二合鼻曬

劂二鍐三

唵引嚩日囉合二薩怛嚩一二合鼻瑟左羚二吽三

唵引嚩日囉合二囉怛曩一二合鼻瑟左羚怛咯二二合

唵引嚩日囉合二鉢納磨一三合鼻瑟左羚㗚哩以二

唵引嚩日囉合二羯囉磨一二合鼻瑟左羚二噁三

次於灌頂後　應繫如來鬘　四方諸如來

皆三昧耶契　額前二羽分　三結於頂後

向前如垂帶　先從檀慧開

真言曰

唵引嚩日囉合二馱怛味一二合摩攞鼻詵左羚鍐

唵引嚩日囉合二薩怛嚩一二合摩攞鼻詵左鈴鍐

唵引嚩日囉合二囉怛曩一二合摩攞鼻詵左鈴鍐

唵引嚩日囉合二鉢納磨一二合摩攞鼻詵左鈴鍐

唵引嚩日囉合二羯囉磨一二合摩攞鼻詵左鈴鍐

次於諸有情　當興大悲心　無盡生死中

恒被大誓甲　為淨佛國土　降伏諸天魔

成最正覺故　被如來甲冑　二羽金剛拳

當心舒進力　二度相縈繞　心背次兩膝

齊腰心兩肩　喉頸額又頂　各各三旋繞

徐徐前下垂　先從檀慧散　印能護一切

天魔不能壞

鍐

眞言曰
唵引砧
次應金剛拍　平掌而三拍　由此印威力
縛解解者縛　便成堅固甲　聖衆皆歡喜
獲得金剛體　如金剛薩埵
眞言曰
唵引嚩日囉合二覩史野合二斛入聲
次結現智身　二羽金剛縛　禪智入於掌
身前想月輪　於中觀本尊　諦觀於相好
徧入金剛已　本印如儀則　身前當應結
思惟大薩埵
眞言曰
唵引嚩日囉合二薩怛嚩合二惡
次結見智身　印契如前相　已彼智薩埵
應觀於自身　鉤召引入嚩　令喜作成就

眞言曰
唵引嚩日囉合二薩怛嚩合二涅哩合二捨也合二
次結四明印　召引入自身　印如降三世
屈進初如鉤　次進力互交　仍屈頭相拄
次互相鉤結　次腕合而振　由此四明印
召引縛令喜
眞言曰
弱吽鍐斛
次陳三摩耶　當結金剛縛　忍願豎如針
成本尊瑜伽
誦三摩耶薩怛鍐合二　徧入背後而月輪
於中應觀薩埵體　我三昧耶薩怛鍐
眞言曰
唵引三摩庾唅一摩賀引三摩庾唅二
次成就法界　奉事諸如來　有情器世間

淨妙爲佛土　勝上智觀察　內外無所有
三世等虛空　觀念欠字門
次發智風輪　憾字相應起
當觀輪圍山　劒字寶嚴飾
又於虛空觀　鑁字徧照尊
大悲流乳水　成香乳大海
海中觀鉢囉(二合)字　字門成金龜　其身之廣大
無量喻若曩　背觀𠰒哩(二合)字
變爲妙蓮華　八葉有三層　赤色具臺蘂
皆悉有光明　臺中觀素字
出妙高山王　四寶之所成　四層及四峯
七金山圍繞　山間復有海　皆八功德水
瑜伽者觀念　了了悉分明
欠憾劒鑁鉢囉(二合)𠰒哩以(三合)素
成就海眞言

唵(引)尾摩路(引)娜地吽
成就山眞言
唵(引)阿左攞吽
於妙高山頂　觀佛法界宮　五智之所成
五峯寶樓閣　淨妙超諸界　種種勝莊嚴
即結金剛輪　輪壇之密印　由此印威力
則成諸輪壇　二羽金剛拳　進力檀慧鉤
於中現觀想　輪壇如來教　即於寶閣中
而觀曼拏囉
眞言曰
唵(引)嚩日囉(二合)作羯囉(二合)吽
次應誦啓請　不改前印相　想白諸聖衆
降此曼拏囉
啓請眞言曰
野便焰(二合)顊(一)尾覲曩(二合)娑作羯囉(二合)悉第

二寫哆䫂鼻嚩𠺁三嚩日囉合二俱拏𠺁係覩
毗焰合二哆毗焰合二摩五娑覩合二薩娜曩莫四
入聲六

次結開門印　想開大檀門　二羽金剛拳
檀慧應相鉤　進力竪側合　每門誦真言
[Siddham letter] 應吽而掣開　從東而右轉
每方面向門　若方所小狹　即於觀想中
運心如本教

真言曰

唵引嚩日囉合二娜嚩合二嚕　嗢娜伽合二吒野
二三摩野三鉢囉合二吠捨野四吽五

次結啓請印　啓白諸世尊　二羽金剛縛
忍願應竪合　進力屈如鉤　中後而不著
稱名而啓請　三唱此伽陀

真言曰

阿演去聲覩薩吠步嚩一延迦娑引喀鉢囉合二
拏二弭哆勢沙迦三蔽切勑句囉摩喀合三薩乞
叉合二怛訖哩合三怛四曩跢婆嚩五娑嚩合二婆
嚩入聲六娑嚩合二焰步七毛曩哆婆嚩娑嚩合二
婆嚩入聲八

次觀佛海會　諸聖普雲集　交臂作彈指
指聲徧法界

真言曰

唵引嚩日囉合二三摩惹弱重入聲

諸如來集會　皆在於虛空　誦百八名讚
禮曼拏聖衆

讚歎真言曰

嚩日囉合二薩怛嚩二合一摩賀薩怛嚩二合二嚩
日囉合二薩嚩怛他誐哆三三滿跢婆引㮈囉
二合四嚩日囉合二你也二合五嚩日囉合二播抳六

曩謨引娑覩二合帝七
嚩日囉二合囉惹一素没馱誐哩也二合三嚩日
囉二合俱上聲捨三怛他引誐哆四阿謨引佉囉
惹五嚩日囉二合你也二合六嚩日囉二合迦囉沙
二合七曩謨引娑覩二合帝八
嚩日囉二合囉誐一摩賀引爍企也二合二嚩日
囉二合嚩拏嚩三商迦囉四摩囉迦摩五賀嚩
日囉二合六左播七曩謨引娑覩二合帝八
嚩日囉二合娑引度一素嚩日囉二合誐哩也二合
二嚩日囉二合覩瑟鹸二合三摩賀囉帝四鉢囉
二合謨引你也二合囉惹五嚩日囉二合你也二合六
嚩日囉二合賀囉沙二合七曩謨引娑覩二合帝八
嚩日囉二合囉怛曩二合一素嚩日囉二合囉他二合
二嚩日囉二合迦捨三摩賀引摩抳四阿迦捨
誐婆五嚩日囉二合荼也二合六嚩日囉二合誐婆

七曩謨引娑覩二合帝八
嚩日囉二合帝惹一摩賀引入嚩二合攞二嚩日
囉二合素哩也二合三吠曩鉢囉二合婆四嚩日囉
二合囉濕弭二合五摩賀帝惹六嚩日囉二合鉢囉
二合婆七曩謨引娑覩二合帝八
嚩日囉二合計覩一素薩怛嚩二合囉他二合二嚩
日囉特嚩二合惹三素姤灑迦四囉怛曩二合計
覩五摩賀嚩日囉二合六嚩日囉二合拽瑟鹸二合
七曩謨引娑覩二合帝八
嚩日囉二合賀娑一摩賀賀娑二嚩日囉二合悉
弭哆三摩賀引納部二合哆必哩二合底四鉢囉
二合謨引你也二合囉惹五嚩日囉二合你也二合六
嚩日囉二合畢哩二合帝七曩謨引娑覩二合帝八
嚩日囉二合達囉磨一素薩怛嚩二合囉他二合
二嚩日囉二合鉢捺摩二合三素戍達迦四路計

濕嚩二合囉五素嚩日囉二合乞叉二合六嚩日囉
二合甯怛囉二合七曩謨引娑覩二合帝八
嚩日囉二合底乞叉拏三合一摩賀野曩二嚩日
囉二合句捨三摩賀引庚馱四曼祖室哩二合五
嚩日囉二合儼鼻哩也二合六嚩日囉二合沒第七
曩謨窣覩帝八
嚩日囉二合係覩一摩賀引曼拏二嚩日囉二合
左引羯囉二合三摩賀曩野四素鉢囉二合囉怛
曩二合五嚩日嚕二合怛他六嚩日囉二合曼拏七
曩謨引娑覩二合帝八
嚩日囉二合婆灑素尾你也二合誐哩也二合三
嚩日囉二合惹播三素悉帝那阿嚩者引四嚩日
囉二合尾你也二合五誐哩也三合六嚩日囉二合婆
灑七曩謨引娑覩二合帝八
嚩日囉二合羯磨一素嚩日囉二合惹拏二合二羯
磨嚩日囉二合三素薩嚩誐囉二合四嚩日囉二合
謨佉五摩護那哩也二合六嚩日囉二合尾濕嚩
二合七那謨引娑覩二合帝八
嚩日囉二合囉乞叉二合一摩賀吠哩也二合二嚩
日囉二合嚩摩轉三摩賀涅哩二合嗏去聲四訥欲馱
曩五素尾哩也二合誐哩也三合六嚩日羅二合尾
哩也二合七曩謨引娑覩二合帝八
嚩日囉二合藥乞叉二合一摩護播野二嚩日囉
二合能瑟吒囉二合三摩賀婆野四摩囉鉢囉二合
摩㗚你二合五嚩日嚕二合誐哩也二合六嚩日囉
二合賛拏七那謨引娑覩二合帝八
嚩日囉二合散第一素薩顭地也二合二嚩日囉
二合滿馱三鉢囉二合謨引左迦四嚩日囉二合母
瑟吒野二合五誐囉二合薩摩琰六嚩日囉二合母
瑟鯠二合七曩謨引娑覩二合帝八

次結四明印　印如降三世　鉤屈進度招
索進力如環　鎖開腕相鉤　鈴合腕似振
各誦本眞言
眞言曰
嚩日囉合二矩捨弱
嚩日囉合二播捨吽
嚩日囉合二娑普合二吒鍐
嚩日囉合二吠捨阿入聲
次應金剛拍　令聖衆歡喜
眞言曰
唵引嚩日囉合二哆囉覩史也合二斛入聲
次入平等智　捧閼伽香水　想浴諸聖身
當得灌頂地
眞言曰
唵引嚩日囉合二娜迦咤吽

曩莫三滿多没馱喃一誐誐曩二娑摩娑摩三娑嚩合二賀四引
次結振鈴印　右杵左振鈴　心入聲解脱
觀照般若理
眞言曰
唵引嚩日囉合二播抳吽
唵引嚩日囉合二健吒覩瑟也合二斛入聲引

金剛頂一切如來眞實攝大乘現證大教王經卷上

音釋

蔑莫結切輕易也　驀莫白切越也　笪當割切　蹹達合切踐蹹也　屹魚訖切　罽居例切　齺卓皆切

金剛頂一切如來眞實攝大乘現證大教王
經卷下
唐特進試鴻臚卿三藏沙門不空奉　詔譯
金剛界大曼拏囉毗盧遮那一切如來族秘
密心地印眞言羯磨部第二
稽首薄伽梵　大毗盧遮那　能爲自在王
演説金剛界　羯磨諸儀則　印契及眞言
供養諸如來　次結羯磨印　於心而修習
諦觀心月輪　而有羯磨杵　應結金剛拳
等引而兩分　右羽金剛拳　以握力之端
左拳安於臍　右羽垂觸地　左拳如前相
右羽爲施願　二羽仰相叉　進力豎相背
彈指横其端　左拳復安臍　右羽施無畏
是五如來契
彼彼眞言曰
唵引嚩日囉合二馱覩鍐
唵引阿屈芻合二毗野合二吽
唵引囉怛曩合二三婆嚩怛囉合二
唵引路計濕嚩合二囉囉引惹紇哩以合三
唵引阿謨佉悉第噁
次當結羯磨　四波羅蜜契　各如本佛印
而誦於眞言
彼彼眞言曰
唵引薩怛嚩合二嚩日哩合二吽
唵引囉怛曩合二嚩日哩合二怛囉合二
唵引達囉摩合二嚩日哩合二紇哩以合三
唵引羯囉磨合二嚩日哩合二噁
次結十六尊　羯磨契之儀　右拳安腰側
右羽搊擲杵　二拳交抱胷　進力鉤以招
二拳如射法　當心作彈指　進力如寶形

於心旋日輪　右肘拄左拳　二拳口仰散
左蓮右開勢　左手想持華　右手如把劒
覆拳進力拄　於臍而平轉　並至口仰散
先從禪智舒　旋舞心兩頰　金剛掌於頂
二拳被甲冑　進力檀慧亙　二拳而相合
十六大士印　內外八供養　并及於四護
印相今當說　二拳各腰側　向左小低頭
二拳以繫鬘　從額頂後散　二拳側相合
從臍至口散　二拳如舞儀　旋轉掌於頂
以金剛掌儀　燒香等四印　以降三世印
鉤索等四攝　並拳向下散　仰散如捧獻
禪智豎如針　開掌塗於胸　進屈如鉤形
進力曲相捻　二度便相鉤　合腕微搖動
彼彼眞言曰
唵引嚩日囉合二薩怛嚩合二噁

唵引嚩日囉合二囉惹嗍
唵引嚩日囉合二囉誐觧入聲
唵引嚩日囉合二娑度索
唵引嚩日囉合二囉怛曩合二唵
唵引嚩日囉合二帝惹暗引
唵引嚩日囉合二計覩嚂合二
唵引嚩日囉合二賀娑郝入聲
唵引嚩日囉合二達磨紇哩以合三
唵引嚩日囉合二底乞叉拏合三淡
唵引嚩日囉合二係覩羚引
唵引嚩日囉合二婆灑藍
唵引嚩日囉合二羯磨劒
唵引嚩日囉合二咯乞叉合二哈
唵引嚩日囉合二藥乞叉合二吽
唵引嚩日囉合二散地鍐

唵引嚩日囉二合囉細斛

唵引嚩日囉二合摩利怛囉二合吒引

唵引嚩日囉二合儗帝儗入聲

唵引嚩日囉二合涅哩二合帝曳二合訖哩二合吒引

唵引嚩日囉二合度閉婀

唵引嚩日囉二合補澀閉二合唵

唵引嚩日囉二合路計溺

唵引嚩日囉二合巘第虐

唵引嚩日囉二合矩舍弱

唵引嚩日囉二合播舍吽

唵引嚩日囉二合娑普二合吒引鍐

唵引嚩日囉二合吠舍斛入聲

右心左按地　繞輪壇四面　各一稱真言

安立賢劫位

真言曰

吽引吽短

賢劫千如來　十六大名稱　先畫彌勒尊

次明不空見　一切滅惡趣　離一切憂暗

香象勇猛尊　虛空藏智幢　無量光月光

賢護光網尊　次畫金剛藏　無盡慧辯積

普賢大光明　及餘上首尊　最初置阿字

或書十六名　金剛智種子

聖天之儀軌　依教而安立　地居空行天

巧智善安布　諸尊悉地相　次第應當明

彼彼真言曰

唵引昧怛哩二合野娑嚩二合賀引

唵引阿目佉娜嘌捨二合曩野娑嚩二合賀引

唵引薩嚩播野惹憾娑嚩二合賀

唵引巘馱賀悉底二合娑嚩二合賀引

唵引戍囉野娑嚩二合賀引

唵引阿迦捨誐囉婆合二娑嚩合二賀引
唵引誐惹合二抳曩計姤娑嚩合二賀引
唵引阿弭哆鉢囉合二婆娑嚩合二賀引
唵引賛捺囉合二嚩日囉合二鉢囉合二婆娑嚩合二賀引
唵引婆捺囉合二播囉娑嚩合二賀引
唵引入嚩合二攞頞鉢囉合二婆吽娑嚩合二賀引
唵引嚩日囉合二薩囉婆合二娑嚩合二賀引
唵引阿乞叉合二摩底娑嚩合二賀引
唵引三滿哆婆捺囉合二野娑嚩合二賀引

金剛界大曼拏囉毗盧遮那一切如來族祕密心地印真言三昧耶部第三

爾時薄伽梵　大毗盧遮那　能爲自在王
演說金剛界　三昧之儀軌　次結三昧耶
於舌觀金剛　先合金剛掌　便成金剛縛
忍願如劒形　進力附於背　忍願豎如針
及屈如寶形　移屈如蓮葉　面合於掌中
檀慧禪智合　是爲五佛印

彼彼真言曰

嚩曰囉合二惹拏合二喃婀去聲
嚩日囉合二惹拏合二喃吽
嚩日囉合二惹拏合二喃怛喀合二
嚩日囉合二惹拏合二喃噁

次結三昧耶　四波羅蜜契　各如佛之契

別別誦真言

彼彼真言曰

嚩日囉合二室哩合二吽
嚩日囉合二嬌哩怛噔
嚩日囉合二哆囉紇哩以合三
佉嚩日哩合二抳斛

次結十六尊　八供養四攝　三昧耶印契
忍願豎如針　小大鬪而豎　次以金剛縛
進力屈如鉤　因鉤便交豎　不解縛彈指
大豎次反屈　不改大與次　舒六而旋轉
前二亦不改　中縛下四幢　不易前印相
反開散於口　由縛禪智豎　進力屈如蓮
由縛豎忍願　屈上節如劒　忍願從入縛
四豎五豎交　由縛進力蓮　禪智開偃附
六度叉而覆　大各捻小甲　進方針當心
進力檀慧開　小豎進力鉤　縛大捻小根
進力拄其背　縛偃豎禪智　此印展當額
從齋口仰散　旋舞掌於頂　由縛而下散
從縛仰開獻　由縛禪智針　解縛摩於胷
由縛進力鉤　禪入智虎口　上四交如環
禪智入掌搖　四印而一縛　別別誦真言

彼彼真言曰

三摩野薩怛鍐(二合三)阿曩野薩怛縛(二合三)阿斛素佉　娑度娑度　素摩賀怛鍐(二合三)嚕補你庚(二合)哆　阿他鉢囉(二合)底　賀賀賀吽郝　薩嚩迦哩　韈佉砌娜　沒馱冐地　鉢囉(二合)底捨左娜(二合)素嚩始怛鍐(二合)顊㗚婆(二合)野怛鍐(二合)設咄嚕(二合)薄乞叉(二合)薩嚩悉地　摩賀囉底　嚕播戌陛　戌嚕(二合)怛囉(二合)嫂佉也(二合)薩縛布唥　鉢囉(二合)賀攞(二合)禰顊　跛攞誐弭　素帝惹擬哩(二合)素嚩馱擬(入聲)阿野醯弱　阿醯吽吽　呬娑普(二合)吒鍐　佉吒噁噁(入聲)

金剛界大曼拏囉毗盧遮那一切如來族祕密心地印真言供養部第四

敬禮毗盧尊　能為自在王　演說供養部

供養諸如來　次結供養契　應結金剛縛
印相從心起　初結徧照尊　羯磨之印儀
真言曰
唵引薩嚩怛他誐哆一嚩日囉合二馱怛味合二
二弩哆囉布惹三娑頗合二囉拏四二合三摩曳
五吽
次結金剛薩埵羯摩印　觸地手
唵引薩嚩怛他誐哆一嚩日囉合二薩怛嚩合二
二弩哆囉布惹三娑頗合二囉拏四三摩曳五
吽六
次結金剛寶羯磨印　施願手
唵引薩嚩怛他誐哆一嚩日囉合二囉怛曩合二
二弩跢囉布惹三娑頗合二囉拏四三摩曳五
吽六
次結金剛法羯磨印　法定手

唵引薩嚩怛他誐哆一嚩日羅合二達囉摩合二
二弩跢囉布惹三娑頗合二囉拏四三摩曳五
吽六
次結金剛業羯磨印　最上手
唵引薩嚩怛他誐哆一嚩日囉合二迦囉磨合二
二弩跢囉布惹三娑頗合二囉拏四三摩曳五
吽六
次心上金剛縛密語曰　入嚩手十六
唵引薩嚩怛他誐哆一薩嚩怛磨合二顊哩也
合二哆曩二布惹娑頗合二囉拏三迦囉磨合二嚩
日哩四二合噁五
右脅密語曰
唵引薩嚩怛他誐哆　薩嚩怛摩合二顊哩也
合二怛曩二娑度迦囉三布惹娑頗合二囉拏四
迦囉磨合二覲瑟致五二合索六

額上密語曰

唵引曩莫薩嚩怛他誐哆一鼻曬迦二囉怛寧二合毗喻三二合嚩日囉二合摩抳唵四引

心上旋轉如日輪轉相密語曰

唵引曩莫薩嚩怛他誐哆一捨播哩布囉拏二唧路摩抳三馱嚩二合惹諳哩二合毗喻二合合嚩日囉二合馱嚩二合惹五擬哩二合怛覧引二合六

口上笑處解散密語曰

唵引曩莫薩嚩怛他誐哆一摩賀必哩二合底二鉢囉二合謨你也二合迦喋毗喻三二合嚩日囉二合賀細郝四

口上密語曰

唵引薩嚩怛他誐哆一嚩日囉二合達囉磨二合二哆三摩地僻三薩覩二合努弭四摩賀達囉磨五二合擬哩二合紇哩以六三合

右耳密語曰

唵引薩嚩怛他誐哆一鉢囉二合惹拏二合播囉弭哆二鼻額囉賀嚩三薩覩二合努弭四摩賀具灑努猊淡五

左耳密語曰

唵引薩嚩怛他誐哆一作羯囉二合乞叉二合囉二播哩嚩嘌哆二合曩三薩嚩素怛嚫四二合怛曩野吒五薩覩二合努弭六薩嚩曼拏囉吽七

頂後密語曰

唵引薩嚩怛他誐哆一散馱薄灑二沒馱僧擬底鼻誐喃三薩覩二合努弭四嚩日囉二合嚩際作五

香頂上密語曰

唵引薩嚩怛他誐哆一度播銘伽三毋捺囉二二合娑頗二合囉拏三布惹迦囉弭四二合迦囉

迦囉入聲引五

華右肩上密語曰

唵引薩嚩怛他誐哆一補瑟跛二合鉢囉二合摩囉二娑頗二合囉拏三布惹羯囉弭四二合枳哩枳哩五

燈右跨上密語曰

唵引薩嚩怛他誐哆一路迦入嚩二合囉二娑頗二合囉拏三布惹羯囉弭四二合娑囉娑囉五

塗復置心上密語曰

唵引薩嚩怛他誐哆一彥馱銘伽三毋捺囉二二合娑頗二合囉拏三布惹羯囉弭四二合俱嚕俱嚕五

次結散華契　觀察於十方　言我今勸請
諸佛轉法輪　復應作是念　今此贍部洲
及於十方界　人天意生華　水陸所有華
皆持獻十方　一切大薩埵　部中諸眷屬
契明密語天　我為普供養　一切諸如來
而作事業故

密語曰

唵引薩嚩怛他誐哆一補瑟波二合布惹銘伽二三毋捺囉三二合娑頗二合囉拏四三摩曳吽五

又結燒香契　而作是思惟　人天本體香
和合變易香　如來羯磨故　我今皆奉獻

密語曰

唵引薩嚩怛他誐哆一[口*獻]馱布惹銘伽二三毋捺囉三二合娑頗二合囉拏四三摩曳吽五

次結燈契已　而作是思惟　人天本體生
及差別光明　為作事業故　我今皆奉獻

密語曰

唵引薩嚩怛他誐哆一你播布惹銘伽二三母捺囉三二合娑頗合二囉拏四三摩曳吽五

三昧耶寶契　應作如是念　此界及餘界
寶山諸寶類　地中及海中　彼皆爲供養
如來羯磨故　我今皆奉獻　當誦此密語

密言曰

唵引薩嚩怛他誐哆一冒駄焰合二誐囉怛曩合二稜去聲迦囉二布惹銘伽三母捺囉三二合娑頗合二囉拏三摩曳吽四

次結嬉戲契　應作是思惟　人天之所有
種種諸戲弄　玩笑妓樂具　皆爲供養佛
而作事業故　我今當奉獻　縛大捻小根
進力拄其背

密語曰

唵引薩嚩怛他誐哆　賀寫囉寫二枳哩合二拏囉底三掃企也合二拏路囉四布惹銘伽三母捺囉五二合娑頗合二囉拏三摩曳吽六

薩埵三昧耶　應作是思惟　如是劫樹等
能與種種衣　嚴身資具者　彼皆爲供養
而作事業故　我今當奉獻　誦此祕密言

密言曰

唵引薩嚩怛他誐哆一拏哆囉嚩日噜合二播摩三摩地二娑嚩曩播曩三部惹曩嚩娑曩四布惹銘伽三母捺囉五二合娑頗合二囉拏三摩曳吽六

羯磨三昧耶　而作是思惟　於虛空藏中
所有諸如來　我爲承事故　想一一佛前
而皆有已身　以親近侍奉　當誦此密語

真言曰

唵薩嚩怛他誐哆一迦野𩕳哩也合二哆曩二

布惹銘伽三母捺囉三二合娑頗二合囉拏三摩
曳吽
達磨三昧耶　而作是思惟　我今即此身
與諸菩薩等　觀得法實性　平等無有異
既作無有異　而誦此密言
密語曰
唵引薩嚩怛他誐哆一唧路頞哩也二合怛曩
二布惹銘伽三母捺囉三二合娑頗二合囉拏三
摩曳吽
寶幢三昧耶　應觀生死中　一切衆生類
苦惱之所纏　深生哀愍故　我今為救護
并護菩提心　未度者令度　未安者令安
皆令得涅槃　及兩種種寶　所求令滿足
作是思惟已　而誦此密言
密語曰
唵引薩嚩怛他誐哆一摩賀嚩日嚕二合娜娑
二合嚩娜曩二播囉弭哆三布惹銘伽三母捺
囉四娑頗二合囉拏三摩曳吽
次結香身契　三昧耶塗香　而作是思惟
願一切衆生　三業諸不善　願悉皆遠離
一切諸善法　願悉皆成就　而誦此密言
密語曰
唵引薩嚩怛他誐哆一弩路囉摩賀冐地也
二合賀囉迦二試攞播囉弭哆三布惹銘伽三
母捺囉四二合娑頗二合囉拏三摩曳吽
結羯磨觸地　復應作是念　願一切衆生
慈心無惱害　遠離諸怖畏　相視心歡喜
諸相好莊嚴　成甚深法藏　當誦此真言
密言曰
唵引薩嚩怛他誐哆一弩路囉摩賀達囉磨

二合嚩冐達二乞產二合底播囉弭哆三布惹銘伽三母捺囉二合四娑頗二合囉拏三摩曳吽

鬪勝精進契　三昧耶甲冑　而作是思惟

願一切衆生　行菩薩行者　被堅固甲冑

密語曰

唵引薩嚩怛他誐哆一僧娑囉播哩底也二合誐努哆囉二摩賀尾哩也二合播囉弭哆三布惹銘伽三母捺囉二合四娑頗二合囉拏三摩曳吽

結三摩地契　華方佛羯磨　應作是思惟

願一切衆生　調伏於煩惱　隨煩惱寬鏁

獲甚深禪定　而誦此密語

密語曰

唵引薩嚩怛他誐哆一努跢囉摩賀掃企也二合尾賀囉二地也二合曩播囉弭哆三布惹銘伽三母捺囉二合四娑頗二合囉拏三摩曳吽

次結徧照尊　羯磨勝契已　而作是思惟

願一切衆生　成就五種明　世間出世間

智慧普成就　而得眞實見　除煩惱障智

辯才無畏等　佛法嚴其心　而誦此密語

密語曰

唵引薩嚩怛他誐哆一努哆囉枳禮二合捨惹拏二合野二嚩囉拏嚩娑曩三尾曩野曩四摩賀鉢囉二合惹拏二合播囉弭哆五布惹銘伽三母捺囉二合六娑頗二合囉拏三摩曳吽

勝上三摩地　印契次應結　二羽外相叉

禪智令相捻　仰安於懷中　應作是思惟

證法眞實性　空無相無作　諸法悉如是

觀已誦密言

密語曰

唵引薩嚩怛他誐哆一虞上聲醯野二合摩賀鉢
囉二合底播底二布惹銘伽三母捺囉二二合娑
頗二合囉拏三摩曳吽
次應合指爪　而作是思惟　二羽金剛縛
進力禪智口　我今出語言　願一切衆生
悉皆令得聞　誦此祕密言
密言曰
唵引薩嚩怛他誐哆一嚩枳也二合韈哩也二合
怛曩二布惹銘伽三母捺囉二合三娑頗二合囉
拏三摩曳吽
如是廣作佛事已　次應諦心爲念誦
衆會眷屬自圍繞　住於圓寂大鏡智
當結金剛三昧耶　而誦金剛百字明
次誦金剛薩埵明　三徧五徧或七徧
真言曰

唵引嚩日囉二合薩怛嚩二合三摩野一摩努播
攞野二嚩日囉二合薩怛嚩二合怛味二合三努播
底瑟姹二合四涅哩二合荼銘婆嚩五素妬瑟欲
二合銘婆嚩六阿努囉訖妬二合銘婆嚩七素布
瑟欲二合銘婆嚩八薩嚩悉朕銘九婆嚩鉢囉
二合野瑳十薩嚩羯磨素十一左銘唧哆室哩二合
藥俱嚕十二吽十三賀引賀賀賀斛十四婆誐鑁十五
薩嚩怛他引誐哆十六嚩日囉二合摩銘悶左重聲
十七嚩日囉二合婆嚩十八摩賀引三摩野十九薩怛
嚩二合噁二十
次應捧珠鬘　誦真言七徧　復以加持句
如法而加持　端坐如儀則　應以金剛語
一千或一百　隨意而念誦
真言曰
唵引嚩日囉二合薩怛嚩二合引

二羽捧珠鬘　本真言七徧　捧至頂及心
千轉以加持
真言曰
唵引嚩日囉合二虞醯野合二惹播三摩曳吽
既加持珠已　住等引而誦　不極動舌端
唇齒二俱合　成就諸密教　金剛語離聲
循身觀相好　四時不令間　百千是為限
又復應過是　神通及福智　見世同薩埵
念誦分限畢　捧珠發大願　結三摩地契
入法界三昧　行者出三昧　即結根本印
念本明七徧　復結八供養　以妙音讚歎
獻閼伽香水　以降三世印　左旋而解界
次結三昧拳　一誦而掣開
次結羯磨拳　三誦三開手　從彼彼出生
所有一切印　於彼彼當解　由此真言心

真言曰
唵引嚩日囉合二穆乞叉合二穆入聲
次結奉送印　二羽金剛縛　忍願如蓮葉
指端安時華　誦已而上擲　為奉送聖衆
真言曰
唵引訖哩合二姤嚩入聲薩嚩薩怛嚩二合囉他合二悉第娜三二合哆野他四弩誐蘖蹉馱鍐二合五没馱尾灑野六布曩囉誐七摩曩野覩八唵引嚩日囉合二薩怛嚩九二合目乞叉合二目十入聲
次當結寶印　二羽金剛縛　進力如寶形
禪智亦復然　印相從心起　安於灌頂處
分手如繫鬘　次結甲冑印
真言曰
唵引嚩日囉合二囉怛曩二合鼻詵左鋡二薩

嚩母娜嚩合二銘三涅哩合二穉俱嚕四嚩日囉二合迦嚩左曩鍐五唵引砧

次結被甲已　齊掌而三拍　令聖衆歡喜

以此心真言　解縛得歡喜　獲得金剛體

真言曰

唵引嚩日囉合二覩瑟野合二斛入

奉送聖衆已　當結加持契　誦明加四處

灌頂被甲胄　又爲拍印儀　如前禮四佛

懺悔并發願　然後依閑靜　嚴飾以香華

住於三摩地　讀誦大乘典　隨意任經行

金剛頂一切如來真實攝大乘現證大教王

經卷下

音釋

搊楚尤切　擲直隻切　䩄亭夜切

文殊師利菩薩及諸仙所說吉凶時日善惡宿曜經
宋內供奉三藏沙門不空奉詔譯
弟子上都草澤楊景風修註

清刻龍藏佛說法變相圖

文殊師利菩薩及諸仙所說吉凶時日善惡
宿曜經卷上

宋內供奉三藏沙門不空奉 詔譯

弟子上都草澤楊景風修註

三藏以乾元二年翻出此本端州司馬史瑤執受纂集不能品序使義繁猥恐學者難用於是草澤弟子楊景風親承三藏指揮使爲修註筆削已了繕寫奉行凡是門人各持一本于時歲次玄枵時唐廣德之二年也

序分定宿直品第一

天地初建寒暑之精化爲日月烏兔抗衡生成萬物分宿設宮管標羣品日理陽位從星宿順行取張翼軫角亢氐房心尾箕斗牛女等一十三宿迄至虛宿之家恰當子地之中

分爲六宮也但日月天子俱以五星臣佐而日光焰猛物類相感以陽獸師子爲宮神也月光清涼而物類相感以陰蟲巨蟹爲宮神也又日性剛義月性柔惠義以濟下惠以及臣而日月亦各以神宮均賜五星以速至遲即辰星太白熒惑歲鎮排爲次第行度緩急於斯彰焉凡十二宮即七曜之躔次歷示禍福經緯災祥又諸宮各有神形以彰宮之象也又一宮配管列宿九足而一切庶類相感月廣五十由旬得繫命以求吉凶大體屬於日月日廣五十一由旬風精太白廣十由旬空精歲星廣九由旬月精辰宿廣八由旬大精熒惑廣七由旬日精土星廣六由旬星最小者廣一俱盧舍日宮下面玻瓈之寶火精之質也温舒能照萬物月宮下面瑠璃之寶清涼能照萬物日月諸曜衆生業置於空中乘風而止當須彌之半踰健陀羅之上運行於二十七宿十二宮焉宮宿之分今具說之更爲圖書耳

第一星四足張四足翼一足太陽位焉其神如師子故名師子宮主加得財事若人生屬此宮者法合足精神富貴孝順合掌握軍旅之任也

第二翼三足軫四足角二足辰星位焉其神如女故名女宮主妻妾婦人之事若人生屬此宮者法合難得心腹多男女足錢財高識故合掌宮房之任

第三角二足亢四足氐三足太白位焉其神如秤故名秤宮主寶庫之事若人生屬此宮者法合心直平正信敬多財合掌庫藏之任

第四氐一足房四足心四足熒惑位焉其神如蝎故名蝎宮主多病剋禁分之事若人生屬此宮者法合饒病薄相惡心事妬忌合掌病患之任

第五尾四足箕四足斗一足歲星位焉其神如弓故名號弓宮主喜慶得財之事若人生屬此宮者法合多計策足心謀合掌將相之任

第六斗三足女四足虛二足鎮星位焉其神如摩竭故名摩竭宮主鬪諍之事若人生屬此宮者法合心麤五逆不敬妻合掌刑殺之任

右已上六位總屬太陽分已下六位總太陰分

第七虛二足危四足室三足鎮星位焉其神如缾故名缾宮主勝彊之事若人生屬此宮者法合好行忠信足學問富饒合掌學館之任

第八室一足壁四足奎四足歲星位焉其神如魚故名魚宮主加官受職之事若人生屬此宮者法合作將相無失脫有學問富貴忠直合掌吏相之任

第九婁四足胃四足昴一足熒惑位焉其神如羊故名羊宮主有景行之事若人生屬此宮者法合多福德長壽又能忍辱合掌厨饍之任

第十昴三足畢四足觜二足太白位焉其神如牛故名牛宮主四足畜牧之事若人生屬此宮者法合有福德足親友長壽得人貴敬合掌馬廐之任

第十一觜二足參四足井三足辰星位焉其神如夫妻故名婬宫主胎妊子孫之事若人生屬此宫者法合多妻妾得人愛敬合掌户鑰之任

第十二井一足鬼四足柳四足太陰位焉其神如蟹故名蟹宫主官府口舌之事若人生屬此宫者法合惡性欺誑聦明而短命合掌刑獄訟之任

上古白博乂二月春分朔于時曜躔婁宿導齊景正月中氣和麽物漸榮一切增長梵天歡喜命爲嵗元景風曰唐建寅爲嵗初天竺建卯爲嵗首然則唐今皆以正月二三四至于十二則天竺皆據白月十五日夜太陰所在宿爲月故呼建卯爲角月若建辰爲氐月則但呼角氐心箕之月亦不論建辰及正二三月也此東西二之異義學者先宜曉之今又一一詳釋如左也

角月景風曰唐之二月也斗建卯位之辰也

氐月景風曰唐之三月也斗建辰位之辰也

心月景風曰唐之四月也斗建巳位之辰也

箕月景風曰唐之五月也斗建午位之辰也

女月景風曰唐之六月也斗建未位之辰也

室月景風曰唐之七月也斗建申位之辰也

婁月景風曰唐之八月也斗建酉位之辰也

昴月景風曰唐之九月也斗建戌位之辰也

觜月景風曰唐之十月也斗建亥位之辰也

鬼月景風曰唐之十一月也斗建子位之辰也

星月景風曰唐之十二月也斗建丑位之辰也

翼月景風曰唐之正月也斗建寅位之辰也

新演如左景風曰以梵本初譯學言隱密唐之迷惑不曉其中意非久習致功卒難行用今請演舊爲新取正月日列爲立成之前更爲月建十二辰圖參之以宫名會之以宿次然後則曉然可觀義理不隱庶當代高才知此意也

唐月建之圖

每十二月日數

	正月	二月	三月	四月	五月	六月	七月	八月	九月	十月	十一月	十二月
一日	虛	室	奎	胃	畢	參	鬼	星	翼	角	氐	心
二日	危	壁	婁	昴	觜	井	柳	張	軫	亢	房	尾
三日	室	奎	胃	畢	參	鬼	星	翼	角	氐	心	箕
四日	壁	婁	昴	觜	井	柳	張	軫	亢	房	尾	斗
五日	奎	胃	畢	參	鬼	星	翼	角	氐	心	箕	牛
六日	婁	昴	觜	月	柳	張	軫	亢	房	尾	斗	女
七日	胃	畢	參	鬼	星	翼	角	氐	心	箕	牛	虛
八日	昴	觜	井	柳	張	軫	亢	房	尾	斗	女	危
九日	畢	參	鬼	星	翼	角	氐	心	箕	牛	虛	室
十日	觜	井	柳	張	軫	亢	房	尾	斗	女	危	壁
十一日	參	鬼	星	翼	角	氐	心	箕	牛	虛	室	奎
十二日	井	柳	張	軫	亢	房	尾	斗	女	危	壁	婁
十三日	鬼	星	翼	角	氐	心	箕	牛	虛	室	奎	胃
十四日	柳	張	軫	亢	房	尾	斗	女	危	壁	婁	昴
十五日	星	翼	角	氐	心	箕	牛	虛	室	奎	胃	畢
十六日	張	軫	亢	房	尾	斗	女	危	壁	婁	昴	觜
十七日	翼	角	氐	心	箕	牛	虛	室	奎	胃	畢	參
十八日	軫	亢	房	尾	斗	女	危	壁	婁	昴	觜	井
十九日	角	氐	心	箕	牛	虛	室	奎	胃	畢	參	鬼
二十日	亢	房	尾	斗	女	危	壁	婁	昴	觜	井	柳
二十一日	氐	心	箕	牛	虛	室	奎	胃	畢	參	鬼	星
二十二日	房	尾	斗	女	危	壁	婁	昴	觜	井	柳	張
二十三日	心	箕	牛	虛	室	奎	胃	畢	參	鬼	星	翼
二十四日	尾	斗	女	危	壁	婁	昴	觜	井	柳	張	軫
二十五日	箕	牛	虛	室	奎	胃	畢	參	鬼	星	翼	角
二十六日	斗	女	危	壁	婁	昴	觜	井	柳	張	軫	亢
二十七日	牛	虛	室	奎	胃	畢	參	鬼	星	翼	角	氐
二十八日	女	危	壁	婁	昴	觜	井	柳	張	軫	亢	房

二十九日　虛室奎胃畢參鬼星翼角氐心
三十日　危壁婁昴觜井柳張軫亢房尾
仙人問言凡天道二十八宿有闊有狹四足均分則月行或在前後驗天與說差互不同宿直之宜如何定得菩薩曰凡月宿有三種合法一者前合二者隨合三者並合知此三則宿直可知也云何爲前合奎婁胃昴畢觜六宿爲前合也云何爲並合參井鬼柳星張翼軫角亢氐房十二宿爲並合云何爲隨合心尾箕斗牛女虛危室壁十宿爲隨合凡宿在月前月居宿後爲前合月在宿前宿在月後如犢隨母爲隨合宿月並行爲並合也景風曰凡天象之法西爲前東爲後如月在宿東宿在月西則是宿在月前月在宿後他皆倣此也頌曰

六宿未到名前合　十二宿月左右合
九宿如犢隨從母　奎宿直應當知耳

序宿直所生品第二

昴圖昴六星形如剃刀火神也姓其尼裴若食乳酪此宿直日宜火作煎煑計筭畜生合和酥藥作牛羊坊舍種蒔入宅伐逆除暴剃頭並吉若用裁衣必被火燒此宿直生人法合念善多男女勤學問有容儀性合慳澁足詞辯景風曰中國天文昴七星主胡兵西方之宿也然合案經文說星多不與中國相符覽者遮生疑惑今請依中國天文一一圖其星於脚下發讀之者高明則心無昧矣

畢圖畢五宿形如車鉢闍鉢底神也姓瞿曇食鹿肉此宿直日宜農桑種蒔修理田宅通決溝渠修橋道作諸安久之事不宜放債及出財納穀米若用裁衣女多饒事務此宿直生人法合多財産足男女性聰明好布施有心路省口語心意不䶢動行步如牛王有容

儀景風曰中國天文畢星主邊兵西方之宿也

觜圖觜三星形如鹿頭月神也姓婆羅墮闍食鹿肉此宿直日宜作舍屋及造旌纛牀帳家具入新宅嫁娶沐浴裝束入壇祭星曜除災害吉此日裁衣必被鼠咬此宿生人法合有名聞景行美容貌心肚鎮淨愛服藥必得力心口隱密舉動不輕躁爲人好法用愛禮儀中國天文觜三星主軍之士西方之宿也

參圖參一星形如額上黶曾達羅神姓盧醯底邪那食血此宿直日宜求財及穿地賣乳酪煮酥壓油及諸剛猛之事若用裁衣終慎鼠厄此宿生人法合猛惡梗戾嗜瞋好合口舌毒害心硬臨事不怯景風曰中國天文參十星主將軍西方宿

井圖井二星形如屋栿日神也姓婆私瑟吒食酥餅此宿直日宜惠施貧窮必獲大果凡有所作必得成就又宜祭天宜嫁娶納財唯不宜合藥食若用裁衣必相分離此宿生人法合錢財或有或無情愛聲名作人利官縱有官厄還得解脫受性饒病亦多男女高古義有急難若論景行稍似純直景風曰中國天文井八星主天門南方之宿也

鬼圖鬼三星形如餅蘗利訶駁撥底神也姓謨閣邪那食蜜麨稻穀華及乳粥此宿直日宜作百事名譽長壽若理王事及諸嚴飾之相拜官昇位入壇受鎮學密法吉若用裁衣有吉祥勝事此宿生人法合分相端正無邪僻足心力合多聞有妻妾豐饒財寶能檢校處分又親景風曰中國天文鬼五星主官僚南方之宿也

柳圖柳六星形如蛇神也姓曼陀羅邪食蟒蛇肉此宿直日宜作剛猛斷決伐逆除惡攻

城破賊吞害天下若用裁衣後必遭失此宿生人法合輭眼饒睡性靈梗戾嗜瞋不伏人欺又好布施亦好解脫躭著情事難得心腹景風曰中國天文柳八宿主廚膳之任南方之宿也

星圖星六星形如牆薄伽神也姓瞿必畧邪那食六十日稻此宿直日宜種蒔雜物不宜種五穀宜修宅舍祭祀先亡若用裁衣後必損失此宿生人法合愛諍競不能壓捺嗜瞋怒父母生存不能孝養死後方崇饗追念足奴婢畜乘資産有名聞善知識亦多惡知識一生之間好祈禱神廟景風曰中國天文星七星主衣服南方宿

張圖張二星形如杵婆藪神也姓瞿那律邪食乳粥此宿直日宜喜慶事求女婚娶修宅拜官作新衣受長客法學道承仙並吉若用裁衣必被官奪此宿生人法合足妻妾多男女出語愜人意甚得人愛少資財智策亦不多業合得人財景風曰中國天文張六星南方之宿也

翼圖翼二星形如趺利邪摩神也姓遏咥黎食粟蘇此宿直日所作皆吉宜田宅築牆穿壍修農業種蒔凡諸安久之事並吉若用裁衣後必更得此宿生人法合愛騎乘鞍馬駕馭車牛布施喫用觸處遊從爲人穩口語受性愛音樂景風曰中國天文翼二十二星主府縣事南方之宿也

軫圖軫五星形如毗婆恒利神也姓跋蹉邪那食乳粥此宿直日宜急速事遠行外國修理衣裳學藝業婚娶開園圃並吉此宿生人法合有諸寶物合遊歷州縣稟性嫉妬爲人少病能立功德兼愛車乘景風曰中國天文軫四星主車乘騎南方之宿也

角圖角二星形如長幢瑟室利神也姓僧伽

羅邪那此宿直日宜嚴飾造衣裳寶物錦繡之事覲兵行軍祭祀天神賞賜將士並吉若用裁衣終當逃亡此宿生人法合善經營饒六畜所作事多合又手巧所作愜人情只合有二男景風曰中國天文角二星主天門東方之宿也

亢圖亢一星形如火珠風神也姓蘇那食大麥飯菉豆酥此宿直日宜調象馬又宜教擊鼓婚娶結交種蒔並吉若用裁衣後必得財此宿生人法合統領頭首辯口詞能經營饒財物淨潔裝束愛喫用造功德足心力益家風景風曰中國天文亢四星主東方之宿也

氐圖氐四星形如角因伽陀羅祇尼神也姓邏怛利食烏麻雜華此宿直日宜種蒔五穀果木酒不宜起動房舍車馬之事若用裁衣多逢親識此宿生人法合有分相好供養天佛心性解事受性良善承君王優寵富饒財物利智足家口景風曰中國天文氐四宿主侵害東方之宿也

房圖房四星形如帳布密多羅神也姓多羅毗邪食酒肉此宿直日宜交婚姻喜慶吉祥之事及受戒律入壇受灌頂修仙道昇位並吉若用裁衣後必更裁此宿生人法合有威德足男女饒錢財合快活紹本族榮家風景風曰中國天文房四星主天道東方之宿也

心圖心三星形如階因陀羅神也姓僧訖利底耶那食粳米蔬乳此宿直日宜作王者所須事兼宜嚴服昇位登壇拜官試畜乘案摩理身修功德吉不宜出財及放債若用裁衣必遭死亡盜賊此宿生人法合處族衆得愛敬承事君王多蒙禮擢惡獎善運命耳景風曰中國天文心三星主明堂印政東方之宿也

尾圖尾二星形如師子頂毛伱律神也姓迦底那食乳果華草此宿直日宜沐浴厭呪置宅種樹合藥散阿伽陀藥并入壇並吉若用裁衣必遭爛壞此宿生人法合足衣食多庫藏性慳澁志惡戾諍競合得外財力性愛華藥景風曰中國天文尾九星主後宫士東方宿也

箕圖箕四星形如牛步水神也姓婆那尼食瞿阿紺苦味此宿直日宜穿地造舍開渠水種華藥修園圃醞酒醬吉若用裁衣後必得病此宿生人法合遊涉江山經營利潤爲人耐辛苦立性好婬逸婦女饒病愛酒景風曰中國天文箕四星主姤東方之宿耳

斗圖斗四星形如象步毗説神也姓毗邪羅那食蜜麵稻華此宿直日宜著新衣及安久之事置庫藏修理園林造車乘營田宅寺宇作兵器並吉若用裁衣多得美味此宿生人法合愛鞍馬歷山林愛祈禱祀結交賢良多技能足錢財景風曰中國天文斗六星主江湖北方之宿也

牛宿吉甚吉祥其宿三星形如牛頭風梵摩神也姓奢拏邪那食乳粥香華藥此宿生人法合福德所作不求景風曰案天竺牛宿爲吉祥之宿每日午時直事敬天以午時爲吉祥之時也瞿曇氏以歷年者牛宿吉祥女圖術是也今泥牛星又與中國亦別案中國天文牛宿六星開渠河北方之宿也

女圖女三星形如梨格毗藪幻神也姓目揭連邪那食新生酥及鳥此宿直日宜爲公事置城邑立卿相發兵造戰具并學技能穿耳理髮案摩並吉不宜初著新衣或因之致死又不宜諍競若用裁衣必足病此宿生人法合足心力少病好布施守法律勤道業榮祖宗景風曰中國天文女四星主苑府土北方之宿

虛圖虛四星形如訶棃勤婆娑神也姓婆私迦邪食於大豆喻沙和上云水乳煮如狀爲喻沙相也此宿直日宜建急事學問及沐浴乞子法供養婆羅門置城邑營兵馬及初著新衣嚴飾冠帶並吉若用裁衣多得粮田此宿生人法合足穀多貯積長命富勝蒙君王寵愛又好饗禱神廟終多快樂不合辛苦景風曰中國天文虛二星主宰相位北方之宿也

危圖危一星形如華穩婆魯拏神也姓冊茶邪食羝羊肉此宿直日宜合藥避病穿池種麻商人出行納財造船醞酒並吉若用裁衣必遭毒厄此宿生人法合嗜酒耽婬耐辛苦心膽硬與人結交必不久長無終始又能處分事務解藥性多瞋景風曰中國天文危三星北方之宿也

室圖室二星形如車轅阿醯多陀難神也姓闍邪食一切肉此宿直日宜爲剛猛事勘逐罪人捕姦捉非若爲吉事不宜若用裁衣必遭水厄此宿生人法合決猛惡姓嗜瞋愛劫奪能夜行不怕處性輕躁毒害無慈悲景風曰中國天文室二星主宗廟北方之宿也

壁圖壁二星形如立竿尼陀羅神也姓瞿摩多羅食大麥飯酥乳此宿直日宜造城邑婚娶永久長壽增益吉慶不宜南行若用裁衣多得財物此宿生人法合承君王恩寵爲性慎密慳澁有男女愛供養天佛亦好布施不多愛習典教景風曰中國天文壁二星主圖書祕法北方之宿也

奎圖奎三十二星形如小艇補涉神也姓曼荼鼻邪食肉及飲此宿直日宜造倉庫及牛馬坊校筭畜牧醞酒鎔糟冠帶出行並吉若用裁衣必得寶器此宿生人法合有祖父產

業及有經營得錢財總合用盡後更得之事無終始爲性好布施亦細澁業合遊蕩足法用慕善人作貴勝律儀之事無終始賞男女愛教學典教景風曰中國天文奎十六星主武西方之宿也

婁圖婁三星形如馬頭乾闥婆神也姓説邪尼食烏麻雜菜此宿直日宜爲急速之事合和服藥內牛馬吉若用裁衣必增益衣服此宿生人法合多技能少疾病好解醫方性好和合布施足田疇多遊從合事君王受性勤公務稟志愼密景風曰中國天文婁三星主棟苑西方之宿也

胃圖胃三星形如三角閻摩神也姓婆栗及婆食烏麻稻米蜜肉此宿直日宜爲公事及王侯修善事並吉用剛猛伐逆取叛除凶去姦非並吉若用裁衣必損減資福此宿生人法合膽硬惡性靈耽酒嗜肉愛驅策劫奪彊暴稟志輕躁足怨敵饒男女多僕從景風曰中國天文胃三星形如角主兵軍西方之宿也

凡畢翼斗壁爲安重宿此等直日宜造宮殿伽藍館宇寺舍種蒔修園林貯納倉庫收積穀米結交朋友婚姻策命時相造家具設學供養入道場及安穩并就師長入壇受灌頂法造久長之事並吉唯不宜遠行索債舉保進路造酒剃頭翦甲博戲若此宿生人法合安重威肅正福德有大名聞

凡觜奎爲和善宿此宿直日宜入道門學藝習真言結齋戒立道場灌頂造功德設音樂及吉祥事喜慶求婚舉放對君王縧將相冠帶公行服藥合和並吉若此宿生人法合柔輭溫良聰明而愛典教

凡參柳心尾爲毒害宿此等宿直日宜圍城

破營設兵掠賊災陣破敵劫盜摴蒲射獵並吉若此宿直日生人法合慘毒剛猛惡性

凡鬼軫婁爲急速宿此等宿直日宜放債貸錢買賣交關進路出行調六畜習乘鷹鷂設齋行道入學受業服藥入道場受灌頂市買並吉此宿生人法合剛猛而捷疾有筋力

凡星張箕室爲猛惡宿此等宿直日宜守路設險劫掠相攻摴蒲博戲造兵謀斷決囚徒放藥行酪射獵祭天祀神承兵威並吉此宿生人法合凶害猛殺宜捨身出家作沙門

凡井亢女虛危五星爲輕躁宿又爲行宿此等宿直日宜學乘象馬騎射馳走浮江汎舟奉使絕域和國入蕃又勸行禮樂揀閱兵馬種蒔造酒合和藥並吉此宿生人法合澆薄不然則貿直平穩

凡昴氐爲剛柔宿此等宿直日宜鍛鍊爐冶修五行家具及造瓦買賣之事又宜設藥送葬鑽鍊酥乳計筭畜生入宅王者作盟會並吉此宿生人法合爲寬柔而猛君子之人流也景風曰今經文言語多有中國之俗如摴蒲戲和國入畨之類並是飜譯言譯西國東語族覽之者悉之不以文害意者也

序三九祕宿品第三

一九之法

命宿 榮宿 衰宿 安宿 危宿
成宿 壞宿 友宿 親宿

二九之法

業宿 榮宿 衰宿 安宿 危宿
成宿 壞宿 友宿 親宿

三九之法

胎宿 榮宿 衰宿 安宿 危宿
成宿 壞宿 友宿 親宿

此法以定人所生日爲宿直爲命宿爲第一次以榮宿又次衰宿及安宿危宿成宿壞宿

友宿親宿如是九宿爲一九之法其次則次業宿爲首以下九准前爲二九之法次即以胎宿爲首以下九准前三九之法而周二十七宿衆爲祕密景風曰假如有人二月五日生者其人屬畢宿爲第一命宿以次觜宿爲榮宿參爲衰宿井爲安宿鬼爲危宿柳爲成宿星爲壞宿張爲友宿翼爲親宿軫爲業宿角爲榮宿亢爲衰宿並同友直如女胎宿虛爲榮宿已下准前是爲三九之法他皆准此

三藏云凡與人初結交者先須看彼人宿命押我何宿又看我命宿押彼人何宿大抵以榮成友親爲善堪結交自餘並惡不可與相知以爲祕法耳景風曰案太史有舊飜九執宿命占殊未有此法今則新譯庶用傳之流行萬代耳

凡命胎宿直日不宜舉動百事業宿直日所作皆吉祥衰危壞宿日並不宜遠行出入及遷移買賣裁衣剃頭翦甲並不吉壞日又宜禳鎮降伏怨讎及討伐暴惡安日移動遠行修園宅卧具作壇場並吉危日宜結交婚姻歡會宴聚吉成日修門道合藥求仙吉友親日宜結交朋友大吉凡日月直星没犯逼守命胎之宿此人是厄會之時也宜修功德持眞言念誦立道場以禳之若犯業宿及榮安成友親等宿並所求不遂百事迍邅亦宜修福念善若犯衰危壞等宿者則所求稱意百事通達景風曰凡欲知五星所在者天竺曆術推知何宿具知也今有迦葉氏瞿曇氏拘摩羅等三家天竺曆並掌在太史閣然今之用多瞿曇氏曆與大術相參供奉耳

序七曜直品第四

夫七曜日月五星也上曜子天神六直人所以司善惡而主理吉凶也行一日一易七日一周周而復始直神善惡言具說之耳景風曰推求七曜直日法今具在此經卷末第八歷筭法中具備足矣

日精曰太陽太陽直日宜策命拜官觀兵習戰持直言行醫藥放羣牧遠行造福設齋祈神合藥内倉庫入學論官並吉不宜諍競作誓行姦對陣不得先起若人此曜直日生者法合足智策端正美貌孝順短命若五月五日得此曜者則其歲萬物豐熟若有虧蝕地動者則萬物莫實不千日爲殃

月精曰太陰太陰直日宜造功德成就作喜樂僚教女人裁衣服造家具安牀穿渠修井竈買賣財物倉庫内財洗頭割甲著新並吉不宜婚嫁入宅結交私出行大凶奴婢逃走難捉得囚繫者出遲不宜殺生及入陣並凶此日生人合多智策美貌樂福田好布施孝順若五月五日得此曜者歲多疾病秋足霜冷若有虧蝕地動者則歲中饒疾死

火精曰熒惑熒惑直日宜決罰罪人國取盜賊作欺誑事買金寶牛羊動甲兵修戎具教旗剋賊必勝訴先起合藥種蒔割甲結婚不得出財徵債禁者難出病者必死若此直日生人法合醜陋惡性妨親害族便弓馬多瞋若五月五日得此曜者則歲中多諍競若虧蝕地動者則歲中多有兵馬損傷

水精曰辰星辰星直日宜入學事師長學功技能攻城又宜舉債公行怨敵伏讎得財唯不宜修造宅舍對戰鬬敵作賊妄語並凶被囚者即後必有陰謀説動當時若五月五日得此曜者則歲中有水災虧蝕地動則百物不熟人多瘴癘耳

木精曰歲星歲星直日宜策命使王及求善知識并學問禮拜修福布施嫁娶作諸吉事

請謁及結交入宅著新衣沐髮種果木調伏象馬買奴婢並吉若爲凶事則大凶若人此日生者法合貴重榮禄若五月五日得此曜者歲中豐熟若有虧蝕地動則公王必死

金精曰太白太白直日宜見大人官長沐浴冠帶求親結婚良友置饌宜入宮室並吉逃亡難得畋獵并戰不吉若人此日生者法合短命好善人皆欽慕若五月五日得此直日者則歲中驚擾之事若虧蝕則六畜多損傷耳

土精曰鎮星鎮星直日宜修園圃買賣田地口馬合藥伏怨放火立精舍作井竈吉唯不宜結婚冠帶及公行若人此日生者法合足聲名少孝順信朋友若五月五日得此直者則合歲中多土功若虧蝕地動則國中人民不安泰景風曰茫茫造化乃爲陰陽精曜運天虛神直地吉凶之應唯人信之故譯出此法萬代祕密經庶傳習者幸無謬矣凡人公行不得面衝七曜若衝當日曜遭大厄若衝月曜親眷多傷若衝木曜家人背心若衝土曜女有死厄若衝金曜則災祥併至乃爲頌曰火日月建德貴神眷歲背鎮死金衝併至

祕密雜占品第五

凡如七曜運文犯著人六宮宿者必有災厄一者命宿二者事宿三者意宿四者聚宿五者同宿六者克宿從命數第十爲事宿第四爲意宿第十六爲聚宿第二十爲同宿第十三爲克宿景風曰有人屬婁宿者而數得畢爲意宿第十得星宿則爲事十三得軫則軫爲克宿也他皆准此數之即得也若七曜犯命宿則亡失錢財必多災厄若犯事宿則招殃咎若犯意宿則必多愁苦若犯聚宿則亡失財囚閉若犯同宿則離坼不安家口衰耗若犯克宿亡財失官勢力衰損若

七曜總不犯此六處者則所爲皆得景風曰三九秘宿相參皆須共然後定灾厄也頌曰

十事規求鎮不來　四意愁煩困惱也
十六聚失災厄形　二十同路相乖背
十三尅挫勢力名

七曜與此宿不犯者則百惡澄清

凡日在本宮及第三第六第十位爲果大吉熒惑守本宿大有災厄耳月在本命宮及第六第七第三宮即果吉歲星與氐第三第七劣九宮者吉辰與氐第四第十宮者並吉太白在本命宮者合有大厄凡人有災厄時可持眞言立道場而用禳之

若有人不記得本所屬宿而來問疾者何以答之曰皆先須看人初來之時觸著處而斷之則可知耳若觸頭者則屬昴宿若先觸頟者則屬畢宿若先觸眉者屬觜宿若先觸眼者則屬參宿若觸兩頰及耳者則屬井宿若先觸牙及骨者則屬鬼宿若觸齒者則屬柳宿若觸項者則屬星宿若觸右肩者則屬張宿若觸左肩者則屬翼宿若觸手者則屬軫宿若觸頦頤者則屬角宿若觸缺盆及項骨上者則屬亢宿若觸臆者則屬氐宿若觸右臂者則屬房宿若觸左臂者則屬心宿若觸心脾骨者則合屬尾宿若觸左脅者則屬箕宿若觸右脅者則屬斗宿若觸臍者則屬牛宿若觸腹肚者則屬女宿若觸小腹下者則屬虛宿若觸胯腿及後分者則屬危宿若觸右腿脞者則屬室宿若觸左腿脞者則屬壁宿若觸膝胻者則屬奎宿若觸脛者則屬婁宿若觸脚者則屬胃宿景風曰若人不得本生月日者則知本所

屬宿用此法以定之和尚以此法門爲秘密耳

凡軫星太陽直畢宿太陰直星宿土直井宿火直柳宿水直鬼宿木直房宿金直此等七日名爲甘露吉祥日宜學道求法受密印及習真言凡尾宿太陽直女宿太陰直壁宿水直昴宿火直井宿木直張宿金直亢宿土直此等七日名爲金剛峯日宜降伏魔怨持日天子真言凡胃宿太陽直鬼宿太陰直翼宿火直參宿水直氐宿木直奎宿金直柳宿土直右此等七日名爲羅刹日不宜舉動百事唯射獵及諸損害之事也

序黑白分品第六

凡月有黑白兩分從一日至十五日爲白月分從十六日至三十日爲黑月分每月白月一日三日五日七日九日十一日十三日黑月一日三日五日七日九日十一日十三日所向皆成就名爲吉祥日

又白月四日夜八日晝十一日夜十五日晝黑月三日夜七日晝十日夜十四日晝爲凶惡時所作不成就

又白月二日六日九日十二日又黑月六日九日十二日十四日此等平平時隨立宿曜爲吉凶

又黑月四日十一日夜八日十五日晝白月三日十日夜七日十四日晝凶惡氣生時所及招殃咎

凡凶惡之日日中已後却成吉時凶惡之夜夜半已後却成吉時乃爲頌曰

一三五七九　十一與十三　於二白黑分
所作皆成就　黑三夜七晝　十夜十四晝

白四夜八晝　一夜十五晝　於此白黑分
晝夜不成就　日中夜已後　所求皆成就

序日名善惡品第七

從一日至十六日（景風曰一日即是白月之一日也十六日即黑月之一日也今恐讀者難會故略云黑白之言直截日數之爾）名爲建名日梵天宜爲業善學道求仙及事師尊宿並吉唯不宜遠出行耳

凡二日十七日名爲得財日爾造化神宜合藥按摩工巧出行結交婚親增益田宅並吉

凡三日十八日名爲威力得日（那羅延下）宜摧敵除逆習戰畜獸辯訓下人營田種蒔大吉

凡四日十九日名爲猛武日（閻羅天下）宜作惡業殺害殘賊摧伏叛逆則吉爲善事却凶

凡五日二十日名圓滿日（日天子下）宜爲善業修營牀帳及車乘衣服營田宅結婚並吉

凡六日二十一日名爲求名日（童子神下）宜爲久長安定事營宅宇寢廟及建國邑伽藍牛馬坊廐等並吉不宜出行凡七日二十二日名爲友朋日（北斗天下）宜結交慶喜安定和藥王者初服及造旌旗帷帳並吉唯不宜遠行

凡八日二十三日名爲大戰日（婆藪天下）宜爲力用之事造兵仗城壘穿壕塹並吉

凡九日二十四日名爲凶猛日（毗舍闍鬼下）宜圍城縛敵進途伐逆不宜入宅及削髮並凶

凡十日二十五日名爲善法日（善法神下）宜安久之事及急速飛捷穿鑿井竈修道作功德伽藍順法之事並大吉

凡十一日二十六日爲慈猛日（自在天下）宜新立宅舍營建城廟館宇廐坊及設火祭祀天神並吉

凡十二日二十七日爲名聞日宜作久長安國之事及車乘倉庫並吉唯不宜放債

凡十三日二十八日爲最勝日大魔王下所作皆急速皆吉及著衣服華鬘金玉裝畫又宜嫁娶修車乘入壇場學法求道吉

凡十四日二十九日爲勇猛日藥叉大將下宜擒縛掩捕詭詐相謀害大吉唯不宜遠行凶

凡十五日三十日名吉祥日鬼靈神下宜祭先亡作婆羅門大祭求福布施供養師僧尊長學戒善事求法大吉

文殊師利菩薩及諸仙所說吉凶時日善惡宿曜經卷上

音釋

枵虛驕切歲在子曰玄枵 鑰弋約切鍉鑰也 纛徒屋切軍中大旗也 栿房六切梁也 蘖魚列切 麨尺沼切乾糧也 愜詰叶切快也 咥徒結切 摴蒲摴抽居切蒲薄胡切摴蒲博戲也 [衤厭]幺琰切褤也 邅諸延切迍邅行不進貌 瘴癘瘴之亮切癘郎計切瘴癘疫病也 頦何開切頤頷也 胜部禮切股也 痾苦何切髁骨也 壘魯猥切軍壁也

文殊師利菩薩及諸仙所說吉凶時日善惡宿曜經卷下

宋內供奉三藏沙門不空奉　詔譯

弟子上都草澤楊景風修註

西國每一月分爲白黑兩分入月一日至十五日爲白月分以其光生漸明白之謂也入月十六日至三十日爲黑月分以其光減損暗黑之謂也文殊師利菩薩說時日偈云

一三五七九　十一與十三　於二黑白分所作皆成就　黑三夜七晝　十夜十四晝白四夜八晝　一夜十五晝所謂一夜者十一夜也勒頌者貴省文也　於此黑白月　晝夜不成就日中及中夜　已後皆通吉

擇日

每入月一日十六日三日十八日五日二十日七日二十二日九日二十四日十一日二十六日十三日二十八日已上是吉日所作吉祥事必成就

擇時

入月四日夜八日晝十一日夜十五日晝十八日夜二十二日晝二十五日夜二十九日晝已上日晝夜之時所作皆不吉爲事不成惡猶不可作何況善事如於鹹鹵之地種物不生

入月二日六日九日十二日十四日十七日十九日二十一日二十三日二十四日二十七日三十日

已上平日若與好宿好曜并者即吉如與惡宿曜并者即凶夫凶惡晝日中已後通吉用凶惡夜夜半已後亦通吉用

白黑月所宜吉凶曆

每月一日十六日梵云鉢闍鉢底下此云梵王下是建名日宜爲善業學伎藝苦節修行布施等事及作愛敬增益長久定事並吉不宜遠行

二日十七日是得財日梵云苾利訶馺鉢底神下此云造化神下宜按摩合藥作工巧法遠行進路結交婚姻

三日十八日是威力日梵云毗紐神下亦云那羅延天下宜摧敵除逆調習象馬四足諸畜等及訓獎惡人下賤之類營田種蒔有大爲作事皆吉十八日夜惡中夜已後還吉

四日十九日是猛武日梵云閻謨神下作惡業日是殺害日與一切不善事殘酷業皆惡相應宜摧敵破逆吉餘並凶四日夜不吉中夜已後吉

五日二十日是圓滿日梵云蘇謨神下此云月天子下宜修福善業作卧具牀座衣服莊飾物及車轝等物營田宅結婚姻凡諸慶樂事並吉

六日二十一日是求名日梵云摩羅神下此云童子天下宜諸久長安定之事營田宅及天廟福舍伽藍建城邑立牛馬等諸畜坊廄並吉不宜遠行進路

七日二十二日是朋友日梵云七娑怛沙邪仙神下此云北斗下宜結朋友安定之事王者服新衣及纛幟牀座卧具大寶嚴飾之物並吉二十二日晝惡午後吉

八日二十三日是力戰日梵云婆娑善神下宜力用之事宜修造攻戰之具置邊衝險固城壘穿壕塹調乘象馬等事並吉八日晝惡

午後吉

九日二十四日是凶猛日梵云嚕達囉尼神下宜圍城縛敵進途伐逆取毒不宜入宅修理髮凶

十日二十五日是善法日梵云蘇達謨神下此云善法神下宜作久長事及急速事置井穿鑿坑塹行法修道人作功德福舍伽藍凡諸順法及愛敬等事皆吉二十五日夜不吉半夜巳後通吉

十一日二十六日是慈猛日梵云嚕捺嚧神下此云自在天下宜新立宅舍營天廟城邑官曹館室伽藍殿塔及火祭室功德福舍並吉十一日夜惡中夜後還吉

十二日二十七日是名聞日梵云阿逸都神下此云日天子下宜作久長安定事及修葺輿嚴飾頭髮置倉生藏等吉不宜放債取債

十三日二十八日是最勝日梵云鉢折底神下此云天魔神下所爲急速事修衣服華鬘金寶嚴飾等事又宜愛敬之事取婦人及乘車輿等並入壇場習行道術並吉

十四日二十九日是勇猛日梵云藥葯神下宜往擒縛相詭誑事暴虐惡人作非法之物宜行詐妄詭誘怨敵彼必信受不宜遠行進路二十九日晝惡午後吉

十五日三十日是吉相日梵云必多盧神下此云鬼靈神下宜祭先亡宜作婆羅門大祠求安隱法及布施供養父母尊者諸天持齋戒施食及諸祭祠吉十五日晝惡午後吉

右每月日所宜用吉凶如前必審用之萬不失一其晝夜善惡並如前嘉釋二十七

宿十二宫圖

唐用二十八宿西國除牛宿以其天主事之故十二宫猶唐十二次又説云西國以子丑十二屬記年以星曜記日不用甲子者以宿曜於人尤切於事允當故經云日有一倍力宿有四倍力曜有八倍力好時之力萬倍爲

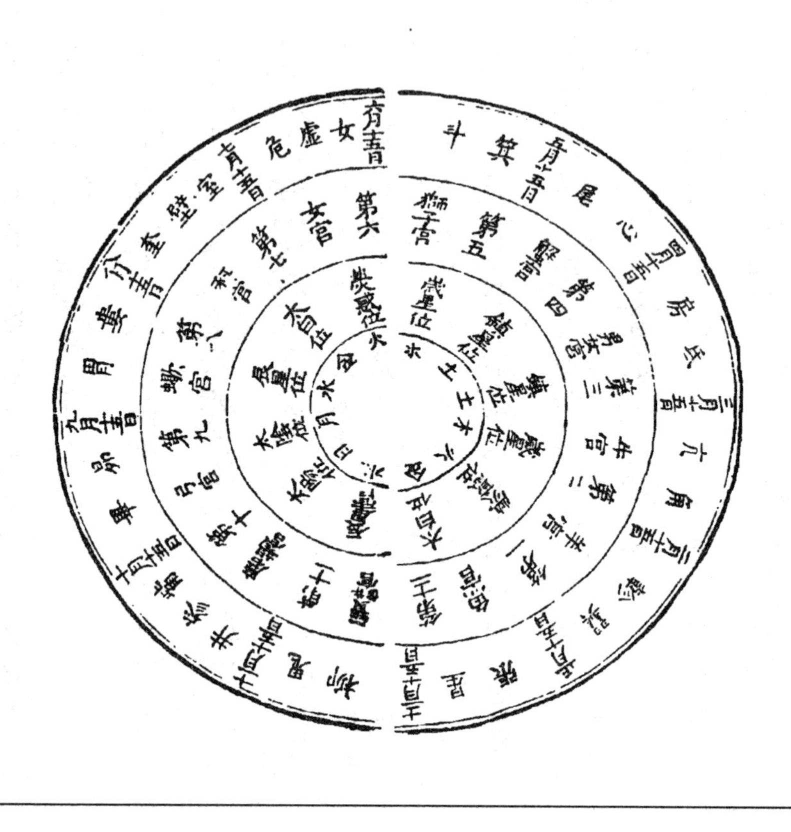

西國皆以十五日望宿爲一月之名故二月爲角月西國以二月爲歲首以其道齊景正日夜停分時淑氣和草木榮茂一切增長故梵天折爲曆元三月名氐月四月名心月五月名箕月六月名女月七月名室月八月名婁月九月爲昴月梵語昴星名迦提迦西國五月十五日雨安居至八月十五日滿已後五月十五日滿已後至九月十五日已來自恣故號爲迦提但取星名而已今中國加提即是事而妄者別爲訓釋蓋大謬焉十月名觜月十一月名鬼月十二月名星月正月名翼月夫欲知二十七宿者日先須知月望宿日欲數一日至十五日已前白月日者即從十五日下宿逆數之可知欲知十六日已後至三十日即從十五日下宿順數即得但依此即定假如二月十五日是角日十四日是軫日十三日是翼日若求十五日已後者即十五日是角日十六日是亢日十七日是氐日他皆倣此

夫欲求人所屬宿者即於圖上取彼生月十

五日下宿從此望宿逆順數之至彼生日止
則求得彼人所屬宿也
又法略算求人本命宿先下生日數又虛加
十三訖即從彼生月望宿用上位數順除數
盡則止即得彼人所屬命宿假令有人二月十七日生者則先下十七爲位又虛加十三共得三十即從二月望宿角亢氐房二十七宿一周法除之訖餘三筭即角餘一亢餘二氐餘三則彼人是氐宿生他皆倣此
夫取宿直者皆月臨宿處則是彼宿當直又
月行有遲疾宿月復有南北前後隨合如何
可知則以後頌言求之可解頌曰
六宿未到名合月　十二宿月左右合
九宿如犢隨母行　從奎宿數應當知
頌言六宿未到名合月者則從奎婁胃昴畢
觜此六宿月未至宿月則名彼宿直也十二
宿月左右合者即參井鬼柳星張翼軫角亢
氐房等此十二宿日臨彼宿上及前後南北
並取屬彼宿用得也九宿如犢隨母行者則
配月爲母配宿爲犢則月居宿前宿居月後
如犢母之像也當以此頌復驗之於天則宿
日用之無差此皆大仙密説也

二十七宿所爲吉凶曆

昴宿宜火作煎煑等事檢算畜生印畜生融
酥和合作牛羊諸畜坊舍及牧放入温室種
蒔黃色赤色等物入宅及石金作等吉宜伐
逆除怨作剃翦之具賣物求長壽求吉勝事
不宜修理鬢髮及遠行道路宜莊飾冠帶佩
服金雕等寶物
畢宿宜農桑種蒔修田宅嫁娶作厨舍作倉
作畜生舍通決渠河修橋梁作諸安定之事
作衣服並吉不宜取債放債宜納穀及酒食

雜物不宜生財觜宿作急要事及和善事並吉宜種蒔白汁樹草等又宜王者作舍作蠹牀座又入新宅嫁娶修理髮洗浴作求吉勝法著新衣嚴飾作喜樂調畜生作除災謹身呪術壇場之法祭星曜作髻並吉

參宿宜求財及諸剛嚴事穿池賣有乳畜生造熟酥壓油代酒壓甘蔗種甘蔗畋獵及置關津等

井宿有所惠施必獲大果有所置事必成就宜作諸祭法婆羅門祭天法宜嫁娶及納婦人必子息繁盛此宿所作事皆成吉唯不宜合藥服

鬼宿所作皆吉求聲譽長壽若爲生事及諸端嚴相將其服拜官勝位有所爲求並皆吉祥福德增長又宜遠行進路修理髮著新衣及洗浴等事並吉

柳宿宜嚴飾事是伐逆圍城掩襲討潛竊詭誓詐敵人時此宿雨者必蚊蛸苗稼滋盛吉

星宿凡諸種蒔皆吉唯不宜種氍宜取五穀等種芸薹又宜修宅祭先亡將五穀入宅作諸住定業並吉亦宜修理鬢髮

張宿宜喜慶事求女嫁娶修理宅作衣服嚴飾物作愛敬法等並吉

翼宿所作皆吉置宅垣牆穿壕作市作城邑作車輿修農商業種蒔嫁娶凡作諸安定之事並吉

軫宿宜諸急速事遠行向外國修理鬚髮取象調象乘象學技藝求女嫁娶服著衣裳穿池修園圃造垣牆等吉除蕩竊逆南行大吉

角宿宜嚴飾事取雜色衣作安膳那服藥及

取珊瑚金銀赤銅摩尼金剛諸寶物等諸珍帛物王者嚴服觀兵及進路作求安隱祭祀天神寳賜將士金銀百穀衣物入城作華鬘卧具歌舞詠唱并餘技藝等並吉

亢宿宜調馬騾驢等必易馴快利宜教擊諸鼓樂等嫁娶結朋友宜發遣怨讎不宜自行動宜種蒔樹木種穀小豆大豆烏麻等皆吉

氐宿宜作農具種大麥小麥稻粟等并種蒔諸果樹並吉凡諸有大爲作事並不可作宜醞酒漿宜種氍毦栽樹甘蔗等並吉

房宿宜結朋友婚姻凡和諸善事喜樂吉祥事交好往還及攝情受戒布施發使置官修道學藝工巧等吉

心宿宜作王者所須事亦宜嚴服昇位及取捉象馬調乘諸畜等宜按摩必得身分潤滿宜事王者及取左右驅使人等宜修鬢髮作農桑業唯除營功德事自餘不可輒出財與人及放債凶

尾宿宜作服著事蒔樹種根及取煎吉又宜剛嚴事洗浴除滅厭呪種壓蒲萄甘蔗置宅置藏作愛喜事合湯及散阿伽陀藥并壇場事並吉

箕宿宜剛嚴事又掘溝渠穿池井通決河流種水生華及根實者修園圃醞酒漿及作橋梁等並吉

斗宿宜著新衣及安久事置藏修理園林造車輿等乘載之物營田宅城邑福寺舍等作戰具及諸用物並吉

女宿凡爲公事皆吉出城外發教命除逆敵置城邑立宰輔發兵作戰具取與及呈學技

藝穿耳修理鬢髮按摩並吉不宜著新衣及競財穿池等宜供養尊者諸天父母及諸貴勝

虛宿宜諸急速事宜學問及夜欲作求子法其法不宜畫作主產闍官宜供養婆羅門置城邑及置兵官財等又宜還人財物賣畜生著衣著莊嚴具作商業新置技藝並吉

危宿宜合藥取藥服藥置藥並大吉又宜嚴峻破惡之事穿河池等及種麻豆等發遣商人納財置吏取醫置藏造舟船醖酒漿等及沽賣商販吉不宜出財

室宿宜作端嚴事勘逐罪非除滅光逆誑詭敵人諸事並不宜作

壁宿宜作求長壽增益法不宜南行宜造城邑取衣取財嫁娶婚姻等喜善事皆吉

奎宿取珍寶宜造倉庫及牛羊坊校算畜生造酒融酥及作堤堰研眼藥著新衣服飾莊嚴遠行進路作和善事急速事並吉

婁宿宜諸急速事與藥取藥調乘象馬及出賣等並吉

胃宿宜爲公事及王者之善事亦宜作嚴整之事伐逆除光并調訓在下及馬等畜生並吉

安重畢翼斗壁此四是安重宿宜造莊宅宮殿寺觀義堂種蒔栽接修立園林貯納倉庫收積穀麥結交投友成禮爲婚冊君王封將相授官榮錫班職造裝具設齋供入道修行及祈安穩并就師學入壇場受灌頂造一切久長事務悉須爲之皆吉唯不宜舉債充保遠行進路造酒剃毛髮除爪甲結仇嫌懷讎

隙習婬慾學樗蒱等並凶
和善觜角房奎此等四是和善宿宜入道門學技藝能習呪法結齋戒入壇受灌頂建功德設音樂吉祥事慶善業成禮求婚還錢舉債見君王參宰相服飾新衣裳冠帶好珠寶作交關營家業進途結親友服湯藥醫療服造一切穩善事務悉須爲之吉
毒害參柳心尾此等四是毒害宿宜圍城破營徵兵喫賊欺誑鬭爭列陣交鋒申決烈破和合行盜劫設誓樗蒱博戲造械具戰具鬬兵馬點募健兒採覘寇敵斬決兇逆誅戮罪人施毒藥施磣害調習象馬練漉鷹犬一切猛浪事務悉須爲之吉其尾宿日宜種蒔苗稼栽接樹木營造宅屋立園林一切嚴固鬭競剛柔猛浪辛苦等事並宜作之

急速鬼軫牛婁此四是急速宿宜放錢貸債買賣交關行途進路往使征伐賈客上道商主過磧調伏畜生教習鷹犬設齋行施習讀經書教人典誥學諸技能服食湯藥并受佩持護身之術竪幢建旌麾造扇障營蓋傘入壇場受灌頂騎象馬乘轝一切事務悉須爲之
猛惡胃星張箕室此五是猛惡宿宜守路嶮行劫行盜構鬭端起設誑博戲樗蒱彊梁侵奪姦非淫穢圍城斫營造械具戰具畫兵謀放毒藥施磣害斬決怨敵誅戮罪逆禳祭星辰祈禱軍福一切艱難事務悉須爲之又張宿宜作愛敬法又其箕宿宜鑿井穿坑塡水渠開河路一切勞擾事務悉須爲之
輕井亢女虛危此等五是輕宿或名行宿宜

學乘騎象馬驢騾駝騕及水牛等諸畜調習野獸并捉乘騎汎舟繫棹渡水浮江奉使聘域說敵和死徵納庸調收斂租稅觀音樂看大禮買賣興販營造車乘點閱兵士一切輕捷事務悉須爲之又其危井宿直宜營稼穀造酒醴穿坑通決河渠合湯藥並吉

剛柔昴氐此二是剛柔宿或名平等宿兼善惡帶剛柔辛苦之務穩善之事悉須爲之又宜鍛鍊鐵銷鑠金銀打釵釧鈿環珮造作五行調度燒餅瓦器設齋造葬焚屍埋殯鑚燧變火擊酪出酥壓蒲萄搦沙糖放牛行禮遣馬逐羣檢幸廐牧點數畜生造軍器械具從域出莊返城移入新宅棄卻舊墟室筈責非爲決戮罪過并王者盟誓結信一切如此事務悉須爲之吉又其氐宿宜種蒔華藥栽接樹木吉

行動禁閉法

日屬軫宿不得向北路行縱吉時亦不可行

日屬女宿不得向東路行縱吉時亦不可行

日屬鬼宿不得向西路行縱吉時亦不可行

日屬婁宿不得向南路行縱吉時亦不可行

第七秤宮取角亢日東行大吉　第十一鉼宮取危室日東行大吉

第五獅子宮取星張日西行大吉　第九弓宮取箕斗日西行大吉

第八蝎宮取房心尾日南行大吉　第十二魚宮取壁奎日南行大吉

第六女宮取翼軫日南行大吉　第四蟹宮取鬼柳日南行大吉

第三男女宮至參井日東行吉　第十摩竭宮至女虛日南行大吉

第一羊宮至婁胃昴日西行大凶　第二牛宮至畢觜日比行大吉

右犯此辰宿日越路發行兵馬人衆不免輸他損失

裁縫衣裳服著用宿法

昴必火燒畢饒事務觜必鼠咬參必逢厄井必相分鬼必吉祥柳必棄失星必喪服張必官奪翼必獲財軫必恒久角必安隱亢得美食氐必覩友房必益衣心必盜賊尾必壞爛箕必得病斗得美味女必得疾虛必得粮危必毒厄室必水厄壁必獲財奎必獲寶婁必增衣胃必減衣

虛奎鬼弁婁畢軫　角亢氐房翼斗壁

此以上宿可裁縫　衣著衣裳並大吉

三九祕要法

初九畢命觜榮參衰井安鬼危柳成星壞張友翼親

二九軫　角　亢　氐　房　心　尾箕　斗

三九女　虛　危　室　壁　奎　婁胃　昴

三九法者皆從本所屬宿爲初九第一命宿依次第二爲榮宿第三衰宿第四安宿第五危宿第六成宿第七壞宿第八友宿第九親宿即初九一行也次第十宿爲二九行頭爲業宿第十一復爲榮宿第十二衰宿第十三安宿第十四危宿第十五成宿第十六壞宿第十七友宿第十八親宿即是二九行了次第十九宿即爲三九行頭爲胎宿第二十爲榮宿第二十一衰宿第二十二安宿第二十三危宿第二十四成宿第二十五壞宿第二十六友宿第二十七親宿即三九行了

此則是二十七宿周而復始是爲三九之法

三九之法宿者祕要之術所欲興事營求入

官拜職移徙遠行所爲所作一一自看從巳身所屬宿今日復是何宿於三九中復善惡如何與我本生宿善惡相宜否如是勘巳即看後占若榮宿日即宜入官拜職對見大人上書表進獻君王興營買賣裁著新衣沐浴及諸吉事並大吉出家人剃髮割爪甲沐浴承事師主啓請法要並吉

若安宿日移徙吉遠行人入宅造作園宅安坐卧牀帳作壇場並吉

若危宿日宜結交定婚姻歡宴聚會並吉

若成宿日宜修道學問合和長年藥法作諸成就法並吉

若友宿日親宿日宜結交定婚姻歡宴聚會並吉

若命宿日胎宿日不宜舉動百事值業宿日所作善惡亦不成就甚衰

若危壞日並不宜遠行出入移徙買賣婚姻裁衣剃頭沐浴並凶

若衰日唯宜解除諸惡療病

若壞日宜作鎮厭降伏怨讎及討伐沮壞姦惡之謀餘並不堪

此所用三九法於長行曆縱不是吉相巳身三九若吉但用無妨

又一説云命宿胎宿危宿壞宿此宿日不得進路及剃髮裁衣除爪甲並凶

夫五星及日月陵犯守逼命胎之宿即於身大凶宜修功德造善以禳之若陵逼業宿者及榮安成友親之宿即所求不遂諸途迍坎亦宜修福福者謂入灌頂及護摩并修諸功德如五星陵犯守逼衰危壞等宿即身事並

遂所作穪心官宦遷轉求者皆遂如此當須問知司天者乃知此年此月熒惑鎮歲辰星太白及日月等在何宿以此知之其法甚妙宜細窬詳也以見至理

七曜直日曆品第八

夫七曜者所謂日月五星下直人間一日一易七日周而復始其所用各各於事有宜者有不宜者請細詳用之忽不記得但當問胡及波斯并五天竺人總知尼乾子末摩尼常以窬日持齋亦事此日爲大日此等事持不忘故今列諸國人呼七曜如後

日曜太陽　胡名窬　波斯名曜森勿　天竺名阿你(泥以切)底耶(二合)

月曜太陰　胡名莫　波斯名婁禍森勿　天竺名蘇(上聲)摩

火曜熒惑　胡名雲漢　波斯名勢森勿　天竺名盎哦囉迦

水曜辰星　胡名咥(丁逸切)　波斯名掣森勿　天竺名部(引)陀

木曜歲星　胡名鶻勿斯　波斯名本森勿　天竺名勿哩訶娑跋底(丁以切)

金曜太白　胡名那歇　波斯名數森勿　天竺名戍羯羅

土曜鎮星　胡名枳浣　波斯名翕森勿　天竺名賒乃以室折囉

右件七曜上運行於天下直於人間其精靈神驗内外典籍具備自南西北三方諸國一切皆悉用之出入行來用兵出陣學藝及一切舉動無不用其宿曜時日唯東大唐一國未審知委其曜亦每日分爲八時平明即是

所直之曜乃至酉戌則八時而周夜亦分爲八時轉到明日曉時即次後曜當直如是細解用之萬不失一七曜占

太陽直日

其日宜冊命拜官受職見大人教旗鬬戰申威及金銀作持呪行醫遊獵放羣牧王公百官等東西南北遠行及造福禮拜設齋供養諸天神所求皆遂合藥服食割甲洗頭造宅種樹内倉庫捉獲逃走入學經官理當並吉其日不宜諍競作誓行姦必敗不宜先戰不宜買奴婢此日生者足智端正身貌長大性好功德孝順父母足病短命若五月五日得此曜者其歲萬事豐熟其日若日月蝕及地動者其處萬物不生

太陰直日

其日宜造功德必得成就作喜樂朋僚教女人裁衣服造家具安坐席穿渠造堤塘修井竈買賣財物倉庫内財洗頭割甲著新衣並大吉其日不嫁娶入宅結交私情出行不問近遠行大凶奴婢逃走難得禁者出遲殺生行惡入賊者必凶此日生者多智美貌樂福田好布施孝順若五月五日遇此曜者其年多疫疾多霜冷加寒其日若日月蝕并地動其年疫死後多虛耗

熒惑直日

其日宜決罰罪人圍取盜賊作誑事買金寶置牛羊羣動兵甲修甲仗教旗打賊入陣必勝姦盜者成作誓勿畏宜出獵先經官府者勝宜種田及種果木調馬療病合藥並吉不宜下血者其日成親著新衣洗頭割甲入宅

結交火下出財皆不吉宜徵債禁者難出病者必重其日生者醜陋惡性妨眷屬便弓馬能言語勇決難養若五月五日遇此曜者其年多鬬諍後兵賊饒疫病畜生死損此日有日月蝕及地動其年多兵馬傷者多死

辰星直日

其日宜入學及學一切諸巧工皆成放債本利具獲割甲剃頭遠行者財宜伏怨敵不宜修造宅舍遇戰敵勿先鬬看卜問囚必謾語作誓並凶被禁自出失物及逃走必獲其日生者饒病不孝妨財物長成已後財物自足有智長命能言語有詞辯得人畏敬若五月五日遇此曜者其年江水泛溢百物不成加寒若此日日月蝕并地動歲多饑儉

歲星直日

其日宜冊命及求善知識并學論議受法禮拜造功德布施謁官成親交喜樂入宅著新衣洗頭宅内種果木修倉庫内財調馬買奴婢及嫁娶内象馬造宅作諸事並吉不宜作誓作賊必敗妄語爭競必凶其日亡者未得出埋不宜祭亡人弔死問病其日生者宜與人養長成牧之長命有智心善得大人貴重於父母有相錢財積聚若五月五日遇此曜者其歲萬物豐四時調順如此日日月蝕及地動王公已下交厄

太白直日

其日宜見大人及諸官長洗頭著新衣冠帶成親平章婚事結交友會朋流置官舍逃走難得勿畋獵并戰陣不吉繫者出遲生者短命好善孝順人皆欽慕五月五日遇此曜者

人畜例驚失必狂賊擾亂候取良日從東擊勝此日日月蝕及地動者其歲足風復有雷電損多少田苗

鎮星直日

其日宜修園圃買賣田地買口馬宜合藥伏怨家放野燒打牆作竈一切事總合作將入宅吉舉哀葬吉鞍馬上槽内倉庫並吉不宜結婚作喜樂服新衣及遠行其日生少病足有聲名樂善孝順信於朋友若五月五日遇此曜者有土功威重事此日日月蝕及地動者世界不安威重人厄

七曜直日與二十七宿合吉凶日曆

曜與宿合者假如正月十五日是軫宿其日忽是太陽直即是好日他皆倣此

太陽直日月與軫合　太陰直日月與畢合

火曜直日月與尾合　水曜直日月與柳合

木曜直日月與鬼合　金曜直日月與房合

土曜直日月與星合

已上名甘露日是大吉祥宜冊立受灌頂法造作寺宇及受戒習學經法出家修道一切並吉

太陽直日月與尾合　太陰直日月與女合

火曜直日月與壁合　水曜直日月與昴合

木曜直日月與井合　金曜直日月與張合

土曜直日月與亢合

已上名金剛峯日宜作一切降伏法誦日天子呪及作護摩并諸猛利等事

太陽直日月與胃合　太陰直日月與鬼合

火曜直日月與翼合　水曜直日月與參合

木曜直日月與氐合　金曜直日月與奎合

土曜直日月與柳合
巳上名羅刹日不宜舉百事必有殃禍擇太
白所在八方天上地下吉凶法
凡月
一日十一日二十一日太白常在東方
二日十二日二十二日常在東南方
三日十三日二十三日常在正南方
四日十四日二十四日常在西南方
五日十五日二十五日常在西方
六日十六日二十六日常在西北方
七日十七日二十七日常在北方
八日十八日二十八日常在東北方
九日十九日二十九日常在中央入地
右太白如上一月轉者每月亦然恒常隨天
轉無休息至日月在時未末世已來年月日
亦然常轉無盡太白是鬬戰大將軍常須順
行勿令逆之若准此出入移徙遠行及嫁娶
拜官鬬戰世間雜事等造作行用皆如上日
時順行用者大勝吉利如逆行不順此太白
所在行法者皆凶戰不勝所有移徙遠行等
亦無利益常須順之凡舉事皆吉

文殊師利菩薩及諸仙所說吉凶時日善惡
宿曜經卷下

音釋

襲席入切掩其不備曰襲　馴詳倫切擾也　闇衣炎切　堰於幰切壅水為埭也　覘昌豔切候也　磧資昔切沙磧也　瞜音樓馬屬　鑠式灼切銷鑠也　盎於浪切　枳諸氏切　翕迄及切

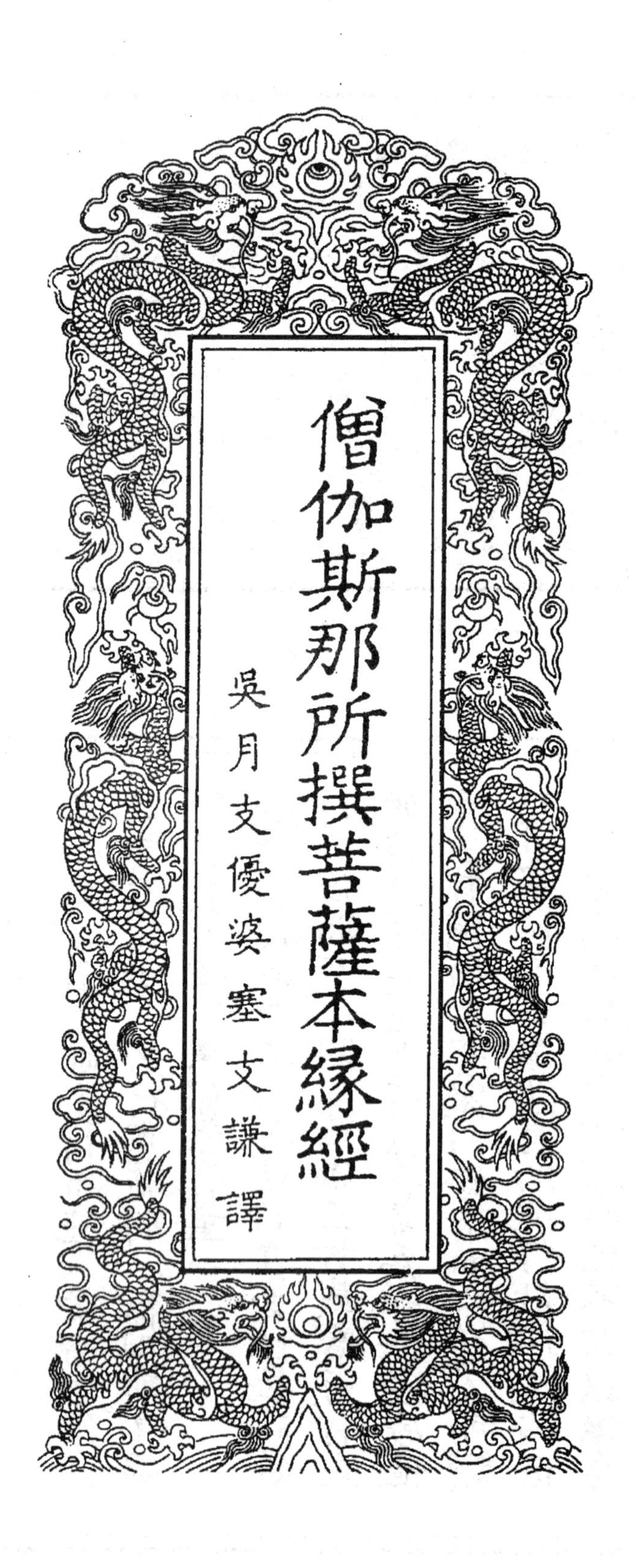

僧伽斯那所撰菩薩本緣經

吳月支優婆塞支謙譯

清刻龍藏佛說法變相圖

僧伽斯那所撰菩薩本緣經卷第一

吴月支優婆塞支謙譯

毗羅摩品第一

若心陋劣者　雖多行布施　受者不清淨
故令果報少　若行惠施時　福田雖不淨
能生廣大心　果報無有量

我昔曾聞過去有王名地自在受性暴惡好行征伐時有小國八萬諸王首戴寶冠常來朝侍其王口惡身行無善常爲非法侵凌他境王有輔相大婆羅門修清淨行智人所讃口言柔軟不宣麤惡有所造作能速成辦面目端嚴爲世所敬四毗陀典靡不綜練諸婆羅門所有經論通達解了無有遺餘是時輔相年已衰邁遇病未久奄爾即世王及人民聞其終殁心生懊惱思慕難忍時王思念不

去須臾即爲臣民而說偈言

如何此大地　一旦無人治　如海無主船
隨風而東西　我所尊敬者　出家已成就
口善言柔軟　常能利益世　如何便終歿
令我心惱悶　猶如無燈明　而入於闇室

爾時諸臣即白王言唯願大王寬意莫愁勿謂國中更無有任爲輔相者是婆羅門雖復命終其子年幼聰明黠慧顏貌端正世無及者發言柔軟悅可衆心修行忍辱心常寂靜無有憍慢貢高自大博學多聞無書不綜利益衆生猶如梵王名毗羅摩唯願大王即命此人以爲輔相時王答言彼若有子如汝說者我從昔來所未曾聞諸臣復言大王是婆羅門子常求正法離於邪法愛護己法未能爲人王即答言子若是才人何得違毀先人家法若離先業則不得名求正法者是人先父常以正法佐吾治國能令吾等遠離衆惡雖作如是治國理務終不破失婆羅門法如其彼人如汝說者便可召來諸臣奉命即遣使者召毗羅摩將詣王所到已就座斂容而踞說如是言大王今日以何因緣而見顧命王即答言汝不知耶我之薄祐汝父輔相不幸薨殞大地傾喪人民擾動我爲之憂其心迷悶時毗羅摩即白王言夫愛別離非王獨有如此皆是有爲法相也大王昔來不曾聞耶若天龍鬼神阿脩羅乾闥婆迦樓羅緊那羅摩睺羅伽沙門婆羅門若老若少悉無得離是終歿者大王一切衆生決定有之大王譬如火性悉能燒然一切之物無常之法亦復如是悉能壞滅一切衆生王不知耶是老

病死能喪衆生如四衢道頭華果之樹常爲多人之所抖擻大王譬如駛河常流不停衆生壽命亦復如是大王如金翅鳥投龍宫中摶撮諸龍而食噉之亦如師子在獐鹿群威猛如我曾聞菩薩往昔已來因緣墮於龍中受三毒身所謂氣毒見毒觸毒其身雜色如七寶聚光明自照不假日月才貌長大氣如排風其目照朗如雙日出常爲無量諸龍所繞自化其身而爲人像與諸龍女共相娛樂住毗陀山幽邃多諸林木華果茂盛甚可愛樂有諸池水八味具足常在其中遊止受樂經歷無量百千萬歲時金翅鳥爲飲食故乘空東身飛來欲取當其來時諸山碎壞泉池枯涸爾時諸龍及諸龍女見聞是事心大恐怖所服瓔珞華香服飾尋悉解落裂在其地

諸龍夫人恐怖墮淚而作是言今此大怨已來逼身其觜金剛多所破壞當如之何龍便答曰卿依我後時諸婦女尋即相與來依龍復念言今此婦女各生恐怖我若不能作擁護者何用如是殊大之身我今此身爲諸龍王若不能護何用生爲行正法者要捨身命以擁護他是金翅鳥之王有大威德其力難堪除我一身餘無能禦我今要當捨其身命以救諸龍爾時龍王語金翅鳥汝金翅鳥小復留神聽我所説汝於我所常生怨害然我於汝都無惡心我以宿業受是大身禀得三毒顩有是力未曾於他而生惡心我今自忖審其氣力足能與汝共相抗禦亦能遠焰大火投乾草木五穀臨熟遇大惡雹一切衆生在三界中流迴死法亦復如是大王如是死

法非以親近財貨求贖軟言誘恤而可得脫亦不可以四兵威力逼迫禦之令其退散是故當知如是死法決定而有是衆生常法以是義故大王於此不應生憂時王聞已心生歡喜復向諸臣說如是言未曾有也如是童子年雖幼稚乃說先宿耆舊之言時王即語毗羅摩言汝不知耶汝之先父愛護於吾猶如赤子是故我今感其恩重憂愁迷悶吾今輕弱頑嚚無智如汝所說吾永無分汝今若見垂顧矜哀願紹先嗣纂繼家業我當誠心盡壽歸依時毗羅摩即作是念我今如何一旦對至今聞此言莫知所作猶如羸人步涉高山復作是念今者承嗣毗輔國正於諸人民雖多利益然我所修純善之法則爲虧損君治國土稱萬姓心當有無量諸過患事所謂刑罰劫奪他財威凌天下或擯或驅要當隨王行如是法若行正法我善則損今我若欲修行善法則不上稱大王聖懷若稱王法善法日衰作是念時王復白言大師今者何所思慮時毗羅摩即答王言我今所念當以何術令王身及國人民悉得利益無諸衰耗亦復思惟王與國人福德過患若先行善後行於惡則不名人大王若爲實語而作怨憎不爲諂言而作親厚寧爲說正法墮於地獄不說邪諂生於天上大王我今思惟籌量是事大王若有人能思惟是義當知是人則能利益一切衆生王聞是語心生歡喜復作是言大師我等若能如是行法所修善法則爲不損時毗羅摩即奉王命纂承先父輔相之業然後漸漸勸化是王及八萬四千小王修

持正法亦令其國所有人民背捨遠惡不貪五欲時王修行無量善法如毗羅摩等無差別也時毗羅摩見王如是心生歡喜而作是言我今已爲修治國土然我善法無所衰損復作是念我今當以何等因緣勸諸衆生悉令安住阿耨多羅三藐三菩提道然諸衆生受性不同或欲聞法或貪財貨或嗜五欲或樂愛語或好憒鬧多人親附或好隨逐善人之行或樂多受心無猒足我今幸有大智方便悉能攝取一切衆生安止住於阿耨多羅三藐三菩提我亦復有餘方便譬如日出雖能照了一切天下然不能爲盲者作明我亦如是雖復能爲一切衆生說無上道然不能爲無慧目者而作利益我今復當以衣服飲食而給足之令其飽滿心歡喜已然後復當爲之說法令其信受時毗羅摩思是義已即至王所作如是言我今已爲無量衆生作法事已聚集三法所謂修行正法聚集錢財所願成就則令一切國土安樂無有怨讎正法增長猶如初月好名流布八方上下唯願大王聽我修行無上正法爾時大王聞是語已心生驚喜衣毛爲竪白言大師諸欲所作願具告勑毗羅摩言我今欲作一切大施施中所須願爲我辦爾時大王即於城外安曠之處莊嚴施場唯願大王善言誘喻諸作使者無令於我而生瞋恨爾時大王及給使者皆悉歡喜敬意供辦飲食所須尋於諸方擊鼓宣令若諸衆生凡有所須衣服飲食卧具醫藥象馬車乘香華瓔珞末香塗香舍宅燈明悉來集此當相奉給復說偈言

我爲利益　諸世間故　隨諸衆生　所須之物
乃至身體　手足肉血　捨離之時　猶如草芥
汝等若受　是供養時　則當一心　思惟善法
受供養已　不應貪著　當以善法　利益一切
若以我力　能速涅槃　以爲衆生　流轉生死
是故久住　不取涅槃　無量衆生　隨老死獄
我欲拔之　永離遠離
時毗羅摩菩薩摩訶薩所設供具令無量百千萬億衆生隨意所須悉得充足善言説法諸大德我今忘身以憂汝身汝等今已受我供養好自利益當觀正法若死至時雖有父母妻子親族無量財寶不能令命住一念頃及其命盡獨至他世父母妻子親族財寶無隨去者唯有業行不相捨離復爲大衆而説偈言

爲父母親族　修行於惡法　命終墮三趣
無有隨逐者　於今現在世　若受苦惱時
雖有父母兄　不能受少分　況於未來世
而當有代者　是故當一心　莫爲他行惡
諸大德汝等今身安隱無患所謂衰老肺病痰逆頭痛已無是病當勤修行一切善法是毗羅摩菩薩摩訶薩以二攝法攝取衆生所謂財法滿九十日過夏已訖奉施嚫願所謂金盤具足八萬盛以銀粟八萬銀盤盛以金粟八萬小牛八萬乳牛悉從一犢是一一牛乳日一斛純以白氎纏覆其身金角銀蹄莊嚴映飾八萬童女形體端正金寶瓔珞以自莊嚴一一女人有一侍女供給使令令皆淨潔是諸女人各有一牀或金或銀瑠璃玻瓈象牙香木種種茵蓐以敷其上牛車八萬象

馬八萬及諸倉庫錢財珍寶不可稱計如是等物悉莊嚴已而作是念今是施物將無少耶爾時菩薩爲諸婆羅門說如是言汝等當知我今集聚如是種種金銀女人車乘象馬倉穀珍寶正爲汝等幸可少時寂然無言聽我所願然後隨意共分而去爾時一切諸婆羅門寂然無聲是隨菩薩爲諸衆生自諫其心汝心所作常求果報猶如獮猴入於稠林而說偈言

我今所布施　普爲諸衆生　如是之布施
實不望其報　願悉施衆生　等受於快樂
以汝貪善故　久在於天上　亦以貪惡故
久住於地獄　復以貪著故　作此大施主
或作貧窮人　或行於大施　或時以自在
守則而慳貪　或以自在故　自墜於貧苦
或復以縱逸　久在於生死　輪轉無窮已
猶如輪轉地　我在久遠來　隨順敬事汝
雖作如是事　不能令汝喜　汝今當安住
不動寂靜中　我今所布施　悉爲諸衆生

爾時毗羅摩菩薩即以右手執持澡罐以大慈悲熏修其心憐愍一切諸衆生故涕泣流淚而作是念我今所施不爲梵王摩醯首羅釋提桓因假使更有勝是三者亦不希求唯求佛道欲利衆生斷諸煩惱我今當捨已身妻子奴婢僕使珍寶舍宅唯求解脫不求生死我今所施柔軟女人願諸衆生於未來世悉得斷除所有貪欲今我所施五種牛味願諸衆生於未來世常能惠施他人法味今我所施如是數具願諸衆生於未來世悉得如來金剛座處我今所施種種珍寶願諸衆生

於未來世悉得如來七菩提寶作是語已從上座所循行澡水而水不下猶如慳人不肯布施爾時菩薩即作是念今此澡水何緣不下復作是念將非我願未來之世不得成耶誰之遮制令水不下將非此中無有大德其餘不應受我供耶或我所施不周普耶或是我僕使不歡喜耶將非此中有殺生耶我今定知不因衆生我今所施亦是時施亦不觀來是受非受而此罐水何緣不下爾時菩薩見婆羅門爲此諸女生貪嫉心而起瞋恨各各說言彼女端正我應取之汝不應取彼牛肥壯我應取之汝不應取金銀槃栗乃至珍寶亦復如是爾時菩薩見諸婆羅門貪心諍物互相瞋恚即作是言是諸受者貪欲瞋恚愚癡亂心不能堪受如是供養如車軸折輻輞破壞不任運載我亦如是種子良善而田薄惡以此受者心不善故令是澡水不肯流下我今雖作如是布施亦無有人教我令發阿耨多羅三藐三菩提心而我自爲一切衆生故發是心今當自試若我審能愍衆生者罐水當下即以左手執罐瀉之水即流下菩薩右手諸婆羅門見是事已各生慚愧離所施物修行梵行諸婆羅門尋共稽首求請菩薩以爲和尚菩薩憐愍即便受之教令修學四無量心以是因緣命終即得生梵天上令無量衆生發阿耨多羅三藐三菩提心菩薩摩訶薩行檀波羅蜜時不見此是福田此非福田亦不分別多親少疑是故菩薩若布施時或多或少或好或惡應以一心清淨奉上莫於受者生下劣心

一切施品第二

一切諸菩薩　爲利衆生故　捨棄已身命　猶如草糞穢

如我曾聞過去有王名一切施是王初生即向父母說如是言我於一切無量衆生尚能棄捨所重身命況復其餘外物珍寶是故父母敬而重之爲立名字字一切施從其初生身與行施漸漸增長譬如初月至十五日其後不久父王崩背即承洪業霸治國土如法化民不枉萬姓擁護自身不豫他事終不侵陵他餘隣國隣國若故來討罰希能擒獲救攝貧民給施以財恭敬沙門婆羅門等常以淨手施衆生食口常宣唱與是人衣與是人食及與財寶愛護是人瞻視是人爾時菩薩常行如是善布施時隣國人民聞王功德悉來歸化其土充滿間無空處猶如山頂暴漲之水流注溝坑谿澗深處亦如半月海水潮出其國外來歸化之民充滿側塞亦復如是其餘隣國漸失人民各生瞋恨即共集議當共往討作是議已尋嚴四兵來向其國爾時邊方守禦之人遠來白王隣國怨賊今已相逼猶如暴風黑雲惡雨王即告言卿等不應惱亂我心即說偈言

隣國所以　來討我國　正爲人民　庫藏金寶
快哉甚善　當相施與　我當捨之　出家學道
多有國王　爲五欲故　侵奪人民　貯聚無猒
當知是王　命終之後　即墮地獄　畜生餓鬼

是故我今不能爲身侵害衆生奪他財物以自免者爾時大臣及諸人民各作是言唯願大王莫便捨去臣等自能當禦此敵王且觀

之臣等今日當以五兵戟矛劒矟奮擊此賊足如暴風吹破雨雲王即答言咄哉卿等吾已久知卿等於吾生大愛護尊重恭敬亦知卿等勇健難勝雄猛武畧策謀第一但彼敵王今作此舉都不爲卿正爲吾耳假使彼來不損卿等何得乃生如是惡心吾久知此五盛陰身爲衆箭的卿不知耶吾久爲卿說諸菩薩應於衆生生一子想汝今不應於他衆生生瞋害心畢定當知墮于地獄是故應當一心修善當說是時賊已來至高聲大叫王聞聲已即問群臣此是何聲諸群臣寮各懷悲感舉聲哀號咸作是言惡賊無辜多害人民譬如惡雹傷害五穀亦如猛火焚燒乾草又如暴風吹拔大樹又如師子殺害諸禽獸怨賊殺害亦復如是爾時諸臣不受王教即各散出莊嚴四兵便逆共戰軍無主將尋即退散兵衆喪命不可稱計時王登樓說如是言因惡欲故令人行惡如是諸欲猶如死屍行厠糞穢如何爲此而行惡耶愚人貪國興諍競心猶如衆鳥競諍段肉是諸衆生常有怨憎謂老病死云何不自觀察是怨反更於他而生諍競一切施王思是義時敵國怨王即入宮中王於爾時便從水竇逃入深山至稠林中得免怨賊其地清淨林木種種華果無量不可稱計水清柔軟八味具足衆鳥鳧鴈禽獸難計王見是已心生歡喜復作是言吾今眞實得離家過患無量衆生常爲老病死怖逼惱今得此處清淨安樂快不可言此林乃是修悲菩薩之所住處亦是破壞四魔之人堅固牢城我今已得清潔浣浴離衆垢

故我今與此衆鹿爲伴身心安隱極受上樂爾時怨王得其國已即便唱令求覓本王若有能得一切施王若殺若縛將來至此吾當重賞隨其所須一切給與以其先時常自稱讃能行正法呰毁吾等暴虐行惡是故吾今欲得見之示其修善所得果報爾時他方有一婆羅門貧窮憔悴唯仰乞活遭遇官事無所恃賴聞王名字好行惠施即從其國來欲造詣乞求所須既於中路飢渴疲乏止息林中即便讃言是處寂靜聖人住處亦是神仙離欲之人求解脱者斷絶飲食不畜奴婢不乘車馬少欲知足食噉稗子諸根藥草大悲心者之所住處亦是一切飛鳥走獸無怖畏處自在天王爲令衆生見家過患故化是處爾時一切施王聞是語已心生歡喜便往見之共相問訊便命令坐時婆羅門即便前坐坐已一切施王便以所有衆味甘果而奉上之既飽滿已王即問言大婆羅門是處可畏無有人民是中唯是閑靜修道之人獨住之處仁何緣來婆羅門言汝不應問我是事汝是福德清淨之人遠離家居牢獄繫縛何緣問我如是之事汝不應聞濁惡之聲若他犯我我則犯他若他奪我我則奪他喪失財賄親族凋零以在家故受如是事大德汝今已斷一切繫縛安住山林如大龍象自在無礙一切施菩薩即作是言汝今發言清淨柔軟何故不共於此住止婆羅門言若欲聞者我當爲汝具陳說之我本生處去此懸遠薄祐所致遇王暴虐猶如師子在鹿群中終無一念慈善之心我王暴虐亦復如是於諸人民

無有慈愍有罪無罪唯貨是從我從生來小心畏慎曾無毫釐犯王憲制横收我家繫之囹圄從我責索金錢五十若能辦者我當赦汝居家罪戾若不肯輸吾終不捨要當繫縛幽執鞭撻尅日下期當輸金錢家窮貧苦無由能辦曾聞此國一切施王好行惠施擁護貧人所行惠施無有斷絶如春夏樹華果相續亦如曠野清泠之水渴人過遇自恣飲之猶如大會無人遮止我今畧説假使有人人有千頭頭有千口口有千舌舌解千義欲歎是王所有功德不能得盡彼王成就如是名德我今居家遇王暴虐横羅罪戾更無恃賴故欲造詣陳乞所須然我心中常作此念我今何時當到其所隨意乞求若彼大王必見憐愍能給少多我家可得全其生命若不得者我亦不久當復殞殁爾時菩薩聞是事已心悶躃地猶如惡風崩倒大樹時婆羅門即以冷水灑其王身還得穌息時婆羅門復問大仙汝聞我家受是苦惱心迷悶耶是中清淨汝所愛樂能生悲心我今遇之尚無愁苦汝今何緣生是苦惱王即答言汝本發意欲造彼王是汝薄相正值不在汝今若往必不得見故令我愁爾時婆羅門言爲何處去施王答言有敵國王來奪其國位今者逃命在空山林唯與禽獸而爲等侶時婆羅門聞是語已尋復悶絶一切施王復以冷水灑之令悟即慰喻言汝今可坐且莫愁苦婆羅門言我於今日命必不全所以者何本所願求今悉滅壞我何能起定當捨命一切施王爾時即起慈悲之心作如是念可愍道士所願不

果譬如餓鬼遠望清水到已不獲心悶躃地是婆羅門亦復如是復更喚言咄婆羅門汝可起坐汝可起坐一切施王即我身是汝本欲見今得遇之何故愁苦婆羅門問王今善言慰喻於我有錢財耶王即答言我無錢財但有方便可能令汝大得珍寶婆羅門言云何方便王復答言我先聞彼怨家之王居我國已於大衆中唱如是言若有能得一切施王若斷其命撿繫將來吾當重賞隨意所須我從昔來未曾教人行於惡法是故不令汝斬我頭但以繩縛送詣彼王所以者何除身之外更無錢財然我此身今得自在幸可易財以相救濟善哉善哉婆羅門吾今得利以不堅身易得堅身道士且觀設使我身在此命終屍棄曠野草木無異雖有禽獸而來食噉爲何所利今以如此灰土之身貿易乃得真金寶物我復何情而當惜之時婆羅門聞是語已悲涕而言何有此理所以者何汝今乃是無上調御衆生父母善爲愛護大歸依處能滅一切無量衆生所有怖畏所作廣大不望相報於諸衆生常生憐愍能於闇世作大庭燎我當云何破滅正法繫縛汝身送怨王耶假使將王至彼怨所獲得金寶我復何心舒手受之假使受者手當落地譬如男子爲長養身噉父母肉是人雖得存濟生命與死何異我亦如是設縛王身將送彼怨雖多得財以贍家居我所不貴時王答言如此之言復何足計汝若於我必生憐愍我自束縛隨汝後行詣彼怨家汝無罪咎我可得福婆羅門言敬如王命當隨意作說是語已王即

自縛共婆羅門相隨至城其王舊臣及諸人民當見王時悉生驚怪咄婆羅門汝是羅刹非婆羅門汝是羅刹非婆羅門汝本實是暴惡鬼神奸僞詐現婆羅門像無有悲心真是死魔常求殺人汝今令此王身滅沒猶如月蝕七日並照大海乾竭無上法燈今日盡滅旃陀羅種汝今云何手不落地汝身何故不陷入地如師子王已死之後誰不能害是一切施王久已遠離國城妻子倉庫珍寶一切諍競退入深山修寂滅行於汝何怨而將來此舉城人民同聲願言諸大仙聖護世四王願加威神擁護是王令全生命時婆羅門聞是語已心生怖畏將一切施疾至王所作如是言大王當知我今已得一切施王怨王見已心即生念是王年壯身體姝好容貌端正其力難制是婆羅門年在衰弊形容枯悴顔貌醜惡其力無幾云何能得是王將來竊復生念將非梵王自在天王那羅延天釋提桓因四天王耶怨王即問誰爲汝縛婆羅門言我自縛之怨王咄言遠去癡人復更問言汝將非以呪術之力而繫縛耶汝身羸劣彼身端嚴猶如帝釋云何能繫縛假使有人自言能吹須彌山王令如碎末是可信不爾時怨王即告大臣汝等當知今此難事爲是夢中是幻化耶將非我心悶絶失志錯謬見于是老獼猴云何能縛帝釋身耶諸臣當知豈可以藕根中絲懸須彌山耶可以蚊蝱盡海底耶可以兎身度大海耶時婆羅門聞是語已即向怨王而説偈言

大王今當知　我實不能縛　是王慈悲故

爲我而自來　如以網盛風　是事爲甚難
正使天帝釋　亦復不能爲

爾時怨王即向一切施王説如是言汝以畏我故入深山谿谷林木空曠之處唯與禽獸共相娛樂少欲知足飲水食果以草爲敷不與我諍然我怨心猶未得滅我今自在能相誅戮以何因緣來至此耶爾時一切施王嬉怡微笑無有畏懼身心容豫如師子王而作是言汝不知耶我身即名一切施王我欲成就本誓願故今來在此有三因緣一者爲婆羅門而求錢財二者以汝先募若得我身將來此者當重賞之三者我先誓願當一切施是故我來欲捨身命汝今當觀若我此身命終入地爲何所益我本所以逃入山林非以畏故但爲愛護諸衆生耳汝今自在怨心未滅我今來此隨意屠割而得除怨心則安隱是故汝今應早爲之即説偈言

於怨生瞋恨　則自焦其心　譬如灰下火
猶能燒萬物　因心著瞋恚　命終墮地獄
猶如惡毒箭　中則身命滅　若瞋於怨憎
心不得寂靜　譬如病目者　不能見正色
此身肉血成　骨髓肪膏腦　屎尿洟唾等
薄皮裹其上　是身如行廁　無主無有我
於王有何怨　而常生瞋恚　生老病死賊
常來侵王身　何故於是中　反生親友想
我身四大成　王身亦復然　今若見瞋者
是則爲自瞋

是故大王不應生瞋若故瞋者今得自在幸可隨意早見屠戮先所開募可賞是人我今必定捨命不悔以是因緣願諸衆生能一切

施及得捨名爾時怨王聞是語已從御座起合掌敬禮一切施王作如是言唯願大王還坐本座汝是法王正化之主我是羅刹暴惡之人汝是世燈爲世父母我是世間弊惡大賊專行惡法劫奪他財汝是法稱正法明鏡我非法稱常欺誑他猶如盲人不自見過如我等輩罪過深重是身久應陷入此地所以遷延得至今日實賴仁者執持故耳今捨此地及以已身奉施仁者一切施王即爲怨王廣說法要令其安住於正法中大以財寶與婆羅門遣還本土菩薩摩訶薩如是修行檀波羅蜜時尚捨如是所重之身況復外物所有財寶

僧伽斯那所撰菩薩本緣經卷第一

音釋

陿（侯夾切隘也）抖擻（抖音斗擻音叟抖擻振動也）駃（踈士切疾也）觜（即委切喙也）嚚（音銀愚也）纂（作管切紹繼也）憒（古對切心亂也）嚫（初覲切施也）澡罐（澡音早洗也罐音貫汲水器也）矟（音朔矛屬）稗（傍卦切稊稗也）囹圄（囹音陵圄音語囹圄獄名）肪（音方脂也）

僧伽斯那所撰菩薩本緣經卷第二

吳月支優婆塞支謙譯

一切持王子品第三

菩薩摩訶薩　爲諸衆生故　一切所重物
無不以惠施

如我昔曾聞過去有王其王有子名一切持年在幼少形容端正猶如滿月衆星中明衆生視之無有猒足威儀安詳如須彌山智慧甚深猶如大海忍辱成就猶如大地心無變易如閻浮檀金常爲一切人天所愛猶如八味清淨之水於諸世間其心平等猶如日月等照於物滿衆生願如如意寶見諸乞者心生歡喜猶如慈母見所愛子是時王子當說偈言

我今得自在　所有無量財　悉與衆生共
如日皆等照　見有乞求者　終不言無有
無所求索者　亦復施與之

王子菩薩諸根寂靜猶如梵天財賄具足如毗沙門王爲諸衆生供給走使猶如弟子事師和尚心常愛念一切衆生猶如父母念所生子教化衆生法則禮儀如大博士王子菩薩悉得成就如是功德心常樂施一切衆生如是之物施與是人如是之物施與其甲是人恐怖我當安慰修行正法無有廢捨所施之物謂金銀瑠璃玻瓈真珠硨磲碼瑙珊瑚璧玉種種器物及諸衣服牀卧敷具車乘舍宅田地穀米奴婢僕使象馬牛羊隨有所須悉能與之譬如大雨百穀滋長恒以五指施人財物猶如五龍降注大雨王子菩薩常行布施日日不絕設使一日無人來乞顏色顦

頹心爲愁慼猶如初月煙霧所覆無有光明　爾時諸臣於此王子悉生嫌恨

咄哉我王　愚癡無智　有財不食　後世安在　見不能用　亦不訶子　分散庫藏　施無功者　庫藏盡已　民當迸散　民既散已　怨至誰護　假設無護　命當不全　命既不全　國復誰居

爾時大臣及諸人民各思是事爾時父王有一白象行蓮華上力能降伏敵國怨讎以有此象故令他國不能侵凌時有邊方怨敵之王常作是念我當云何而設方便得彼白象即遣諸人詐爲苦行婆羅門像往詣王子求索白象爾時王子見諸大臣生瞋恚心故乘白象出城遊觀欲向一林即於其路見婆羅門既見王子心大歡喜呪願且言願使王子紹繼大王無上之位壽命無量隣國歸德天下太平王子我等悉是婆羅門也居在遠方常承王子好喜布施故從遠來道路飢渴備受衆苦王子當知我等受持清淨禁戒多所讀誦無書不綜王子功德流布十方聞風稱讚無不愛樂能令衆生所願滿足有來乞者無一空還汝所乘象願見施與爾時王子即作是念今若不與則違本要設當與者非我所有復是父王所愛重者即便語言君等若須金銀瑠璃種種車乘奴婢之屬我悉能與此白象者既非我有不得自在復是父王所乘之象云何輙當以相惠施計是白象價直幾許我當與直不令汝等有貧乏也何必正欲得此白象汝婆羅門憐愍衆生出家受戒久已遠離一切之物何用是象汝若得者或更有患諸婆羅門復作是言我等不用錢財

珍寶唯須是象乘之入山求覓好華供養諸天已當令衆生若生天上或入涅槃王子本願欲利益他我亦如是欲利益他爾時王子聞是語已即生悲心便下白象復作是念此象雖是父王所有今以布施大臣人民必當見嫌欲利益他何得計是然我所施不求名聲生天人中以是因緣令諸衆生斷諸煩惱作是願已便持白象施婆羅門自乘一馬還欲入城諸婆羅門既得象已便共累騎迴還而去忽爾之間已到本國時諸大臣即共集聚疾至王所白言大王今日快善所重白象王子已持施婆羅門諸婆羅門得已乘去今到敵國以王先時見其布施金銀珍寶不訶責故致令今日復以白象施與怨家大王世間惡子多諸過患飲酒摴蒱貪色費用臣等

敢奏願不咎責王子若能從今已往更不以財惠施於人則可聽住若不止者便當擯之遠著深山爾時父王即召其子作是念言怪哉我今云何一旦爲諸大臣不令我子隨意行施我今慚愧猶如婦人怖畏姑公即向其子而說是言卿從今始莫復貪著一切功德可離捨心行正法者應著草衣服噉水果遠處深山卿今不應挑其右目以治左眼卿於今日如何一旦惱亂我心及諸大臣夫爲人法先安其親然後乃當及餘他人卿今云何以我白象施與怨家爾時王子合掌長跪敬禮父王臣所布施不爲貪欲瞋恚愚癡不爲名聲不求生天人中豪貴非是顛狂錯亂心作爲求正法作是施耳大王當知臣今雖復擁護父母兄弟妻子及其死時雖有親族誰

能隨去唯見正法逐之不捨臣若無心行善法者猶望大王苦言教勑如何一旦信用邪言斷臣行善王先勑臣放捨捨心捨心是臣本性根源云何可捨猶如地性不可捨堅乃至火性不可捨熱如魚投陸命何能存如王僮僕六情具足身體完具與天無異是人云何與王給使王家所有車乘婇女金銀珍寶從何處得當知皆是過去施業今得是報大王當知一切餓鬼飢火所逼身心焦惱如此皆是貪惜因緣若諸天中七寶宮殿壽命長遠當知皆是布施因緣大王臣今所施火不能燒水不能漂王家盜賊怨家債主不能侵奪所施之物於諸趣中能作親厚是天乘載是所施物在生死中隨逐臣身如犢隨母如王所勑欲令臣止布施之心若不能捨當徙深山雖至深山苟施心不息貧窮之人亦復當來臣本誓願實樂山林所以未啓慮不賜放大王今已聽眞得本願正爾奉辭涉路進發所以者何山林之中是閑靜處仙聖所樂能離貪欲瞋恚愚癡臣若至彼必能自利爾時王子即禮王足右繞三帀奉辭而去次至母所跪禮如常右繞三帀禮足而出復至妻所而作是言卿好住此供養父母守護其子此即是汝修行正法我今欲去遠至山林何以故我先常願欲入深山修行其志父王今聽是故我當速往至彼以副我心與諸禽獸共爲等侶飲食水草足自存活汝是王女身體柔軟端正詳雅何能堪忍如是苦事故應住此不須隨我其妻聞已心悶懊惱身體掉動如芭蕉葉悲號啼泣椎胷拔髮舉聲大哭

唱言柰何君有何罪乃令父王擯之深山大王寬慈王法治化愛民如子云何一旦驅擯乃爾君之愛形身色柔軟如瞻婆華云何一旦當卧棘刺土石之上如今在宮五樂自娛設當入山唯聞虎狼師子毒獸諸惡音聲恠哉大王慈愛之心今日安在如何父親變成離薄以小因緣一旦成怨爾時王子卽答妻言善哉王女汝有深智精進勇猛是我善伴設我不是應當訶責云何乃出如是麤言諸王爲國共相戰諍皆爲貪欲瞋癡所惱是我福緣乃令父王聽我入山修行正法汝今不應生不歡喜耶世中常法王若衰老則立太子令知國事國事殷湊多諸過咎咎既鍾身無逃避處王今未衰便能放捨聽我入山修學其志世間過咎永不見及汝今何故不歡喜耶汝便好住我今欲去妻便答言妾之父母處與君時日月大地及四天王悉皆證知初婚之日君自發言誓不相捨如何今日便欲獨往當如日月及以猛火明與質俱不相捨離君今云何而欲見捨爾時王子悉以家財布施貧乏卽以兩肩荷負二子携將其妻往雪山中王子到已食果飲水以存性命晝夜修習慈悲之心復作是念我本在家雖受五欲未若今日處山歡娛如是之樂釋提桓因所受欲樂所不及也是諸衆生不知正法微妙之味如烏不知蓮華之味是時王子常爲衆生思惟是義妻常入山採於果蓏以自供給是時有一老婆羅門其形醜惡人所惡見從遠方來王子見已卽命令坐行水施果然後問訊汝何緣至此耶將非猒家之過患

乎壯應在家極情五欲今已衰老死時將至捨來修道甚是快事是中閑靜無有家過汝若樂此我之所有甘果冷水常相供給不令有乏婆羅門言無欲想者應住於此我今欲想猶未能滅是故不能於此住也大仙汝且觀之我身雖老頭白齒落行步顫掉目視矇矇舌乾口燥不能語言頭重難勝猶如太山耳聽不了身體衰變而有欲想猶如壯時大仙當知我年朽邁身力羸損家貧空乏困於僕使若欲滿我本所願者幸可惠施二奴僕使菩薩聞之即作是言怪哉今日若言無有則非本誓若言有者今實空貧婆羅門言君今遲疑何所思慮將慮我非婆羅門受持禁戒博學人耶若有此慮我實是也菩薩答言我本在家多有僕使金銀珍寶庫藏盈溢當于爾時見有乞者終不言無今在此山悉不持來何處當得以相副稱所以遲疑思是事耳婆羅門言我今衰老氣力空竭故從遠來乞求所須汝從本來凡見乞者曾不發言我無所有今日何故發如是言大仙若能憐愍給施二奴我當還國若不能者我必此死爾時王子即作是念我今當作何等方便發遣此人爾時二子近在不遠山中遨戲復作是念我今當爲一切衆生作不空因緣即喚其子子既至已菩薩抱之復作是念我今二子生長深宮身體柔軟未經寒苦如何一旦違離父母爲他僮僕復作是念我今何緣計如是事若不修行難行苦行何緣得成阿耨多羅三藐三菩提以是因緣我當行之願以此行速得成就阿耨多羅三藐三菩提我今捨

此所愛二子不求生天人中果報轉輪聖王帝釋梵四天王願此功德悉與衆生成無上道爾時菩薩手執二子授婆羅門作如是言汝婆羅門我此二子猶如我命幼稚無知未解人語雖復似人未有所識今持相與以爲僕使恐母來至可速將去爾時二子迴捉父衣而白父言父今何縁持我兄弟與此惡婆羅門我等從今永離父母年旣幼小未有所識無覆無護云何能活我等何故受此苦惱令墮他手命必不全如犯王法則受刑罰我等愚小未有所犯何緣今日乃見是苦假使實犯猶望恕放況無所犯而横見枉設父於我愛心已斷但爲人法復不應爾老小可愍愚智有之父今何爲特見苦毒假使爲法而見捨者喪失慈惻豈是法耶我雖幼稚亦曾

聞說婆羅門法若有擁護妻子因緣得生梵天爾時菩薩聞是語已身心戰動即自訶責何緣乃爾汝不知耶從昔已來流轉生死一切衆生何者非怨何者非子汝今闇蔽盲無見耶何不繫念思惟分别汝今直爲彼將二子便如是動耶若死至時當云何乎爾時菩薩訶責心已即得定住語婆羅門汝速將去是時二子即白父言且聽小住須我母至跪拜問訊辭去不晚菩薩答言汝等但去吾與汝母當隨汝後時婆羅門將其二子速疾發引是時二子隨路還顧迴視父面悲號啼哭菩薩爾時更復訶心汝今不應復更戰動當觀受形老死熾然子去未遠復立誓願我今捨子實是難行願此因緣得成阿耨多羅三藐三菩提除諸衆生一切繫縛時婆羅門發

脚未遠即作是言甚奇王子世間希有如言則行施我二子所修善法具足成就今此二子當於何賣唯有還至本祖王國時婆羅門即將二子往詣王宫是時祖王見其二孫悲喜交集問婆羅門汝於何處得此二兒婆羅門言且聽彼雪山中大王之子名一切持以此二子施我爲奴王聞是語扼腕而言怪哉我子愛法太過乃至不惜所愛兒息汝今還我當與汝直婆羅門言敬如王命即受珍寶還歸其家時菩薩妻在空林中左目瞤動心驚不樂所採雜華尋即萎枯器中二果迸出墮地二乳驚動汁自流出有鳥在前連聲鳴叫即作是念今此瑞應必定不祥將非我夫命根斷耶或是虎狼師子惡獸食噉我子復非遨戲墮山死乎念是事已便還所止尋見菩薩近一石崖在草敷上傾身而坐即作是念我夫在此定無他慮便前白言二子者爲安隱不菩薩答言二子安隱妻復言曰我今耳中實聞安隱但未見之猶懷憂慼菩薩答言汝但少坐自當見之妻便却坐復重告言汝不知我本誓願耶一切所有要當施人汝朝出後有婆羅門來從我乞尋以二子而布施之妻聞是語其心迷没舉身自撲悶絶躃地爾時菩薩以水灑之水灑之後還得醒悟身體戰動坐説偈言

怪哉爲正法　而行於苦行　以子布施時
云何心不亂　君心非剛鐵　而未永離愛
云何能以子　而用施於人　我子既稚小
端正無及者　面色如蓮華　目如優鉢羅
自食於水果　亦不相煩累　如何無人情

一旦以施他　此路多石沙　荆棘惡刺等
彼人無慈慧　當將至何處　君今不見耶
彼諸獐鹿等　猶來求推覓　況君爲其父
不見此山中　一切諸樹木　以失我子故
悉皆而啼哭　一切諸樹木　悉無有心識
猶尚能如是　況復有心者

爾時其地有芭蕉樹舉身戰動妻尋語言汝夫亦以子息施人無慈愍耶何故如是舉身戰動爾時其妻念子悲號東西馳走不安其所菩薩復言甚善甚善已得入山修行善法云何令心受如是苦空喪閑居修善妙理恠哉王子雖有深智精勤勇猛而不能解生死過患父母妻子兄弟怨憎誰能於中識其根源見兒過去或爲汝怨彼若遭苦汝則歡喜今爲汝子別便憂惱設使死亡强將去者復可於我起瞋恚耶汝本不聞諸仙聖言

若少壯老　皆歸於死　猶如果熟　自然落地
汝本不觀　一切生死　猶如夢中　邪見事耶
無常死王　將諸衆生　雖有父母　誰能救之
譬如師子　摶撮諸麞　彼雖有母　亦不能救
是老病死　常害衆生　猶如果樹　多人所擲
譬如坯器　值天降雨　悉皆爛壞　無有遺餘
三界衆生　亦復如是　遇無常雨　無得免者
今營此業　明造彼事　樂著不觀　不覺死至

如是二子必定當捨我今爲法而以施人汝當歡喜不應愁苦我雖捨子子必安樂是故不應生大苦惱王子菩薩說是語已其妻寂默更無所陳爾時釋提桓因即作是念恠哉菩薩無所愛惜即下化身爲婆羅門至菩薩所而說偈言

大仙今當知 名聞徹梵天 能行於大施
愛樂於正法 今我所求索 蓋亦不足言
唯願大正法 滿我之所願
菩薩答言我今身命悉爲一切無所愛惜況餘外物錢財珍寶假使有者實不愛也我本在家多有庫藏象馬車乘奴婢僕使悉以給施諸婆羅門無所遺惜但今現在空無所有唯身與婦若必須者實復不愛婆羅門言汝能爾者便可以妻而見惠施菩薩答言嫉妬惜心久以遠離汝小聽我爲其說法菩薩報妻是婆羅門從我乞汝汝意云何妻便答言隨意自在我今屬君何得自從即捉妻手授婆羅門時婆羅門語菩薩言今此婦人顏貌端正身體姝妙色像第一道路險難多有寇賊我今單獨去必不達且還相寄莫復餘施菩薩復言我今賴君破壞牢獄斷絶繫縛汝今復欲還我牢獄繫縛我耶婆羅門言若見憐愍必令得者願還受之經須臾時菩薩憐愍故少時還受竟復何苦婆羅門言我若失期不得還者愼莫更以施與餘人已是我有不得任意説是語已即便還去去此不遠復更化作餘婆羅門還菩薩所而作是言汝能利益一切衆生譬如果樹常出甘果我於遠方久承風味是故褰裳而來相造當滿所願菩薩答言唯有一妻先已施人今唯有身猶得自在若須相給婆羅門言不須汝身唯須二目能相給者深抱至念爾時菩薩即作是念是婆羅門從我乞目爲作何等復作是念我何所計是身猶如塜間死屍以不堅牢貿易堅牢應當歡喜何所思慮爾時菩薩捉估

陀羅木而作誓言我今悉爲一切衆生棄捨二目無所貪惜我先捨婦持用施人願此功德鍾及衆生永斷貪欲施子因緣令離愛習今施二目悉令衆生得清淨法眼菩薩摩訶薩作是願已便以木錐向目欲挑時婆羅門尋前捉手且莫挑出目今屬我更莫餘施菩薩答言我今一身云何一日違受二寄先婆羅門已寄我婦汝今寄眼我當云何而得守護時婆羅門即復帝釋身語菩薩言婦目二物悉是我有今相付囑莫復餘施爾時帝釋即飛而去於虛空中雨四種華空中聲出宣告諸天汝等當知此人增長菩提道樹不久當得阿耨多羅三藐三菩提菩薩摩訶薩行檀波羅蜜其事如是無所不捨一切衆生若聞是事應於菩薩悉生歡喜

善吉王品第四

菩薩行施時　定心究竟作　乃至魔波旬　不能得斷絶

我昔曾聞過去有王名曰善吉爲欲成於菩提之道常行利益修集正法於諸衆生無刀杖想面目端正世中少雙言常含笑無有麤獷供養父母尊重師長恭敬沙門出家道士自行十善亦勸人行常行布施無有斷絶若有貧窮困悴之人身體羸瘦衣裳不障菩薩見已即生憐愍舉身戰動猶被毒箭心竊念言是諸衆生慳惜因緣癡人不識雖受人形形相具足以無福故常從他乞皆由先世不肯布施以慳嫉妬而自覆蔽現世報熟而受是苦猶如田夫愚癡無智遠至妻家道路飢渴旣入其舍復值無人即盜粇米滿口而齚

未咽之頃家人即至是人慚愧復不得咽惜不吐棄家人見已即問之言君患何等乃如是乎是人聞已默然無言爾時妻家眷屬大小即將良醫而爲診之見其口頰堅如木石更無餘計即以刀割是人二頰既破之後亦無膿汚但見生米滿其口中是人以是覆藏盜事得是現報猶如女人覆藏懷妊臨產之日受大苦惱發聲大喚乃令一切悉共知之人亦如是覆藏諸罪報熟之時苦惱所逼現露於世或坐慳惜嫉妬居心而受此苦我今杜塞一切諸路不令慳妬而來入心我今當集一切所施安止衆生於布施中時善吉王思是事已常行布施無有休息當其施時心喜無量當是時也魔王波旬愁憂不樂而作是言怪哉善吉云何一旦爲我怨對而欲空虛我之境界我有大力能伏諸仙飲水食果行諸苦行善能成辦諸呪術者我射華箭乃至一發令持戒者悉皆破壞譬如風吹驅折大樹我今波旬雖射三發恐不能令善吉菩薩身心傾動何以故外道諸仙無有智慧慈悲之心不求利他正爲自樂是故被箭尋即退散善吉菩薩有大智慧慈悲心厚不求自樂常爲一切我今雖射乃至三發猶恐不能令其退散何以故是人必定爲諸衆生求無上道不久當得阿耨多羅三藐三菩提故及其未成我於中間或可留難令其破壞譬如有人始遇患苦或有醫師少給湯藥則可令差亦如小樹初生之時以爪能斷及其長大雖有百斧伐之猶難曼此菩薩未成無上正眞之道當速壞之時善吉王多行布施疲極

獨處靜坐而息爾時波旬在上空中身出光明遏絕日月而說是語善吉大士善哉善哉汝今真能推求正法愛念衆生猶如慈母愛念其子善男子汝欲增長一切善法而反熾然一切惡法猶如有人欲食甘露而食毒藥欲求安樂而反入賊欲安隱身反服非藥欲除斷渴愛反飲醎水欲斷婬欲反樂衆女善男子汝不知耶有諸檀越以施因緣皆墮地獄是故我今憐愍汝故種種分別汝當受持從今以往當斷施想生慳惜心爾時波旬即化作地獄滿中罪人以示善吉復作是言如是人等皆由先世好行布施貪求正法是故今日悉墮是中受大苦惱大王當知是中罪人雖以刀斧共相斫截支節段段悉墮在地而命猶存不肯死也以熱銅鍱周帀纏身舉身烟出命亦不盡雖以千釘釘挓其身猶張牛皮亦復不死東西馳走常遇熾火冷熱諸風逼切其身或有惡風吹散其體或被鎚打令如塵末飢吞鐵丸渴飲洋銅或入刀林攀緣劒樹或在大鑊隨湯上下糜爛猶如熟豆是諸衆生雖受如是種種苦惱然其命根亦不肯盡大王當知我今從王無所求欲亦復不須供養之具以王修行邪僻之道是故我今為說正道時善吉王見地獄中如是衆生即生悲心而作是念如是衆生流轉生死無有出期已受無量種種苦惱今復於此地獄受苦可愍可傷何時當得斷諸苦惱令無有餘如是衆生先行惡法今受苦報自作自受實非我咎我今定知是諸無量受苦衆生皆由先世身口意業多作不善故令今日墮是

罪中定不緣施而受此苦也時善吉王以慈悲心向波旬而作是言善哉大士汝具慈悲有憐愍心善說道非道相若使施者受如是苦諸受施者復在何處波旬答言善哉菩薩汝有深智能問是義諦聽諦聽當爲汝說時魔波旬以巳神力即時化諸天色像以天瓔珞寶鬘華香莊嚴其身無量妓樂以爲娛樂諸天婇女侍使左右種種諸樹常出甘果華樹瓔珞衣服飲食等樹羅列在前無量衆鳥相和而鳴其聲和雅甚可愛樂處處多有流泉浴池金色蓮華布於水上無老病死苦惡音聲身處七寶微妙宮殿魔化是巳即示菩薩善男子諸受施者悉皆如是受無量上樂是故汝今應捨施心從是以後可得受是微妙果報爾時善吉即作是念如是之言顛倒虛妄無有義理所以者何我未曾見訶棃勒樹能生甘蔗厠糞之中而出淨蓮華純眞妙金變爲銅鐵信心檀越受地獄苦如是之言多所虧損此言顛倒定是魔說即作是言善哉善哉善能分別如是功德汝則巳爲攝取於我復語魔言汝今當知如蠅蟲翅所有風力不能吹動須彌山王以汝風力欲令我動亦復如是如先所說言諸施主以施因緣墮於地獄諸受施人生天上者正合我願願我從今獨爲施主常墮地獄令諸衆生悉爲受者生於天上一身受苦令多受樂豈非菩薩本誓願耶我今定知汝是波旬汝亦不能常與我戰我從昔來常集施心汝今云何卒令我捨菩薩摩訶薩修行如是檀波羅蜜乃至天魔不能留難

僧伽斯那所撰菩薩本緣經卷第二

音釋

擕蒲擕抽居切擕蒲博戲也　蓏郎果切蔓生曰蓏　顫音戰四肢顫動也　矇音蒙不明也　扼腕扼音厄握也腕烏貫切臂腕也　瞤輸閏切月動也　獷居猛切惡也　齚助陌切齧也　診章忍切候脈曰診　刳音枯剖也　鍱音葉　釘釘上當經切下丁定切　挓張格切張伸也

僧伽斯那所撰菩薩本緣經卷第三

吳月支優婆塞支謙譯

月光王品第五

菩薩摩訶薩　行無上道時　爲諸衆生故乃至捨頭目

我昔曾聞是迦尸國過去有王名曰月光修菩提道爲求法利常詞諸欲其王形體端嚴姝好才智過人天下少雙質直不諂所言柔軟至誠無欺遠離瞋恚同止歡樂恭敬沙門諸婆羅門慈仁孝順供養父母隣國諸王承服德故而重伏之遥揖爲友名德流布徧於諸方常能利益無量衆生擁護國土所有人民猶如慈母愛其赤子又於後時竊生此念我當云何令諸衆生心歡喜耶即命大臣而作是言卿等今可莊嚴此城懸諸華蓋豎寶幢旛掃灑燒香以華散地無令人民而有憂苦悉以寶瓔珞瓔珞其身衣服被飾極令鮮明諸臣跪諾敬奉王命即出宣告舉城人民卿等各各莊嚴城郭所有里巷極使清淨令如三十三天宫殿時月光王乘一大象出於宫殿即命一臣卿持我聲告諸人民我今莊嚴如此城郭非爲貪欲貢高憍慢畏怖他怨以禦寇敵亦不求作轉輪聖王我今所以莊嚴此城唯欲令諸一切衆生受無量樂不墮地獄畜生餓鬼卿等今日宜應於我起父母兄想善知識想若入我宫當如己舍所須之物隨意自取我今大施莫自疑難取物之後當行善法供身之餘復當轉施諸人若須我身命亦不愛也唯願一切皆受安樂時月光王説是言已宫中所有微妙寶物使人負出

隨意布施視諸人民猶如父母兄弟赤子顏色和悅猶如秋月一切人民瞻戴是王如父如母如兄如弟善心視王目如初蓮當于爾時國中人民無有持刀杖者悉皆隨王奉行十善猶如牛王諸牛隨從亦如衆星隨逐於月譬如衆商隨商主後亦如衆兵隨逐主將譬如蒲萄其子甘故生果亦甘如栴檀樹根華俱香是月光王令諸人民等行十善亦復如是當是時也其國乃至無有一人瞋嫉憍慢貢高剛强盜人財物奸犯他妻兩舌惡口貪恚邪見是月光王雖非聖帝而其人民悉行十善是時人民雖無草衣果蓏之食而其體貌與仙無異皆貪深山空閑之處以愛王故不能捨離時王如是行善法已有諸沙門婆羅門等稱傳其德徧滿諸方爾時有一老婆羅門捨家愛欲居在雪山長髮鬚爪爲梵行相結草障身水果禦飢聞有人言月光王者好施無慳聞是語已因往本習即生惡念猶如猛火投之膏油膏油既至倍復熾然亦如毒藥投生血中其力則盛譬如渴人飲於醎水如秋增熱春多洟唾是婆羅門住深山中聞王功德增益瞋恚亦復如是猶師子瞋聞獐鹿聲是婆羅門增長瞋恚亦復如是復作是念一切世間皆悉愚癡無有智慧而爲是王之所誑惑我今當往求索一物審如是王能捨離不復作是念但不有人從乞身命若有索者必當退轉作是念已即出深山棄捨淨法瞋恚增長口如赤銅銜脣切齒睚矘角張譬如惡龍放雹殺穀如金剛杵摧破大山如阿脩羅王遮捉日月猶如暴雨漂沒村

落猛盛大火焚燒乾草是婆羅門亦復如是持是惡心往迦尸城月光王所示現如是本習惡相身體戰動口言謇吃行不直路手拳繚戾眉髮迅麗頭鬚剌竪覆手五指如五龍頭心中毒盛猶如惡蛇瞋氣怫鬱煙燄俱起詐言大王我在雪山遥聞王名歡喜踊躍無量我觀諸王無如汝比而此土地功德難量復得值遇如是法王大王今日爲利益他應當自捨所有身命修正法者卧寤常安我今欲請大王一事王即答言大婆羅門不須多語請列所作隨其所須悉當奉施若象馬車牛金銀瑠璃衣服珍寶奴婢使人悉當給與婆羅門汝今當知是諸衆生三毒所惱流轉生死無有脱期老病死法常害衆生唯我一人能獨出離但爲衆生故久住世耳隨汝所愛悉當與之婆羅門言王若能爾先當定心莫令傾動王即答言我從昔來常立誓願心難得動我爲衆生發菩提心尚捨身命況餘外物汝今當知家有錢財不能施者當知是人則爲守奴猶如毒樹雖生華實無人受用井深繩短水無由得有財不施亦復如是若見乞者面目顰感當知是人開餓鬼門婆羅門言善哉大王搆之虚言復何所益若能爾者以頭見施時諸大臣聞是語已語婆羅門言怪哉大賊從何處來以此人口宣無義言即以土石競共打分復共唱言如此人者非婆羅門何處當有衣草鹿皮長髮節食宣説如是棘刺之言身體被服猶如仙聖口所發言劇旃陀羅身行口言不相副稱當知必定非婆羅門乃是羅刹弊惡鬼神咄哉惡人汝

今來此欲乾我等正法河耶如金翅鳥欲食
法龍斷法雨乎汝如惡風吹滅法炬是大惡
象欲拔法樹成死惡人無有道理口發言時
舌何不縮如何大地能載汝形日光赫燄不
焦汝身云何彼河不漂汝去時婆羅門語諸
大臣汝等癡人何故見訶譬如惡狗吠彼乞
者汝今疑我非婆羅門從遠求耶非是博學
出家人乎汝等愚惡亦不能知諸婆羅門所
有威力汝不知耶日月虧盈大海鹹苦闍兔
神仙吞飲恒河十二年中斷絕不流自在天
王面上三目瞿曇仙人於釋身上化千女根
婆私吒仙變帝釋身爲羖羊形毗仇大仙食
須彌山如食乳糜如此之事盡是我等婆羅
門力我今來此亦不爲卿空言綺飾誰當不
能君王自言能一切施我今從乞有何可責

時月光王即語諸臣卿等今者不應見遮我
今當令此婆羅門所願滿足汝當觀察我今
治國無有貪婬瞋恚愚癡所得果報今已成
就捨身時到如蛇脫皮汝等當知我今以此
不堅之身易彼堅身不堅之財貿易堅財不
堅之命貿易堅命如我先時常爲汝說大人
之法今正是時亦常勸汝向於正法閉塞諸
惡開諸善門於菩提中種諸善根薄諸煩惱
漸解家繫如我所得如是功德汝亦當得是
故我今放捨身命汝當歡喜不應憂苦若我
貪身不能爲者猶當苦言慰喻令作況我今
日能自開割而汝反更遮固不聽譬如有人
以草易氂服毒愈病我亦如是捨不堅牢身
得堅牢身時諸大臣復作是言于今不應計
如是事得堅牢身時諸大臣復作是言王今

不應計是事也所以者何大王乃是臣等所依王令此身一切共有共有之法何得獨爲一婆羅門而欲放捨捨此身已財施之事云何能辦若不能辦受苦者衆王身雖一天下共之云何今日獨欲自在譬如多人共一妙寶有人獨用豈得自在王身今者亦復如是爾時大王和顔悦色向諸大臣復作是言汝等先當起慈愍心觀婆羅門然後我當捨頭施之爾時大王告婆羅門汝小遠去聽我慰喻諸臣民已當相發遣時婆羅門即便小却爾時大王告諸臣言汝不知我本日所願常欲利益諸衆生耶我已爲汝所作成辦復當滿此婆羅門願此婆羅門曾於往昔與我有怨餘報未畢常以繫心更無餘緣可以償之要當捨頭而今求畢自我受身常行正法今爲此人亦行正法卿等速去喚婆羅門令還本處作如是言汝無巧智不知時宜於大衆中求索我頭何故不於僻靜之處而求索耶我今爲汝諫喻諸臣令汝安隱得全性命設不諫者汝之身命何得全濟汝小遠去至彼靜處須我發遣諸大臣已我當就汝斷頭相施時婆羅門聞王語已即便遠去爾時大王遣諸臣已即便至彼婆羅門所言汝今若爲我怨所遣索我頭者我亦於汝無讎嫌心若自來索有何因緣汝婆羅門應起慈心設起慈心即當生天怨心如火汝當速滅瞋恚在心不見法義修忍之人除去瞋恚瞋恚汙心形不端正猶如雲霧障蔽淨月出家之人所不應生生瞋恚者不得端正猶如飲酒噫氣臭穢婆羅門言汝今所説唯爲妙善而我麤

獲何能信受但施我頭無更餘言我今聞汝所說雖善聞已倍更增益瞋恚猶如膏油投之猛火時王答言我從生來未曾勸人而爲惡事今此身者隨汝自斫是身可惡猶如糞坑實不愛之但憐愍汝墮地獄耳婆羅門言言地獄者爲在何處爾時大王即起悲心而作是言怪哉衆生咄哉世間乃無一人修行善法爲己利者我雖種種勸諫是人而其本心猶樂行惡譬如蒼蠅在蜜器中有人拔出心猶樂著以樂著故乃至喪命是婆羅門亦復如是時婆羅門持一利刀以鹿皮覆即便出之捉王頭髮繫之樹上以瞋恚心欲斬王頭刀誤不及斫斷樹枝時婆羅門謂已斫竟即生歡喜以是菩薩及諸天神威德力故乃至不見其王身首爾時樹神語婆羅門言何處當有婆羅門人受畜利刀殺害人命汝手云何不墮於地地何不裂陷汝身耶云何於此清淨人邊生是惡心汝身所以不陷地者賴是菩薩擁護汝故時婆羅門謂得眞實斷菩薩頭怨心得解即便還去王亦還宮身安無損菩薩摩訶薩行檀波羅蜜時能作如是無所不捨

兎品第六

菩薩摩訶薩　若墮於畜生　所行諸善法
外道不能及

如我曾聞菩薩往昔曾爲兎身以其先世餘業因緣雖受兎身善於人語言常至誠無有虛誑智慧成就遠離瞋恚於人天中最爲第一慈悲熏心調和軟善悉能消滅諸魔因緣言行相副眞實無諂殺害之心永無復有安

住不動如須彌山與無量衆而爲上首常爲諸衆而說是言汝等不知墮惡道耶是身可患夫惡道者地獄畜生餓鬼阿脩羅如是等名畜生餓鬼阿脩羅如是等名爲惡道汝等今當至心諦聽墮惡道因緣所謂十惡我於往昔曾聞諸仙分別開示心亦思惟今當爲汝畧解說之四法根本多諸過患所謂貪欲瞋恚愚癡憍慢因貪欲心行十惡者墮於餓鬼因瞋恚心行十惡者墮於畜生因愚癡心行十惡者墮於地獄因憍慢心行十惡者墮阿脩羅因此四法所往之處常受苦惱汝等當觀地獄中有猛火熾然利刀劍剥常爲狗犬之所噉食鐵觜諸鳥挑啄其目灰河壞身猶如微塵復爲諸椎之所打碎利斧刀劒截其手足寒冷惡風吹劈其身二山相拍身處其中汝等當知設我盡壽至百千世解說如是地獄衆生不能得盡如是地獄有種種苦汝今復當聽餓鬼中種種諸苦所謂飢渴所逼身體乾枯於無量歲初不曾聞漿水之名乃至穢糞求不能得頭髮長利纏繞其身故令身中支節火然遥望見水至則火坑飢渴所逼往趣糞穢復有惡鬼神持刀杖固遮今說此事倍令我心驚畏怖懼阿脩羅者雖受五欲與天無別憍慢自我無謙下心遠善知識不識不信三寶亦復不爲善友所護於世間中起顛倒想雖見諸佛心無敬信於上諸天常生惡心繫念伺求諸天過失汝等當知憍慢之結多諸過咎無所利益所以衆生不成道果無不由此憍慢熾盛自是非彼譏刺訶責世間衆生以憍慢故增長邪見邪見因

緣誹謗三寶謗三寶故受阿脩羅阿脩羅中所受衆苦若爲故欲盡說不可得盡以愚癡因緣墮畜生中多受衆苦受種種形食種種食種種語言行住不同無足二足四足多足水陸空行牛羊駝驢猪豚雞狗飛鳥走獸如是等輩常爲愚癡之所覆蔽常處盲冥無有智慧各各相於起殺害想互相怖畏猶如怨賊常爲獵師屠膾所殺復爲師子虎狼犲犬無量惡獸之所攫食常墮坑埳罥索羅網生則負重死則刻剝駕犁挽車鐵鉤鉤斲�絆拘執常苦飢渴口乾舌燥雖有所須口不得宣稚小孤迸遠離父母水草無量常不充足畜生惡報世間現見是故我今畧爲汝等而解說之如我先業惡因緣故受是兎身唯食水草恒多怖畏是故汝等應修善法善法因緣生人天中雖人道中有諸苦惱劇於諸天猶當發願願生人中譬如官法爲犯罪者造作土窖凡有三重重罪之人置在最下中罪之人置之中間罪極輕者置于上重行惡業者亦復如是極重惡者墮于地獄中品惡者受畜生身最下品者生餓鬼中遠離如是三品惡已得生人中生人中已行善不善行上善者入於涅槃如已舍宅是時兎王常爲諸兎宣說如是善妙之言爾時有一婆羅門種猒世出家修學仙法不惱衆生離欲去愛和顏而言身無麤獷飲水食果及諸根藥少欲知足修寂靜行長養髮爪爲梵行相是時仙人忽於一時遥聞兎王爲兎說法聞以心悔而作是言我今雖得生於人中愚癡無智不如是兎王生畜生中曉了善法譬如日光障

蔽月光我亦如是雖生人中爲彼畜生之所障蔽彼雖畜身或是正法之將或是梵王大自在天我今聞彼所説之法心調柔和譬如人熱入清冷水恠哉師子多行惡業受是獸身云何復當殺如是兎如是兎者乃是純善形雖如是乃能修行仙聖之法雖生畜生而能宣説善惡之相我從本來無可諮禀尊敬之處今得遇之甚善無量是時仙人即起合掌往至兎所至兎所已却坐一面合掌向兎而作是言汝是正法之身將不受兎身所有必定純善之法唯願爲我具足説之我所修學長養鬚髮草衣食果今實獸之譬如鑽水求酥是實難得我亦如是終身長髮草衣食果雖修苦行正法難得我今雖得生於人中受人形體遠善知識修行惡法如七葉華正可遠瞻不中親近我亦如是修行惡法有智之人視之遠去終不親近汝眞梵王假受兎身兎時答言大婆羅門若我所言悅可汝心甚不愛也所以者何我久已離慳悋之結往昔發心便當涅槃但爲衆生故久住生死時婆羅門聞是語已心生歡喜汝是大士能爲衆生久處是中即便隨逐經歷多年飲水噉果與兎無別是時世人多行惡法以是因緣令天炎旱草木華果枯乾不出海池井泉諸水焦涸其地所有林木蓬茹藂草地土人民收拾去盡時婆羅門飢窮困苦和顏向兎而作是言我今欲去願不見責兎聞是已即生念言今此大仙不樂此處故欲相捨即前問言此處何過有何相犯大仙當觀身服如是芻草之衣令心愁惱非所宜也如婆羅門入

婬女舍甚非家法也婆羅門言汝之所説實入我心是處清淨實無過患諸兎自修亦不相犯但我薄祐困乏飲食是故俛仰欲相捨去汝今當觀一切衆生無不因食以活此身汝之所説善妙法要今雖遠離要當終身佩之心腑不令忘失汝復當知我心無慈爲穢食故而相捨離時兎答言汝所爲者蓋是小事云何乃欲相捨離去婆羅門言我空飲水已經多日恐命不全是故量宜欲相捨離兎聞是已念言善哉是婆羅門乃能爲法飲水多日即便説言汝若去者我則更無如是福田唯願仁者明受我請雖知菩薩於福田中心無分別然施極苦飢渴衆生其福最大雖知二目是常所護然當先救苦痛之處汝今是親善知識是我所尊有大功德是故我今欲施微供汝今當知人有四種施亦有四所謂下者下中下者智者智中智者云何下者施時發心求於諸有下中下者畏怖故行於布施智者有恭敬心而行布施智中智者有大悲心而行布施我今於是四施之中趣行一施唯願明旦必受我請時婆羅門即作是念此兎今日爲何所見見死鹿耶或死兎乎心即歡喜然火誦呪是兎其夜多集乾薪告諸兎言汝等當知是婆羅門今欲捨我遠去他家我甚愁懊惱身體戰慄世法如是無常別離虚誑不實猶如幻化合會有離猶如秋雨有爲之法如是等無量過患諸行如夢熱時之燄衆生命盡無可還者汝等今者知世法如是而不能離是故汝等要當精勤壞三有乎爾時兎王竟夜不眠爲諸兎衆説法如

是夜既終已清旦地了於薪聚邊即便吹火火然之後語婆羅門言我昨請汝欲設微供今已具辦願必食之何以故智人集財欲以布施受者憐愍要必受用若有凡人多畜財寶以施於人此不爲難我今貧窮施乃爲難唯願哀矜必定受之我今深心清淨啓請唯願仁者必受不疑說是語已復自慰喻我今爲他受安樂故自捨己身無所貪惜大如毫釐如是福報願諸衆生證無上智自慰喻已投身火坑時婆羅門見是事已心驚毛竪即於火上而挽出之無常之命即便斷滅諦觀心悶抱置膝上對之嗚唼並作是言愛法之士慈愍大仙調御船師爲利衆生捨身壽命今何所至我今敬禮爲歸依主我處此山長髮重擔雖經多年無所利益我願從今常相頂戴願汝功德具足成就令我來世常爲弟子說是語已還持兎身置之於地頭面作禮復還抱捉猶如赤子即共死兎俱投火坑爾時釋天知是事已大設供養收骨起塔菩薩摩訶薩修行如是尸波羅蜜不誑於世

僧伽斯那所撰菩薩本緣經卷第三

音釋

矐 呼郭切明也　謇吃 謇九輦切吃居乙切謇吃語難也　怫 符弗切鬱滯也　顰蹙 顰毗賓切蹙子六切顰蹙愁皃也　坌 蒲悶切塵坌也　劇 竭戟切甚也　毳 此芮切細毛也　剫 匹美切切也　嗺 即委切與嘴同　劈 普擊切裂　攫 居縛切爪持也　掐 苦感切與坎同　斵 音卓斫也　䩭 居宜切與羈同　窖 古孝切土藏也　唼 子合切齧也

僧伽斯那所撰菩薩本緣經卷第四

吳月支優婆塞支謙譯

鹿品第七

菩薩摩訶薩　行六波羅蜜　乃至上怨中
終不生惡心

我昔曾聞菩薩往世墮畜生中而爲鹿身兩脅金色脊似瑠璃餘身雜廁種別難名蹄如硨磲角如金精其身莊嚴如七寶藏常行利益一切衆生所有善法具足成就身色光燄如日初出諸天敬重爲立名字號金色鹿爲無量鹿而作將導而是鹿王多行慈悲精進智慧具足無減有大勇猛善知人語爲調衆生示受鹿身爾時鹿王遊於雪山其中多有叢林華果流泉浴池若諸禽獸共相憎惡生賊害心以是菩薩威德力故悉滅無餘在空寂處常教諸鹿遠離諸惡修行善法告諸鹿言汝等當聽諸行之中當觀小惡猶如毒食如是小惡不當受之當觀小善爲親友想常應親近精勤受持汝等諸鹿以身口意行諸惡故墮畜生中不能修行所有善法愚癡覆故受是畜身經無量世難得解脫生死之中欲受樂者要因正法而爲根本夫正法者能護衆生不墮惡趣爲度煩惱苦海之人而作橋梁如人處險要因机杖亦如執炬覩見諸器行正法者亦復如是夫正法者最可親近不可破壞能示衆生無上大道是能爲受樂者聞是法能令喜心不斷行是法者心無所畏是法能除一切諸惡譬如良藥療治衆病以是因緣常應憶念不令忘失若忘失者此生空過一切世間皆悉虛誑唯有布施忍辱

慚愧智慧之法乃是眞實若能修行如是等法是則名爲具足正法爲諸鳥獸當説是法令諸聽者心離婬欲當是時也猶如賢聖遠離諸惡不加侵害復於後時與諸群鹿遊止一河其水廣大深無涯底暴漲急疾多所漂沒壞諸山岸吹拔大樹一切鳥獸無敢近者時有一人爲水所漂恐怖惶懅莫知所至身力轉微餘命無幾舉聲大喚天神地祇誰有慈悲能見救濟苦哉我今日與室家别今日困頓誰可歸依我昔曾聞世有一鹿修學仙法有大慈悲唯是當能深見濟拔是時鹿王在衆鹿前聞如是聲即便驚視誰受苦厄發如是言我聞是已其心苦惱如彼受苦等無差别尋告諸鹿汝當隨意各自散去吾欲觀覓平整之處自恣飲水以充渴乏諸鹿聞已尋即四散鹿王即便尋聲求之見有一人爲水所漂復爲木石之所振觸多受苦惱鹿王見已即作是念水急駛疾假使大魚亦不能度我今身小力亦微末竟知當能度是人不寧令我身與彼俱死實不忍見彼獨受苦復作是念若使是人在於陸地爲象所困可得爲作方便救護今在此水漂疾急速我當云何而得救拔我設入水不能濟者一切聞知當見嗤笑自知不能何故入水我今雖有慈悲之心身力微末恐不能辦我今要當倍加精進以不休息而往救之即作是言汝今不應生怖畏心我今入水猶如草木假使身滅要當相救是時鹿王踴身投河至彼人所即命溺人令坐其背溺人即坐安隱無慮猶如有人安坐橍席其河多有木石之屬互相振

觸身痛無賴是時鹿王擔負溺人至死不放劣乃得出至于彼岸溺人爾時既得救拔安隱出已即語鹿王我之父母所長養身爲已滅沒今之身命實是汝有汝雖鹿王身命相屬所可勑使唯垂告語爾時鹿王告其人言汝今且聽我於汝所不求功果亦無有心生貢高想我今不惜如是身命但欲爲他而作利益汝今當知我受獸身常處於林野自在隨意求覓水草雖不侵犯居民邑落然是我罪多諸怨憎兼復怖畏師子虎狼諸惡走獸射獵之徒無所歸依無守護者我雖鹿身雜色微妙一切世間悉無見者以相救濟唯汝見之昔我立誓若見若厄要令度脫人雖有力見苦不救當知是人爲無果報如不種子不收果實若念我者當善攝口知恩念恩賢聖所讃不知恩者現世惡名流布於外復爲智者之所訶責將來之世多受惡報知恩之人二世安隱悲施因緣而得自在不修多聞具大智慧雖無水浴清淨無垢離諸香熏得無上香離諸瓔珞得眞莊嚴遠離所依而得自護雖無刀仗人無侵者汝當知之知恩之人所得功德說不可盡不知恩者所得過患亦復無量是故汝今應善護口爾時溺人聞是語已悲喜交集涕淚橫流即禮鹿足而作是言汝常說法示諸衆生涅槃正道汝如良醫除斷衆生心熱病苦汝是世間第一慈父是尊是導實貪隨侍朝夕稟受我若遠離經一念頃必當爲惡無所堪任我今設去雖有形體當相遠離而心未敢生捨離想也說是語已尋便即路鹿王望之遠不見已即還本

處衆鹿之中是時溺人既還家已忘恩背義破滅法炬自焦其心斫伐法樹乃植毒林心爲惡器盛衆怨結爲現世利即至王所而白王言大王當知臣近入山見有一鹿身色微妙如七寶貫在衆鹿中而爲上首猶如滿月處衆星中其皮雜色任覆御乘臣知此鹿遊住之處時王聞已心驚喜曰卿示吾處吾自往取溺人答王敬奉所勅王即嚴駕鴐令在前導千乘萬騎隨後而往是時鹿王在衆鹿中疲極而眠爾時虛空多有衆鳥見王軍衆各相謂言是王必爲金色鹿來時有一鳥即至鹿所啄鹿王耳鹿王驚悟心即念言此鳥何緣來見覺之從昔已來衆鳥等類顧復圍繞無敢近者今日何故觸犯我身鹿即起立遥望王軍四方雲集已來近至復作是念如是衆鳥實無過咎譬如有人所尊陷墜以手牽挽豈是過耶爾時鹿王即知是彼溺人白王說我身色及以住處復作是念是諸衆生無慈悲心世間所有師子虎狼常是我怨聞我說法怨心即息是人無理得生人中忘恩背義反於我所而生毒害如妙香花置之死屍即時可得人不喜見是人亦爾爲得現世少許樂分捨離將來無量樂報爾時鹿王即向諸鹿而作是言汝等莫愁王今所以來至此者正爲我身不爲汝也我今雖能逃避遠去亦能壞碎彼之軍衆要當畢命自往王所若我如是汝等便當東西波迸乃至喪命是故我今爲汝等故當往王所但隨我後莫生恐怖當令汝等安隱無患汝等當知我若發心欲入涅槃即能得之所以不取正爲汝等我

至王所設使喪命但令汝等安隱全濟吾無所恨作是語已即至王所溺人見已尋示王言所言鹿王此即是也作是言已兩手落地時王見已即便下馬心驚毛竪而作是言汝手云何斷落如是即捨刀仗獨往鹿所鹿見王時心中愁惱王作是念彼雖獸身非實鹿也即是正法勇出之王爾時鹿王即白王言大王何緣放捨刀仗身體流汗狀似恐怖若使於我生恐怖者我是修慈終不相害如月生火無有是處時王聞已心得安隱即向鹿王而作是言是人何緣兩手落地然如向言能施我等無所怖畏云何是人直示汝身得如是報汝向自言能施衆生無所畏怖云何乃令是人如是若言不施一切世間即當火然是時鹿王復白王言譬如有人犯官重事惱觸無諍清淨比丘如是之人得大重罪不知恩者亦復如是得大重罪王今當知是人自作自受其報非我因緣王即問言唯願廣說我樂聞之鹿王答言願王問彼不須我說王即問人卿今何故二手落地是時溺人即爲其王廣說本緣王既聞已即作是念作是事已云何當得不受報也若有困厄依恃他人乃至一念常應報恩況復多時受斯重恩而不能報反生賊害豈當不受如是報也如人執時止息涼樹是人乃至不應侵損是樹一葉受恩不忘亦復如是爾時國王復向鹿王長跪叉手而作是言我從今日常相歸依鹿王答曰審能爾者敬受來意王復言曰汝今愛我願求何等鹿王答曰若能於我生尊想者今當諦聽我是獸身唯賴水草以自存

活餘無所求大王當知是人昔爲水所漂困無救護者餘命無幾我於爾時猶能救之王今若有慈悲之心當視是人如赤子想若視是人即亦視我是人愚癡無知可愍命終之後必墮地獄經無量歲備受衆苦是故應當於是人所生慈愍心大王譬如有人多諸子息愛無偏黨然於病者心則偏重菩薩亦爾於惡衆生偏生悲愛以是衆生懷惡法故是故菩薩爲諸衆生發菩提心爾時大王復更歛容而作是言汝今眞是調御大師護持正法救濟危厄歸依之處能除衆生一切怖畏是諸衆生多行惡法身應陷地所以不没諒由大士護持故也從今巳往施諸鹿群無所畏樂我今終身願爲弟子若汝來世成無上道願先濟度於是國王説是語巳即告群臣舉國人民自今爲始不得遊獵殺害爲業菩薩摩訶薩行尸波羅蜜時雖受獸身於諸怨憎乃至不生一念惡心

龍品第八

菩薩摩訶薩　處瞋猶持戒　況生於人中
而當不堅持

如我曾聞菩薩往昔以恚因緣墮於龍中受三毒身所謂氣毒見毒觸毒其身雜色如七寶聚光明自照不假日月才貌長大氣如鞴風其目照朗如雙日出常爲無量諸龍所繞自化其身而爲人像與諸龍女共相娱樂住毗陀山幽邃之處多諸林木華果茂盛甚可愛樂有諸池水八味具足常在其中遊止受樂經歷無量百千萬歲時金翅鳥爲飲食故乘空束身飛來欲取當其來時諸山碎壞泉

池枯涸爾時諸龍及諸龍女見聞是事心大恐怖所服瓔珞華香服飾尋悉解落裂在其地諸龍夫人恐怖墮淚而作是言今此大怨已來逼身其嘴金剛多所破壞當如之何龍便答曰卿依我後時諸婦女尋即相與來依附龍龍復念言今此婦女各生恐怖我若不能作擁護者何用如是殊大之身我今此身爲諸龍王若不能護何用生爲行正法者要捨身命以擁護他是金翅鳥之王有大威德其力難堪除我一身餘無能御我今要當捨其身命以救諸龍爾時龍王語金翅鳥汝金翅鳥小復留神聽我所說汝於我所常生怨害然我於汝都無惡心我以宿業受是大身稟得三毒頗有是力未曾於他而生惡心我今自忖審其氣力足能與汝共相抗禦亦能遠燄大火投乾草木五穀臨熟遇天惡雹或變大身遮蔽日月或變小身入藕絲孔亦壞大地作於江海亦震山嶽能令動搖亦能避走遠去令汝不見我今所以不委去者多有諸龍來依附我所以不與汝戰諍者由我於汝不生惡故金翅鳥言我與汝怨何故於我不生惡心龍王答言我雖獸身善解業報審知少惡報逐不遠猶如形影不相捨離我本與汝所以俱生如是惡家悉由先世集惡業故我今常於汝所生慈愍心汝應深思如來所說

非以怨心　能息怨憎　唯以忍辱　然後乃滅

譬如大火投之乾薪其燄轉更倍常增多以瞋報瞋亦復如是時金翅鳥聞是語已怨心即息復向龍王說如是言我今於汝常生怨

心然汝於我乃生慈心龍王答言我先與汝俱受佛語我常憶持抱在心懷而汝忘失了不憶念金翅鳥言唯願仁者爲我和尚善爲我說無上之法我從今始惠施一切諸龍無畏說是語已即捨龍宮還本住處爾時龍王遣金翅鳥還本處已慰喻諸龍及諸婦女汝見金翅生怖畏者不其餘衆生覩見汝時亦復如是生大怖畏如汝諸龍愛惜身命一切衆生亦復如是當觀自身以喻彼身是故應生大慈之心以我修習慈心因緣故令怨憎還其本處流轉生死所可恃怙無過慈心夫慈心者除重煩惱之妙藥也慈是無量生死飢餓之妙食也我等往昔以失慈心故今來墮此畜生之中若以修慈爲門戶者一切煩惱不能得入生天人中及正解脫慈爲良藥更無過者諸龍婦女聞是語已遠離恚毒修習慈心爾時龍王自見同輩悉修慈心歡喜自慶善哉我今所作已辦我雖業因生畜生中而得修行大士之業爾時龍王復向諸龍而作是言已爲汝等作善事竟爲已示汝正眞之道復爲汝等然正法炬閉諸惡道開人天路汝已除棄無量惡毒以上甘露補置其處欲請一事汝等當知於十二月前十五日閻浮提人以八戒水洗浴其身心作清淨爲人天道而作資糧遠離憍慢貢高貪欲瞋恚愚癡我亦如是欲效彼人受八戒齋法汝當知之若能受持如是八戒雖無妙服而能得洗浴雖無墻壁能遮怨賊雖無父母而有貴姓離諸瓔珞身自莊嚴雖無珍寶巨富無量雖無車馬亦名大乘不依橋津而度惡道受

八戒者功德如是汝今當知吾於處處常受持之諸龍各言云何名爲八戒齋法龍王答言八戒齋者一者不殺二者不盜三者不婬四者不妄語五者不飲酒六者不坐卧高廣牀上七者不著香華瓔珞以香塗身八者不作倡妓樂不往觀聽如是八事莊嚴不過中食是則名爲八戒齋法諸龍問言我等若當離王少時命不得存今欲增長無上正法熾然法燈請奉所勑佛法之盛無處不可何故不於此中受持亦曾聞有在家之人得修善法若在家中行善法者亦得增長何必要當求於靜處龍王答言欲處諸欲心無暫停見諸妙色則發過去愛欲之心譬如濕地雨易成泥見諸妙色發過去欲心亦復如是若住深山則不見色若不見色則欲心不發諸龍問言若處深山則得增長是正法者當隨意行爾時龍王即將諸龍至寂靜處遠離婬欲瞋恚之心於諸衆生修大慈心具足忍辱以自莊嚴開菩提道自受八戒清淨持齋經歷多日斷食身羸甚大飢渴疲極眠睡龍王修行如是以戒具足忍辱於諸衆生心無害想時有惡人至龍住處龍眠睡中聞有行聲即便驚覺時諸惡人見已心驚喜相謂曰是何寶聚從地湧出龍見諸人心即生念我爲修德來至此間而此山間復有惡逆破修德者若令彼人見我眞形則當怖死怖死之後我則毀壞修行正法我於往昔以瞋因緣受是龍身三毒具足氣見觸毒如是諸人今來至此必貪我身斷絕壽命時諸惡人復相謂曰我等入山經歷多年求覓財利未曾得見如

是龍身文彩嚴莊悅可人目剥取其皮以獻我王者可得重賞時諸惡人尋以利刀剥取其皮龍王爾時心常利樂一切世間即於是人生慈愍想以行慈故三毒即滅復自勸喻慰沃其心汝今不應念惜此身汝雖復欲多年擁護而對至時不可得免如是諸人今爲我身貪其賞貨當墮地獄我寧自死終不令彼現身受苦諸人尋前執刀剋剥龍復思惟若人無罪有人肢解默受不報不生怨結當知是人爲大正士若於父母兄弟妻子生默忍者此不足貴若於怨中生默受心此乃爲貴是故我今爲衆生故應當默然而忍受之若我於彼生忍受者乃爲眞伴我之知識是故我今應於是人生父母想我於往昔雖無量世故捨身命初未曾得爲一衆生彼人若念剥此皮已當得無量珍寶重貨願我來世常與是人無量法財爾時龍王既被剥已遍體血出苦痛難忍舉身戰動不能自持爾時多有無量小蟲聞其血香悉來聚集唼食其肉龍王復念今此小蟲食我身者願於來世當與法食菩薩摩訶薩行尸波羅蜜時乃至剥皮食肉都不生怨况復餘處也

僧伽斯那所撰菩薩本緣經卷第四

音釋

杌舉履切　掁直庚切揬也　嗤赤之切笑也　啄音卓啐啄也　拽羊列切挽也　韛蒲拜切韋囊也

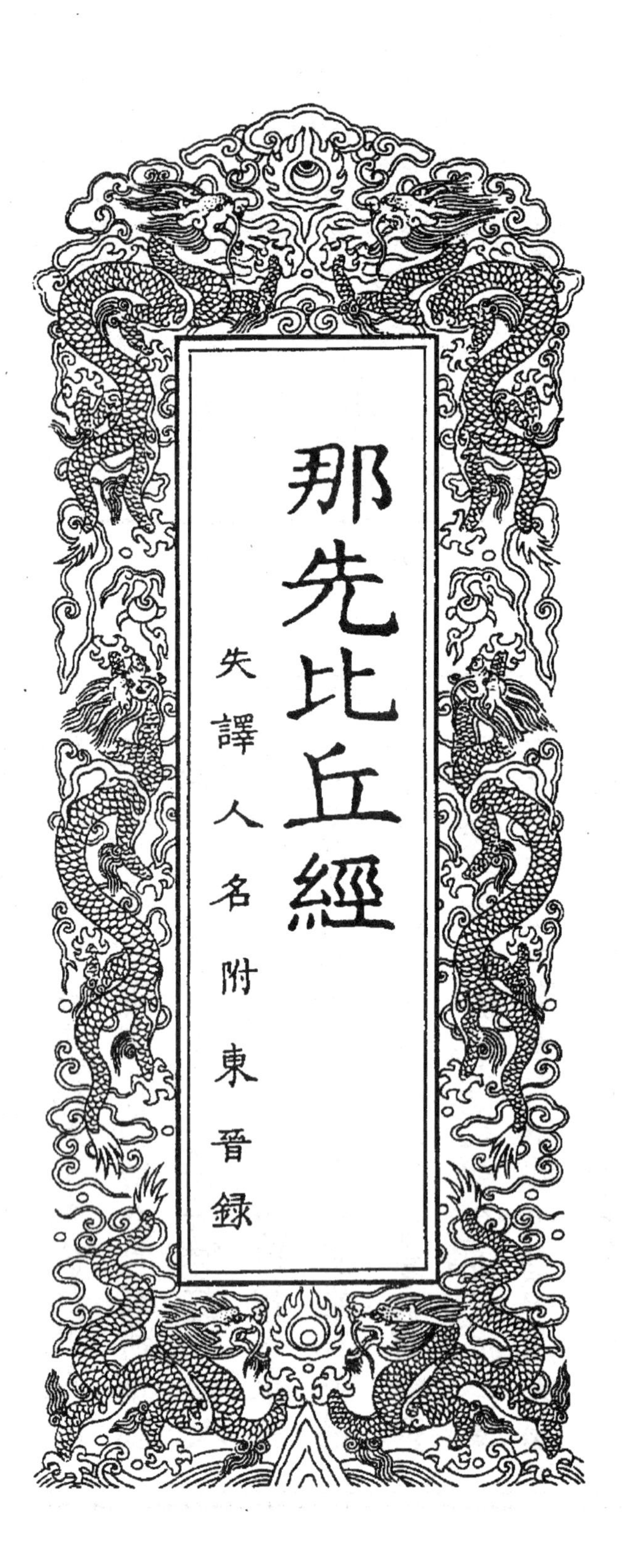

那先比丘經

失譯人名附東晉錄

清刻龍藏佛說法變相圖

那先比丘經卷上

失譯人名附東晉録

佛在舍衛國祇樹給孤獨園時諸比丘僧比丘尼優婆塞優婆夷諸天王大臣長者人民及事九十六種道者凡萬餘人日於佛前聽經佛自念人衆日多身不得安佛意欲捨人衆去到閑屏處坐思惟念道佛即捨人衆去入山至校羅叢樹間其樹有神佛坐其下思念清淨之道去叢樹不遠有羣象五百餘頭中有象王賢善知善惡之事譬如人狀象輩衆多周帀象王邊中有雄雌長齒中齒少齒者象王渴欲行飲水時諸小象走居前入水飲飲已於水中走戲撓撈水令濁惡象王不能得清水飲象王飢欲行食草諸小象復走居前食噉美草走戲蹈躤其上象王不能得

淨草食象王自念我羣衆多患是諸象及小象子撓水令濁令草不淨而返常飲濁水食足踐之草象王自念我欲棄是諸象去至一屏處快耶象王即棄羣而去轉行入山到校羅叢樹間象王見佛佛坐樹下心大歡喜則前至佛所低頭屈膝爲佛作禮却在一面住佛自念我棄衆人來在是間象王亦復棄衆象來到是樹間其義適同佛爲象王說經言佛於人中最尊象王於諸象中亦尊佛言我心與象王心適相中合我與象王俱樂是樹間象王聽經竟心即開解曉知佛意便視佛所彷徉經行處以鼻取水灑地以鼻撈草掃地以足蹈地令平好象王日朝暮承事如是久後佛便取無爲泥洹道去象王不知佛處爲周旋行求索佛不得啼泣愁憂不樂不敢食飲時國中有佛寺舍在山上名迦羅洹中有五百沙門共止其中皆已得阿羅漢道常以月六齋日誦經至明時象王亦在山上近於寺邊象王知有六齋日誦經至其日象王常行入寺聽經諸沙門知象王喜聽經欲誦經時須象王來到乃誦經象王聽經徹明不睡不卧不動不搖象王數聞經承事佛故久後象王亦以壽終死便得爲人作子生婆羅門家不復聞佛經亦不見沙門便棄家入深山學婆羅門道在山上止近比亦有一婆羅門道人俱在山上相與往來共爲知識其一人自念我猒世間縣官憂苦老病死後當入地獄餓鬼畜生貧窮中用是故我除頭鬚被袈裟作沙門求度世無爲道其一人自念我願欲求作國王得自在令天下人民皆共屬

我隨我教令兩人共願如是久後二人各復壽終得於世間作人其一人前世宿命欲求作國王者生於海邊爲國王太子父母便字子爲彌蘭其一人前世宿命欲求度世無爲泥洹道者生於天竺罽賓縣父母便字爲陀獵生便被袈裟俱生所以與袈裟俱生者本宿命所願其家有一象王亦同日生天竺名象爲那父母便因象字其子名爲那先那先長大年十五六有舅父字樓漢樓漢作沙門有絶妙之才世間無比眼能徹視耳能徹聽自知所從來生行即能飛出能無間入無孔自在變化無所不作天上天下人民及蜎飛蠕動之類心所念樓漢皆預知之那先便自往到舅父許自說言我意佛道欲除頭鬚被袈裟作沙門令我當爲舅父作弟子寧可持

我作沙門耶樓漢知那先宿命作善有慧甚重哀之因聽令作沙彌那先始作小沙彌受十戒日誦經學問思惟經戒即得四禪悉知諸經獨未受大沙門戒於時國山中有佛寺舍名曰惒禪惒禪寺中有五百沙門皆得阿羅漢道中有第一阿羅漢名頞陂曰能知天上天下去來見在之事那先年滿二十因作大沙門受大沙門戒便到惒禪寺中至頞陂曰所時五百阿羅漢適以十五日說大沙門戒經在講堂上坐大沙門皆入那先亦在其中衆沙門悉坐頞陂曰悉視坐中諸沙門心皆是阿羅漢獨那先未得羅漢道頞陂曰便說譬喻經言若入折米米正白中有黑米即剔不好令我坐中皆清白獨那先爲黑未得阿羅漢道那先聞頞陂曰說經如是大愁便

起爲五百沙門作禮已即出去那先自念我不宜在是座中坐我亦未得度脱其餘沙門皆已度脱譬若衆師子中有狐狗今我亦如是我從今不得道者不復入衆中坐也頞陂曰知那先意便呼那先著前以手摩那先頭汝今得阿羅漢不久勿愁憂也頞陂曰便欲坐止那先那先復有一師年八十餘字迦惟曰其縣中有一優婆塞大賢善常日飯迦惟曰弟子那先至爲師持應器行取飯具師令那先口含水行到優婆塞家取飯具優婆塞見那先年少端正行與人絶異宿知有慧預聞有明志之名能説經道優婆塞見那先入其舍中便即起立前爲作禮却叉手言我飯諸沙門日久來甞有爲我説經者今從我那先求哀願爲我説經解我愚癡那先即自念我受師教令我口含水不得語我今吐水者爲犯師戒如是當云何那先念優婆塞亦高才有志我爲其説經想即得道那先便吐水而坐即爲説經人布施作善奉行經戒今世安隱後世便生天上下生人中即富明慧富貴後不復入地獄餓鬼畜生中人不奉行經戒者於今世苦後世復墮三惡道中無有出時優婆塞聞經心即歡喜那先知優婆塞心歡喜便復説深經言世間萬物皆當過去無有常在者萬物過去皆苦世間人身亦如是世間人皆言是我身過我許是皆不得自在泥洹道者最樂泥洹者不生不老不病不死不愁不憂諸惡勤苦皆悉消滅那先説經已優婆塞即得第一須陀洹道那先亦自得須陀洹道優婆塞大歡喜便爲那先好美飯那

先語優婆塞先取具著師鉢中那先飯竟澡漱訖畢持飯具還與師師見飯具言若今日持飯具來大好已犯衆人約當逐出汝那先愁不樂師言會衆比丘僧衆比丘僧悉會坐師言那先犯我曹衆人約來當共逐出不得止衆中也頞陂曰說譬喻言如人持一箭射兩準如是曹人不應逐出也那先自說得道亦令優婆塞得道不應逐出那先師迦維曰言正使一箭中百準會爲衆人約不得留止餘人悉不能如那先得道當已絕後不逐出那先者餘人復效無以却後衆坐中皆默然隨師教即逐出那先那先便以頭面著師足起遍爲衆比丘僧作禮禮竟便去入深山中坐樹下晝夜精進念道不懈便自成得阿羅漢道能飛行亦能眼徹視耳徹聽亦能知他人心所念自知前世所從來生得阿羅漢已便即來還入惒禪寺中諸衆比丘僧中叩頭求哀悔過惒禪諸比丘僧諸比丘僧即聽之那先作禮竟便出去那先轉行入諸郡縣街曲里巷爲人說經戒教人爲善中有受五戒者中有得須陁洹道中有得斯陁含道者中得阿那含道者中有作沙門得阿羅漢道者第一四天王第二忉利天帝釋第七梵天王皆來到那先前作禮以頭面著足却坐那先皆爲諸人說經名字徹聞四天那先所行處諸天人民鬼神龍見那先無不歡喜者皆得其福那先便轉到天竺舍竭國止泄坻迦寺中有前世故知識一人在海邊作國王太子名彌蘭彌蘭少小好喜讀經學異道悉知異道經法難異道人無有能勝者彌蘭父王壽

終彌蘭即立爲國王王問左右邊臣言國中道人及人民誰能與我共難經道者邊臣白王言有有學佛道者人呼爲沙門其人智慧博達能與大王共難經道今在北方大秦國國名舍竭古王之宫其國中外安隱人民皆善其城四方皆復道行諸城門皆雕文刻鏤宫中婦女各有處所諸街市里羅列成行官道廣大列肆成行象馬車步男女熾盛乘門道人親戚工師細民及諸小國皆多高明人民被服五色焜煌婦女傳白皆著珠環國土高燥珍寶衆多四方賈客賣買皆以金錢五穀豐賤家有儲畜市邊羅賣諸美羹飯飢即得食渴飲蒲萄雜酒樂不可言其國王字彌蘭以正法治國彌蘭者高才有智明世經道能難去來見在之事明於官事戰鬬之術智謀無不通達時王出城遊戲諸兵衆屯統外其王心自貢高我爲王能答九十六種經道人所問不窮人心適發便豫知所言王語諸傍臣曰尚早入城亦無所作是間寧有明經道人沙門能與我共難經說道者無王傍臣名沾彌利望羣沾彌利望羣白王言然有沙門字野惒羅大明經道能與王共難經說道王便勑沾彌利望羣行往請來沾彌利望羣即行請野惒羅言大王欲見大師野惒羅言大善王欲相見者當自來耳我不往也沾彌利還白王如是王即乘車與五百騎共往到寺中王與野惒羅相見前問訊已便就坐五百騎從悉皆亦坐王即問野惒羅言卿用何故棄家捐妻子剃頭鬚被袈裟作沙門乎卿所求何等道野惒羅報王我曹學佛道行忠

政於今世得其福後世亦得其福用是故我除頭鬚被袈裟作沙門王問野惒羅言有人白衣有妻子於家有妻子行忠政於今世得其福不後世亦得其福不野惒羅言白衣於家有妻子有行忠政於今世得福於後世亦得其福王言白衣於家有妻子有行忠政於今世後世同得其福卿無故而棄妻子除頭鬚被袈裟作沙門爲野惒羅便默然無以報王傍臣白言是沙門大明健有智迫促未及説耳王傍臣舉手言王得勝王得勝野惒羅便默然受負王即左右顧視諸優婆塞諸優婆塞面亦不慙王念是諸優婆塞面亦難慙者獨復有明經健沙門能與我相難者耳王語沾彌利寧復有明慧沙門能與共難經説道者無時那先者諸沙門師常與諸沙門俱出入諸沙門皆使説經那先時皆知諸經要難能説十二部經説經而種種别異章斷句解巳知泥洹之道無有能窮者無有能得勝者能解諸疑能明思者所言智如江海能伏九十六種道爲佛四輩弟子所敬爲諸智者所歸仰常以經道教授人那先來到舍竭國其所相隨弟子皆復高明那先如猛師子沾彌利白王有異沙門字那先智慧深妙明諸經要能解諸疑無所不通能與王共難經道王問沾彌利審能與我共難經道不沾彌利應唯然能與王共難經道尚能與第七梵天共難經道何況於人王即勑沾彌利便行請那先來沾彌利即往到那先所白言大王欲相見那先即與諸弟子相隨到王所王雖未嘗與那先相見那先在衆人中被服行步與

人絕異王遥見隱知是那先王自説言我前後所見人衆大多入大座中大多未甞自覺恐怖如今日見那先那先今日定勝我我定不如矣我心惶惶不安也沾彌利白王言那先已來在外那先既至王問沾彌利何所是那先者沾彌利因指示王王即大歡喜正我所隱者竟是那先王即見那先衣被行步與衆人絕異那先即到前相問訊語言王便大歡喜因共對坐那先語王言佛經説言人安隱最爲大利人知猒足最爲大富人有所信最爲大厚泥洹道者最爲大快王便問那先御字何等那先言父母字我爲那先便呼我爲那先有時父母呼我爲維先有時父母呼我爲首羅先有時父母呼我維迦先用是故人皆識知我世間人皆有是字耳王問那先

誰爲那先者王復問言頭爲那先耶那先言頭不爲那先也王復問眼耳鼻口爲那先耶那先言眼耳鼻口不爲那先王復問頸項肩臂足手爲那先耶那先言不爲那先王復問髀脚爲那先耶那先言不爲那先王復問顏色爲那先耶那先言不爲那先王復問苦樂爲那先耶那先言不爲那先王復問善惡爲那先耶那先言不爲那先王復問身爲那先耶那先言不爲那先王復問肝肺心脾脉腸胃爲那先耶那先言不爲那先王復問顏色苦樂善惡身心合是五事寧爲那先耶那先言不爲那先王復問假使無顏色苦樂善惡身心無是五事寧爲那先耶那先言不爲那先王復問聲響喘息爲那先耶那先言不爲那先王復問何所爲那先者那先問王言名

車何所爲車者軸爲車耶王言軸不爲車那先言輞爲車耶王言輞不爲車那先言輻爲車耶王言輻不爲車那先言轂爲車耶王言轂不爲車那先言輮爲車耶王言輮不爲車那先言軛爲車耶王言軛不爲車那先言輿爲車耶王言輿不爲車那先言扛爲車耶王言扛不爲車那先言蓋爲車耶王言蓋不爲車那先言合聚是諸材木著一面寧爲車耶王言合聚是諸材木著一面不爲車也那先言假令不合聚是諸材木寧爲車耶王言不合聚是諸材木不爲車那先言音聲爲車耶王言音聲不爲車那先言何所爲車者王便默然不語那先言佛經說之如合聚是諸材木用作車因得車人亦如是合聚頭面耳鼻口頸項肩臂骨肉手足肝肺心脾腎腸胃顏色聲響喘息苦樂善惡合聚名爲人王言善哉善哉王復問那先能與我共難經說道不那先言如使王持智慧與我相問者能相難王持驕貴者意不能相難王問那先言智者諸何等類那先言智者談極相詰語相解語相上語相下語有勝有負正語不正語自知是非是爲最智智者不用作瞋怒智者如是王復問那先言王者語何等類那先言王者語自放恣敢有違戾不如王語者王即强誅罰之王者語如是王言願用智者語不用王者語莫復持對王者意與我語與我語當如與諸沙門語當如與諸弟子語當如與諸優婆塞語當以與衆沙門給使者語無得懷恐怖極正心當相開悟那先言大善王言我欲有所問那先言王便問王言我已問那先言

我已答王言答我何等語那先言王亦問我何等語王言我無所問那先亦無所答王內自思惟念是沙門大高明慧我甫始當多有所問王意自念日欲冥當云何明日當請那先歸於宮中善相難問王告沾彌利語那先今日迫冥明日相請歸於宮中善相難問沾彌利望羣即白那先言日欲冥王當還宮明日王欲請那先那先言大善王即騎馬還宮於馬上王續念那先字意念欲言那先那先念至明日明日沾彌利望羣及傍臣白言王審當請那先不王言當請之沾彌利望羣言請者當使與幾沙門俱來王言在那先欲與幾沙門俱來耳王主藏者名慳慳白王言令那先與十沙門俱來可耳王復言聽那先欲與幾沙門俱來耳慳復白王言令那先與十沙門俱來可王復言聽那先自在欲與幾沙門俱來慳復白王令那先與十沙門俱來可耳王聞慳語大數王便瞋怒慳所汝眞慳無輩汝字爲慳不望汝強惜王物自汝物當云何汝不知逆我意當有誅罰之罪王言可去哀赦汝罪今我作王爲不能堪飯沙門耶慳便慙愧不敢復語沾彌利望羣即往到那先所便前作禮白言大王請那先那先言王當令我與幾沙門俱行沾彌利望羣言自在那先欲與幾沙門俱行那先便與野惒羅等八十沙門俱行沾彌利望羣悉俱行旦欲入城沾彌利望羣道中並問那先昨日對王言無有何用爲那先那先問沾彌利望羣卿意何所爲那先者沾彌利望羣言我以喘息出入命氣爲那先那先問沾彌利望羣言人氣一

出不復還入其人寧復生不沾彌利望羣言氣出不還定爲死也那先言如人吹笳氣一出不復還入如人持鍜金筩吹火氣一出時寧得復還入不沾彌利望羣言不復還入如人以角吹地氣一出時寧復還入不沾彌利望羣言不復還入那先言同氣出不復還入人何以故猶不死沾彌利望羣言喘息之間我不能知願爲我曹解說之那先言喘息之氣皆身中事如人心有所念者舌爲之言是爲舌事意有所疑心念之是爲心事各有所主分別視之皆空無有那先也沾彌利望羣心即開解便受五戒爲優婆塞那先便前入宮到王所上殿王即爲那先作禮而却那先即坐八十沙門皆共坐王極作美飯食王手自著那先前飯衆沙門飯食已竟澡手畢訖

王即賜諸沙門人一張褺袈裟革屣各一量賜那先野惒羅各三領袈裟各一量革屣王語那先野惒羅言留十人共止遣餘人令去那先即遣餘沙門令去留十人共止王勑後宮諸貴人妓女悉於殿上帷中聽我與那先共難經道時貴人妓女悉出殿上帷中聽那先說經時王持座坐於那先前王言當說何等那先言王欲聽要言者當說要言王言卿曹道何等最要者用何等故作沙門那先言我曹欲棄世間勤苦不欲更後世勤苦用是故我曹作沙門我曹用是爲最要善王言諸沙門皆不欲更今世後世勤苦故作沙門耶那先言不悉用是故作沙門沙門有四輩王言何等四那先言中有負債作沙門中有畏縣官作沙門者中有貧窮作沙門者中有眞

欲棄滅今世後世勤苦故作沙門那先言我本至心求道故作沙門耳王言今卿用道故作沙門耶那先言我少小作沙門有佛經道及弟子諸沙門皆多高明我從學經戒入我心中以是故棄今世後世勤苦故作沙門王言善哉王問言寧有人死後不復生者不那先言中有於後世生者中有不復生者王言誰於後世生者誰不復生者那先言人有恩愛貪欲者後世便復生人無恩愛貪欲者後世不復生也王言人以一心念正法善故後世不復生耶那先言人以一心念正法念善智慧及餘善事故後世不復生王言人以一心念正法善與智慧是二事其義寧同不那先言其義各異不同王問那先牛馬六畜頗有智無有智那先言牛馬六畜各自有智其心不同那先言王曾見穫麥者不左手持麥右手刈之那先言智慧之人斷絕愛欲譬如穫麥王言善哉王復問那先何等爲餘善事者那先言誠信孝順精進念善一心智慧是爲善事王言何等爲誠信者那先言誠信者無所復疑信有佛有佛經法信有比丘僧信有阿羅漢信有今世信有後世信有孝順父母信有作善得善信有作惡得惡信是以後心便清淨即去離五惡何等五惡一者貪婬二者瞋恚三者睡眠四者戲樂五者所疑人不去是五惡心意不定去是五惡意便清淨那先言譬如遮迦越王車馬人從瀰渡水令水濁惡過渡以去王渴欲得水飲王有清水珠置水中水即爲清王便得清水飲之那先言人心有惡譬如濁水佛諸弟子得度死

生之道心以清淨如珠清水人却諸惡誠信清淨譬如明月珠王言善哉善哉王問言人精進誠信者云何那先言佛諸弟子自相見輩中脫諸惡心中有得須陀洹者中有得斯陀含者中有得阿那含者中有得阿羅漢者中有因相效奉行誠信者皆亦得度世道那先言譬如山上大雨其水下流廣大兩邊人俱不知水深淺畏不敢渡如有遠方人來視水隱知水廣狹深淺自知力勢能入水便得渡過兩邊人衆便效隨後亦得渡去佛諸弟子亦如是見前人淨心得須陀洹斯陀含阿那含阿羅漢道皆從善心精進所致也佛經言人有誠信之心可自得度世道人能制止却五所欲自知身苦者乃能得度世人皆從智慧成其道德王言善哉善哉王言何等爲孝順者那先言諸善者皆爲孝順凡三十七品經皆由於孝順爲本王言何等爲三十七品經那先言有四意止有四意斷有四神足有五根有五力有七覺意有八種道行王復問那先言何等爲四意止者那先報王言佛說一爲身身觀止二爲觀痛痒痛痒止三爲觀意意止四爲觀法法止是爲四意止王復言何等爲四意斷那先言佛說已分別止四事不復念是爲四意斷以得四意斷便自得四神足念王復問何等爲四神足念那先言一者眼能徹視二者耳能徹聽三者能知他人心中所念四者身能飛行是爲四神足念王復問何等爲五根者那先言一者眼見好色惡色意不貪著是爲根二者耳聞好聲惡罵聲意不貪著是爲根三者鼻聞香臭意不

貪著是爲根四者口得美味苦辛意不貪著是爲根五者身得細滑意亦不喜身得麤堅意亦不惡是爲五根王復問何等爲五力者那先言一能制眼二能制耳三能制鼻四能制口五能制身令意不墮是爲五力王復問何等爲七覺意者那先言一意覺意二分別覺意三精進覺意四可覺意五猗覺意六定覺意七護意是爲七覺意王復問何等爲八種道行那先言一直見二直念三直語四直治五直業六直方便七直意八直定是爲八種道行凡是三十七品經皆由孝順爲本那先言凡人負重致遠有所成立皆由地成世間五穀樹木仰天之草皆由地生那先言譬如師匠圖作大城當先度量作基址已乃可起城那先言譬如伎人欲作當先淨除地平乃作佛弟子求道當先行經戒念善因知勤苦便棄諸愛欲便思念八種道行王言當用何等棄諸愛欲那先言一心念道愛欲自滅王言善哉善哉王復問言何等爲精進者那先言持善助善是爲精進那先言譬如垣牆欲倒從邊拄之舍欲傾壞亦復拄之是爲精進那先言譬如國王遣兵有所攻擊兵弱欲不如王復遣兵往助之兵便得勝人有諸惡如兵少弱時人持善心消滅惡心譬如王增兵得勝持五善心消五惡心譬如戰鬬得勝是爲精進助善如是那先言精進所助致人善道已得度世道無有還期王言善哉王復問何等爲意當念諸善事者那先言譬如人取異種華以縷合連繫之風吹不能散那先復言譬如王守藏者知王帑藏中金銀珠玉

瑠璃珍寶有其多少道人欲得道時意念三十七品經譬如是正所謂念度世之道者也人有道意因知善惡知當可行知當不可行分别白黑自思惟以後便棄惡就善那先言譬如王有守門者知王有所敬者知王有所不敬者知有利王者知有不利王者守門者知王所敬者知利王者便内之知王不敬者知不利王者守門者即不内那先言人持意亦如是諸善者當内之諸不善者不當内守意制心譬亦如是那先説經言人當自堅守護其意及身中六愛欲持意堅守自當有度世時王言善哉善哉王問那先言何等爲一其心者那先言諸善中獨有一心最第一人能一其心諸善皆隨之那先言譬如樓陛當有所倚諸爲善者皆著一心那先言譬如王將四種兵出行戰鬬象兵馬兵車兵步兵皆導引王前後佛諸經戒及餘善事皆隨一心亦譬如兵那先説經言諸善中一心爲本學道人衆多皆當先歸一心人身生死過去如水下流前後相從無有住時王言善哉王復問何等爲智慧者那先言我前説巳人有智慧能斷諸疑明諸善事是爲智慧那先言譬如持燈火入冥室火適入室便亡其冥自明明人有智慧譬如火光那先言譬如人持利刀截木人有智慧能截斷諸惡譬如利刀那先言人於世間智慧最爲第一人有智慧能得度脱生死之苦王言善哉王言那先前後所説經種種别異但欲趣却一切惡耶那先言然佛經所説種種諸善者但欲却一切惡也那先言譬如王發四種兵雖行戰鬬初發

行時意但欲攻敵耳佛所說經種種諸善但欲共攻去一切惡耳王言善哉善哉那先說經甚快也王復問那先言人死所趣善惡之道續持故身神行生耶更貿他神行生耶那先言亦非故身神亦不離故身神那先因問王身小時哺乳時身至長大時續故身非王言小時身異那先言人在母腹中始隨精時至精濁時故精耶異也堅爲肌骨時故精耶異也初生時至年數歲時故精耶異也如人學書時傍人寧能代其工不王言不能代其工那先言如人犯法有罪寧可取無罪之人代不王言不可那先以精神罪法語王王意不解王因言如人問那先那先解之云何那先言我故小時身耳從小至大續故身爾大與小時合爲一身養是命所養那先問王言

譬如人然燈火寧至天明不王言然燈油至明那先言燈中炷火至一夜時續故火光不至夜半時故火光不至明時故火光不王言非故火光那先言然燈從一夜至夜半復更然燈火耶向晨時復更然燈耶王言不中夜起更然火續故一炷火至明耳那先言人精神展轉相續亦譬如是一者去一者來人從精神生至老死後精神更趣所向生展轉相續是非故精神亦不離故精神人死以後精神乃有所趣向生那先言譬如乳湩化作酪取酪上肥煎成醍醐寧可取醍醐與酪上肥還復名作乳湩其人語寧可用不王言其人語不可用那先言人神乳湩從乳湩成酪從酪成肥從肥成醍醐人神亦如是從精神生從生至長從長至老從老至死死後神更復

受生一身死當復更受一身譬如兩主更相
然王言善哉善哉王復問那先人有不復於
後世生者其人寧能自知不那先言然有能
自知者王言用何知之那先言其人自知無
恩愛無貪欲無諸惡用是故自知後世不復
生那先問王譬如田家耕犂種穀多收斂著
笓中至後歲不復耕不復種但仰笓中穀食
其田家寧復望得新穀不王言其田無所復
望那先言其田家何用知不復得穀王言其
田家不復耕不復種故無所望那先言得道
亦如是自知已棄捐恩愛苦樂無有貪心是
故自知後世不復生王復言其人於後世不
復生者於今寧有智異於人不那先言然有
智異於人王言寧能有明不那先言然有明
王言智與明有異同乎那先言智與明等耳
王言有智明者寧悉知萬事不寧有所不及
知不那先言人智有所及有所不及王言何
等爲智有所及有所不及那先言人前所不
學前所不及知人前所學前所及知智者所
見人及萬物皆當過去歸空不得自在人心
所貪樂皆種苦本從是致苦慧者知非常成
敗之事是智爲異於人王問言人有智慧癡
愚所在那先言人有智慧諸愚癡皆自消滅
那先言譬如人持燈火入冥室室中皆明冥
即消滅智如是人有智慧諸癡愚皆悉消滅
王言人智今爲所在那先言人行智以後智
便消滅智所作者故作那先言譬如人夜於
火下書火滅字續在智者如是有所成已智
便消滅其所作續在王言智有所成已便自
滅是何等語那先言譬如人備火豫作戒火

五瓶水如有失火者其人持五瓶水水滴滅火火滅以後其救火人寧復望得完瓶歸家用不王言其人不復望瓶破火滅豈復望瓶耶那先言道人持五善心消滅諸惡亦譬如瓶水滅火王言何等爲五善那先言一者信善有惡二者不毀經戒三者精進四者有慧念善五者一心念道爲是五善人能奉行是五善者便得智慧便知身及萬物非常便知苦不得自在便知空無所有那先言譬如醫師持五種藥詣病者家以藥飲病人病者飲藥得愈醫寧復望得故藥復行治人不王言不復望得故藥那先言五種藥者如五善智其醫者如求道人其病者如諸惡愚癡者如病人得道度世者如病得愈人智所成致人度世道人已得道智亦自滅那先言譬如健

鬬人把弓持箭前行向敵以五箭射敵得勝其人寧復望箭歸歸不王言不復望箭那先言五箭者人五智也智人從智得道如健鬬得勝敵家諸惡者如諸惡道人持五善心滅却諸惡諸惡皆滅善智即生人從善智得成度世道者常在不滅王言善哉王言如人得道後世不復生者後寧復更苦不那先言或有更苦者或有不更苦者王言更苦不更苦云何那先言身更苦耳心意不更苦王言身更苦心意不更苦云何那先言身所以更苦者其身見在故更苦心意棄捐諸惡無有諸欲是故不復更苦王言假令得道人不能得離身苦者是爲未得泥洹道耶王言人得道已亦無恩愛身苦意安何用爲得道王言假令人得道已成當復何留那先言譬如果物

未熟不強熟也已熟亦無所復待那先言王屬所道者舍犂曰所説舍犂曰在時言我亦不求死我亦不求生我但須時可時至便去

王言善哉善哉

那先比丘經卷上

音釋

撓撈撓爾紹切撈即刀切　彷徉彷蒲光切徉余章切彷徉徘徊也　罽賓梵語也此云賤種罽居例切　蜎縈緣切蟲行貌　蝡乳兗切蟲動貌　惒音和　頞阿葛切　泄坻泄先結切坻音池　焜煌焜戶袞切煌胡光切焜煌光也　輻方六切輪輳也　轂古祿切所湊也　輻　轅于元切輈也　軛乙革切轅端橫木也　輿羊諸切車也　扛古雙切對舉也　笳居牙切胡人捲蘆葉而吹之者　筩徒東切斷竹也　褺音牒重衣也　穫黃郭切刈也　濿音例渡水也　復石　址諸氏切基也　帑坦浪切金帑所藏也　貿莫候切易財也　笆杜本切篅也

那先比丘經卷中

失譯人名附東晉録

王問人更樂者爲善耶不善也人更苦爲善耶爲不善也佛得無不説有樂或有苦王言如使有爲無有苦那先問王言如人燒鐵著手中寧燒人手不復取冰著手中其冰寧復燒人手不王言然兩手皆威也那先問王言如是兩手中物皆熱耶王言不兩熱那先言兩冷耶王言不兩冷也那先言兩手中皆燒那先言我重問王王前後兩熱當言兩熱兩冷當言兩冷何緣一冷一熱能同言燒人手乎王言智慮甚淺近不能及是難也願那先爲我解之那先言佛經説之凡有六事令人内喜有六事令人内愁復有六事令人不喜亦不愁外復有六事令人愁王問何等爲六事令人内喜那先言一者目有所視復有所望是故令人内喜二者耳聞好聲復有所望是故令人内喜三者鼻聞好香復有所望是故令人内喜四者舌得美味復有所望是故令人内喜五者身得細滑復有所望是故令人内喜六者心得樂受復有所望是故令人内喜如是六事令人内喜王復問何等爲外六事令人喜那先言一者眼見好色念之不可常得皆當棄捐便自思惟審然無常是故令人外喜二者耳聞好聲念之不可常得皆當棄捐是故令人外喜三者鼻聞好香念之不可常得皆當棄捐是故令人外喜四者口得美味念之不可常得皆當棄捐是故令人外喜五者身得細滑念之不可常得皆當棄捐是故令人外喜六者心念愛欲思惟念之

是皆無常皆當棄捐念之是以後更喜是爲六事令人外喜王復問何等爲內六事令人內愁那先言一者令人內愁者目所不喜而見之令人內愁二者耳不所欲聞而聞之令人內愁三者鼻不欲所臭而齅之令人內愁四者口不欲所得而得之令人內愁五者身不欲所著而著之令人內愁六者心不可所喜而有之令人內愁是爲六事令人內愁王復問何等爲外六事令人不喜那先言一者目見惡色令人不喜二者耳聞惡聲令人不喜三者鼻聞臭腥令人不喜四者舌得苦辛令人不喜五者身著麤堅令人不喜六者心有所憎令人不喜是爲外六事令人不喜王復問何等爲六事令人不愁亦不喜那先言一者目有所見亦不喜不愁二者耳有所聞音亦不喜亦不愁三者鼻有所齅亦不喜亦不愁四者口有所得亦不喜亦不愁五者身有所觸亦不喜亦不愁六者心有所念亦不喜亦不愁是爲內六事令人不喜不愁王復問何等爲外六事令人愁者那先言一者目所見死者因自念身及萬物無常其人自念言我有是念何以不得道因外愁二者耳不樂好音其人自念言我有是念何以不得道因外愁三者鼻不喜臭香其人自念言我有是念何以不得道因外愁四者口不味苦甜其人自念我有是念何以不得道因外愁五者身不好細滑亦不得麤堅其人自念言我有是念何以不得道因外愁六者心不喜愛欲其人自念言我有是念何以不得道因外愁是爲六事令人外愁王言善哉善哉王復

問那先人以死後誰於後世生者那先言名與身於後世生王問那先故人名身行生耶那先言不也非故名亦非故身持是名身於今世作善惡乃於後世生耳王言如使今世用是名身作善惡於後世身不復生者極可作善惡徑可得脱不復更諸苦耶那先言於今世作善後世不復生者便可得脱無耶人作善惡不止當後生耳是故不得脱那先言譬如人盜他人果蓏其主得盜果者將至王前白言是人盜我果其盜者言我不盜是人果是人所種小栽耳本不種果也我自取果我何用爲盜我不盜是人果我不應有罪過那先問王言如是兩人共爭誰爲直者誰不直者王言種栽家爲直本造所種盜者無狀應爲有罪那先言盜何用爲有罪王言所以盜者有罪本種栽家所種從栽根生故上有果耳那先言人生亦譬如是人今世用是名身作善惡乃生於後世今世作善惡者是本也那先言譬如人盜他人禾穟其主得盜便牽問之汝盜我禾穟爲盜者言我不盜卿禾穟卿自種禾我自取穟我何用爲犯盜兩人相牽至王前白如是誰爲直者誰爲不直王言種禾穀爲直盜者爲不直那先言何以知盜禾穟者爲不直王言是種禾者爲本有不種禾者爲無緣何有穟那先言人生亦譬如是人今世用是名身作善惡乃生於後世今世作善惡者是其本也那先言譬如人冬寒於一舍中然火欲自溫炙其人棄火而去稍稍然及壁土燒屋連及樓舍舍主因言起火者牽至王前白言是人起火延及燒我樓舍

然火者言我然小火自溫炙耳我不燒樓舍那先問王誰爲直者王言本然火者爲不直本所生也那先言人生亦爾譬如人今世用是名身作善惡乃生於後世今世作善惡者是本也那先言譬如人夜然燭火著壁欲用自照飯食燭稍却及壁上及竹木林材便燒一舍火大熾延及燒一城中舉城中人民共啎言汝何爲燒一城中乃如是然火者言我但然小燭火以自照飯食耳是自大火非我火也如是便共爭訟相牽至王前那先問王言如是誰爲直者誰爲不直者王言然火者爲不直那先言何以知王言本是火所生也汝飯食已不當滅火也而令火燒一城中那先言人生亦譬如是人今世用是名身作善惡乃生於後世今世作善惡者是其本也人

用不知作善惡故不能得度脫那先言譬如人以錢娉求人家小女以後女長大他人復更求娉求女得女以爲婦前所娉家來自說言汝反取婦爲後家言汝自小時娉女我自大時娉婦我何用爲嬰汝婦耶便相牽詣王前那先言王如是誰爲直者誰爲不直者王言前娉家爲直那先言王何以知王言是女本小今稍長大是故知爲直也是前娉家婦也那先言人生亦譬如是人今世用是名身作善惡乃生於後世今世作善惡者是其本也那先言譬如人持瓶從牧牛家買乳湩得湩已復還寄其主言我今還不久其人須臾來還取瓶湩湩以轉作酪買湩家言我持湩寄卿今反持酪還我牧牛者言是汝故乳今自轉爲酪兩人因共爭訟相牽詣王前那先

問王言如是誰爲直者王言牧牛家爲直那先言王何以知王言汝自買湩停置地自轉成酪牧牛家當有何過那先言人生亦譬如是人今世用是名身作善惡乃生於後世今世作善惡者是其本也王復問今那先當復於後世生耶那先報王言用是爲問我前説已如使我有恩愛者後世當復生如使我無恩愛者不復生那先言譬如人竭力事王王當知其善使賜其財物其人得物極自施用衣被飲食歡樂自樂其人論議言我有功於王王未曾有賞賜我也那先問王如彼人得賞賜反言未曾得其人語寧可用不王言其人語不可用那先言是故我語王言如使我有恩愛者當復於後世生如使我無恩愛者不復於後世生王言善哉善哉王問那先言卿前所説人名與身何等爲名何等爲身者那先言今見在爲身心所念者爲名王復問人何故有名行於後世生而身不行生那先言人身以名前後相連譬如鷄子中汁及與上皮乃成鷄子人名與身相連如是不分也王言善哉王復問那先何等爲久者那先言以過去事爲久當來事亦爲久見在事爲無有久王言善哉王復問那先言審爲有久不那先言或有久或無有久王復言何等爲有久何等爲無有久那先言其得道泥洹者爲無久未得道當復更死生者爲有久人於今世好布施孝於父母於當來世當得其福王言善哉善哉王復問那先言諸以過去事當來事今見在事是三事何所爲本者那先言已過去事當來事今見在事愚癡者是其本

也愚癡生即生神神生身身生名名生色色生六知一爲眼知二爲耳知三爲鼻知四爲口知五爲身知六爲心知是爲六知是六事皆外向何等爲外向眼向色耳向聲鼻向香口向味身向滑心向貪欲是爲六外向名爲沛沛者合沛者知苦知樂從苦樂生恩愛從恩愛生貪欲從貪欲生有致便生因老從老因病從病因死從死因哭從哭因憂從憂因内心痛凡合是諸勤苦合名爲人人以是故生死無有絶時人故本身不可得也那先言譬如人種五穀生根從根生莖葉實至後得穀已後年復種得穀甚多那先問王如人種穀歲歲種穀寧有絶不生時不王言歲歲種穀無有絶不生時也那先言人生亦如是展轉相生無有絶時那先言譬如鷄生卵卵生鷄從卵生卵從鷄生鷄人生死亦如是無有絶時那先便畫地作車輪問王言今是輪寧有角無王言正圓無有角那先言佛經説人生死如車輪展轉相生無有絶時那先言人從眼萬物色識即覺知是三事合從合生苦樂從苦樂生恩愛從恩愛生貪欲從貪欲生因有致從有致因生從生因作善惡從善惡便生耳聞聲識即覺知三事合從合生苦樂從苦樂生恩愛從恩愛生貪欲從貪欲生因有致從有致因生從因生作善惡從善惡便生鼻聞香識即覺知三事合從合生苦樂從苦樂生恩愛從恩愛生貪欲從貪欲生因有致從有致因生從生因作善惡從善惡便生口得味識即覺知三事合從合生苦樂從苦樂生恩愛從恩愛生貪欲從貪欲生因有致

從有致因生從因生作善惡從善惡便生身得細滑識即覺知三事合從合生苦樂從苦樂生恩愛從恩愛生貪欲從貪欲生因有致從有致因生從生因作善惡從善惡便生意有所念識即覺知三事合從合生苦樂從苦樂生恩愛從恩愛生貪欲從貪欲生因有致從有致因生從因生作善惡從善惡便生那先言人展轉相生無有絶王言善哉王復問那先卿言人生死不可得本不可得本意云何那先言有本者當不復生有本者當復過去用是爲本王言無本者當不復生見有本者當過去如是本爲未絶耶那先言然皆當過去王復問那先人生死寧有從旁增益者不那先問王言世間人及蚑行蠕動之類寧有從旁增益者不王言我不問那先世間人

及蚑行蠕動之類我但欲問卿人生死本耳那先言樹木生以栽爲本五穀生以穀爲本天下萬物皆各以其類本生人從六情恩愛爲本那先言人有眼有色有識有耳有聲有識有鼻有香有識有舌有味有識有身有細滑有識有念有法有識從是生苦樂從苦樂生恩愛從恩愛生貪欲從貪欲生合是諸苦乃成爲人耳眼耳鼻口身神識念使有致并合爲沛從沛生苦樂從苦樂生恩愛從恩愛生貪欲從貪欲因生有致從有致因生從生因老因病從病因死因憂從憂因哭從哭因内心痛人生如是那先言無眼不見色不覺不知從不覺不知無有合無有合無有苦樂無有苦樂便不生恩愛無恩愛不生貪欲無貪欲無有致無有致不生不老不生不老不

病不死不病不死不愁不哭不愁不哭不内心痛無是諸苦便度脱得泥洹道無耳無所聞無鼻無所齅無口無所味無身無細滑無識無所念無所念無沛無沛無苦樂無苦樂無恩愛無恩愛無貪欲無貪欲無胞胎無所胞胎無所生不生不老不老不病不病不死不死不愁不愁不哭不哭不内心痛捐棄諸苦便得泥洹道王言善哉王復問那先言世間寧有自然生物無那先言無有自然生物皆當有所因那先因問王今王所坐殿有人功夫作之耶自然生乎王言人功作之材椽出於樹木垣牆泥土出於地那先言人生亦如是界如和合乃成爲人是故無自然生物也皆有所因那先言譬如窯家作器取土水和以爲泥燒作雜器物其泥不能自成爲器會當須人工有薪火乃成爲器耳世間無有自然生者也那先語王言譬如箜篌無絃無柱無人鼓者寧能作聲不王言不能自作聲那先言如使箜篌有絃有柱有人工鼓者其聲寧出不王言有聲那先言如是天下無自然生物皆當有所因那先問王如鑽火燧無兩木無人鑽者寧能得火不王言不能得火那先言設有兩木有人鑽之寧能生火不王言然即生火那先言天下無有自然生物皆當有所因那先問王言譬如陽燧鉤無人持之亦無日無天寧能得火那先言如陽燧有人持之有天有日寧能得火不王言得火那先言天下無有自然生物皆當有因那先問王言若人無鏡無明人欲自照寧能自見其形不王言不能自見那先言如有有鏡有明

有人自照寧能自見形不王言然即能自見那先言天下無有自然生物皆有所因王言善哉王復問那先世間人寧爲有人無那先言世間不能審有人也適當呼誰爲人王言身中命即爲人不那先問王人身中命能用眼視色不能用耳聽音聲不能用鼻聞香不能用舌知味不能用身知細滑不能用意有所知不王言能那先言令我與王其於殿上四面有窻自在欲從何窻者寧能見不王言得見那先言設令人命在身中自在欲從何孔視耳能以眼視色不能用耳視色不能用鼻視色不能用口視色不能用身視色不能用意視色不王言不能那先言設令命在耳能以耳有所聞不能以耳有所見不能以耳知香臭不能以耳知味不能以耳知細滑不

能以耳有所念不那先言設令命在鼻能以鼻知香臭不能以鼻聞音聲不能以鼻知味不能以鼻知細滑不能以鼻有所念不那先言設令命在口能以口知味不能以口有所見不能以口聽音聲不能以口聞臭香不能以口知細滑不能以口有所念不那先言設令命在身中能以身知細滑不能以身有所見不能以身聽音聲不能以身知臭香不能以身知味不能以身有所念不那先言設令命在識能以識有所念不能以識聽音聲不能以識知臭香不能以識知味不能以識知細滑不王言不能知也那先言王所語前後不相副那先言如我與王共在殿上坐徹壞四窻者視寧廣遠不王言然廣遠那先言設令命在身中抉眼去之其視寧廣遠不決耳

令大其聽寧能遠不決鼻令大聞香寧能遠不決口令大知味寧能多不副剥皮膚知細滑寧多不決判去意其令寧大不王言不也那先言王亦語前後不相副那先問王言王持藏人來入在王前住王寧覺知在前住不王言知在前那先言持藏者即入王室寧知入室不王言知入室也那先言設令人命在身中人持味著口中能知甜醋酸鹹辛苦王言知之那先言王所語前後不相副也那先言如人沽美酒著大器中急塞一人口倒置酒中令嘗酒其人寧知酒味不王言其人不知那先言何以故不知味王言未入口到舌上故不知味那先言王所語前後不相副王言我愚癡智未及是難願相解之那先言人從眼見色神動神動即生苦樂意念合耳鼻口身意皆同合爲意有所念神動神動即生苦樂從苦樂生意從生念展轉相成適無常主王言善哉王復問那先人生眼時眼與神俱生耶那先言然同時俱生王復問眼居前生耶神居前生耶那先言眼居前生神居後生王言眼語神言我所行生處汝當隨我後生相語言兩耶神語眼言汝所生處我當隨汝後生兩相語不那先言兩不相與語王言御不言同時俱生何以故不相語那先言有四事俱不相語那先自言何等四一爲下行二爲向門三爲行轍四者爲數是四事俱不相語王復問何等爲下行者那先報王言高山上天雨其水隨流當如何行王言下行那先言後復天雨其水流當復如何行王言當隨前流水處行那先問王言前水寧語後水

言汝當隨我後來後水寧語前水言我當隨汝處流行前水後水相語言爾不王言水流各自行前後不相語也那先言眼亦如水眼不語神言汝當隨我後生神亦不語眼言我當隨汝後行生也眼與神俱不相語也是名爲下行耳目鼻口身意亦爾王復問何等爲向門者那先言譬如大城都有一門其中有一人欲出當從何向王言當從門出耳那先言後復有一人欲出當復從何向出王言故當從前一人門出耳那先言王前出人寧語後人言汝當隨我後出後人寧語前人言我當隨卿所從門出兩人寧相語言爾不王言前人後人俱不相語也那先言眼亦如門眼不語神言汝當隨我後生神亦不語眼言我今當隨汝後生眼與神俱不相語也是爲向門耳鼻口身意亦爾王復問那先言何等爲轍行者那先問王言前車行有轍後車行當從何所行王言後車當從前車轍中行那先言前車輪寧語後輪言汝當隨我處從後來後車輪寧語前輪我當隨汝處行寧相語言爾不王言俱不相語也那先言人亦如是眼不語神我所生處汝當隨我生神亦不語眼我當隨卿後生那先言耳鼻口身神俱不相語王復問那先何等爲數那先言數者校計也書疏學問是爲數耳目鼻口身神稍稍習知共合是六事乃爲有所知不從一事有所知也王言善哉王復問那先言人目生時與苦樂俱生不那先言目與苦樂俱生皆根從合生王復言何等爲合者那先言兩相觸爲合合者譬如兩羊相抵是爲合一羊如目一

羊如色合爲名沛譬如一手爲目一手爲色兩手合爲沛譬如兩石一石爲目一石爲色兩石合爲沛耳目鼻身神皆同合爲沛譬如兩石一石如神一石如志兩石合爲沛神志合如是是名爲沛王言善哉王復問那先樂何等類那先言自覺知爲樂那先言譬若人事國王其人賢善王賜與財物其人得之用自快樂在所欲爲其人自念我事王得賞賜今得樂樂如是那先言譬如人心念善口言善身行善行善如是死後得生天上其人於天上極意自娛樂自念言我在世間時心念善口言善身行善是故我自致生此間得樂甚樂是爲覺王言善哉王復問那先何等爲覺者那先言從知爲覺譬如王有持藏者入藏室中自視室中自知有若干錢金銀珠王繒帛雜香色皆知雜處是爲覺知王言善哉王復問那先言人有所念何等類那先言人有所念因有所作譬如人和毒藥自飲亦復行飲人身自苦亦復苦他人身那先言譬如人作惡死後當入泥犁中諸所教者皆入泥犁中惡人有所念所作言如是王言善哉王復問那先言何等爲內動者那先言志念內便動王言動行時云何那先言譬如銅銷銅釜有人往燒之其器有聲舉乎有餘音而行人如是志動念因行那先言燒時爲動有餘音爲行王言善哉王復問那先言能合取分別之不是爲合是爲智是爲念是爲意是爲動那先言假令以合不可復分別也那先言王使宰人作美羹中有水有肉有葱蒜有薑有鹽豉有糯王勑廚下人言所作美羹如前

取羹中水味來次取肉味來次取葱味來次取薑味來次取鹽豉味來次取糯味來羹以成人寧能一一取羹味與王不王言羹一合以後不能一一別味也那先言諸事亦如是一合不可別也是爲苦樂是爲智是爲動是爲念王言善哉善哉王復問那先言人持目視鹽味寧可別知不那先言王知乃如是耶能持目視知鹽味王言目不知鹽味耶那先言人持舌能知鹽味取不能以目知鹽味也王復言人用舌知味云那先言人皆用舌別知味王言諸鹽味皆當用舌別知耶那先言然諸鹽味皆當用舌別知耳王復問那先言車載鹽牛軛鹽車牛寧能別知鹽味不那先言車牛不能別知知鹽味也王問那先言鹽味寧可稱不那先言王智乃爾能稱鹽味王

問那先言鹽味不可稱也其輕重可稱耳王言善哉王復問那先凡人身中五知作衆事所成耶作一事成五知耶那先言作衆事所成非一事所成也譬如一地五穀當生時各各自生動類人身中五事皆用衆事各所生王言善哉善哉王復問那先世間人頭鬚髮膚面目耳鼻口身體四支手足皆完具何故中有壽命長者中有短命者有多病者中有少病者中有貧者中有富者中有貴者中有賤者中有大士者中有小士者中有端正者中有醜者中有爲人所信者中有爲人所疑者中有明孝者中有愚者何故不同那先言譬如諸樹木果衆中有醋不甜者中有苦者中有辛者中有甜者中有正醋者那先問王言是皆樹木何故不同王言所以不同者其

哉各自異那先言人亦如是心所念者各各異是故今世間人不同耳中有短命者中有長命者中有多病者中有少病者中有富者中有貧者中有貴者中有賤者中有大士者中有小士者中有端正者中有醜者中有語用者中有語不用者中有明者中有愚者那先言是故佛所言隨其人作善惡自當得之中有豪貴者中有貧窮者皆是前世宿命世作善惡各自隨其德得之王言善哉善哉王復問那先言人有欲作善者當前作之耶當後作之乎那先言當居前作之在後作之不能益人也居前作者有益於人那先問王言王渴欲飲時使人掘地作井能赴王渴不王言不赴渴也當居前作井耳那先言人亦如是人所居皆當居前在後作者無益也那先問王王飢時乃使人耕地糞地種穀飢寧用飯耶當豫有儲王言不也當先有儲貯那先言人亦如是當先作善有急乃作善者無益身也那先問王譬如王有怨當臨時出戰鬭王能使人教馬教象教人作戰鬭具乎王言不也當宿有儲貯臨時便可戰鬭臨時教馬教象教人無益也那先言佛經說言人當先自念身作善在後作善無益也那先言王莫棄大道就邪道無效愚人棄善作惡後坐啼哭無所益也人家棄捐忠正就於不正臨死時悔在後王言善哉善哉王復問那先卿曹諸沙門言世間火不如泥犁中火熱也卿曹復言持小石著世間火中至暮不消也卿曹復言極取大石著泥犁火中即消盡是故我不信也卿曹復言人作惡死在泥犁中數千

萬歲其人不消死是故我重不信是語也那先問王王寧聞見水中有雌蟒雌蛟雌鼈雌蟹懷子以沙石爲食不王言然皆以是爲食那先問王沙石在腹中寧消不王言然皆消那先言其腹中懷子寧復消不王言不消也那先言何以故不消王言相祿獨當然故不消那先言泥犂中人亦如是數千萬歲不消死者其人所作罪過未盡故不消死那先問王言雌師子雌虎雌狗雌猫懷子皆肉食噉骨入腹中時寧消不王言皆消盡那先問王言其腹懷子寧復消不王言不消也那先言用何故不消王言獨用祿相故不消也那先言泥犂中人亦如是數千萬歲不消死者泥犂中人所作過惡未解故不消死那先問王言雌牛雌馬雌驢雌麋雌鹿懷子皆食草芻爲飡不王言然皆以是爲食那先言其芻草寧於腹中消盡不王言皆消盡那先言其腹中子寧消盡不王言不消盡也那先言何故不消盡王言獨以相祿當然故使不消盡那先言泥犂中人亦如是罪過未盡故不消死那先問王言夫人及長者富家女飲食皆美恣意食食於腹中寧消不王言皆消那先問王言腹中懷子寧消不王言不消也那先言何以故不消王言獨相祿故使不消也那先言泥犂中人亦如是所以數千歲不消死者用先世作惡故未解故不消死那先言人在泥犂中長在泥犂中老過盡乃當死王言善哉王復問那先卿曹諸沙門言天下地皆在水上水在風上風在空上我不信是也那先便前取王書水適以三指撮舉之問王言

是中水爲風所持不王言然爲風所持那先言風持水亦如是王言善哉王復問那先言泥洹道皆過去無所復有耶那先言泥洹道無所復有也那先言愚癡之人徑來索内外身愛坐是故不能得度脱於老病死那先言智者學道人内外身不著也人無有恩愛無有恩愛者無貪欲無貪欲者無有胞胎無有胞胎者不生不老不生不老不病不死不病不憂不哭不憂不哭不内心痛便得泥洹道王言善哉王復問那先言諸學道者悉能得泥洹道不那先言不能悉得泥洹道也正向善道者學知正事當所奉行者奉行之不當奉行者遠棄之當所念者念不當所念者棄之人如是者得泥洹道王言善哉王復問那先人不得泥洹道者寧知泥洹道爲快不那先言然雖未得泥洹道由知泥洹道爲快也王言人未得泥洹道者何以知爲快耶那先問王言人生未嘗截手足爲痛處王言人雖未嘗更截手足由知爲痛也那先言何用知爲痛也王言其人截手足時嗥呼用是知爲痛那先言人亦如是前得泥洹道者轉相語泥洹道快用是故信之王言善哉王復問那先那先寧曾見佛不那先言未曾見也王言那先諸師寧曾見佛不那先言諸師亦不見佛也如使那先及諸師不見佛者定爲無有佛也那先問王言王見五百水所合聚處不王言我不見也那先言王父及太父皆見是水不王言皆不見也那先言王父及太父皆不見此五百水合聚處天下定爲無此五百水所聚處耶王言雖我父及太父皆不見此

水者實有此水那先言雖我諸師不見佛者其實有佛王言善哉

那先比丘經卷中

音釋

穟 徐醉切禾秀也
㖃 呼垢切怒聲也
娉 匹正切娉問也
蚑 去奇切蟲行貌
椽 重緣切屋椽也
窯 餘招切燒瓦器也
燧 徐醉切陽燧取火於日者
捌 音列捩也
抵 典禮切觸也
鋗 呼玄切小盆也
豉 是義切豆豉也
穤 奴卧切稻之粘者
掘 渠勿切掘地也
[口身] 升人切與呻同

那先比丘經卷下

失譯人名附東晉録

王復問言無有復勝佛者耶那先言然無有勝佛者王復問何以知爲無有勝佛者那先問王言如人未曾入大海中寧知海水爲大不有五河河有五百小河流入大河一者名恒二者名信他三者名私他四者名諱叉五者名施披夷爾五河水晝夜流入海海水亦不增不減那先言王寧能聞知不王言實知那先言以得道人共道説無有能勝佛者是故我信之王言善哉王復問那先何用知無有能勝佛者那先問王造作書師者爲誰王言造書師者名質那先言王寧曾見質不王言質以死久遠未曾見那先言王未曾見質何用知質爲造書師王言持古時書字轉相教告用是故我知名爲質那先言用是故我曹見佛經戒如見佛無異佛所説經道甚深快人知佛經戒已後便轉相教用是故我知爲無有能勝佛者王復問那先自見佛經道可久行之那先言佛所施教禁經戒甚快當奉行之至老王言善哉王復問那先人死已後身不隨後世生耶那先言人死已後更受新身故身不隨那先言譬如燈中炷更相然故炷續在新炷更然人身如是故身不行更受新身那先問王王小時從師學書讀經不王言然我續念之那先問王王所從師受經書師寧復知本經書耶悉舊得其本經書王言不也師續自知本經書耳那先言人身如此置故更受新身王言善哉王復問那先審爲有智無那先言無有智那先言譬如人盜

他人果蓏盜者寧有過無王言有過那先言初種栽時上無果蓏何緣盜者當有過王言設不種栽何緣有果是故盜者無狀那先言人亦如是用今世作善惡生於後世更受新身王言人用是故身行作善惡更新善惡所在那先言人諸所作善惡隨人如影隨身人死但亡其身不亡其行譬如然火夜書火滅其字續在火至復成之今世所作行後世成如受之如是王言善哉王言那先寧能分別指視善惡所在不耶那先言不可得知善惡所在那先問王樹木未有果時言寧能分別指視言其枝間無有果寧可豫知之不耶王言不可知那先言人未得道不能豫知善惡所在王言善哉王復問人當於後世生者寧能自知不那先言其當生者自知王言何用知之那先言譬如田家耕種天雨時節其人寧豫知當得穀不王言然猶知當得穀多那先言人亦如是人當於後世生豫自知王言善哉王復問那先審有泥洹無那先言審有王言那先寧能指示我佛在其處不那先言不能指示佛在其處佛以般泥洹去不可得指示指示見處那先言譬如人然大火以即滅其火火寧可復指示知光所在不王言不可知處那先言佛以般泥洹去不可復知處王言善哉王復問那先沙門寧自愛其身不那先言沙門不自愛其身王言如今沙門不自愛其身者何以故自消息卧欲得安溫輭飲食欲得美善自護視何以故那先問王言寧曾入戰鬬中不王言然我曾入戰鬬中那先言在戰鬬中曾爲刀刃箭所中不王言我

曾頗爲刀刃所中那先問土刀刃矛箭瘡柰何王言我以膏藥綿絮裹耳那先問王言王爲愛瘡故以膏藥綿絮裹耶王言我不愛瘡那先言殊不愛瘡者何以持膏藥綿絮裹以護之王言我欲使疾愈耳不愛其瘡那先言沙門亦如是不愛其身雖飲食心不樂不用作美不用作好不用作肌色趣欲支身體奉行佛經戒耳佛經說言人有九孔爲九矛瘡諸孔皆臭處不淨王言善哉王復問那先佛爲審有三十二相八十種好身皆金色有光影耶那先言佛審有三十二相八十種好皆有金色有光影王言佛父母寧復有三十二相八十種好身皆金色有光影耶那先言佛父母無是相王言如使父母無是相者佛亦無是相王復言人生子像其種類父母無有是相者佛定無是相那先言佛父母雖無是三十二相八十種好身金色者佛審有是相那先問王王曾見蓮華不王言我見之那先言此蓮華生於地長於泥水之中色甚香好寧復像類泥水色不王言不像類地泥水色那先言雖佛父母無是諸相者佛審有是諸相佛生於世間長於世間而不像世間之事王言善哉王復問那先佛審如第七天王梵所行不與婦女交會不那先言然審離於婦女淨潔無瑕穢王言假令佛如第七天王所行者佛爲第七天王梵弟子那先問王第七天王者有念無念王言第七天王梵有念那先言是故第七天王梵及上諸天皆爲佛弟子那先問王言鳥鳴聲何等類王言鳥鳴聲如鴈聲那先言如是鳥爲是鴈弟子各自異

類佛亦如是非第七天王梵弟子王言善哉王復問那先佛寧悉學知奉行經戒不那先言佛悉學知奉行經戒王言佛從誰師受經戒那先言佛無師佛得道時便悉自知諸經道佛不如諸弟子學知佛所教諸弟子皆當奉行至老王言善哉王復問那先人父母死時悲啼哭淚出人有聞佛經亦復悲啼淚出俱淚出寧有別異不那先言人有父母啼泣皆感恩愛思念愁憂苦痛此曹憂者愚癡憂耳其有聞佛經道淚出者皆有慈哀之心念世間勤苦是故淚出其得福甚大王言善哉王復問那先以得度脫者未得度脫者有何等別異那先言人未得度脫者有貪欲之心人得度脫者無有貪欲之心但欲趣得飯食支命耳王言我見世間人皆欲快身欲得美食無有猒足那先言人未得度脫者飯食用作榮樂好人得度脫者雖飯食不以爲樂不以爲甘趣欲支命王言善哉王復問那先人家有所作念久遠之事不那先言人愁憂時皆念久遠之事王言用何等念之用志念耶用念念耶那先問王言寧曾有所學知以後念之不王言然我曾有所學知以後復忽忘之那先言王是時無忘耶而忘之乎王言我時妄念那先言可差王爲有象王復問那先人有所作皆念如甫始有所作今見在所作皆用念知耶那先言已去之事皆用念知之今見在之事亦用念知之王言如是人但念去事不能復念新事那先言假令新者有所作不可念者亦如是王言人新學書技巧爲唐捐耶那先言人新學書畫者有念故令弟

子學者有知是故有念耳王言善哉王復問那先人用幾事生念耶那先言人凡有十六事生念一者久遠所作生念二者新有所學生念三者若有大事生念四者思善生念五者曾所更苦生念六者自思惟生念七者曾雜所作生念八者教人生念九者像生念十者曾有所忘生念十一者因識生念十二者校計生念十三者負債生念十四者一心生念十五者讀書生念十六者曾有所寄更見生念爲十六事生　一　王復問那先何等爲念久者那先言佛弟子阿難女弟子優婆夷鳩讎單罷念億世宿念時事及餘道人皆能念去世之事如阿難女弟輩甚衆多念此以便生念二王復問何等爲新所學生念者那先言如人曾學知校計後復忘之見人校計便更生念三王復問那先何等爲大事生念者那先言譬如太子立爲王自念爲王豪貴是爲大事生念四王復問那先何等爲思善生念者那先言譬如爲人所請呼極善意賓遇待之其人自念言昔日爲其所請呼善意待人是爲思善生念五王復問那先何等爲更苦生念那先言譬如人曾爲人所撾捶閉繫牢獄是爲更苦生念六王復問那先言何等爲自思惟生念者那先言譬如曾有所見若家室宗親及畜生是爲自思惟生念七王復問那先言何等爲曾雜所作生念者那先言譬如人名萬物字顏色香臭甜苦念此語事是爲雜生念八王復問那先言何等爲教人生念者那先言人自喜忘邊人或有者或忘者忘爲教人生念九王復問那先言何等爲

像生念者那先言人牛馬各自有像類是爲像生念十王復問那先何等爲曾所忘生念者那先言譬如人卒有所忘數數獨念得之是爲曾所忘生念十一王復問那先何等爲因識生念者那先言學書者能求其字是爲因識生念十二王復問那先何等爲校計生念者那先言如人共校計成就悉知策術分明是爲校計生念十三王復問那先何等爲負債生念者那先言譬如顧鼓所當債歸是爲債局生念十四王復問那先何等爲一心生念者那先言沙門一其心自念所從來生千億世時事是我爲一其心生念十五王復問那先何等爲讀書生念者那先言帝王有久古之書念言某帝某年時書也是爲讀書生念十六王復問那先何等爲曾有所寄更見生念者那先言若人有所寄更眼見之便生念是爲所寄生念王言善哉王復問那先佛寧悉知去事甫始當來事耶那先言然佛悉知之王言假令佛悉知諸事者何故不一時教諸弟子何故稍稍教之那先問王國中寧有醫師無王言有醫師寧能悉知天下諸藥不王言能悉識知諸藥那先問王其醫師治病爲一時與藥稍稍與之王言人未病不可豫與藥應病乃與藥耳那先言佛雖悉知去來見在之事亦不可一時悉教天下人當稍稍授經戒令奉行之耳王言善哉王復問那先卿曹沙門言人在世間作惡至百歲臨欲死時念佛死後者皆得生天上我不信是語復言殺一生死即當入泥犁中我不信是語那先問王如人持小石置水上石浮耶沒

那王言其石沒那先言如令持百枚大石置船上其船寧沒不王言不沒那先言船中百枚大石因船故不得沒人雖有本惡一時念佛用是故不入泥犁中便得生天上其小石沒者如人作惡不知佛經死後便入泥犁中王言善哉王復問那先卿曹用何等故行學道作沙門那先言我以過去苦現在苦當來苦欲棄是諸苦不欲復受更故行學道作沙門王復問那先苦乃在後世何爲豫學道作沙門那先問王王寧有敵國怨家欲相攻擊不王言然有敵國怨家常欲相攻擊也那先問王敵主臨來時王乃作鬬具備守掘壍耶當豫作之乎王言當豫有儲待那先問王用何等故豫作儲待王言備敵來無時故那先問王敵尚未來何故豫備之那先復問王飢乃田種渴乃掘井耶王言皆當豫作之那先言尚未飢渴何故豫作調度王言善哉王復問那先第七梵天去是幾所那先言甚遠令石大如王殿從第七梵天上墮之六月日乃墮此間地耳王言卿曹諸沙門言得羅漢道如人屈伸臂頃以飛上第七梵天上王言我不信是行數千萬億里何以疾乃爾耶那先問王王本生何國王言我本生大秦國國名阿荔散那先問王阿荔散去是間幾里王言去二千由旬合八萬里那先問王頗曾於此遙念本國中事不王言然恒念本國中事耳那先言王試復更念本國中事曾有所作爲者王言我即念已那先言王行八萬里反復何以疾王言善哉王復問那先若有兩人於此俱時死一人上生第七梵天一人生罽賓

去是七百二十里誰爲先到者那先言兩人俱時到耳王言相去遠近大多何以俱至那先問王試念阿荔國王言我已念之那先復言王試復念罽賓王言我已念之那先問王念是兩國何所疾者王言俱等耳那先言兩人俱死一人生第七梵天上一人生罽賓亦等耳那先問王若有一雙飛鳥一鳥於大樹上止一鳥於小卑樹上止兩鳥俱止誰影先在地者王言其影俱到地耳那先言兩人俱死一人生第七梵天上一人生罽賓亦俱時至耳王言善哉王復問那先人用幾事學知道那先言用七事學知道何等爲七一者念善惡之事二者精進三者樂道四者伏意爲善五者念道六者一心七者適遇無所憎愛王復問那先人用此七事學知道耶那先言

不悉用七事學知道智者持智別知善惡用是一事別知耳王復問那先假令用一事知者何爲說七事那先問王如人持刀著鞘中倚壁刀寧能自有所割截不王言不能有所割截那先言人心雖明會當得是六事共成智耳王言善哉王復問那先人家作善得福大耶作惡得殃大耶那先言人作善得福大作惡得殃小人家作惡日自悔過是故其過日小人家作善日夜自念歡喜是故得福大那先言昔者佛在時其國中有人杌無手足而取蓮華持上佛佛即告諸比丘言此杌手足兒却後九十一劫不復墮入泥犂中畜生薜荔道中得生天上天上壽終復還作人是故我知人作小善得福大作惡其人自悔過日消滅而盡是故我知人作過其殃小王言

善哉王復問那先智者作惡愚人作惡此兩人殃咎誰得多者那先言愚人作惡得殃大智人作惡得殃小王言不如那先言王言我國治法大臣有過則罪之重愚民有過則罪之輕是故智者作惡得殃大愚者作惡得殃小那先問王譬如燒鐵在地一人知爲燒鐵一人不知兩人俱前取燒鐵誰爛手大者那王言不知者爛手大那先言愚者作惡不能自悔故其殃大智者作惡知不當所爲日自悔過故其殃少王言善哉王復問那先人有能持此身飛行上至第七梵天上及至鬱單越地及所欲至處者不那先言能王言奈何持此身上第七梵天及鬱單越地及所欲至處乎那先問王王寧自念少小時跳戲一丈地不王言我年少時意念欲跳便跳一丈餘地那先言得道之人意欲跳至第七梵天上及至鬱單越地者亦爾王言善哉王復問那先卿曹諸沙門言有骨長四千里何等身骨乃長四千里那先問王曾聞大海中有大魚名質身長二萬八千里者不王言然有是我曹聞之那先言如是二萬八千里魚其脅骨長四千里王怪之爲王復問那先卿曹諸沙門說言我能斷喘息之事王言奈何斷喘息氣耶那先問王寧曾聞志不王言我聞之那先言王以爲志在人身中耶王言我以爲志在人身中那先言王以爲愚人不能制其身口者不能持經戒者如此曹人亦不樂其身那先言其學道人能制身口能持經戒能一其心得四禪便能不復喘息耳王言善哉王問那先爲呼言海海爲是水名爲海耶用他

事故言海那先言人所以呼爲海者水與鹽參各半是故爲海耳王復問那先何以故海悉鹹如鹽味那先言所以海水鹹者淡畜以來久遠及魚鼈蟲多共清便水中是故令鹹耳王言善哉王復問那先人得道以寧能悉思惟深奥衆事不那先言然人得道以能悉思惟深奥之事那先言佛經最深奥知衆事不可稱量衆事皆智平斷之王言善哉王復問那先人神智自然此三事寧同各異那先言人神者主覺智者曉道自然者虛空無有人王復問那先言得人何等爲得人者眼視色耳聽聲鼻聞香口知味身知麤軟志知善惡之事何所爲得人者那先問王如令人能目自視脫瞳子去之視寧廣遠不裂大其耳聽聲寧廣遠不決鼻令大其聞香寧多不開口令大知味寧多不剥割肌膚寧令信知麤軟不拔去其志感念寧多不王言不也那先言佛在所作甚難佛所知甚妙王復問那先所作何等甚難何等甚妙那先言佛言能知人腹中目所見事悉能解之能解目事能解耳事能解鼻事能解口事能解身事能解敗事能解疑事能解所念事能解神事那先言人取海水含之寧能別知口中水是泉水是其流水是其河水王言衆水皆合爲一難各別知那先言佛所作爲難皆能別知是諸水味今海水見目前之事王尚不能別知今人神不見人身中有六事不可見那先言是故佛解之從心念至目所見從心念至耳所聽從心念至鼻所𪖙從心念至口知味從心念至身知苦樂寒溫麤堅從心念有所向佛悉

知分別解之王言善哉那先言夜已半我欲去王即勑傍臣取四端氍布搵置麻油中持以爲炬當送那先歸恭事那先如事我身傍臣皆言受教王言得師如那先作弟子如我可得道疾王諸所問那先輒事事荅之王大歡喜王即出中藏好衣直十萬已上那先王語那先從今已去願那先日與八百沙門共於宮中飯食及欲所得皆從王取之那先報王我爲道人略無所欲王言那先當自護亦當護我身那先言何等當自護及護王身王報言恐人論議呼王爲慳那先爲王解諸狐疑而不能賜與恐或人言那先不能解王狐疑故王不賞賜王言那先受者當令我得其福那先亦當護其名王言譬如師子在金檻中猶爲拘閉常有欲望去心今我雖爲國王在宮省中其意不樂欲棄國去而行學道王語竟那先便起歸佛寺那先適去王竊自念我問那先爲何等事那先爲解我何等事王自念我所問那先莫不解我意者那先歸佛寺亦自念王問我何等事我亦報王何等事那先自念王所問者我亦悉爲解之念此事至天明明日那先被袈裟持鉢直入宮上殿坐王前爲那先作禮已乃却坐王白那先那先適去我自念問那先何等語那先報我何等語我復自念所問那先那先莫不解我意者我念是語歡喜安卧至明那先言我行歸舍亦自念王爲問我何等事我亦爲王說何等事我復自念王所問我輒爲解之用是故歡喜至明語竟那先欲去王便起爲那先作禮

那先比丘經卷下

音釋

謼呼嫁切 讎時流切 檛捶檛張瓜切捶主蘂切檛捶杖擊也 塹七豔切坑塹也 鞘仙妙切刀室也 薜荔梵語也此云餓鬼薜蒲細切荔郎計切 搵烏沒切以手捺物也